老殘遊記

劉　鶚　撰
田素蘭　校注
繆天華　校閱

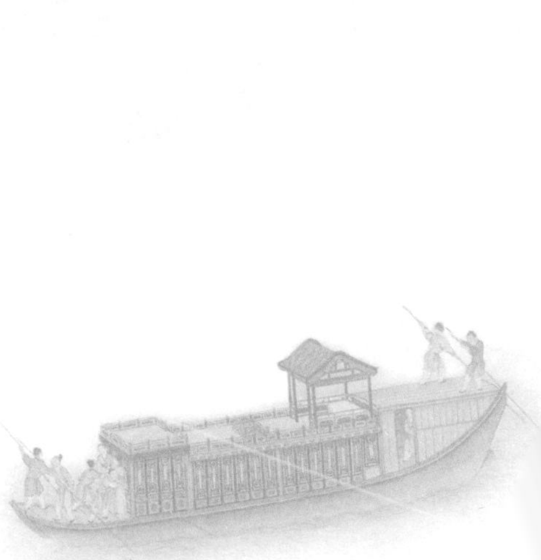

三民書局

總目

引言

在過去，晚清小說一向較受冷落，有幸常為文學家所提及者，不過寥寥數本，而其中最令我們耳熟能詳的，可能要首推老殘遊記了。一般遊記的作法，都是側重於記敘旅遊時的所見所聞；但老殘遊記卻不止此，而是假借書中主人翁老殘的遊歷，來發抒一己的思想和襟抱。因此，我們讀老殘遊記，除了可以藉此了解作者所遊之地的風土民情之外，更重要的，是透過文字的表面，我們可以清晰的感觸到作者的滿腔悲情，體認到作者生活的那個亂亡的時代。若是我們只把它當作一般的遊記來看，恐怕不免失望，同時也淺視了老殘遊記的價值了。

劉鶚寫這部小說的直接動機，是為了救一位落難的朋友——連夢青之急。因為連氏那時正受到清廷官府的追捕，由北京逃匿到上海，百無聊賴中，僅能賴寫稿療飢。劉鶚見他頗為窘困，意欲相助，又顧慮他生性耿介，怕他不願接受金錢的濟助，於是便建議送他一部小說稿，由連氏負責出售給出版商。連氏感念劉鶚的深情美意，不得不接受下來。於是老殘遊記便在這種情況下，一回回的陸續產生了。

這部小說，先是賣給商務印書館，在繡像小說半月刊中定期連載，但大約只登載到第十回，便因商務未經作者同意，擅自刪削竄改其中的文字，連氏一怒之下，中止出售稿件，迫使商務停刊，劉鶚也因而中輟了老殘遊記的撰述。這是光緒二十九年的事。次年，劉鶚北上天津，他的好友方藥雨當時正主辦天津日日新聞，力勸劉鶚繼續完成這部小說，並願意在天津日日新聞中闢欄從頭開始刊登，劉鶚在好友的鼓勵之下，重新拾筆，以鴻都百鍊生的筆名又續了十回，加上原有的十回，便是老殘遊記初編的二十回了。表面上雖然是完整的一部小說，但因為其中前後兩部分各寫於不同的時間與地點，不是一氣呵成的，所以在文章的結構與內容的安排方面，難免有些不統一的感覺，當然這點微疵並不會損及老殘遊記的價值。

其後大約一年光景，也就是光緒三十一年，劉鶚在經營精製海鹽的事業失敗以後，又回到了案前繼續老殘遊記的撰寫工作，仍定期發表於天津日日新聞，前後一共登載了九回，這便是老殘遊記二編。

另外，劉鶚尚有一些毛筆撰寫的手稿，未經刊登，共十五張，原先一直擱置在劉鶚天津的寓所中，無人知曉，直到民國十八年底，在一次大掃除時，才被他的哲嗣發現，這已是劉鶚被禍去世二十年之後的事了。根據推斷，劉鶚寫作這些稿件的時間，最遲不會晚於光緒三十三年，亦即在劉鶚「二編」完稿之後不久，到被發放新疆以前的三年之間。因此便將這份殘稿都為一卷，安置在老殘遊記二編之後，名為老殘遊記外編。

這本小說雖然是劉鶚贈送友人的即興之作，但創作時也並非漫無主旨，他在自敘中說：

吾人生今之時，有身世之感情，有家國之感情，有社會之感情，有種教之感情。其感情愈深者，其哭泣愈痛，此鴻都百鍊生所以有老殘遊記之作也。

棋局已殘，吾人將老，欲不哭泣也得乎？

很明顯的，這是作者發抒自己對社會、國家、人生觀感的一部小說，他對當時政治的黑暗，表示了深切的不滿，對於國勢的危急，表現了無限的焦慮，對於受凌虐的善良百姓，寄予無限的同情。他極熱忱的想要為苦難的中國與百姓做點事情，但是救國有心，實行無力，甚至還被冠上漢奸的罪名。他痛心之餘，只有借這部小說來寄託滿懷的感情與見解，來發抒他胸中鬱積的塊壘。

老殘遊記這部小說值得推崇的地方甚多，至少應從兩方面論述，一是政治見解，一是文學技巧。劉鶚在本書中表現了高明的政治見解。首先，他是第一個揭露所謂清官的醜惡面目的人；歷來描寫政治的小說，如官場現形記、二十年目睹之怪現狀等書，都止於揭露贓官之可惡，而老殘遊記卻更深入一層的指認清官比贓官還要可惡——當然這裏所謂的清官不是指真正為政清明的官吏，而是別有所指。他在第十六回末的評說：

> 贓官可恨，人人知之；清官尤可恨，人多不知。蓋贓官自知有病，不敢公然為非；清官則自以為我不要錢，何所不可，剛愎自用，小則殺人，大則誤國。……作者苦心，願天下清官勿以不要錢便可任性妄為也。歷來小說皆揭贓官之惡，有揭清官之惡者，自老殘遊記始。

這類清官以為做官只須「不要錢」，就可以理直氣壯的任憑一己之好惡，裁奪天下之是非；就可以毫無愧色的用殘忍毒辣的刑法，來對付善良無辜的百姓。例如書中第四回的曹州知府玉賢，就憑著在于家院子裏搜出一個可疑的包袱，便認定于家父子是強盜，而不由分說的將他們父子三人處死在站籠裏；又如第十五回的齊河縣令剛弼，輕易的相信假證據，硬是給無辜的魏家父女上夾棍、上拶子，逼迫他們招認是毒害了十三條人命的兇手。從這些情節，可以比較出來，贓官固然可根，但尚有所忌諱，不敢明目張膽，做得太過分。而清官則但憑一個「不要錢」，就可以任意武斷事情，固執成見，以致殺人破家，做盡了傷天害理的事情。這樣的固執與殘忍，豈不是比贓官還要可惡嗎？

劉鶚又說這些清官都是「過於要做官，且急於做大官」的人，可見他筆下所謂的清官，雖不貪財，卻是野心勃勃的貪名之輩，這與貪財的贓官又有何異？更何況贓官貪財，盡人皆知，而清官貪名，卻鮮為人曉，世人只知他們是一介不取的清官，卻不知他們的所謂清名，是用無數百姓的血肉之軀堆積起來的。他們表面上打著清廉的招牌，實際上卻是用血腥手段來欺壓百姓，以上邀長官的寵幸，達到升官的目的。這種假清官之名，行酷吏之實，欺世盜名的行徑，豈不是比贓官還要可鄙嗎？無怪乎劉鶚要嚴厲的批評他們是「下流的酷吏」了。

事實上，「不要錢」只是做官的基本操守而已。古來真正的清官，所以能傳誦千古，並不只因為他們不要錢，最重要的是他們有清楚明白的頭腦，客觀謙沖的態度，實事求是的精神，這樣才能為百姓決斷訟獄，理冤伸枉，豈只是因了一個「不要錢」，就吃定天下百姓，為所欲為呢？他們所以會有這樣錯誤的觀念，劉鶚認為主要是受到宋儒「去人欲，存天理」說法的影響——當然，這裏指的也是宋儒的末流，以及對天理人欲的誤解——他們直認為「去人欲」就是「存天理」，因此今日我既去了人欲（如不要錢），那麼一切的想法意見，都該合乎天理了，而用天理去裁斷百姓的訟案，焉有不公正的呢？當他們坐在公堂之上，拿起了驚堂木時，儼然自認已是天理的化身，聖人的再現了。這就是他們往往冤枉死了百姓，還執迷不悟自當是在替天行道的主要原因。

另外，他們在實踐宋儒「去人欲」的教訓時，也常有許多偏差和誤解，他們過於禁遏情欲，壓抑血性，因此導致許多不人道的行為，像這類清官，動不動就給犯人上拶子、進站籠，都是慘不忍睹的殘酷刑法，便是由於在心性修為上矯枉過正而產生的病態心理所致。事實上，「去人欲」本意是要淨化人生，排除妄想，絕不是直接視生理機能的情欲為罪惡，不敢觸及而要排斥。劉鶚在第九回借璵姑的話表明了對宋儒的看法：

聖人說的，「所謂誠其意者，毋自欺也。如惡惡臭，如好好色。」孔子說：「好德如好色。」孟子說：「食色，性也。」子夏說：「賢賢易色。」這好色乃人之本性。宋儒要說好德不好色，非自欺而何？自欺欺人，不誠極矣！他偏要說「存誠」，豈不可恨！聖人言情言禮，不言理欲；刪詩以關雎為首。試問「窈窕淑女，君子好逑」，「求之不得」，至於「輾轉反側」，難道可以說這是天理，不是人欲嗎？舉此可見聖人決不欺人處。

孔孟都認為好色乃人之本性，只要「發乎情，止乎禮義」便可，若是一味壓抑、禁遏而至一念不起，那是違反自然自欺欺人的。這些學宋儒的假清官，就是在修身養性的方式上，太過違背自然，扭曲人性，才會用殘酷的刑法去虐待百姓。

劉鶚所以要揭發假清官的真面目，不只是同情被欺壓的善良百姓，更重要的是這類清官與國家的命運尚有重大的關連。他在第六回中說這類清官「官愈大，害愈甚。守一府則一府傷；撫一省則一省殘；宰天下則天下死！」他們若只是地方小官，為害尚小，若一旦做到方面大員，朝廷重臣，則所造成的禍患，便不止是誣害幾個無辜百姓而已，恐怕國家的前途都有葬送在他們手中之虞。劉鶚在本書中描寫的兩個清官，玉賢和剛弼，即影射當時的權臣毓賢和剛毅二人，書中的描述僅及二人早期的所作所為，而正因為有早期的愚昧酷虐，才導致後來的禍國殃民。翻閱庚子拳亂前後的史料，可以得知使拳亂擴大的重要嗾使者就是他們；毓賢當時已身任山東巡撫的高官，他曾公開煽動拳民從事排外活動，並在山西巡撫任內，殺害無數中國基督教徒，又把省內所有的外國傳教士及其家眷加以剖心棄屍，梟首城門，手段殘忍之極。剛毅當時已官至軍機大臣、大學士，他盛誇義和團有神術，忠勇可恃，力勸西太后打開城門，終於讓數以萬計的烏合之眾湧入京城，造成不可收拾的局面。身為國家重臣，負有保國衛民的重大使命，對每一決策都應深思熟慮，高瞻遠矚；而他們居然淺薄得迷信神力，鹵莽輕率的鼓動毫無紀律的暴民，對列強採取報復行動，結果是為逞一時之快，而貽留了無窮的禍患。眾所周知，滿清的衰亡，與八國聯軍之役有密切的關係；若沒有義和團的作亂，便不會激怒列強的聯合入侵；若毓賢、剛毅等人不袒護扶植義和團，拳民尚不致如此猖獗囂張；歸根結柢，滿清政府之所以滅亡得這樣迅速，毓賢、剛毅二人絕對難辭其咎。這便是清官禍國殃民的一個具體例證。毓賢、剛毅是拳匪之亂的罪魁禍首，人人皆知；但是他們在早期做官時有廉臣能吏之稱，何以日後會誤國，則人多不知。劉鶚就是要寫出他們早期的種種虐政，好讓後人知曉他們的誤國是其來有自的。

老殘遊記揭露了這類清官固執愚昧殘忍的真面目，以及其貽害國家的嚴重性，使讀者由本書得以了解到清官可惡可鄙的一面，劉鶚在這一方面的政治見解堪稱深刻而卓越，發前人之所未發，的確是令人稱讚的。此外，作者還能從大處著眼，關懷到整個中國的現在與未來，比如在第一回中他將中國的現況比成一艘行駛在洪波巨浪中的破舊帆船，而建議要送給駕駛者紀限儀和羅盤，以穩住方向，安達彼岸。作者已明顯的指出中國欲求自保，首要之道在發展科技。又如第十一回中，作者對當時國內所發生的「北拳」與「南革」等問題，也加以討論，並提出了他的看法，同時對中國的前途，很樂觀的預言最後終必自立，「然後由歐洲新文明，進而復我三皇五帝舊文明，駸駸進於大同之世矣。」雖然他的看法不見得完全正確，預言部分也近乎神秘與迷信，但是至少我們可以體會到作者是以溫厚的態度，遠大的眼光來關心國是的，是對中國的文化充滿了信心的。夏志清在其老殘遊記新論中認為：

> 作者與當代的諷刺小說和譴責小說的作者迥不相侔，他探究國家的現在與未來，所以，它可被稱為中國的第一本政治小說。

他將老殘遊記推崇為中國的第一部政治小說，是很有道理的。

其次論及老殘遊記的文學成就。劉鶚是一個承襲了中國傳統文化，又兼受西洋科學薰陶的人物，由於同時具備了二者之長，使他在文學方面有了卓越的成就。最顯著的特色，是他在文字語言的運用方面，能力求創新，避用前人的浮濫套語。因為世間絕不可能有兩樣相同的事物，為使各個事物能充分彰顯其獨特的面貌，只靠前人浮泛籠統的套語，是絕對不夠的，唯有掙脫舊藩籬，用新的語言文字，做實地的描繪，才能將主題表達得淋漓盡致。在這一方面，劉鶚應是開路功臣，胡適之曾盛讚劉鶚描寫風景人物的能力。他說：

老殘遊記最擅長的是描寫的技術，無論寫人寫景，作者都不肯用套語爛調，總想鎔鑄新詞，作實地的描畫。在這一點上，這部書可算是前無古人了。

出現在劉鶚筆下的山水風景，都是生動可愛，各具特色的，且看第十二回裏黃河結冰的一段描述：

老殘洗完了臉，把行李鋪好，把房門鎖上，也出來步到河堤上看，見那黃河從西南上下來，到此卻正是個灣子，過此便向正東去了，河面不甚寬，兩岸相距不到二里。若以此刻河水而論，也不過百把丈寬的光景。只是面前的冰插的重重疊疊的，高出水面有七八寸厚。再望上游走了一二百步，只見那上流的冰還一塊一塊的慢慢價來，到此地被前頭的攔住，走不動，就站住了。那後來的冰趕上他，只擠得嗤嗤價響。後冰被這溜水逼的緊了，就竄到前冰上頭去；前冰被壓就漸漸低下去了。看那河身不過百十丈寬，當中大溜，約莫不過二三十丈。兩邊俱是平水，這平水之上早已有冰結滿。冰面卻是平的，被吹來的塵土蓋住，卻像沙灘一般。中間的一道大溜卻仍然奔騰澎湃，有聲有勢，將那走不過去的冰擠得兩邊亂竄。那兩邊平水上的冰被當中亂冰擠破了，往岸上跑，那冰能擠到岸上有五六尺遠；許多碎冰被擠的站起來，像個小插屏似的。看了有點把鐘工夫，這一截子的冰，又擠死不動了。

多麼樸素簡潔的文字，作者沒有用一句陳俗的套語，完全是實地的描繪，黃河結冰的情形便已非常鮮活的呈現在讀者的眼前了。當然，實地的描繪，須要深刻的觀察，在十三回末的原評裏，劉鶚曾自詡的說：

止水結冰是何情狀？流水結冰是何情狀？小河結冰是何情狀？大河結冰是何情狀？河南黃河結冰是何情狀？山東黃河結冰是何情狀？須知前一卷所寫是山東黃河結冰。

不同性質不同地點的水，結冰的情況便各有面貌，若沒經過仔細的觀察與比較，是絕對寫不出特色來的。再看看十二回老殘晚飯後到堤上散步時所見的景致：

擡起頭來看那南面的山，一條雪白，映著月光分外好看。一層一層的山嶺卻不大分辨得出。又有幾片白雲夾在裏面，所以看不出是雲是山。及至定神看去，方纔看出那是雲那是山來。雖然雲也是白的，山也是白的，雲也有亮光，山也有亮光，只因為月在雲上，雲在月下，所以雲的亮光是從背面透過來的。那山卻不然，山上的亮光是由月光照到山上，被那山上的雪反射過來，所以光是兩樣子的。然只就稍近的地方如此，那山往東去，越望越遠，漸漸的天也是白的，山也是白的，雲也是白的，就分辨不出甚麼來了。

這樣細膩明暢的描寫，在舊小說中極少見到，在老殘遊記中，卻是所在多有，諸如寫大明湖的風景、桃花山的月夜、泰山的日出等等，無論落墨多少，都不失為清新自然、不落俗套的可愛小品。

在描寫人物方面，作者也能運用簡潔的語言，把人物描繪得栩栩如生，呼之欲出。如第二回描寫說鼓書的王小玉：

正在熱鬧哄哄的時候，只見那後臺裏又出來了一位姑娘，年紀約十八九歲，裝束與前一個毫無分別，瓜子臉兒，白淨面皮，相貌不過中人以上之姿，只覺得秀而不媚，清而不寒，半低著頭出來，立在半桌後面，把梨花簡丁當了幾聲，煞是奇怪，只是兩片頑鐵，到他手裏便有了五音十二律似的！又將鼓捶子輕輕的點了兩下，方擡起頭來，向臺下一盼。那雙眼睛，如秋水，如寒星，如寶珠，如白水銀裏頭養著兩丸黑水銀，左右一顧一看，連那坐在遠遠牆角子裏的人都覺得王小玉看見我了。那坐得近的，更不必說，就這一眼，滿園子裏便鴉雀無聲，比皇帝出來還要靜悄得多呢！連一根針掉在地下都聽得見響！

作者將王小玉的顧盼生姿和音律並擅，刻劃得精微委婉，活靈活現。又如第十七回描寫妓女翠環的一段：

卻說翠環聽了這話，不住的迷迷價笑，忽然又將柳眉雙鎖，默默無言。你道甚麼緣故？他因聽見老殘一封書去，撫臺便這樣的信從，若替他辦那事，自不費吹灰之力，一定妥當的，所以就迷迷價笑。又想他們的權力，雖然夠用，只不知昨晚所說的話，究竟是真是假；倘若隨便說說就罷了的呢，這個機會錯過，便終身無出頭之望，所以雙眉又鎖起來了。又想到他媽今年年底一定要轉賣他，那蒯二禿子凶惡異常，早遲是個死，不覺臉上就泛了死灰的氣色。又想到自己好好一個良家女子，怎麼流落得這等下賤形狀，倒不如死了的乾淨，眉宇間又泛出一種英毅的氣色來。又想到自己死了，原無不可，只是一個六歲的小兄弟有誰撫養，豈不也是餓死嗎？他若餓死，不但父母無人祭供，並祖上的香煙，從此便絕。這麼想去，是自己又死不得了。想來想去，活又活不成，死又死不得，不知不覺那淚珠子便撲簌簌的滾將下來，趕緊用手絹子去擦。

翠環的心情，先是欣喜，轉而擔心，而畏懼，而絕斷，而猶豫，而悲哀，這一層層的心理變化，配合著表情，作者作了極細膩深刻的描述。另外在二編二、四兩回中，寫逸雲從愛情的沉陷中如何超脫提升的一段，作者對其心理分析尤為精到，由於篇幅太長，不便引述。總之，讀了這些文字，會令人驚覺劉鶚不僅是個傑出的文學家，也該是一個優秀的心理學家了。

凡此種種風景人物的描繪，不管風景人物的本身是如何微不足道，但是一經作者生花妙筆的點染，立即便生機洋溢意氣鮮活了起來。總之，劉鶚用散文筆法寫小說，將語言文字的美學功能發揮到了極致，這是老殘遊記所以引人入勝處，也是它所以流傳不朽處。

劉鶚不但擅長駕馭語言文字，同時在文學表現的技巧上，也有很好的成績。他長於用具象表現抽象，往往一項極不容易形容的主題，一經他運用適當的事物譬喻出來，立即令讀者產生鮮明清晰的印象。本書中最成功的就是作者對音樂的描摹，如第二回寫王小玉說書的一段：

> 王小玉便啟朱唇，發皓齒，唱了幾句書兒。聲音初不甚大，只覺入耳有說不出來的妙境，五臟六腑裏像熨斗熨過，無一處不伏貼，三萬六千個毛孔，像吃了人參菓，無一個毛孔不暢快。唱了十數句之後，漸漸的越唱越高，忽然拔了一個尖兒，像一線鋼絲拋入天際，不禁暗暗叫絕。那知他於那極高的地方，尚能迴環轉折。幾轉之後，又高一層，接連有三四疊，節節高起，恍如由傲來峰西面攀登泰山的景象，初看傲來峰削壁千仞，以為上與天通，及至翻到傲來峰頂，纔見扇子崖更在傲來峰上；及至翻到扇子崖，又見南天門更在扇子崖上，——愈翻愈險，愈險愈奇！

那王小玉唱到極高三四疊後，陡然一落，又極力騁其千迴百折的精神，如一條飛蛇在黃山三十六峰半中腰裏盤旋穿插，頃刻之間，周匝數遍。從此以後，愈唱愈低，愈低愈細，那聲音漸漸的就聽不見了。滿園子的人都屏氣凝神，不敢少動。約有兩三分鐘之久，彷彿有一點聲音從地底下發出。這一出之後，忽又揚起，像放那東洋煙火，一個彈子上天，隨化作千百道五色火光，縱橫散亂。這一聲飛起即有無限聲音俱來並發。那彈弦子的亦全用輪指，忽大忽小，同他那聲音相和相合，有如花塢春曉，好鳥亂鳴。耳朵忙不過來，不曉得聽那一聲的為是。正在撩亂之際，忽聽霍然一聲，人弦俱寂，這時臺下叫好之聲轟然雷動。

像這種抑揚高下千變萬化的說書音韻，實在不是一般文字所能表達出來的，作者竟別出心裁，連續用了七八種不同的譬喻，使讀者從這些逼人的實象裏感到抽象的音樂的妙處。又如第十回寫璵姑與黃龍子等人合奏一曲枯桑引：

扈姑遂從襟底取出一枝角來，……聽那角聲，吹得嗚咽頓挫，其聲悲壯。當時璵姑已將箜篌取在膝上，將絃調好，聽那角聲的節奏。勝姑將小鈴取出，左手揿了四個，右手揿了三個，亦凝神看著扈姑。只見扈姑角聲一闋將終，勝姑便將兩手七鈴同時取起，滴滴價亂搖。鈴起之時，璵姑已將箜篌舉起，蒼蒼涼涼，緊鉤漫摘，連批帶拂。鈴聲已止，箜篌丁東斷續，與角聲相和，如狂風吹沙，屋瓦欲震。那七個鈴便不一齊都響，亦復參差錯落，應機赴節。

這時黃龍子隱几仰天，撮唇齊口，發嘯相和。爾時，喉聲、角聲、弦聲、鈴聲，俱分辨不出。耳中但聽得風聲、水聲、人馬虡踏聲、旌旗熠燿聲、干戈擊軋聲、金鼓薄伐聲。約有半小時，黃龍子舉起磬擊子來，在磬上鏗鏗鏘鏘的亂擊，協律諧聲，乘虛蹈隙。其時箜篌漸稀，角聲漸低，惟餘清磬，錚鏦未已。少息，勝姑起立，兩手筆直，亂鈴再搖，眾樂皆息。

這段文字真是刻劃靈妙，使人心醉。王小玉說書已是精彩絕倫，而本節的描述，響逸調遠，天趣盎然，又別具一種風貌。我們在欣賞作者優美的文學技巧的同時，也不得不欽佩作者高深的音樂素養。

以具體的事物來描繪抽象的音樂，這種技巧在韓愈的聽潁師彈琴，白居易的琵琶行中，都已出現過，但是他們都是表現在詩中，而用白話口語表現在小說之中，劉鶚則是第一人。

在老殘遊記中，作者除了善用「以具體表抽象」的文學技巧之外，也善用「因象悟意」的手法。作者只將自己的所見所聞，客觀的陳述出來，既不加以分析，也不加以解釋，而是將思考與結論留給讀者，而讀者也往往可以由一斑而想見全貌。這種手法看似稀鬆平淡，無以動人，其實正是作者認真著力處；也是最能感染讀者之處，因為作者始終是讓所呈現的事實自己來講話。比如在第二回中，寫老殘遊畢大明湖，回到人煙稠密的鵲華橋畔：

老殘……到了鵲華橋纔覺得人煙稠密，也有挑擔子的，也有推小車的，也有坐二人擡小藍呢轎子的。轎子後面一個跟班的戴個紅纓帽子，膀子底下夾個護書，拚命價奔，一面用手巾擦汗，一面低著頭跑。街上五六歲的孩子不知避人，被那轎夫無意踢倒一個，他便哇哇的哭起。他的母親趕忙跑來問：「誰碰倒你的？誰碰倒你的？」那個孩子只是哇哇的哭，並不說話，問了半天，纔帶哭說了一句道：「撞轎子的！」他母親擡頭看時，轎子早已跑的有二里多遠了。那婦人牽了孩子，嘴裏不住咭咭咕咕的罵著，就回去了。

整段文字只是淡淡的描述老殘所見的一段街景，與前後情節俱無關聯，表面上是閒閒的筆墨，可有可無，實際上卻是作者刻意的安排，因為就在這些有意無意的閒筆中，當時「官不恤民」的現象已經不言自喻了。

另外在第十五回裏寫老殘旁觀縣官審理長工失火案件的一段：

只見地保同著差人，一條鐵索，鎖了一個人來，跪在地下，像雞子簽米似的連連磕頭，嘴裏只叫：「大老爺天恩！大老爺天恩！」那地保跪一條腿在地下，稟道：「火就是這個老頭兒屋裏起的。請大老爺示，還是帶回衙門去審？還是在這裏審？」縣官便問道：「你姓甚麼？叫甚麼？那裏人？怎麼樣起的火？」只見那地下的人又連連磕頭，說道：「小的姓張，叫張仁，是本城裏人，在這隔壁店裏做長工。因為昨兒從天明起來，忙到晚上二更多天，纔稍微空閒一點，回到屋裏睡覺，誰知小衫褲汗濕透了，剛睡下來，冷得異樣，越冷越打戰，就睡不著了。小的看屋裏放著好些粟稭，就抽了幾根，燒著烘一烘。又想起窗戶臺上有上房客人吃賸下的酒，賞小的吃的，就拿在火上煨熱了，喝了幾鍾。誰知道一天乏透的人，得了點暖氣，又有兩杯酒下了肚，糊裏糊塗，坐在那裏，就睡著了。剛睡著，一霎兒的工夫，就覺得鼻子裏煙嗆的難受，慌忙睜開眼來，身上棉襖已經燒著了一大塊，那粟稭打的壁子已通著了，趕忙出來找水來潑，那火已自出了屋頂，小的也沒有法子了。所招是實。求大老爺天恩！」

縣官罵了一聲「渾蛋」，說：「帶到衙門裏辦去罷！」

由這一個老長工的遭遇，可使讀者聯想到千萬百姓為生計所迫的艱難情狀。作者沒有一字標榜憂國憂民，而悲天憫人的情懷已從言外傳出。這也正合乎司空圖所說的「不著一字，盡得風流，語不涉難，已不堪憂」罷！

此外，老殘遊記的筆調有時也很詼諧輕快，謔而不虐，令人讀來饒有興味，且深深感染到文章中那分高雅來。如第五回寫那貪杯的夥計：

老殘對店夥道：「此地有酒，你閂了大門，可以來喝一杯罷。」店夥欣然應諾，跑去把大門上了閂，一直進來，立著說：「你老請用罷，俺是不敢當的。」老殘拉他坐下，倒了一杯給他。他歡喜得支著牙，連說「不敢」，其實酒杯子早已送到嘴邊去了。

又如十二回中，在設備簡陋的客店裏，沒什麼好吃的，老殘的好友黃人瑞便說出了一大堆的俏皮話來：

人瑞用筷子在一品鍋裏撈了半天，看沒有一樣好吃的，便說道：「這一品鍋裏的物件，都有徽號，儜知道不知道?」老殘說:「不知道。」他便用筷子指著,說道:「這叫『怒髮衝冠』的魚翅。這叫『百折不回』的海參。這叫『年高有德』的雞。這叫『酒色過度』的鴨子。這叫『恃強拒捕』的肘子。這叫『臣心如水』的湯。」

又如二編第四回,逸雲評論來斗姥宮遊玩的客人說:

也有花得起錢的,大概不像個人樣子,像個人的呢,都沒有錢。我想到這裏,可就有點醒悟了。大概天老爺看著錢與人兩樣都很重的,所以給了他錢,就不教他像人;給了他個人,就不教他有錢,這也是不錯的道理。

總之,老殘遊記在政治見解方面,除了率先揭露所謂「清官」的真面目之外,還關心到整個中國的現在與未來,因此它超越了一般諷刺小說、譴責小說,而被譽為中國第一部政治小說。而在文學表現方面,則突破了舊小說的傳統表現方式,一掃陳語濫調,而用清新的散文筆法,描寫風景人物,獲得了優美的成績,創下了近代小說的一種新風格,這也是前此諸小說所不能及的。以上兩點便是本書的特色以及不可磨滅的價值所在。

「好書不厭百回讀」,老殘遊記就正是這樣一本好書,值得我們再三品嚐。

老殘遊記考證

老殘遊記的作者劉鶚，原名夢鵬，字鐵雲，署名鴻都百鍊生，原是江蘇丹徒（鎮江）人，寄居於淮安。清咸豐七年（西元一八五七）九月初一生於江蘇六合。他自幼即穎悟過人，四五歲便能背誦唐詩三百首，十二歲，隨父親到河南任所，二十歲歸來，潛心於學，凡家中所藏的圖書，如醫學、治河、天算、樂律、方技、詞章等，無不閱覽。二十四歲，又從心學大師李平山（字晴峰，號龍川）受業，盡得所學。二十九歲，在上海開設石昌書局，為我國市廛之間有石印之始。光緒十四年（西元一八八八），黃河氾濫不已，劉鶚投效河工，輾轉於河南山東之間數年之久，治河防洪頗有功績。光緒二十二年（西元一八九六），劉鶚應湖廣總督張之洞之召，到湖北籌劃興築蘆漢鐵路（即平漢鐵路），因主張利用外資，與督辦盛宣懷意見不合而作罷。回到北京之後，又建議興築津鎮鐵路，不想竟觸怒了在京做官的鎮江同鄉們，劉鶚在心灰意冷之餘，便棄官從商，這時劉鶚已四十歲了。不久，即應英國商人之聘，籌辦開採山西煤礦事宜，他為了保護國權，主動刪除了草約中不利於中國的條款，與英商發生齟齬，而遭解聘。光緒二十六年（西元一九〇〇），八國聯軍攻陷北京，劉鶚以私人身分北上辦賑，全活了無以數計的百姓。光緒二十九年，劉鶚著手撰寫老殘遊記，斷斷續續，前後約四、五年時光。光緒三十四年，為袁世凱所誣陷，以漢奸的罪名，被流放到遙遠的新疆，次年七月初八即病死於迪化。享年五十三歲。劉鶚的著作甚豐，除小說老殘遊記之外，在水利方面有治河七說、黃河變遷圖考，算學方面有勾股天元草、弧角三術，考古方面有鐵雲藏龜、鐵雲藏陶、鐵雲藏印以及抱殘守缺齋藏器目，醫學方面有要藥分劑補正、人命安和集等。

胡適之在老殘遊記序中說：「劉鶚先生一生有四件大事，一是河工，二是甲骨文字的承認，三是請開山西的礦，四是賤買太倉的米來賑濟北京難民。」這段話可以說為劉鶚的一生勾勒了一個最清晰扼要的輪廓。以下我們就依序逐一詳加介紹。

首先談他的河工。劉鶚一生最得意的，大概就是他對治河的主張了，因為他的意見都是親身經驗所得，光緒十四年，劉鶚在河南治水時是「短衣匹馬，與徒役雜作，凡同僚所畏憚不能為之事，悉任之。」第二年又親自主持豫魯直三省河圖的繪製工作，對於黃河的流布與水性可說瞭若指掌，接著又被山東巡撫張曜（即遊記中之莊宮保）延聘為魯河下游提調，從事山東的治水工作，使得年年氾濫的黃河在他任職的那一年居然平靜無事。劉鶚在遊記第一回寫了一則寓言：山東有個叫黃瑞和的大戶人家（指黃河）「渾身潰爛，每年總要潰幾個窟窿，今年治好這個，明年別處又潰幾個窟窿，經歷多年，沒有人能治得這病。」不料行醫的老殘正好經過，他「略施小計」，「說也奇怪，這年雖小有潰爛，卻是一個窟窿也沒有出過。」很明顯的，這則寓言就是影射他在山東治水一事，而由此也可看出劉鶚是多麼自詡於他的治河之策了。

他的治河策得自漢代的王景，在遊記第三回中寫道：

他（王景）治河的法子乃是從大禹一脈下來的，專主「禹抑洪水」的「抑」字，……他是從「播為九河，同為逆河」「同」「播」兩個字上悟出來的。

這是一種「束水刷沙」之策，相當於今日的修築堤防，建立水門，分導水流之類的治河法。當時也有人主張用西漢賈讓的治河策，他深深不以為然。因為賈讓主張「不與河爭地」，讓出正當水衝的地區，增寬河面，使洪水在一定的範圍內氾濫。劉鶚則認為賈讓「只是（治水的）文章做得好，他也沒有辦過河工。」缺乏實地的治河經驗，單憑理論是易流於空疏不實的。更何況劉鶚曾目睹用這種方法所造成的禍患，光緒十五年，山東巡撫張曜曾試行「廢了民埝，退守大堤」，不想其結果竟是使濱河的十幾萬百姓的身家財產，在一夜之間葬送於洪波巨浪之中。當時劉鶚正在山東測繪河圖，他「目睹屍骸逐流而下，自朝至暮，不知凡幾。」人命如草芥，他為之傷痛不已，因此他堅決反對這種治河法。他在遊記的十三、十四回借妓女翠環的訴說，極力描繪這次的慘劫，以表現主張賈讓治河策的人的迂腐無知與罪孽深重。

其次談他的甲骨學，原來劉鶚嗜愛收藏骨董，舉凡書畫、碑帖、鐘鼎彝器、晉磚、漢瓦、泉布、印章、古代樂器，以及甲骨、泥封，無不搜羅。當時京裏的福山王懿榮也喜好金石之學，蒐集尤多，在八國聯軍攻陷北京時，王氏夫婦投井自盡，其家人將所有遺物轉售劉鶚，遂使他的收藏更為豐富，也因此後來劉鶚才有鐵雲藏龜、鐵雲藏陶、鐵雲泥封等拓本問世。這可以說是近代治甲骨文的最早著述，對開啟後來治甲骨學的風氣，影響甚大，如羅振玉就曾在劉鐵雲傳中自謂「予之知有殷虛文字，實因丹徒劉君鐵雲。」另外，趙萬里所著王靜安先生年譜裏，也提及王國維得見甲骨文字，亦自此始。足見劉鶚是最早賞識甲骨文字的一位學者，也是他在學術上的最重大貢獻。

再次是關於籌採山西煤礦一事，劉鶚對此事的看法是「晉鐵開，則民得養，國可富。」因之他願意應聘為華方經理，與英國商人進行磋商，他的計劃是「嚴定其制，令三十年而全礦路歸我，如此，則彼之利在一時，而我之利在百世矣！」換言之，就是利用外資，開採煤礦，最初三十年內，開礦的利益歸投資人方面，以後則全歸中國。這種著眼於長遠利益的看法，本是很正確的，可惜被當時的社會誤解，像權臣剛毅便不明就裏的斥責他「賣國」，而英商方面也不滿意他在條約中過於偏袒中國的態度，劉鶚兩邊都不討好，最後只有怏怏離去了。

最後談到他的賑災一事，在庚子之役，八國聯軍攻陷京師時，京裏難民四散，餓莩相望於道，劉鶚此時見義勇為，帶領了一批救濟工作人員，冒險進入北京，先暗地裏護送被困的重要官商人士出京，又與占據太倉的俄軍交涉，將太倉的米以低價買來，運往北京，再平糶出去，救助陷於北京的無數難民。這原是一樁功德善舉，羅振玉也說「君平生所以惠人者，實在此事。」不料後來竟因為這件事，被袁世凱以「私售倉粟」的罪名，流配到新疆去了。人事之不可測，竟至如此。

以上介紹了劉鶚的簡略生平及其一生中最有意義的重要事蹟。從中可看出劉鶚是一個學問淵博，有識見，有膽力，且熱愛國家百姓的人。他一生都努力於各類事功的表現，冀望對國家百姓有所裨益，但是卻事事都不順遂，最後還遭到客死異鄉的悲慘命運。究其原因，應該和劉鶚的性格與思想有關。劉鶚稟性豪邁，是個率性任真、倜儻不羈的人。他不屑於功名利祿，不善於矯飾作偽，有時甚至有些玩世不恭；而他的思想，則是糅合儒道佛三教的精華而成的一種大公思想，他曾經在與友人書信中說到自己乃是「以養天下為己任」，並且秉持著「我不入地獄，誰入地獄」的信念，因此他始終懷抱著救世的熱忱，一心希望登百姓於衽席之上，這種犧牲奉獻的精神與抱負，非常令人敬佩，可是由於他個性的放曠不羈，不守繩墨，自不免會產生衝突與矛盾，當他正埋首熱心的從事興國利民的事業時，他從不會想到要收斂鋒芒，保護自己，也正因為他的勇於謀國，疏於自謀，所以終必導致事事失敗，怨家遍地了。此外，再加上他天資聰穎，才智過人，他所做的每一件事情，幾乎都是走在時代的最前端，例如他的研治甲骨，以及建議築路開礦等，都是當時一般人目光所不能及的，而他卻能洞燭機先；但凡是走在時代尖端的人，往往是孤獨的，不易被常人了解接受的，其實，他的意見都被後人次第實現，而證明其正確，可知時間的成熟與否，也是治事頗為重要的關鍵。林語堂同情劉鶚的遭遇，曾感慨的說：「夫時代之不了解，乃先覺之常刑。」真是一言中的。

劉鶚的老殘遊記是在清光緒二十九年至三十二年之間寫成的，也就是義和團拳亂的後三年到辛亥革命的前四年之間，是時劉鶚年四十七歲到五十一歲，這部小說不僅是劉鶚晚年的傑作，而且也是清末最具代表性的小說之一。

這部小說的初編二十回先是在商務印書館刊行的繡像小說半月刊及天津日日新聞中連載。光緒三十二年，上海神州日報館首先刊行三十二開的單行本，其後又有民國元年及二年的商務大本、商務小本，以及民國二年廣益書局的二十四開本等，這些都是早期的版本。以後由於流行日廣，而版本益多，甚至還有四十回本的仿作及續老殘遊記、老殘遊記續編等偽作出現，可見這本小說是如何的膾炙人口了。在已刊行的諸本中，要推民國十四年亞東圖書館發行，汪原放標點，胡適序的老殘遊記為最佳，本書局便依據這個本子，再參校了其他本子，如上海春明書局本、藝文印書館本、世界書局本等，在文字與標點方面作了一番整理訂正。其次，在第一回至第十七回之後，原有評語十五則（缺第十回、第十二回），據作者之孫厚澤特別申明全部為作者自寫，而坊間的本子，大多刪去不錄；因為這些評語有助於讀者深入了解作者的寓意及其寫作技巧，所以本書仍將每則評語附錄於各該回之末。另外，為了增進讀者閱讀的興趣，在每一回的後面，又添加了一些注釋，以供參考。

老殘遊記除初編二十回外，還有二編九回與外編殘稿一卷。二編九回最初是接在初編之後發表於天津日日新聞，因為未寫完，所以沒有單行本，直到民國二十四年，才由劉鶚之孫厚源（鐵孫）交與林語堂，在上海良友圖書公司出版，名為老殘遊記二編，林語堂並為之作序，但只有前六回，與原來報上刊登的九回數目不符，後來還是劉鶚另外兩位孫子厚滋、厚澤將手錄的副本提供出來，才補足了七、八、九三回，二編至此才算完備。至於外編殘稿一卷，原是劉鶚手寫的毛筆稿，共十五張，並未發表，一直保存在劉家。這二編七、八、九三回與外編殘稿後來都收錄在魏紹昌所編的老殘遊記資料一書中。本書收集了二編的前六回以及後三回，和外編殘稿一卷的全部文字，加以分段、標點，並且與初編一樣，在每回之末也作了注釋。

老殘遊記不僅盛行於國內，而且還被譯為俄文、捷克文、英文和日文流傳至國外，因此它在國際之間也頗有聲譽，中外人士研究的文字也不在少數，所以本書特別在附錄中收集了十篇文章，其中包括劉鶚的日記二則，詩三首，以及劉氏後人所寫的三篇文字，此外，如胡適、林語堂為老殘遊記初編、二編所寫的序，以及英國學者謝迪克教授的一篇文章等，都是非常寶貴的研究資料，我們按照時代的前後排列迻錄於此。

總計本書所收集的，在老殘遊記本文方面，有初編二十回，二編九回，外編殘稿一卷，以及初編劉鶚自作的評語十五則。在老殘遊記有關資料方面，又收錄了十篇極有價值的文章。讀者無論是閱讀或是作深入研究，這應是最完備也最詳盡的一本書了。

最後對於老殘遊記作者的署名再作一說明，向來各本俱作洪都百鍊生，然而參諸劉鶚在外編手寫的殘稿中，曾自云：「這個鴻都，卻不是『南昌故郡，洪都新府』的那個洪都，倒是『臨邛道士鴻都客，能以精神致魂魄』的那個鴻都。……」既然作者已言之確鑿，因此我們便照作者的意思將他的署名定為「鴻都百鍊生」了。

老殘遊記作者劉鐵雲遺像

烈婦有心殉節——老殘遊記第五回插圖

（原刊繡像小說第十一期）

滔滔黃水觀察嘉謨——老殘遊記第十三回插圖

（原刊繡像小說第十七期）

老殘遊記外編原稿第七頁

回目

初編

二編

初編

自敘

嬰兒墮地，其泣也呱呱；及其老死，家人環繞，其哭也號啕。然則哭泣也者，固人之所以成始成終也。其間人品之高下，以其哭泣之多寡為衡，蓋哭泣者，靈性之現象也，有一分靈性即有一分哭泣，而際遇之順逆不與焉。

馬與牛，終歲勤苦，食不過芻秣，與鞭策相終始，可謂辛苦矣，然不知哭泣，靈性缺也。猿猴之為物，跳擲於深林，厭飽乎梨栗，至逸樂也，而善啼；啼者，猿猴之哭泣也。故博物家云：猿猴，動物中性最近人者，以其有靈性也。古詩云：「巴東三峽巫峽長，猿啼三聲斷人腸。」其感情為何如矣！

靈性生感情，感情生哭泣。哭泣計有兩類：一為有力類，一為無力類。癡兒騃女，失果則啼，遺簪亦泣，此為無力類之哭泣。城崩杞婦之哭，竹染湘妃之淚，此有力類之哭泣也。有力類之哭泣又分兩種：以哭泣為哭泣者，其力尚弱；不以哭泣為哭泣者，其力甚勁，其行乃彌遠也。

離騷為屈大夫之哭泣，莊子為蒙叟之哭泣，史記為太史公之哭泣，草堂詩集為杜工部之哭泣，李後主以詞哭，八大山人以畫哭；王實甫寄哭泣於西廂，曹雪芹寄哭泣於紅樓夢。王之言曰：「別恨離愁，滿肺腑，難陶洩，除紙筆，代喉舌，我千種相思向誰說？」曹之言曰：「滿紙荒唐言，一把辛酸淚；都云作者癡，誰解其中意！」名其茶曰「千芳一窟」，名其酒曰「萬豔同杯」者：千芳一哭，萬豔同悲也。

吾人生今之時，有身世之感情，有家國之感情，有社會之感情，有種教之感情。其感情愈深者，其哭泣愈痛，此鴻都百鍊生所以有老殘遊記之作也。

棋局已殘，吾人將老，欲不哭泣也得乎？吾知海內千芳，人間萬豔，必有與吾同哭同悲者焉！

第一回　土不制水歷年成患　風能鼓浪到處可危

話說山東登州府東門外有一座大山，名叫蓬萊山。山上有個閣子，名叫蓬萊閣。這閣造得畫棟飛雲，珠簾捲雨，十分壯麗。西面看城中人戶，煙雨萬家；東面看海上波濤，崢嶸千里。所以城中人士往往於下午攜尊挈酒在閣中住宿，準備次日天未明時看海中出日，習以為常。這且不表。卻說那年有個遊客，名叫老殘。此人原姓鐵，單名一個英字，號補殘；因慕懶殘和尚煨芋的故事❶，遂取這「殘」字做號。大家因他為人頗不討厭，器重他的意思，都叫他老殘；不知不覺，這「老殘」二字便成了個別號了。

他年紀不過三十多歲，原是江南人氏。當年也曾讀過幾句詩書，因八股文章❷做得不通，所以學也

---

❶ 懶殘和尚煨芋的故事：懶殘為唐代衡岳寺的和尚，即明瓚禪師。性懶，又常吃眾僧吃剩的殘餘，因號懶殘。圓寂後，敕謚大明禪師。煨芋的故事見於續高僧傳：「衡岳寺僧明瓚禪師，性懶而食殘，號懶殘。李泌異之，往見，正撥火煨芋啖之，取半授泌曰：『勿多言，領取十年宰相。』」故事大意是說李泌慕懶殘之名去拜訪他，他正在烤芋頭吃，拿吃剩的半個給李泌，並告訴他今後小心說話，可做十年宰相。後來李泌果然做了唐德宗的宰相。

❷ 八股文章：明清兩代科舉考試所規定的一種應考的文體，要把全文寫成四段，每段有兩股對偶的字句，所以叫八股。

未曾進得一個，教書沒人要他，學生意又嫌歲數大，不中用了。其先他的父親原也是個三四品的官，因性情迂拙，不會要錢，所以做了二十年實缺❸，回家仍是賣了袍褂做的盤川❹。你想可有餘資給他兒子應用呢？

這老殘既無祖業可守，又無行當❺可做，自然「飢寒」二字漸漸的相逼來了。正在無可如何，可巧天不絕人，來了一個搖串鈴❻的道士，說是曾受異人傳授，能治百病，街上人找他治病，百治百效；所以這老殘就拜他為師，學了幾個口訣，從此也就搖個串鈴替人治病餬口去了，奔走江湖近二十年。

這年剛剛走到山東古千乘❼地方，有個大戶，姓黃，名叫瑞和，害了一個奇病，渾身潰爛，每年總要潰幾個窟窿，今年治好這個，明年別處又潰幾個窟窿，經歷多年，沒有人能治得這病，每發都在夏天，一過秋分就不要緊了。

那年春天，剛剛老殘走到此地，黃大戶家管事的問他可有法子治這個病。他說：「法子儘有，只是你們未必依我去做。今年權且略施小技，試試我的手段。若要此病永遠不發，也沒有甚麼難處，只須依著古人方法，那是百發百中的。別的病是神農、黃帝傳下來的方法。只有此病是大禹傳下來的方法；後

---

❸ 實缺：有實際職位的官。

❹ 盤川：旅費。亦稱盤費。本字應作「盤纏」。

❺ 行當：行業、職業。

❻ 串鈴：遊方江湖的星相、醫、卜等用來召喚人的工具，用鐵或銅製成一中空的環，套在手上擺動發聲。

❼ 古千乘：千乘為漢代郡名，約有今山東省歷城縣至益都縣一帶地。

來漢朝有個王景❽得了這個傳授，以後就沒有人知道此方法了。今日奇緣，在下倒也懂得些個。」

於是黃大戶家遂留老殘住下替他治病。說也奇怪，這年雖然小有潰爛，卻是一個窟窿也沒有出過，為此黃大戶家甚為喜歡。

看看秋分已過，病勢今年是不要緊的了，大家因為黃大戶不出窟窿是十多年來沒有的事，異常快活，就叫了個戲班子唱了三天謝神的戲，又在西花廳上搭了一座菊花假山，今日開筵，明朝設席，鬧的十分暢快。

這日，老殘吃過午飯，因多喝了兩杯酒，覺得身子有些困倦，就跑到自己房裏一張睡榻上躺下，歇息歇息。纔閉了眼睛，忽外邊就走進兩個人來，一個叫文章伯，一個叫德慧生。這兩人本是老殘的至友。一齊說道：「這麼長天大日的，老殘，你蹲在家裏做甚？」老殘連忙起身讓坐，說：「我因為這兩天困於酒食，覺得怪膩的慌❾。」二人道：「我們現在要往登州府，去訪蓬萊閣的勝景，因此，特來約你。車子已替你雇了。你趕緊收拾行李，就此動身罷。」

老殘行李本不甚多，不過古書數卷，儀器幾件，收檢也極容易，頃刻之間，便上了車。無非風餐露宿，不久便到了登州，就在蓬萊閣下覓了兩間客房，大家住下，也就玩賞玩賞海市的虛情，蜃樓❿的

❽ 王景：後漢人，字仲通。明帝時治河水有功，官廬江太守。見後漢書卷七十六。

❾ 怪膩得慌：頗為厭煩。

❿ 海市蜃樓：是一種自然界的奇異光學現象，遠方看不見的物體，因為光線的屈折而出現在眼前。後來用以比喻虛幻的景象或事情。

幻相。

次日，老殘向文德二公說道：「人人都說日出好看，又杜工部詩云：『日出海拋球。』我們今夜何妨不睡，看一看日出，何如？」二人說道：「老兄有此清興，弟等一定奉陪。」

秋天雖是晝夜停勻時候，究竟日出日入有蒙氣傳光⓫，還覺得夜是短的。三人開了兩瓶酒，取出攜來的肴饌，一面吃酒，一面談心，不知不覺，那東方已漸漸放出光明了；其實離日出尚遠，這就是蒙氣傳光的道理。

三人又略談片刻。德慧生道：「此刻也差不多是時候了，我們何妨先到閣子上頭去等呢？」文章伯道：「耳邊風聲甚急，上頭窗子太敞，恐怕寒冷，比不得這屋子裏暖和，須多穿兩件衣服上去。」

各人照樣辦了，又都帶了千里鏡⓬，攜了毯子，由後面扶梯曲折上去。到了閣子中間靠窗一張桌子旁邊坐下，朝東觀看，只見海中白浪如山，一望無際，東北青煙數點，最近的是長山島，再遠便是大竹、大黑等島了。那閣子旁邊風聲呼呼價響，彷彿閣子都要搖動似的，天上雲氣一片一片價疊起。只見北邊有一片大雲飛到中間，將原有的雲壓將下去，並將東邊一片雲擠得越過越緊，越緊越不能相讓，情狀甚為譎詭。過了些時，也就變成一片紅光了。

慧生道：「殘兄，看此光景，今兒日出是看不著的了。」老殘道：「天風海水，能移我情，即使看

⓫ 蒙氣傳光：蒙氣是帶有水分的大氣，即霧氣。因有折光作用，故可使日出之前與日入之後的大地，仍有光亮，這就叫蒙氣傳光。

⓬ 千里鏡：望遠鏡。即後文所指之「遠鏡」。

不著日出，此行亦不為辜負。」

章伯正在用遠鏡凝視，說道：「你們看！東邊有一絲黑影隨波出沒，定是一隻輪船由此經過。」於是大家皆拿出遠鏡對著觀看；看了一刻，說道：「是的，是的；你看，有極細一絲黑線在那天水交界的地方，那不就是船身嗎？」

大家看了一回，那輪船也就過去，看不見了。慧生還拿遠鏡左右窺視。正在凝神，忽然大叫：「噯呀！噯呀！你瞧，那邊一隻帆船在那洪波巨浪之中，好不危險！」兩人道：「在甚麼地方？」慧生道：「你望正東北瞧，那一片雪白浪花不是長山島嗎？在長山島的這邊，漸漸來得近了。」兩人用遠鏡一看，都道：「噯呀！噯呀！實在危險得極！幸而是向這邊來，不過二三十里就可泊岸了！」

相隔不過一點鐘之久，那船來得業已甚近。三人用遠鏡凝神細看，原來船身長有二十三四丈，原是隻很大的船。船主坐在舵樓之上。樓下四人，專管轉舵的事。前後六枝桅桿，掛著六扇舊帆，又有兩枝新桅，掛著一扇簇新的帆，一扇半新不舊的帆，算來這船便有八枝桅了。船身吃儎很重，想那艙裏一定裝的各項貨物。船面上坐的人口，男男女女，不計其數，卻無篷窗等件遮蓋風日，同那天津到北京火車的三等客位一樣，面上有北風吹著，身上有浪花濺著，又濕又寒，又飢又怕。看這船上的人都有「民不聊生」的氣象。那八扇帆下各有兩人專管繩腳的事。船頭及船幫⑬上有許多的人，彷彿水手的打扮。

這船雖有二十三四丈長，卻是破壞的地方不少：東邊有一塊，約有三丈長短，已經破壞，浪花直灌進去；那旁，仍在東邊，又有一塊，約長一丈，水波亦漸漸浸入；其餘的地方，無一處沒有傷痕。那八

⑬ 船幫：船身的側面。

個管帆的卻是認真的在那裏管，只是各人管各人的帆，彷彿在八隻船上似的，彼此不相關照。那水手只管在那坐船的男男女女隊裏亂竄，不知所做何事。用遠鏡仔細看去，方知道他在那裏搜他們男男女女所帶的乾糧，並剝那些人身上穿的衣服。

章伯看得親切，不禁狂叫道：「這些該死的奴才！你看，這船眼睜睜就要沉覆，他們不知想法敷衍著早點泊岸，反在那裏蹂躪好人，氣死我了！」慧生道：「章哥，不用著急；此船目下相距不過七八里路，等他泊岸的時候，我們上去勸勸他們便是。」

正在說話之間，忽見那船上殺了幾個人，拋下海去，捩⓮過舵來，又向東邊去了。章伯氣的兩腳直跳，罵道：「好好的一船人，無窮性命，無緣無故斷送在這幾個駕駛的人手裏，豈不冤枉！」沉思了一下，又說道：「好在我們山腳下有的是漁船，何不駕一隻去，將那幾個駕駛的人打死，換上幾個？豈不救了一船人的性命？何等功德！何等痛快！」慧生道：「這個辦法雖然痛快，究竟未免鹵莽，恐有未妥。——請教殘哥以為何如？」

老殘笑向章伯道：「章哥此計甚妙，只是不知你帶幾營人去？」章伯憤道：「殘哥怎麼也這麼糊塗！此時人家正在性命交關，不過一時救急，自然是我們三個人去。那裏有幾營人來給你帶去！」老殘道：「既然如此，他們船上駕駛的不下頭二百人，我們三個人要去殺他，恐怕只會送死，不會成事罷。高明以為何如？」

章伯一想，理路卻也不錯，便道：「依你該怎麼樣？難道白白地看他們死嗎？」老殘道：「依我看

⓮ 捩：音ㄌㄧㄝˋ。撥轉。

來，駕駛的人並未曾錯，只因兩個緣故，所以把這船就弄得狼狽不堪了。怎麼兩個緣故呢？一則他們是走『太平洋』的，只會過太平日子，若遇風平浪靜的時候，他駕駛的情狀亦有操縱自如之妙，不意今日遇見這大的風浪，所以都毛了手腳⓯。二則他們未曾預備方鍼⓰。平常晴天的時候，照著老法子去走，又有日月星辰可看，所以南北東西尚還不大很錯。這就叫做『靠天吃飯』。那知遇了這陰天，日月星辰都被雲氣遮了，所以他們就沒了依傍。心裏不是不想望好處去做，只是不知東南西北，所以越走越錯。為今之計，依章兄法子駕隻漁船追將上去，他的船重，我們的船輕，一定追得上的。到了之後，送他一個羅盤，他有了方向，便會走了。再將這有風浪與無風浪時駕駛不同之處告知船主，他們依了我們的話，豈不立刻就登彼岸了嗎？」慧生道：「老殘所說極是，我們就趕緊照樣辦去；不然，這一船人實在可危得極！」

說著，三人就下了閣子，吩咐從人看守行李物件。那三人卻俱是空身，帶了一個最準的羅盤，一個紀限儀⓱，並幾件行船要用的物件，下了山，——山腳下有個船塢，都是漁船停泊之處。——選了一隻輕快漁船，掛起帆來，一直追向前去。幸喜本日刮的是北風，所以向西都是旁風，使帆很便當的。

一霎時，離大船已經不遠了，三人仍拿遠鏡不住細看。及至離大船十餘丈時，連船上人說話都聽得見了。誰知道除那管船的人搜括眾人外，又有一種人在那裏高談闊論的演說。

⓯ 毛了手腳：手腳發毛。比喻手足無措。
⓰ 方鍼：即指南針。
⓱ 紀限儀：測量儀器之一，即六分儀。在航海時，用來測定太陽的高度，以求得船隻所處的方位。

只聽他說道：「你們各人均是出了船錢坐船的，況且這船也就是你們祖遺的公司產業，現在已被這幾個駕駛人弄得破壞不堪，你們全家老幼的性命都在船上，難道都在這裏等死不成？就不想個法兒挽回挽回嗎？真真該死奴才！」

眾人被他罵得頓口無言。內中便有數人出來說道：「你這先生所說的都是我們肺腑中欲說說不出的話；今日被先生喚醒，我們實在慚愧，感激的很！只是請教有甚麼法子呢？」

那人便道：「你們知道現在是非錢不行的世界了，你們大家斂幾個錢來，我們捨出自己的精神，拚著幾個人流血，替你們掙個萬世安穩自由的基業，你們看好不好呢？」眾人一齊拍掌稱快。

章伯遠遠聽見，對二人說道：「不想那船上竟有這等的英雄豪傑！早知如此，我們可以不必來了。」慧生道：「姑且將我們的帆落幾葉下來，不必追上那船，看他是如何的舉動。倘真有點道理，我們便可回去了。」老殘道：「慧哥所說甚是；依愚見看來，這等人恐怕不是辦事的人，只是用幾句文明的話頭騙幾個錢用用罷了！」

當時三人便將帆葉落下，緩緩的尾大船之後。只見那船上人斂了許多錢交給演說的人，看他如何動手。誰知那演說的人，斂了許多錢，去找了一塊眾人傷害不著的地方，立住了腳，便高聲叫道：「你們這些沒血性的人，涼血種類的畜生，還不趕緊去打那個掌舵的嗎？」又叫道：「你們還不去把這些管船的一個一個殺了嗎？」

那知就有那不懂事的少年依著他去打掌舵的，也有去罵船主的，俱被那旁邊人殺的殺了，拋棄下海的拋棄下海了。

那個演說的人又在高處大叫道：「你們為甚麼沒有團體？若是全船人一齊動手，還怕打不過他們麼？」

那船上人，就有老年曉事的人，也高聲叫道：「諸位切不可亂動！倘若這樣做去，勝負未分，船先覆了！萬萬沒有這個辦法！」

慧生聽得此語，向章伯道：「原來這裏的英雄只管自己斂錢，叫別人流血的。」老殘道：「幸而尚有幾個老成持重的人；不然，這船覆得更快了！」

說著，三人便將帆葉抽滿，頃刻便與大船相近。篙工用篙子鉤住大船，三人便跳將上去，走至舵樓底下，深深的唱了一個喏⑱，便將自己的羅盤及紀限儀等項取出呈上。舵工看見，倒也和氣，便問：「此物怎樣用法？有何益處？」

正在議論，那知那下等水手裏面忽然起了咆哮，說道：「船主！船主！千萬不可為這人所惑！他們用的是外國羅盤，一定是洋鬼子差遣來的漢奸！他們是天主教！他們將這隻大船已經賣與洋鬼子了，所以纔有這個羅盤！請船主趕緊將這三人綁去殺了，以除後患！倘與他們多說幾句話，再用了他的羅盤，就算收了洋鬼子的定錢，他就要來拿我們的船了！」

誰知這一陣嘈嚷，滿船的人俱為之震動。就是那演說的英雄豪傑也在那裏喊道：「這是賣船的漢奸！快殺！快殺！」

---

⑱ 唱了一個喏：古人相見時，雙手作揖，口中唸頌詞，叫做「唱喏」。唱了一個喏，也就是作了一個揖。喏，音ㄖㄜˇ。

船主舵工聽了，俱猶疑不定。內中有一個舵工，是船主的叔叔，說道：「你們來意甚善，只是眾怒難犯，趕快去罷！」

三人垂淚，趕忙回了小船。那知大船上人，餘怒未息，看三人上了小船，忙用被浪打碎了的斷樁破板打下船去。你想，一隻小小漁船，怎禁得幾百個人用力亂砸？頃刻之間，將那漁船打得粉碎，看著沉下海中去了！

未知三人性命如何，且聽下回分解。

【評】

白樂天云：「我是玉皇香案吏，謫居猶得住蓬萊。」此書由蓬萊閣起，可知本是仙吏謫落人間。舉世皆病，又舉世皆睡。真正無下手處，搖串鈴先醒其睡。無論何等病症，非先醒無治法。具菩薩婆心，得異人口訣，鈴而曰串，則盼望同志相助，心苦情切。

「駕駛的人並未曾錯」二語，心平氣和。以下兩個病源，也說得至當不易。

「去找了一塊眾人傷害不著的地方，立住了腳。」我想不是上海，便是日本。

「原來這裏的英雄只管自己斂錢，叫別人流血的。」為近日造時世的英雄寫一小照；更喚醒許多癡漢，不必替人枉送頭顱。

第二回　歷山山下古帝遺蹤　明湖湖邊美人絕調

話說老殘在漁船上被眾人砸得沉下海去，自知萬無生理，只好閉著眼睛，聽他怎樣，覺得身體如落葉一般，飄飄蕩蕩，頃刻工夫，沉了底了。只聽耳邊有人叫道：「先生，起來罷；先生，起來罷。天已黑了。飯廳上飯已擺好多時了。」老殘慌忙睜開眼睛，楞了一楞，道：「呀！原來是一夢！」

自從那日起，又過了幾天，老殘向管事的道：「現在天氣漸寒，貴居停❶的病也不會再發，明年如有委用之處，再來效勞。目下鄙人要往濟南府去看看大明湖的風景。」管事的再三挽留不住，只好當晚設酒餞行，封了一千兩銀子奉給老殘，算是醫生的酬勞。

老殘略道一聲謝謝，也就收入箱籠，告辭動身上車去了。一路秋山紅葉，老圃黃花，頗不寂寞。到了濟南府，進得城來，家家泉水，戶戶垂楊，比那江南風景覺得更為有趣。到了小布政司街，覓了一家客店，名叫高陞店，將行李卸下，開發了車價酒錢，胡亂吃點晚飯，也就睡了。

次日清晨起來，喫點兒點心，便搖著串鈴滿街踅❷了一趟，虛應一應故事。午後便步行至鵲華橋邊，雇了一隻小船，盪起雙槳，朝北不遠，便到歷下亭前，止船進去。入了大門，便是一個亭子，油漆已大

❶ 居停：居停主人的簡稱。指寄寓之所的主人。

❷ 踅：音ㄒㄩㄝˊ。盤旋、兜圈子。

半剝蝕。亭子上懸了一副對聯，寫的是：「歷下此亭古，濟南名士多。」上寫著「杜工部❸句」，下寫著「道州何紹基❹書」。亭子旁邊雖有幾間房屋，也沒有甚麼意思。復行下船，向西盪去，不甚遠，又到了鐵公祠畔。

你道鐵公是誰？就是明初與燕王為難的那位鐵鉉❺。後人敬他的忠義，所以至今，春秋時節，土人尚不斷的來此進香。

到了鐵公祠前，朝南一望，只見對面千佛山上，梵宇僧樓，與那蒼松翠柏，高下相間，紅的火紅，白的雪白，青的靛青，綠的碧綠；更有一株半株的丹楓夾在裏面，彷彿宋人趙千里❻的一幅大畫，做了一架數十里長的屏風。

正在歎賞不絕，忽聽一聲漁唱，響遏行雲，低頭看去，誰知那明湖業已澄淨得同鏡子一般。那千佛山的倒影映在湖裏，顯得明明白白。那樓臺樹木格外光彩，覺得比上頭的一個千佛山還要好看，還要清楚。這湖的南岸，上去便是街市，卻有一層蘆葦，密密遮住。現在正是開花的時候，一片白花映著帶水氣的斜陽，好似一條粉紅絨毯，做了上下兩個山的墊子，實在奇絕！

❸ 杜工部：即唐朝大詩人杜甫，官至檢校工部員外郎，後人因稱杜工部。聯語出自杜甫詩陪李北海宴歷下亭，原句是「海右此亭古，濟南名士多。」

❹ 何紹基：清道州（今湖南道縣）人，字子貞，是書法家。

❺ 鐵鉉：明代鄧人。燕王起兵與建文帝爭奪帝位時，鐵鉉曾堅守濟南，屢挫燕師；後來燕王攻陷南京，自立為帝（即明成祖），鐵鉉不屈被殺。見明史一百四十二卷。

❻ 趙千里：趙伯駒，字千里，為宋代山水畫家。

老殘心裏想道：「如此佳景，為何沒有甚麼遊人？」看了一會兒，回轉身來看那大門裏面楹柱上有副對聯，寫的是「四面荷花三面柳，一城山色半城湖」，暗暗點頭道：「真正不錯！」進了大門，正面便是鐵公享堂❼，朝東便是一個荷池。繞著曲折的迴廊，到了荷池東面，就是個圓門。圓門東邊有三間舊房，有個破匾，上題「古水仙祠」四個字。祠前一副破舊對聯，寫的是「一盞寒泉薦秋菊，三更畫船穿藕花。」過了水仙祠，仍舊下了船，盪到歷下亭的後面。兩邊荷葉荷花將船夾住。那荷葉初枯，擦的船嗤嗤價響。那水鳥被人驚起，格格價飛。那已老的蓮蓬不斷的綳到船窗裏面來。

老殘隨手摘了幾個蓮蓬，一面喫著，一面船已到了鵲華橋畔了。到了鵲華橋纔覺得人煙稠密，也有挑擔子的，也有推小車的，也有坐二人擡小藍呢轎子的。轎子後面一個跟班的戴個紅纓帽子，膀子底下夾個護書❽，拚命價奔，一面用手巾擦汗，一面低著頭跑。街上五六歲的孩子不知避人，被那轎夫無意踢倒一個，他便哇哇的哭起。他的母親趕忙跑來問：「誰碰倒你的？誰碰倒你的？」那個孩子只是哇哇的哭，並不說話，問了半天，纔帶哭說了一句道：「擡轎子的！」他母親擡頭看時，轎子早已跑的有二里多遠了。那婦人牽了孩子，嘴裏不住咭咭咕咕的罵著，就回去了。

老殘從鵲華橋往南緩緩的向小布政司街走去，一擡頭，見那牆上貼了一張黃紙，有一尺長，七八寸寬的光景，居中寫著「說鼓書」三個大字，旁邊一行小字是「二十四日明湖居」。那紙還未十分乾，心知

❼ 享堂：祭堂。

❽ 護書：安放文書用的長方形木匣子。類似後來的公文皮包。

是方纔貼的，只不知道這是甚麼事情，別處也沒見過這樣招紙❾。一路走著，一路盤算。只聽得耳邊有兩個挑擔子的說道：「明兒白妞說書，我們可以不必做生意，來聽書罷。」又走到街上，聽鋪子裏櫃檯上有人說道：「前次白妞說書是你告假的；明兒的書，應該我告假了。」一路行來，街談巷議，大半都是這話，心裏詫異道：「白妞是何許人？說的是何等樣書？為甚一紙招貼便舉國若狂如此？」信步走來，不知不覺，已到高陞店口。進得店去，茶房便來回道：「客人，用甚麼夜膳？」

老殘一一說過，就順便問道：「你們此地說鼓書是個甚麼頑意兒？何以驚動這麼許多的人？」茶房說：「客人，你不知道。這說鼓書本是山東鄉下的土調，用一面鼓，兩片梨花簡，名叫梨花大鼓，演說些前人的故事，本也沒甚稀奇；自從王家出了這個白妞、黑妞姊妹兩個，這白妞名字叫做王小玉，此人是天生的怪物！他十二三歲時就學會了這說書的本事；他卻嫌這鄉下的調兒沒甚麼出奇，他就常到戲園裏看戲，所有甚麼西皮、二簧、梆子腔等調，一聽就會，甚麼余三勝、程長庚、張二奎❿等人的調子，他一聽也就會唱。仗著他的喉嚨，要多高有多高；他的中氣，要多長有多長。他又把那南方的甚麼崑腔小曲，種種的腔調，他都拿來裝在這大鼓書的調兒裏面，不過二三年工夫，創出這個調兒，竟至無論南北高下的人，聽了他唱書，無不神魂顛倒。現在已有招紙，明兒就唱。你不信，去聽一聽就知道了。只是要聽還要早去，他雖是一點鐘開唱，若到十點鐘去便沒有座位了。」

❾ 招紙：招貼。

❿ 余三勝、程長庚、張二奎：三人皆為清末平劇中扮演老生的名藝人。各有獨特的演唱風格，代表當時平劇的三派。

老殘聽了，也不甚相信。次日六點鐘起，先到南門內看了舜井⓫，又出南門，到歷山腳下，看看相傳大舜昔日耕田的地方⓬。及至回店，已有九點鐘的光景，趕忙喫了飯，走到明湖居，纔不過十點鐘時候。那明湖居本是個大戲園子，戲臺前有一百多張桌子。那知進了園門，園子裏面已經坐得滿滿的了，只有中間七八張桌子還無人坐。桌子卻都貼著「撫院定」「學院定」等類紅紙條兒。

老殘看了半天，無處落腳，只好袖子裏拏了二百錢，送了看坐兒的⓭，纔弄了一張短板櫈在人縫裏坐下。看那戲臺上只擺了一張半桌，桌子上放了一面板鼓，鼓上放了兩個鐵片兒，心裏知道這就是所謂「梨花簡」了，旁邊放了一個三弦子，半桌後面放了兩張椅子，並無一個人在臺上。偌大的個戲臺，空空洞洞，別無他物，看了不覺有些好笑。園子裏面頂著籃子賣燒餅油條的有一二十個，都是為那不喫飯來的人買了充飢的。

到了十一點鐘，只見門口轎子漸漸擁擠，許多官員都著了便衣，帶著家人，陸續進來。不到十二點鐘，前面幾張空桌俱已滿了，不斷還有人來，看坐兒的也只是搬張短櫈在夾縫中安插。這一群人來了，彼此招呼，有打千兒⓮的，有作揖的，大半打千兒的多，高談闊論，說笑自如。這十幾張桌子外，看來

⓫ 舜井：事見史記五帝本紀：「瞽叟又使舜穿井，舜穿井為匿空旁出，舜既入深，瞽叟與象共下土實井，舜從匿空出去。」舜未登帝位前，他的父親瞽叟命舜鑿井，又趁舜在深井中工作時，與舜的異母弟象合謀，投下土石，要殺害舜，幸好舜預先在井中鑿了通道，才免於死難。舜井的遺跡即本此故事。

⓬ 大舜昔日耕田的地方：事見史記五帝本紀：「舜耕歷山，歷山之人皆讓畔。」舜未登帝位前，曾在歷山下耕田，那裏的人受到他德行的感召，將原來互相侵占的土地都退讓出來。

⓭ 看坐兒的：舊時戲園中茶役的俗稱。

都是做生意的人，又有些像是本地讀書人的樣子，大家都喊喊喳喳⑮的在那裏說閒話。因為人太多了，所以說的甚麼話都聽不清楚，也不去管他。

到了十二點半鐘，看那臺上，從後臺簾子裏面出來了一個男人，穿了一件藍布長衫，長長的臉兒，一臉疙瘩⑯，彷彿風乾福橘皮⑰似的，甚為醜陋。但覺得那人氣味倒還沉靜，出得臺來，並無一語，就往半桌⑱後面左手一張椅子上坐下，慢慢的將三弦子取來，隨便和了和弦，彈了一兩個小調，人也不甚留神去聽；後來彈了一枝大調，也不知道叫甚麼牌子；只是到後來，全用輪指⑲，那抑揚頓挫，入耳動心，恍若有幾十根弦，幾百個指頭，在那裏彈似的。這時臺下叫好的聲音不絕於耳，卻也壓不下那弦子去。這曲彈罷，就歇了手。旁邊有人送上茶來。

停了數分鐘時，簾子裏面出來一個姑娘，約有十六七歲，長長鴨蛋臉兒，梳了一個抓髻⑳，戴了一副銀耳環，穿了一件藍布外褂兒，一條藍布褲子，都是黑布鑲滾的；雖是粗布衣裳，倒十分潔淨；來到半桌後面右手椅子上坐下。那彈弦子的便取了弦子錚錚鏦鏦彈起。這姑娘便立起身來，左手取了梨花簡㉑

---

⑭ 打千兒：屈一膝行半跪禮，請安之意。亦作「打扦」。

⑮ 喊喊喳喳：低語聲。

⑯ 疙瘩：即疙瘩。

⑰ 風乾福橘皮：被風吹乾了的福州橘子皮。用以形容皮膚粗糙。

⑱ 半桌：小條桌。

⑲ 輪指：彈奏快板的指法。拇指向外，其餘四指輪撥琴弦，猶如車輪轉動一樣。

⑳ 抓髻：頭髮上攏，綰在頭頂上的一種髮髻。

夾在指頭縫裏，便丁丁當當的敲，與那弦子聲音相應，右手持了鼓捶子，凝神聽那弦子的節奏；忽羯鼓㉒一聲，歌喉遽發，字字清脆，聲聲宛轉，如新鶯出谷，乳燕歸巢。每句七字，每段數十句，或緩或急，忽高忽低。其中轉腔換調之處，百變不窮，覺一切歌曲腔調俱出其下，以為觀止矣。

旁坐有兩人，其中一人低聲問那人道：「此想必是白妞了罷？」其一人道：「不是；這人叫黑妞，是白妞的妹子。他的調門兒都是白妞教的；若比白妞，還不曉得差多遠呢！他的好處人說得出，白妞的好處人說不出。他的好處人學得到，白妞的好處人學不到。你想，這幾年來好頑耍的誰不學他們的調兒呢？就是窰子裏的姑娘也人人都學，只是頂多有一兩句到黑妞的地步；若白妞的好處，從沒有一個人能及他十分裏的一分的！」

說著的時候，黑妞早唱完，後面去了。這時滿園子裏的人，談心的談心，說笑的說笑。賣瓜子、落花生、山裏紅、核桃仁的，高聲喊叫著賣。滿園子裏聽來都是人聲。

正在熱鬧哄哄的時候，只見那後臺裏又出來了一位姑娘，年紀約十八九歲，裝束與前一個毫無分別，瓜子臉兒，白淨面皮，相貌不過中人以上之姿，只覺得秀而不媚，清而不寒，半低著頭出來，立在半桌後面，把梨花簡丁當了幾聲，煞是奇怪，只是兩片頑鐵，到他手裏便有了五音十二律似的！又將鼓捶子輕輕的點了兩下，方擡起頭來，向臺下一盼。那雙眼睛，如秋水，如寒星，如寶珠，如白水銀裏頭養著兩丸黑水銀，左右一顧一看，連那坐在遠遠牆角子裏的人都覺得王小玉看見我了。那坐得近的，更不必

㉑ 梨花簡：演唱鼓詞或說書的人，手持的兩塊小鐵片或竹片，敲擊出聲，以配合板眼節奏的，叫梨花簡。
㉒ 羯鼓：樂器名，源自西域，狀似小鼓，兩面蒙皮，均可擊打，亦稱兩杖鼓。

說，就這一眼，滿園子裏便鴉雀無聲，比皇帝出來還要靜悄得多呢！連一根針掉在地下都聽得見響！

王小玉便啟朱脣，發皓齒，唱了幾句書兒。聲音初不甚大，只覺入耳有說不出來的妙境，五臟六腑裏像熨斗熨過，無一處不伏貼，三萬六千個毛孔，像吃了人參菓㉓，無一個毛孔不暢快。唱了十數句之後，漸漸的越唱越高，忽然拔了一個尖兒，像一線鋼絲拋入天際，不禁暗暗叫絕。那知他於那極高的地方，尚能迴環轉折。幾轉之後，又高一層，接連有三四疊，節節高起，恍如由傲來峰西面攀登泰山的景象，初看傲來峰削壁千仞，以為上與天通，及至翻到傲來峰頂，纔見扇子崖更在傲來峰上；及至翻到扇子崖，又見南天門更在扇子崖上，——愈翻愈險，愈險愈奇！

那王小玉唱到極高三四疊後，陡然一落，又極力騁其千迴百折的精神，如一條飛蛇在黃山三十六峰半中腰裏盤旋穿插，頃刻之間，周匝數遍。從此以後，愈唱愈低，愈低愈細，那聲音漸漸的就聽不見了。滿園子的人都屏氣凝神，不敢少動。約有兩三分鐘之久，彷彿有一點聲音從地底下發出。這一出之後，忽又揚起，像放那東洋煙火，一個彈子上天，隨化作千百道五色火光，縱橫散亂。這一聲飛起即有無限聲音俱來並發。那彈弦子的亦全用輪指，忽大忽小，同他那聲音相和相合，有如花塢春曉，好鳥亂鳴。耳朵忙不過來，不曉得聽那一聲的為是。正在撩亂之際，忽聽霍然一聲，人弦俱寂，這時臺下叫好之聲轟然雷動。

㉓ 人參菓：為傳說中的仙果，形狀似初生的小孩。詳見西遊記二十四回：「三千年一開花，三千年一結果，再三千年方得成熟，短頭一萬年，只結得三十個。有緣的，聞一聞，就活三百六十歲，吃一個，就活四萬七千年。」

停了一會，鬧聲稍定，只聽那臺下正座上，有一個少年人，不到三十歲光景，是湖南口音，說道：「當年讀書，見古人形容歌聲的好處，有那『餘音繞梁，三日不絕』㉔的話，我總不懂。空中設想，餘音怎樣會得繞梁呢？又怎會三日不絕呢？及至聽了小玉先生說書，纔知古人措辭之妙。每次聽他說書之後，總有好幾天耳朵裏無非都是他的書音，無論做甚麼事，總不入神，反覺得『三日不絕』這『三日』二字下得太少，還是孔子『三月不知肉味』㉕『三月』二字形容得透徹些！」旁邊人都說道：「夢湘先生論得透闢極了！『於我心有戚戚焉』㉖！」

說著，那黑妞又上來說了一段，底下便又是白妞上場。這一段，聞旁邊人說，叫做「黑驢段」。聽了去，不過是一個士子見一個美人，騎了一個黑驢走過去的故事。將形容那美人，先形容那黑驢怎樣怎樣好法；待鋪敘到美人的好處，不過數語，這段書也就完了。其音節全是快板，越說越快。白香山㉗詩云：「大珠小珠落玉盤。」可以盡之。其妙處，在說得極快的時候，聽的人彷彿都趕不上聽，他卻字字清楚，無一字不送到人耳輪深處。這是他的獨到。然比著前一段卻未免遜一籌了。

㉔ 餘音繞梁，三日不絕：喻歌音的微妙迴旋。列子湯問：「昔韓娥東之齊，匱糧，過雍門，鬻歌假食，既去，而餘音繞梁欐，三日不絕。」

㉕ 三月不知肉味：論語述而：「子在齊聞韶，三月不知肉味。」朱注：「蓋一心於是，而不及乎他也。」三月食肉不知其味，用以形容音樂感人之深也。

㉖ 於我心有戚戚焉：語見孟子梁惠王。戚戚，心動也。心有同感之意。

㉗ 白香山：即唐代大詩人白居易。晚年居香山，自號香山居士，故人稱白香山。「大珠小珠落玉盤」句，出於琵琶行，形容樂聲的歷歷清脆，悅耳動聽。

這時不過五點鐘光景，算計王小玉應該還有一段。不知那一段又是怎樣好法。究竟如何，且聽下回分解。

【評】

黃山谷詩云：「濟南瀟洒似江南。」據此看來，濟南風景猶在江南之上。

作者云：明湖景致似一幅趙千里畫。作者倒寫得出，吾恐趙千里還畫不出。

昔年曾游泰山，由泰安府出北門上山，過斗姥宮，覽經石峪，歷柏樹洞，上一天門，看萬松崖，迤邐而上，甚為平坦。比到南天門，十八盤，方覺陡峻。不知作者幾時從西面上去，經得如許險境，為登泰山者聞所未聞，卻又無一字虛假，出人意表。

王小玉說書，為聲色絕調。百鍊生著書，為文章絕調。

第三回　金線東來尋黑虎　布帆西去訪蒼鷹

話說眾人以為天時尚早，王小玉必還要唱一段，不知只是他妹子出來敷衍幾句就收場了，當時一鬨而散。

老殘到了次日，想起一千兩銀子放在寓中，總不放心，即到院前大街上找了一家匯票莊，叫個日昇昌字號，匯了八百兩寄回江南徐州老家裏去；自己卻留了一百多兩銀子，本日在大街上買了一疋繭綢，又買了一件大呢馬褂面子，拿回寓去叫個成衣匠做一身棉袍子馬褂❶，因為已是九月底天氣，雖十分和暖，倘然西北風一起立刻便要穿棉衣了；吩咐成衣已畢，吃了午飯，步出西門，先到趵突泉上吃了一碗茶。

這趵突泉乃濟南府七十二泉中的第一個泉，在人池之中，有四五畝地寬闊，兩頭均通谿河。池中流水，汩汩有聲。池子正中間有三股大泉，從池底冒出，翻上水面有二三尺高。據土人云：當年冒起有五六尺高，後來修池，不知怎樣就矮下去了。這三股水均比弔桶還粗。池子北面是個呂祖❷殿；殿前搭著

❶ 馬褂：馬上所穿長袍外面的短褂，沿為常服或禮服。亦稱行褂。

❷ 呂祖：呂洞賓的尊稱；俗稱呂祖爺。呂洞賓，唐京兆府（今陝西長安縣）人，名巖，亦作嵓，曾以進士授縣

涼棚，擺設著四五張桌子，十幾條板櫈賣茶，以便遊人歇息。

老殘吃完茶，出了趵突泉後門，向東轉了幾個彎，尋著了金泉書院，進了二門，便是投轄井❸，相傳即是陳遵留客之處。再望西去，過一重門，即是一所蝴蝶廳。廳前廳後均是泉水圍繞，廳後許多芭蕉，雖有幾片殘葉，尚是一碧無際。西北角上，芭蕉叢裏，有個方池，不過二丈見方，就是金線泉了。金線乃四大名泉之二。

你道四大名泉是哪四個？就是剛纔說的趵突泉，此刻的金線泉，南門外的黑虎泉，撫臺衙門裏的珍珠泉，叫做「四大名泉」。

這金線泉相傳水中有條金線。老殘左右看了半天，不要說金線，連鐵線也沒有！後來幸而走過一個士子來，老殘便作揖請教這「金線」二字有無著落。那士子便拉著老殘踅到池子西面，彎了身體，側著頭，向水面上睨著，說道：「你看，那水面上有一條線，彷彿遊絲一樣，發出似赤金的光亮，在水面上搖動，看見了沒有？」

老殘也側了頭照樣看去；看了些時，說道：「看見了！看見了！這是甚麼緣故呢？」想了一想，道：「莫非底下是兩股泉水，力量相敵，所以中間擠出這一線來？」那士子道：「這泉見於著錄好幾百年，難道這兩股泉的力量經歷這久就沒有個強弱嗎？」老殘道：「你看，這線常常左右擺動，這就是兩邊泉

---

❸ 投轄井：漢代人陳遵，豪爽好客，每逢宴會，便取下來客車上的車轄（輪軸兩端的鐵鏈），投入井中，使他走不了，以便歡酌痛飲。事見漢書陳遵傳。投轄井的遺跡即本此故事。

令，相傳修道成仙，為八仙之一。

力不勻的道理了。」那士子倒也點頭會意。說完了彼此拱手各散。

老殘出了金泉書院，順著西城南行，過了城角，仍是一條街市，一直向東。這南門城外好大一條城河！河裏泉水湛清，看得河底明明白白；河裏的水草都有一丈多長，被那河水流得搖搖擺擺，煞是好看！走著看著，見河岸南面有幾個大長方池子，許多婦女坐在池邊石上搗衣。再過去，有一個大池，池南幾間草房，走到面前，知是一個茶館。進了茶館，靠北窗坐下，就有一個茶房泡了一壺茶來。茶壺都是宜興壺的樣子，卻是本地仿照燒的。

老殘坐定，問茶房道：「聽說你們這裏有個黑虎泉，可知道在甚麼地方？」那茶房笑道：「先生，你伏到這窗臺上朝外看，不就是黑虎泉嗎？」

老殘果然望外一看，原來就在自己腳底下有一個石頭雕的老虎頭，約有二尺餘長，倒有尺五六的寬徑。從那老虎口中噴出一股泉來，力量很大，從池子這邊直沖到池子那面，然後轉到兩邊，流入城河去了。坐了片刻，看那夕陽有漸漸下山的意思，遂付了茶錢，緩步進南門，回寓。

到了次日，覺得游興已足，就拿了串鈴，到街上去混混。踅過撫臺衙門，望西一條胡同口上，有所中等房子，朝南的大門，門旁貼了「高公館」三個字。只見那公館門口站了一個瘦長臉的人，穿了件紫菱熟羅棉大襖，手裏捧了一支洋白銅二馬車水煙袋❹，面帶愁容；看見老殘，喚道：「先生，先生，你會看喉嚨嗎？」老殘答道：「懂得一點兒的。」那人便說：「請裏面坐。」進了大門，望西一拐便是三

❹ 二馬車水煙袋：老式的水煙袋下面沒有底座，煙管和貯煙筒二者分開，後來加了底座，使之聯在一起，以便攜帶。當時叫做「二馬車水煙袋」。

間客廳，鋪設也還妥當。兩邊字畫多半是時下名人的筆墨。只有中間掛著一幅中堂，只畫了一個人，彷佛列子御風❺的形狀，衣服冠帶均被風吹起，筆力甚為遒勁，上題「大風張風」❻四字，也寫得極好。坐定，彼此問過名姓。原來這人係江蘇人，號紹殷，充當撫院內文案❼差使。他說道：「有個小妾害了喉蛾❽，已經五天，今日滴水不能進了。請先生診視，尚有救沒有？」老殘道：「須看了病，方好說話。」

當時高公即叫家人：「到上房關照一聲，說有先生來看病。」隨後就同著進了二門，即是三間上房。進得堂屋，有老媽子打起西房的門簾，說聲「請裏面坐」。走進房門，貼西牆靠北一張大床，床上懸著印花夏布帳子，床面前靠西放了一張半桌，床前兩張杌櫈。

高公讓老殘西面杌櫈上坐下，帳子裏伸出一隻手來，老媽子拿了幾本書墊在手下，診了一隻手，又換一隻。老殘道：「兩手脈沉數而弦❾，是火被寒氣逼住，不得出來，所以越過越重。請看一看喉嚨。」

---

❺ 列子御風：列子即列禦寇，戰國時之哲學家，鄭（今河南省地）人，其學術思想本於黃帝、老子，與莊周相近。神話傳說他能乘風而行。見莊子逍遙遊：「列子御風而行，泠然善也。」

❻ 大風張風：張風，字大風，上元（今江蘇江寧）人，明朝的遺民，其書畫有特別的風致。

❼ 文案：專辦筆墨的幕僚，等於今之秘書。

❽ 喉蛾：即扁桃腺炎，亦名乳蛾。因患者喉頭兩邊腫脹，其形如蛾，故稱喉蛾。

❾ 沉數而弦：沉脈、數脈、弦脈，皆為醫學名詞。沉脈主裏，在肌肉之下，筋骨之間，輕手不見，重按方得，為陰盛陽虛之候。數脈為脈搏之一息六至以上者，乃陰不勝陽，故脈來太過，見此脈者皆熱證，兼浮者表熱，兼沉者裏熱。弦脈之象，端直以長，如張弓弦，按之不移，舉之應手，為木盛之病，不食者難治。沉數而弦，

高公便將帳子打起。看那婦人，約有二十歲光景，面上通紅，人卻甚為委頓的樣子。高公將他輕輕扶起，對著窗戶的亮光。

老殘低頭一看，兩邊腫得已將要合縫了，顏色淡紅；看過，對高公道：「這病本不甚重，原起只是一點火氣，被醫家用苦寒藥一逼，火不得發，兼之平常肝氣易動，抑鬱而成。目下只須吃兩劑辛涼發散藥就好了。」又在自己藥囊內取出一個藥瓶，一支喉槍，替他吹了些藥上去。出到廳房，開了個藥方，名叫「加味甘桔湯」。用的是生甘草、苦桔梗、牛蒡子、荊芥、防風、薄荷、辛夷、飛滑石八味藥，鮮荷梗做的引子❿。方子開畢，送了過去。

高公道：「高明得極。不知吃幾帖？」老殘道：「今日吃兩帖，明日再來覆診。」高公又問：「診金請教幾何？」老殘道：「鄙人行道⓫，沒有一定的診金。果然醫好了姨太太病，等我肚子飢時，賞碗飯吃，走不動時，給幾個盤川，儘夠的了。」高公道：「既如此說，病好一總酬謝。尊寓在何處？以便倘有變動，著人來請。」老殘道：「在布政司街高陞店。」說畢辭出。

從此，天天來請。不過三五天，病勢漸退，已經同常人一樣。高公喜歡得無可如何，送了八兩銀子謝儀，還在北柱樓辦了一席酒，邀請文案上同事作陪，也是個揄揚的意思。

誰知一個傳十，十個傳百，官幕⓬兩途拿轎子來接的漸漸有日不暇給之勢，那日，又在北柱樓吃飯，

是說兼有此三種脈象。數，音ㄕㄨㄛˋ。

❿ 引子：中醫所謂主藥以外的副藥。

⓫ 行道：行醫也。施展所學之意。

是個候補道⑬請的。

席上右邊上首一個人說道：「玉佐臣要補⑭曹州府了。」左邊下首緊靠老殘的一個人道：「他的班次⑮很遠，怎樣會補缺呢？」右邊人道：「因為他辦強盜辦得好，不到一年竟有路不拾遺的景象，宮保⑯賞識非凡。前日有人對宮保說：『曾走曹州府某鄉莊過，親眼見有個藍布包袱棄在路旁，無人敢拾。某就問土人：「這包袱是誰的？為何沒人收起？」土人道：「昨兒夜裏不知何人放在這裏的。」某問：「你們為甚麼不拾了回去？」都笑著搖搖頭道：「拾了，俺還有一家兒性命嗎？」如此，可見路不拾遺，古人竟不是欺人，今日也竟做得到的！』宮保聽著很是喜歡，所以打算專摺明保⑰他。」左邊的人道：「佐臣人是能幹的，只嫌太殘忍些。未到一年，站籠⑱站死兩千多人。難道沒有冤枉的嗎？」旁邊一人道：「冤枉一定是有的，自無庸議；但不知有幾成不冤枉的。」右邊人道：「大凡酷吏的政治，外面都是好

---

⑫ 官幕：政府官員和官員所聘請的幕僚。

⑬ 候補道：候補的道員。已經有了道員的官銜，等候補實缺的叫候補道。

⑭ 補：即補缺。世謂官之實授曰補缺。

⑮ 班次：補授或提升官職的先後次序。乃根據每人的出身、資歷、納捐的多少等等，按類分班，排成次序。

⑯ 宮保：官名，即太子少保。因太子稱東宮，故省稱為宮保。

⑰ 明保：保，保舉也。明保與密保相對，通過吏部轉軍機處奏聞皇帝的保舉謂之明保。不通過吏部逕由軍機處奏聞皇帝的保舉謂之密保。

⑱ 站籠：舊時的刑具名。為酷刑的一種，又名立枷。將犯人直立在特製的木籠內，籠的上端是枷，鎖住犯人的脖子，頭露在外面。罪的輕重全決定於犯人腳下所墊磚塊的多少。若全部抽去，不多時即會斃命。

看的。諸君記得當年常剝皮做兗州府的時候，何嘗不是這樣？纔做得人人側目而視，就完了！」又一人道：「佐臣酷虐是誠然酷虐，然曹州府的民情也實在可恨！那年，兄弟署⑲曹州的時候，幾乎無一天無盜案。養了二百名小隊子⑳，像那不捕鼠的貓一樣，毫無用處。及至各縣捕快捉來的強盜，不是老實鄉民，就是被強盜脅了去看守騾馬的人。至於真強盜，一百個裏也沒有幾個。現在被這玉佐臣雷厲風行的一辦，盜案竟自沒有了。相形之下，兄弟實在慚愧得很！」左邊人道：「依兄弟愚見，還是不多殺人的為是。此人雖名震一時，恐將來果報也在不可思議之列！」說完，大家都道：「酒也夠了，賜飯罷。」飯後各散。

過了一日，老殘下午無事，正在寓中閒坐，忽見門口一乘藍呢轎落下，進來一個人，口中喊道：「鐵先生在家嗎？」

老殘一看，原來就是高紹殷，趕忙迎出，說：「在家，在家。請房裏坐。只是地方卑污，屈駕得很。」紹殷一面道：「說哪裏的話！」一面就往裏走。進得二門，是個朝東的兩間廂房；房裏靠南一張磚炕；炕上鋪著被褥；北面一張方桌，兩張椅子，西面兩個小小竹箱；桌上放了幾本書，一方小硯臺，幾枝筆，一個印色盒子。

老殘讓他上首坐了。他就隨手揭過書來，細細一看，驚訝道：「這是部宋版張君房㉑刻本的莊子，

⑲ 署：音ㄕㄨˋ。即署理的省稱。凡官職出缺或離任，以其他官員暫行代理其職務，稱為署理。

⑳ 小隊子：清代各地最高長官的護衛兵。

從哪裏得來的？此書世上久不見了！季滄葦㉒、黃丕烈㉓諸人俱未見過，要算希世之寶呢！」老殘道：「不過先人遺留下來的幾本破書，賣又不值錢，隨便帶在行篋解解悶兒，當小說書看罷了，何足掛齒。」再望下翻，是一本蘇東坡手寫的陶詩，就是毛子晉㉔所仿刻的祖本㉕。

紹殷再三贊歎不絕，隨又問道：「先生本是科第世家，為甚不在功名上講求，卻操此冷業？雖說富貴浮雲，未免太高尚了罷。」老殘嘆道：「閣下以『高尚』二字許我，實過獎了。鄙人並非無志功名，一則性情過於疏放，不合時宜；二則俗說『攀得高跌得重』，不想攀高，是想跌輕些的意思。」紹殷道：「昨晚在裏頭吃便飯，宮保談起：『幕府人才濟濟，凡有所聞的無不羅致於此了。』同坐姚雲翁便道：『目下就有一個人在此，宮保並未羅致。』宮保急問：『是誰？』姚雲翁就將閣下學問怎樣，品行怎樣，而又通達人情，熟諳世務，怎樣怎樣，說得宮保抓耳撓腮㉖，十分歡喜。宮保就叫兄弟立刻寫個內文案

㉑ 張君房：北宋安陸人，宋真宗時崇尚道教，大規模編纂道教書籍，張君房為主其事者，共編成四千五百六十五卷。莊子即為其中之一種。

㉒ 季滄葦：清代宜興人。名振宜，字詵兮，號滄葦。官至御史。家本豪富而性喜藏書，所藏精本甚多，撰有季滄葦藏書目。

㉓ 黃丕烈：清代吳縣人。字紹武（紹甫），又字蕘圃（蕘夫），號復翁。喜藏書，得宋刻百餘種，題其室為「百宋一廛」，刊行士禮居叢書，為收藏家所重。

㉔ 毛子晉：即毛晉。明代常熟人。原名鳳苞，字子晉。家中圖集極富，其藏書室名汲古閣，頗為著名，當時遍刻十三經、十七史、津逮秘書、唐宋元人別集，以至道藏詞曲等，流布天下。

㉕ 祖本：書籍法帖刻本之最先者稱祖本。

札子㉗送來。那是兄弟答道：『這樣恐不妥當。此人既非候補，又非投效，且還不知他有甚麼功名，札子不甚好下。』宮保說：『那麼就下個關書㉘去請。』兄弟說：『若要請他看病，那是一請就到的；若要招致幕府，不知他願意不願意，須先問一聲纔好。』宮保說：『很好，你明天就去探探口氣，你就同了他來見我一見。』為此兄弟今日特來與閣下商議，可否今日同到裏面見宮保一見？」老殘道：「那也沒有甚麼不可。只是見宮保須要冠帶㉙，我卻穿不慣，能便衣相見就好。」紹殷道：「自然便衣。稍停一刻，我們同去。你到我書房裏坐等。宮保午後從裏邊下來，我們就在簽押房㉚裏見了。」說著，又喊了一乘轎子。

老殘穿著隨身衣服，同高紹殷進了撫署。原來這山東撫署是明朝的齊王府，故許多地方仍用舊名。進了三堂，就叫「宮門口」。旁邊就是高紹殷的書房。對面便是宮保的簽押房。

方到紹殷書房坐下，不到半時，只見宮保已經從裏面出來，身體甚是魁梧，相貌卻還仁厚。高紹殷看見，立刻迎上前去低低說了幾句。只聽莊宮保連聲叫道：「請過來！請過來！」便有個差官跑來喊道：「宮保請鐵老爺！」

㉖ 抓耳撓腮：焦急的樣子。

㉗ 札子：舊時由上行下的公文。

㉘ 關書：聘書。

㉙ 冠帶：頂冠束帶。穿著禮服的意思。

㉚ 簽押房：舊時官衙中的辦公室。

老殘連忙走來向莊宮保對面一站。莊云：「久慕得很。」用手一伸，腰一呵，說：「請裏面坐。」差官早將軟簾打起。

老殘進了房門，深深作了一個揖。宮保讓在紅木炕上首坐下。紹殷對面相陪。另外搬了一張方杌櫈在兩人中間，宮保坐了，便問道：「聽說補殘先生學問經濟㉛都出眾的很。兄弟以不學之資，聖恩叫我做這封疆大吏，別省不過盡心吏治就完了，本省更有這個河工㉜，實在難辦，所以兄弟沒有別的法子，但凡聞有奇才異能之士，都想請來，也是集思廣益的意思。倘有見到的所在，能指教一二，那就受賜得多了。」老殘道：「宮保的政聲，有口皆碑，那是沒有得說的了。只是河工一事，聽得外邊議論皆是本賈讓三策㉝，主不與河爭地的？」宮保道：「原是呢。你看，河南的河面多寬，此地的河面多窄呢。」老殘道：「不是這麼說，河面窄，容不下，只是伏汛㉞幾十天，其餘的時候，水力甚軟，沙所以易淤。要知賈讓只是文章做得好，他也沒有辦過河工。賈讓之後，不到一百年，就有個王景出來了。他治河的法子乃是從大禹一脈下來的，專主『禹抑洪水』㉟的『抑』字，與賈讓的說法正相反背。自他治過之後，

㉛ 經濟：經世濟民之術。

㉜ 河工：治河的工程。凡修築河堤、開浚河道等，皆謂之河工。

㉝ 賈讓三策：賈讓，漢代人。哀帝建平年間，詔求能浚川疏河的人，賈讓即呈「治河三策」：上策，決黎陽遮害亭，放河，使北入海，而盡徙冀州當水衝之民。中策，多穿漕渠於冀州，分殺水怒，並築石堤，設水門，因水旱而啟閉，以利灌溉。而以繕完故堤，增卑培薄，勞損無已，數逢其害為最下策。見漢書溝洫志。本文所謂「不與河爭地」即賈讓三策中的上策。

㉞ 伏汛：夏季河水盛漲，謂之伏汛。

一千多年沒河患。明朝潘季馴㊱，本朝靳文襄㊲，皆略仿其意，遂享盛名。宮保想必也是知道的。」宮保道：「王景是用何法子呢？」老殘道：「他是從『播為九河，同為逆河』㊳『同』『播』兩個字上悟出來的。後漢書上也只有『十里立一水門，令更相迴注』㊴兩句話。至於其中曲折，亦非傾蓋之間㊵所能盡的，容慢慢的做個說帖㊶呈覽，何如？」

莊宮保聽了，甚為喜歡，向高紹殷道：「你叫他們趕緊把那南書房三間收拾，即請鐵先生就搬到衙

㉟ 禹抑洪水：見於孟子滕文公下。抑，遏止也。

㊱ 潘季馴：明烏程人。字時良。曾前後奉命治河四次，功績最著，在工二十七年，習知地形險易，增築設防，置官建閘，下及木石樁埽，綜理纖悉。著有河防一覽、兩河管見、兩河經略等書。見明史二百二十三卷。

㊲ 靳文襄：即靳輔，卒諡文襄。清遼陽人。康熙年間，官河道總督，時河防告警，潰決時聞，輔力主築堤束水，而因勢利導之，成效大著，遂以善治河聞於當時。所著治河方略，後人治河，多奉為圭臬。見清史三百八十卷。

㊳ 播為九河，同為逆河：見禹貢。原文為「又北播為九河，同為逆河，入于海。」播，散也。同，會合也。鄭玄云（見史記集解）：「下尾合，名曰逆河；言逆相受也。」原文應譯作：「往北分成九條支流，然後又合成一條逆河，於是流入海中。」

㊴ 十里立一水門，令更相迴注：二句見於後漢書王景傳。為王景治河的方法。全文為：「景乃商度地勢，鑿山阜，破砥績，直截溝澗，防遏衝要，疏決壅積，十里立一水門，令更相洄注，無復潰漏之患。」洄，與「迴」通。爾雅：「逆流而上曰洄。」郭璞注云：「旋流也。」

㊵ 傾蓋之間：古人途遇好友，停車交蓋而語。傾蓋之間比喻會晤時間極為短暫匆促。

㊶ 說帖：條陳意見及辦法的書簡。亦稱說片。

門裏來住罷，以便隨時領教。」老殘道：「宮保雅愛，甚為感激；但是目下有個親戚在曹州府住，打算去探望一遭，並且風聞玉守的政聲，也要去考察考察，究竟是個何等樣人。等鄙人從曹州回來，再領宮保的教罷。」宮保神色甚為怏怏。說完，老殘即告辭，同紹殷出了衙門，各自回去。

未知老殘究竟是到曹州與否，且聽下回分解。

【評】

第二卷前半，可當「大明湖記」讀。此卷前半，可當「濟南名泉記」讀。北柱樓一席話，各人俱有不滿玉賢之意。只以「路不拾遺」四字美名，無人敢直發其奸。亦由省城距曹州較遠，未能得其確耗。

濟南撫署，相傳為齊王府。署中有東朝房、西朝房、宮門口、東宮、西宮、五鳳樓、五朝門等名目，至今仍舊。

莊勤果公延攬海內名士，有見善若不及之勢。

第四回　宮保愛才求賢若渴　太尊治盜疾惡如仇

話說老殘從撫署出來，即將轎子辭去，步行在街上遊玩了一會兒，又在古玩店裏盤桓些時。傍晚回到店裏，店裏掌櫃的❶連忙跑進屋來說聲「恭喜」，老殘茫然不知道是何事。

掌櫃的道：「我適纔聽說院上高大老爺親自來請你老，說是撫臺要想見你老，因此一路進衙門的。你老真好造化❷！上房一個李老爺，一個張老爺，都拿著京城裏的信去見撫臺，三次五次的見不著；偶然見著回把，這就要鬧脾氣，罵人，動不動就要拿片子❸送人到縣裏去打。像你老這樣撫臺央出文案老爺來請進去談談，這面子有多大！那怕不是立刻就有差使的嗎？怎麼樣不給你老道喜呢？」老殘道：「沒有的事。你聽他們胡說呢。高大老爺是我替他家醫治好了病，我說撫臺衙門裏有個珍珠泉，可能引我們去見識見識；所以今日高大老爺偶然得空，來約我看泉水的。那裏有撫臺來請我的話！」

掌櫃的道：「我知道的。你老別騙我。先前高人老爺在這裏說話的時候，我聽他管家說：『撫臺進去吃飯，走從高大老爺房門口過，還嚷說：你趕緊吃過飯，就去約那個鐵公來哪；去遲，恐怕他出門，

---

❶ 掌櫃的：飯店老闆。
❷ 造化：運氣、命運。
❸ 片子：名片、名刺。

今兒就見不著了。』」老殘笑道：「你別信他們胡謅！沒有的事！」掌櫃的道：「你老放心，我不問你借錢！」

只聽外邊大嚷：「掌櫃的在哪兒呢？」掌櫃的慌忙跑出去。只見一個人，戴了亮藍頂子，拖著花翎❹，穿了一雙抓地虎靴子，紫呢夾袍，天青哈喇❺馬褂，一手提著燈籠，一手拿了個雙紅名帖，嘴裏喊：「掌櫃的呢？」掌櫃的說：「在這兒！在這兒！你老啥❻事？」那人道：「你這兒有位鐵爺嗎？」掌櫃的說：「不錯，不錯；在這東廂房裏住著呢。我引你去。」

兩人走進來，掌櫃指著老殘道：「這就是鐵爺。」那人趕了一步，進前請了一個安，舉起手中帖子，口中說道：「宮保說，請鐵老爺的安。今晚因學臺請吃飯，沒有能留鐵老爺在衙門裏吃飯，所以叫廚房趕緊辦了一桌酒席，叫立刻送過來。宮保說，不中吃❼，請鐵老爺格外包涵些。」那人回頭道：「把酒席擡上來。」

那後邊的兩箇人擡著一箇三屜的長方擡盒，揭了蓋子，頭屜是碟子小碗，第二屜是燕窩魚翅等類大碗，第三屜是一個燒小豬，一隻鴨子，還有兩碟點心。打開看過，那人就叫：「掌櫃的呢？」

這時，掌櫃同茶房等人站在旁邊久已看獃了，聽叫，忙應道：「啥事？」那人道：「你招呼著送到

❹ 花翎：清代的冠飾。即拖在冠後的孔雀翎，原用來報酬有功的臣子。有一眼、雙眼、三眼的分別。

❺ 哈喇：一種毛織衣料的名目。

❻ 啥：什麼。

❼ 不中吃：不怎麼好吃。此為客氣話。

廚房裏去。」老殘忙道：「宮保這樣費心是不敢當的。」一面讓那人房裏去坐坐吃茶。那人再三不肯。老殘固讓，那人纔進房，在下首一個杌子上坐下。讓他上炕，死也不肯。

老殘拿茶壺，替他倒了碗茶。那人連忙立起，請了個安，道謝，因說道：「聽宮保吩咐，趕緊打掃南書房院子，請鐵老爺明後天進去住呢。將來有甚麼差遣，只管到武巡捕❽房呼喚一聲，就過來伺候。」老殘道：「豈敢，豈敢。」那人便站起來，又請了個安，說：「告辭，要回衙銷差，請賞個名片。」

老殘一面叫茶房來給了挑盒子的四百錢，一面寫了個領謝帖子，送那人出去。那人再三固讓。老殘仍送出大門，看那人上馬去了。

老殘從門口回來，掌櫃的笑迷迷的迎著說道：「你老還要騙我！這不是撫臺大人送了酒席來了嗎？剛纔來的，我聽說是武巡捕赫大老爺。他是個參將❾呢。這二年裏，住在俺店裏的客，撫臺也常有送酒席來的，都不過是尋常酒席，差個戈什❿來就算了。像這樣尊重，俺這裏是頭一回呢！」

老殘道：「那也不必管他，尋常也好，異常也好，只是這桌菜怎樣銷法呢？」掌櫃道：「或者分送幾個至好朋友，或者今晚趕寫一個帖子，請幾位體面客，明兒帶到大明湖上去吃，撫臺送的比金子買的還榮耀得多呢！」

---

❽ 武巡捕：清代督撫身邊有文巡捕官、武巡捕官。武巡捕即後來所謂的「侍從武官」。

❾ 參將：官名。明置，清因之，位次副將，與現在的上校官職相等。亦稱參戎。

❿ 戈什：清朝文武大員身邊的衛隊。原稱「戈什哈」，是滿洲話，意思是「護衛」。

老殘笑道：「既是比金子買的還要榮耀，可有人要買？我就賣他兩把金子來，抵還你的房飯錢罷。」掌櫃的道：「別忙；你老房飯錢，我很不怕，自有人來替你開發。你老不信，試試我的話，看靈不靈。」老殘道：「管他怎麼呢，只是今晚這桌菜，依我看，倒是轉送了你去請客罷。我很不願意吃這怪膩的東西。」

二人講了些時，仍是老殘請客，就將這本店的住客都請到上房外間裏去。這上房住的，一個姓李，一個姓張，本是極倨傲的；今日見撫臺如此器重，正在想法聯絡聯絡以為託情謀保舉地步，卻遇老殘借他的外間請本店的人，自然是他二人上坐，喜歡的無可如何，所以這一席間，將個老殘恭維得渾身難受，十分沒法，也只好敷衍幾句。好容易一席酒完，各自散去。

哪知這張李二公又親自到廂房裏來道謝，一替一句⑪，又奉承了半日。姓李的道：「老兄可以捐⑫個同知⑬，今年隨捐一個過班⑭，明年春間大案，又是一個過班，秋天引見⑮，就可得濟東泰武臨道⑯。先署後補，是意中事。」姓張的道：「李兄是天津的首富。如老兄可以照應他得兩個保舉，這捐官之費，

---

⑪ 一替一句：你一句，我一句，輪流講話。

⑫ 捐：即捐官。用錢買官叫捐。此種現象始於漢代，清末最濫。

⑬ 同知：清代官名，知府的輔佐，亦可為廳的長官。

⑭ 過班：清代官吏因為上司的保舉或捐了錢而得到升官，稱為過班。

⑮ 引見：凡應陞補之官，由吏部引導以謁見皇帝。通常於每年十月，查辦一次，帶領引見。

⑯ 濟東泰武臨道：道為行政區域名稱。清代分一省為數道，此道的轄區包括山東省的濟南、東昌、泰安、武定、臨清等地，所以叫做濟東泰武臨道。

李兄可以拿出奉借。等老兄得了優差，再還不遲。」老殘道：「承兩位過愛，兄弟總算有造化的了，只是目下尚無出山⑰之志。將來如要出山，再為奉懇。」兩人又力勸了一回，各自回房安寢。

老殘心裏想道：「本想再為盤桓兩天，看這光景，恐無謂的糾纏，要越逼越緊了！『三十六計，走為上計！』」當夜遂寫了一封書，託高紹殷代謝莊宮保的厚誼。天未明即將店帳算清楚，雇了一輛二把手的小車⑱，就出城去了。出濟南府西門，北行十八里，有個鎮市，名叫雒口。當初黃河未併大清河的時候，凡城裏的七十二泉泉水皆從此地入河，本是個極繁盛的所在；自從黃河併了，雖仍有貨船來往，究竟不過十分之一二，差得遠了。

老殘到了雒口，雇了一隻小船，講明逆流送到曹州府屬董家口下船，先付了兩吊錢，船家買點柴米。卻好本日是東南風，掛起帆來，呼呼的去了。走到太陽將要落山。已到了齊河縣城，拋錨住下。第二日住在平陰。第三日住在壽張。第四日便到了董家口，仍在船上住了一夜。天明開發船錢，將行李搬在董家口一個店裏住下。

這董家口本是曹州府到大名府的一條大道，故很有幾家車店。這家店就叫做董二房老店。掌櫃的姓董，有六十多歲，人都叫他老董。只有一個夥計，名叫王三。老殘住在店內，本該雇車就往曹州府去，因想沿路打聽那玉賢的政績，故緩緩起行，以便訪察。

---

⑰ 出山：「在山」比喻隱遯，「出山」比喻出仕。故世俗每以做官為出山。

⑱ 二把手的小車：一種手推的獨輪車。

這日有辰牌時候，店裏住客，連那起身極遲的，也都走了。店夥打掃房屋。掌櫃的帳已寫完，在門口閒坐。老殘也在門口長櫈上坐下，向老董說道：「聽說你們這府裏的大人，辦盜案好的很，究竟是個甚麼情形？」

那老董嘆口氣，道：「玉大人官卻是個清官，辦案也實在盡力，只是手段太辣些！初起還辦著幾個強盜，後來強盜摸著他的脾氣，這玉大人倒反做了強盜的兵器了！」老殘道：「這話怎麼講呢？」老董道：

「在我們此地西南角上，有個村莊，叫于家屯。這于家屯也有二百多戶人家。那莊上有個財主，叫做于朝棟，生了兩個兒子，一個女兒。二子都娶了媳婦，養了兩個孫子。女兒也出了閣。

「這家人家過的日子，很為安逸。不料禍事臨門，去年秋間，被強盜搶了一次。其實也不過搶去些衣服首飾，所值不過幾百吊錢。這家就報了案。經這玉大人極力的嚴拿，居然也拿住了兩個為從的強盜夥計。追出來的贓物不過幾件布衣服。那強盜頭子早已不知跑到那裏去了。

「誰知因這一拿，強盜結了冤仇，到了今年春天，那強盜竟在府城裏面搶了一家子。玉大人雷厲風行的幾天也沒有拿著一個人。過了幾天，又搶了一家子。搶過之後，大明大白的放火。你想，玉大人可能依呢？自然調起馬隊，追下來了。

「那強盜搶過之後，打著火把出城，手裏拿著洋槍，誰敢上前攔阻；出了東門，望北走了十幾里地，火把就滅了。玉大人調了馬隊，走到街上，地保⑲更夫就將這情形詳細稟報。當時放馬追出了城，遠遠

⑲ 地保：地方上的基層幹部，如同現在的鄉里長。亦稱地甲。

還看見強盜的火把。追了二三十里，看見前面又有火光，帶著兩三聲槍響。

「玉大人聽了，怎能不生氣呢？仗著膽子本來大，他手下又有二三十匹馬，都帶著洋槍，還怕甚麼呢，一直的追去，不是火光，便是槍聲。到了天快明時，眼看離追上不遠了。那時也到了這于家屯了。過了于家屯再往前追，槍也沒有，火也沒有。

「玉大人心裏一想，說道：『不必往前追，這強盜一定在這村莊上了。』當時勒回了馬頭，到了莊上，在大街當中有個關帝廟下了馬，吩咐手下的馬隊，派了八個人，東南西北，一面兩匹馬把住，不許一個人出去，將地保鄉約⑳等人叫起。

「這時天已大明了，這玉大人自己帶著馬隊上的人步行，從南頭到北頭，挨家去搜。搜了半天，一些形跡沒有。又從東望西搜去，剛剛搜到這于朝棟家，搜出三枝土槍，又有幾把刀，十幾根竿子。

「玉大人大怒，說強盜一定在他家了，坐在廳上，叫地保來問：『這是甚麼人家？』地保回道：『這家姓于。老頭子叫于朝棟，有兩個兒子，大兒子叫于學詩，二兒子叫于學禮，都是捐的監生。』

「玉大人立刻叫把這于家父子三個人帶上來。你想，一個鄉下人見了府裏大人來了，又是盛怒之下，哪有不怕的道理呢？上得廳房裏，父子三個跪下，已經是颯颯的抖，哪裏還能說話！

「玉大人便道：『你好大膽！你把強盜藏到那裏去了？』那老頭子早已嚇得說不出話來。還是他二兒子，在府城裏讀過兩年書，見過點世面，膽子稍微壯些，跪著伸直了腰，朝上回道：『監生家裏向來是良民，從沒有同強盜往來的，如何敢藏著強盜！』

⑳ 鄉約：地方上被推舉出來年高德重的人，其言論有約束鄉里人的力量。

「玉大人道：『既沒有勾通強盜，這軍器從哪裏來的？』」于學禮道：『因去年被盜之後，莊上不斷常有強盜來，所以買了幾根竿子，叫佃戶、長工輪班來幾個保家。因強盜都有洋槍，鄉下洋槍沒有買處，也不敢買，所以從他們打鳥兒的回了兩三枝土槍，夜裏放兩聲，驚嚇驚嚇強盜的意思。』

「玉大人喝道：『胡說！那有良民敢置軍火的道理！你家一定是強盜！』回頭叫了一聲：『來！』那手下人便齊聲像打雷一樣答應了一聲：『嗏！』

「玉大人說：『你們把前後門都派人守了，替我切實的搜！』這些馬兵遂到他家，從上房裏搜起，衣箱櫥櫃全行抖擻一個盡，稍微輕便值錢一點的首飾就掖在腰裏去了。搜了半天，倒也沒有搜出甚麼犯法的東西。哪知搜到後來，在西北角上，有兩間堆破爛農器的一間屋子裏，搜出了一個包袱，裏頭有七八件衣裳，有三四件還是舊綢子的。馬兵拿到廳上，回說：『在堆東西的裏房搜出這個包袱，不像是自己的衣服，請大人驗看。』

「那玉大人看了，眉毛一皺，眼睛一凝，說道：『這幾件衣服，我記得彷彿是前天城裏失盜那一家子的；姑且帶回衙門去，照失單查對。』就指著衣服向于家父子道：『你說這衣服哪裏來的？』于家父子面面相窺，都回不出。還是于學禮說：『這衣服實在不曉得哪裏來的。』

「玉大人就立起身來，吩咐：『留下十二個馬兵，同地保將于家父子帶回城去聽審！』說著就出去。跟從的人，拉過馬來，騎上了馬，帶著餘下的人先進城去。

「這裏于家父子同他家裏人抱頭痛哭。這十二個馬兵說：『我們跑了一夜，肚子裏很餓，你們趕緊給我們弄點吃的，趕緊走罷。大人的脾氣誰不知道？越遲去越不得了！』地保也慌張的回去交代一聲，收拾行李，叫于家預備了幾輛車子，大家坐了進去。趕到二更多天，纔進了城。

「這裏于學禮的媳婦，是城裏吳舉人的姑娘；想著他丈夫同他公公大伯子都被捉去的，斷不能鬆散，當時同他大嫂子商議，說：『他們爺兒三個都被拘了去，城裏不能沒個人照料。我想家裏的事，大嫂子，你老照管著。這裏我也趕忙追進城去，找我爸爸想法子去。你看好不好？』他大嫂子說：『很好，很好；我正想著城裏不能沒人照應。這些管莊子的都是鄉下老兒，就差幾個去，到得城裏，也跟傻子一樣，沒有用處的！』

「說著，吳氏就收拾收拾，選了一掛雙套飛車㉑，趕進城去。到了他父親面前，嚎啕大哭。這時候不過一更多天，比他們父子三個還早十幾里路呢。

「吳氏一頭哭著，一頭把飛災大禍告訴了他父親。他父親吳舉人一聽，渾身發抖，抖著說道：『犯著這位「喪門星㉒」，事情可就大大的不妥了！我先去走一趟看罷！』連忙穿了衣服，到府衙門求見，號房㉓上去回過，說：『大人說的，現在要辦盜案，無論甚麼人，一應不見。』

「吳舉人同裏頭刑名師爺㉔素來相好，連忙進去見了師爺，把這種種冤枉說了一遍。師爺說：『這案在別人手裏，斷然無事；但這位東家向來不照律例辦事的。如能交到兄弟書房裏來，包你無事；恐怕

㉑ 雙套飛車：駕著兩匹馬的快車。
㉒ 喪門星：為值年的凶神，主掌死喪哭泣之事。
㉓ 號房：官署的傳達處。
㉔ 師爺：官署中掌文書工作的人。

不交下來，那就沒法了。』

「吳舉人接連作了幾個揖，重託了出去，趕到東門口，等他親家女婿進來。不過一鍾茶的時候，那馬兵押著車子已到。吳舉人搶到面前，見他三人面無人色。于朝棟看了看，只說了一句『親家救我』，那眼淚就同潮水一樣的直流下來。

「吳舉人方要開口，旁邊的馬兵嚷道：『大人久已坐在堂上等著呢！已經四五撥子㉕馬來催過了！趕快走罷！』車子也並不敢停留。吳舉人便跟著車子走著，說道：『親家寬心！湯裏火裏，我但有法子，必去就是了！』

「說著，已到衙門口。只見衙裏許多公人㉖出來催道：『趕緊帶上堂去罷！』當時來了幾個差人，用鐵鍊子將于家父子鎖好，帶上去，方跪下。玉大人拿了失單交下來，說：『你們還有得說的嗎？』于家父子方說得一聲『冤枉』。只聽堂上驚堂㉗一拍，大嚷道：『人贓現獲，還喊冤枉！把他站起來！去！』左右差人連拖帶拽，拉下去了。」

未知後事如何，且聽下回分解。

【評】

㉕ 四五撥子：四五批、四五起。
㉖ 公人：官署中執行公務的差役。
㉗ 驚堂：即驚堂木。審判官在公案上所置的小木塊，用以擊案，警戒犯人。

莊勤果公撫東時，內文案一百三十餘人，隨工差遣者三百餘人，有戰國四公子之風。然而雞鳴狗盜間出其間，國士羞之。

玉賢撫山西，其虐待教士，並令兵丁強姦女教士，種種惡狀，人多知之。至其守曹州，大得賢聲，當時所為，人多不知，幸賴此書傳出，將來可資正史采用，小說云乎者。

第五回　烈婦有心殉節　鄉人無意逢殃

話說老董說到此處，老殘問道：「那不成就把這人家爺兒三個都站死了嗎？」老董道：「可不是呢！那吳舉人到府衙門請見的時候，他女兒——于學禮的媳婦——也跟到衙門口，借了延生堂的藥鋪裏坐下，打聽消息。聽說府裏大人不見，他父親已到衙門裏頭求師爺去了，吳氏便知事體不好，立刻叫人把三班❶頭兒請來。

「那頭兒姓陳，名仁美，是曹州府著名的能吏。吳氏將他請來，把被屈的情形告訴了一遍，央他從中設法。陳仁美聽了，把頭連搖幾搖，說：『這是強盜報仇，做的圈套。你們家又有上夜的，又有保家的，怎麼就讓強盜把贓物送到家中屋子裏還不知道？也算得個特等糊塗了！』

「吳氏就從手上抹下一副金鐲子遞給陳頭，說：『無論怎樣，總要頭兒費心！但能救得三人性命，無論花多少錢都願意！不怕將田地房產賣盡，咱一家子要飯吃去，都使得！』

「陳頭兒道：『我去替少奶奶設法，做得成也別歡喜，做不成也別埋怨。俺有多少力量用多少力量就是了。這早晚，他爺兒三個恐怕要到了。大人已是坐在堂上等著呢。我趕快替少奶奶打點去。』說罷告辭，回到班房，把金鐲子望堂中桌上一擱，開口道：『諸位兄弟叔伯們，今兒于家這案明是冤枉。諸

❶ 三班：州縣衙門中的隸役，分皁、壯、快三班；皁班掌看守牢獄，壯班掌召捕，快班掌偵緝。

位有甚麼法子，大家幫湊想想。如能救得他們三人性命，一則是件好事，二則大家也可沾潤幾兩銀子。誰能想出妙計，這副鐲就是誰的。』大家答道：『哪有一準的法子呢！只好相機行事，做到哪裏說哪裏話罷！』說過，各人先去通知已站在堂上的夥計們留神方便。

「這時于家父子三個已到堂上。玉大人叫把他們站起來。就有幾個差人橫拖倒拽將他三人拉下堂去。「這邊值日頭兒就走到公案面前，跪了一條腿，回道：『稟大人的話，今日站籠沒有空子，請大人示下。』那玉大人一聽，怒道：『胡說！我這兩天記得沒有站甚麼人，怎會沒有空子呢？』值日差回道：『只有十二架站籠，三天已滿。請大人查簿子看。』

「大人一查簿子，用手在簿子上點著說：『一、二、三，昨兒是三個。一、二、三、四、五，前兒是五個。一、二、三、四，大前兒是四個。沒有空，倒也不錯的。』差人又回道：『今兒可否將他們先行收監❷？明天定有幾個死的，等站籠出了缺，將他們補上，好不好？請大人示下。』

「玉大人凝了一凝神，說道：『我最恨這些東西！若要將他們收監，豈不是又被他多活了一天去了嗎？斷乎不行！你們去把大前天站的四個放下，拉來我看。』

「差人去將那四人放下，拉上堂去。大人親自下案，用手摸著四人鼻子，說道：『是還有點游氣。』復行坐上堂去說：『每人打二千板子，看他死不死！』那知每人不消得幾十板子，那四個人就都死了。

「眾人沒法，只好將于家父子站起，卻在腳下選了三塊厚磚，讓他可以三四天不死，趕忙想法；誰知甚麼法子都想到，仍是不濟！

---

❷ 收監：收押於獄中。

「這吳氏真是好個賢惠婦人！他天天到站籠前來灌點參湯，灌了回去就哭，哭了就去求人，響頭不知磕了幾千，總沒有人挽回得動這玉大人的牛性❸。于朝棟究竟上了幾歲年紀，第三天就死了。于學詩到第四天也就差不多了。吳氏將于朝棟屍首領回，親視含殮❹，換了孝服，將他大伯丈夫後事囑託了他父親，自己跪到府衙門口。對著于學禮哭了個死去活來；末後向她丈夫說道：『你慢慢的走，我替你先到地下收拾房子去！』說罷，袖中掏出一把飛利的小刀向脖子上只一抹，就沒有了氣了。

「這裏三班頭子陳仁美看見，說：『諸位，這吳少奶奶的節烈，可以請得旌表❺的。我看，倘若這時把于學詩放下來，還可以活。我們不如借這個題目上去替他求一求罷。』眾人都說：『有理。』

「陳頭立刻進去找了稿案❻門上，把那吳氏怎樣節烈說了一遍，又說：『民間的意思，說：這節婦為夫自盡，情實可憫，可否求大人將他丈夫放下，以慰烈婦幽魂？』稿案說：『這話很有理。我就替你回去。』抓了一頂大帽子戴上，走到簽押房，見了大人，把吳氏怎樣節烈，眾人怎樣乞恩，說了一遍。

「玉大人笑道：『你們倒好！忽然的慈悲起來了！你會慈悲于學禮，你就不會慈悲你主人嗎？這人無論冤枉不冤枉，若放下他，一定不能甘心，將來連我前程都保不住！俗語說得好：「斬草要除根。」就是這個道理。況這吳氏尤其可恨，他一肚子覺得我冤枉了他一家子！若不是個女人，他雖死了，我還

---

❸ 牛性：脾氣固執倔強。
❹ 含殮：古者人死，含玉於口中，殮首足，然後納棺，謂之含殮。
❺ 旌表：凡忠孝節義之人，建牌坊掛匾額，以表彰之，謂之旌表。
❻ 稿案：官府中專管文件收發等事的高級衙役。

要打他二千板子出出氣呢！你傳話出去：誰要再來替于家求情，就是得賄的憑據，不用上來回，就把這求情的人也用站籠站起來就完了！』稿案下來，一五一十將話告知了陳仁美。大家嘆口氣，就散了。

「那裏吳家業已備了棺木前來收殮。到晚，于學詩于學禮先後死了。一家四口棺木都停在西門外觀音寺裏。我春間進城還去看了看呢。」

老殘道：「于家後來怎麼樣呢？就不想報仇嗎？」老董說道：「哪有甚麼法子呢！民家被官家害了，除卻忍受，更有甚麼法子？倘若是上控，照例仍舊發回來審問，再落在他手裏，還不是又饒上一個嗎？

「那于朝棟的女婿倒是一個秀才。四個人死後，于學詩的媳婦也到城裏去了一趟，商議著要上控。就有那老年見過世面的人說：『不妥，不妥，你想叫誰去呢？外人去叫做「事不干己」，先有個多事的罪名；若說叫于大奶奶去罷，兩個孫子還小，家裏偌大的事業，全靠他一人支撐呢，他再有個長短，這家業怕不是眾親族一分，這兩個小孩子誰來撫養？反把于家香煙絕了。』又有人說：『大奶奶是去不得的；倘若是姑老爺去走一趟，倒沒有甚麼不可。』他姑老爺說：『我去是很可以去，只是與正事無濟，反叫站籠裏多添個屈死鬼。你想，撫臺一定發回原官審問，縱然派個委員前來會審，「官官相護」，他又拿著人家失單衣服來頂我們。我們不過說：「那是強盜的移贓。」他們問：「你瞧見強盜移的嗎？你有甚麼憑據？」那時自然說不出來。他是官，我們是民；他是有失單為憑的，我們是憑空裏沒有證據的。你說，這官事打得贏打不贏呢？』眾人想想也是真沒有法子，只好罷了。

「後來聽他們說：那移贓的強盜，聽見這樣，都後悔得了不得，說：『我當初恨他報案，毀了我兩個弟兄，所以用個「借刀殺人」的法子，讓他家吃幾個月官事，不怕不毀他一兩千吊錢。誰知道就鬧得這麼厲害，連傷了他四條人命！──委實我同他家也沒有這大的仇隙！』」

老董說罷，復道：「你老想想，這不是給強盜做兵器嗎？」老殘道：「這強盜所說的話又是誰聽見的呢？」老董道：「那是陳仁美他們碰了釘子下來，看這于家死的實在可慘，又平白的受了人家一副金鐲子，心裏也有點過不去，所以大家動了公憤，齊心齊意要破這一案。又加著那鄰近地方有些江湖上的英雄，也恨這夥強盜做的太毒，所以不到一個月，就捉住了五六個人。有三四個牽連著別的案情的，都站死了；有兩三個專只犯于家移贓這一案的，被玉大人都放了。」

老殘說：「玉賢這個酷吏實在令人可恨！他除了這一案不算，別的案子辦的怎麼樣呢？」老董說：「多著呢；等我慢慢的說給你老聽。就咱這個本莊，就有一案，也是冤枉；不過條把人命就不算事了！我說給你老聽。」

正要往下說時，只聽他夥計王三喊道：「掌櫃的，你怎麼著了？大家等你挖麵做飯吃呢！你老的話布口袋破了口兒，說不完了！」

老董聽著，就站起，走往後邊挖麵做飯。接連又來了幾輛小車，漸漸的打尖❼的客陸續都到店裏。老董前後招呼，不暇來說閒話。

過了一刻，吃過了飯，老董在各處算飯錢，招呼生意，正忙得有勁，老殘無事，便向街頭閒逛。出門望東走了二三十步，有家小店，賣油鹽雜貨。

老殘進去買了兩包蘭花潮煙，順便坐下，看櫃臺裏邊的人，約有五十多歲光景，就問他：「貴姓？」

❼ 打尖：在旅途中休息吃飯。

那人道：「姓王。就是本地人氏。你老貴姓？」老殘道：「姓鐵，江南人氏。」那人道：「江南真好地方！上有天堂，下有蘇杭，不像我們這地獄世界！」老殘道：「此地有山，有水，也種稻，也種麥，與江南何異？」那人嘆口氣道：「一言難盡！」就不往下說了。

老殘道：「你們這玉大人好嗎？」那人道：「是個清官！是個好官！衙門口有十二架站籠，天天不得空，難得有天把空得一個兩個的！」

說話的時候，後面走出一個中年婦人，在山架❽上檢尋物件，手裏拿著一個粗碗。看櫃臺外邊有人，他看了一眼，仍找物件。

老殘道：「哪有這麼些強盜呢？」那人道：「誰知道呢！」老殘道：「恐怕總是冤枉的多罷。」那人道：「不冤枉！不冤枉！」老殘道：「聽說他隨便見著甚麼人，只要不順他的眼，他就把他用站籠站死；或者說話說得不得法，犯到他手裏，也是一個死。有這話嗎？」那人說：「沒有！沒有！」

只是覺得那人一面答話，那臉就漸漸發青，眼眶子就漸漸發紅。聽到「或者說話說得不得法」這兩句的時候，那人眼裏已經擱了許多淚，未曾墜下。那找尋物件的婦人，朝外一看，卻止不住淚珠直滾下來，也不找物件，一手拿著碗，一手用袖子掩了眼睛，跑往後面去，纔走到院子裏，就飄飄的❾哭起來了。

老殘頗想再往下問，因那人顏色過於淒慘，知道必有一番負屈含冤的苦，不敢說出來的光景，也只

---

❽ 山架：木製的高架子。
❾ 飄飄的：形容哭聲悽慘如鬼。飄，音ㄖㄨˊ。鬼魅聲。

好搭訕著去了。走回店去就到本房坐了一刻，看了兩頁書。見老董事也忙完，就緩緩的走出，找著老董閒話。便將剛纔小雜貨店裏所見光景告訴老董，問他是甚麼緣故。

老董說：「這人姓王，只有夫妻兩個，三十歲上成家。他女人小他頭十歲呢。成家後，只生了一個兒子，今年已經二十一歲了。這家店裏的貨，粗笨的，本莊有集的時候買進；那細巧一點子的，都是他這兒子到府城裏去販買。春間，他兒子在府城裏，不知怎樣，多吃了兩杯酒，在人家店門口，就把這玉大人怎樣糊塗，怎樣好冤枉人，隨口瞎說；被玉大人心腹私訪的人聽見，就把他抓進衙門，大人坐堂，只罵了一句，說：『你這東西謠言惑眾，還了得嗎！』站起站籠，不到兩天就站死了。你老纔見的那中年婦人就是這王姓的妻子，他也四十歲外了。夫妻兩個只有此子，另外更無別人。你提起玉大人，叫他怎樣不傷心呢？」

老殘說：「這個玉賢真正是死有餘辜的人，怎樣省城官聲好到那步田地？煞是怪事！我若有權，此人在必殺之例！」老董說：「你老小點嗓子！你老在此地，隨便說說，還不要緊；若到城裏，可別這麼說了，要送性命的呢！」

老殘道：「承關照，我留心就是了。」當日吃過晚飯，安歇。第二天，辭了老董，上車動身。當晚，到了馬村集。

這集比董家口略小些，離曹州府城只有四五十里遠近。老殘在街上看了，只有三家車店，兩家已經住滿，只有一家未有人住，大門卻是掩著。老殘推門進去，找不著人。半天，有一個人出來說：「我家這兩天不住客人。」問他甚麼緣故，卻也不說。欲往別家，已無隙地。不得已，同他再三商議，那人纔沒精打采的開了一間房門，嘴裏還說：「茶水飯食都沒有的，客人沒地方睡，在這裏將就點罷。我們掌櫃的進城收尸去了，店裏沒人。你老吃飯喝茶，門口南邊有個飯店帶茶館，可以去的。」老殘連聲說：「勞駕，勞駕；行路的人怎樣將就都行得的。」那人說：「我睏在大門旁邊南屋裏，你老有事，來招呼我罷。」

老殘聽了「收尸」二字，心裏著實放心不下；晚間吃完了飯，回到店裏，買了幾塊茶乾，四五包長生菓，又沽了兩瓶酒，連那沙瓶攜了回來。那個店夥早已把燈掌上。老殘對店夥道：「此地有酒，你閂了大門，可以來喝一杯罷。」店夥欣然應諾，跑去把大門上了閂，一直進來，立著說：「你老請用罷，俺是不敢當的。」老殘拉他坐下，倒了一杯給他。他歡喜得支著牙，連說「不敢」，其實酒杯子早已送到嘴邊去了。

初起說些閒話，幾杯之後，老殘便問：「你方纔說掌櫃的進城收尸去了，這話怎講？難道又是甚人害在玉大人手裏了嗎？」那店夥說道：「仗著此地一個人也沒有，我可以放肆說兩句：俺們這個玉大人真是了不得！賽過活閻王！碰著了就是個死！

「俺掌櫃的進城，為的是他的妹夫。他這妹夫也是個極老實的人。因為掌櫃的哥妹兩個極好，所以都住在這店裏後面。他妹夫常常在鄉下機上買幾匹布到城裏去賣，賺幾個錢貼補著零用。那天背著四匹白布進城，在廟門口擺在地下賣，早晨賣去兩匹，後來又賣去了五尺。末後又來一個人，撕八尺五寸布，一定要在那整匹上撕，說情願每尺多給兩個大錢，就是不要撕過那匹上的布。鄉下人見多賣十幾個錢，有個不願意的嗎？自然就給他撕了。

「誰知沒有兩頓飯工夫，玉大人騎著馬走廟門口過，旁邊有個人上去，不知說了兩句甚麼話，只見玉大人朝他望了望，就說：『把這個人連布帶到衙門裏去。』到了衙門，大人就坐堂，叫把布呈上去，看了一看，就拍著驚堂問道：『你這布哪裏來的？』他說：『我鄉下買來的。』又問：『每個有多少尺寸？』他說：『一個賣過五尺，一個賣過八尺五寸。』大人說：『你既是零賣，兩個是一樣的布，為甚麼這個上撕撕，那個上扯扯呢？還賸多少尺寸，怎麼不說出來呢？』叫差人：『替我把這布量一量！』當時量過，報上去說：『一個是二丈五尺，一個是二丈一尺五寸。』

「大人聽了，當堂大怒，發下一個單子來，說：『你認識字嗎？』他說：『不認識。』大人說：『念給他聽！』旁邊一個書辦❿先生拿過單子念道：『十七日早，金四報：「昨日太陽落山時候，在西門外十五里地方被劫；是一個人從樹林裏出來，用大刀在我肩膀上砍了一刀，搶去大錢一吊四百，白布兩個：一個長兩丈五尺，一個長二丈一尺五寸。」』

「念到此，玉大人說：『布匹尺寸顏色都與失單相符，這案不是你搶的嗎？你還想狡強嗎？拉下去站起來！』把布匹交還金四完案。」

未知後事如何，且聽下回分解。

【評】

玉賢殘酷，吳氏節烈，都寫得奕奕如生，有功於人心世道不少。

---

❿ 書辦：掌管文書或簿記的書吏。

陳仁美成吳少奶奶節烈，猶有人心，賢於玉賢遠矣。

玉賢對稿案所發議論，罪不容誅。哀哀我民，何遭此不幸！站籠裏多添個屈死鬼，尤其可慘。

第六回　萬家流血頂染猩紅　一席談心辯生狐白

話說店夥說到將他妹夫扯去站了站籠，布匹交金四完案。老殘便道：「這事我已明白，自然是捕快❶做的圈套，你們掌櫃的自然應該替他收尸去的。但是，他一個老實人，為甚麼人要這麼害他呢？你掌櫃的就沒有打聽打聽嗎？」店夥道：

「這事，一被拿，我們就知道了。都是為他嘴快，惹下來的亂子。我也是聽人家說的。府裏南門大街西邊小胡同裏，有一家子，只有父女兩個。他爸爸四十來歲，他女兒十七八歲，長的是十分人材，還沒有婆家。他爸爸做些小生意，住了三間草房，一個土牆院子。這閨女有一天在門口站著，碰見了府裏馬隊上什長❷花胘膊王三，因此王三看他長的體面，不知怎麼，胡二巴越❸的就把他弄上手了。過了些時，活該有事，被他爸爸回來一頭碰見，氣了個半死，把他閨女著實打了一頓，就把大門鎖上，不許女兒出去。不到半個月，那花胘膊王三就編了法子，把他爸爸也算了個強盜，用站籠站死。後來不但他閨女算了王三的媳婦，就連那點小房子也算了王三的產業。

❶ 捕快：捕役。即三班中的快班，掌緝捕罪犯的職務。
❷ 什長：十人之長。兵士中的小頭目。
❸ 胡二巴越：糊裏糊塗。

「俺掌櫃的妹夫曾在他家賣過兩回布，認得他家，知道這件事情。有一天，在飯店裏多吃了兩鍾酒，就發起瘋來，同這北街上的張二禿子，一面吃酒，一面說話，說怎麼樣緣故，這些人怎麼樣沒個天理。那張二禿子也是個不知利害的人，聽得高興，儘往下問，說：『他還是義和團裏的小師兄呢；那二郎❹關爺多少正神常附在他身上，難道就不管管他嗎？』他妹夫說：『可不是呢。聽說前些時，他請孫大聖，孫大聖沒有到，還是豬八戒老爺下來的。倘若不是因為他昧良心，為甚麼孫大聖不下來，倒叫豬八戒下來呢？我恐怕他這樣壞良心，總有一天碰著大聖不高興的時候，舉起「金箍棒」來給他一棒，那他就受不住了！』

「二人談得高興，不知早被他們團裏朋友報給王三，把他們倆人面貌記得爛熟，沒有數個月的工夫，把他妹夫就毀了。張二禿子知道勢頭不好，仗著他沒有家眷，『天明四十五❺，逃往河南歸德府』去找朋友去了。

「酒也完了，你老睡罷。明天倘若進城，千萬說話小心！俺們這裏人人耽著三分驚險！大意一點兒，站籠就會飛到脖兒梗❻上來的！」

於是站起來，桌上摸了個半截線香❼，把燈撥了撥，說：「我去拿油壺來添添這燈。」老殘說：「不

❹二郎：二郎神。封神演義中的楊戩。

❺天明四十五：俗語。天明時已走了四十五里路，即連夜動身趕路之意。

❻脖兒梗：頸項。

❼線香：用香屑製成細長如線的香。

用了，各自睡罷。」兩人分手。

到了次日早晨，老殘收檢行李，叫車夫來搬上車子。店夥送出，再三叮嚀：「進了城去，切勿多話，要緊！要緊！」

老殘笑著答道：「多謝關照。」一面車夫將車子推動，向南大路進發。不過午牌時候，早已到了曹州府城。進了北門，就在府前大街尋了一家客店，找了個廂房住下。跑堂的來問了飯菜，就照樣辦來吃過了。便到府衙門前來觀望觀望。看那大門上懸著通紅的彩綢，兩旁果真有十二個站籠，卻都是空的，一個人也沒有，心裏詫異道：「難道一路傳聞都是謊話嗎？」踅了一會兒，仍自回到店裏。只見上房裏有許多戴大帽子的人出入，院子裏放了一肩藍呢大轎，許多轎夫穿了棉襖褲，也戴著大帽子，在那裏吃餅；又有幾個人穿著號衣❽，上寫著「城武縣民壯❾」字樣，心裏知道這上房住的必是城武縣❿了。過了許久，見上房裏家人喊了一聲「伺候」，那轎夫便將轎子搭到階下，前頭打紅傘的拿了紅傘，馬棚裏牽出了兩匹馬，登時上房裏紅呢簾子打起，出來了一個人，水晶頂，補褂⓫朝珠⓬，年紀約在五十歲上下，從台階上下來，進了轎子，呼的一聲，擡起出門去了。

---

❽ 號衣：兵士的制服。

❾ 民壯：州縣的衛兵。

❿ 城武縣：即城武縣知縣的省稱。

⓫ 補褂：清代官員的正式官服。青色貢緞製成的外褂，前後開叉，胸背各繡一塊方形圖案，文官繡鳥，武官繡獸。

⓬ 朝珠：清代五品以上的官員懸於胸前的串珠。每串一百零八顆。

老殘見了這人，心裏想到：「何以十分面善？我也未到曹屬⑬來過，此人是在哪裏見過的呢？」……想了些時，想不出來，也就罷了。因天時尚早，復到街上訪問本府政績，竟是一口同聲說好，不過都帶有慘淡顏色，不覺暗暗點頭，深服古人「苛政猛於虎」一語真是不錯。回到店中，在門口略微小坐，卻好那城武縣已經回來，進了店門，從玻璃窗裏朝外一看，與老殘正屬四目相對。

一恍的時候，轎子已到上房階下，那城武縣從轎子裏出來，家人放下轎簾，跟上台階。遠遠看見他向家人說了兩句話，只見那家人即向門口跑來。那城武縣仍站在台階上等著。

家人跑到門口，向老殘道：「這位是鐵老爺麼？」老殘道：「正是。你何以知道？你貴上姓甚麼？」家人道：「小的主人姓申，新從省裏出來，撫臺委署城武縣的，說請鐵老爺上房裏去坐呢。」

老殘恍然，想起這人就是文案上委員申東造；因雖會過兩三次，未曾多餘接談，故記不得了。

老殘當時上去見了東造，彼此作了個揖。東造讓到裏間屋內坐下，嘴裏連稱「放肆，我換衣服。」當時將官服脫去，換了便服，分賓主坐下，問道：「補翁是幾時來的？到這裏多少天了？可是就住在這店裏嗎？」老殘道：「今日到的，出省不過六七天，就到此地了。東翁是幾時出省？到過任再來的嗎？」東造道：「兄弟也是今天到。大前天出省。這夫馬人役是接到省城去的。我出省的前一天，還聽姚雲翁說：『宮保看補翁去了，心裏著實難過，說：「自己一生器重名士，以為無不可招致之人，今日竟遇著一個鐵君。真是浮雲富貴，反心內照，愈覺得齷齪不堪了！」』」

老殘道：「宮保愛才若渴，兄弟實在欽佩的。至於出來的原故，並不是肥遯鳴高⑭的意思，一則深

⑬ 曹屬：曹州府所屬之地。

知自己才疏學淺，不稱揄揚；二則因這玉太尊聲望過大，到底看看是個何等人物。至『高尚』二字，兄弟不但不敢當，且亦不屑為。天地生才有數，若下愚蠢陋的人，高尚點也好借此藏拙，若真有點濟世之才，竟自遯世，豈不辜負天地生才之心嗎？」

東造道：「屢聞至論，本極佩服；今日之說則更五體投地⓯。可見長沮、桀溺⓰等人為孔子所不取的了。只是目下在補翁看來，我們這玉太尊究竟是何等樣人？」老殘道：「不過是下流的酷吏，又比郅都、寧成⓱等人次一等了！」

東造連連點頭，又問道：「弟等耳目有所隔閡，先生布衣遊歷，必可得其實在情形。我想太尊殘忍如此，必多冤枉，何以竟無上控的案件呢？」

老殘便將一路所聞細說一遍。說得一半的時候，家人來請吃飯，東造遂留老殘同吃。老殘亦不辭讓。吃過之後，又接著說去，說完了，便道：「我只有一事疑惑。今日在府門前瞻望，見十二個站籠都空著，恐怕鄉人之言，必有靠不住處。」

東造道：「這卻不然。我適在菏澤縣署中，聽說太尊是因為昨日得了院上行知⓲，除已補授實缺外，

⓮ 肥遯鳴高：隱居避世，自鳴清高。肥遯，即飛遁。
⓯ 五體投地：極端佩服。原為佛家語，乃以頭和兩手兩膝著地，表示最高的敬禮。
⓰ 長沮、桀溺：春秋時代之二穩者。其事跡見論語微子。
⓱ 郅都、寧成：二者皆漢代人，為歷史上有名的酷吏。詳見史記酷吏列傳。
⓲ 院上行知：保舉已得中央政府批准，由巡撫衙門通知本人的文書。

在大案裏又特保了他個以道員在任候補，並俟歸道員班⑲後，賞加二品銜的保舉，所以停刑三日，讓大家賀喜。你不見衙門口掛著紅彩綢嗎？聽說停刑的頭一日，即是昨日，站籠上還有幾個半死不活的人，都收了監了。」

彼此嘆息了一回。老殘道：「旱路勞頓，天時不早了，安息罷。」東造道：「明日晚間，還請枉駕談談。弟有極難處置之事，要得領教，還望不棄纔好。」說罷，各自歸寢。

到了次日，老殘起來，見那天色陰的很重，西北風雖不甚大，覺得棉袍子在身上有飄飄欲仙之致。洗過臉，買了幾根油條當了點心，沒精打采的，到街上徘徊些時。正想上城牆上去眺望遠景，見那空中一片一片的飄下許多雪花來。頃刻之間，那雪便紛紛亂下，迴旋穿插，越下越緊。趕急走回店中，叫店家籠了一盆火來。那窗戶上的紙，只有一張大些的，懸空了半截，經了雪的潮氣，迎著風霍鐸霍鐸價響。旁邊零碎小紙，雖沒有聲音，卻不住的亂搖。房裏便覺得陰風森森，異常慘淡。

老殘坐著無事，書又在箱子裏不便取，只是悶悶的坐，不禁有所感觸，遂從枕頭匣內取出筆硯來，在牆上題詩一首，專詠玉賢之事。詩曰：

得失淪肌髓⑳，因之急事功。冤埋城闕暗，血染頂珠紅。處處鵂鶹㉑雨，山山虎豹風。殺民如殺

⑲ 歸道員班：實際得到道員的官缺。

⑳ 得失淪肌髓：將得失看得深入肌髓一樣的重要。淪，浸沒也。

㉑ 鵂鶹：鳥名，屬鴟鴞目。古人視為惡鳥。

賊，太守是元戎！

下題「江南徐州鐵英題」七個字。寫完之後，便吃午飯。飯後，那雪越發下得大了。站在房門口朝外一看，只見大小樹枝，彷彿都用簇新的棉花裹著似的。樹上有幾個老鴉，縮著頸項避寒，不住的抖擻翎毛，怕雪堆在身上。又見許多麻雀兒，躲在屋簷底下，也把頭縮著，怕冷。其飢寒之狀殊覺可憫。因想：「這些鳥雀，無非靠著草木上結的實並些小蟲蟻兒充飢度命，現在各樣蟲蟻自然是都入蟄㉒，見不著的了，就是那草木之實，經這雪一蓋，哪裏還有呢？倘若明天晴了，雪略微化一化，西北風一吹，雪又變做了冰，仍然是找不著，豈不要餓到明春嗎？」想到這裏，覺得替這些鳥雀愁苦得受不得。轉念又想：「這些鳥雀雖然凍餓，卻沒有人放槍傷害他，又沒有甚麼網羅來捉他，不過暫時飢寒，撐到明年開春，便快活不盡了。若像這曹州府的百姓呢，近幾年的年歲，也就很不好。又有這麼一個酷虐的父母官，動不動就捉了去當強盜待，用站籠站殺，嚇的連一句話也說不出來，於飢寒之外，又多一層懼怕，豈不比這鳥雀還要苦嗎！」想到這裏，不覺落下淚來。又見那老鴉有一陣刮刮的叫了幾聲，彷彿他不是號寒啼飢，卻是為有言論自由的樂趣，來驕這曹州府百姓似的。想到此處，不覺怒髮衝冠，恨不得立刻將玉賢殺掉，方出心頭之恨。

正在胡思亂想，見門外來了一乘藍呢轎，並執事人等，知是申東造拜客回店了，因想：「我為甚麼不將這所見所聞的，寫封信告訴莊宮保呢？」於是從枕箱㉓裏取出信紙信封來，提筆便寫。那知剛纔題

㉒入蟄：動物藏伏土中不動不食，進入冬眠狀態謂之。

壁，硯臺上的墨已凍成堅冰了；於是呵一點寫一點。寫了不過兩張紙，天已很不早了，硯臺上呵開來，筆又凍了，筆呵開來，硯臺上又凍了，呵一回，不過寫四五個字，所以耽擱工夫。

正在兩頭忙著，天色又暗下來，更看不見。因為天陰，所以比平常更黑得早，於是喊店家拿盞燈來。喊了許久，店家方拿了一盞燈，縮手縮腳的進來，嘴裏還喊道：「好冷呀！」把燈放下，手指縫裏夾了個紙煤子㉔，吹了好幾吹，纔吹著。那燈裏是新倒上的凍油，堆的像大螺絲殼似的，點著了還是不亮。店家道：「等一會，油化開，就亮了。」撥了撥燈，把手還縮到袖子裏去，站著，看那燈滅不滅。起初燈光不過有大黃豆大，漸漸的得了油，就有小蠶豆大了。忽然擡頭看見牆上題的字，驚惶道：「這是你老寫的嗎？寫的是啥？可別惹出亂子呀！這可不是頑兒的！」趕緊又回過頭朝外看看，沒有人，又說道：「弄的不好，要壞命的！我們還要受連累呢！」老殘笑道：「底下寫著我的名字呢，不干你事的。」

說著，外面進來了一個人，戴著紅纓帽子，叫了一聲「鐵老爺」。那店家就趔趔趄趄㉕的去了。那進來的人道：「敝上請鐵老爺去吃飯呢。」原來就是申東造的家人。老殘道：「請你們老爺自用罷。我這裏已經叫他們去做飯，一會兒就來了。說我謝謝罷。」那人道：「敝上說：店裏飯不中吃。我們那裏有人送的兩隻山雞，已經都片出來了，又片了些羊肉片子，說請鐵老爺務必上去吃火鍋子呢。敝上說：如鐵老爺一定不肯去，敝上就叫把飯開到這屋裏來吃。我看，還是請老爺上去罷。那屋子裏有大火盆，有

㉓ 枕箱：即枕頭匣。可作枕頭用，內部又可存放零星物件。

㉔ 紙煤子：即紙撚兒。點火用的表心紙捲。南方人稱為「紙吹」。

㉕ 趔趔趄趄：欲進不進的樣子。趔，音ㄌㄧㄝˋ。趄，音ㄑㄧㄝˋ。

這屋裏火盆四五個大，暖和得多呢。家人們又得伺候。請你老成全家人罷！」

老殘無法，只好上去。申東造見了，說：「補翁，在那屋裏做甚麼？恁大雪天，我們來喝兩杯酒罷。今兒有人送來極新鮮的山雞，燙了吃，很好的。我就『借花獻佛』了！」

說著，便入了座。家人端上山雞片，果然有紅有白，煞是好看。燙著吃，味更香美。東造道：「先生吃得出有點異味嗎？」老殘道：「果然有點清香，是甚麼道理？」東造道：「這雞出在肥城縣桃花山裏頭的。這山裏松樹極多。這山雞專好吃松花松實，所以有點清香。俗名叫做『松花雞』。雖在此地，亦很不容易得的。」

老殘贊歎了兩句，廚房裏飯菜也就端上桌子。兩人吃過了飯，東造約到裏間房裏吃茶，向火。忽然看見老殘穿著一件棉袍子，說道：「這種冷天，怎麼還穿棉袍子呢？」

老殘道：「毫不覺冷。我們從小兒不穿皮袍子的人，這棉袍子的力量恐怕比你們的狐皮還要暖和些呢。」東造道：「那究竟不妥。」喊：「來個人。你們把我扁皮箱裏，還有一件白狐一裹圓㉖的袍子，取出來送到鐵老爺屋子裏去。」

老殘道：「千萬不必！我決非客氣。你想，天下有個穿狐皮袍子搖串鈴的嗎？」東造道：「你那串鈴本可以不搖，何必矯俗㉗到這個田地呢！承蒙不棄，拿我兄弟還當個人，我有兩句放肆的話要說，不管你先生惱我不惱我。昨兒聽先生鄙薄那肥遯鳴高的人，說道：『天地生才有限，不宜妄自菲薄。』這

㉖ 一裹圓：清朝一種有馬蹄袖而可裝硬領的長袍。另一說為無袖、左右不開叉的長袍，即斗篷。又名一口鐘。

㉗ 矯俗：同「矯情」。有意做出違背世俗常情的行為，以立異鳴高。

話，我兄弟五體投地的佩服！然而先生所做的事情，卻與至論有點違背。宮保一定要先生出來做官，先生卻半夜裏跑了，一定要出來搖串鈴。試問，與那鑿坏而遁㉘，洗耳不聽㉙的，有何分別呢？兄弟話未免鹵莽，有點冒犯，請先生想一想，是不是呢？」

老殘道：「搖串鈴誠然無濟於世道，難道做官就有濟於世嗎？請問：先生此刻已經是城武縣一百里萬民的父母了，其可以有濟於民處何在呢？先生必有成竹在胸，何妨賜教一二呢？我知先生在前已做過兩三任官的；請教，已過的善政可有出類拔萃的事蹟呢？」東造道：「不是這麼說。像我們這些庸材，只好混混罷了。閣下如此宏材大略，不出來做點事情，實在可惜！無才者抵死要做官，有才者抵死不做官，此正是天地間第一憾事！」

老殘道：「不然。我說，無才的要做官很不要緊，正壞在有才的要做官。你想，這個玉太尊不是個有才的嗎？只為過於要做官，且急於做大官，所以傷天害理的做到這樣！而且政聲又如此其好，怕不數年之間就要方面㉚兼圻㉛的嗎？官愈大，害愈甚。守一府則一府傷；撫一省則一省殘；宰㉜天下則天下

㉘ 鑿坏而遁：此指戰國時代的高士顏闔的事跡。魯國國君聽說顏闔賢能，派使者請他做相國，他卻鑿穿房後的牆壁逃走了。事見漢書揚雄傳應劭注。坏，音ㄆㄟ。土牆也。

㉙ 洗耳不聽：此指唐堯時代的高士許由的事跡。堯要讓位給他，他逃遁於箕山之下；堯又要請他做九州長，他認為聽到了汙濁的話，就跑到潁水邊上去洗耳朵。事見莊子天地篇、讓王篇。

㉚ 方面：獨當一面的職務。

㉛ 兼圻：清代總督兼轄兩省或三省稱為兼圻。

㉜ 宰：主宰統治。

死！由此看來，請教，還是有才的做官害大，還是無才的做官害大？倘若他也像我搖個串鈴子混混，正經病，人家不要他治，些小病痛，也死不了人。即使他一年醫死一個，歷一萬年，還抵不上他一任曹州府害的人數呢！」

未知申東造又有何說，且聽下回分解。

【評】

鳥雀飢寒，猶無虞害之心，讀之令人酸鼻。至聞鴉噪，以為有言論自由之樂，以此驕人，是加一倍寫法。此回為玉賢傳之總結。

有才的急於做官，又急於要做大官，所以傷天害理。歷朝國家俱受此等人物之害。

第七回　借箸代籌一縣策　納楹閒訪百城書

話說老殘與申東造議論玉賢正為有才急於做官，所以傷天害理至於如此，彼此歎息一回。

東造道：「正是。我昨日說有要事與先生密商，就是為此。先生想，此公殘忍至於此極，兄弟不幸，偏又在他屬下，依他做，實在不忍，不依他做，又實無良法。先生閱歷最多，所謂『險阻艱難，備嘗之矣；民之情偽，盡知之矣。』必有良策，其何以教我？」

老殘道：「知難則易者至矣。閣下既不恥下問，弟先須請宗旨何如。若求在上官面上討好，做得烈烈轟轟，有聲有色，則只有依玉公辦法，所謂逼民為盜也；若要顧念『父母官』三字，求為民除害，亦有化盜為民之法。若官階稍大，轄境稍寬，略微易辦；若止一縣之事，缺分又苦，未免稍形棘手，——然亦非不能也。」

東造道：「自然以為民除害為主。果能使地方安靜，雖無不次之遷❶，要亦不至於凍餒。『子孫飯』❷吃他做甚麼呢！但是缺分太苦，前任養小隊五十名，盜案仍是疊出，加以虧空官款，因此罣誤去官❸。

❶ 不次之遷：不依次序的遷動官職。此處指升官。

❷ 子孫飯：做壞事的人，往往累及子孫，害得他們無法生活，好像把子孫的飯都吃絕了。所以賺不正當的錢叫「吃子孫飯」。

弟思如賠累而地方安靜，尚可設法彌補；若俱不可得，算是為何事呢？」

老殘道：「五十名小隊，所費誠然太多。以此缺論，能籌款若干便不致賠累呢？」東造道：「不過千金，尚不吃重。」

老殘道：「此事卻有個辦法。閣下一年籌一千二百金，卻不用管我如何辦法，我可以代畫一策，包你境內沒有一個盜案。倘有盜案，且可以包你頃刻便獲。閣下以為何如？」

東造道：「能得先生去為我幫忙，我就百拜的感激了！」老殘道：「我無庸去，只是教閣下想個至良極美的法則。」東造道：「閣下不去，這法則誰能行呢？」老殘道：

「正為薦一個行此法則的人。惟此人千萬不可怠慢。若怠慢此人，彼必立刻便去，去後禍必更烈。

「此人姓劉，號仁甫，即是此地平陰縣人。家在平陰縣西南桃花山裏面。其人少時，十四五歲，在嵩山少林寺學拳棒，學了些時，覺得徒有虛名，無甚出奇制勝處，於是奔走江湖。將近十年，在四川峨眉山上遇見了一個和尚，武功絕倫，他就拜他為師，學了一套『太祖神拳』，一套『少祖神拳』，因請教這和尚拳法從那裏得來的。和尚說係少林寺。他就大為驚訝，說：『徒弟在少林寺四五年，見沒有一個出色拳法，師父從那一個學的呢？』那和尚道：『這是少林寺的拳法，卻不從少林寺學來。現在少林寺裏的拳法，久已失傳了。你所學的「太祖拳」，就是達摩❹傳下來的；那「少祖拳」，就是神光❺傳下來

---

❸ 罣誤去官：因公務牽連犯了過失而丟了官職。罣，音ㄍㄨㄚˋ。

❹ 達摩：即菩提達摩，南天竺人。劉宋時東來中國。為中國佛教史上禪宗的始祖，因而書中稱他為「太祖」。

❺ 神光：即慧可，俗姓姬，虎牢（今河南成皋縣西北）人，達摩弟子，被尊為禪宗二祖。因而書中稱他為

的。當初傳下這個拳法來的時候，專為和尚們練習了這拳，身體可以結壯，精神可以悠久。若當朝山訪道的時候，單身走路，或遇虎豹，或遇強人，和尚家又不作❻帶兵器，所以這拳法專為保護生命的。筋骨強壯，肌肉堅固，便可以忍耐凍餓。你想，行腳僧在荒山野壑裏訪求高人古德❼，於「宿食」兩字一定難以周全的。此太祖少祖傳下拳法來的美意了。那知後來少林寺拳法出了名，外邊來學的日多，學出去的人，也有做強盜的，也有奸淫人家婦女的，屢有所聞；因此，在現在這老和尚以前四五代上的個老和尚，就將這正經拳法收起不傳，只用些「外面光」「不管事」的拳法敷衍門面而已。我這拳法係從漢中府裏一個古德學來的。若能認真修練，將來可以到得甘鳳池❽的位分。』

「劉仁甫在四川住了三年，盡得其傳。當時正是粵匪❾擾亂的時候，他從四川出來，就在湘軍淮軍❿營盤裏混過些時。因是兩軍，湘軍必須湖南人，淮軍必須安徽人，方有照應。若別省人，不過敷衍故事，得個把小保舉而已，大權萬不會有的。劉仁甫既不是湖南人，又不是安徽人，因此就沒人照應他。雖然本領高強，卻只保舉到個都司⓫。後來軍務漸平，他也就無心戀棧⓬，遂回家鄉種了幾畝田，聊以度日，

「少祖」。

❻ 不作：即不作興。不行、不許有的意思。

❼ 古德：有道德的高僧。

❽ 甘鳳池：清江寧人，少以勇聞，能飛簷走壁，握鉛錫使之化水。嘗為某王府的官。

❾ 粵匪：此指太平天國軍。

❿ 湘軍淮軍：湘軍是曾國藩在湖南組織的軍隊。淮軍是李鴻章在安徽組織的軍隊。

⓫ 都司：綠旗兵中的營級武官。

閒暇無事，在這齊豫兩省隨便遊行。這兩省練武功的人，無不知他的名氣。他卻不肯傳授徒弟。若是深知這人一定安分的，他就教他幾手拳棒，也十分慎重的，所以這兩省有武藝的，全敵他不過，都懼怕他。若將此人延為上賓，將這每月一百兩交付此人，聽其如何應用，大約他只要招十名小隊，供奔走之役，每人月餉六兩，其餘四十兩，供應往來豪傑酒水之資，也就夠了。

「大概這河南山東直隸三省及江蘇安徽的兩個北半省，共為一局。此局內的強盜計分大小兩種：大盜係有頭領，有號令，有法律的，大概其中有本領的甚多；小盜則隨時隨地無賴之徒，及失業的頑民，胡亂搶劫，既無人幫助，又無槍火兵器，搶過之後，不是酗酒，便是賭博，最容易犯案的。譬如玉太尊所辦的人，大約十分中九分半是良民，半分是這些小盜。若論那些大盜，無論頭目人物，就是他們的羽翼，也不作興⑬有一個被玉太尊捉著的呢。但是大盜卻容易相與，如京中保鏢⑭的呢，無論十萬二十萬銀子，只須一兩個人，便可保得一路無事。試問如此鉅款，就聚了一二百強盜搶去，也很夠享用的，難道這一兩個鏢司務⑮，就敵得過他們嗎？只因為大盜相傳有這個規矩，不作興害鏢局⑯的，所以凡保鏢的車上，有他的字號出門，要叫個口號。這口號喊出，那大盜就覿面⑰碰著，彼此打個招呼，也決不動

⑫ 戀棧：語出晉書宣帝紀：「駑馬戀棧豆。」比喻人貪戀祿位，沒有高遠的志節，猶駑馬之戀棧豆。

⑬ 不作興：不行，不許有。

⑭ 保鏢：亦作「保鑣」。古時保護行旅以防盜劫的一種行業。

⑮ 鏢司務：由鏢局指派隨同保護的武師。又稱「鏢師」。

⑯ 鏢局：設置承接保鏢的鋪子。

⑰ 覿面：當面、會面。

手的。鏢局幾家字號，大盜都知道的；大盜有幾處窩巢，鏢局也是知道的。倘若他的羽翼到了有鏢局的所在，進門打過暗號，他們就知道是那一路的朋友，當時必須留著喝酒吃飯，臨行還要送他三二百個錢的盤川；若是大頭目，就須儘力應酬了。這就叫做江湖上的規矩。

「我方纔說這個劉仁甫，江湖上是大有名的。京城裏鏢局上請過他幾次，他都不肯去，情願埋名隱姓，做個農夫。若是此人來時，待以上賓之禮，彷彿貴縣開了一個保護本縣的鏢局，他無事時，在街上茶館飯店裏坐坐，這過往的人，凡是江湖上朋友，他到眼便知，隨便會幾個茶飯東道，不消十天半個月，各處大盜頭目就全曉得了，立刻便要傳出號令，某人立足之地，不許打攪的。每月所餘的那四十兩，就是給他做這個用處的。至於小盜，他本無門徑，隨意亂做，就近處，自有人來暗中報信，失主尚未來縣報案，他的手下人倒已先將盜犯獲住了。若是稍遠的地方做了案子，沿路也有他們的朋友替他暗中捕下去，無論走到何處，俱捉得到的。所以要十名小隊子。其實，只要四五個應手的人，已經足用了。那多餘的五六個人，為的是本縣轎子前頭擺擺威風，或者接差送差跑信等事用的。」

東造道：「如閣下所說，自然是極妙的法則。但是此人既不肯應鏢局的聘，若是兄弟衙署裏請他，恐怕也不肯來，如之奈何？」

老殘道：「只是你去請他，自然他不肯來的。所以我須詳詳細細寫封信去，並拿救一縣無辜良民的話打動他，自然他就肯來了。況他與我交情甚厚，我若勸他，一定肯的。因為我二十幾歲的時候，看天下將來一定有大亂，所以極力留心將才，談兵的朋友頗多。此人當年在河南時，我們是莫逆之交，相約倘若國家有用我輩的日子，凡我同人俱要出來相助辦理的。其時講輿地⑱，講陣圖⑲，講製造⑳，講武功的，各樣朋友都有。此公便是講武功的巨擘㉑。後來大家都明白了，治天下的，又是一種人才，若是我輩所講所學，全是無用的。故而各人都弄個謀生之道，混飯吃去，把這雄心便抛入東洋大海去了。雖如此說，然當時的交情義氣斷不會敗壞的。所以我寫封信去，一定肯來的。」

東造聽了，連連作揖道謝，說：「我自從掛牌㉒委署斯缺，未嘗一夜安眠。今日得聞這番議論，如夢初醒，如病初癒，真是萬千之幸！但是這封信，是派個何等樣人送去方妥呢？」老殘道：「必須有個親信朋友吃這一趟辛苦纔好。若隨便叫個差人送去，便有輕慢他的意思，他一定不肯出來，那就連我都要遭怪了。」

東造連連說：「是的，是的。我這裏有個族弟，明天就到的，可以讓他去一趟。先生信幾時寫呢？就費心寫起來最好。」老殘道：「明日一天不出門，我此刻正寫一長函致莊宮保，託姚雲翁轉呈，為細述玉太尊政績的。大約也要明天寫完，並此信一總寫起。我後天就要動身了。」東造問：「後天往哪裏去？」老殘答說：「先往東昌府訪柳小惠㉓家的收藏，想看看他的宋元板書，

---

⑱ 輿地：即地理。此指軍事地理。

⑲ 陣圖：軍隊作戰時隊形排列變化的圖形。

⑳ 製造：此指軍事武器的製造。

㉑ 巨擘：指成就傑出的首要人物。擘，音ㄅㄛˋ，大拇指。

㉒ 掛牌：舊日知府以下官員，補缺署事，由布政司懸牌公布，稱為掛牌。

㉓ 柳小惠：柳小惠係影射楊紹和。楊氏字彥和，為清代東昌府聊城縣人。其家海源閣藏書數十萬卷，與當時常熟瞿氏鐵琴銅劍樓並稱為「南瞿北楊」。楊氏曾記錄宋、元刻本古書的行式、印款、題跋訂成一書，名楹書隅

隨後即回濟南省城過年。再後的行蹤，連我自己也不知道了。今日夜已深了，可以睡罷。」立起身來。

東造叫家人：「打個手照㉔，送鐵老爺回去。」揭起門簾來，只見天地一色，那雪已下得混混沌沌價白，覺得照得眼睛發脹似的。那階下的雪已有了七八寸深，走不過去了。只有這上房到大門口的一條路，常有人來往，所以不住的掃。那到廂房裏的一條路已看不出路影，同別處一樣的高了。

東造叫人趕忙鏟出一條路來，讓老殘回房。推開門來，燈已滅了。上房送下一個燭臺，兩支紅燭，取火點起，再想寫信，那筆硯竟違抗萬分，不遵調度，只好睡了。到了次日，雪雖已止，寒氣卻更甚於前，起來喊店家秤了五斤木炭，升了一個大火盆，又叫買了幾張桑皮紙，把那破窗戶糊了；頃刻之間，房屋裏暖氣陽迴，非昨日的氣象了。遂把硯池烘化，將昨日未曾寫完的信，詳細寫完封好，又將致劉仁甫的信亦寫畢，一總送到上房，交東造收了。

東造一面將致姚雲翁的一函，加個馬封㉕，送往驛站；一面將劉仁甫的一函，送入枕頭箱內。廚房也開了飯來。

二人一同吃過，又復清談片時，只見家人來報：「二老爺同師爺們都到了。住在西邊店裏呢。洗完臉，就過來的。」

錄，即下文中所謂的納書楹。楊氏之子楊保彝，字鳳阿，即下文所稱之柳鳳儀。說見蔣逸雪所著老殘遊記考證。

㉔ 手照：拿在手裏的蠟臺或燈盞。

㉕ 馬封：舊日由驛站致送公文等的封套。

停了一會，只見門外來了一個不到四十歲模樣的人，尚未留鬚，穿了件舊寧綢二藍㉖的大毛皮袍子，元色長袖皮馬褂，蹬了一雙絨靴，已經被雪泥漫了幫子㉗了，慌忙走進堂屋，先替乃兄作了個揖。東造就說：「這就是舍弟，號子平。」回過臉來說：「這是鐵補殘先生。」

申子平走近一步，作了個揖，說：「久仰得很。」東造便問：「吃過飯了沒有？」子平說：「纔到，洗了臉就過來的。吃飯不忙呢。」東造說：「吩咐廚房裏做二老爺的飯。」子平道：「可以不必。停一刻，還是同他們老夫子㉘一塊吃罷。」家人上來回說：「廚房裏已經吩咐，叫他們送一桌飯去，讓二老爺同師爺們吃呢。」

那時又有一個家人揭了門簾，拿了好幾個大紅全帖進來。老殘知道是師爺們來見東家的，就趁勢走了。

到了晚飯之後，申東造又將老殘請到上房裏，將那如何往桃花山訪劉仁甫的話，對著子平，詳細問了一遍。子平又問：「從哪裏去最近？」老殘道：「從此地去，怎樣走法，我卻不知道。昔日是從省城順黃河到平陰縣，出平陰縣向西南三十里地，就到了山腳下了。進了山，就不能坐車，最好帶個小驢子，到那平坦的地方，就騎驢，稍微危險些就下來走兩步。進山去有兩條大路。西峪裏走進有十幾里的光景。有座關帝廟。那廟裏的道士與劉仁甫常相往來的。你到廟裏打聽，就知道詳細了。那山裏關帝廟有兩處：

㉖ 二藍：次於深藍的藍色。
㉗ 幫子：此指靴子兩邊豎起的部分。
㉘ 老夫子：對幕賓的尊稱。

集東一個，集西一個。這是集西的一個關帝廟。」中了平問得明白，遂各自歸房安歇去了。

次日早起，老殘出去雇了一輛騾車，將行李裝好，候申東造上衙門去稟辭，他就將前晚送來的那件狐裘，加了一封信，交給店家，說：「等申大老爺回店的時候，送上去。此刻不必送去，恐有舛錯。」

店裏掌櫃的慌忙開了櫃房裏的木頭箱子，裝了進去，然後送老殘動身上車，逕往東昌府去了。無非是風餐露宿，兩三日工夫，已到了東昌城內，找了一家乾淨車店住下。當晚安置停妥。次日早飯後便往街上尋覓書店。尋了許久，始覓著一家小小書店，三間門面，半邊賣紙張筆墨，半邊賣書。遂走到賣書這邊櫃臺外坐下，問問此地行銷是些甚麼書籍。

那掌櫃的道：「我們這東昌府，文風最著名的；所管十縣地方，俗名叫做『十美圖』，無一縣不是家家富足，戶戶弦歌。所有這十縣用的書，皆是向小號來販。小號店在這裏，後邊還有棧房㉙，還有作坊㉚。許多書都是本店裏自雕板，不用到外路去販買的。你老貴姓？來此有何貴幹？」

老殘道：「我姓鐵，來此訪個朋友的。你這裏可有舊書嗎？」掌櫃的道：「有，有，有。你老要甚麼書？我們這兒多著呢。」一面回過頭來指著書架子上白紙條兒數道：「你老瞧。這裏崇辨堂墨選，目耕齋初二三集。再古的還有那八銘塾鈔㉛呢！這都是講正經學問的。要是講雜學的，還有古唐詩合解，唐詩三百首。再要高古點，還有古文釋義。還有一部寶貝書呢，叫做性理精義；這書看得懂的，可就了

㉙ 棧房：囤積貨物的地方。
㉚ 作坊：工人相聚工作的地方。亦稱作坊頭兒。
㉛ 八銘塾鈔：此書與崇辨堂墨選、目耕齋初二三集皆是八股文選集。

不得了！」

老殘笑道：「這些書我都不要。」那掌櫃的道：「還有，還有。那邊是陽宅三要㉜，鬼撮腳㉝，淵海子平㉞。諸子百家，我們小號都是全的。濟南省城，那是大地方，不用說；若要說黃河以北，就要算我們小號是第一家大書店了。別的城池裏都沒有專門的書店，大半在雜貨鋪裏帶賣書。所有方圓二三百里學堂裏用的三百千千，都是在小號裏販得去的。一年要銷上萬本呢。」

老殘道：「貴處行銷這『三百千千』，我倒沒有見過。是部甚麼書？怎樣銷得這麼多呢？」掌櫃的道：「噯！別哄我罷！我看你老很文雅，不能連這個也不知道。這不是一部書。三是三字經，百是百家姓，千是千家文。那一個千字呢，是千家詩。這千家詩還算一半是冷貨，一年不過銷百把部；其餘三百千就銷得廣了。」

老殘說：「難道四書五經都沒有人買嗎？」他說：「怎麼沒有人買呢！四書小號就有。詩書易三經也有。若是要禮記左傳呢，我們也可以寫信到省城裏捎去。你老來訪朋友，是哪一家呢？」

老殘道：「是個柳小惠家。當年他老太爺做過我們的漕臺㉟，聽說他家收藏的書極多。他刻了一部書，名叫納書楹，都是宋元板書。我想開一開眼界，不知道有法可以看得見嗎？」掌櫃的道：「柳家是

㉜ 陽宅三要：是講房屋風水的書。

㉝ 鬼撮腳：是講墳地風水的書。

㉞ 淵海子平：是算命書。

㉟ 漕臺：即漕運總督的別稱。

俺們這兒第一個大人家，怎麼不知道呢！只是這柳小惠柳大人早已去世，他們少爺叫柳鳳儀，是個兩榜㊱，現做戶部的主事㊲。聽說他家，書多得很，都是用大板箱裝著，只怕有好幾百箱子呢，堆在個大樓上，永遠沒有人去問他。有近房柳三爺，是個秀才，常到我們這裏來坐坐。我問過他：『你們家裏那些書是些甚麼寶貝？可叫我們聽聽罷咧。』他說：『我也沒有看見過是甚麼樣子。』我說：『難道就那麼收著不怕蛀蟲嗎……？』」

掌櫃的說到此處，只見外面走進一個人來，拉了拉老殘，說：「趕緊回去罷。曹州府裏來的差人，急等著你老說話呢。快點走罷。」

老殘聽了，說道：「你告訴他等著罷，我略停一刻就回去了。」那人道：「我在街上找了好半天了。俺掌櫃的著急得了不得，你老就早點回店罷。」老殘道：「不要緊的。你既找著了我，你就沒有錯兒了。你去罷。」

店小二去後，書店掌櫃的看了看他去的遠了，慌忙低聲向老殘說道：「你老店裏行李值多少錢？此地有靠得住的朋友嗎？」老殘道：「我店裏行李也不值多錢。我此地亦無靠得住的朋友。你問這話是甚麼意思呢？」掌櫃的道：「曹州府現是個玉大人。這人很惹不起的，無論你有理沒理，只要他心裏覺得不錯，就上了站籠了。現在既是曹州府裏來的差人，恐怕不知是誰扳上你老了。我看是凶多吉少，不如趁此逃去罷。行李既不值多錢，就捨去了的好。還是性命要緊。」老殘道：「不怕的。他能拿我當強盜

㊱ 兩榜：即兩榜進士的省稱。

㊲ 主事：清代中央政府，以行政性質分設吏、戶、禮、兵、刑、工六部，部下又分若干司。主事乃是司裏的官。

嗎？這事我很放心。」說著，點點頭，出了店門。

街上迎面來了一輛小車，半邊裝行李，半邊坐人，老殘眼快，看見喊道：「那車上不是金二哥嗎？」即忙走上前去。那車上人也就跳下車來，定了定神，說道：「噯呀！這不是鐵二哥嗎？你怎樣到此地來？做什麼的？」

老殘告訴了原委，就說：「你應該打尖了。就到我住的店裏去坐坐談談罷。你從哪裏來？往哪裏去？」那人道：「這是甚麼時候；我已打過尖了，今天還要趕路程呢。我是從直隸回南；因家下有點事情，急於回家，不能耽擱了。」老殘道：「既是這樣說，也不留你。只是請你略坐一坐，我要寄封信給劉大哥，託你帶去罷。」說過，就向書店櫃臺對面那賣紙張筆墨的櫃臺上，買了一枝筆，幾張紙，一個信封，借了店裏的硯臺，草草的寫了一封，交給金二。大家作了個揖，說：「恕不遠送了。山裏朋友見著都替我問好。」那金二接了信，便上了車。老殘也就回店去了。

不知那曹州府來的差人究竟是否捉拿老殘，且聽下回分解。

【評】

前兩回寫玉賢之酷烈至矣！此回卻以「逼民為盜」四字總束前兩回，為玉賢定罪案。有「逼民為盜」之人，即不可無「化盜為民」之人。惜乎老殘既不能見用于世，申東造亦僅一小小縣令，無從展其驥足，世道之所以日壞也夫。

中國拳法係從印度傳來，可資考證。

此種拳法，日本謂之柔術，是體操中至精之術，較西洋體操高出數倍，世間尚有傳者。不龜手藥，不知何人能物色之。

第八回　桃花山月下遇虎　柏樹峪雪中訪賢

話說老殘聽見店小二來告，說曹州府有差人來尋，心中甚為詫異：「難道玉賢竟拿我當強盜待嗎？」及至步回店裏，見有一個差人，趕上前來請了一個安，手中提了一個包袱，提著放在旁邊椅子上，向懷內取出一封信來，雙手呈上，口中說道：「申大老爺請鐵老爺安。」

老殘接過信來一看，原來是申東造回寓，店家將狐裘送上，東造甚為難過，繼思狐裘所以不肯受，必因與行色不符，因在估衣鋪內選了一身羊皮袍子馬褂，專差送來，並寫明如再不收便是絕人太甚了。

老殘看罷，笑了一笑，就向那差人說：「你是府裏的差嗎？」差人回說：「是曹州府城武縣裏的壯班。」

老殘遂明白方纔店小二是漏掉下三字了，當時寫了一封謝信，賞了來差二兩銀子盤費，打發去後，又住了兩天，方知這柳家書確係關鎖在大箱子內，不但外人見不著，就是他族中人亦不能得見，悶悶不樂，提起筆來，在牆上題一絕❶道：

滄葦遵王士禮居❷，藝芸精舍❸四家書。一齊歸入東昌府❹，深鎖嫏嬛❺飽蠹魚！

---

❶一絕：一首絕句。

題罷，唏噓了幾聲，也就睡了。暫且放下。

卻說那日東造到府署稟辭，與玉公見面，無非勉勵些「治亂世用重刑」的話頭。他姑且敷衍幾句，也就罷了。玉公端茶送出。東造回到店裏，掌櫃的恭恭敬敬將袍子一件，老殘信一封，雙手奉上。東造接來看過，心中悒悒不樂。適中子平在旁邊，問道：「大哥何事不樂？」東造便將看老殘身上著的仍是棉衣，故贈以狐裘，並彼此辯論的話述了一遍，道：「你看，他臨走到底將這袍子留下，未免太矯情了！」子平道：「這事大哥也有點失於檢點。我看他不肯有兩層意思：一則嫌這裘價值略重，未便遽受；二則他受了也實無用處，斷無穿狐皮袍子配上棉馬褂的道理。大哥既想略盡情誼，宜叫人去覓一套羊皮袍子馬褂，或布面子，或繭綢面子均可，差人送去，他一定肯收。我看此人並非矯飾作偽的人。不知大哥以

❷滄葦遵王士禮居：滄葦，即季振宜，字詵兮，家饒裕，喜善本，有季滄葦藏書目。遵王，即錢曾，字遵王，少學於族祖錢謙益，所居名述古室，多善本書，撰有讀書敏求記，以誌其源委。士禮居，乃指黃丕烈，刊有士禮居叢書，為收藏家所推重。

❸藝芸精舍：乃指汪士鍾，字閬源，清江蘇長洲人。其藏書室名「藝芸精舍」。黃丕烈既老而貧，乃將其士禮居所藏之書售予汪士鍾。

❹一齊歸入東昌府：指前面所述季氏、錢氏、黃氏、汪氏四家的書，一齊歸入東昌府聊城縣楊紹和（即文中之柳小惠）海源閣所有。蔣逸雪老殘遊記考證：「此四家者，丕烈及身已不能保其所有，餘至道光之際，子孫式微，亦不能全其舊物。精者多為以增（楊紹和之父）所得，建海源閣藏之；所謂一齊歸入東昌府者也。」

❺嫏嬛：傳說為天帝的藏書處。一般用作藏書室的美稱。

為何如？」東造說：「很是，很是。你就叫人照樣辦去。」

子平一面辦妥，差了個人送去，一面看著乃兄動身赴任。他就向縣裏要了車，輕車簡從的向平陰進發。到了平陰換了兩部小車，推著行李，在縣裏要了一匹馬騎著，不過一早晨，已經到了桃花山腳下。再要進去，恐怕馬也不便。幸喜山口有個村莊，只有打地鋪的小店，沒法，暫且歇下，向村戶人家雇了一條小驢，將馬也打發回去了。打過尖，吃過飯，向山裏進發。才出村莊，見面前一條沙河，有一里多寬，卻都是沙，惟有中間一線河身，土人架了一個板橋，不過數丈長的光景。橋下河裏雖結滿了冰，還有水聲從那冰下潺潺的流，聽著像似環珮搖曳的意思，知道是水流帶著小冰，與那大冰相撞擊的聲音了。過了沙河，即是東峪。原來這山從南面迤邐北來，中間龍脈起伏，一時雖看不到，只是這左右兩條大路，就是兩批長嶺，岡巒重沓，到此相交。除中峰不計外，左邊一條大谿河，叫東峪，右邊一條大谿河，叫西峪。兩峪裏的水，在前面相會，並成一谿，左環右轉，彎了三彎，纔出谿口。出口後，就是剛纔所過的那條沙河了。

子平進了山口，擡頭看時，只見不遠，前面就是一片高山，像架屏風似的，迎面豎起，土石相間，樹木叢雜，卻當大雪之後，石是青的，雪是白的，樹上枝條是黃的，又有許多松柏是綠的，一叢一叢，如畫上點的苔❻一樣。騎著驢，玩著山景，實在快樂得極。思想做兩句詩，描摹這個景象。正在凝神，只聽壳鐸一聲，覺得腿膪一軟，身子一搖，竟滾下山澗去了。幸喜這路本在澗旁走的，

❻ 畫上點的苔：點苔，是繪畫名詞。以筆端引而注之謂之點。畫山水時，點於近處石上可作叢草，點於遠處山間即為松柏，點於樹之老幹與糾結之處，藉以明顯界限，均稱點苔。

雖滾下去，尚不甚深。況且澗裏兩邊的雪本來甚厚，只為面上結了一層薄冰，做了個雪的包皮。子平一路滾著，那薄冰一路破著，好像從有彈簧的褥子上滾下來似的。滾了幾步，就有一塊大石將他攔住，所以一點沒有碰傷。連忙扶著石頭，立起身來。那知把雪倒戳了兩個一尺多深的窟窿。看那驢子，在上面，兩隻前蹄已經立起，兩隻後蹄還陷在路旁雪裏，不得動彈，連忙喊跟隨的人。前後一看，並那推行李的車子，影響俱無。

你道是甚麼緣故呢？原來這山路，行走的人本來不多，故那路上積的雪比旁邊稍微淺些，究竟還有五六寸深，驢子走來，一步步的不甚吃力。子平又貪看山上雪景，未曾照顧後面的車子，可知那小車輪子是要壓到地上往前推的，所以積雪的阻力顯得很大。一人推著，一人挽著，尚走得不快，本來去驢子已落後有半里多路了。

申子平陷在雪中不能舉步，只好忍著性子，等小車子到。約有半頓飯工夫，車子到了，大家歇下來想法子。下頭人固上不去，上頭的人也下不來。想了大半天，只好把捆行李的繩子解下兩根，接續起來，將一頭放了下去。

申子平自己將繩繫在腰裏，那一頭，上邊四五個人齊力收繩，方纔把他吊了上來。跟隨人替他把身上雪撲了又撲，然後把驢子牽來，重復騎上，慢慢的行。這路雖非羊腸小道，然忽而上高，忽而下低，石頭路徑，冰雪一凍，異常的滑，自飯後一點鐘起身，走到四點鐘，還沒有十里地。心裏想道：「聽村莊上人說，到山集不過十五里地，然走了三個鐘頭，纔走了一半。」冬天日頭本容易落，況又是個山裏，兩邊都有嶺子遮著，愈黑得快。一面走著，一面的算，不知不覺，那天已黑下來了，勒住了驢繮，同推車子的商議道：「看看天已黑下來了，大約還有六七里地呢，路又難走，車子又走不快，怎麼好呢？」車夫道：「那也沒有法子，好在今兒是個十三日，月亮出得早，不管怎麼，總要趕到集上去。大約這荒僻山徑，不會有強盜，雖走晚些，倒也不怕他。」子平道：「強盜雖沒有，倘或有了，我也無多行李，很不怕他，拿就拿去，也不要緊；實在可怕的是豺狼虎豹。天晚了，倘若出來個把，我們就壞了！」車夫說：「這山裏虎倒不多，有神虎管著，從不傷人，只是狼多些。聽見他來，我們都拿根棍子在手裏，也就不怕他了！」

說著，走到一條橫澗跟前，原是本山的一支小瀑布，流歸谿河的。瀑布冬天雖然乾了，那沖的一條山溝，尚有兩丈多深，約有二丈多寬，當面隔住，一邊是陡山，一邊是深谷，更無別處好繞。子平看見如此景象，心裏不禁作起慌來，立刻勒住驢頭，等那車子走到，說：「可了不得！我們走差了路，走到死路上了！」那車夫把車子歇下，喘了兩口氣，說：「不要慌！不要慌！這條路影一順來的，並無第二條路，不會差的。等我前去看看，該怎麼走。」朝前走了幾十步，回來說：「路倒是有，只是不好走。你老下驢罷。」

子平下來牽了驢，依著走到前面看時，原來轉過大石，靠裏有人架了一條石橋；只是此橋僅有兩條石柱，每條不過一尺一二寸寬，兩柱又不緊相黏靠，當中還罅著幾寸寬一個空當兒，石上又有一層冰，滑溜滑溜的。子平道：「可嚇煞我了！這橋怎麼過法？一滑腳就是死！我真沒有這個膽子走！」車夫大家看了說：「不要緊，我有法子。好在我們穿的都是蒲草毛窩❼，腳下很把滑的，不怕他。」一個人道：

❼ 蒲草毛窩：用蒲草編成的深幫圓頭的鞋子，裏面雜有雞毛、蘆花等物，宜於雪地行走。

「等我先走一趟試試。」遂跳竄跳竄的走過去了，嘴裏還喊著：「好走！好走！」立刻又走回來說：「車子卻沒法推；我們四個人擡一輛，作兩趟擡過去罷。」

申子平道：「車子擡得過去，我卻走不過去。——那驢子又怎樣呢？」車夫道：「不怕的，且等我們先把你老扶過去，別的你就不用管了。」子平道：「就是有人扶著，我也是不敢走。告訴你說罷！我兩條腿已經軟了，那裏還能走路呢！」車夫說：「那麼也有辦法：你老索性睡下來，我們兩個人擡頭，兩個人擡腳，把你老擡過去，何如？」子平說：「不妥！不妥！」又一個車夫說：「還是這樣罷，解根繩子，你老拴在腰裏，我們夥計，一個在前頭挽著一個繩頭，一個夥計在後頭挽著一個繩頭，這個樣走，你老膽子一壯，腿就不軟了。」子平說：「只好這樣。」

於是先把子平照樣扶掖過去，隨後又把兩輛車子擡了過去，倒是一個驢死不肯走，費了許多事，仍是把他眼睛蒙上，一個人牽，一個人打，纔混了過去。等到忙定妥了，那滿地已經都是樹影子，月光已經很亮的了。

大家好容易將危橋走過，歇了一歇，吃了袋煙，再望前進。走了不過三四十步，聽得遠遠嗚嗚的兩聲。車夫道：「虎叫！虎叫！」一頭走著，一頭留神聽著。又走了數十步，車夫將車子歇下，說：「老爺，你別騎驢了，下來罷。聽那虎叫從西邊來，越叫越近了。恐怕是要到這路上來，我們避一避罷。倘到了跟前，就避不及了。」

說著，子平下了驢。車夫說：「咱們捨掉這個驢子餵他罷！」路旁有個小松，他把驢子繮繩拴在小松樹上，車子就放在驢子旁邊，人卻倒迴走了數十步，把子平藏在一處石壁縫裏。車夫有躲在大石腳下，用些雪把身子遮了的，有兩個車夫盤在山坡高樹枝上的，都把眼睛朝西面看著。說著遲，那時快；只見西邊嶺上月光之下，竄上一個物件來，到了嶺上，又是嗚的一聲。只見把身子往下一探，已經到了西澗邊了，又是嗚的一聲。這裏的人，又是冷，又是怕，止不住格格價亂抖，還用眼睛看著那虎。

那虎既到西澗，卻立住了腳，眼睛映著月光，灼亮灼亮，並不朝著驢子看，卻對著這幾個人，又嗚的一聲，將身子一縮，對著這邊撲過來了！

這時候山裏本來無風，卻聽得樹梢上呼呼地響，樹上殘葉簌簌地落，人面上冷氣稜稜地割。這幾個人早已嚇得魂飛魄散了！

大家等了許久，卻不見虎的動靜。還是那樹上的車夫膽大，下來喊眾人道：「出來罷，虎去遠了。」車夫等人次第出來，方纔從石壁縫裏把子平拉出，已經嚇得呆了。過了半天，方能開口說話，問道：「我們是死的是活的哪？」車夫道：「虎過去了。」子平道：「虎怎樣過去的？一個人沒有傷麼？」那在樹上的車夫道：「我看他從澗西沿過來的時候，只是一穿，彷彿像鳥兒似的，已經到了這邊了。他落腳的地方，比我們這樹梢還高著七八丈呢。落下來之後，又是一縱，已經到了這東嶺上邊，嗚的一聲向東去了。」

申子平聽了，方纔放下心來，說：「我這兩隻腳還是稀軟稀軟，立不起來，怎樣是好？」眾人道：「你老不是立在這裏的嗎？」子平低頭一看，纔知道自己並不是坐著，也笑了，說道：「我這身子真不聽我調度了！」於是眾人攙著，勉強移步，走了約數十步，方纔活動，可以自主，歎了一口氣，道：「命雖不送在虎口裏，這夜裏若再遇見剛纔那樣的橋，斷不能過！肚裏又飢，身上又冷，活凍也凍死了！」

說著，走到小樹旁邊看那驢子，也是伏在地下，知是被那虎叫嚇的如此。跟人把驢子拉起，把子平扶上驢子，慢慢價走。轉過一個石嘴，忽見前面一片燈光，約有許多房子，大家喊道：「好了！好了！前面到了集鎮了！」

只此一聲，人人精神震動。不但人行腳下覺得輕了許多，即驢子亦不似從前畏難苟安的行動。那消片刻工夫，已到燈光之下。原來並不是個集鎮，只有幾家人家，住在這山坡之上。因山有高下，故看出如層樓疊榭一般。到此大家商議，斷不再走，硬行敲門求宿，更無他法。

當時走近一家，外面係虎皮石砌的牆，一個牆門，裏面房子看來不少，大約總有十幾間的光景。於是車夫上前扣了幾下，裏面出來一個老者，鬚髮蒼然，手中持了一枝燭臺，燃了一枝白蠟燭，口中問道：「你們來做甚麼的？」

申子平急上前，和顏悅色的，把原委說了一遍，說道：「明知並非客店，無奈從人萬不能行，要請老翁行個方便。」那老翁點點頭，道：「你等一刻，我去問我們姑娘去。」說著，門也不關，便進裏面去了。

子平看了，心下十分詫異：「難道這家人家竟無家主嗎？何以去問姑娘？難道是個女孩兒當家嗎？」既而想道：「錯了！錯了！想必這家是個老太太做主。這個老者想必是他的姪兒。姑娘者，姑母之謂也。理路甚是，一定不會錯了！」

霎時，只見那老者隨了一個中年漢子出來，手中仍拿燭臺，說聲：「請客人裏面坐。」原來這家進了牆門，就是一平五間房子，門在中間，門前臺階約十餘級。中年漢子手持燭臺，照著申子平上來。子平吩咐車夫等：「在院子裏略站一站，等我進去看了情形，再招呼你們。」

子平上得臺階，那老者立於堂中，說道：「北邊有個坦坡，叫他們把車子推了，驢子牽了，由坦坡進這房子來罷。」

原來這是個朝西的大門。眾人進得房來，是三間廠屋❽，兩頭各有一間隔斷了的。這廠屋北頭是個炕，南頭空著，將車子同驢安置南頭，一眾五人，安置在炕上，然後老者問了子平名姓，道：「請客人裏邊坐。」

於是過了穿堂，就是臺階，上去有塊平地，都是栽的花木，映著月色，異常幽秀，且有一陣陣幽香，清沁肺腑。向北乃是三間朝南的精舍❾，一轉俱是迴廊，用帶皮杉木做的欄杆。進得房來，上面掛了四盞紙燈，斑竹紮的，甚為靈巧。兩間敞著，一間隔斷，做個房間的樣子，桌椅几案，布置極為妥協。房間掛了一幅褐色布門簾。

老者到房門口，喊了一聲「姑娘，這姓申的客人進來了。」卻看門簾掀起，裏面出來一個十八九歲的女子，穿了一身布服，二藍褂子，青布裙兒，相貌端莊瑩靜，明媚閑雅，見客福了一福❿。子平慌忙

❽ 廠屋：即敞屋。
❾ 精舍：學舍、佛寺皆稱精舍。
❿ 福了一福：行了一個萬福禮。古代婦女行禮，將手放在腰部，合拳敬拜，稱為「萬福」，亦簡稱「福」。

長揖答禮。女子說：「請坐。」即命老者：「趕緊的做飯，客人餓了。」老者退去。

那女子道：「先生貴姓？來此何事？」子平便將奉家兄命特訪劉仁甫的話說了一遍。那女子道：「劉先生當初就住這集東邊的，現在已搬到柏樹峪去了。」子平問：「柏樹峪在甚麼地方？」那女子道：「在集西有三十多里的光景。那邊路比這邊更僻，愈加不好走了。家父前日退值回來，告訴我們說：今天有位遠客來此，路上受了點虛驚，吩咐我們遲點睡，預備些酒飯，以便款待；並說：簡慢了尊客，千萬不要見怪。」

子平聽了，驚訝之至：「荒山裏面，又無衙署，有甚麼值日退值？何以前天就會知道呢？這女何以如此大方？豈古人所謂有林下風範的，就是這樣嗎？倒要問個明白。」

不知申子平能否察透這女子形跡，且聽下回分解。

【評】

唐子畏畫虎，不及施耐庵說虎；唐子畏畫的是死虎，施耐庵說的是活虎。施耐庵說虎，不及百鍊生說虎，施耐庵說的是凡虎，百鍊生說的是神虎。

這女子人耶？鬼耶？仙耶？魅耶？我甚盼望下一回早日出書矣。

第九回　一客吟詩負手面壁　三人品茗促膝談心

話說申子平正在凝思此女子舉止大方，不類鄉人，況其父在何處退值。正欲詰問，只見外面簾子動處，中年漢子已端進一盤飯來。那女子道：「就擱在這西屋炕桌上罷。」

這西屋靠南窗原是一個磚砌的暖炕，靠窗設了一個長炕几，兩頭兩個短炕几，當中一個正方炕桌，桌子三面好坐人的。西面牆上是個大圓月洞窗子，正中鑲了一塊玻璃，窗前設了一張書案。中堂雖未隔斷，卻是一個大落地罩。那漢子已將飯食列在炕桌之上，卻只是一盤饅頭，一壺酒，一罐小米稀飯，倒有四肴小菜，無非山蔬野菜之類，並無葷腥。女子道：「先生請用飯，我少停就來。」說著，便向東房裏去了。

子平本來頗覺飢寒，於是上炕先飲了兩杯酒，隨後吃了幾個饅頭，雖是蔬菜，卻清香滿口，比葷菜更為適用。吃過饅頭，喝了稀飯，那漢子舀了一盆水來，洗過臉，立起身來，在房內徘徊徘徊，舒展肢體。擡頭看見北牆上掛著四幅大屏，草書寫得龍飛鳳舞，出色驚人，下面卻是雙款：上寫著「西峰柱史正非」，下寫著「黃龍子呈稿」。草字雖不能全識，也可十得八九。仔細看去，原來是六首七絕詩，非佛非仙，咀嚼起來，倒也有些意味。既不是寂滅虛無❶，又不是鉛汞龍虎❷。看那月洞窗下書案上，有現

❶ 寂滅虛無：佛家語。寂滅即涅槃，人死之後，身體寂靜，靈魂脫離一切色相，返本歸真，永無生死謂之。虛

成的紙筆，遂把幾首詩抄下來，預備帶回衙門去，當新聞紙看。你道是怎樣個詩？請看。詩曰：

曾拜瑤池❸九品蓮，希夷❹授我指元篇。光陰荏苒真容易，回首滄桑五百年。

紫陽❺屬和翠虛吟❻，傳響空山霹靂琴❼。刹那未除人我相，天花黏滿護身雲❽。

情天慾海足風波，渺渺無邊是愛河。引作園中功德水，一齊都種曼陀羅❾。

石破天驚一鶴飛，黑漫漫夜五更雞。自從三宿空桑後，不見人間有是非。

野馬塵埃晝夜馳，五蟲百卉互相吹。偷來鷲嶺❿涅槃樂，換取壺公⓫杜德機⓬。

無即虛空無為，無形質無障礙也。

❷ 鉛汞龍虎：道家語。龍虎指水火。道家主張水火相濟，燒鉛鍊汞，以求長生不死。

❸ 瑤池：西王母的住處。

❹ 希夷：即宋初的道士陳摶，道家說他後來成仙。著有指元篇，共八十一章，為道家書籍。

❺ 紫陽：是宋朝道士張伯端的法號。

❻ 翠虛吟：即羅浮翠虛吟，是宋朝道士陳楠所著翠虛篇中的一篇。

❼ 霹靂琴：用雷火焚燒過的枯桐所作的琴。

❽ 天花黏滿護身雲：出於維摩經問疾品：「會中有一天女，以天花散諸菩薩，悉皆墮落，至大弟子，便著不去，天女曰：『結習未盡，故花著身。』」可參看二編第五回。

❾ 曼陀羅：佛教的聖花。即白蓮花。

❿ 鷲嶺：即靈鷲山，為佛家聖地。

⓫ 壺公：即壺子，是列子的老師。

菩提⑬葉老法華⑭新，南北同傳一點燈。五百天童齊得乳，香花供奉小夫人。

子平將詩抄完，回頭看那月洞窗外，月色又清又白，映著那層層疊疊的山，一步高一步的上去，真是仙境，迥非凡俗。此時覺得並無一點倦容，何妨出去上山閒步一回，豈不更妙？纔要動腳，又想道：「這山不就是我們剛纔來的那山嗎？這月不就是剛纔踏的那月嗎？為何來的時候便那樣陰森慘淡，令人怵魄動心？此刻山月依然，何以令人心曠神怡呢？」就想到王右軍說的，「情隨境遷，感慨係之矣」，真正不錯！低徊了一刻，也想做兩首詩。只聽身後邊嬌滴滴的聲音說道：「飯用過了吧？怠慢得很。」慌忙轉過頭來，見那女子又換了一件淡綠印花布棉襖，青布大腳褲子，愈顯得眉似春山，眼如秋水；兩腮穠厚，如帛裹朱；從白裏隱隱透出紅來，不似時下南北的打扮，用那胭脂塗得同猴子屁股一般；口頰之間若帶喜笑，眉眼之際又頗似振矜；真令人又愛又敬。女子說道：「何不請炕上坐？暖和些。」

於是彼此坐下。那老蒼頭⑮進來問姑娘道：「申老爺行李放在甚麼地方呢？」姑娘說道：「太爺前日去時，吩咐就在這裏間太爺榻上睡，行李不用解了。跟隨的人都吃過飯了嗎？你叫他們早點歇吧。驢子餵了沒有？」蒼頭一一答應說：「都齊備妥協了。」姑娘又說：「你煮茶來罷。」蒼頭連聲應是。

子平道：「塵俗身體，斷不敢在此地下榻。來時見前面有個大炕，就同他們一道睡罷。」女子說：

---

⑫ 杜德機：杜絕道德的動機。見莊子應帝王。

⑬ 菩提：菩提樹，佛教的聖樹。

⑭ 法華：即妙法蓮華經，佛家最精深的要典。

⑮ 蒼頭：指僕役。古時僕役皆以青色巾子飾頭。

「無庸過謙。此是家父吩咐的。不然，我一個山鄉女子，也斷不擅自迎客。」子平道：「蒙惠過分，感謝已極。只是還不曾請教貴姓？尊大人是做何處的官？在何處值日？」女子道：「敝姓涂氏。家父在碧霞宮上值，五日一班。合計半月在家，半月在宮。」

子平問道：「這屏上詩是何人做的？看來只怕是個仙家罷？」女子道：「是家父的朋友，常來此地閒談，就是去年在此地寫的。這個人也是個不衫不履的人，與家父最為相契。」子平道：「這人究竟是個和尚，還是個道士？何以詩上又像道家的話？又有許多佛家的典故呢？」女子道：「既非道士，又非和尚，其人也是俗裝。他常說：『儒釋道三教，譬如三個鋪面掛了三個招牌，其實都是賣的雜貨，柴米油鹽都是有的。不過儒家的鋪子大些，佛道的鋪子小些，皆是無所不包的。』又說：『凡道總分兩層：一個叫道面子，一個叫道裏子。道裏子都是同的，道面子就各有分別了。如和尚剃了頭，道士挽了個髻，叫人一望而知那是和尚那是道士。倘若叫那和尚留了頭，也挽個髻子，披件鶴氅⑯，道士剃了髮，著件袈裟，人要顛倒呼喚起來了。難道眼耳鼻舌不是那個用法嗎？』又說：『道面子有分別，道裏子實是一樣的。』所以這黃龍先生不拘三教，隨便吟詠的。」

子平道：「得聞至論，佩服已極！只是既然三教道裏子都是一樣，在下愚蠢得極，倒要請教這同處在甚麼地方，異處在甚麼地方？何以又有大小之分？儒教最大，又大在甚麼地方？敢求指示。」女子道：「其同處在誘人為善，引人處於大公。人人好公，則天下太平。人人營私，則天下大亂。惟儒教公到極處。你看，孔子一生遇了多少異端！如長沮桀溺荷篠丈人等類均不十分佩服孔子，而孔子反讚揚他們不

⑯ 鶴氅：用鶴羽結製的衣服。後來用做道袍的代稱。

置，是其公處，是其大處。所以說：『攻乎異端，斯害也已。』若佛道兩教，就有了褊心，惟恐後世人不崇奉他的教，所以說出許多天堂地獄的話來嚇唬人。這還是勸人行善，不失為公。甚則說崇奉他的教，就一切罪孽消滅；不崇奉他的教，就是魔鬼入宮，死了必下地獄等辭。這就是私了。至於外國一切教門，更要為爭教興兵接戰，殺人如麻。試問，與他的初心合不合呢？所以就愈小了。若回回教，說為教戰死的血光，如攻瑰紫的寶石一樣，更騙人到極處！只是儒教可惜失傳已久。漢儒拘守章句，反遺大旨；到了唐朝，直沒人提及。韓昌黎是個通文不通道的腳色，胡說亂道！他還要做篇文章，叫做原道，真正原到道反面去了！他說：『君不出令，則失其為君；民不出粟米絲麻以奉其上，則誅。』如此說去，那桀紂很會出令的，又很會誅民的，然則桀紂之為君是，而桀紂之民全非了？豈不是是非顛倒嗎？他卻又要闢佛老，倒又與和尚做朋友。所以後世學儒的人，覺得孔孟的道理太費事，不如弄兩句闢佛老的口頭禪，就算是聖人之徒，豈不省事。弄的朱夫子也出不了這個範圍，只好據韓昌黎的原道去改孔子的論語，把那『攻乎異端』的『攻』字，百般扭捏，究竟總說不圓，卻把孔孟的儒教被宋儒弄的小而又小，以至於絕了！」

子平聽說，肅然起敬，道：「與君一夕話，勝讀十年書！真是聞所未聞！只是還不懂：長沮桀溺倒是異端，佛老倒不是異端，何故？」女子道：「皆是異端。先生要知異字當不同講，端字當起頭講。執其異端是說執其兩頭的意思。若異端當邪教講，豈不兩端要當桎梏教講？執其兩端便是抓住了他個桎杈教呢，成何話說呀？聖人意思，殊途不妨同歸，異曲不妨同工。只要他為誘人為善，引人為公起見，都無不可。所以叫做『大德不踰閑，小德出入可也』。若只是為攻訐起見，初起尚只攻佛攻老，後來朱陸異同，遂操同室之戈，併是祖孔孟的，何以朱之子孫要攻陸，陸之子孫要攻朱呢？此之謂失其本心，反被孔子『斯害也已』四個字定成鐵案！」

子平聞了，連連讚嘆，說：「今日幸見姑娘，如對明師！但是宋儒錯會聖人意旨的地方，也是有的，然其發明正教的功德，亦不可及。即如『理』『欲』二字，『主敬』『存誠』等字，雖皆是古聖之言，一經宋儒提出，後世實受惠不少。人心由此而正，風俗由此而醇。」

那女子嫣然一笑，秋波流媚，向子平睇了一眼。子平覺得翠眉含嬌，丹脣啟秀，又似有一陣幽香沁入肌骨，不禁神魂飄蕩。那女子伸出一隻白如玉軟如棉的手來，隔著炕桌子，握著子平的手，握住了之後，說道：「請問先生：這個時候比你少年在書房裏貴業師握住你的手『扑作教刑』的時候何如？」

子平默無以對。女子又道：「憑良心說，你此刻愛我的心，比愛貴業師，何如？聖人說的，『所謂誠其意者，毋自欺也。如惡惡臭，如好好色。』孔子說：『好德如好色。』孟子說：『食色，性也。』子夏說：『賢賢易色。』這好色乃人之本性。宋儒要說好德不好色，非自欺而何？自欺欺人，不誠極矣！他偏要說『存誠』，豈不可恨！聖人言情言禮，不言理欲，刪詩以關雎為首。試問『窈窕淑女，君子好逑』，『求之不得』，至於『輾轉反側』，難道可以說這是天理，不是人欲嗎？舉此可見聖人決不欺人處。關雎序上說道：『發乎情，止乎禮義。』發乎情，是不期然而然的境界。即如今夕嘉賓惠臨，我不能不喜，發乎情也。先生來時，甚為困憊，又歷多時，宜更憊矣，乃精神煥發，可見是很喜歡，如此亦發乎情也。以少女中男⑰，深夜對坐，不及亂言，止乎禮義矣。此正合聖人之道。若宋儒之種種欺人，口難罄述。

⑰ 中男：十八歲到二十二歲的青年男子。

然宋儒固多不是，然尚有是處；若今之學宋儒者，直鄉愿⑱而已，孔孟所深惡而痛絕者也！」

話言未了，蒼頭送上茶來，是兩個舊瓷茶碗，淡綠色的茶。纔放在桌上，清香已竟撲鼻。只見那女子接過茶來，嗽了一回口，又嗽一回，都吐向炕池之內去，笑道：「今日無端談到道學，先生令我腐臭之氣霑污牙齒，此後只許談風月矣。」

子平連聲諾諾，卻端起茶碗呷了一口，覺得清爽異常，嚥下喉去，覺得一直清到胃脘⑲裏，那舌根左右，津液汩汩價翻上來，又香又甜，連喝兩口，似乎那香氣又從口中反竄到鼻子上去，說不出來的好受，問道：「這是甚麼茶葉？為何這麼好吃？」女子道：「茶葉也無甚出奇，不過本山上出的野茶，所以味是厚的。卻虧了這水，是汲的東山頂上的泉。泉水的味，愈高愈美。又是用松花作柴，沙瓶煎的。三合其美，所以好了。尊處吃的都是外間賣的茶葉，無好種茶，其味必薄；又加以水火俱不得法，味道自然差的。」

只聽窗外有人喊道：「璵姑，今日有佳客，怎不招呼我一聲？」女子聞聲，連忙立起說：「龍叔，怎麼這時候會來？」

說著，只見那人已經進來，著了一件深藍布百衲大棉襖，科頭⑳不束帶，亦不著馬褂，有五十來歲光景，面如渥丹㉑，鬚髯漆黑，見了子平，拱一拱手，說：「申先生，來了多時了？」子平道：「亦有

---

⑱ 鄉愿：不能明辨是非，在一鄉裏故意做出忠厚老實的樣子來討人歡喜的人。
⑲ 胃脘：即指容受食物的臟腑。脘，音ㄨㄢˇ。中醫說是胃的內腔。
⑳ 科頭：不戴冠。

兩三個鐘頭了。請問先生貴姓？」那人道：「隱姓埋名，以黃龍子為號。」子平說：「萬幸！萬幸！拜讀大作，已經許久。」女子道：「也上炕來坐罷。」

黃龍子遂上炕，至炕桌裏面坐下，說：「璵姑，你說請我吃筍的呢。筍在何處？拿來我吃。」璵姑道：「前些時倒想挖去的，偶然忘記，被滕六公佔去了。龍叔要吃，自去找滕六公商量罷。」黃龍子仰天大笑。

子平向女子道：「不敢冒犯。這『璵姑』二字想必是大名罷？」女子道：「小名叫仲璵，家姊叫伯璠，故叔伯輩皆自小喊慣的。」

黃龍子向子平道：「申先生困不困？如其不困，今夜良會，可以不必早睡，明天遲遲起來最好。柏樹峪地方，路極險峻，很不好走，又有這場大雪，路影看不清楚，跌下去有性命之憂。劉仁甫今天晚上檢點行李，大約明日午牌時候可以到集上關帝廟。你明天用過早飯動身，正好相遇了。」

子平聽說，大喜，說道：「今日得遇諸仙，三生有幸。請教上仙誕降之辰，還是在唐在宋？」黃龍子又大笑道：「何以知之？」答：「尊作明說『回首滄桑五百年』，可知斷不止五六百歲了。」黃龍子道：「『盡信書，則不如無書。』此鄙人之遊戲筆墨耳。公直當桃花源記讀可矣。」就舉起茶杯品那新茶。

璵姑見子平杯內茶已將盡，就持小茶壺代為斟滿。子平連連欠身道：「不敢。」亦舉起杯來詳細品量。卻聽窗外遠遠唔了一聲，那窗紙微覺颯颯價動，屋塵簌簌價落。想起方纔路上光景，不覺毛骨森竦，勃然色變。黃龍子道：「這是虎嘯，不要緊的。山家看著此種物事，如你們城市中人看騾馬一樣，雖知

㉑ 渥丹：形容顏色深紅而有光澤。

他會踢人，卻不怕他。因為相習已久，知他傷人也不是常有的事。山上人與虎相習，尋常人固避虎，虎也避人，故傷害人也不是常有的事。不必怕他。」

子平道：「聽這聲音，離此尚遠，何以窗紙竟會震動，屋塵竟會下落呢？」黃龍子道：「這就叫做虎威。因四面皆山，故氣常聚，一聲虎嘯，四山皆應。在虎左右二三十里，皆是這樣。虎若到了平原，就無這個威勢了。所以古人說『龍若離水，虎若離山，便要受人狎侮的。』即如朝廷裏做官的人，無論為了甚麼難，受了甚麼氣，只是回家來對著老婆孩子發發標㉒，在外邊決不敢發半句硬話，也是不敢離了那個官，——同那虎不敢去山，龍不敢失水的道理，是一樣的。」

子平連連點頭，說：「不錯，是的。只是我還不明白。虎在山裏，為何就有這大的威勢？是何道理呢？」黃龍子道：「你沒有念過千字文麼？這就是『空谷傳聲，虛堂習聽』的道理。虛堂就是個小空谷，空谷就是個大虛堂。你在這門外放個大爆竹，要響好半天呢。所以山城的雷，比平原的響好幾倍，也是這個道理。」說完，轉過頭來，對女子道：「璵姑，我多日不聽你彈琴了，今日難得有嘉客在此，何妨取來彈一曲？連我也沾光聽一回。」璵姑道：「龍叔，這是何苦來！我那琴如何彈得！惹人家笑話！中公在省城裏，彈好琴的多著呢！何必聽我們這個鄉里迓鼓㉓？倒是我去取瑟來，龍叔鼓一調瑟吧，還稀罕點兒。」黃龍子說：「也罷，也罷。就是我鼓瑟，你鼓琴吧。搬來搬去，也很費事，不如竟到你洞房㉔

㉒ 發標：因擺架子而發脾氣。又叫做「發標勁」。
㉓ 鄉里迓鼓：鄉里之間迎神賽會時所奏的樂曲。此處乃自謙音樂的俚俗不中聽。迓，音ㄧㄚˋ。
㉔ 洞房：像山洞一樣深邃幽靜的房間。

裏去彈罷。好在山家女兒，比不得衙門裏小姐，房屋是不准人到的。」說罷，便走下炕來，穿了鞋子，持了燭，對子平揮手，說：「請裏面去。璵姑引路。」

璵姑果然下了炕，接燭先走。子平第二。黃龍第三。走過中堂，揭開了門簾，進到裏間，是上下兩個榻，上榻設了衾枕，下榻堆積著書畫。朝東一個窗戶，窗下一張方桌。上榻面前有個小門。璵姑對子平道：「這就是家父的臥室。」進了榻旁小門，彷彿迴廊似的，卻有窗軒，地下駕空鋪的木板。向北一轉，又向東一轉，朝北朝東俱有玻璃窗。北窗看著離山很近，一片峭壁，穿空而上，朝下看，像甚深似的。正要前進，只聽砰硼霍落幾聲，彷彿山倒下來價響，腳下震震搖動。子平嚇得魂不附體。

未知後事如何，且聽下回分解。

【評】

詩在郭璞、曹唐之間，文合留仙、西河而一。

第十回　驪龍雙珠光照琴瑟　犀牛一角聲叶箜篌

話說子平聽得天崩地塌價一聲，腳下震震搖動，嚇得魂不附體，怕是山倒下來。黃龍子在身後說道：「不怕的。這是山上的凍雪被泉水漱空了，滾下一大塊來，夾冰夾雪，所以有這大的聲音。」

說著，又朝向北一轉，便是一個洞門。這洞不過有兩間房大，朝外半截窗臺，上面安著窗戶，其餘三面俱斬平雪白，頂是圓的，像城門洞的樣子。洞裏陳設甚簡，有幾張樹根的坐具，卻是七大八小❶的不勻，又都是磨得絹光。几案也全是古籐天生的，不方不圓，隨勢製成。東壁橫了一張枯槎獨睡榻子，設著衾枕。榻旁放了兩三個黃竹箱子，想必是盛衣服什物的了。洞內並無燈燭，北牆上嵌了兩個滴圓夜明珠，有巴斗大小，光色發紅，不甚光亮。地下鋪著地毯，甚厚軟。微覺有聲。榻北立了一個曲尺形書架，放了許多書，都是草訂，不曾切過書頭的。雙夜明珠中間掛了幾件樂器。有兩張瑟，兩張琴，是認得的；還有些不認得的。

璵姑到得洞裏，將燭臺吹息，放在窗戶臺上，方纔坐下，只聽外面嗚嗚價七八聲，接連又許多聲，窗紙卻不震動。子平說道：「這山裏怎樣這麼多的虎？」璵姑笑道：「鄉裏人進城，樣樣不識得，被人家笑話；你城裏人下鄉，卻也是樣樣不識得，恐怕也有人笑你。」子平道：「你聽，外面嗚嗚價叫的，

❶ 七大八小：大小不勻。

不是虎嗎？」璵姑說：「這是狼嗥。虎那有這麼多呢？虎的聲音長，狼的聲音短，所以虎名為『嘯』，狼名為『嗥』。古人下字眼都是有斟酌的。」

黃龍子移了兩張小長几，摘下一張琴，一張瑟來。璵姑也移了三張櫈子，讓子平坐了一張。彼此調了一調弦，同黃龍子各坐了一張櫈子。弦已調好，璵姑與黃龍子商酌了兩句，就彈起來了。初起不過輕挑漫剔❷，聲響悠柔；一段以後，散泛❸相錯，其聲清脆；兩段以後，吟揉漸多。那瑟之鉤挑，夾縫中與琴之綽注❹相應，粗聽若彈琴鼓瑟，各自為調，細聽則如珠鳥一雙，此唱彼和，問來答往。四五段以後，吟揉漸少，雜以批拂，蒼蒼涼涼，磊磊落落，下指甚重，聲韻繁興。六七八段，間以曼衍❺，愈轉愈清，其調愈逸。

子平本會彈十幾調琴，所以聽得入彀❻；因為瑟是未曾聽過，格外留神。那知瑟的妙用，也在左手，看他右手發聲之後，那左手進退揉顫，其餘音也就隨著猗猗靡靡❼，真是聞所未聞，初聽還在算計他的指法，調頭，既而便耳中有音，目中無指。久之，耳目俱無，覺得自己的身體，飄飄蕩蕩，如隨長風浮沉於雲霞之際。久之又久，心身俱忘，如醉如夢。於恍惚杳冥之中，錚鏦數聲，琴瑟俱息，乃通見聞，

---

❷ 輕挑漫剔：挑、剔與下文之吟、揉、勾、批、拂等，皆為彈奏琴瑟的指法。

❸ 散泛：散聲與泛聲。彈奏琴瑟時，手指不按琴弦所發出的聲音叫散聲。將手指輕點琴弦所發出的聲音叫泛聲。

❹ 綽注：急彈與緩彈。一說琴聲自下而上叫綽，自上而下叫注。

❺ 曼衍：變化。

❻ 入彀：入神、適意。

❼ 猗猗靡靡：形容樂聲之豐富美好。

人亦警覺，欠身而起，說道：「此曲妙到極處！小子也曾學彈過兩年，見過許多高手。從前聽過孫琴秋先生彈琴，有漢宮秋一曲，以為絕非凡響，與世俗的不同；不想今日得聞此曲，又高出孫君漢宮秋數倍。請教叫甚麼曲名？有譜沒有？」璵姑道：「此曲名叫『海水天風之曲』，是從來沒有譜的。不但此曲為塵世所無，即此彈法亦山中古調，非外人所知。你們所彈的皆是一人之曲。如兩人同彈此曲，則彼此宮商皆合而為一。如彼宮此亦必宮，彼商此亦必商，斷不敢為羽為徵。即使三四人同鼓，也是這樣，實是同奏，並非合奏。我們所彈的曲子，一人彈與兩人彈迥乎不同。一人彈的名『自成之曲』，兩人彈則為『合成之曲』。所以此宮彼商，彼角此羽，相協而不相同。聖人所謂『君子和而不同』，就是這個道理。『和』之一字，後人誤會久矣。」

當時璵姑立起身來，向西壁有個小門，開了門，對著大聲喊了幾句，不知甚話，聽不清楚。看黃龍子亦立起身，將琴瑟懸在壁上。

子平於是也立起，走到壁間，仔細看那夜明珠到底甚麼樣子，以便回去誇耀於人；及走到珠下，伸手一摸，那夜明珠卻甚熱，有些烙手，心裏詫異道：「這是甚麼道理呢？」看黃龍子琴瑟已俱掛好，即問道：「先生，這是甚麼？」笑答道：「驪龍之珠，你不認得嗎？」問：「驪珠怎樣會熱呢？」答：「這是火龍所吐的珠，自然熱的。」子平說：「火龍珠那得如此一樣大的一對呢？雖說是火龍，難道永遠這麼熱麼？」笑答道：「然則我說的話，先生有不信的意思了？既不信，我就把這熱的道理開給你看。」說著，便向那夜明珠的旁邊有個小銅鼻子，一拔，那珠子便像一扇門似的張開來了。原來是個珠殼，裏面是很深的油池，當中用棉花線捲的個燈心，外面用千層紙做的個燈箱，上面有個小煙囪，從壁子上出去，上頭有許多的黑煙，同洋燈的道理一樣，卻不及洋燈精緻，所以不免有黑煙上去。看過也就笑了。再看那珠殼，原來是用大螺蚌殼磨出來的，所以也不及洋燈光亮。

子平道：「與其如此，何不買個洋燈，豈不省事呢？」黃龍子道：「這山裏那有洋貨鋪呢？這油就是前山出的，與你們點的洋油是一樣物件。只是我們不會製造，所以總嫌他濁，光也不足。所以把他嵌在壁子裏頭。」說過便將珠殼關好，依舊是兩個夜明珠。

子平又問：「這地毯是甚麼做的呢？」答：「俗名叫做『蓑草』。因為可以做蓑衣用，故名。將這蓑草半枯時，採來晾乾，劈成細絲，和麻織成的。這就是璵姑的手工。山地多潮濕，所以先用雲母鋪了，再加上這蓑毯，人就不受病了。這壁上也是雲母粉和著紅色膠泥塗的，既禦潮濕，又避寒氣，卻比你們所用的石灰好得多呢。」

子平又看壁上懸著一物，像似彈棉花的弓，卻安了無數的弦，知道必是樂器，就問：「叫甚名字？」黃龍子道：「名叫『箜篌』。」用手撥撥，也不甚響。說道：「我們從小讀詩，題目裏就有箜篌引，卻不知道是這個樣子。請先生彈兩聲，以廣見聞，何如？」黃龍子道：「單彈沒有甚麼意味。我看時候何如，再請一個客來，就行了。」走至窗前，朝外一看月光，說：「此刻不過亥正，恐怕桑家姊妹還沒有睡呢，去請一請看。」遂向璵姑道：「申公要聽箜篌，不知桑家阿扈能來不能？」璵姑道：「蒼頭送茶來，我叫他去問聲看。」

於是又各坐下。蒼頭捧了一個小紅泥爐子外，一個水瓶子，一個小茶壺，幾個小茶杯，安置在矮腳几上。璵姑說：「你到桑家問扈姑勝姑能來不能。」蒼頭諾聲去了。

此時三人在靠窗個梅花几旁坐著。子平靠窗臺甚近。璵姑取茶布與二人。大家靜坐吃茶。子平看窗臺上有幾本書，取來一看，面子上題了四個大字，曰「此中人語」。揭開來看，也有詩，也有文，惟長短句子的歌謠最多，俱是手錄，字跡娟好；看了幾首，都不甚懂；偶然翻得一本，中有張花箋，寫著四首四言詩，是個單張子，想要抄下，便向璵姑道：「這紙我想抄去，可以不可以？」璵姑拿過去看了看，說：「你喜歡，拿去就是了。」

子平接過來，再細看，上寫道：

銀鼠諺❽

東山乳虎，迎門當戶；明年食麞，悲生齊魯。——一解

殘骸狼籍，乳虎乏食；飛騰上天，立豕當國。——二解

乳虎斑斑，雄據西山；亞當孫子，橫被摧殘。——三解

四鄰震怒，天眷西顧；斃豕殪虎，黎民安堵。——四解

子平看了又看，說道：「這詩彷彿古歌謠，其中必有事蹟，請教一二。」黃龍子道：「既叫做『此中人語』，必不能為外人道可知矣。閣下靜候數年便會知悉。」璵姑道：「乳虎就是你們玉太尊，其餘你慢慢的揣摹也是可以知道的。」

❽ 銀鼠諺：這首謠諺是影射庚子年（清德宗光緒二十六年）毓賢、剛毅等人釀成拳匪之禍，及八國聯軍入京之事。因為庚是西方之位，五行屬金，五色屬白，白金為銀；又子在十二生肖中屬鼠，故名之為銀鼠。

子平會意，也就不往下問了。其時遠遠聽有笑語聲。一息工夫，只聽迴廊上格登格登，有許多腳步兒響。頃刻已經到了面前。

蒼頭先進，說：「桑家姑娘來了。」黃璵皆接上前去。子平亦起身直立。只見前面的一個約有二十歲上下，著的是紫花襖子，紫地黃花，下著燕尾青的裙子，頭上倒梳雲髻，挽了個墜馬妝⑨；後面的一個約有十三四歲，著的是翠藍襖子，紅地白花的褲子，頭上正中挽了髻子，插了個慈姑葉子似的一枝翠花，走一步顫巍巍的。進來彼此讓了坐。

璵姑介紹，先說：「這是城武縣申老父臺的令弟，今日趕不上集店，在此借宿，適值龍叔也來，彼此談得高興。申公要聽箜篌，所以有勞兩位芳駕。攪破清睡，罪過得很！」兩人齊道：「豈敢，豈敢。只是下里之音⑩不堪入耳。」黃龍子說：「也無庸過謙了。」

璵姑隨又指著年長著紫衣的對子平道：「這位是扈姑姐姐。」指著年幼著翠衣的道：「這位是勝姑妹子。都住在我們這緊鄰，平常最相得的。」

子平又說了兩句客氣的套話，卻看那扈姑，豐頰長眉，眼如銀杏，口輔雙渦，脣紅齒白，於豔麗之中，有殷英俊之氣；那勝姑幽秀俊俏，眉目清爽。蒼頭進前，取水瓶，將茶壺注滿，將清水注入茶瓶，

---

⑨ 墜馬妝：將頭髮斜綰在一邊的一種髮髻。

⑩ 下里之音：下里即下里巴人，是最俚俗的歌曲名。語出宋玉對楚王問：「客有歌於郢中者，其始曰下里巴人，國中屬而和者數千人，其為陽阿薤露，國中屬而和者數百人；其為陽春白雪，國中屬而和者，不過數十人；引商刻羽，雜以流徵，國中屬而和者不過數人而已。是其曲彌高，其和彌寡。」

即退出去。璵姑取了兩個盞子，各敬了茶。黃龍子說：「天已不早了，請起手罷。」

璵姑於是取了箜篌遞給扈姑。扈姑不肯接手，說道：「我彈箜篌，不及璵妹。我卻帶了一枝角來，勝妹也帶得鈴來了，不如竟是璵妹彈箜篌，我吹角，勝妹搖鈴，豈不大妙？」黃龍子道：「甚善，甚善。就是這麼辦。」扈姑又道：「龍叔做甚麼呢？」黃道：「我管聽。」扈姑道：「不害臊！稀罕你聽！龍吟虎嘯，你就吟罷！」黃龍子道：「水龍纔會吟呢。我是個田裏的龍，只會潛而不用。」璵姑說：「有了法子了。」即將箜篌放下，跑到靠壁几上，取過一架特磬⓫來，放在黃龍子面前，說：「你就半嘯半擊磬，幫襯幫襯音節罷。」

扈姑遂從襟底取出一枝角來，光彩奪目，如元玉⓬一般，先緩緩的吹起。原來這角上面有個吹孔，旁邊有六七個小孔，手指可以按放，亦復有宮商徵羽，不似巡街兵吹的海螺只是嗚嗚價叫。聽那角聲，吹得嗚咽頓挫，其聲悲壯。

當時璵姑已將箜篌取在膝上，將弦調好，聽那角聲的節奏。勝姑將小鈴取出，左手撳了四個，右手撳了三個，亦凝神看著扈姑。只見扈姑角聲一闋將終，勝姑便將兩手七鈴同時取起，滴滴價亂搖。鈴起之時，璵姑已將箜篌舉起，蒼蒼涼涼，緊鉤漫摘，連批帶拂。鈴聲已止，箜篌丁東斷續，與角聲相和，如狂風吹沙，屋瓦欲震。那七個鈴便不一齊都響，亦復參差錯落，應機赴節。

這時黃龍子隱几⓭仰天，撮脣齊口，發嘯相和。爾時，喉聲、角聲、弦聲、鈴聲，俱分辨不出。耳

⓫ 特磬：古代的一種敲擊樂器，石製，狀若曲尺。

⓬ 元玉：即玄玉，黑色的玉。

中但聽得風聲、水聲、人馬蹙踏聲、旌旗熠燿聲、干戈擊軋聲、金鼓薄伐聲。

約有半小時，黃龍子舉起磬擊子來，在磬上鏗鏗鏘鏘的亂擊，協律諧聲，乘虛蹈隙。其時箜篌漸稀，角聲漸低，惟餘清磬，錚鏦未已。

少息，勝姑起立，兩手筆直，亂鈴再搖，眾樂皆息。子平起立拱手道：「有勞諸位，感戴之至。」眾人俱道：「見笑了。」子平道：「請教這曲叫甚麼名兒？何以頗有殺伐之聲？」黃龍子道：「這曲叫枯桑引，又名胡馬嘶風曲，乃軍陣樂也。凡箜篌所奏，無和平之音，多半淒清悲壯，其至急者，可令人泣下。」

談心之頃，各人已將樂器送還原位，復行坐下。扈姑對璵姑道：「璠姊怎樣多日未歸？」璵姑道：「大姐姐因外甥子不舒服，鬧了兩個多月了，所以不曾來得。」勝姑說：「小外甥子甚麼病？怎樣不趕緊治呢？」璵姑道：「可不是麼？小孩子淘氣，治好了，他就亂吃，所以又發。已經發了兩次了。何嘗不替他治呢！」又說了許多家常話，扈姑勝姑遂立起身來告辭要去。子平也立起身來，對黃龍子說：「我們也前面坐罷。此刻怕有子正的光景。璵姑娘也要睡了。」

說著，同向前面來，仍從迴廊行走。只是窗上已無月光，窗外峭壁，上半截雪白爍亮，下半截已經烏黑，是十三日的月亮，已經大歪西了。走至東房，璵姑道：「三位就在此地坐吧。我送扈姐姐勝妹妹出去。」到了堂屋，扈勝也說：「不用送了。我們也帶了個蒼頭來，在前面呢。」聽他們又喁喁噥噥了好久，璵姑方回。黃龍子說：「你也回吧。我還坐一刻呢。」璵姑也就告辭回洞，說：「申先生就在榻

⓭ 隱几：倚几、凭几。隱，音ㄧㄣˋ。

上睡罷。失陪了。」

璵姑去後，黃龍子道：「劉仁甫卻是個好人，然其病在過真，處山林有餘，處城市恐不能久。大約一年的緣分，你們是有的；過此一年之後，局面又要變動了。」子平問：「一年之後是甚麼光景？」答：「小有變動。五年之後，風潮漸起；十年之後，局面就大不同了。」子平問：「是好是壞呢？」答：「自然是壞。然壞即是好，好即是壞；非壞不好，非好不壞。」

子平道：「這話我真正不懂了。好就是好，壞就是壞；像先生這種說法，豈不是好壞不分了嗎？務請指示一二。不才往常見人讀佛經，甚麼『色即是空，空即是色』，這種無理之口頭禪，常覺得頭昏腦悶。今日遇見先生，以為如撥雲霧見了青天，不想又說出這套懵懂話來，豈不令人悶煞？」

黃龍子道：「我且問你：這個月亮，十五就明了，三十就暗了，上弦下弦就明暗各半了，那初三四裏的月亮只有一牙，請問他怎麼便會慢慢地長滿了呢？十五以後怎麼慢慢地又會爛掉了呢？」子平道：「這個理容易明白；因為月球本來無光，受太陽的光，所以朝太陽的半個是明的，背太陽的半個是暗的。初三四，月身斜對太陽，所以人眼看見的正是三分明，七分暗，就像一牙似的；其實，月球並無分別，只是半個明，半個暗，盈虧圓缺，都是人眼睛現出來的景相，與月球毫不相干。」

黃龍子道：「你既明白這個道理，應須知道好即是壞，壞即是好，同那月球的明暗，是一個道理。」子平道：「這個道理實不能同。月球雖無圓缺，實有明暗。因永遠是半個明的，半個暗的，所以明的半邊朝人，人就說月圓了；暗的半邊朝人，人就說月黑了。初八、二十三，人正對他側面，所以覺得半明半暗，就叫做上弦下弦。因人所看的方面不同，喚做個盈虧圓缺。若在二十八九，月亮全黑的時候，人若能飛到月球上邊去看，自然仍是明的。這就是明暗的道理。我們都懂得的。然究竟半個明的，半個暗的，是一定不移的道理。半個明的終久是明，半個暗的終久是暗。若說暗即是明，明即是暗，理性總不能通。」

正說得高興，只聽背後有人道：「申先生，你錯了。」畢竟此人是誰，且聽下回分解。

第十一回 疫鼠傳殃成害馬❶ 瘈犬流災化毒龍❷

卻說申子平正與黃龍子辯論，忽聽背後有人喊道：「申先生，你錯了。」回頭看時，卻原來正是璵姑，業已換了裝束，僅穿一件花布小襖，小腳褲子，露出那六寸金蓮，著一雙靈芝頭扱鞋❸，愈顯得聰明俊俏；那一雙眼珠兒，黑白分明，都像透水似的。

申子平連忙起立，說：「璵姑還沒有睡嗎？」璵姑道：「本待要睡，聽你們二位談得高興，故再來聽二位辯論，好長點學問。」子平道：「不才那敢辯論！只是性質愚魯，一時不能澈悟，所以有勞黃龍先生指教。方纔姑娘說我錯了，請指教一二。」

璵姑道：「先生不是不明白，是沒有多想一想。大凡人都是聽人家怎樣說，便怎樣信，不能達出自己的聰明。你方纔說月球半個明的，終久是明的。試思月球在天，是動的呢？是不動的呢？月球繞地是

❶ 疫鼠傳殃成害馬：正文中有「北拳之亂，起於戊子，成於甲午」句，子在十二生肖中屬鼠，午在十二生肖中屬馬，這句話是借鼠馬之事來指稱北拳之亂。

❷ 瘈犬流災化毒龍：正文中有「南革之亂，起於戊戌，成於甲辰」句，戌在十二生肖中屬狗，辰在十二生肖中屬龍，這句話是借狗龍之事來指稱南革之亂。瘈犬，即瘋狗。瘈，音ㄐㄧˋ。

❸ 扱鞋：拖鞋。

人人都曉得的；既知道他繞地，則不能不動，即不能不轉，是很明顯的道理了。月球既轉，何以對著太陽的一面永遠明呢？可見月球全身都是一樣的質地，無論轉到那一面，凡對太陽總是明的了。由此可知，無論其為明為暗，其於月球本體，毫無增減，亦無生滅。其理本來易明，都被宋以後的三教子孫挾了一肚子欺人自欺的心去做經注，把那三教聖人的精義都注歪了！所以天降奇災，北拳南革，要將歷代聖賢一筆抹煞。此也是自然之理，不足為奇的事。不生不死，不死不生；即生即死，即死即生，那裏會錯過一絲毫呢？」

申子平道：「方纔月球即明即暗的道理，我方有二分明白，今又被姑娘如此一說，又把我送到『醬糊缸』裏去了！我現在也不想明白這個道理了，請二位將那五年之後風潮漸起，十年之後就大不同的情形，開示一二。」

黃龍子道：「三元甲子❹之說，閣下是曉得的；同治三年甲子，是上元甲子第一年，閣下想必也是曉得的？」子平答應一聲道：「是。」

黃龍子又道：「此一個甲子與以前三個甲子不同：此名為『轉關甲子』。此甲子，六十年中要將以前的事全行改變，同治十三年，甲戌，為第一變；光緒十年，甲申，為第二變；甲午為第三變；甲辰為第四變；甲寅為第五變，五變之後，諸事俱定。若是咸豐甲寅生的人，活到八十歲，這六甲變態都是親身

❹ 三元甲子：我國舊時紀年，用十干和十二支依次輪配，每六十年輪轉一次，叫甲子。術數家又以一百八十年為一周，其中的第一個六十年叫上元甲子，第二個六十年叫中元甲子，第三個六十年叫下元甲子，合稱三元甲子。

閱歷，倒也是個極有意味的事。」

子平道：「前三甲的變動，不才大概也都見過了。大約甲戌穆宗毅皇帝上升❺，大局為之一變；甲申為法蘭西福建之役，安南之役，大局又為之一變；甲午為日本侵我東三省，俄德出為調停，借收漁翁之利，大局又為之一變。此都已知道了。請問後三甲的變動如何？」

黃龍子道：「這就是北拳南革了。北拳之亂，起於戊子，成於甲午，至庚子，子午一沖而爆發，其興也勃然，其滅也忽然，北方之強也。其信從者，上自宮闈，下至將相而止。主義為壓漢驅洋。南革之亂，起於戊戌，成於甲辰，至庚戌，辰戌一沖而爆發，然其興也漸進，其滅也漸消，南方之強也。其信從者，下自士大夫，上亦至將相而止，主義為逐滿興漢。此二亂黨，皆所以釀劫運，亦皆所以開文明也。北拳之亂，所以漸漸逼出甲辰之變法；南革之亂，所以逼出甲寅之變法。甲寅之後，文明大著，中外之猜嫌，滿漢之疑忌，盡皆消滅。魏真人參同契❻所說，『元年乃芽滋』，指甲辰而言。辰屬土，萬物生於土，故甲辰以後為文明芽滋之世，如木之拆甲，如筍之解籜。其實，滿目所見者皆木甲竹籜也，而真苞已隱藏其中矣。十年之間，籜甲漸解，至甲寅而齊。寅屬木，為花萼之象。甲寅以後為文明華敷❼之世，雖燦爛可觀，尚不足與他國齊趨並駕。直至甲子，為文明結實之世，可以自立矣。然後由歐洲新文明，

❺ 上升：升天、去世。

❻ 魏真人參同契：魏真人即魏伯陽，東漢吳人，習道術，傳說他曾入山鍊丹而成仙，故稱真人。參同契是他所著之書，專講道家修鍊之事。

❼ 華敷：花開。

進而復我三皇五帝舊文明，駸駸❽進於大同之世矣。——然此事尚遠，非三五十年事也。」

子平聽得歡欣鼓舞，因又問道：「像這北拳南革，這些人究竟是何因緣？天為何要生這些人？先生是明道之人，正好請教。我常是不明白。上天有好生之德；天既好生，又是世界之主宰，為甚麼又要生這些惡人做甚麼呢？俗語說豈不是『瞎搗亂』嗎？」

黃龍子點頭長嘆，默無一言；稍停，問子平道：「你莫非以為上帝是至尊無上的神聖嗎？」子平答道：「自然是了。」黃龍子搖頭道：「還有一位尊者，比上帝還要了得呢！」

子平大驚，說道：「這就奇了！不但中國自有書籍以來，未曾聽得有比上帝再尊的，即環球各國亦沒有人說上帝之上更有那一位尊神的。——這真是聞所未聞了！」

黃龍子道：「你看過佛經，知道阿修羅王與上帝爭戰之事嗎？」子平道：「那卻曉得，然我實不信。」

黃龍子道：「這話不但佛經上說，就是西洋各國宗教家，也知道有魔王之說。那是絲毫不錯的。須知阿修羅隔若干年便與上帝爭戰一次，末後總是阿修羅敗，再過若干年，又來爭戰。試問，當阿修羅戰敗之時，上帝為甚麼不把他滅了呢，等他過若干年，又來害人？不知道他害人，是不智也；知道他害人，而不滅之，是不仁也。豈有個不仁不智之上帝呢？足見上帝的力量是滅不動他，可想而知了。譬如兩國相戰，雖有勝敗之不同，而彼一國既不能滅此一國，又不能使此一國降為屬國，雖然戰勝，則兩國仍為平等之國，這是一定的道理。上帝與阿修羅亦然。既不能滅之，又不能降伏之，惟吾之命是聽，則阿修羅與上帝便為平等之國了，而上帝與阿修羅又皆不能出這位尊者之範圍；所以曉得這位尊者位分實在上

❽ 駸駸：形容事物經過得很快。

帝之上。」

子平忙問道：「我從未聽說過！請教這位尊者是何法號呢？」黃龍子道：「法號叫做『勢力尊者』。勢力之所至，雖上帝亦不能違拗他。我說個比方給你聽：上天有好生之德，由冬而春，由春而夏，由夏而秋，上天好生的力量已用足了。你試想，若夏天之樹木，百草，百蟲，無不滿足的時候，若由著他老人家性子再往下去好生，不要一年，這地球便容不得了，又到哪裏去找塊空地容放這些物事呢？所以就讓這霜雪寒風出世，拚命的一殺，殺得乾乾淨淨的，再讓上天來好生，這霜雪寒風就算是阿修羅的部下了。又可知這一生一殺都是『勢力尊者』的作用。——此尚是粗淺的比方，不甚的確；要推其精義，有非一朝一夕所能算得盡的。」

璵姑聽了，道：「龍叔今朝何以發出這等奇闢的議論？不但申先生未曾聽說，連我也未曾聽說過。究竟還是真有個『勢力尊者』呢，還是龍叔的寓言？」黃龍子道：「你且說是有一個上帝沒有？如有一個上帝，則一定有一個『勢力尊者』。要知道上帝同阿修羅都是『勢力尊者』的化身。」璵姑拍掌大笑道：「我明白了！『勢力尊者』就是儒家說的個『無極』，上帝同阿修羅王合起來就是個『太極』！對不對呢？」黃龍子道：「是的，不錯。」申子平亦歡喜起立道：「被璵姑這一講，連我也明白了！」

黃龍子道：「且慢；是卻是了，然而被你們這一講，豈不上帝同阿修羅都成了宗教家的寓言了嗎？若是寓言，就不如竟說『無極』『太極』的妥當。要知上帝同阿修羅乃實有其人，實有其事。且等我慢慢講與你聽。——不懂這個道理，萬不能明白那北拳南革的根源。將來申先生庶幾不至於攪到這兩重惡障❾

❾ 惡障：佛家語。指人世間的貪欲、殺害等罪孽。

裏去。就是璵姑，道根尚淺，也該留心點為是。」

「我先講這個『勢力尊者』，即主持太陽宮者是也。環繞太陽之行星皆憑這個太陽為主動力。由此可知，凡屬這個太陽部下的勢力，總是一樣，無有分別。又因這感動力所及之處與那本地的應動力相交，生出種種變相，莫可紀述，所以各宗教家的書總不及儒家的易經為最精妙。易經一書專講爻象。何以謂之爻象？你且看這『爻』字。」乃用手指在桌上畫道：「一撇一捺，這是一交；又一撇一捺，這又是一交。天上天下一切事理盡於這兩交了。初交為正，再交為變，一正一變，互相乘除，就沒有紀極❿了。這個道理甚精微。他們算學家略懂得一點。算學家說同名相乘為『正』，異名相乘為『負』。無論你加減乘除，怎樣變法，總出不了這『正』『負』兩個字的範圍。所以季文子『三思而後行』，孔子說：『再思可矣。』只有個再，沒有個三。

「話休絮聒。我且把那北拳南革再演說一番。這拳譬如人的拳頭，一拳打去，行就行，不行就罷了，沒甚要緊。然一拳打得巧時，也會送了人的性命。倘若躲過去，也就沒事。將來北拳的那一拳，也幾乎送了國家的性命，煞是可怕！然究竟只是一拳，容易過的。若說那革呢？革是個皮，即如馬革牛革，是從頭到腳無處不包著的。莫說是皮膚小病，要知道渾身潰爛起來，也會致命的，只是發作得慢。若留心醫治，也不致於有害大事。惟此革字上應卦象，不可小覷了他。諸位切忌，若攙入他的黨裏去，將來也是跟著潰爛，送了性命的！

「小子且把澤火革卦演說一番。先講這『澤』字。山澤通氣，澤就是谿河。谿河裏不是水嗎？管子

❿ 紀極：終極。

說：『澤下尺，升上尺。』⓫常云：『恩澤下於民。』這澤字不明明是個好字眼嗎？為甚麼澤火革便是個凶卦呢？偏又有個水火既濟的個吉卦放在那裏，豈不令人納悶？

「要知這兩卦的分別就在陰陽二字上。坎水是陽水，所以就成個水火既濟，吉卦；兌水是陰水，所以成了個澤火革，凶卦。坎水陽德，從悲天憫人上起的，所以成了個既濟之象；兌水陰德，從憤懣嫉妒上起的，所以成了個革象。

「你看，彖辭上說道：『澤火革，二女同居，其志不相得。』你想，人家有一妻一妾，互相嫉妒，這個人家會興旺嗎？初起總想獨據一個丈夫，及至不行，則破敗主義就出來了。因愛丈夫而爭，既爭之後，雖損傷丈夫也不顧了；再爭，則破丈夫之家也不顧了；再爭，則斷送自己性命也不顧了；這叫做妒婦之性質。聖人只用『二女同居，其志不相得』兩句，把這南革諸公的小像直畫出來，比那照像照的還要清爽！

「那些南革的首領，初起都是官商人物，並都是聰明出眾的人才，因為所秉的是婦女陰水嫉妒性質，只知有己，不知有人，所以在世界上就不甚行得開了。由憤懣生嫉妒，由嫉妒生破壞。這破壞豈是一人做得的事呢？於是同類相呼，水流濕，火就燥，漸漸的越聚越多，鉤連上些人家的敗類子弟，一發做得如火如荼。其已得舉人進士翰林部曹等官的呢，就談朝廷革命；其讀書不成，做官無著的子弟，就學兩句愛皮西提衣，或阿衣烏愛窩，便談家庭革命。一談了革命，就可以不受天理國法人情的拘束，豈不大

⓫澤下尺，升上尺：天下降一尺的雨露，地上的禾苗就上長一尺。語出管子君臣篇上：「如天雨然，澤下尺，升上尺。」

痛快呢？可知太痛快了不是好事，吃得痛快，傷食；飲得痛快，病酒。今者，不管天理，不畏國法，不近人情，放肆做去，這種痛快，不有人災，必有鬼禍，能得長久嗎？」

璵姑道：「我也常聽父親說起，現在上帝失權，阿修羅當道；然則這北拳南革都是阿修羅部下的妖魔鬼怪了？」黃龍子道：「那是自然；聖賢仙佛，誰肯做這些事呢？」

子平問道：「上帝何以也會失權？」黃龍子道：「名為『失權』，其實只是『讓權』；並『讓權』二字，還是假名；要論其實在，只可以叫做『伏權』。譬如秋冬的肅殺，難道真是殺嗎？只是將生氣伏一伏，蓄點力量，做來年的生長。道家說道：『天地不仁，以萬物為芻狗；聖人不仁，以百姓為芻狗。』又云：『取已陳之芻狗而臥其下，必眯。』⑫春夏所生之物，當秋冬都是已陳之芻狗了，不得不洗刷一番。我所以說是『勢力尊者』的作用。上自三十三天，下至七十二地，人非人等，共總只有兩派：一派講公利的，就是上帝部下的聖賢仙佛；一派講私利的，就是阿修羅部下的鬼怪妖魔。」

申子平道：「南革既是破敗了天理國法人情，何以還有人信服他呢？」黃龍子道：「你當天理國法人情是到南革的時代纔破敗嗎？久已亡失的了！西遊記是部傳道的書，滿紙寓言。他說那烏雞國王現坐著的是個假王，真王卻在八角琉璃井內。現在的天理國法人情就是坐在烏雞國金鑾殿上的個假王，所以要借著南革的力量，把這假王打死，然後慢慢地從八角琉璃井內把真王請出來。等到真天理國法人情出

---

⑫取已陳之芻狗而臥其下，必眯：陳，祭祀時的陳列。芻狗，草紮成的狗，古代祭祀鬼神的祭品，用過了就丟掉。眯，音ㄇㄧˇ。此處解為夢魘。語出莊子天運：「及其已陳也，行者踐其首脊，蘇者取而爨之而已；將復取而盛以篋衍，巾以文繡，遊居寢臥其下，彼不得夢，必且數眯焉。」

子平又問：「這真假是怎樣個分別呢？」黃龍子道：「西遊記上說著呢：叫太子問母后，便知道了。

母后說道：『三年之前溫又暖，三年之後冷如冰。』這『冷』『暖』二字便是真假的憑據。其講公利的人，全是一片愛人之心，所以發出來是口暖氣；其講私利的人，全是一片恨人的心，所以發出來是口冷氣。

「還有一個秘訣，我儘數奉告，請牢牢記住，將來就不至入那北拳南革的大劫數了。北拳以有鬼神為作用，南革以無鬼神為作用。說有鬼神，就可以裝妖作怪，蠱惑鄉愚，其志不過如此而已；若說無鬼神，其作用就很多了：第一條，說無鬼就可以不敬祖宗，為他家庭革命的根原；說無神則無陰譴，無天刑，一切違背天理的事都可以做得，又可以掀動破敗子弟的興頭。他卻必須住在租界或外國，以騁他反背國法的手段；必須痛詆人說有鬼神的，以騁他反背天理的手段；必須說叛臣賊子是豪傑，忠臣良吏為奴性，以騁他反背人情的手段。大都皆有辯才，以文其說。就如那妒婦破壞人家，他卻也有一番堂堂正正的道理說出來，可知道家也卻被他破了。南革諸君的議論也有驚采絕豔的處所，可知道世道卻被他攪壞了。

「總之，這種亂黨，其在上海日本的容易辨別；其在北京及通都大邑的難以辨別。但牢牢記住：事事托鬼神便是北拳黨人；力闢無鬼神的便是南革黨人。若遇此等人，敬而遠之，以免殺身之禍，要緊！要緊！」

申子平聽得五體投地佩服，再要問時，聽窗外晨雞已經喔喔的啼了。璵姑道：「天可不早了，真要睡了。」遂道了一聲安置，推開角門進去。黃龍子就在對面榻上取了幾本書做枕頭，身子一欹，已經齁聲雷起。申子平把將纔的話又細細的默記了兩遍，方始睡臥。
欲知後事如何，且聽下回分解。

【評】

聞人說：易經能辟邪，一切妖魔鬼怪見之即走。此卷書亦能辟邪，一切妖魔鬼怪見之亦走。

聞人說：陀羅尼咒若虔心誦讀，刀兵水火不能傷害。此卷書若虔心誦讀，刀兵水火亦不能傷害。

聞人說：大洞玉真寶籙佩在身邊，自有金甲神將暗中保護。此卷書佩在身邊，亦有金甲神將暗中保護。

聞人說：通天犀燃著時能洞見鬼物。此卷書讀十遍亦能洞見鬼物。

聞人說：洞天石室有綠文金簡天書，凡夫讀之不能解釋，不能信從。此卷書凡夫讀之，亦不能解釋，不能信從。

第十二回　寒風凍塞黃河水　暖氣催成白雪辭

話說申子平一覺睡醒，紅日已經滿窗，慌忙起來，黃龍子不知幾時已經去了。老蒼頭送進熱水洗臉，少停，又送進幾盤幾碗的早飯來。子平道：「不用費心，替我姑娘前道謝，我還要趕路呢。」說著，璵姑已走出來，說道：「昨日龍叔不說嗎？倘早去也是沒用，劉仁甫午牌時候方能到關帝廟呢，用過飯去不遲。」

子平依話用飯，又坐了一刻，辭了璵姑，逕奔山集上。看那集上人煙稠密，店面雖不多，兩邊擺地攤售賣農家器具及鄉下日用物件的不一而足，問了鄉人，纔尋著了關帝廟，果然劉仁甫已到；相見敘過寒溫，便將老殘書信取出。

仁甫接了，說道：「在下粗人，不懂衙門裏規矩，才具又短，恐怕有累令兄知人之明，總是不去的為是。因為接著金二哥捎來鐵哥的信，說一定叫去，又恐住的地方柏樹峪難走，覓不著，所以迎候在此面辭。一切總請二先生代為力辭方好。不是躲懶，也不是拿喬❶，實在恐不勝任，有誤尊事。務求原諒！」

子平說：「不必過謙。家兄恐別人請不動先生，所以叫小弟專誠敦請的。」

劉仁甫見辭不掉，只好安排了自己私事，同申子平回到城武。申東造果然待之以上賓之禮，其餘一

---

❶ 拿喬：故意推托刁難、搭架子。

切均照老殘所囑付的辦理。初起也還有一兩起盜案，一月之後，竟到了「犬不夜吠」的境界了。

這且不表。卻說老殘由東昌府動身，打算回省城去。一日，走到齊河縣城南門覓店，看那街上，家家客店都是滿的，心裏詫異，道：「從來此地沒有這麼熱鬧，這是甚麼緣故呢？」

正在躊躇，只見門外進來一人，口中喊道：「好了！好了！快打通了！大約明日一早晨就可以過去了！」

老殘也無暇訪問，且找了店家，問道：「有屋子沒有？」店家說：「都住滿了，請到別家去罷。」老殘說：「我已走了兩家，都沒有屋子。你可以對付❷一間罷？不管好歹。」店家道：「此地實在沒法了。東隔壁店裏，午後走了一幫客，你老趕緊去，或者還沒有住滿呢。」

老殘隨即到東邊店裏問了店家，居然還有兩間屋子空著，當即搬了行李進去。店小二跑來打了洗臉水，拿了一枝燃著了的線香放在桌上，說道：「客人抽煙。」

老殘問：「這兒為甚麼熱鬧？各家店都住滿了。」店小二道：「刮了幾天的大北風，打大前兒，河裏就淌凌❸，凌塊子有間把屋子大，擺渡船不敢走，恐怕碰上凌，船就要壞了。到了昨日，上灣子凌插住了。這灣子底下可以走船呢，卻又被河邊上的凌，把幾隻渡船都凍的死死的。昨兒晚上，東昌府李大人到了，要見撫臺回話，走到此地，過不去，急的甚麼似的，住在縣衙門裏，派了河夫地保打凍。今兒打了一天，看看可以通了。只是夜裏不要歇手，歇了手，還是凍上。你老看，客店裏都滿著，全是過不

---

❷ 對付：又作對合。即湊合、將就的意思。

❸ 凌：堆積的冰塊。

去河的人。我們店裏今早晨還是滿滿的。因為有一幫客，內中有個年老的，在河沿上看了半天，說是『凍是打不開的了，不必在這裏死等，我們趕到雒口看有法子想沒有，到那裏再打主意罷。』午牌時候纔開車去的。你老真好造化！不然，真沒有屋子住！」店小二將話說完，也就去了。

老殘洗完了臉，把行李鋪好，把房門鎖上，也出來步到河堤上看，見那黃河從西南上下來，到此卻正是個灣子，過此便向正東去了，河面不甚寬，兩岸相距不到二里。若以此刻河水而論，也不過百把丈寬的光景。只是面前的冰插的重重疊疊的，高出水面有七八寸厚。再望上游走了一二百步，只見那上流的冰還一塊一塊的慢慢價來，到此地被前頭的攔住，走不動，就站住了。那後來的冰趕上他，只擠得嗤嗤價響。後冰被這溜水逼的緊了，就竄到前冰上頭去；前冰被壓就漸漸低下去了。看那河身不過百十丈寬，當中大溜，約莫不過二三十丈。兩邊俱是平水，這平水之上早已有冰結滿。冰面卻是平的，被吹來的塵土蓋住，卻像沙灘一般。中間的一道大溜卻仍然奔騰澎湃，有聲有勢，將那走不過去的冰擠得兩邊亂竄。那兩邊平水上的冰被當中亂冰擠破了，往岸上跑，那冰能擠到岸上有五六尺遠；許多碎冰被擠的站起來，像個小插屏❹似的。看了有點把鐘工夫，這一截子的冰，又擠死不動了。

老殘復行往下游走去。過了原來的地方，再往下走，只見有兩隻船。船上有十來個人都拿著木杵打冰，望前打些時，又望後打。河的對岸也有兩隻船，也是這麼打。看看天色漸漸昏了，打算回店。再看那堤上柳樹，一棵一棵的影子，都已照在地下，一絲一絲的搖動。原來月亮已經放出光亮來了。回到店裏，開了門，喊店小二來點上了燈，吃過晚飯，又到堤上閒步。

❹ 小插屏：几案上的一種擺設。形如立鏡，下有座，上插玻璃框，或裝圖畫，或裝大理石。

這時北風已息，誰知道冷氣逼人，比那有風的時候還厲害些。幸得老殘早已換上申東造所贈的羊皮袍子，故不甚冷，還支撐得住。只見那打冰船還在那裏打。每個船上點了一個小燈籠，遠遠看去彷彿一面是「正堂」二字，一面是「齊河縣」三字，也就由他去了。擡起頭來看那南面的山，一條雪白，映著月光分外好看。一層一層的山嶺卻不大分辨得出。又有幾片白雲夾在裏面，所以看不出是雲是山。及至定神看去，方纔看出那是雲那是山來。雖然雲也是白的，山也是白的，雲也有亮光，山也有亮光，只因為月在雲上，雲在月下，所以雲的亮光是從背面透過來的。那山卻不然，山上的亮光是由月光照到山上，被那山上的雪反射過來，所以光是兩樣子的。然只就稍近的地方如此，那山往東去，越望越遠，漸漸的天也是白的，山也是白的，雲也是白的，就分辨不出甚麼來了。

老殘對著雪月交輝的景致，想起謝靈運的詩，「明月照積雪，北風勁且哀」兩句，若非經歷北方苦寒景象，那裏知道「北風勁且哀」的個「哀」字下得好呢？這時月光照得滿地灼亮，擡起頭來，天上的星，一個也看不見，只有北邊北斗七星❺，開陽搖光，像幾個淡白點子一樣，還看得清楚。那北斗正斜倚在紫微垣❻的西邊上面，杓在上，魁在下。心裏想道：「歲月如流，眼見斗杓又將東指了，人又要添一歲了。一年一年的這樣瞎混下去，如何是個了局呢？」又想到詩經上說的「維北有斗，不可以挹酒漿」。「現

❺ 北斗七星：即大熊星座。七星之名依次為天樞、天璇、天璣、天權、玉衡、開陽、搖光。一至四為斗魁，五至七為斗杓（柄）。北斗七星的方位隨著時間季節而轉動，古人嘗說斗杓西指，天下皆秋；斗杓東指，天下皆春。

❻ 紫微垣：星座名。由十五顆星組成，位於北斗七星的東北方。

在國家正當多事之秋，那王公大臣只是恐怕耽處分，多一事不如少一事，弄的百事俱廢，將來又是怎樣個了局？國是❼如此，丈夫何以家為！」想到此地，不覺滴下淚來，也就無心觀玩景致，慢慢回店去了。一面走著，覺得臉上有樣物件附著似的，用手一摸，原來兩邊著了兩條滴滑的冰，初起不懂甚麼緣故，既而想起，自己也就笑了。原來就是方纔流的淚，天寒，立刻就凍住了。地下必定還有幾多冰珠子呢。悶悶的回到店裏，也就睡了。

次日早起，再到堤上看看，見那兩隻打冰船，在河邊上，已經凍實在了。問了堤旁的人，知道昨兒打了半夜，往前打去，後面凍上，往後打去，前面凍上，所以今兒歇手不打了，大約等冰結牢壯了，從冰上過罷。因此老殘也就只有這個法子了。閒著無事，到城裏散步一回，只有大街上有幾家鋪面，其餘背街上，瓦房都不甚多，是個荒涼寥落的景象。因北方大都如此，故看了也不甚詫異。回到房中，打開書篋，隨手取本書看，卻好拿著一本八代詩選，記得是在省城裏替一個湖南人治好了病，送了當謝儀的。省城裏忙，未得細看，隨手就收在書箱子裏了；趁今天無事，何妨仔細看他一遍。原來是二十卷書，頭兩卷是四言；卷三至十一是五言；十二至十四是新體詩；十五至十七是雜言；十八是樂章；十九是歌謠；卷二十是雜著。再把那細目翻來看看，見新體裏選了謝朓二十八首，沈約十四首；古體裏選了謝朓五十四首，沈約三十七首。心裏很不明白，就把那第十卷與那十二卷同取出來對著看看，實看不出新體古體的分別處來。心裏又想：「這詩是王壬秋（闓運）選的。這人負一時盛名，而湘軍志一書做得委實是好，有目共賞，何以這詩選得未愜人意呢？」既而又想沈歸愚選的古詩源將那歌謠與詩混雜一起也是

❼ 國是：國事。

大病；王漁洋古詩選亦不能有當人意；算來還是張翰風的古詩錄差強人意。莫管他怎樣呢，且把古人的吟詠消遣閒愁罷了。看了半日，復到店門口閒立。立了一會，方要回去，見一個戴紅纓帽子的家人，走近面前，打了一個千兒，說：「鐵老爺幾時來的？」老殘道：「我昨日到的。」嘴裏說著，心裏只想不起這個是誰的家人。

那家人見老殘楞著，知道是認不得了，便笑說道：「家人叫黃升。敝上是黃應圖黃大老爺。」老殘道：「哦！是了，是了。我的記性真壞！我常到你們公館裏去，怎麼就不認得你了呢！」黃升道：「你老貴人多忘事罷咧。」老殘笑道：「人雖不貴，忘事倒實在多的。你們貴上是幾時來的？住在甚麼地方呢？我也正悶的慌，找他談天去。」黃升道：「敝上是總辦張大人委的，在這齊河上下買八百萬料。現在料也買齊全了，驗收委員也驗收過了，正打算回省銷差呢。剛剛這河又插上了，還得等兩天纔能走呢。你老也住在這店裏嗎？在哪屋裏？」

老殘用手向西指道：「就在這西屋裏。」黃升道：「敝上也就住在上房北屋裏。前兒晚上纔到。前些時都在工上，因為驗收委員過去了，纔住到這兒的。此刻是在縣裏吃午飯，吃過了，李大人請著說閒話，晚飯還不定回來吃不吃呢。」老殘點點頭，黃升也就去了。

原來此人名黃應圖，號人瑞，三十多歲年紀，係江西人氏。其兄由翰林轉了御史，與軍機達拉密❽至好，故這黃人瑞捐了個同知來山東河工投效。有軍機的八行❾，撫臺是格外照應的。眼看大案保舉出

---

❽ 達拉密：清代軍機處中辦理文書職務的統領。

❾ 八行：舊時官場中來往信札，都用八行信箋，所以稱「書信」為「八行」。一般稱人情請託的信件也叫「八行」。

奏，就是個知府大人了。人倒也不甚俗，在省城時，與老殘亦頗來往過數次，故此認得。

老殘又在店門口立了一刻，回到房中，也就差不多黃昏的時候。到房裏又看了半本詩，看不見了，點上蠟燭，只聽房門口有人進來，嘴裏喊道：「補翁，補翁，久違得很了！」

老殘慌忙立起來看，正是黃人瑞。彼此作過了揖，坐下，各自談了些別後的情事。黃人瑞道：「補翁還沒有用過晚飯罷？我那裏雖然有人送了個一品鍋⑩，幾個碟子，恐怕不中吃，倒是早起我叫廚子用口蘑燉了一隻肥雞，大約還可以下飯，請你到我屋子裏去吃飯罷。古人云：『最難風雨故人來。』這涑河的無聊，比風雨更難受，好友相逢，這就不寂寞了。」老殘道：「甚好，甚好。既有嘉肴，你不請我，也是要來吃的。」

人瑞看桌上放的書，順手揭起來一看，是八代詩選，說：「這詩總還算選得好的。」也隨便看了幾首，丟下來說道：「我們那屋裏坐罷。」

於是兩個人出來。老殘把書理了一理，拿把鎖把門鎖上，就隨著人瑞到上房裏來，看是三間屋子，一個裏間，兩個明間，堂屋門上掛了一個大呢夾板門簾，中間安放一張八仙桌子，桌子上鋪了一張漆布。人瑞問：「飯得了沒有？」家人說：「還須略等一刻；雞子還不十分爛。」人瑞道：「先拿碟子來吃酒罷。」

家人應聲出去，一霎時，轉來將桌子架開，擺了四雙筷子，四隻酒杯。老殘問：「還有哪位？」人

⑩一品鍋：把雞、鴨、火腿、蹄子、魚翅、海參等山珍海味放在鍋裏一同煮，叫做一品鍋。

瑞道：「停一會兒，你就知道了。」

杯筷安置停妥，只有兩張椅子，又出去尋椅子去。人瑞道：「我們炕上坐坐罷。」明間西首本有一個土炕，炕上鋪滿了蘆蓆，炕的中間，人瑞鋪了一張大老虎絨毯，毯子上放了一個煙盤子，煙盤兩旁兩條大狼皮褥子，當中點著明晃晃的個「太谷燈」。

怎樣叫做「太谷燈」呢？因為山西人財主最多，卻又人人吃煙，所以那裏煙具比別省都精緻。太谷是個縣名；這縣裏出的燈，樣式又好，火力又足，光頭又大，五大洲數他第一。可惜出在中國，若是出在歐美各國，這第一個造燈的人，各報上定要替他揚名，國家就要給他專利的憑據了！無奈中國無此條例。所以叫這太谷第一個造燈的人，同那壽州第一個造斗的人，雖能使器物利用名滿天下，而自己的聲名埋沒。雖說擇術不正，可知時會使然。

閑話少說。那煙盤裏擺了幾個景泰藍的匣子，兩枝廣竹煙槍，兩邊兩個枕頭。人瑞讓老殘上首坐了，他就隨手躺下，拿了一枝煙籤子，挑煙來燒，說：「補翁，你還是不吃嗎？其實這樣東西，倘若吃得廢時失業的，自然是不好；若是不上癮，隨便消遣消遣，倒也是個妙品。你何必拒絕的這麼厲害呢？」老殘道：「我吃煙的朋友很多，為求他上癮吃的，一個也沒有，都是消遣消遣就消遣進去了。及至上癮以後，不但不足以消遣，反成了個無窮之累。我看你老哥也還是不消遣的為是。」人瑞道：「我自有分寸，斷不上這個當的。」

說著，只見門簾一響，進來了兩個妓女，前頭一個有十七八歲，鴨蛋臉兒；後頭一個有十五六歲，瓜子臉兒。進得門來，朝炕上請了兩個安。人瑞道：「你們來了？」朝裏指道：「這位鐵老爺是我省裏的朋友，翠環，你就伺候鐵老爺，坐在那邊罷。」只見那個十七八歲的就挨著人瑞在炕沿上坐下了。那十五六歲的，卻立住，不好意思坐。老殘就脫了鞋子挪到炕裏邊去盤膝坐了，讓他好坐。他就側著身，趔趄⓫著坐下了。

老殘對人瑞道：「我聽說此地沒有這個的，現在怎樣也有了？」人瑞道：「不然。此地還是沒有。他們姐兒兩個，本來是平原二十里鋪做生意的。他爹媽就是這城裏的人。他媽同著他姐兒倆在二十里鋪住。前月他爹死了，他媽回來，因恐怕他跑了，所以帶回來的，在此地不上店。這是我悶極無聊，叫他們找了來的。這個叫翠花，你那個叫翠環。都是雪白的皮膚，很可愛的。你瞧他的手呢，包管你合意。」老殘笑道：「不用瞧！你說的還會錯嗎？」

翠花倚住人瑞對翠環道：「你燒口煙給鐵老爺吃罷。」人瑞道：「鐵老爺不吃煙。你叫他燒給我吃罷。」就把煙籤子遞給翠環。翠環鞠拱著腰，燒了一口，上在斗⓬上，遞過去。人瑞呼呼價吃完。翠環再燒時，那家人把碟子一品鍋均已擺好，說：「請老爺們用酒罷。」

人瑞立起身來，說：「喝一杯罷，今天天氣很冷。」遂讓老殘上坐，自己對坐，命翠環坐在上橫頭，翠花坐下橫頭。翠花拿過酒壺，把各人的酒加了一加，放下酒壺，舉箸來先布老殘的菜⓭。老殘道：「請

⓫ 趔趄：欲進不進的樣子。

⓬ 斗：即鴉片煙斗。

⓭ 布菜：向客人敬菜。

歇手罷，不用布了。我們不是新娘子，自己會吃的。」隨又布了黃人瑞的菜。人瑞也替翠環布了一箸子菜。翠環慌忙立起身來說：「儜⑭老歇手。」又替翠花布了一箸。翠花說：「我自己來吃罷。」就用勺子接了過來，遞到嘴裏，吃了一點，就放下來了。

人瑞再三讓翠環吃菜，翠環只是答應，總不動手。人瑞忽然想起，把桌子一拍，說：「是了！是了！」遂直著嗓子喊了一聲：「來啊！」只見門簾外走進一個家人來，離席六七尺遠立住腳。人瑞點點頭，叫他走進一步，遂向他耳邊低低說了兩句話。只見那家人連聲道：「喳！喳！」回過頭就去了。

過了一刻，門外進來一個著藍布棉襖的漢子，手裏拿了兩個三弦子，一個遞給翠花，一個遞給翠環，嘴裏向翠環說道：「叫你吃菜呢，好好的伺候老爺們。」

翠環彷彿沒聽清楚，朝那漢子看了一眼。那漢子道：「叫你吃菜，你還不明白嗎？」翠環點頭道：「知道了。」當時就拿起筷子來布了黃人瑞一塊火腿，又夾了一塊布給老殘。老殘說：「不用布最好。」人瑞舉杯道：「我們乾一杯罷。讓他們姐兒兩個唱兩曲，我們下酒。」

說著，他們的三弦子已都和好了弦，一遞一段的唱了一支曲子。人瑞用筷子在一品鍋裏撈了半天，看沒有一樣好吃的，便說道：「這一品鍋裏的物件，都有徽號，儜知道不知道？」老殘道：「不知道。」他便用筷子指著，說道：「這叫『怒髮衝冠』的魚翅。這叫『百折不回』的海參。這叫『年高有德』的雞。這叫『酒色過度』的鴨子。這叫『恃強拒捕』的肘子。這叫『臣心如水』的湯。」

說著，彼此大笑了一回。他們姐兒兩個又唱了兩三個曲子。家人捧上自己燉的雞來。老殘道：「酒

⑭ 儜：你（帶著尊敬的意思）。通常作「您」。

很夠了，就趁熱盛飯來吃罷。」

家人當時端進四碗飯來。翠花立起，接過飯碗，送到各人面前，泡了雞湯，各自飽餐。飯後，擦過臉，人瑞說：「我們還是炕上坐罷。」

家人來撤殘肴，四人都上炕去坐。老殘攲⑮在上首，人瑞攲在下首。翠花倒在人瑞懷裏，替他燒煙。翠環坐在炕沿上，無事做，拿著弦子，崩兒崩兒價撥弄著頑。

人瑞道：「補翁，我多時不見你的詩了，今日總算『他鄉遇故知』，你也該做首詩，我們拜讀拜讀。」老殘道：「這兩天我看見凍河很想做詩，正在那裏打主意，被你一陣胡攪，把我的詩也攪到那『酒色過度』的鴨子裏去了！」人瑞道：「你快別『恃強拒捕』，我可就要『怒髮衝冠』了！」說罷，彼此呵呵大笑。

老殘道：「有，有，有。明天寫給你看。」人瑞道：「那不行！你瞧，這牆上有斗大一塊新粉的，就是為你題詩預備的。」老殘搖頭道：「留給你題罷。」人瑞把煙槍望盤子裏一放，說：「稍緩即逝，能由得你嗎！」就立起身來，跑到房裏拿了一枝筆，一塊硯臺，一碇墨出來，放在桌上，說：「翠環，你來磨墨。」翠環當真倒了點冷茶，磨起墨來。

霎時間，翠環道：「墨得了，儜寫罷。」人瑞取了個布撣子⑯，說道：「翠花掌燭，翠環捧硯，我來撣灰。」把枝筆遞到老殘手裏。翠花舉著蠟燭臺。人瑞先跳上炕，立到新粉的一塊牆底下，把灰撣了。

⑮ 攲：音ㄑㄧ。歪斜著身子。

⑯ 布撣子：用布條紮成的撣帚。

翠花翠環也都立上炕去，站在左右。人瑞招手道：「來，來，來。」老殘笑說道：「你真會亂！」也就站上炕去，將筆在硯臺上蘸好了墨，呵了一呵，就在牆上七歪八扭的寫起來了。翠環恐怕硯上墨凍，不住的呵，那筆上還是裹了細冰，筆頭越寫越肥。頃刻寫完，看是：

地裂北風號，長冰蔽河下。後冰逐前冰，相陵復相亞。河曲易為塞，嵯峨銀橋架。歸人長咨嗟，旅客空嘆咤。盈盈一水間，軒車不得駕。錦筵招妓樂，亂此凄其夜。

人瑞看了，說道：「好詩！好詩！為甚不落款呢？」老殘道：「題個江右黃人瑞罷。」人瑞道：「那可耍不得！冒了個會做詩的名，擔了個挾妓飲酒革職的處分，有點不合算！」

老殘便題了「補殘」二字，跳下炕來。翠環姐妹放下硯臺燭臺，都到火盆邊上去烘手，看炭已將燼，就取了些生炭添上。老殘立在炕邊，向黃人瑞拱拱手，道：「多擾，多擾。我要回屋子睡覺去了。」人瑞一把拉住，說道：「不忙！不忙！我今兒聽見一件驚天動地的案子，其中關係著無限的性命，有夭矯離奇的情節，正要與你商議。明天一黑早就要復命的。你等我吃兩口煙，長點精神，說給你聽。」老殘只得坐下。

未知究竟是段怎樣的案情，且聽下回分解。

第十三回　娓娓青燈女兒酸語　滔滔黃水觀察❶嘉謨❷

話說老殘復行坐下，等黃人瑞吃幾口煙，好把這驚天動地的案子說給他聽，隨便也就躺下來了。翠環此刻也相熟了些，就倚在老殘腿上，問道：「鐵老爺，你貴處是哪裏？這詩上說的是甚麼話？」老殘一一告訴他聽。他便凝神想了一想道：「說的真是不錯！但是詩上也興說這些話嗎？」老殘道：「詩上不興說這些話，更說甚麼話呢？」翠環道：

「我在二十里鋪的時候，過往客人見的很多，也常有題詩在牆上的。我最喜歡請他們講給我聽。聽來聽去，大約不過這個意思。體面些的人總無非說自己才氣怎麼大，天下人都不認識他；次一等的人呢，就無非說那個姐兒長得怎麼好，同他怎麼樣的恩愛。

「那老爺們的才氣大不大呢，我們是不會知道的；只是過來過去的人怎樣都是些大才，為啥想一個沒有才的看看都看不著呢？

「我說一句傻話：既是沒才的這麼少，俗語說的好，『物以稀為貴』，豈不是沒才的倒成了寶貝了嗎？

「這且不去管他；那些說姐兒們長得好的，無非都是我們眼面前的幾個人，有的連鼻子眼睛還沒有

---

❶ 觀察：即觀察史，為明代所設。清無此官，而有「道員」與之相當，觀察即為道員的別稱。

❷ 嘉謨：好計劃。

長得周全呢，他們不是比他西施，就是比他王嬙，不是說他『沉魚落雁』，就是說他『閉月羞花』。王嬙俺不知道他老是誰，有人說，就是昭君娘娘。我想，昭君娘娘跟那西施娘娘難道都是這種乏樣子❸嗎？一定靠不住了。

「至於說姐兒怎樣跟他好，恩情怎樣重，我有一回發了傻性子，去問了問，那個姐兒說：他住了一夜就麻煩了一夜！天明問他要討個兩把銀子的體己❹，他就抹下臉來❺，直著脖兒梗，亂嚷說：『我正帳昨兒晚上就開發了，還要甚麼體己錢？』那姐兒哩，再三央告著說：『正帳的錢呢，店裏夥計扣一分，掌櫃的又扣一分，賸下的全是領家的媽拿去，一個錢也放不出來。俺們的胭脂花粉，跟身上穿的小衣裳，都是自己錢買。光聽聽曲子的老爺們，不能問他要，只有這留住的老爺們，可以開口討兩個伺候辛苦錢。』再三央告著，他給了二百錢一個小串子，望地下一摔，還要撇著嘴說：『你們這些強盜婊子，真不是東西！混帳忘八旦！』你想有恩情沒有？

「因此，我想，做詩這件事是很沒有意思的，不過造些謠言罷了。你老的詩怎麼不是這個樣子呢？」老殘笑說道：「『各師父各傳授，各把戲各變手。』我們師父傳我們的時候不是這個傳法，所以不同。」

黃人瑞剛纔把一筒煙吃完，放下煙槍，說道：「真是『人不可貌相，海水不可斗量』！做詩不過是造些謠言，這句話真被這孩子說著了呢！從今以後，我也不做詩了，免得造些謠言，被他們笑話！」

---

❸ 乏樣子：難看的樣子。
❹ 體己：屬於自己私人的。
❺ 抹下臉來：即「放下臉來」，是「翻臉」的意思。

翠環道：「誰敢笑話你老呢！俺們是鄉下沒見過世面的孩子，胡說亂道，你老爺可別怪著我。給你老磕個頭罷。」就側著身子朝黃人瑞把頭點了幾點。

黃人瑞道：「誰怪著你呢！實在說得不錯！倒是沒有人說過的話！可見『當局者迷，旁觀者清』。」

老殘道：「這也罷了，只是你趕緊說你那稀奇古怪的案情罷。既是明天一黑早要復命的，怎麼還這麼慢騰斯禮❻的呢？」人瑞道：「不用忙。且等我先講個道理你聽，慢慢的再說那個案子。——我且問你，河裏的冰明天能開不能開。」答道：「不能開。」問：「冰不能開？冰上你敢走嗎？明日能動身嗎？」答：「不能動身。」問：「既不能動身，明天早起有甚麼要事沒有？」答：「沒有。」

黃人瑞道：「卻又來；既然如此，你慌著回屋子去幹甚麼？當此沉悶寂寥的時候，有個朋友談談，也就算苦中之樂了。況且他們姐兒兩個，雖比不上牡丹芍藥，難道還及不上牽牛花淡竹葉花嗎？剪燭斟茶，也就很有趣的。我對你說：在省城裏，你忙我也忙，總想暢談，總沒有個空兒，難得今天相遇，正好暢談一回。我常說：人生在世，最苦的是沒地方說話！你看，一天說到晚的話，怎麼說沒地方說話呢？大凡人肚子裏發話有兩個所在，一個是從丹田底下出來的，那是自己的話；一個是從喉嚨底下出來的，那是應酬的話。省城裏那麼些人，不是比我強的，就是不如我的。比我強的他瞧不起我，所以不能同他說話；那不如我的又要妒忌我，又不能同他說話。難道沒有同我差不多的人嗎？境遇雖然差不多，心地卻就大不同了。他自以為比我強，就瞧不起我，自以為不如我，就妒我；所以直沒有說話的地方。像你老哥總算是圈子外的人，今日難得相逢，我又素昔佩服你的，我想你應該憐惜我，同我談談。你偏急著

❻ 慢騰斯禮：即「慢騰騰」，不著急的樣子。

要走，怎麼教人不難受呢？」

老殘道：「好，好，好；我就陪你談談。我對你說罷：我回屋子也是坐著，何必矯強呢？因為你已叫了兩個姑娘，正好同他們說說情義話，或者打兩個皮科兒❼嘻笑嘻笑，我在這裏不便。——其實我也不是道學先生，想吃冷豬肉❽的人，作甚麼偽呢！」

人瑞道：「我也正為他們的事情，要同你商議呢。」站起來把翠環的袖子抹上去，露出臂膊來，指給老殘看，說：「你瞧！這些傷痕教人可慘不可慘呢！」老殘看時，有一條一條青的，有一點一點紫的。人瑞又道：「這是膀子上如此，我想身上更可憐了。——翠環，你就把身上解開來看看。」

翠環這時兩眼已擱滿了汪汪的淚，只是忍住不叫他落下來；被他手這麼一拉，卻滴滴的連滴了許多淚。翠環道：「看甚麼！怪臊❾的！」人瑞道：「你瞧！這孩子傻不傻？看看怕甚麼呢？難道做了這項營生你還害臊嗎？」翠環道：「怎不害臊！」

翠花這時眼眶子裏也擱著淚，說道：「儜別叫他脫了。」回頭朝窗外一看，低低向人瑞耳中不知說了兩句甚麼話。人瑞點點頭，就不作聲了。

老殘此刻欹在炕上，心裏想著：「這都是人家好兒女，父母養他的時候，不知費了幾多的精神，歷

❼ 皮科兒：打趣的話。

❽ 想吃冷豬肉：這是舊時代譏誚道學先生的話，因為道學先生們都想死後配享孔廟。所謂「冷豬肉」，就是祭孔廟的胙肉。

❾ 臊：音ㄙㄠˋ。羞愧。

了無窮的辛苦，淘氣碰破了塊皮還要撫摩，不但撫摩，心裏還要許多不受用；倘被別家孩子打了兩下，恨得甚麼似的。那種痛愛憐惜，自不待言。誰知撫養成人，或因年成饑饉，或因其父吃鴉片煙，或好賭錢，或被打官司拖累，逼到萬不得已的時候，就糊裏糊塗將女兒賣到這門戶人家，被鴇兒殘酷，有不可以言語形容的境界。」因此觸動自己的生平所見所聞，各處鴇兒的刻毒，真如一個師父傳授，總是一樣的手段，又是憤怒，又是傷心，不覺眼睛角裏也自有點潮絲絲的起來了。

此時大家默無一言，靜悄悄的。只見外邊有人掮了一捲行李，由黃人瑞家人帶著，送到裏間房裏去了。那家人出來向黃人瑞道：「請老爺要過鐵老爺的房門鑰匙來，好送翠環行李進去。」老殘道：「自然也掮到你們老爺屋裏去。」人瑞道：「得了，得了，別吃冷豬肉了。把鑰匙給我罷。」老殘道：「那可不行，我從來不幹這個的。」人瑞道：「我早吩咐過了，錢已經都給了。你這是何苦呢？」老殘道：「錢給了不要緊，該多少我明兒還你就截了。既已付過了錢，他老鴇子也沒有甚麼說的，也不會難為了他，怕甚麼呢？」翠花道：「你當真的教他回去，跑不了一頓飽打，總說他是得罪了客。」老殘道：「我還有法子：今兒送他回去，告訴他明兒仍舊叫他，這也就沒事了。況且他是黃老爺叫的人，干我甚麼事呢？我情願出錢，豈不省事呢？」黃人瑞道：「我原是為你叫的。我昨兒已經留了翠花，難道今兒好叫翠花回去嗎？不過大家解解悶兒。我也不是一定要你如此云云。昨晚翠花在我屋裏講了一夜，坐到天明，不過我們借此解個悶，也讓他少挨兩頓打，那兒不是積功德呢？我先是因為他們的規矩，不留下是不准動筷子的。倘若不黑就來，坐到半夜裏餓著肚子，碰巧還省不了一頓打。因為老鴇兒總是說：客人既留你到這時候，自然是喜歡你的，為甚麼還叫你回來？一定是應酬不好。碰的不巧就是一頓。所以我纔叫他們告訴說：都已留下了。你不看見他那夥計叫翠環吃菜麼？那就是個暗號。」

說到此處，翠花向翠環道：「你自己央告鐵爺可憐可憐你罷。」老殘道：「我也不為別的；錢是照數給，讓他回去，他也安靜，我也安靜些。」

翠花鼻子裏哼了一聲，說：「你安靜是實，他可安靜不了的！」翠環歪過身子，把臉兒向著老殘道：「鐵爺，我看你老的樣子，怪慈悲的，怎麼就不肯慈悲我們孩子一點嗎？你老屋裏的炕，一丈二尺長呢，你老鋪蓋不過占三尺寬，還多著九尺地呢，就捨不得賞給我們孩子避一宿難嗎？倘若賞臉，要我孩子伺候呢，裝煙倒茶也還會做；倘若惡嫌得狠呢，求你老包涵些，賞個炕畸角混一夜，這就恩典得大了！」

老殘伸手在衣服袋裏將鑰匙取出，遞與翠花，說：「聽你們怎麼攪去罷。只是我的行李可動不得的。」

翠花站起來，遞與那家人，說：「勞你駕，看他夥計送進去，就出來。請你把門就鎖上。勞駕，勞駕。」那家人接著鑰匙去了。

老殘用手撫摸著翠環的臉，說道：「你是哪裏人？你鴇兒姓甚麼？你是幾歲賣給他的？」翠環道：「俺這媽姓張。」說了一句就不說了，袖子內取出一塊手巾來擦眼淚，擦了又擦，只是不作聲。老殘道：「你別哭呀。我問你老底子家裏事，也是替你解悶的。你不願意說，就不說也行，何苦難受呢？」翠環道：「我原底子沒有家。」

翠花道：「你老別生氣，這孩子就是這脾氣不好，所以常挨打。其實，也怪不得他難受。二年前，他家還是個大財主呢。去年纔賣到俺媽這兒來。他為自小兒沒受過這個折蹬⑩，所以就種種的不討好。其實，俺媽在這裏頭，算是頂善和的哩。他到了明年，恐怕要過今年這個日子也沒有了！」

說到這裏，那翠環竟掩面嗚咽起來。翠花喊道：「嘿！這孩子可是不想活了！你瞧！老爺們叫你來為開心的，你可哭開自己咧！那不得罪人麼？快別哭咧！」

老殘道：「不必，不必；讓他哭哭很好。你想，他憋了一肚子的悶氣到哪裏去哭？難得遇見我們兩個沒有脾氣的人，讓他哭個夠，也算痛快一回。」用手拍著翠環道：「你就放聲哭也不要緊，我知道黃老爺是沒忌諱的人。只管哭，不要緊的。」黃人瑞在旁大聲嚷道：「小翠環！好孩子！你哭罷！勞你駕把你黃老爺肚裏憋的一肚子悶氣也替我哭出來罷！」

大家聽了這話，都不禁發了一笑，連翠環遮著臉也撲嗤的笑了一聲。原來翠環本來知道在客人面前萬不能哭的，只因老殘問到他老家的事，又被翠花說出他二年前還是個大財主，所以觸起他的傷心，故眼淚不由得直穿出來，要強忍也忍不住。及至聽到老殘說他受了一肚子悶氣，到哪裏去哭，讓他哭個夠，也算痛快一回，心裏想道：「自從落難以來，從沒有人這樣體貼過他，可見世界上男子，並不是個個人都是拿女兒家當糞土一般作踐的。只不知道像這樣的人，世界上多不多。我今生還能遇見幾個？想既能遇見一個，恐怕一定總還有呢。」心裏只顧這麼盤算，倒把剛纔的傷心盤算的忘記了，反側著耳朵聽他們再說甚麼。忽然被黃人瑞喊著要託他替哭，怎樣不好笑呢？所以含著兩包淚眼，撲嗤的笑了一聲，並擡起頭來看了人瑞一眼。哪知被他們看了這個形景，越發笑個不止。

⑩ 折蹬：即「折磨」。

翠環此刻心裏一點主意沒有，看看他們傻笑，只好糊裏糊塗，陪著他們嘻嘻的笑了一回。老殘便道：「哭也哭過了，笑也笑過了，我還要問你：怎麼二年前他還是個大財主？翠花，你說給我聽聽。」翠花道：「他是俺這齊東縣的人。他家姓田，在這齊東縣南門外有二頃多地，在城裏還有個雜貨鋪子。他爹媽只養活了他。還有他個小兄弟，今年纔五六歲呢。他還有個老奶奶。俺們這大清河邊上的地，多半是棉花地，一畝地總要值二百多吊錢呢。他有二頃多地，不就是兩萬多吊錢嗎？連上鋪子，就夠三萬多了，俗說『萬貫家財』，一萬貫家財就算財主，他有三萬貫錢，不算個大財主嗎？」

老殘道：「怎麼樣就會窮呢？」翠花道：「那纔快呢！不消三天，就家破人亡了！這就是前年的事情。俺這黃河不是三年兩頭的倒口子嗎？莊撫臺為這個事焦得了不得似的；聽說有個甚麼大人，是南方有名的才子，他就拿了一本甚麼書給撫臺看，說這個河的毛病是太窄了，非放寬了不能安靜，必得廢了民埝⓫，退守大堤。

「這話一出來，那些候補大人個個說好。撫臺就說：『這些堤裏百姓怎樣好呢？須得給錢，叫他們搬開纔好。』誰知道這些總辦候補道王八旦大人們說：『可不能叫百姓知道。你想，這隄埝中間五六里寬，六百里長，總有十幾萬家，一被他們知道了，這幾十萬人守住民埝，那還廢得掉嗎？』

「莊撫臺沒法，點點頭，嘆了口氣，聽說還落了幾點眼淚呢。這年春天就趕緊修了大堤，在濟陽縣南岸又打了一道隔堤。這兩樣東西就是殺這幾十萬人的一把大刀！可憐俺們這小百姓哪裏知道呢！

「看看到了六月初幾裏，只聽人說：『大汛到咧！大汛到咧！』那埝上的隊伍不斷的兩頭跑。那河

⓫ 民埝：人民所築的堤，對官堤言。

裏的水一天長一尺多，一天長一尺多，不到十天工夫，那水就比埝頂低不很遠了，比著那埝裏的平地，怕不有一兩丈高！到了十三四裏，只見那埝上的報馬，來來往往，一會一匹，一會一匹。到了第二天晌午時候，各營盤裏掌號齊人，把隊伍都開到大堤上去。

「那時就有機伶⑫人說：『不好！恐怕要出亂子！俺們趕緊回去預備搬家罷！』誰知道那一夜裏，三更時候，又趕上大風大雨，只聽得稀里花拉，那黃河水就像山一樣的倒下去了。

「那些村莊上的人，大半都還睡在屋裏，呼的一聲，水就進去，驚醒過來，連忙就跑，水已經過了屋簷，天又黑，風又大，雨又急，水又猛，──儜老想，這時候有甚麼法子呢？」

未知後事如何，且聽下回分解。

【評】

止水結冰是何情狀？流水結冰是何情狀？小河結冰是何情狀？大河結冰是何情狀？河南黃河結冰是何情狀？山東黃河結冰是何情狀？須知前一卷所寫是山東黃河結冰。

野史者，補正史之缺也。名可托諸子虛，事須徵諸實在。此兩回所寫北妓，一斑毫釐無爽，推而至於別項，亦可知矣。

莊勤果慈祥愷悌，齊人至今思之。惟治河一端，不免乖謬，而廢濟陽以下民埝，退守大堤之舉，尤屬荒謬之至。慘不忍聞，況目見乎，此作者所以寄淚也。

⑫ 機伶：機靈、反應靈敏。

第十四回　大縣若蛙半浮水面　小船如蟻分送饅頭

話說翠花接著說道：「到了四更多天，風也息了，雨也止了，雲也散了，透出一個月亮，湛明湛明的。那村莊裏頭的情形是看不見的了。只有靠民埝近的，還有那抱著門板或桌椅板櫈的，漂到民埝跟前，都就上了民埝。還有那民埝上住的人，拿竹竿子趕著撈人，也撈起來的不少。這些人得了性命喘過一口氣來，想一想，一家人都沒有了，就賸了自己，沒有一個不是號咷痛哭。喊爹叫媽的，哭丈夫的，疼兒子的，一條哭聲，五百多里路長！你老看慘不慘呢？」

翠環接著道：「六月十五這一天，俺娘兒們正在南門鋪子裏，半夜裏聽見人嚷說：『水下來了！』大家聽說，都連忙起來。

「這一天本來很熱，人多半是穿著袴褲，在院子裏睡的。雨來的時候，纔進屋子去。剛睡了一矇矇覺，就聽外邊嚷起來了。連忙跑到街上看，城也開了，人都望城外跑。城圈子外頭本有個小埝，每年倒口子用的埝，有五尺多高，這些人都出去守小埝。那時雨纔住，天還陰著。

「一霎時，只見城外人拚命價望城裏跑；又見縣官也不坐轎子，跑進城裏來，上了城牆。只聽一片聲嚷說：『城外人家不許搬東西！叫人趕緊進城，就要關城，不能等了！』

「俺們也都扒到城牆上去看。這裏許多人用蒲包裝泥，預備堵城門。縣大老爺在城上喊：『人都進了城了，趕緊關城。』城牆裏頭本有預備的土包，關上城，就用土包把門後頭疊上了。

「俺有個齊二叔住在城外，也上了城牆。這時候雲彩已經回了山，月亮很亮的。俺媽看見齊二叔，問他：『今年怎麼這麼厲害？』齊二叔說：『可不是呢！往年倒口子，水下來，初起不過尺把高；正水頭到了，也不過二尺多高，沒有過三尺的；總不到頓把飯的工夫，水頭就過去，總不過二尺來往水。今年這水，真霸道！一來就一尺多！一霎就過了二尺！縣大老爺看勢頭不好，恐怕小埝守不住，叫人趕緊進城罷。那時水已將近有四尺的光景了。大哥這兩天沒見，敢是在莊子上麼？可擔心的很呢！』俺媽就哭了，說：『可不是呢！』

「當時只聽城上一片嘈嚷，說：『小埝漫咧！小埝漫咧！』城上的人呼呼價往下跑。俺媽哭著就地一坐，說：『俺就死在這兒不回去了！』俺沒法，只好陪著在旁邊哭。只聽人說：『城門縫裏過水！』那無數人就亂跑，也不管是人家、是店、是鋪子，抓著被褥就是被褥，抓著衣服就是衣服，全拿去塞城門縫子。一會兒把咱街上估衣鋪的衣服，布店裏的布，都拿去塞了城門縫子。漸漸聽說：『不過水了！』又聽嚷說：『土包單弱，恐怕擋不住！』這就看著多少人到俺店裏去搬糧食口袋，望城門洞裏去填。一會看著搬空了。又有那紙店裏的紙，棉花店裏的棉花，又是搬個乾盡。

「這時天也明了，俺媽也哭昏了。俺也沒法，只好坐地守著。耳朵裏不住的聽了說：『這水可真了不得！城外屋子已經過了屋簷！這水頭怕不快有一丈多深嗎！從來沒聽說有過這麼大的水！』

「後來還是店裏幾個夥計上來把俺媽同俺架了回去，回到店裏，——那可不像樣子了！聽見夥計說：『店裏整布袋的糧食都填滿了城門洞，囤子裏的散糧被亂人搶了一個精光，只有潑灑在地下的。掃了掃，還有兩三擔糧食。』店裏原有兩個老媽子，他們家也在鄉下，聽說這麼大的水，想必老老小小也都是沒有命了，直哭的想死不想活。

「一直鬧到太陽大歪西，夥計們纔把俺媽灌醒了。大家喝了兩口小米稀飯。俺媽醒了，睜開眼看看，說：『老奶奶呢？』他們說：『在屋裏睡覺呢，不敢驚動他老人家。』俺媽說：『也得請他老人家起來吃點甚麼呀。』

「待得走到屋裏，誰知道他老人家不是睡覺，是嚇死了。摸了摸鼻子裏，已經沒有氣。俺媽看見，哇的一聲，吃的兩口稀飯，跟著一口血塊子一齊嘔出來，又昏過去了。虧得個老王媽在老奶奶身上儘自摩挲，忽然嚷道：『不要緊！心口裏滾熱的呢。』忙著嘴對嘴的吹氣。又喊快拿薑湯來。到了下午時候，奶奶也過來了，俺媽也過來了，這算是一家平安了。

「有兩個夥計在前院說話：『聽說城下的水有一丈四五了，這個多年的老城，恐怕守不住；倘若是進了城，怕一個活的也沒有！』又一個夥計道：『縣太老爺還在城裏，料想是不要緊的。』」

老殘對人瑞道：「我也聽說，究竟是誰出的這個主意？拿的是甚麼書？你老哥知道麼？」

人瑞道：「我是庚寅年來的，這是己丑年的事；我也是聽人說，未知確否。據說是史鈞甫史觀察創的議，拿的就是賈讓的治河策。他說當年齊與趙魏以河為境，趙魏瀕山，齊地卑下，作堤去河二十五里，河水東抵齊堤則西泛趙魏，趙魏亦為堤，去河二十五里。

「那天司道都在院上，他將這幾句指與大家看，說：『可見戰國時兩堤相距是五十里地了，所以沒有河患。今日兩民埝相距不過三四里，即兩大堤相距尚不足二十里，比之古人，未能及半，若不廢民埝，河患斷無已時。』

「宮保說：『這個道理，我也明白；只是這夾堤裏面盡是村莊，均屬膏腴之地，豈不要破壞幾萬家的生產嗎？』

「他又指治河策給宮保看，說：『請看這一段說：「難者將曰：若此敗壞城郭田廬冢墓以萬數，百姓怨恨。」賈讓說：「昔大禹治水，山當陵路者毀之，故鑿龍門、闢伊闕，折砥柱、破碣石，墮斷天地之性，尚且為之，況此乃人工所造，何足言也？」』且又說：『「小不忍則亂大謀。」宮保以為夾堤裏的百姓、廬墓、生產可惜，難道年年決口就不傷人命嗎？此一勞永逸之事。所以賈讓說：「大漢方制萬里，豈其與水爭咫尺之地哉？此功一立，河定民安，千載無恙，故謂之上策。」漢朝方制，不過萬里，尚不當與水爭地；我國家方制數萬里，若反與水爭地，豈不令前賢笑後生嗎？』又指儲同人批評云：『「三策遂成不刊之典；然自漢以來，治河者率下策也。悲夫！漢晉唐宋元明以來，讀書人無不知賈讓治河策等於聖經賢傳，惜治河者無讀書人，所以大功不立也！」宮保若能行此上策，豈不是賈讓二千年後得一知己？功垂竹帛，萬世不朽！』

「宮保皺著眉頭，道：『但是一件要緊的事，只是我捨不得這十幾萬百姓現在的身家！』兩司道：『如果可以一勞永逸，何不另酬一筆款項，把百姓遷徙出去呢？』宮保說：『只有這個辦法，尚屬較妥。』後來聽說籌了三十萬銀子，預備遷民。至於為甚麼不遷，我卻不知道了。」

人瑞對著翠環說道：「後來怎麼樣呢？你說呀！」翠環道：「後來我媽拿定主意，聽他去，水來，俺就淹死去！」

翠花道：「那一年我也在齊東縣。俺住在北門俺三姨家。北門離民埝相近，北門外大街鋪子又整齊，所以街後兩個小埝都不小，聽說是一丈三的頂。那邊地勢又高，所以北門沒有漫過來。十六那天，俺到城牆上，看見那河裏漂的東西，不知有多少呢，也有箱子，也有桌椅板櫈，也有窗戶門扇。那死人，更不待說，漂得滿河都是，不遠一個，不遠一個，也沒人顧得去撈。有有錢的，打算搬家，就是雇不出船來。」

老殘道：「船呢？上那裏去了？」翠花道：「都被官裏拿了，差送饅頭去了。」老殘道：「送饅頭給誰吃？要這些船幹啥？」

翠花道：「饅頭功德可就大了！那莊子上的人，被水沖的有一大半。還有一小半呢，都是機伶點的人，一見水來，就上了屋頂，所以每一個莊子裏屋頂上總有百把幾十人。四面都是水，到那兒摸吃的去呢？有餓急了，重行跳到水裏自盡的。虧得有撫臺派的委員駕著船各處去送饅頭，大人三個，小孩兩個，第二天又有委員駕著空船，把他們送到北岸。這不是好極的事嗎？誰知這些渾蛋還有許多蹲在屋頂上不肯下來呢！問他為啥，他說在河裏有撫臺給他送饝饝，到了北岸就沒人管他吃，那就餓死了。其實撫臺送了幾天就不送了，他們還是餓死。你說這些人渾不渾呢？」

老殘向人瑞道：「這事真正荒唐！是史觀察不是，雖未可知，然創此議之人卻也不是壞心，並無一毫為己私見在內，只因但會讀書，不諳世故，舉手動足便錯。孟子所以說：『盡信書則不如無書。』豈但河工為然？天下大事壞於奸臣者十之三四，壞於不通世故之君子者倒有十分之六七也！」又問翠環道：「後來你爹找著了沒有？還是就被水沖去了呢？」翠環收淚道：「那還不是跟水去了嗎！要是活著，能不回家來嗎？」

大家嘆息了一回。老殘又問翠花道：「你纔說：他到了明年，只怕要過今年這個日子也沒有了。這話是個甚麼緣故？」翠花道：「俺這個爹不是死了嗎？喪事裏多花了一百幾十吊錢，前日俺媽賭錢——擲骰子——又輸了二三百吊錢；共總虧空四百多吊，今年的年是萬過不去的了。所以前兒打算把環妹賣給蒯二禿子家。這蒯二禿子出名的厲害，一天沒有客，就要拿火筷子烙人。俺媽要他三百銀子，他給了六百吊錢，所以沒有說妥。你老想，現在到年還能有多少天？這日子眼看著越過越緊。倘若到了年下，怕他不賣嗎？這一賣，翠環可就夠他難受了！」

老殘聽了，默無一言。翠環卻只揩淚。黃人瑞道：「殘哥，我纔說為他們的事情要同你商議，正是這個緣故。我想，眼看著一個老實孩子送到鬼門關裏頭去，實在可憐。算起不過三百銀子的事情，我願意出一半，那一半找幾個朋友湊湊。你老哥也隨便出幾兩，不拘多少。但是這個名我卻不能擔；倘若你老哥能把他要回去，這事就容易辦了。你看好不好？」

老殘道：「這事不難。銀子呢，既你老哥肯出一半，這一半就是我兄弟出了吧。再要跟人家化緣，就不妥當了。只是我斷不能要他，還得再想法子。」

翠環聽到這裏，慌忙跳下炕來，替黃鐵二公磕了兩個頭，說道：「兩位老爺菩薩，救命恩人，捨得花銀子把我救出火坑，不管做甚麼，丫頭老媽子我都情願！只是有一件事，我得稟明在前：我所以常挨打，也不怪俺這媽，實在是俺自己的過犯。俺媽當初因為實在餓不過了，所以把我賣給俺這媽，得了二十四吊錢，謝犒❶中人❷等項去了三四吊，只落了二十吊錢，接著去年春上俺奶奶死了，這錢可就光了。俺媽領著俺個小兄弟討飯吃，不上半年，連餓帶苦，也就死了，只賸了俺一個小兄弟，今年六歲。虧了俺有個舊街坊❸李五爺，現在也住在這齊河縣，做個小生意。他把他領了去，隨便給點吃吃。只是他自顧還不足的人，哪裏能管他飽呢？穿衣服是更不必說了。所以我在二十里鋪的時候，遇著好客，給個一吊八百的呢，我就一兩個月攢❹個三千兩吊的給他寄來。現在蒙兩位老爺救我出來，如在左近二三百里的地方呢，那就不說了，我總能省幾個錢給他寄來；倘要遠去呢，請兩位恩爺總要想法，許我把這個孩子帶著，或寄放在庵裏廟裏，或找個小戶人家養著。俺田家祖上一百世的祖宗做鬼都感激二位爺的恩典！結草銜環❺，一定會報答你二位的！可憐俺田家就這一線的根苗……！」說到這裏，便又號啕痛哭起來。人瑞道：「這又是一點難處。」老殘道：「這也沒有甚麼難。我自有個辦法。」遂喊道：「田姑娘，你不用哭了，包管你姐兒兩個一輩子不離開就是了。你別哭，讓我們好替你打主意。你把我們哭昏了，就出不出好主意來了。快快別哭罷。」

翠環聽罷，趕緊忍住淚，骨觜骨觜替他們每人磕了幾個響頭。老殘連忙將他攙起。誰知他磕頭的時

❶ 謝犒：酬謝犒勞。
❷ 中人：中間人。居中調停或介紹買賣的人。
❸ 街坊：鄉鄰。
❹ 攢：音ㄗㄢˇ。積蓄。
❺ 結草銜環：結草與銜環是兩個報恩的故事。常用做感恩的客氣話。

候，用力太猛，把額頭上碰了一個大包，包又破了，流血呢。

老殘扶他坐下，說：「這是何苦來呢！」又替他把額上血輕輕揩了，讓他在炕上躺下，這就來向人瑞商議說：「我們辦這件事當分個前後次第：以替他贖身為第一步，以替他擇配為第二步。贖身一事又分兩層：以私商為第一步，公斷為第二步。此刻別人出他六百吊，我們明天把他領家的❻叫來，也先出六百吊，隨後再添。此種人不宜過於爽快。你過爽快，他就覺得奇貨可居了。此刻銀價每兩換兩吊七百文，三百兩可換八百一十吊，連一切開銷，一定足用的了。看他領家的來口氣何如，倘不執拗，自然私了的為是；如懷疑刁狡呢，就託齊河縣替他當堂公斷一下，仍以私了結局。人翁以為何如？」

人瑞道：「極是，極是。」老殘又道：「老哥固然萬無出名之理，兄弟也不能出全名，只說是替個親戚辦的就是了。等到事情辦妥，再揭明擇配的宗旨；不然，領家的是不肯放的。」

人瑞道：「很好。這個辦法，一點不錯。」老殘道：「銀子是你我各出一半，無論用多少，皆是這個分法；但是我行篋中所有頗不敷用，要請你老哥墊一墊，到了省城，我就還你。」

人瑞道：「那不要緊。贖兩個翠環，我這裏的銀子都用不了呢。只要事情辦妥，老哥還不還都不要緊的。」老殘道：「一定要還的。我在有容堂還存著四百多銀子呢。你不用怕我出不起，怕害的我沒飯吃。你放心罷。」

人瑞道：「就是這麼辦。明天早起，就叫他們去喊他領家的去。」翠花道：「早起你別去喊；明天早起，我們姐兒倆一定要回去的。你老早起一喊，倘若被他們知道這個意思，他一定把環妹妹藏到鄉下

❻ 領家的：鴇母。

去，再講盤子❼，那就受他的拿捏❽了。況且他們抽鴉片煙的人也起不早；不如下午，你老先著人叫我們姐兒倆來，然後去叫俺媽，那就不怕他了。——只是一件，這事千萬別說我說的。環妹妹是超陞了的人，不怕他，俺還得在火坑裏過活兩年呢。」

人瑞道：「那自然，還要你說嗎？明天我先到縣衙門裏，順便帶個差人來。倘若你媽作怪，我先把翠環交給差人看管，那就有法制他了。」

說著，大家都覺得喜歡得很。老殘便對人瑞道：「他們事已議定，大概如此，只是你先前說的那個案子呢？我到底不放心。你究竟是真話是假話？說了我好放心。」

未知後事如何，且聽下回分解。

【評】

廢濟陽以下民埝，是光緒己丑年事。其時作者正奉檄測量東省黃河，目睹尸骸逐流而下，自朝至暮，不知凡幾。山東村居屋皆平頂，水來民皆升屋而處。一日，作者船泊小街子，見屋頂上人約八九十口，購饅頭五十斤散之。值夜大風雨，耳中時聞坍屋聲，天微明，風息雨未止，急開船窗視之，僅十餘人矣！不禁痛哭。作者告予云：生平有三大傷心事，山東廢民埝，是其傷心之一也。

---

❼ 講盤子：講價錢。

❽ 拿捏：故意刁難、要挾。

第十五回　烈燄有聲驚二翠　嚴刑無度逼孤孀

話說老殘與黃人瑞方將如何拔救翠環之法商議停妥，老殘便向人瑞道：「你適纔說，有個驚天動地的案子，其中關係著無限的人命，又有夭矯離奇的情節，到底是真是假？我實在的不放心。」人瑞道：「別忙，別忙。方纔為這一個毛丫頭的事，商議了半天。正經勾當，我的煙還沒有吃好；讓我吃兩口煙，提提神，告訴你。」

翠環此刻心裏蜜蜜的高興，正不知如何是好，聽人瑞要吃煙，趕緊拿過籤子來，替人瑞燒了兩口吃著。人瑞道：

「這齊河縣東北上，離城四十五里，有個大村鎮，名叫齊東鎮，就是周朝齊東野人的老家。這莊上有三四千人家，有條大街，有十幾條小街。路南第三條小街上，有個賈老翁。

「這老翁年紀不過五十來歲，生了兩個兒子，一個女兒。大兒子在時，有三十多歲了，二十歲上娶了本村魏家的姑娘。魏賈這兩家都是靠莊田吃飯，每人家有四五十頃地。魏家沒有兒子，只有這個女兒，卻承繼了一個遠房姪兒在家，管理一切事務。只是這個承繼兒子不甚學好，所以魏老兒很不喜歡他，卻喜歡這個女婿，如同珍寶一般。誰知這個女婿去年七月感了時氣❶，到了八月半邊就一命嗚呼哀哉死了。

❶ 時氣：時疫。一時流行的傳染病，如鼠疫、傷寒等。

過了百日，魏老兒恐怕女兒傷心，常常接回家來過個十天半月的，解解他的愁悶。

「這賈家呢，第二個兒子今年二十四歲，在家讀書，人也長的清清秀秀的，筆下也還文從字順。賈老兒既把個大兒子死了，這二兒子便成了個寶貝，恐怕他勞神，書也不教他念了。他那女兒今年十九歲，像貌長的如花似玉，又加之人又能幹，家裏大小事情，都是他做主。因此本村人替他起了個渾名，叫做『賈探春』。老二娶的也是本村一個讀書人家的女兒，性格極其溫柔，輕易不肯開口，所以人越發看他老實沒用，起他個渾名叫『二呆子』。

「這賈探春長到一十九歲，為何還沒有婆家呢？只因為他才貌雙全，鄉莊戶下哪有那麼俊俏男子來配他呢？只有鄰村一個吳二浪子，人卻生得倜儻不群，像貌也俊，言談也巧，家道也豐富，好騎馬射箭，同這賈家本是個老親，一向往來，彼此女眷都是不迴避的，只有這吳二浪子曾經託人來求親。

「賈老兒暗想，這個親事倒還做得，只是聽得人說，這吳二浪子，鄉下已經偷上了好幾個女人，又好賭，又時常跑到省城裏去頑耍，動不動一兩個月的不回來；心裏算計，這家人雖算鄉下的首富，終久家私要保不住，因此就沒有應許。以後卻是再要找個人才家道相平的，總找不著，所以把這親事就此擱下了。

「今年八月十三是賈老大的週年，家裏請和尚拜了三天懺，是十二、十三、十四三天。經懺拜完，魏老兒就接了姑娘回家過節。誰想當天下午陡聽人說，賈老兒家全家喪命。這一慌，真就慌的不成話了！連忙跑來看時，卻好鄉約里正❷俱已到齊。全家人都死盡，止有賈探春和他姑媽來了，都哭的淚人似的。

❷ 里正：即里長、保長。亦第四回文中所謂的地保。

頃刻之間，魏家姑奶奶——就是賈家的大娘子——也趕到了；進得門來，聽見一片哭聲，也不曉得青紅皂白，只好號啕大哭。

「當時里正前後看過，計門房死了看門的一名，長工二名，廳房堂屋倒在地下死了書童一名，廳房裏面賈老兒死在炕上，二進上房死了賈老二夫妻兩名，旁邊老媽子一名，炕上三歲小孩子一名，廚房裏老媽子一名，丫頭一名，廂房裏老媽子一名，前廳廂房裏管帳先生一名；大小男女，共死了一十三名。當時具稟，連夜報上縣來。

「縣裏次日一清早，帶同仵作❸下鄉，一一相驗，沒有一個受傷的人，骨節不硬，皮膚不發青紫，既非殺傷，又非服毒。這沒頭案子就有些難辦。一面賈家辦理棺殮，一面縣裏具稟申報撫臺。縣裏正在序稿❹，突然賈家遣丁報告，言已查出被人謀害形跡。」

方說到這裏，翠環擡起頭來喊道：「儜瞧！窗戶怎樣這麼紅呀？」一言未了，只聽得必必剝剝的聲音，外邊人聲嘈雜，大聲喊叫，說：「起火！起火！」幾個連忙跑出上房門來。纔把簾子一掀，只見那火正是老殘住的廂房後身。

老殘連忙身邊摸出鑰匙，去開房門上的鎖。黃人瑞大聲喊道：「多來兩個人幫鐵老爺搬東西！」

老殘剛把鐵鎖開了，將門一推，只見房內一大團黑煙，望外一撲，那火舌已自由窗戶裏冒出來了。老殘被那黑煙沖來，趕忙望後一退，卻被一塊磚頭絆住，跌了一交，恰好那些來搬東西的人正自趕到，

---

❸ 仵作：舊時在官署中擔任檢驗死傷工作的官吏，相當今日的法醫。

❹ 序稿：擬稿。

就勢把老殘扶起，攙過東邊去了。

當下看那火勢，怕要連著上房，黃人瑞的家人就帶著眾人進上房去搶搬東西。黃人瑞站在院心裏，大叫道：「趕先把那帳箱搬出，別的卻還在後！」

說時，黃升已將帳箱搬出。那些人多手雜的已將黃人瑞箱籠行李都搬出來放在東牆腳下。店家早已搬了幾條長板櫈來，請他們坐。人瑞檢點物件，一樣不少，卻還多了一件，趕忙叫人搬往櫃房裏去。

看官，你猜多的一件是何物事？原來正是翠花的行李。人瑞知道縣官必來看火，倘若見了，有點難堪，所以叫人搬去，並對二翠道：「你們也往櫃房裏避一避去，立刻縣官就要來的。」二翠聽說，便順牆根走往前面去了。

且說火起之時，四鄰人等及河工夫役，都覓了水桶水盆之類，趕來救火。無奈黃河兩岸俱已凍得實實的，當中雖有流水之處，人卻不能去取。店後有個大坑塘，卻早凍得如平地了。城外只有兩口井裏有水，你想，慢慢一桶一桶打起，中何用呢？這些人「人急智生」就把坑裏的冰鑿開，一塊一塊的望火裏投。那知這冰的力量比水還大，一塊冰投下去，就有一塊地方沒了火頭。這坑正在上房後身，有七八個人立在上房屋脊上，後邊有數十個人運冰上屋，屋上人接著望火裏投，一半投到火裏，一半落在上房屋上，所以火就接不到上房這邊來。

老殘與黃人瑞正在東牆看人救火，只見外面一片燈籠火把。縣官已到，帶領人夫，手執撓鉤❺長杆等件，前來救火，進得門來，見火勢已衰，一面用撓鉤將房扯倒，一面飭人取黃河淺處薄冰抛入火裏，

❺ 撓鉤：一種長柄的倒鬚鉤。

以壓火勢，那火也就漸漸的熄了。

縣官見黃人瑞立在東牆下，步上前來，請了一個安，說道：「老憲臺❻受驚不小。」人瑞道：「也還不怎樣，但是我們補翁燒得苦點。」因向縣官道：「子翁，我介紹你會個人。此人姓鐵，號補殘，與你頗有關係。那個案子上，要倚賴他纔好辦。」縣官道：「嗳呀呀！鐵補翁在此地嗎？快請過來相會。」人瑞即招手大呼道：「補翁，請這邊來。」

老殘本與人瑞坐在一條櫈上，因見縣官來，踱過人叢裏，借看火為迴避；今聞招呼，遂走過來，與縣官作了個揖，彼此道些景慕的話頭。縣官有馬扎子❼，老殘與人瑞仍坐長櫈子上。原來這齊河縣姓王，號子謹，也是江南人，與老殘同鄉；雖是個進士出身，倒不糊塗。

當下人瑞對王子謹道：「我想閣下齊東村一案，只有請補翁寫封信給宮保，須派白子壽來，方得昭雪。那個絕物❽也不敢過於倔強。我輩都是同官，不好得罪他的。補翁是方外人，無須忌諱。尊意以為何如？」

子謹聽了，歡喜非常，說：「賈魏氏活該有救星了！好極！好極！」老殘聽得沒頭沒腦，答應又不是，不答應又不是，只好含糊唯諾。

當時火已全熄，縣官要扯二人到衙門去住。人瑞道：「上房既未燒著，我仍可以搬入去住，只是鐵

❻ 憲臺：下官對上官的尊稱。

❼ 馬扎子：一種可以摺疊起來的坐具。

❽ 絕物：絕無僅有的東西。本文用來指稱所厭惡的人。

公未免無家可歸了。」老殘道：「不妨，不妨；此時夜已深，不久便自天明；天明後，我自會上街置辦行李，毫不礙事。」

縣官又苦苦的勸老殘到衙門裏去。老殘說：「我打攪黃兄是不妨的，請放心罷。」縣官又殷勤問：「燒些甚麼東西？未免大破財了。但是敝縣購辦得出的，自當稍盡綿薄。」老殘笑道：「布衾一方，竹筒一隻，布衫褲兩件，破書數本，鐵串鈴一枚，如此而已。」縣官笑道：「不確吧。」也就笑著。

正要告辭，只見地保同著差人，一條鐵索，鎖了一個人來，跪在地下，像雞子簽米似的連連磕頭，嘴裏只叫：「大老爺天恩！大老爺天恩！」

那地保跪一條腿在地下，稟道：「火就是這個老頭兒屋裏起的。請大老爺示，還是帶回衙門去審？還是在這裏審？」縣官便問道：「你姓甚麼？叫甚麼？哪裏人？怎麼樣起的火？」只見那地下的人又連連磕頭，說道：「小的姓張，叫張仁，是本城裏人，在這隔壁店裏做長工。因為昨兒從天明起來，忙到晚上二更多天，纔稍微空閒一點。回到屋裏睡覺，誰知小衫褲汗濕透了，剛睡下來，冷得異樣，越冷越打戰，就睡不著了。小的看屋裏放著好些粟稭❾，就抽了幾根，燒著烘一烘。又想起窗戶臺上有上房客人吃賸下的酒，賞小的吃的，就拿在火上煨熱了，喝了幾鍾。誰知道一天乏透的人，得了點暖氣，又有兩杯酒下了肚，糊裏糊塗，坐在那裏，就睡著了。剛睡著，一霎兒的工夫，就覺得鼻子裏煙嗆的難受，慌忙睜開眼來，身上棉襖已經燒著了一大塊，那粟稭打的壁子已通著了，趕忙出來找水來潑，那火已自出了屋頂，小的也沒有法子了。所招是實。求大老爺天恩！」

❾ 粟稭：粟為小米。粟去穗及外皮後的禾桿，稱為粟稭。

縣官罵了一聲「渾蛋」，說：「帶到衙門裏辦去罷！」說罷，立起身來，向黃鐵二公告辭；又再三叮囑人瑞，務必設法玉成那一案，然後匆匆的去了。

那時火已熄盡，只冒白氣。人瑞看著黃升帶領眾人，又將物件搬入，依舊陳列起來。人瑞道：「屋子裏煙火氣太重，燒盒萬壽香來薰薰。」人瑞笑向老殘道：「鐵公，我看你還忙著回屋去不回呢！」老殘道：「都是被你一留再留的！倘若我在屋裏，不至於被他燒得這麼乾淨！」人瑞道：「咦！不害臊！要是讓你回去，只怕連你還燒死在裏頭呢！你不好好的謝我，反來埋怨我，真是不識好歹！」老殘道：「難道我是死人嗎？你不賠我，看我同你干休嗎？」

說著，只見門簾揭起，黃升領了一個戴大帽子的進來，對著老殘打了一個千兒，說：「敝上說給鐵大老爺請安。送了一副鋪蓋來，是敝上自己用的。骯髒點，請大老爺不要嫌棄。明天叫裁縫趕緊做新的送過來。今夜先將就點兒罷。又狐皮袍子馬褂一套，請大老爺隨便用罷。」老殘立起來道：「累你們貴上費心。行李暫且留在這裏，借用一兩天，等我自己買了，就繳還。衣裳我都已經穿在身上，並沒有燒掉，不勞貴上費心了。回去多多道謝。」

那家人還不肯把衣服帶去。仍是黃人瑞說：「衣服，鐵老爺決不肯收的。你就說我說的，你帶回去罷。」家人又打了個千兒去了。

老殘道：「我的燒去也還罷了，總是你瞎搗亂，平白的把翠環的一捲行李也燒在裏頭，你說冤不冤呢？」黃人瑞道：「那纔更不要緊呢。我說他那鋪蓋總共值不到十兩銀子，明日賞他十五兩銀子，他媽要喜歡的受不得呢。」翠環道：「可不是呢。大約就是我這個倒霉的人，一捲鋪蓋害了鐵爺許多好東西都毀掉了。」

老殘道：「物件倒沒有值錢的，只可惜我兩部宋板書是有錢沒處買的，未免可惜；然也是天數，只索聽他罷了。」人瑞道：「我看宋板書倒也不稀奇，只是可惜你那搖的串鈴子也毀掉，豈不是失了你的衣食飯碗了嗎？」

老殘道：「可不是呢。這可應該你賠了罷，還有甚麼說的？」人瑞道：「罷，罷，罷，燒了他的鋪蓋，燒了你的串鈴，大吉大利，恭喜恭喜！」對著翠環作了個揖，又對老殘作了個揖，說道：「從今以後，他也不用做賣皮的婊子，你也不要做說嘴的郎中了！」

老殘大叫道：「好，好，罵的好苦！翠環，你還不去擰他的嘴！」翠環道：「阿彌陀佛！總是兩位的慈悲！」翠花點點頭道：「環妹由此從良，鐵老由此做官，這把火倒也實在是把大吉大利的火，我也得替二位道喜。」

老殘道：「依你說來，他卻從良，我卻從賤了。」黃人瑞道：「閒話少講，我且問你：是說話是睡？如睡就收拾行李；如說話，我就把那奇案再告訴你。」隨即大叫了一聲：「來啊！」

老殘道：「你說，我很願意聽。」人瑞道：「不是方纔說到賈家遣丁報告，說查出被人謀害的情形嗎？

「原來這賈老兒桌上有吃殘了的半個月餅，一大半人房裏都有吃月餅的痕跡。這月餅卻是前兩天魏家送得來的。所以賈家新承繼來的個兒子——名叫賈幹——同了賈探春告說是他嫂子賈魏氏與人通姦，用毒藥謀害一家十三口性命。

「齊河縣王子謹就把這賈幹傳來，問他姦夫是誰，卻又指不出來。食殘的月餅，只有半個，已經擘碎了，餡子裏卻是有點砒霜。

「王子謹把這賈魏氏傳來問這情形。賈魏氏供：『月餅是十二日送來的。我還在賈家。況當時即有人吃過，並未曾死。』又把那魏老兒傳來。魏老兒供稱：『月餅是大街上四美齋做的，有毒無毒，可以質證了。』及至把四美齋傳來，又供月餅雖是他家做的，而餡子卻是魏家送得來。就是這一節，卻不得不把魏家父女暫且收管。雖然收管，卻未上刑具，不過監裏的一間空屋，聽他自己去布置罷了。

「子謹心裏覺得仵作相驗，實非中毒，自己又親身細驗，實無中毒情形。即使月餅中有毒，未必人人都是同時吃的，也沒有個毒輕毒重的分別嗎？

「因苦主家催求訊斷得緊，就詳了撫臺，請派員會審。前數日，齊巧派了剛聖慕來。此人姓剛，名弼，是呂諫堂的門生，專學他老師，清廉得格登登⑩的！一跑得來就把那魏老兒上了一夾棍⑪，賈魏氏上了一拶子⑫。兩個人都暈絕過去，卻無口供。

「那知冤家路兒窄：魏老兒家裏的管事的卻是愚忠老實人，看見主翁吃這冤枉官司，遂替他籌了些

---

⑩ 格登登：一板一眼，不打折扣。

⑪ 夾棍：舊刑具名。以二木為之，用以夾逼犯人腿部。

⑫ 拶子：舊刑具名。以五根小木條，貫以繩，夾逼犯人的手指。拶，音ㄗㄢˇ。

款，到城裏來打點，一投投到一個鄉紳胡舉人家。」

說到此處，只見黃升揭開簾子走進來，說：「老爺叫呀？」人瑞道：「收拾鋪蓋。」黃升道：「鋪蓋怎樣放法？」人瑞想了一想，說：「外間冷，都睡到裏邊去罷。」就對老殘道：「裏間炕很大，我同你一邊睡一個，叫他們姐兒倆打開鋪蓋捲睡當中，好不好？」老殘道：「甚好，甚好。只是你孤棲了。」人瑞道：「守著兩個，還孤棲個甚麼呢？」老殘道：「管你孤棲不孤棲，趕緊說！投到這胡舉人家怎麼樣呢？」

要知後事如何，且聽下回分解。

【評】

疏密相間，大小雜出，此定法也。歷來文章家每序一大事，必夾序數小事，點綴其間，以歇目力，而紓文氣。此卷序賈、魏事一大案，熱鬧極矣，中間應插序一段冷淡事，方合成法。乃忽然火起，熱上加熱，鬧中添鬧，文筆真有不可思議功德。

第十六回　六千金買得凌遲罪　一封書驅走喪門星

話說老殘急忙要問他投到胡舉人家便怎樣了。人瑞道：「你越著急，我越不著急！我還要抽兩口煙呢！」老殘急於要聽他說，就叫：「翠環，你趕緊燒兩口，讓他吃了好說。」翠環拿著籤子便燒。黃升從裏面把行李放好，出來回道：「他們的鋪蓋，叫他夥計來放。」人瑞點點頭。一刻，見先來的那個夥計跟著黃升進去了。

原來馬頭❶上規矩：凡妓女的鋪蓋必須他夥計自行來放，家人斷不肯替他放的；又兼之鋪蓋之外，還有甚麼應用的物事，他夥計知道放在甚麼所在，妓女探手便得，若是別人放的，就無處尋覓了。

卻說夥計放完鋪蓋出來，說道：「翠環的燒了，怎麼樣呢？」人瑞道：「那你就不用管罷。」老殘道：「我知道。你明天來，我賠你二十兩銀子，重做就是了。」夥計說：「不是為銀子，老爺請放心，為的是今兒夜裏。」人瑞道：「叫你不要管，你還不明白嗎？」翠花也道：「叫你不要管，你就回去罷。」那夥計纔低著頭出去。

人瑞對黃升道：「天很不早了，你把火盆裏多添點炭，坐一壺開水在旁邊，把我墨盒子筆取出來，

❶ 馬頭：即碼頭。

取幾張紅格子白八行書同信封子出來，取兩枝洋蠟，都放在桌上，你就睡去罷。」黃升答應了一聲「是」，就去照辦。

這裏人瑞煙也吃完。老殘問道：「投到胡舉人家怎樣呢？」人瑞道：「這個鄉下糊塗老兒，見了胡舉人，扒下地就磕頭，說：『如能救得我主人的，萬代封侯！』胡舉人道：『封侯不濟事，要有錢纔能辦事呀。這大老爺，我在省城裏也與他同過席，是認得的。你先拿一千銀子來，我替你辦。我的酬勞在外。』那老兒便從懷裏摸出個皮靴頁兒❷來，取出五百一張的票子兩張，交與胡舉人，卻又道：『但能官司了結無事，就再花多少，我也能辦。』胡舉人點點頭，吃過午飯，就穿了衣冠來拜老剛。」

老殘拍著炕沿道：「不好了！」人瑞道：「這渾蛋的胡舉人來了呢，老剛就請見，見了略說了幾句客套話。胡舉人就把這一千銀票子雙手捧上，說道：『這是賈魏氏那一案，魏家孝敬老公祖的。求老公祖格外成全。』」

老殘道：「一定翻了呀！」人瑞道：「翻了倒還好，卻是沒有翻。」老殘道：「怎麼樣呢？」人瑞道：

「老剛卻笑嘻嘻的雙手接了，看了一看，說道：『是誰家的票子？可靠得住嗎？』胡舉人道：『這是同裕的票子，是敝縣第一個大錢莊，萬靠得住。』老剛道：『這麼大個案情，一千銀子哪能行呢？』胡舉人道：『魏家人說，只要早早了結沒事，就再花多些，他也願意。』老剛道：『十三條人命，一千銀子一條，也還值一萬三呢。——也罷，既是老兄來，兄弟情願減半算，六千五百兩銀子罷。』」胡舉人

❷皮靴頁兒：專放文件票據而可以塞在靴統裏的小皮夾。

連聲答應道：「可以行得，可以行得。」

「老剛又道：「老兄不過是個介紹人，不可專主，請回去切實問他一問，也不必開票子來，只須老兄寫明云：減半六五之數，前途願出。兄弟憑此，明日就斷結了。」胡舉人歡喜的了不得，出去就與那鄉下老兒商議。鄉下老兒聽說官司可以了結無事，就擅專一回，諒多年賓東，不致遭怪，況且不要現銀子，就高高興興的寫了個五千五百兩的憑據，交與胡舉人，又寫了個五百兩的憑據，為胡舉人的謝儀。

「這渾蛋胡舉人寫了一封信，並這五千五百兩憑據，一並送到縣衙門裏來。老剛收下，還給個收條。等到第二天升堂，本是同王子謹會審的。這些情節，子謹卻一絲也不知道。坐上堂去，喊了一聲『帶人』。那衙役們早將魏家父女帶到，卻都是死了一半的樣子。兩人跪到堂上，剛弼便從懷裏摸出那個一千兩銀票，並那五千五百兩憑據，和那胡舉人的書子，先遞給子謹看了一遍。子謹不便措辭，心中卻暗暗的替魏家父女叫苦。

「剛弼等子謹看過，便問魏老兒道：『你認得字嗎？』魏老兒供：『本是讀書人，認得字。』又問賈魏氏：『認得字嗎？』供：『從小上過幾年學，認字不多。』

「老剛便將這銀票筆據叫差人送與他父女們看。他父女回說：『不懂這是甚麼原故。』剛弼道：『別的不懂，想必也是真不懂；這個憑據是誰的筆跡，下面註著名號，你也不認得嗎？』叫差人：『你再給那個老頭兒看！』魏老兒看過，供道：『這憑據是小的家裏管事的寫的。但不知他為甚麼事寫的。』

「剛弼哈哈大笑說：『你不知道，等我來告訴你，你就知道了！昨兒有個胡舉人來拜我，先送一千兩銀子，說你們這一案叫我設法兒開脫；又說如果開脫，銀子再要多些也肯。我想你們兩個窮凶極惡的人，前日頗能熬刑，不如趁勢討他個口氣罷。我就對胡舉人說：「你告訴他管事的去，說害了人家十三條性命，就是一千兩銀子一條，也該一萬三千兩。」胡舉人說：「恐怕一時拿不出許多。」我說：「只要他心裏明白，銀子便遲些日子不要緊的。如果一千銀子一條命不肯出，就是折半五百兩銀子一條命，也該六千五百兩，不能再少。」胡舉人連連答應。我還怕胡舉人孟浪❸，再三叮囑他，叫他把這折半的道理告訴你們管事的，如果心服情願，叫他寫個憑據來，銀子早遲不要緊的。第二天果然寫了這個憑據來。

「『我告訴你，我與你無冤無仇，我為甚麼要陷害你們呢？你要摸心想一想，我是個朝廷的官，又是撫臺特別委我來幫著王大老爺來審這案子，我若得了你們的銀子，開脫了你們，不但辜負撫臺的委任，那十三條冤魂肯依我嗎？

「『我再詳細告訴你，倘若人命不是你謀害的，你家為甚麼肯拿幾千兩銀子出來打點呢？這是第一據。「『在我這裏花的是六千五百兩，在別處花的且不知多少，我就不便深究了。倘人不是你害的，我告訴他照五百兩一條命計算，也應該六千五百兩，你那管事的就應該說：「人命實不是我家害的，如蒙委員代為昭雪，七千八千俱可，六千五百兩的數目卻不敢答應。」為甚麼他毫無疑義，就照五百兩一條命算帳呢？是第二據。——我勸你們，早遲總得招認，免得饒上許多刑具的苦楚。』

「那父女兩個連連叩頭說：『青天大老爺！實在是冤枉！』剛弼把桌子一拍，大怒道：『我這樣開導你們，還是不招，再替我夾拶起來！』底下差役炸雷似的答應了一聲『嗄』，夾棍拶子望堂上一摔，驚

❸ 孟浪：言行輕率。

魂動魄價響。

「正要動刑，剛弼又道：『慢著。行刑的差役上來，我對你講。』幾個差役走上幾步，跪一條腿，喊道：『請大老爺示。』剛弼道：『你們伎倆我全知道。你看那案子是不要緊的呢，你們得了錢，用拶就輕些，讓犯人不甚吃苦；你們看那案情重大，是翻不過來的了，你們得了錢，就猛一緊，把那犯人當堂治死，成全他個整尸首，本官又有個嚴刑斃命的處分。我是全曉得的。今日替我先拶賈魏氏，只不許拶得他發昏，但看神色不好就鬆刑，等他回過氣來再拶，預備十天工夫，無論你甚麼好漢，也不怕你不招！』

「可憐一個賈魏氏，不到兩天，就真熬不過了，哭得一絲半氣的，又忍不得老父受刑，就說道：『不必用刑，我招就是了；人是我謀害的，父親委實不知情。』剛弼道：『你為甚麼害他全家？』魏氏道：『我為妯娌不和，有心謀害。』剛弼道：『妯娌不和，你害他一個人很夠了，為甚麼毒他一家子呢？』魏氏道：『我本想害他一人，因沒有法子，只好把毒藥放在月餅餡子裏。因為他最好吃月餅，讓他先毒死了，旁人必不至再受害了。』剛弼問：『月餅餡子裏，你放的甚麼毒藥呢？』供：『是砒霜。』『哪裏來的砒霜呢？』供：『叫人藥店裏買的。』『哪家藥店裏買的呢？』『自己不曾上街，叫人買的，所以不曉得哪家藥店。』問：『叫誰買的呢？』供：『就是婆家被毒死了的長工王二。』問：『既是王二替你買的，何以他又肯吃這月餅受毒死了呢？』供：『我叫他買砒霜的時候，只說為毒老鼠，所以他不知道。』問：『你說你父親不知情，你豈有個不同他商議的呢？』供：『這砒霜是在婆家買的，買得好多天了。正想趁個機會放在小孀吃食碗裏，值幾日都無隙可乘，恰好那日回娘家，看他們做月餅餡子，問他們何用，他們說送我家節禮，趁無人的時候，就把砒霜攙在餡子裏了。』

「剛弼點點頭道：『是了，是了。』又問道：『我看你人很直爽，所招的一絲不錯。只是我聽人說，你公公平常待你極為刻薄，是有的罷？』魏氏道：『公公待我如待親身女兒一般恩惠，沒有再厚的了。』剛弼道：『你公公橫豎已死，你何必替他迴護❹呢？』

「魏氏聽了，擡起頭來，柳眉倒豎，杏眼圓睜，大叫道：『剛大老爺！你不過要成就我個凌遲❺的罪名！現在我已遂了你的願了，既殺了公公，總是個凌遲！你又何必坐成個故殺呢？——你家也有兒女呀！勸你退後些罷！』剛弼一笑道：『論做官的道理呢，原該追究個水盡山窮；然既已如此，先讓他把這個供畫了再說。』」

黃人瑞道：「這是前兩天的事，現在他還要算計那個老頭子呢。昨日我在縣衙門裏吃飯，王子謹氣得要死，逼得不敢開口，一開口，彷彿得了魏家若干銀子似的。李太尊在此地，也覺得這案情不妥當，然也沒有法想，商議除非能把白太尊白子壽弄來纔行。這瘟剛是以清廉自命的，白太尊的清廉，恐怕比他還靠得住些。白子壽的人品學問，為眾所推服，他還不敢藐視。捨此更無能制伏他的人了。只是一兩天內就要上詳❻，宮保的性子又急，若奏出去就不好設法了。只是沒法通到宮保面前去，凡我們同寅❼

❹ 迴護：庇護。

❺ 凌遲：古代的一種酷刑，先斬斷犯人的肢體，然後處死。

❻ 上詳：下級官用文書向上級報告。

都要避點嫌疑。昨日我看見老哥，我從心眼裏歡喜出來！請你想個甚麼法子。」

老殘道：「我也沒有長策。不過這種事情，其勢已迫，不能計出萬全的；只有就此情形，我詳細寫封信稟宮保，請宮保派白太尊來覆審。至於這一礮響不響，那就不能管了。天下事冤枉的多著呢。但是碰在我輩眼目中，盡心力替他做一下子就罷了。」

人瑞道：「佩服，佩服。事不宜遲，筆墨紙張都預備好了，請你老人家就此動筆。──翠環，你去點蠟燭，泡茶。」

老殘凝了一凝神，就到人瑞屋裏坐下。翠環把洋燭也點著了。老殘揭開墨盒，拔出筆來，鋪好了紙，拈筆便寫。那知墨盒子已凍得像塊石頭，筆也凍得像個棗核子，半筆也寫不下去。翠環把墨盒子捧到火盆上烘。老殘將筆拿在手裏向著火盆，一頭烘，一頭想。半霎功夫，墨盒裏冒白氣，下半邊已烊❽了。老殘蘸墨就寫，寫兩行，烘一烘，不過半個多時辰，信已寫好，加了個封皮，打算問人瑞信已寫妥，交給誰送去，對翠環道：「你請黃老爺進來。」

翠環把房門簾一揭，格格的笑個不止，低低喊道：「鐵老爺，你來瞧！」老殘望外一看，原來黃人瑞在南首，雙手抱著煙槍，頭歪在枕頭上，口裏拖三四寸長一條口涎，腿上卻蓋了一條狼皮褥子；再看那邊，翠花睡在虎皮毯上，兩隻腳都縮在衣服裏頭，兩隻手超在袖子裏，頭卻不在枕頭上，半個臉縮在衣服大襟裏，半個臉靠著袖子，兩個人都睡得實沉沉的了。

---

❼ 同寅：同僚、同官。

❽ 烊：溶化。

老殘看了說：「這可使不得！快點喊他們起來！」老殘就去拍人瑞，說：「醒醒罷，這樣要受病的。」人瑞驚覺，懵裏懵懂的，睜開眼說道：「呵，呵；信寫好了嗎？」老殘說：「寫好了。」人瑞掙扎著坐起，只見口邊那條涎水由袖子上滾到煙盤裏，跌成幾段，原來久已化作一條冰了！

老殘拍人瑞的時候，翠環卻到翠花身邊，先向他衣服摸著兩隻腳，用力往外一扯。翠花驚醒，連喊：「誰？誰？誰？」連忙揉揉眼睛，叫道：「可凍死我了！」

兩人起來，都奔向火盆就暖，那知火盆無人添炭，只賸一層白灰，幾星餘火，卻還有熱氣。翠環道：「屋裏火盆旺著呢，快向屋裏烘去罷。」

四人遂同到裏邊屋來。翠花看鋪蓋三分，俱已攤得齊楚，就去看那縣裏送來的，卻是一床藍湖縐被，一床紅湖縐被，兩條大呢褥子，一個枕頭；指給老殘道：「你瞧這鋪蓋好不好？」老殘道：「太好了些。」便向人瑞道：「信寫完了，請你看看。」

人瑞一面烘火，一面取過信來，從頭至尾讀了一遍，說：「很切實的。我想總該靈罷。」老殘道：「怎樣送去呢？」人瑞腰裏摸出表來一看，說：「四下鐘，再等一刻，天亮了，我叫縣裏差個人去。」老殘道：「縣裏人都起身得遲，不如天明後，同店家商議，雇個人去更妥。——只是這河難得過去。」人瑞道：「河裏昨晚就有人跑凌，單身人過河很便當的。」

大家烘著火，隨便閒話。兩三點鐘工夫，極容易過，不知不覺，東方已自明了。人瑞喊起黃升，叫他向店家商議，雇個人到省城送信，說：「不過四十里地，如晌午以前送到，下午取得收條來，我賞銀十兩。」

停了一刻，只見店夥同了一個人來說：「這是我兄弟，如大老爺送信，他可以去。他送過幾回信，頗在行，到衙門裏也敢進去，請大老爺放心。」當時人瑞就把上撫臺的稟交給他，自收拾投遞去了。

這裏人瑞道：「我們這時該睡了。」黃鐵睡在兩邊，二翠睡在當中。不多一刻都已齁齁睡著。一覺醒來，已是午牌時候。翠花家夥計早已在前面等候，接了他姊妹兩個回去，將鋪蓋捲了，一並掮著就走。人瑞道：「傍晚就送他們姐兒倆來，我們這兒不派人去叫了。」夥計答應著「是」，便同兩人前去。翠環回過頭來眼淚汪汪的道：「你別忘了啊！」人瑞老殘俱笑著點點頭。

二人洗臉。歇了片刻就吃午飯。飯畢，已兩下多鐘，人瑞自進縣署去了，說：「倘有回信，喊我一聲。」老殘說：「知道，你請罷。」

人瑞去後，不到一個時辰，只見店家領那送信的人，一頭大汗，走進店來，懷裏取出一個馬封❾，紫花大印，拆開，裏面回信兩封：一封是莊宮保親筆，字比核桃還大；一封是內文案上袁希明的信，言白太尊現署泰安，即派人去代理，大約六七天可到，並云宮保深盼閣下少候兩日，等白太尊到，商酌一切云云。

老殘看了，對送信人說：「你歇著罷，晚上來領賞。喊黃二爺來。」店家說：「同黃大老爺進衙門去了。」老殘想：「這信交誰送去呢？不如親身去走一遭罷。」就告店家，鎖了門，竟自投縣衙門來。

---

❾ 馬封：舊日由驛站致送公文等的封套。

進了大門，見出出進進人役甚多，知有堂事。進了儀門⑩，果見大堂上陰氣森森，許多差役兩旁立著。凝了一凝神，想道：「我何妨上去看看甚麼案情？」立在差役身後，卻看不見。

只聽堂上嚷道：「賈魏氏，你要明白！你自己的死罪已定，自是無可挽回，你卻極力開脫你那父親，說他並不知情，這是你的一片孝心，本縣也沒有個不成全你的。但是你不招出你的姦夫來，你父親的命就保全不住了。你想，你那姦夫出的主意，把你害得這樣苦法，他倒躲得遠遠的，連飯都不替你送一碗，這人的情義也就很薄的了，你卻抵死不肯招出他來，反令生身老父替他擔著死罪。聖人云：『人盡夫也，父一而已。』原配丈夫，為了父親，尚且顧不得他，何況一個相好的男人呢！我勸你招了的好。」只聽底下只是嚶嚶啜泣。又聽堂上喝道：「你還不招嗎？不招，我又要動刑了！」

又聽底下一絲半氣的說了幾句，聽不出甚麼話來。只聽堂上嚷道：「他說甚麼？」聽一個書吏上去回道：「賈魏氏說，是他自己的事，大老爺怎樣吩咐，他怎樣招；叫他捏造一個姦夫出來，實實無從捏造。」

又聽堂上把驚堂一拍，罵道：「這個淫婦，真正刁狡！拶起來！」堂下無數的人大叫了一聲「嗄」，只聽跑上幾個人去，把拶子往地下一摔，霍綽的一聲，驚心動魄！

老殘聽到這裏，怒氣上沖，也不管公堂重地，把站堂的差人用手分開，大叫一聲：「站開！讓我過去！」差人一閃。

老殘走到中間，只見一個差人一手提著賈魏氏頭髮，將頭提起，兩個差人正抓他手在上拶子。老殘

⑩ 儀門：明清時代，官署大門之內又有儀門，取「有儀可象」的意思。

走上，將差人一扯，說道：「住手！」便大搖大擺走上暖閣⓫，見公案上坐著兩人，下首是王子謹，上首心知就是這剛弼了，先向剛弼打了一躬。子謹見是老殘，慌忙立起。剛弼卻不認得，並不起身，喝道：「你是何人？敢來攪亂公堂！——拉他下去！」

未知老殘被拉下去，後事如何，且聽下回分解。

【評】

贓官可恨，人人知之；清官尤可恨，人多不知。蓋贓官自知有病，不敢公然為非；清官則自以為我不要錢，何所不可，剛愎自用，小則殺人，大則誤國。吾人親目所睹，不知凡幾矣。試觀徐桐、李秉衡，其顯然者也。「二十四史」中指不勝屈。作者苦心，願天下清官勿以不要錢便可任性妄為也。歷來小說皆揭贓官之惡，有揭清官之惡者，自老殘遊記始。

⓫ 暖閣：官衙大堂上，設置公座的閣子。

第十七回　鐵炮一聲公堂解索　瑤琴三疊旅舍銜環

話說老殘看賈魏氏正要上刑，急忙搶上堂去，喊了住手；剛弼卻不認得老殘為何許人，又看他青衣小帽，就喝令差人拉他下去；誰知差人見本縣大老爺早經站起，知道此人必有來歷，雖然答應了一聲「嗄」，卻沒一個人敢走上來。

老殘看剛弼怒容滿面，連聲吆喝，卻有意嘔著他頑，便輕輕的說道：「你先莫問我是甚麼人，且讓我說兩句話；如果說的不對，堂下有的是刑具，你就打我幾板子，夾我一兩夾棍，也不要緊。我且問你：一個垂死的老翁，一個深閨的女子，案情我卻不管，你上他這手銬腳鐐是甚麼意思？難道怕他越獄走了嗎？這是制強盜的刑具，你就隨便施於良民，天理何存？良心安在？」

王子謹想不到撫臺回信已來，恐怕老殘與剛弼堂上較量起來，更下不去，連忙喊道：「補翁先生，請廳房裏去坐。此地公堂，不便說話。」剛弼氣得目瞪口呆，又見子謹稱他補翁，恐怕有點來歷，也不敢過於搶白❶。

老殘知子謹為難，遂走過西邊來，對著子謹也打了一躬。子謹慌忙還揖，口稱：「後面廳房裏坐。」老殘說道：「不忙。」卻從袖子裏取出莊宮保的那個覆書來，雙手遞給子謹。

❶ 搶白：責備之意。

子謹見有紫花大印，不覺喜逐顏開，雙手接過，拆開一看，便高聲讀道：「亓悉。白守耆札到便來。請即傳諭王剛二令，不得濫刑。魏謙父女取保回家，候白守覆訊。弟耀頓首。」一面遞給剛弼去看，一面大聲喊道：「奉撫臺傳諭，叫把魏謙父女刑具全行鬆放，取保回家，候白大人來再審。」底下聽了，答應一聲「嗄」，又大喊道：「當堂鬆刑囉！當堂鬆刑囉！」卻早七手八腳，把他父女手銬腳鐐，頂上的鐵鍊子，一下鬆個乾淨，教他上來磕頭，替他喊道：「謝撫臺大人恩典。謝剛大老爺王大老爺恩典。」那剛弼看信之後，正自敢怒而不敢言，又聽到謝剛大老爺王大老爺恩典，如同刀子戳心一般，早坐不住，退往後堂去了。

子謹乃向老殘拱手道：「請廳房裏去坐。兄弟略微交代此案，就來奉陪。」老殘拱一拱手道：「請先生治公，弟尚有一事，告退。」遂下堂，仍自大搖大擺的走出衙門去了。

這裏王子謹吩咐了書吏，叫魏謙父女趕緊取保，今晚便要叫他們出去纔好。書吏一一答應，擊鼓退堂。

卻說老殘回來，一路走著，心裏十分高興，想道：「前日聞得玉賢種種酷虐，無法可施；今日又親目見了一個酷吏，卻被一封書便救活了兩條性命，比吃了人參果心裏還快活！」一路走著，不知不覺已出了城門，便是那黃河的堤埝了。上得堤去，看天色欲暮，那黃河已凍得同大路一般，小車子已不斷的來往行走，心裏想道：「行李既已燒去，更無累贅，明日便可單身回省，好去置辦行李。」轉又念道：「袁希明來信叫我等白公來，以便商酌，明知白公辦理此事遊刃有餘，然倘有未能周知之處，豈不是我去了害的事嗎？只好耐心等待數日再說。」一面想著，已到店門，順便踱了回去，看有許多人正在那裏刨挖火裏的燼餘，堆了好大一堆，都是些零綢碎布，也就不去看他，回到上房，獨自坐定。

過了兩個多鐘頭，只見人瑞從外面進來，口稱：「痛快！痛快！」說：「那瘟剛退堂之後，隨即命家人檢點行李回省。子謹知道宮保耳軟，恐怕他回省，又出汊子❷，故極力留他，說：『宮保只有派白太尊覆審的話，並沒有叫閣下回省的示諭，此案未了，斷不能走。你這樣去銷差，豈不是同宮保嘔氣嗎？恐不合你主敬存誠的道理。』他想想也只好忍耐著了。子謹本想請你進去吃飯。我說：『不好，倒不如送桌好好的菜去，我替你陪客罷。』我討了這個差使來的。你看好不好？」

老殘道：「好！你吃白食，我擔人情，你倒便宜！我把他辭掉，看你吃甚麼！」人瑞道：「你只要有本事辭，只管辭，我就陪你挨餓。」

說著，門口已有一個戴紅纓帽兒的，拿了一個全帖，後面跟著一個挑食盒的進來，直走到上房，揭起暖簾進來，對著人瑞望老殘說：「這位就是鐵老爺罷？」人瑞說：「不錯。」那家人便搶前一步請了一個安，說：「敝上說小縣分沒有好菜，送了一桌粗飯，請大老爺包涵點。」老殘道：「這店裏飯很便當，不消貴上費心，請挑回去，另送別位罷。」家人道：「主人吩咐，總要大老爺賞臉；家人萬不敢挑回去，要挨罵的。」

人瑞在桌上拿了一張箋紙，拔開筆帽，對著那家人道：「你叫他們挑到前頭竈屋裏去。」那家人揭開盒蓋，請老爺們過眼。原來是一桌甚豐的魚翅席。老殘道：「便飯就當不起，這酒席太客氣，更不敢

---

❷ 汊子：「汊」同「岔」。意外的事情。

當了。」

人瑞用筆在花箋上已經寫完，遞與那家人，說：「這是鐵老爺的回信，你回去說謝謝就是了。」又叫黃升賞了家人一吊錢，挑盒子的二百錢。家人打了兩個千兒。

這裏黃升掌上燈來。不消半個時辰，翠花翠環俱到。他那夥計不等吩咐，已掮了兩個小行李捲兒進來，送到裏房去。人瑞道：「你們鋪蓋真做得快！半天工夫，就齊了嗎？」翠花道：「家裏有的是鋪蓋，對付著就夠用了。」

黃升進來問，開飯不開飯。人瑞說：「開罷。」停了一刻，已先將碟子擺好。人瑞道：「今日北風雖然不刮，還是很冷，快溫酒來吃兩杯。今天十分快樂，我們多喝兩杯。」二翠俱拿起弦子來，唱兩個曲子侑酒❸。人瑞道：「不必唱了，你們也吃兩杯酒罷。」

翠花看二人非常高興，便問道：「儜能❹這麼高興，想必撫臺那裏送信的人回來了嗎？」人瑞道：「豈但回信來了！魏家爺兒倆這時候怕都回到了家呢！」便將以上事情，一五一十的告訴了二翠。他姊兒兩個也自喜歡的了不得，自不消說。

卻說翠環聽了這話，不住的迷迷價笑，忽然又將柳眉雙鎖，默默無言。你道甚麼緣故？他因聽見老

❸ 侑酒：在席上勸人喝酒叫侑酒。侑，音ㄧㄡˋ。

❹ 儜能：您們。

殘一封書去，撫臺便這樣的信從，若替他辨那事，自不費吹灰之力，一定妥當的，所以就迷迷價笑。又想他們的權力，雖然夠用，只不知昨晚所說的話，究竟是真是假；倘若隨便說說就罷了的呢，這個機會錯過，便終身無出頭之望，所以雙眉又鎖起來了。又想到他媽今年年底一定要轉賣他，那蒯二禿子凶惡異常，早遲是個死，不覺臉上就泛了死灰的氣色。又想到自己好好一個良家女子，怎麼流落得這等下賤形狀，倒不如死了的乾淨，眉宇間又泛出一種英毅的氣色來。又想到自己死了，原無不可，只是一個六歲的小兄弟有誰撫養，豈不也是餓死嗎？他若餓死，不但父母無人祭供，並祖上的香煙，從此便絕。這麼想去，是自己又死不得了。想來想去，活又活不成，死又死不得，不知不覺那淚珠子便撲簌簌的滾將下來，趕緊用手絹子去擦。

翠花看見道：「你這妮子！老爺們今天高興，你又發甚麼昏？」人瑞看著他，只是憨笑。老殘對他點了點頭，說：「你不用胡思亂想，我們總要替你想法子的。」人瑞道：「好，好；有鐵老爺一手提拔你，我昨晚說的話可是不算數的了。」

翠環聽了大驚，愈覺得他自己慮的是不錯。正要向人瑞請問，只見黃升同了一個人進來，朝人瑞打了一千兒，遞過一個紅紙封套去。人瑞接過來，撐開封套口，朝裏一窺，便揣到懷裏去，說聲知道了，更不住的嘻嘻價笑。只見黃升說：「請老爺出來說兩句話。」人瑞便走出去。

約有半個時辰，進來，看著三個人俱默默相對，一言不發。人瑞愈覺高興。又見那縣裏的家人進來向老殘打了個千兒，道：「敝上說，叫把昨兒個的一捲舊鋪蓋取回去。」老殘一愣，心裏想道：「這是甚麼道理呢？你取了去，我睡甚麼呢？」然而究竟是人家的物件，不便強留，便說：「你取了去罷。」

心裏卻是納悶。看著那家人進房，取將去了。只見人瑞道：「今兒我們本來很高興的，被這翠環一個人不痛快，惹的我也不痛快了；酒也不吃了，連碟子都撤下去罷。」又見黃升來當真把些碟子都撤了下去。

此時不但二翠摸不著頭腦，連老殘也覺得詫異的很。隨即黃升帶著翠環家夥計把翠環的鋪蓋捲也搬走了。翠環忙問：「啥事？啥事？怎麼不教我在這裏嗎？」夥計說：「我不知道，光聽說叫我取回鋪蓋捲去。」

翠環此時按捺不住，料到一定凶多吉少，不覺含淚跪到人瑞面前，說：「我不好，你是老爺們呢，難道不能包涵點嗎？儜老一不喜歡，我們就活不成了！」人瑞道：「我喜歡的很呢。我為啥不喜歡？只是你的事，我卻管不著。你慢慢的求鐵老爺去。」

翠環又跪向老殘面前，說：「還是你老救我！」老殘道：「甚麼事，我救你呢？」翠環道：「取回鋪蓋，一定是昨兒話走了風聲，俺媽知道，今兒不讓我在這兒，早晚要逼我回去，明天就遠走高飛了。他敢同官鬥嗎？就只有走是個好法子。」老殘道：「這話也說的是。人瑞哥，你得想個法子，挽留住他纔好。一被他媽接回去，這事就不好下手了。」人瑞道：「那是何消說！自然要挽留他。你不挽留他，誰能挽留他呢？」

老殘一面將翠環拉起，一面向人瑞道：「你的話我怎麼不懂？難道昨夜說的話當真不算數了嗎？」人瑞道：「我已澈底想過，只有不管的一法。你想拔一個姐兒從良，總也得有個辭頭❺，你也不承認，我也不承認，這話怎樣說呢？把他弄出來又望哪裏安置呢？若是在店裏，我們兩個人都不承認，外人一

❺ 辭頭：藉口。

定說是我弄的，斷無疑義。我剛纔得了個好點的差使，忌妒的人很多，能不告訴宮保嗎？以後我就不用在山東混了！還想甚麼保舉呢？所以是斷乎做不得的！」

老殘一想，話也有理，只是因此就見死不救，於心實也難忍，加著翠環不住的啼哭，實在為難，便向人瑞道：「話雖如此，也得想個萬全的法子纔好。」人瑞道：「就請你想；如想得出，我一定助力。」

老殘想了想，實無法子，便道：「雖無法子，也得大家想想。」人瑞道：「我倒有個法子，你又做不到，所以只好罷休。」老殘道：「你說出來，我總可以設法。」人瑞道：「除非你承認了要他，纔好措辭。」老殘道：「我就承認，也不要緊。」人瑞道：「空口說白話，能行嗎？事是我辦，我告訴人，說你要，誰信呢？除非你親筆寫封信給我，那我就有法辦了。」老殘道：「信是不好寫的。」人瑞道：「我說你做不到，是不是呢？」

老殘正在躊躇，卻被二翠一齊上來央告，說：「這也不要緊的事，你老就擔承一下子罷。」老殘道：「信怎樣寫？寫給誰呢？」人瑞道：「自然寫給王子謹。你就說，見一妓女某人，本係良家，甚為可憫，弟擬拔出風塵，納為簉室❻，請兄鼎力維持，身價若干，如數照繳云云。我拿了這信就有辦法。將來任憑你送人也罷，擇配也罷，你就有了主權，我也不遭聲氣，不然，那有辦法？」

正說著，只見黃升進來說：「翠環姑娘出來，你家裏人請你呢。」翠環一聽，魂飛天外，一面說就去，一面拚命央告老殘寫信。翠花就到房裏取出紙筆墨硯來，將筆蘸飽，遞到老殘手裏。

老殘接過筆來，嘆口氣，向翠環道：「冤不冤？為你的事，要我親筆畫供呢！」翠環道：「我替你

---

❻ 簉室：妾、姨太太。對「正室」而言。簉，音ㄗㄠˋ。副的，附屬的。

老磕一千個頭！你老就為一回難，勝造七級浮圖❼！」

老殘已在紙上如說寫就，遞於人瑞，說：「我的職分已盡，再不好好的辦，罪就在你了。」人瑞接過信來，遞與黃升，說：「停一會送到縣裏去。」

當老殘寫信的時刻，黃人瑞向翠花耳中說了許多的話。黃升接過信來，向翠環道：「你媽等你說話呢，快去罷。」翠環仍泥著❽不肯去，眼看著人瑞，有求救的意思。人瑞道：「你去，不要緊的，諸事有我呢。」

翠花立起來，拉了翠環的手，說：「環妹，我同你去，你放心罷，——你大大的放心罷！」翠環無法，只得說聲「告假」，走出去了。

這裏人瑞卻躺到煙炕上去燒煙，嘴裏七搭八搭的同老殘說話。約計有一點鐘工夫，人瑞煙也吃足了。只見黃升戴著簇新的大帽子進來，說：「請老爺們那邊坐。」人瑞說：「啊！」便站起來拉了老殘，說：「那邊坐罷。」老殘詫異道：「幾時有個那邊出來？」人瑞說：「這個那邊，是今天變出來的。」

原來這店裏的上房一排，本是兩個三間。人瑞住的是西邊三間；還有東邊的個三間，原有別人住著，今早動身過河去了，所以空下來。

黃鐵二人攜手走到東上房前，上了臺階，早有人打起暖簾。只見正中方桌上掛著桌裙，桌上點了一

❼ 七級浮圖：七層寶塔。

❽ 泥著：賴著不動。泥，音ㄋㄧˋ。

對大紅蠟燭，地下鋪了一條紅氈，走進堂門，見東邊一間，擺了一張方桌，朝南也繫著桌裙，上首平列兩張椅子，兩旁一邊一張椅子，都搭著椅披。桌上卻擺了滿滿一桌的菓碟，比方纔吃的還要好看些。西邊是隔斷的一間房，掛了一條紅大呢的門簾。

老殘詫異道：「這是甚麼原故？」只聽人瑞高聲嚷道：「你們攙新姨奶奶出來參見他們老爺。」只見門簾揭處，一個老媽子在左，翠花在右，攙著一個美人出來，滿頭戴著都是花，穿著一件紅青外褂，葵綠襖子，繫一條粉紅裙子，卻低著頭走到紅氈子前。

老殘仔細一看，原來就是翠環，大叫道：「這是怎麼說？斷乎不可！」人瑞道：「你親筆字據都寫了，還狡獪甚麼？」不由分說，拉老殘往椅子上去坐。老殘哪裏肯坐。

這裏翠環早已磕下頭去了。老殘沒法，也只好回了半禮。又見老媽子說：「黃大老爺請坐。謝大媒。」翠環卻又磕下頭去。人瑞道：「不敢當，不敢當。」也還了一禮。當將新人送進房內。翠花隨即出來磕頭道喜。老媽子等人也都道完了喜。人瑞拉老殘到房裏去。

原來房內新鋪蓋已陳設停妥，是紅綠湖縐被各一床，紅綠大呢褥子各一條，枕頭兩個；炕前掛了一個紅紫魯山綢的幔子；桌上鋪了紅桌氈，也是一對紅蠟燭；牆上卻掛了一副大紅對聯，上寫著：

願天下有情人，都成了眷屬；是前生註定事，莫錯過姻緣。

老殘卻認得是黃人瑞的筆跡，墨痕還沒有甚乾呢，因笑向人瑞道：「你真會淘氣！這是西湖上月老祠的對聯。被你偷得來的！」人瑞道：「對題便是好文章。你敢說不切當嗎？」

人瑞卻從懷中把剛纔縣裏送來的紅封套遞給老殘說：「你瞧，這是貴如夫人原來的賣身契一紙，這是新寫的身契一紙，總共奉上。你看愚弟辦事周到不周到？」老殘說：「既已如此，感激的很。你又何苦把我套在圈子裏做甚麼呢？」人瑞道：「我不對你說『是前生註定事，莫錯過姻緣』嗎？我為翠環計，救人須救徹底，非如此，總不十分妥當；為你計，亦不吃虧。天下事就該這麼做法，是不錯的。」說過，呵呵大笑。又說：「不用費話❾罷；我們肚子餓的了不得，要吃飯了。」

人瑞拉著老殘，翠花拉著翠環，要他們兩個上坐。老殘決意不肯，仍是去了桌裙，四方兩對面坐的。這一席酒，不消說，各人有各人快樂處，自然是盡歡而散，以後無非是送房睡覺，無庸贅述。

卻說老殘被人瑞逼成好事，心裏有點不痛快，想要報復；又看翠花昨日自己凍著，卻拿狼皮褥子替人瑞蓋腿，為翠環事，他又出了許多心，冷眼看去，也是個有良心的，須得把他也拔出來纔好，且等將來再作道理。

次日，人瑞跑來，笑向翠環道：「昨兒炕畸角睡得安穩罷？」翠環道：「都是黃老爺大德成全，慢慢供儔的長生祿位牌❿。」人瑞道：「豈敢，豈敢。」說著，便向老殘道：「昨日三百銀子是子謹墊出來的，今日我進署替你還帳去。這衣服衾枕是子謹送的，你也不用客氣了。想來送錢，他也是不肯收的。」老殘道：「這從哪裏說起？叫人家花這許多錢，也只好你先替我道謝，再圖補報罷。」

❾ 費話：把時間全浪費在說話上。
❿ 長生祿位牌：一種迷信的報恩方式。牌位上寫恩人的姓名，燒香供奉，祈禱神佛保佑恩人長壽、升官、發財。

說著，人瑞自去縣裏。老殘因翠環的名字太俗，且也不便再叫了，遂替他顛倒一下換做「環翠」，卻算了一個別號，便雅得多呢。午後命人把他兄弟找得來，看他身上衣服過於襤褸，給了他幾兩銀子，仍叫李五領去買幾件衣服給他穿。

光陰迅速，不知不覺，已經五天過去。那日，人瑞已進縣署裏去，老殘正在客店裏教環翠認字，忽聽店中夥計報道：「縣裏王大老爺來了。」

霎時，子謹轎子已到階前下轎。老殘迎出堂屋門口。子謹入來，分賓主坐下，說道：「白太尊立刻就到，兄弟是來接差的，順便來此與老哥道喜，並閒談一刻。」老殘說：「前日種種承情，已託人瑞兄代達謝忱。因剛君在署，不便親到拜謝，想能曲諒。」子謹謙遜道：「豈敢。」隨命新人出來拜見了。子謹又送了幾件首飾作拜見之禮。忽見外面差人飛奔也似的跑來報：「白大人已到，對岸下轎，從冰上走過來了。」子謹慌忙上轎去接。

未知後事如何，且聽下回分解。

【評】

「山重水複疑無路，柳暗花明又一村。」此卷慣用此等筆墨，反面逼得愈緊，正面轉得愈活。金聖嘆批西廂拷紅一闋，都說快事。若見此卷書，必又說出許多快事。

第十八回　白太守談笑釋奇冤　鐵先生風霜訪大案

話說王子謹慌忙接到河邊。其時白太尊已經由冰上走過來了。子謹遞上手版❶，趕到面前請了個安，道聲「大人辛苦」，白公回了個安，說道：「何必還要接出來？兄弟自然要到貴衙門請安去的。」子謹連稱「不敢」。

河邊搭著茶棚，掛著彩綢，當時讓到茶棚小坐。白公問道：「鐵君走了沒有？」子謹回道：「尚未。因等大人來到，恐有話說。卑職適纔在鐵公處來。」白公點點頭道：「甚善，我此刻不便去拜，恐惹剛君疑心。」

吃了一口茶，縣裏預備的轎子執事，早已齊備。白公便坐了轎子，到縣署去。少不得升旗放砲，奏樂開門等事。進得署去，讓在西花廳住。

剛弼早穿好了衣帽，等白公進來，就上手本請見。見面之後，白公就將魏賈一案，如何問法，詳細問了一遍。剛弼一一訴說，頗有得意之色，說道：「宮保來函，不知聽信何人的亂話。此案情形，據卑職看來，已成鐵案，決無疑義。但此魏老頗有錢文，送卑職一千銀子，卑職未收，所以買出人來到宮保處攪亂黑白。聽說有個甚麼賣藥的郎中，得了他許多銀子，送信給宮保的。這個郎中因得了銀子，當時

❶ 手版：明清時下官見上官，或門生見座師所用的名帖。又稱「手本」。

就買了個妓女，還在城外住著。聽說這個案子如果當真翻過來，還要謝他幾千銀子呢。所以這郎中不走，專等謝儀。似乎此人也該提了來訊一堂；訊出此人的贓證，又多添一層憑據了。」

白公說：「老哥所見甚是。但是兄弟今晚須將全案看過一遍，明日先把案內人證提來，再作道理。或者竟照老哥的斷法，也未可知，此刻不敢先有成見。像老哥聰明正直，凡事先有成竹在胸，自然投無不利。兄弟資質甚魯，只好就事論事，細意推求，不敢說無過，但能寡過，已經是萬幸了。」說罷，又說了些省中的風景閒話。

吃過晚飯，白公回到自己房中，將全案細細看過兩遍，傳出一張單子去，明日提人。第二天巳牌時分，門口報稱：「人已提得齊備，請大人示下，是今天下午坐堂？還是明天早起？」白公道：「人證已齊，就此刻坐大堂。堂上設三個坐位就是了。」

剛王二君連忙去請了個安，說：「請大人自便，卑職等不敢陪審，恐有不妥之處，理應迴避。」白公道：「說哪裏的話。兄弟魯鈍，精神照應不到，正望兩兄提撕❷。」二人也不敢過謙。停刻，堂事已齊，稿簽門上求請升堂。三人皆衣冠而出，坐了大堂。白公舉了硃筆，第一名先傳原告賈幹。差人將賈幹帶到，當堂跪下。

白公問道：「你叫賈幹？」底下答道：「是。」白公問：「今年十幾歲了？」答稱：「十七歲了。」問：「是死者賈志的親生？還是承繼？」答稱：「本是嫡堂的姪兒，過房承繼的。」問：「是幾時承繼的？」答稱：「因亡父被害身死，次日入殮，無人成服，由族中公議入繼成服的。」

---

❷ 提撕：相扶助。

白公又問：「縣官相驗的時候，你已經過來了沒有？」答：「已經過來。」問：「入殮的時候，你親視含殮沒有？」答稱：「親視含殮的。」問：「死人臨入殮時臉上是甚麼顏色？」答稱：「白支支的，同死人一樣。」問：「有青紫斑沒有？」答：「沒有看見。」問：「骨節僵硬不僵硬？」答稱：「並不僵硬。」問：「既不僵硬，曾摸胸口有無熱氣？」答：「有人摸的，說沒有熱氣了。」問：「月餅裏有砒霜，是幾時知道的？」答：「是人殮第二天知道的。」問：「是誰看出來的？」答：「是姐姐看出來的。」問：「你姐姐何以知道裏頭有砒霜？」答：「本不知道裏頭有砒霜，因疑心月餅裏頭有毛病，所以揭開來細看，見有粉紅點點子，就托出問人。有人說是砒霜，就找藥店人來細瞧，也說是砒霜，所以知道是中了砒霜毒了。」

白公說：「知道了。下去。」又用硃筆一點，說：「傳四美齋來。」差人帶上。白公問道：「你叫甚麼？你是四美齋的甚麼人？」答稱：「小人叫王輔庭，在四美齋掌櫃。」問：「魏家定做月餅共做了多少斤？」答：「做了二十斤。」問：「餡子是魏家送來的嗎？」答稱：「是。」問：「做二十斤，就將將的❸不多不少嗎？」說：「定的是二十斤，做成了八十三個。」問：「他定做的月餅，是一種餡子？是兩種餡子？」答：「一種，都是冰糖芝麻核桃仁的。」問：「你們店裏賣的是幾種餡子？」答：「好幾種呢。」問：「有冰糖芝麻核桃仁的沒有？」答：「也有。」問：「你們店裏的餡子比他家的餡子那個好點？」答：「是他家的好點。」問：「好處在甚麼地方？」答：「小人也不知道。聽做月餅的司務說，他家的材料好，味道比我們的又香又甜。」

❸ 將將的：剛剛的。

白公說：「然則你店裏司務先嚐過的，不覺得有毒嗎？」回稱：「不覺得。」白公說：「知道了。下去！」又將硃筆一點，說：「帶魏謙。」

魏謙走上來，連連磕頭說：「大人哪！冤枉喲！」白公說：「我不問你冤枉不冤枉！你聽我問你的話！我不問你的話，不許你說！」兩旁衙役便大聲「嗄」的一聲。

看官，你道這是甚麼緣故？凡官府坐堂，這些衙役就要大呼小叫的，名叫「喊堂威」，把那犯人嚇昏了，就可以胡亂認供了。不知道是那一朝代傳下來的規矩，卻是十八省都是一個傳授。今日魏謙是被告正凶，所以要喊個堂威，嚇唬嚇唬他。

閒話休題。卻說白公問魏謙道：「你定了多少個月餅？」答稱：「二十斤。」問：「你送了賈家多少斤？」答：「八斤。」問：「還送了別人家沒有？」答：「送了小兒子的丈人家四斤。」問：「其餘的八斤呢？」答：「自己家裏人吃了。」問：「吃過月餅的人，有在這裏的沒有？」答：「家裏人人都分的。現在同了出來的人，沒有一個不是吃月餅的。」白公向差人說：「查一查，有幾個人跟魏謙來的，都傳上堂來。」

一時跪上一個有年紀的，兩個中年漢子，都跪下。差人回稟道：「這是魏家的一個管事，兩個長工。」白公問道：「你們都吃月餅麼？」同聲答道：「都吃的。」問：「每人吃了幾個，都說出來。」管事的說：「分了四個，吃了兩個，還賸兩個。」長工說：「每人分了兩個，當天都吃完了。」白公問管事的道：「還賸的兩個月餅，是幾時又吃的？」答稱：「還沒有吃，就出了這件案子，說是月餅有毒，所以就沒敢再吃，留著做個見證。」白公說：「好，帶來了沒有？」答：「帶來，在底下呢。」白公說：「很好。」叫差人同他取來。又說：「魏謙同長工全下去罷。」又問書吏：「前日有砒霜的半個月餅呈案了沒有？」書吏回：「呈案在庫。」白公說：「提出來。」

霎時差人帶著管事的，並那兩個月餅，都呈上堂來，存庫的半個月餅也提到。白公傳四美齋王輔庭，一面將這兩種月餅詳細對校了，送剛王二公看，說：「這兩種月餅，皮色確是一樣，二公以為如何？」二公皆連忙欠身答應著是。

其時四美齋王輔庭已帶上堂。白公將月餅擘開一個交下，叫他驗看，問：「是魏家叫你們定做的不是？」王輔庭仔細看了一看，回說：「一點不錯，就是我家定做的。」白公說：「王輔庭叫他具結❹回去罷。」

白公在堂上把那半個破碎月餅，仔細看了，對剛弼道：「聖慕兄，請仔細看看。這月餅餡子是冰糖芝麻核桃仁做的，都是含油性的物件。若是砒霜做在餡子裏的，自然同別物黏合一氣。你看這砒霜顯係後加入的，與別物絕不黏合。況四美齋供明，只有一種餡子，今日將此兩種餡子細看，除加砒霜外，確係表裏皆同。既是一樣餡子，別人吃了不死，則賈家之死，不由月餅可知。若是有湯水之物，還可將毒藥後加入內；月餅之為物，麵皮乾硬，斷無加入之理。二公以為何如？」俱欠身道：「是。」

白公又道：「月餅中既無毒藥，則魏家父女即為無罪之人，可以令其具結了案。」王子謹即應了一聲「是」，剛弼心中甚為難過，卻也說不出甚麼來，只好隨著也答應了一聲「是」。

❹ 具結：向官署提出負責的保證書。

白公即吩咐帶上魏謙來，說：「本府已審明月餅中實無毒藥，你們父女無罪，可以具結了案，回家去罷。」魏謙磕了幾個頭去了。

白公又叫帶賈幹上來。賈幹本是個無用的人，不過他姐姐支使他出面，今日看魏家父女已結案釋放，心裏就有點七上八下；聽說傳他去，不但以前人教導他說的話都說不上，就是教他的人，也不知此刻從哪裏教起了。

賈幹上得堂來，白公道：「賈幹，你既是承繼了你亡父為子，就該細心研究這十三個人怎樣死的；自己沒有法子，也該請教別人；為甚的把月餅裏加進砒霜去，陷害好人呢？必有壞人挑唆你，從實招來，是誰教你誣告的。你不知道律例上有反坐❺的一條嗎？」

賈幹慌忙磕頭，嚇的只格格價抖，帶哭說道：「我不知道！都是我姐姐叫我做的！餅裏的砒霜，也是我姐姐看出來告訴我的。其餘概不知道。」白公說：「依你這麼說來，非傳你姐姐到堂，這砒霜的案子是究不出來的了？」

賈幹只是磕頭。白公大笑道：「你幸兒遇見的是我；倘若是個精明強幹的委員，這月餅案子纔了，砒霜案子又該鬧得天翻地覆了。我卻不喜歡輕易提人家婦女上堂。你回去告訴你姐姐，說本府說的，這砒霜一定是後加進去的。是誰加進去的，我暫時尚不忙著追究呢，因為你家這十三條命是個大大的疑案，必須查個水落石出。因此，加砒霜一事倒只好暫行緩究了。你的意下何如？」

賈幹連連磕頭道：「聽憑大人天斷。」白公道：「既是如此，叫他具結，聽憑替他查案。」臨下去

---

❺ 反坐：誣告他人，其人應得何罪，即使誣告者反受之，稱為反坐。

時，又喝道：「你再胡鬧，我就要追究你們加砒霜誣控的案子了！」賈幹連說：「不敢，不敢。」下堂去了。

這裏白公對王子謹道：「貴縣差人有精細點的嗎？」子謹答應：「有個許亮還好。」白公說：「傳上來。」只見下面走上一個差人，四十多歲，尚未留鬚。走到公案前跪下，道：「差人許亮叩頭。」白公道：「差你往齊東村明查暗訪這十三條命案是否服毒，有甚麼別樣案情。限一個月報命，不許你用一點官差的力量。你若借此招搖撞騙，可要置你於死地！」許亮叩頭道：「不敢。」

當時王子謹即標了牌票❻，交給許亮。白公又道：「所有以前一切人證，無庸取保，全行釋放。」隨手翻案，檢出魏謙筆據兩紙，說：「再傳魏謙上來。」

白公道：「魏謙，你管事的送來的銀票，你要不要？」魏謙道：「職員沉冤，蒙大人昭雪，所有銀子，聽憑大人發落。」白公道：「這五千五百憑據還你；這一千銀票，本府卻要借用，卻不是我用，暫且存庫，因為查賈家這案，不得不先用資斧❼。俟案子查明，本府回明了撫臺，仍舊還你。」魏謙連說：「情願情願。」當將筆據收好，下堂去了。

白公將這一千銀票交給書吏到該錢莊將銀子取來，憑本府公文支付，回頭笑向剛弼道：「聖慕兄，不免笑兄弟當堂受賄罷。」剛弼連稱：「不敢。」於是擊鼓退堂。

---

❻ 標了牌票：「牌票」是舊時差役執行公務的憑照。「標」是在牌票上標明指令的人役、任務、期限等。

❼ 資斧：資金、用費。

卻說這起大案，齊河縣人人俱知，昨日白太尊到，今日傳人，那賈魏兩家都預備至少住十天半個月，那知道未及一個時辰，已經結案，沿路口碑嘖嘖稱贊。

卻說白公退至花廳，跨進門檻，只聽當中放的一架大自鳴鐘，正鐺鐺的敲了十二下，彷彿像迎接他似的。王子謹跟了進來，說：「請大人寬衣用飯罷。」白公道：「不忙。」看著剛弼也跟隨進來，便道：「二位且請坐一坐，兄弟還有話說。」

二人坐下。白公向剛弼道：「這案兄弟斷得有理沒理？」剛弼道：「大人明斷，自是不會錯的。只是卑職總不明白，這魏家既無短處，為甚麼肯花錢呢？卑職一生就沒有送過人一個錢。」

白公呵呵大笑道：「老哥沒有送過人的錢，何以上臺也會器重你？可見天下人不全是見錢眼開的喲。清廉人原是最令人佩服的，只有一個脾氣不好，他總覺得天下人都是小人，只他一個人是君子。這個念頭最害事的。把天下大事不知害了多少！老兄也犯這個毛病，莫怪兄弟直言。至於魏家花錢，是他鄉下人沒見識處，不足為怪也。」又向子謹道：「此刻正案已完，可以差個人拿我們兩個名片，請鐵公進來坐坐罷。」又笑向剛弼道：「此人聖慕兄不知道嗎？就是你纔說的那個賣藥郎中：姓鐵，名英，號補殘，是個肝膽男子，學問極其淵博，性情又極其平易，從不肯輕慢人的。老哥連他都當做小人，所以我說未免過分了。」

剛弼道：「莫非就是省中傳的老殘老殘，就是他嗎？」白公道：「可不是呢。」剛弼道：「聽人傳說，宮保要他搬進衙門去住，替他捐官，保舉他，他不要，半夜裏逃走了的，就是他嗎？」白公道：「豈敢。閣下還要提他來訊一堂呢！」

剛弼紅脹了臉道：「那真是卑職的鹵莽了；此人久聞其名，只是沒有見過。」子謹又起身道：「大人請更衣罷。」白公道：「大家換了衣服，好開懷暢飲。」

王剛二公退回本屋，換了衣服，仍到花廳。恰好老殘也到，先替子謹作了一個揖，然後替白公剛弼各人作了一個揖，讓到炕上上首坐下。白公作陪。老殘道：「如此大案，半個時辰了結，子壽先生，何其神速！」白公道：「豈敢，前半截的容易差使我已做過了，後半截的難題目可要著落在補殘先生身上了。」老殘道：「這話從哪裏說起？我又不是大人老爺，我又不是小的衙役，關我甚事呢？」白公道：「然則宮保的信是誰寫的？」老殘道：「我寫的。應該見死不救嗎？」白公道：「是了。未死的應該救，已死的不應該昭雪嗎？你想，這種奇案，豈是尋常差人能辦的事？不得已，纔請教你這個福爾摩斯❽呢！」老殘笑道：「我沒有這麼大的能耐！你要我去也不難，請王大老爺先補了我的快班頭兒，再標一張牌票，我就去。」

說著，飯已擺好。王子謹道：「請用飯罷。」白公道：「黃人瑞不也在這裏麼？為甚麼不請過來？」子謹道：「已請去了。」

話言未了，人瑞已到，作了一遍揖。子謹提了酒壺，正在為難。白公道：「自然補公首坐。」老殘說：「我斷不能占。」讓了一回，仍是老殘坐了首座，白公二座。

吃了一回酒，行了一回令，白公又把雖然差了許亮去，是個面子，務請老殘辛苦一趟的話，再三敦

---

❽ 福爾摩斯：是英國作家柯南道爾所寫的小說福爾摩斯探案中的主角，是一個機智百出的私家偵探。

囑。子謹、人瑞又從旁慫慂，老殘只好答應。

白公又說：「現有魏家的一千銀子，你先取去應用；如其不足，子謹兄可代為籌畫，不必惜費，總要破案為第一要義。」老殘道：「銀子可以不必，我省城裏四百銀子已經取來，正要還子謹兄呢，不如先墊著用。如果案子查得出呢，再向老莊討還；如查不出，我自遠走高飛，不在此地獻醜了。」白公道：「那也使得；只是要用便來取，切不可顧小節誤大事為要。」老殘答應是了。霎時飯罷，白公立即過河，回省銷差。次日，黃人瑞剛弼也俱回省去了。

未知後事如何，且聽下回分解。

第十九回　齊東村重搖鐵串鈴　濟南府巧設金錢套

卻說老殘當日受了白公之託，下午回寓，店家來報：「縣裏有個差人許亮求見。」老殘說：「叫他進來。」

許亮進來，打了個千兒，上前回道：「請大老爺的示：還是許亮在這裏伺候老爺的吩咐？還是先差許亮到那裏去？縣裏一千銀子已撥出來了，也得請示，還是送到此地來？還是存在莊上聽用？」

老殘道：「銀子還用不著，存在莊上罷。但是這個案子真不好辦：服毒一定是不錯的，只不是尋常毒藥。骨節不硬，顏色不變，這兩節最關緊要。我恐怕是西洋甚麼藥。怕是『印度草』❶等類的東西。我明日先到省城裏去，有個中西大藥房，我去調查一次。你卻先到齊東村去，暗地裏一查，有同洋人來往的人沒有。能查出這個毒藥來歷，就有意思了。只是我到何處同你會面呢？」

許亮道：「小的有個兄弟叫許明，現在帶來，就叫他伺候老爺。有甚麼事，他人頭兒也很熟，吩咐了，就好辦的了。」老殘點頭說：「甚好。」

許亮朝外招手，走進一個三十多歲的人來，搶前打了一個千兒。許亮說：「這是小的兄弟許明。」就對許明道：「你不用走了，就在這裏伺候鐵大老爺罷。」許亮又說：「求見姨太太。」

❶ 印度草：即印度大麻，是一種有毒的植物，其危害性略同鴉片。

老殘揭簾一看，環翠正靠著窗坐著，即叫二人見了，各人請了一安。環翠回了兩拂❷。許亮即帶了許明回家搬行李去了。

待到上燈時候，人瑞也回來了，說：「我前兩天本要走的，因這案子不放心，又被子謹死命的扣住。今日大案已了，我明日一早進省銷差去了。」老殘道：「我也要進省去呢。一則要往中西大藥房等處去調查毒藥；二則也要把這個累贅安插一個地方，我脫開身子，好辦事。」人瑞道：「我公館裏房子甚寬綽，你不如暫且同我住。如嫌不好，再慢慢的找房，如何呢？」老殘道：「那就好得很了。」

伺候環翠的老媽子不肯跟進省。許明說：「小的女人可以送姨太太進省，等到雇著老媽子再回來。」一一安排妥帖。環翠少不得將他兄弟叫來，付了幾兩銀子，姊弟對哭了一番。車子等類自有許明照料。

次日一早，大家一齊動身。走到黃河邊上，老殘同人瑞均不敢坐車，下車來預備步行過河。那知河邊上早有一輛車子等著，看見他們來了，車中跳下一個女人，拉住環翠，放聲大哭。你道是誰？原來人瑞因今日起早動身，故不曾叫得翠花，所有開銷叫黃升送去。翠花又怕客店裏有官府來送行，晚上亦不敢來，一夜沒睡，黎明即雇了掛車子在黃河邊伺候，也是十里長亭送別的意思。哭了一會，老殘同人瑞均安慰了他幾句，踏冰過河去了。過河到省，不過四十里地，一下鐘後已到了黃人瑞東箭道的公館面前，下車進去。黃人瑞少不得盡他主人家的義務，不必贅述。

❷ 拂：即「福」，亦即「萬福」。為古時婦女所行之禮。

老殘飯後，一面差許明去替他購辦行李，一面自己卻到中西大藥房裏找著一個掌櫃的，細細的考較一番。原來這藥房裏只是上海販來的各種瓶子裏的熟藥，卻沒有生藥。再問他些化學名目，他連懂也不懂，知道斷不是此地去的了。心中納悶。順路去看看姚雲松。恰好姚公在家，留著吃了晚飯。

姚公說：「齊河縣的事，昨晚白子壽到，已見了宮保，將以上情形都說明白，並說託你去辦。宮保喜歡的了不得。卻不曉得你進省來。明天你見宮保不見？」老殘道：「我不去見。我還有事呢。」就問曹州的信：「你怎樣對宮保說的？」姚公道：「我把原信呈宮保看的。宮保看了，難受了好幾天，說今以後，再不明保他了。」老殘道：「何不撤他回省來？」雲松笑道：「你究竟是方外人。豈有個纔明保了的，就撤省的道理呢？天下督撫誰不護短？這宮保已經是難得的了！」

老殘點點頭。又談了許久，老殘始回。次日，又到天主堂去拜訪了那個神父，名叫克扯斯。原來這個神父既通西醫又通化學。老殘得意已極，就把這個案子前後情形告訴了克扯斯，並問他是吃的甚麼藥。克扯斯想了半天想不出來，又查了一會書，還是沒有同這個情形相對的，說：「再替你訪問別人罷。我的學問盡於此矣。」

老殘聽了，又大失所望。在省中已無可為，即收拾行裝，帶著許明，赴齊河縣去。因想，到齊東村怎樣訪查呢？趕忙仍舊製了一個串鈴，買了一個舊藥箱，配好了許多藥材，卻叫許明不須同往，都到村裏相遇，作為不識的樣子，許明去了；老殘卻在齊河縣雇了一個小車，講明包月，每天三錢銀子。又怕車夫洩漏機關，連這個車夫都瞞卻，便道：「我要行醫。這縣城裏已經沒甚麼生意了，左近有甚麼大村鎮麼？」車夫說：「這東北上四十五里有大村鎮，叫齊東村，熱鬧著呢；每月三八大集，幾十里的人都去趕集。你老去那裏找點生意罷。」老殘說：「很好。」第二天便把行李放在小車上，自己半走半坐的，早到了齊東村。原來這村中一條東西大街，甚為熱鬧，往南往北皆有小街。

老殘走了一個來回，見大街兩頭都有客店；東邊有一家店，叫三合興，看去尚覺乾淨，就去賃了一間西廂房住下。房內是一個大炕，叫車夫睡一頭，他自己睡一頭。次日睡到巳初方纔起來，吃了早飯，搖個串鈴上街去了，大街小巷亂走一氣。未刻時候，走到大街北一條小街上，有個很大的門樓子，心裏想著：「這總是個大家。」就立住了腳，拿著串鈴儘搖。只見裏面出來一個黑鬍子老頭兒，問道：「你這先生會治傷科麼？」老殘道：「懂得點子。」

那老頭進去了，出來說：「請裏面坐。」進了大門，就是二門。再進就是大廳。行到耳房裏，見一老者坐在炕沿上，見了老殘，立起來，說：「先生，請坐。」

老殘認得就是魏謙，卻故意問道：「你老貴姓？」魏謙道：「姓魏。先生，你貴姓？」老殘道：「姓金。」魏謙道：「我有個小女，四肢骨節疼痛，有甚麼藥可以治得？」老殘道：「不看症，怎樣發藥呢？」魏謙道：「說的是。」便叫人到後面知會。

少停，裏面說：「請。」魏謙就同了老殘到廳房後面東廂房裏。這廂房是三間，兩明一暗。行到裏間，只見一個三十餘歲婦人，形容憔悴，倚著個炕几子，盤腿坐在炕上，要勉強下炕，又有力不能支的樣子。老殘連喊道：「不要動，好把脈。」魏老兒卻讓老殘上首坐了，自己卻坐在櫈子上陪著。

老殘把兩手脈診過，說：「姑奶奶的病是停了瘀血。請看看兩手。」魏氏將手伸在炕几上。老殘一看，節節青紫，不免肚裏嘆了一口氣，說：「老先生，學生有句放肆的話不敢說。」魏老說：「但說不妨。」老殘道：「你別打嘴；這樣像是受了官刑的病。若不早治，要成殘廢的。」魏老嘆口氣道：「可不是呢！請先生照症施治，如果好了，自當重謝。」

老殘開了一個藥方子去了，說：「倘若見效，我住三合興店裏，可以來叫我。」從此每天來往。三四天後，人也熟了，魏老留在前廳吃酒。

老殘便問：「府上這種大戶人家，怎會受官刑的呢？」魏老道：「金先生，你們外路人❸，不知道。我這女兒許配賈家大兒子，誰知去年我這女婿死了，他有個姑子，賈大妮子，同西村吳二浪子眉來眼去，早有了意思。當年說親，是我這不懂事的女兒打破了的。誰知賈大妮子就恨我女兒入了骨髓。今年春天，賈大妮子在他姑媽家裏，就同吳二浪子勾搭上了，不曉得用甚麼藥，把賈家全家藥死，卻反到縣裏告了我的女兒謀害的。又遇見了千刀剮萬刀剁的個姓剛的，一口咬定了，說是我家送的月餅裏有砒霜。可憐我這女兒不曉得死過幾回了。聽說淩遲案子已經定了，好天爺有眼，撫臺派了個親戚來私訪，就住在南關店裏，訪出我家冤枉，報了撫臺。撫臺立刻下了公文，叫當堂鬆了我們父女的刑具。沒有十天，撫臺又派了個白大人來。——真是青天大人！一個時辰就把我家的冤枉全洗刷淨了。聽說又派了甚麼人，來這裏訪查這案子呢。吳二浪子那個王八羔子，我們在牢裏的時候，他同賈大妮子天天在一塊兒。聽說這案翻了，他就逃走了。」

老殘道：「你們受這麼大的屈，為甚麼不告他呢？」魏老兒說：「官司是好打的嗎？我告了他，他問憑據呢？『拿姦拿雙』，拿不住雙，反咬一口，就受不得了。——天爺有眼，總有一天報應的！」

❸ 外路人：異地之人。

老殘問：「這毒藥究竟是甚麼？你老聽人說了沒有？」魏老道：「誰知道呢！因為我們家有個老媽子，他的男人叫王二，是個挑水的。那一天，賈家死人的日子，王二正在賈家挑水，看見吳二浪子到他家裏去說閒話，賈家正煮麵吃。王二看見吳二浪子用個小瓶往麵鍋裏一倒就跑了。王二心裏有點疑惑。後來賈家廚房裏讓他吃麵，他就沒敢吃。不到兩個時辰，就吵嚷起來了。王二到底沒敢告訴一個人。只他老婆知道，告訴了我女兒。及至我把王二叫來，王二又一口咬定，說：『不知道。』再問他老婆，他老婆也不敢說了。聽說他老婆回去被王二結結實實的打了一頓。你老想，這事還敢告到官嗎？」

老殘隨著嘆息了一番，當時出了魏家，找著了許亮，告知魏家所聞，叫他先把王二招呼了來。次日，許亮同王二來了。老殘給了他二十兩銀子安家費，告訴他跟著做見證：「一切吃用都是我們供給，事完，還給你一百銀子。」

王二初還極力抵賴，看見桌上放著二十兩銀子，有點相信是真，便說道：「事完，你不給我一百銀子，我敢怎樣？」老殘說：「不妨；就把一百銀子交給你，存個妥當鋪子裏，寫個筆據給我，說『吳某倒藥水確係我親見的，情願作個干證。事畢，某字號存酬勞銀一百兩，即歸我支用。兩相情願，決無虛假。』好不好呢？」

王二尚有點猶疑。許亮便出一百銀子交給他，說：「我不怕你跑掉，你先拿去，何如？倘不願意，就扯倒❹罷休。」王二沉吟了一晌，到底捨不得銀子，就答應了。

老殘取筆照樣寫好，令王二先取銀子，然後將筆據念給他聽，令他畫個十字，打個手模。你想，鄉

❹扯倒：即「拉倒」。罷手、取銷。

下挑水的，幾時見過兩隻大元寶呢？自然歡歡喜喜的打了手印。

許亮又告訴老殘：「探聽切實，吳二浪子現在省城。」老殘說：「然則我們進省罷。你先找個眼線，好物色❺他去。」許亮答應著「是」，說：「老爺，我們省裏見罷。」

次日，老殘先到齊河縣，把大概情形告知子謹，隨即進省。賞了車夫幾兩銀子，打發回去。當晚告知姚雲翁，請他轉稟宮保，並飭歷城縣派兩個差人來，以備協同許亮。

次日晚間，許亮來稟：「已經查得。吳二浪子現同按察司街南胡同裏張家土娼，叫小銀子的，打得火熱，白日裏同些不三不四的人賭錢，夜間就住在小銀子家。」

老殘問道：「這小銀子家還是一個人？還是有幾個人？共有幾間房子？你查明了沒有？」許亮回道：「這家共姊妹兩個，住了三間房子。西廂兩間是他爹媽住的。東廂兩間：一間做廚房，一間就是大門。」

老殘聽了，點點頭，說：「此人切不可造次動手。案情太大，他斷不肯輕易承認。只王二一個證據，鎮不住他。」於是向許亮耳邊說了一番詳細辦法，無非是如此如此，這般這般。

許亮去後，姚雲松來函云：「宮保酷願一見，請明日午刻到文案處為要。」老殘寫了回書。次日上院，先到文案姚公書房。姚公著家人通知宮保的家人，過了一刻，請入簽押房內相會。莊宮保已迎至門口，迎入屋內。老殘作揖坐下。

老殘說：「前次有負宮保雅惠，實因有點私事，不得不去。想宮保必能原諒。」宮保說：「前日捧讀大札，不料玉守殘酷如此，實是兄弟之罪，將來總當設法。但目下不敢『出爾反爾』，似非對君父之道。」

❺ 物色：訪求。

老殘說：「救民即所以報君。似乎也無所謂不可。」宮保默然。又談了半點鐘功夫，端茶告退。

卻說許亮奉了老殘的擘畫❻，就到這土娼家認識了小金子，同嫖共賭，幾日工夫同吳二攪得水乳交融。初起，許亮輸了四五百銀子給吳二浪子，都是現銀。吳二浪子直拿許亮當做個老土。誰知後來漸漸的被他撈回去了，倒贏了吳二浪子七八百銀子，付了一二百兩現銀，其餘全是欠帳。

一日，吳二浪子推牌九，輸給別人三百多銀子，又輸給許亮二百多兩，帶來的錢早已盡了，當場要錢，吳二浪子說：「再賭一場，一統算帳。」大家不答應，說：「你眼前輸的還拿不出，若再輸了，更拿不出。」吳二浪子發急道：「我家裏有的是錢，從來沒有賴過人的帳。銀子成總了，我差人回家取去！」眾人只是搖頭。

許亮出來說道：「吳二哥，我想這麼辦法，你幾時能還？我借給你。但是我這銀子，三日內有個要緊用處，你可別誤了我的事。」吳二浪子急於要賭，連忙說：「萬不會誤的！」許亮就點了五百兩票子給他，扣去自己贏的二百多兩，還餘二百多兩。

吳二看仍不夠還帳，就央告許亮道：「大哥，大哥；你再借我五百，我翻過本來立刻還你。」許亮問：「若翻不過來呢？」吳二說：「明天也一准還你。」許亮說：「口說無憑，除非你立個明天期的期票。」吳二說：「行！行！行！」當時找了筆，寫了筆據，交給許亮。又點了五百兩銀子，還了三百多的前帳，還賸四百多銀子。有錢膽就壯，說：「我上去推一莊！」見面連贏了兩條，甚為得意。那知風頭好，人家都縮了注子，心裏一恨，那牌就倒下霉來了，越推越輸，越輸越氣。不消半個更頭，四百多

❻ 擘畫：經營計劃。

銀子又輸得精光。

座中有個姓陶的，人都喊他陶三胖子。陶三說：「我上去推一莊。」這時吳二已沒了本錢，乾看著別人打。

陶三上去，第一條拿了個一點，賠了個通莊；第二條拿了個八點，天門是地之八，上下莊是九點，又賠了一個通莊。看看比吳二的莊還要倒霉。吳二實在急得直跳，又央告許亮：「好哥哥！好親哥哥！好親爺！你再借給我二百銀子罷！」許亮又借給他二百銀子。

吳二就打了一百銀子的天上角❼，一百銀子的通❽。許亮說：「兄弟，少打點罷。」吳二說：「不要緊的！」翻過牌來，莊家卻是一個斃十。吳二得了二百銀子，非常歡喜，原注不動。第四條，莊家賠了天門下莊，吃了上莊，吳二的二百銀子不輸不贏。換第二方，頭一條，莊家拿了個天杠，通吃，吳二還賸二百銀子。

那知從此莊家大焮起來，不但吳二早已輸盡，就連許亮也輸光了。許亮大怒，拿出吳二的筆據來往桌上一擱，說：「天門孤丁❾！你敢推嗎？」陶三說：「推倒敢推，就是不要這種取不出錢來的廢紙。」許亮說：「難道吳二爺騙你，我許大爺也會騙你嗎？」兩人幾至用武。

---

❼ 天上角：天門（莊家對面的一門）與上莊（莊家左手的一門）搭角，兩門都比莊家大，算贏，比莊家小，算輸，一門大一門小，算和。

❽ 通：一筆賭注押三門，以三門的全勝或全負為輸贏，二門勝一門負，一門勝二門負，都算和局。

❾ 天門孤丁：賭牌九或搖攤時，把賭注獨押在一門上，叫做「孤丁」。天門孤丁即是把賭注獨押在天門一門。

眾人勸說：「陶三爺，你贏的不少了，難道這點交情不顧嗎？我們大家作保，如你贏了去，他二位不還，我們眾人還！」陶三仍然不肯，說：「除非許大寫上保中⑩。」

許亮氣極，拿筆就寫一個保，並註明實係正用情借，並非閒帳。陶三方肯推出一條來，說：「許大，聽你挑一副去，我總是贏你！」許亮說：「你別吹了！你擲你的倒霉骰子罷！」一擲是個七出。

許亮揭過牌來是個天之九，把牌望桌上一放，說：「陶三小子！你瞧瞧你爸爸的牌！」陶三看了看，也不出聲，拿兩張牌看了一張，那一張卻慢慢的抽，嘴裏喊道：「地！地！地！」一抽出來，望桌上一放，說：「許家的孫子！瞧瞧你爺爺的牌！」原來是副人地相宜的地杠。把筆據抓去，嘴裏還說道：「許大！你明天沒銀子，我們歷城縣衙門裏見！」

當時大家錢盡，天時又有一點多鐘，只好散了。許亮二人回到小銀子家敲門進去，說：「趕緊拿飯來吃！餓壞了！」小金子房裏有客坐著，就同到小銀子房裏去坐。小金子挃到許亮臉上，說：「大爺，今兒贏了多少錢？給我幾兩花罷。」許亮說：「輸了一千多了！」小銀子說：「二爺贏了沒有？」吳二說：「更不用提了！」

說著，端上飯來，是一碗魚，一碗羊肉，兩碗素菜，四個碟子，一個火鍋，兩壺酒。許亮說：「今天怎麼這麼冷？」小金子說：「今天刮了一天西北風，天陰得沉沉的，恐怕要下雪呢。」

兩人悶酒一替一杯價灌，不知不覺都有了幾分醉。只聽門口有人叫門，又聽小金子的媽張大腳出去開了門，跟著進來說：「三爺，對不住，沒屋子囉，儜請明兒來罷。」又聽那人嚷道：「放你媽的狗屁！

---

⑩ 保中：在買賣或借貸雙方之間擔負保證責任的人。亦稱中保。

三爺管你有屋子沒屋子！甚麼王八旦的客？有膽子的快來跟三爺碰碰，沒膽子的替我四個爪子一齊往外扒！」

聽著就是陶三胖子的聲音。許亮一聽，氣從上出，就要跳出去。這裏小金子小銀子姊妹兩個拚命的抱住。

未知後事如何，且聽下回分解。

第二十回　浪子金銀伐性斧　道人冰雪返魂香

卻說小金子小銀子拚命把許亮抱住。吳二本坐近房門，就揭開門簾一個縫兒偷望外瞧。只見陶三已走到堂屋中間，醉醺醺的一臉酒氣，把上首小金子的門簾往上一摔，有五六尺高，大踏步進去了。小金子屋裏先來的那客用袖子蒙著臉，嗤溜的一聲，跑出去了。張大腳跟了進去。陶三問：「兩個王八羔子呢？」張大腳說：「三爺請坐，就來就來。」張大腳連忙跑過來說：「你二位別則聲。這陶三爺是歷城縣裏的都頭，在本縣紅的了不得，本官面前說一不二的，沒人惹得起他。你二位可別怪，叫他們姐兒倆趕快過去罷。」許亮說：「咱老子可不怕他！他敢怎麼樣咱？」

說著，小金子小銀子早過去了。吳二聽了，心中捏一把汗，自己借據在他手裏，如何是好！只聽那邊屋裏陶三不住的哈哈大笑，說：「小金子呀，爺賞你一百銀子！小銀子呀，爺也賞你一百銀子！」聽他二人說：「謝三爺的賞。」又聽陶三說：「不用謝。這都是今兒晚上我幾個孫子孝敬我的。共孝敬了三千多銀子呢。我那吳二孫子還有一張筆據在爺爺手裏，許大孫子做的中保。明天到晚不還，看爺爺要他們命不要！」

這許大卻向吳二道：「這個東西實在可惡！然聽說他武藝很高，手底下能開發五六十個人呢，我們這口悶氣嚥得下去嗎？」吳二說：「氣還是小事，明兒這一千銀子筆據怎樣好呢？」許大說：「我家裏雖有銀子，只是派人去，至少也得三天。『遠水救不著近火！』」

又聽陶三嚷道：「今兒你們姐兒倆都伺候三爺，不許到別人屋裏去！動一動，叫你白刀子進去，紅刀子出來！」小金子道：「不瞞三爺說：我們倆今兒都有客。」只聽陶三爺把桌子一拍，茶碗一摔，珧瑯價一聲響，說：「放狗屁！三爺的人，誰敢住？問他有腦袋沒有？誰敢在老虎頭上打蒼蠅，三爺有的是孫子們孝敬的銀子！預備打死一兩個，花幾千銀子，就完事了！放你去！你去問問那兩個孫子敢來不敢來！」

小金子連忙跑過來把銀票給許大看，正是許大輸的銀票，看著更覺難堪。小銀子也過來低低的說道：「大爺，二爺，儜兩位多抱屈，讓我們姐兒倆得二百銀子。我們長這麼大，還沒有見個整百的銀子呢。儜們二位都沒有銀子了，讓我們掙❶兩百銀子，明兒買酒菜請儜們二位。」

許大氣急了，說：「滾你的罷！」小金子道：「大爺別氣！儜多抱屈。儜二位就在我炕上歪一宿。明天他走了，大爺到我屋裏趕熱被窩去。妹妹來陪二爺，好不好？」許大連連說道：「滾罷！滾罷！」小金子出了房門，嘴裏還嘟噥道：「沒有了銀子，還做大爺呢！不害個臊！」

許大氣白了臉，呆呆的坐著，歇了一刻，扯過吳二來說：「兄弟，我有一件事同你商議。我們都是齊河縣人，跑到這省裏，受他們這種氣，真受不住！我不想活了！你想，你那一千銀子還不出來，明兒被他拉到衙門裏去，官兒見不著，私刑就要斷送了你的命了。不如我們出去找兩把刀子進來，把他剁掉了，也不過是個死！你看好不好？」

❶ 掙：憑本事、勞力而取得報酬。

吳二正在沉吟，只聽對房陶三嚷道：「吳二那小子是齊河縣裏犯了案逃得來的個逃凶！爺爺明兒把他解到齊河縣去，看他活得成活不成！許大那小子是個幫凶，誰不知道的？兩個人一路逃得來的囚犯！」許大站起來就要走。吳二浪子扯住道：「我倒有個法子，只是你得對天發個誓，我纔能告訴你。」許大道：「你瞧！你多麼酸❷呀！你倘若有好法子，我們弄死了他，主意是我出的，倘若犯了案，我是個正凶，你還是個幫凶。難道我還跟你過不去嗎？」

吳二想了想，理路倒不錯，加之明天一千銀子一定要出亂子，只有這一個辦法了，便說道：「我的親哥！我有一種藥方，給人吃了，臉上不發青紫，隨你神仙也驗不出毒來！」許亮詫異道：「我不信！真有這麼好的事嗎？」吳二道：「誰還騙你呢！」許亮道：「在哪裏買？我快買去。」吳二道：「沒處買！是我今年七月裏在泰山窪子裏，打從一個山裏人家得來的。只是我給你，千萬可別連累了我！」許亮道：「這個容易。」隨即拿了張紙來寫道：「許某與陶某嘔氣，起意將陶某害死，知道吳某有得來上好藥水，人吃了立刻致命，再三央求吳某分給若干，此案與吳某毫無干涉。」寫完，交給吳二，說：「倘若犯了案，你有這個憑據，就與你無干了。」

吳二看了，覺得甚為妥當。許亮說：「事不宜遲，你藥水在哪裏呢？我同你取去。」吳二說：「就在我枕頭匣子裏。存在他這裏呢。」就到炕裏邊取出個小皮箱來，開了鎖，拿出個磁瓶子來，口上用蠟封好了的。

許亮問：「你在泰山怎樣得的？」吳二道：「七月裏，我從墊台這條西路上的山，回來從東路回來，

❷ 酸：「寒酸」的簡詞。凡是「文謅謅」、「不爽快」都叫做酸。

盡是小道。一天晚了，住了一家子小店，看他炕上有個死人，用被窩蓋的好好的。我就問他們：『怎把死人放在炕上？』那老婆子道：『不是死人，這是我當家的。前日在山上看見一種草，香得可愛，他就采了一把回來，泡碗水喝。誰知道一喝，就彷彿是死了。我們自然哭的了不得的了。活該有救，這內山石洞裏住了一個道人，叫青龍子，他那天正從這裏走過，見我們哭，他來看看，說：「你老兒是啥病死的？」我就把草給他看。他拿去，笑了笑，說：「這不是毒藥，名叫『千日醉』，可以有救的。我去替你尋點解救藥草來罷。你可看好了身體，別叫壞了。我再過四十九天送藥來，一治就好。」算計目下也有二十多天了。』我問他：『那草還有沒有？』他就給了我一把子。我就帶回來，熬成水，弄瓶子裝起頑的。今日正好用著了！」

許亮道：「這水靈不靈？倘若藥不倒他，我們就毀了呀。你試驗過沒有？」吳二說：「百發百中的。我已……」說到這裏，就嗌❸住了。許亮問：「你已怎麼樣？你已試過嗎？」吳二說：「不是試過，我已見那一家被藥的人的樣子，是同死的一般，若沒有青龍子解救，他早已埋掉了。」

二人正在說得高興，只見門簾子一揭，進來一個人，一手抓住了許亮，一手捺住了吳二，說：「好！好！你們商議謀財害命嗎？」

一看，正是陶三。許亮把藥水瓶子緊緊握住就掙扎逃走。怎禁陶三氣力如牛，那裏掙扎得動。吳二酒色之徒，更不必說了。只見陶三竄起嘴唇，打了兩個胡哨❹，外面又進來兩三個大漢，將許吳二人都

❸ 嗌：音ㄞˋ。東西塞住喉嚨，透不過氣來。

❹ 打胡哨：撮口作聲。「胡哨」即「唿哨」。

用繩子縛了。陶三押著解到歷城縣衙門口來。

陶三進去告知了稿簽門上，傳出話來，今日夜已深了，暫且交差看管，明日辰刻過堂，押到官飯店裏。幸虧許大身邊還有幾兩銀子，拿出來打點了官人，倒也未曾吃苦。

明日早堂在花廳問案，是個發審委員。差人將三人帶上堂去。委員先問原告。陶三供稱：「小人昨夜在土娼張家住宿，因多帶了幾百銀子，被這許大吳二兩人看見，起意謀財。兩人商議要害小人性命。適逢小人在窗外出小恭❺聽見，進去捉住，扭稟到堂。求大老爺究辦。」

委員問許大吳二：「你二人為甚麼要謀財害命？」許大供：「小的許亮，齊河縣人。陶三欺負我二人，受氣不過，所以商同害他性命。吳二說他有好藥，百發百中，已經試過，很靈驗的。小人們正在商議，被陶三捉住。」吳二供：「監生吳省干，齊河縣人。許大被陶三欺負，實與監生無干。許大決意要殺陶三，監生恐鬧出事來，原為緩兵之計，告訴他有種藥水，名『千日醉』，容易醉倒人的，並不害性命。實係許大起意，並有筆據在此。」從懷中取出呈堂。

委員問許大：「昨日你們商議時，怎樣說的？從實告知，本縣可以開脫你們。」許大便將昨晚的話一字不改說了一遍。委員道：「如此說來，你們也不過氣忿話，那也不能就算謀殺呀。」許大磕頭，說：「大老爺明見！開恩！」

委員又問吳二：「許大所說各節是否切實？」吳二說：「一字也不錯的。」委員說：「這件事，你

❺ 出小恭：小便。

們都沒有大過。」吩咐書吏照錄全供。又問許大：「那瓶藥水在哪裏呢？」許大從懷中取出呈上。委員打開蠟封一聞，香同蘭麝，微帶一分酒氣，大笑說道：「這種毒藥，誰都願意吃的！」就交給書吏，說：「這藥水收好了，將此二人並全案分別解交齊河縣去。」

只此「分別」二字，許大便同吳二拆開兩處了。當晚許亮就拿了藥水來見老殘。老殘傾出看看，色如桃花，味香氣濃；用舌尖細試，有點微甜，歎道：「此種毒藥怎不令人久醉呢！」將藥水用玻璃漏斗仍灌入瓶內，交給許亮說：「凶器人證俱全，卻不怕他不認了。但是據他所說的情形，似乎這十三個人並不是死，仍有復活的法子。那青龍子，我卻知道，是個隱士，但行蹤無定，不易覓尋。你先帶著王二回去稟知貴上。這案雖經審定，不可上詳。我明天就訪青龍子去，如果找著此公，能把十三人救活，豈不更妙？」許亮連連答應著「是」。

次日，歷城縣將吳二浪子解到齊河縣。許亮同王二兩人作證，自然一堂就訊服了，暫且收監，也不上刑具，靜聽老殘的消息。

卻說老殘次日雇了一匹驢，馱了一個被搭子❻，吃了早飯，就往泰山東路行去。忽然想到舜井旁邊有個擺命課攤子的，招牌叫「安貧子知命」，此人頗有點來歷，不如先去問他一聲，好在出南門必由之路。一路想著，早已到了安貧子的門首，牽了驢，在板櫈上坐下。

彼此敘了幾句閒話，老殘就問：「聽說先生同青龍子曾相往來，近來知道他雲遊何處嗎？」安貧子道：「嗳呀！你要見他嗎？有啥事體？」

❻ 被搭子：被袋。

老殘便將以上事告知安貧子。安貧子說：「太不巧了！他昨日在我這裏坐了半天，說今日清晨回山去。此刻出南門還不到十里路呢。」老殘說：「這可真不巧了！只是他回甚麼山？」安貧子道：「裏山玄珠洞。他去年住靈岩山，因近來香客漸多，常有到他茅蓬裏的，所以他厭煩，搬到裏山玄珠洞去了。」老殘問：「玄珠洞離此地有幾十里？」安貧子道：「我也沒有去過。聽他說，大約五十里路不到點。此去一直向南，過黃芽嘴子，向西到白雪塢，再向南，就到玄珠洞了。」

老殘道了：「領教，謝謝。」跨上驢子，出了南門，由千佛山腳下往東轉過山坡，竟向南去，行了二十多里，有個村莊，買了點餅吃吃，打聽上玄珠洞的路徑。那莊家老說道：「過去不遠，大道旁邊就是黃芽嘴。過了黃芽嘴往西九里路便是白雪塢。再南十八里便是玄珠洞。只是這路很不好走。會走的呢，一路平坦大道；若不會走，那可就了不得了！石頭七大八小，更有無窮的荊棘，一輩子也走不到的！不曉得多少人送了性命！」老殘笑道：「難不成比唐僧取經還難嗎？」莊家老作色❼道：「也差不多！」

老殘一想，人家是好意，不可簡慢了他，遂恭恭敬敬的道：「老先生恕我失言。還要請教先生，怎樣走就容易？怎樣走就難？務求指示。」莊家老道：「這山裏的路，天生成九曲珠似的，一步一曲。若一直向前，必走入荊棘叢了。卻又不許有意走曲路，有意曲便陷入深阱，永出不來了。我告訴你個訣竅罷：你這位先生頗虛心，我對你講，眼前路都是從過去的路生出來的；你走兩步，回頭看看，一定不會錯了。」

老殘聽了，連連打恭❽，說：「謹領指示。」當時拜辭了莊家老，依說走去，果然不久便到了玄珠

---

❼ 作色：變臉色。

洞口，見一老者，長鬚過腹，進前施了一禮，口稱：「道長莫非是青龍子嗎？」那老者慌忙回禮，說：「先生從何處來？到此何事？」

老殘便將齊東村的一樁案情說了一遍。青龍子沉吟了一會，說：「也是有緣。且坐下來，慢慢地講。」原來這洞裏並無桌椅傢具，都是些大大小小的石頭。

青龍子與老殘分賓主坐定。青龍子道：「這『千日醉』力量很大，少吃了便醉一千日纔醒，多吃就不得活了。只有一種藥能解，名叫『返魂香』，出在西嶽華山太古冰雪中，也是草木精英所結。若用此香將文火慢慢的炙起來，無論你醉到怎樣田地，都能復活。幾月前，我因泰山坳裏一個人醉死，我親自到華山找一個故人處，討得些來，幸兒還有些子在此。大約也敷衍夠用了。」遂從石壁裏取出一個大葫蘆來，內中雜用物件甚多，隨手揀了一個小小瓶子，不到一寸高，遞給老殘。

老殘傾出來看看，有點像乳香❾的樣子，顏色黑黯，聞了聞，像似臭支支的。老殘問道：「何以色味俱不甚佳？」青龍子道：「救命的物件，那有好看好聞的！」

老殘恭敬領悟，恐有舛錯，又請問如何用法。青龍子道：「將病人關在一室內，必須門窗不透一點兒風，將此香炙起，也分人體質善惡，如質善的，一點便活，如質惡的，只好慢慢價熬，終久也是要活的。」

老殘道過謝，沿著原路回去，走到吃飯的小店前，天已黑透了，住得一宿，清晨回省，仍不到巳牌

---

❽ 打恭：彎腰作揖。亦作「打躬」。

❾ 乳香：一種樹脂，顏色黯黑，可用來調製膏藥。

時分，遂上院將詳細情形稟知了莊宮保，並說明帶著家眷親往齊東村去。

宮保說：「寶眷去有何用處？」老殘道：「這香治男人須女人炙，治女人須男人炙，所以非帶小妾去不能應手。」宮保說：「既如此，聽憑尊便。但望早去早回，不久封印⑩，兄弟公事稍閒，可以多領些教。」

老殘答應著「是」。賞了黃家家人幾兩銀子，帶著環翠先到了齊河縣，仍住在南關外店裏，卻到縣裏會著子謹，訴說一切，子謹甚為歡喜。子謹亦告知：「吳二浪子一切情形俱已服認，許亮帶去的一千銀子也繳上來。接白太尊的信，叫交還魏謙。魏謙抵死不肯收，聽其自行捐入善堂⑪了。」

老殘說：「前日託許亮帶來的三百銀子，還閣下，收到了嗎？」子謹道：「豈但收到，我已經發了財了！宮保聽說這事，專差送來三百兩銀子，我已經收了。過了兩日，黃人瑞又送了代閣下還的三百兩來，後來許亮來，閣下又送三百兩來，共得了三分，豈不是發財嗎？宮保的一分是萬不能退的。人瑞同閣下的都當奉繳。」

老殘沉吟了一會，說道：「我想人瑞也有個相契的，名叫翠花，就是同小妾一家子的。其人頗有良心。人瑞客中也頗寂寞，不如老哥竟一不做二不休，將此兩款替人瑞再揮一斧罷。」子謹拍掌叫好，說：「我明日要同老哥到齊東村去。奈何呢？」想了想，說：「有了！」立刻叫門差來告知此事，叫他明天

---

⑩ 封印：文件封緘加印記。清代官署自十二月下旬至次年正月下旬，一個月中為各單位停止辦公的時期，一切文件皆封緘加印記，稱為封印。

⑪ 善堂：社會慈善救濟機構。

就辦。

次日，王子謹同老殘坐了兩乘轎子，來到齊東村，早有地保同首事⑫備下了公館。到公館用過午飯，踏勘賈家的墳塋，不遠恰有個小廟。老殘選了廟裏小小兩間房子，命人連夜裱糊，不讓透風。次日清晨，將十三口棺柩都起到廟裏，先打開一個長工的棺木看看，果然尸身未壞，然後放心，把十三個尸首全行取出，安放在這兩間房內，焚起「返魂香」來，不到兩個時辰，俱已有點聲息。老殘調度著，先用溫湯，次用稀粥，慢慢的等他們過了七天，方各自遣送回家去。

王子謹三日前已回城去。老殘各事辦畢，方欲回城，這時魏謙已知前日寫信給宮保的就是老殘；於是魏賈兩家都來磕頭，苦苦挽留。兩家各送了三千銀子，老殘絲毫不收。兩家沒法，只好請聽戲罷，派人到省城裏招呼個大戲班子來，並招呼北柱樓的廚子來，預備留老殘過年。

那知次日半夜裏老殘即溜回齊河縣了。到城不過天色微明，不便往縣署裏去，先到自己住的店裏來看環翠，把堂門推開，見許明的老婆睡在外間未醒；再推開房門，望炕上一看，見被窩寬大，枕頭上枕著兩個人頭，睡得正濃呢，吃了一驚；再仔細一看，原來就是翠花。不便驚動，退出房門，將許明的老婆喚醒，自己卻無處安身，跑到院子裏徘徊徘徊，見西上房裏家人正搬行李裝車，是遠處來的客，要動身的樣子，就立住閒看。只見一人出來吩咐家人說話。

老殘一見，大叫道：「德慧生兄，從哪裏來？」那人定神一看，說：「不是老殘哥嗎？怎樣在此地？」老殘便將以上二十卷書述了一遍，又問：「慧兄何往？」德慧生道：「明年東北恐有兵事，我送家

⑫首事：原為「發起人」。本文乃指地方上領頭管事的士紳、耆老之類。

眷回揚州去。」老殘說：「請留一日，何如？」慧生允諾。此時二翠俱已起來洗臉。兩家眷屬先行會面。

巳刻，老殘進縣署去，知賈家一案，宮保批吳二浪子監禁三年。翠花共用了四百二十兩銀子。子謹還了三百銀子。老殘收了一百八十兩，說：「今日便派人送翠花進省。」

子謹將詳細情形寫了一函。老殘回寓，派許明夫婦送翠花進省去，夜間託店家雇了長車，又把環翠的兄弟帶來。老殘攜同環翠並他兄弟同德慧生夫婦，天明開車，結伴江南去了。

卻說許明夫婦送翠花到黃人瑞家。人瑞自是歡喜，拆開老殘的信來一看，上寫道：「願天下有情人，都成了眷屬；是前生註定事，莫錯過姻緣。」

二編

自敘

人生如夢耳。人生果如夢乎？抑或蒙叟之寓言乎？吾不能知。趨而質諸蜉蝣子，蜉蝣子不能決。趨而質諸靈椿子，靈椿子亦不能決。還而叩之昭明，昭明曰：「昨日之我如是，今日之我復如是。觀我之室，一榻、一几、一席、一燈、一硯、一筆、一紙。昨日之榻、几、席、燈、硯、筆、紙若是，今日之榻、几、席、燈、硯、筆、紙仍若是。固明明有我，並有此一榻、一几、一席、一燈、一硯、一筆、一紙也。非若夢為鳥而厲乎天，覺則鳥與天俱失也。非若夢為魚而沒於淵，覺則魚與淵俱無也。更何所謂厲與沒哉？顧我之為我，實有其物，非若夢之為夢，實無其事也。然則人生如夢，固蒙叟之寓言也夫！」吾不敢決，又以質諸杳冥。杳冥曰：「子昨日何為者？」對曰：「晨起灑掃，午餐而夕寐，彈琴讀書，晤對良朋，如是而已。」杳冥曰：「前月此日，子何為者？」吾略舉以對。又問去年此月此日子何為者，強憶其略，遺忘過半矣。十年前之此月此日子何為者，則茫茫然矣。推之二十年前，三十年前，四五十年前，此月此日，子何為者，緘口結舌無以應也。杳冥曰：「前此五十年之子，固已隨風馳雲捲，雷奔電激以去，可知後此五十年間之子，亦必應隨風馳雲捲，雷奔電激以去。然則與前日之夢，昨日之夢，其人，其物，其事之同歸於無者，又何以別乎？前此五十年間之日月，既已渺不知其何之，今日之子，固儼然其猶存也。以儼然猶存之子，尚不能保前此五十年間之日月，使之暫留；則後此五十年後之子，必且與物俱化，更不能保其日月之暫留，斷斷然矣。謂之如夢，蒙叟豈欺我哉？」夫夢之情境，雖已為幻為虛，不可復得，而敘述夢中情境之我，固儼然其猶在也。若百年後之我，且不知其歸於何所，雖有此如夢之百年之情境，更無敘述此情境之我而敘述之矣。是以人生百年，比之於夢，猶覺百年更虛於夢也！嗚呼！以此更虛於夢之百年，而必欲孜孜然、斤斤然、駸駸然、狺狺然，何為也哉？雖然前此五十年間之日月，固無法使之暫留，而其五十年間，可驚、可喜、可歌、可泣之事業，固歷劫而不可以忘者也。夫此如夢五十年間可驚、可喜、可歌、可泣之事，既不能忘，而此五十年間之夢，亦未嘗不有可驚、可喜、可歌、可泣之事，亦同此而不忘也。同此而不忘，世間於是乎有老殘遊記二編。

第一回　元機旅店傳龍語　素壁丹青繪馬鳴

話說老殘在齊河縣店中，遇著德慧生攜眷回揚州去，他便雇了長車，結伴一同起身。當日清早，過了黃河，眷口用小轎搭過去，車馬經從冰上扯過去。過了河不向東南往濟南府那條路走，一直向正南奔埶台而行。到了午牌時分，已到埶台，打過了尖，晚間遂到泰安府南門外下了店。因德慧生的夫人要上泰山燒香，說明停車一日，故晚間各事自覺格外消停❶了。

卻說德慧生名修福，原是個漢軍旗人，祖上姓欒，就是那燕國大將樂毅的後人，在明朝萬曆末年，看著朝政日衰，知道難期振作，就搬到山海關外錦州府去住家。崇禎年間，隨從太祖入關，大有功勞，就賞了他個漢軍旗籍。從此一代一代的便把原姓收到荷包裏去，單拿那名字上的第一字做了姓了。這德慧生的父親，因做揚州府知府，在任上病故的，所以家眷就在揚州買了花園，蓋一所中等房屋住了家。德慧生二十多歲上中進士，點了翰林院庶吉士，因書法不甚精，朝考散館❷散了一個吏部主事，在京供職。當日在揚州與老殘會過幾面，彼此甚為投契，今日無意碰著，同住在一個店裏，你想他們這朋友之樂，儘有不言而喻了。

❶ 消停：舒徐、不慌不忙。

❷ 散館：舊制翰林院庶吉士於登第入庶常館肄業，三年期滿，以考試分別授職，稱為散館。

老殘問德慧生道：「你昨日說明年東北恐有兵事，是從哪裏看出來的？」慧生道：「我在一個朋友座中，見一張東三省輿地圖，非常精細，連村莊地名俱有。至於山川險隘，尤為詳盡。圖末有『陸軍文庫』四字。你想日本人練陸軍把東三省地圖當作功課，其用心可想而知了！我把這話告知朝貴❸，誰想朝貴不但毫不驚慌，還要說：『日本一個小國，他能怎樣？』大敵當前，全無準備，取敗之道，不待智者而決矣。況聞有人善望氣者云：『東北殺氣甚重，恐非小小兵戈蠢動呢！』」老殘點頭會意。慧生問道：「你昨日說的那青龍子，是個何等樣人？」老殘道：「聽說是周耳先生的學生。這周耳先生號柱史，原是個隱君子，住在西嶽華山裏頭人跡不到的地方。學生甚多。但是周耳先生不甚到人間來。凡學他的人，往往轉相傳授，其中誤會意旨的地方，不計其數。惟這青龍子等兄弟數人，是親炙周耳先生的，所以與眾不同。我曾經與黃龍子盤桓多日，故能得其梗概。」慧生道：「我也久聞他們的大名，據說決非尋常鍊氣士❹的蹊徑，學問都極淵博的。也不拘拘專言道教，於儒教、佛教，亦都精通。但有一事，我不甚懂，以他們這種高人，何以取名又同江湖術士一樣呢？既有了青龍子、黃龍子，一定又有白龍子、黑龍子、赤龍子了。這等道號實屬討厭。」老殘道：「你說得甚是，我也是這們想。當初曾經問過黃龍子，他說道：『你說我名字俗，我也知道俗。但是我不知道為什麼要雅？雅有怎麼好處？盧杞、秦檜名字並不俗；張獻忠、李自成名字不但不俗，「獻忠」二字可稱純臣，「自成」二字可配聖賢。然則可能因他名字好就算他是好人呢？老子道德經說：「世人皆有以，我獨愚且鄙。」鄙還不俗嗎？所以我輩大半愚鄙，

❸ 朝貴：朝廷中有權勢的大臣。
❹ 鍊氣士：鍛鍊心氣的道士。鍊氣為道家的長生術。

不像你們名士，把個「俗」字當做毒藥，把個「雅」字當做珍寶。推到極處，不過想借此討人家的尊敬。要知這個念頭，倒比我們的名字，實在俗得多呢。我們當日，原不是拿這個當名字用。因為我是己巳年生的，青龍子是乙巳年生的，赤龍子是丁巳年生的，當年朋友隨便呼喚著頑兒，不知不覺日子久了，人家也這們呼喚。難道好不答應人家麼？譬如你叫老殘，有這們一個老年的殘廢人，有什麼可貴？又有什麼雅致處？只不過也是被人叫開了，隨便答應罷了。怕不是呼牛應牛，呼馬應馬的道理嗎？」德慧生道：「這話也實在說得有理。佛經說人不可以著相，我們總算著了雅相，是要輸他一籌哩？」慧生又道：「人說他們有前知，你曾問過他沒有？」老殘道：「我也問過他的。他說叫做有也可，叫做沒有也可。你看儒教說『至誠之道，可以前知』是不錯的。所以叫做有也可。若像起課❺先生，瑣屑小事，言之鑿鑿，應驗的原也不少，可是那只叫做術數小道，君子不屑言。邵堯夫人頗聰明，學問也極好，只是好說術數小道，所以就讓朱晦庵越過去的遠了。這叫做謂之沒有也可。」德慧生道：「你與黃龍子相處多日，曾問天堂地獄究竟有沒有呢？還是佛經上造的謠言呢？」老殘道：「我問過的。此事說來真正可笑了。那日我問他的時候，他說：『我先問你，有人說你有個眼睛可以辨五色，耳朵可以辨五聲，鼻能審氣息，舌能別滋味，又有前後二陰，前陰可以撒溺，後陰可以放糞。此話確不確呢？』我說：『這是三歲小孩子都知道的，何用問呢？』他說：『然則你何以教瞎子能辨五色？你何以教聾子能辨五聲呢？』我說：『那可沒有法子。』他就說：『天堂地獄的道理，同此一樣。天堂如耳目之效靈，地獄如二陰之出穢，皆是天生成自然之理，萬無一毫疑惑的。只是人心為物欲所蔽，失其靈明，如聾盲之不辨聲色，非其本

❺ 起課：占課。

性使然。若有虛心靜氣的人，自然也會看見的。只是你目下要我給個憑據與你，讓你相信，譬如拿了一幅吳道子的畫給瞎子看，要他深信真是吳道子畫的，雖聖人也沒這個本領。你若要想看見，只要虛心靜氣，日子久了，自然有看見的一天。』我又問：『怎樣便可以看見？』他說：『我已對你講過，只要虛心靜氣，總有看見的一天。你此刻著急，有什麼法子呢？慢慢的等著罷。』」德慧生笑道：「等你看見的時候，務必告訴我知道。」老殘也笑道：「恐怕未必有這一天。」兩人談得高興，不知不覺，已是三更時分。同說道：「明日還要起早，我們睡罷。」德慧生同夫人住的西上房，老殘住的是東上房，與齊河縣一樣的格式。各自回房安息。

次日黎明，女眷先起梳頭洗臉。雇了五肩山轎。泰安的轎子像個圈椅一樣，就是沒有四條腿。底下一塊板子，用四根繩子吊著，當個腳踏子。短短的兩根轎杠，杠頭上拴一根挺厚挺寬的皮條，比那轎車上駕騾子的皮條稍微軟和❻些。轎夫前後兩名，後頭的一名先鑽到皮條底下，將轎子抬起一頭來，人好坐上去。然後前頭的一個轎夫再鑽進皮條去，這轎子就抬起來了。當時兩個女眷，一個老媽子，坐了三乘山轎前走。德慧生同老殘坐了兩乘山轎，後面跟著。進了城，先到嶽廟裏燒香。廟裏正殿九間，相傳明朝蓋的時候，同北京皇宮是一樣的。德夫人帶著環翠正殿上燒過了香。走著看看正殿四面牆上畫的古畫。因為殿深了，所以殿裏的光，總不大十分夠，牆上的畫年代也很多，所以看不清楚。不過是些花里胡紹❼的人物便了。小道士走過來，向德夫人道：「請到西院裏用茶。還有塊溫涼玉，是這廟裏的鎮山

❻ 軟和：柔軟。

❼ 花里胡紹：花花綠綠。

之寶，請過去看看。」德夫人說：「好。只是耽擱時候太多了，恐怕趕不回來。」環翠道：「聽說上山四十五里地哩！來回九十里，現在天光又短，一霎就黑天，還是早點走罷！」老殘說：「依我看來，泰山是五嶽之一，既然來到此地，索性❽痛痛快快的逛一下子。今日上山，聽說南天門裏有個天街，兩邊都是香鋪，總可以住人的。」小道士說：「香鋪是有的，他們都預備乾淨被褥，上山的客人在那兒住的多著呢。老爺太太們今兒儘可以不下山，明天回來，消停得多，還可以到日觀峰去看出太陽。」德慧生道：「這也不錯。我們今日竟拿定主意，不下山罷。」德夫人道：「使也使得。只是香鋪子裏被褥，什麼人都蓋，骯髒得了不得，怎麼蓋呢？若不下山，除非取自己行李去，我們又沒有帶家人來，叫誰去取呢？」老殘道：「可以寫個紙條兒，叫道士著個人送到店裏，叫你的管家雇人送上山去，有何不可？」慧生道：「可以不必。橫豎我們都有皮斗篷在小轎上，到了夜裏披著皮斗篷，歪一歪就算了。誰還當真睡嗎？」德夫人道：「這也使得。只是我瞧鐵二叔他們二位，都沒有皮斗篷，便怎麼好？」老殘笑道：「這可多慮了！我們走江湖的人，比不得你們做官的，我們那兒都可以混。不要說他山上有被褥，就是沒被褥，我們也混得過去。」慧生說：「好！好！我們就去看溫涼玉去罷。」說著就隨了小道士走到西院，老道士迎接出來，深深施了一禮，各人回了一禮。走進堂屋，看見收拾得甚為乾淨。道士端出茶盒，無非是桂圓、栗子、玉帶糕之類。大家吃了茶，要看溫涼玉，道士引到裏間，一個半桌上放著，還有個錦幅子蓋著，道士將錦幅揭開，原來是一塊青玉，有三尺多長，六七寸寬，一寸多厚，上半截深青，下半截淡青。道士說：「儜用手摸摸看，上半截多凍扎手，下半截一點不涼，彷彿有點溫溫的似的，上古

❽ 索性：直接了當。乾脆。又作「索興」。

傳下來是我們小廟裏鎮山之寶。」德夫人同環翠都摸了，詫異的很。老殘笑道：「這個溫涼玉，我也會做。」大家都怪問道：「怎麼？這是做出來假的嗎？」老殘道：「假卻不假，只是塊帶半璞❾的玉，上半截是玉，所以甚涼；下半截是璞，所以不涼。」德慧生連連點頭：「不錯，不錯。」稍坐了一刻，給了道人的香錢，道士道了謝，又引到東院去看漢柏。有幾棵兩人合抱的大柏樹，狀貌甚是奇古，旁邊有塊小小石碣，上刻「漢柏」兩個大字。諸人看過走回正殿，前面二門裏邊山轎俱已在此伺候。

老殘忽抬頭，看見西廊有塊破石片嵌在壁上，心知必是一個古碑，問那道士說：「西廊下那塊破石片是什麼古碑？」道士回說：「就是秦碣，俗名喚做『泰山十字』。此地有拓片賣，老爺們要不要？」慧生道：「早已有過的了。」老殘笑道：「我還有廿九字呢！」道士說：「那可就寶貴的了不得了。」說著各人上了轎，看看搭連❿裏的表已經十點過了。轎子抬著出了北門，斜插著向西北走；不到半里多路，道旁有大石碑一塊立著，刻了六個大字：「孔子登泰山處」。慧生指與老殘看，彼此相視而笑，此地已是泰山跟腳，從此便一步一步的向上行了。

老殘在轎子上看泰安城西南上有一座圓陀陀的山，山上有個大廟，四面樹木甚多，知道必是個有名的所在。便問轎夫道：「你瞧城西南那個有廟的山，你總知道叫什麼名字罷？」轎夫回道：「那叫蒿里山，山上是閻羅王廟，山下有金橋、銀橋、奈何橋，人死了都要走這裏過的，所以人活著的時候多燒幾

---

❾ 璞：玉在石中未治者曰璞。

❿ 搭連：一種長方形的布袋，中間開口，兩頭下垂，分裝錢物，大的可搭在肩上，小的可掛在腰帶上。又作「褡褳」、「搭褳」。

回香，死後占大便宜呢！」老殘詼諧道：「多燒幾回香，譬如多請幾回客，閻王爺也是人做的，難道不講交情嗎？」轎夫道：「你老真明白，說的一點不錯。」這時已到真山腳，路漸彎曲，兩邊都是山了。走有點把鐘的時候，到了一座廟宇，轎子在門口歇下。轎夫說：「此地是斗姥宮，裏邊全是姑子，太太們在這裏吃飯很便當的。但凡上等客官，上山都是在這廟裏吃飯。」德夫人說：「既是姑子廟，我們就在這裏歇歇罷。」又問轎夫：「前面沒有賣飯的店嗎？」轎夫說：「老爺太太們都是在這裏吃，前面有飯篷子，只賣大餅鹹菜，沒有別的，也沒地方坐，都是蹲著吃，那是俺們吃飯的地方。」慧生說：「也好，我們且進去再說。」走進客堂，地方卻極乾淨。有兩個老姑子接出來，一個約五六十歲，一個四十多歲，大家坐下談了幾句。老姑子問：「太太們還沒有用過飯罷？」德夫人說：「是的。一清早出來的，還沒吃飯呢。」老姑子說：「我們小廟裏粗飯是常預備的，但不知太太們上山燒香，是用葷菜是素菜？」德夫人道：「我們吃素吃葷，倒也不拘，只是他們爺們家恐怕素吃不來，還是吃葷罷。可別多備，吃不完可惜了的。」老姑子說：「荒山小廟，要多也備不出來。」又問：「太太們同老爺們是一桌吃兩桌吃呢？」德夫人道：「都是自家爺們，一桌吃罷，可得勞駕快點。」老姑子問：「停今兒還下山嗎？恐來不及哩！」德夫人說：「雖不下山，恐趕不上山可不好。」老姑子道：「不要緊的，一霎就到山頂了。」

當這說話之時，那四十多歲的姑子，早已走開，此刻才回，向那老姑子耳邊咭咕了一陣，老姑子又向四十多歲姑子耳邊咭咕了幾句，老姑子回頭便向德夫人道：「請南院裏坐罷。」便叫四十多歲的姑子前邊引道，大家讓德夫人同環翠先行，德慧生隨後，老殘打末。出了客堂的後門，向南拐彎，過了一個小穿堂，便到了南院。這院子朝南，五間北屋甚大，朝北卻是六間小南屋，穿堂東邊三間，西邊兩間。

那姑子引著德夫人出了穿堂，下了台階，望東走到三間北屋跟前，看那北屋中間是六扇窗格，安了一個風門⓫，懸著大紅呢的夾板棉門簾。兩邊兩間，卻是磚砌的窗台，台上一塊大玻璃，掩著素絹書畫玻璃擋子，玻璃上面係兩扇紙窗，冰片梅的格子眼兒。當中三層台階，那姑子搶上那台階，把板簾揭起，讓德夫人及諸人進內。走進堂門，見是個兩明一暗的房子，東邊兩間敞著，正中設了一個小圓桌，退光漆漆得灼亮，圍著圓桌六把海梅八行書小椅子，正中靠牆設了一個窄窄的佛櫃，佛櫃上正中供了一尊觀音像，走近佛櫃細看，原來是尊康熙五彩御窰魚籃觀音，十分精緻。觀音的面貌，又美麗，又莊嚴，約有一尺五六寸高。龕子前面放了一個宣德年製的香爐，光彩奪目，從金子裏透出硃砂斑來。龕子上面牆上掛了六幅小屏，是陳章侯畫的馬鳴、龍樹等六尊佛像。佛櫃兩頭放了許多大大小小的經卷。再望東看，正東是一個月洞大玻璃窗，正中一塊玻璃，足足有四尺見方。四面也是冰片梅格子眼兒，糊著高麗白紙。月洞窗下放了一張古紅木小方桌，桌子左右兩張小椅子，椅子兩旁卻是一對多寶櫥，陳設各樣古玩。月洞窗兩旁掛了一副對聯，寫的是：

靚妝豔比蓮花色；
雲幕香生貝葉經⓬。

上款題「靚雲道友法鑒」，下款寫「三山行腳僧醉筆」。屋中收拾得十分乾淨。再看那玻璃窗外，正

⓫ 風門：冬日禦風的門。

⓬ 貝葉經：即佛經。因為印度及西域人多用貝多羅樹之葉來寫佛經之文，故將佛書稱為貝葉。

是一個山澗，澗裏的水花喇花喇價流，帶著些亂冰，玎玲璫瑯價響，煞是好聽。又見對面那山坡上一片松樹，碧綠碧綠，襯著樹根下的積雪，比銀子還要白些，真是好看。德夫人一面看，一面讚歎，回頭笑向德慧生道：「我不同你回揚州了，我就在這兒做姑子罷，好不好？」慧生道：「很好，可是此地的姑子是做不得的。」德夫人道：「為甚麼呢？」慧生道：「稍停一下，你就知道了。」老殘說道：「儜別貪看景致，儜聞聞這屋裏的香，恐怕你們旗門子裏雖闊，這香倒未必有呢！」德夫人當真用鼻子細細價鼽⑬了會子說：「真是奇怪，又不是芸香、麝香，又不是檀香、降香、安息香，怎麼這們好聞呢？」只見那兩個老姑子上前打了一個稽首說：「老爺太太們請坐，恕老僧不陪，叫他們孩子們過來伺候吧。」德夫人連稱：「請便，請便。」老姑子出去後，德夫人道：「這種好地方給這姑子住，實在可惜！」老殘道：「老姑子去了，小姑子就來的，但不知可是靚雲來？如果他來，可妙極了！這人名聲很大，我也沒見過，很想見見。倘若沾大嫂的光，今兒得見靚雲，我也算得有福了。」

未知來者可是靚雲，且聽下回分解。

---

⑬鼽：即「嗅」之古字。用鼻子聞氣味。

第二回　宋公子蹂躪優曇花　德夫人憐惜靈芝草

話說老殘把個靚雲說得甚為鄭重，不由德夫人聽得詫異，連環翠也聽得傻了，說道：「這屋子想必就是靚雲的罷？」老殘道：「可不是呢，你不見那對子上落的款嗎？」環翠把臉一紅說：「我要認得對子上的款，敢是好了！」老殘道：「你看這屋子好不好呢？」環翠道：「這屋子要讓我住一天，死也甘心。」老殘道：「這個容易，今兒我們大家上山，你不要去，讓你在這兒住一夜，明天山上下來再把你梢回店去，你不算住了一天了嗎？」大家聽了都呵呵大笑。德夫人說：「這地方不要說他羨慕，連我都捨不得去哩！」說著，只見門簾開處，進來了兩個人，一色打扮，穿著二藍摹本緞羊皮袍子，元色摹本皮坎肩❶，剃了小半個頭，梳作一個大辮子，搽粉點胭脂，穿的是挖雪子鑲鞋，進門卻不打稽首，對著各人請了一個雙安。看那個大些的，約有三十歲光景；二的有二十歲光景。大的長長鴨蛋臉兒，模樣倒還不壞，就是臉上粉重些，大約有點煙色，要借這粉蓋下去的意思；二的團團面孔，淡施脂粉，卻一臉的秀氣，眼睛也還有神。各人還禮已畢，讓他們坐下，大家心中看去，大約第二個是靚雲，因為覺得他是靚雲，便就越看越好看起來了。只見大的問慧生道：「這位老爺貴姓是德罷？儜是到哪裏上任去嗎？」慧生道：「我是送家眷回揚州，路過此地，上山燒香，不是上任的官。」他又問老殘道：「儜是到哪兒

❶ 坎肩：沒有袖子而有紐扣的背心。

上任，還是有差使？」老殘道：「我一不上任，二不當差，也是送家眷回揚州。」只見那二的說道：「儜二位府上都是揚州嗎？」慧生道：「都不是揚州人，都在揚州住家。」二的又道：「揚州是好地方，六朝金粉，自古繁華，不知道隋堤楊柳現在還有沒有？」老殘道：「早沒有了！世間那有一千幾百年的柳樹嗎？」二的又道：「原是這個道理，不過我們山東人性拙，古人留下來的名跡都要點綴，如果隋堤在我們山東，一定有人補種些楊柳，算一個風景。譬如這泰山上的五大夫松，難道當真是秦始皇封的那五棵松嗎？不過既有這個名跡，總得種五棵松在那地方，好讓那遊玩的人看了，也可以助點詩興，鄉下人看了，也多知道一件故事。」

大家聽得此話，都吃了一驚。老殘也自悔失言，心中暗想看此吐屬，一定是靚雲無疑了。又聽他問道：「揚州本是名士的聚處，像那『八怪』的人物，現在總還有罷？」慧生道：「前幾年還有幾個，如詞章家的何蓮舫，書畫家的吳讓之，都還下得去，近來可就一掃光了！」慧生又道：「請教法號，想必就是靚雲罷？」只見他答道：「不是，不是。靚雲下鄉去了，我叫逸雲。」指那大的道：「他叫青雲。」老殘插口問道：「靚雲為什麼下鄉？幾時來？」逸雲道：「沒有日子來。不但靚雲師弟不能來，恐怕連我這樣的乏人❷，只好下鄉去哩！」老殘忙問：「到底什麼緣故？請你何妨直說呢。」只見逸雲眼圈兒一紅，停了一停說：「這是我們的醜事，不便說，求老爺們不用問罷！」

當時只見外邊來了兩個人，一個安了六雙杯箸，一個人托著盤子，取出八個菜碟，兩把酒壺，放在桌上，青雲立起身來說：「太太老爺們請坐罷。」德慧生道：「怎樣坐呢？」德夫人道：「你們二位坐

❷ 乏人：差勁的人，沒有用的人。

東邊，我們姐兒倆坐西邊，我們對著這月洞窗兒，好看景致。下面兩個坐位，自然是他們倆的主位了。」說完大家依次坐下，青雲持壺斟了一遍酒。逸雲道：「天氣寒，儜多用一杯罷，越往上走越冷哩！」德夫人說：「是的，當真我們喝一杯罷。」大家舉杯替二雲道了謝，隨便喝了兩杯。德夫人惦記靚雲，向逸雲道：「儜才說靚雲為什麼下鄉？咱娘兒們說說不要緊的。」逸雲歎口氣道：「儜別笑話！我們這個廟是從前明就有的，歷年以來都是這樣。儜看我們這樣打扮，並不是像那倚門賣笑的娼妓，當初原為接待上山燒香的上客：或是官，或是紳，大概全是讀書的人居多，所以我們從小全得讀書，讀到半通就念經典，做功課，有官紳來陪著講講話，不討人嫌。又因為尼姑的裝束頗犯人的忌諱，若是上任，或有甚喜事，大概俗說看見尼姑不吉祥，所以我們三十歲以前全是這個裝束，一過三十就全剃了頭了。雖說一樣的陪客，飲酒行令，間或有喜歡風流的客，隨便詼諧兩句，也未嘗不可對答。倘若停眠整宿的事情，卻說是犯著祖上的清規，不敢妄為的。」德夫人道：「然則你們這廟裏人，個個都是處女身體到老的嗎？」逸雲道：「也不盡然，老子說的好：『不見可欲，使心不亂。』若是過路的客官，自然沒有相干的了。若本地紳衿，常來起坐的，既能夾以詼諧，這其中就難說了！男女相愛，本是人情之正，被情絲繫縛，也是有的。但其中十個人裏，一定總有一兩個守身如玉，始終不移的。」德夫人道：「儜說的也是，但是靚雲究竟為甚麼下鄉呢？」逸雲又歎一口氣道：「近來風氣可大不然了，倒是做買賣的生意人還顧點體面，若官幕兩途，牛鬼蛇神，無所不有！比那下等人還要粗暴些！俺這靚雲師弟，今年才十五歲，模樣長得本好，人也聰明，有說有笑，過往客官，沒有不喜歡他的。他又好修飾，儜瞧他這屋子，就可略見一斑了。前日，這裏泰安縣宋大老爺的少爺，帶著兩位師爺來這裏吃飯，也是廟裏常有的事。誰知他同靚雲鬧的很不像話，靚雲起初為他是本縣少爺，不敢得罪，只好忍耐著；到後來，萬分難忍，就逃到北院去了。這老爺可就發了脾氣，大聲嚷道：『今兒晚上如果靚雲不來陪我睡覺，明天一定來封廟門。』老師父沒了法了，把兩個師爺請出去，再三央求，每人送了他二十兩銀子，才算免了那一晚上的難星。昨兒下午，那個張師爺好意特來送信說：『你們不要執意，若不教靚雲陪少爺睡，廟門一定要封的。昨日我們勸了一晚上，他決不肯依，你們想想看罷。』老師父聽了沒有法想，哭了一夜，說：『不想幾百年的廟，在我手裏斷送掉了！』今天早起才把靚雲送下鄉去，我明早也要走了，只留青雲、素雲、紫雲三位師兄在此等候封門。」

說完，德夫人氣的搖頭，對慧生道：「怎麼外官這們厲害，咱們在京裏看御史們的摺子❸，總覺言過其實，若像這樣，還有天日嗎？」慧生本已氣得臉上發白，說：「宋次安還是我鄉榜同年呢！怎麼沒家教到這步田地！」這時外間又端進兩個小碗來，慧生說：「我不吃了。」向逸雲要了筆硯同信紙，說：「我先寫封信去，明天當面見他，再為詳說。」

當時逸雲在佛櫃抽屜內取出紙筆，慧生寫過，說：「叫人立刻送去，我們明天下山，還在你這裏吃飯。」重新入座。德夫人問：「信上怎樣寫法？」慧生道：「我只說今日在斗姥宮，風聞因得罪世兄，明日定來封門。弟明日下山，仍須借此地一飯，因偕同女眷，他處不便。請緩封一日，俟弟與閣下談後，再封何如？鵠候玉音。」逸雲聽了笑吟吟的提了酒壺滿斟了一遍酒，摘了青雲袖子一下，起身離座，對德公夫婦請了兩個雙安，說：「替斗姥娘娘謝儜的恩惠！」青雲也跟著請了兩個雙安。德夫人慌忙道：

---

❸ 摺子：即奏摺，用紙疊成幾頁的本子。

「說哪兒話呢，還不定有用沒有用呢！」二人坐下，青雲楞著個臉說道：「這信要不著勁，恐怕他更要封的快了。」逸雲道：「傻小子！他敢得罪京官嗎？你不知道像我們這種出家人，要算下賤到極處的；可知那娼妓比我們還要下賤？可知那州縣老爺們比娼妓還要下賤？遇見馴良百姓，他治死了還要抽筋剝皮，銼骨揚灰。遇見有權勢的人，他裝王八給人家踹在腳底下，還要昂起頭來叫兩聲，說我唱個曲子儜聽聽罷。——他怕京官老爺們寫信給御史參他。你瞧著罷！明天我們這廟門口，又該掛一條綵綢，兩個宮燈哩！」大家都忍不住的笑了。

說著，小碗大碗俱已上齊，催著拿飯，吃了好上山。霎時飯已吃畢，二雲退出，頃刻青雲捧了小妝台進來，讓德夫人等勻粉。老姑子亦來道謝，為寫信到縣的事。德慧生問：「山轎齊備了沒有？」青雲說：「齊備了。」於是大家仍從穿堂出去，過客堂，到大門，看轎夫俱已上好了板；又見有人挑了一肩行李。轎夫代說是客店裏家人接著信，叫送來的，慧生道：「你跟著轎子走罷。」老姑子率領了青雲、紫雲、素雲三個小姑子，送到山門外邊，等轎子走出，打了稽首送行，口稱：「明天請早點下山。」

轎子次序仍然是德夫人第一，環翠第二，慧生第三，老殘第四。出了山門，向北而行，地甚平坦，約數十步始有石級數層而已。行不甚遠，老殘在後，見一少年穿庫灰搭連，布棉袍，青布坎肩，頭上戴了一頂新褐色氈帽，一個大辮子，漆黑漆黑拖在後邊，辮穗子有一尺長，卻同環翠的轎子並行。後面雖看不見面貌，那個雪白的頸項，卻是很顯豁的。老殘心裏詫異，山路上那有這種人？留心再看，不但與環翠轎子並行，並且在那與環翠談心。山轎本來離地甚近，走路的人比坐轎子的人，不過低一頭的光景，所以走著說話甚為便當。又見那少年指手畫腳，一面指，一面說，又見環翠在轎子上也用手指著，向那少年說話，彷彿像同他很熟似的。心中正在不解甚麼緣故，忽見前面德夫人也回頭用手向東指著，對那少年說話；又見那少年趕走了幾步，到德夫人轎子跟前說了兩句，見那轎子就漸漸走得慢了。老殘正在納悶，想不出這個少年是個何人，見前面轎子已停，後面轎子也一齊放下。慧生、老殘下轎，走上前去，見德夫人早已下轎，手摻著那少年，朝東望著說話呢。老殘走到跟前，把那少年一看，不覺大笑，說道：「我當是誰，原來是你喲！你怎麼不坐轎子，走了來嗎？快回去罷。」環翠道：「他師父說，教他一直送我們上山呢。」老殘道：「那可使不得，幾十里地，跑得了嗎？」只見逸雲笑說道：「俺們鄉下人，沒有別的能耐，跑路是會的。這山上別說兩天一個來回，就一天兩個來回也累不著。」德夫人向慧生、老殘道：「俜見那山澗裏一片紅嗎？剛才聽逸雲師兄說，那就是經石峪，在一塊大磐石上，北齊人刻的一部金剛經。我們下去瞧瞧好不好？」慧生說：「唧！」逸雲說：「下去不好走，俜走不慣，不如上這塊大石頭上，就都看見了。」大家都走上那路東一塊大石上去，果然一行一行的字，都看得清清楚楚，連那「我相人相眾生相」等字，都看得出來。德夫人問：「這經全嗎？」逸雲說：「本來是全的，歷年被山水沖壞的不少，現在存的不過九百多字了。」德夫人又問道：「那北邊有個亭子幹甚麼的？」逸雲說：「那叫晾經亭，彷彿說這一部經晾在這石頭上似的。」說罷各人重復上轎，再往前行，不久到了柏樹洞，兩邊都是古柏交柯，不見天日。這柏樹洞有五里長，再前是水流雲在橋了。橋上是一條大瀑布沖下來，從橋下下山去。逸雲對眾人說：「若在夏天大雨之後，這水卻不從橋下過，水從山上下來力量過大，徑射到橋外去，人從橋上走，就是從瀑布底下鑽過去，這也是一有趣的奇景。」說完，又往前行，見面前有「迴馬嶺」三個字，山從此就險峻起來了。再前，過二天門，過五大夫松，過百丈崖，到十八盤。在十八盤下，仰看南天門，就如直上直下似的，又像從天上掛下一架石梯子似的。大家看了都有些害怕，轎夫到此也都要吃袋煙歇歇腳力。環翠向德夫人道：「太太儜怕不怕？」德夫人道：「怎麼不怕呢？儜瞧那南天門的門樓子，看著像一尺多高，你想這夠多麼遠，都是直上直下的路。倘若轎夫腳底下一滑，我們就成了肉漿了？想做了肉餅子都不成。」逸雲笑道：「不怕的，有娘娘保佑，這裏自古沒鬧過亂子，儜放心罷。儜不信我走給儜瞧。」說著放開步，如飛似的去了。走得一半，只見逸雲不過有個三四歲小孩子大，看他轉過身來，面朝下看，兩隻手亂招。德夫人大聲喊道：「小心著，別栽下來。」哪裏聽得見呢？看他轉身，又望上去了。這裏轎夫腳力已足，說：「太太們請上轎罷。」德夫人袖中取出塊花絹子來對環翠道：「我教你個好法子，你拿手絹子把眼摀❹上，死活存亡，聽天由命去罷。」環翠說：「只好這樣。」當真也取塊帕子將眼遮上，聽他去了。頃刻工夫已到南天門裏，聽見逸雲喊道：「德太太，到了平地啦，儜把手帕子去了罷。」德夫人等驚魂未定，並未聽見，直至到了元寶店門口停了轎，逸雲來摻德夫人，替他把絹子除下，德夫人方立起身來，定了定神，見兩頭都是平地，同街道一樣，方敢挪步。老殘也替環翠把絹子除下，環翠回了一口氣說：「我沒摔下去罷？」老殘說：「你要摔下去早死了！還會說話嗎？」兩人笑了笑，同進店去。原來逸雲先到此地，吩咐店家將後房打掃乾淨，他復往南天門等候轎子，所以德夫人來時，諸事俱已齊備。這元寶店外面三間臨街，有櫃臺發賣香燭元寶等件，裏邊三間專備香客住宿的。各人進到裏間，先在堂屋坐下，店家婆送水來洗了臉。天時尚早，一角斜陽，還未沉山。坐了片刻，挑行李的也到了。逸雲叫挑夫搬進堂屋內，說：「你去罷。」逸雲問：

❹ 摀：蒙蓋住。

「怎樣鋪法？」老殘說：「我同慧哥兩人住一間，他們三人住一間如何？」慧生說：「甚好。」就把老殘的行李放在東邊，慧生的放在西邊。逸雲將東邊行李送過去，就來拿西邊行李，環翠說：「我來罷，不敢勞儜駕。」其時逸雲已將行李提到西房打開，環翠幫著搬鋪蓋，德夫人說：「怎好要你們動手，我來罷。」其實已經鋪陳好了。那邊一付，老殘等兩人亦布置停妥。逸雲趕過來說道：「我可誤了差使了，怎麼儜已經安置好了嗎？」慧生說：「不敢當，你請坐一會歇歇好不好？」逸雲說聲：「不累，歇甚麼！」又往西房去了。慧生對老殘說：「你看逸雲何如？」老殘說：「實在好。我又是喜愛，又是佩服，倘若在我們家左近，我必得結交這個好友。」慧生說：「誰不是這們想呢？」

慢提慧生、老殘這邊議論。卻說德夫人在廟裏就器重逸雲，及至一路同行，到了一個古跡，說一個古跡，看他又風雅，又潑辣，心裏想：「世間哪裏有這樣好的一個文武雙全的女人？若把他弄來做個幫手，白日料理家務，晚上燈下談禪；他若肯嫁慧生，我就不要他認嫡庶，姊妹稱呼我也是甘心的。」自從打了這個念頭，越發留心去看逸雲，見他膚如凝脂，領如蝤蠐❺，笑起來一雙眼又秀又媚，卻是不笑起來又冷若冰霜。趁逸雲不在眼前時，把這意思向環翠商量，環翠喜得直蹦說：「儜好歹成就這件事罷，我替儜磕一個頭謝謝儜。」德夫人笑道：「你比我還著急嗎？且等今晚試試他的口氣，他若肯了，不怕他師父不肯。」

究竟慧生姻緣能否成就，且聽下回分解。

---

❺ 蝤蠐：音ㄑㄧㄡˊ ㄑㄧˊ。天牛及桑牛的幼蟲，蝕桑樹，深入幹中，致樹枯死；色白而豐潔，故古人用來比喻婦人之頸。語見詩經衛風碩人：「手如柔荑，膚如凝脂，領如蝤蠐，齒如瓠犀，螓首蛾眉。」

第三回　陽偶陰奇參大道　男歡女悅證初禪

卻說德夫人因愛惜逸雲，有收他做個偏房的意思，與環翠商量，哪知環翠看見逸雲，比那宋少爺想靚雲還要熱上幾分，正算計明天分手，不知何時方能再見。忽聽德夫人這番話，以為如此便可以常常相見，所以歡喜得了不得，幾乎真要磕下頭去。被德夫人說要試試口氣，意在不知逸雲肯是不肯，心想倒也不錯，不覺又冷了一段。說時，看逸雲帶著店家婆子擺桌子，搬椅子，安杯筯，忙了個夠，又幫著擺碟子。擺好，斟上酒說：「請太太們老爺們坐罷，今兒一天乏了，早點吃飯，早點安歇。」大家走出來說：「山頂上哪來這些碟子？」逸雲笑說：「不中吃，是俺師父送來的。」德夫人說：「這可太費事了。」閒話休提，晚飯之後，各人歸房。逸雲少坐一刻，說：「二位太太早點安置，我失陪了。」德夫人說：「你上哪兒去？不是咱三人一屋子睡嗎？」逸雲說：「我有地方睡，儜放心罷。這家元寶店，就是婆媳兩個，很大的炕，我同他們婆媳一塊兒睡，舒服著呢。」德夫人說：「不好，我要同你講話呢。這裏炕也很大，你怕我們三個人同睡不暖和，你就抱副鋪子裏預備香客的鋪蓋，來這兒睡罷。你不在這兒，我害怕，我不敢睡。」環翠也說：「你若不來，就是惡嫌咱娘兒們，你快點來罷。」逸雲想了想，笑道：「不嫌髒，我就來。我有自己帶來的鋪蓋，我去取來。」說著便走出去，取進一個小包袱來，有尺半長，五六寸寬，三四寸高。環翠急忙打開一看，不過一條薄羊毛毯子，一個活腳竹枕而已。看官，怎樣叫活腳竹枕？乃是一片大毛竹，兩頭安兩片短毛竹，有樞軸，支起來像個小几，放下來只是兩片毛竹，不佔地方，北方人行路常用的，取其便當。且說德夫人看了說：「噯呀！這不冷嗎？」逸雲道：「不要他也不冷，不過睡覺不蓋點不像個樣子，況且這炕在牆後燒著火呢，一點也不冷。」德夫人取表一看，說：「纔九點鐘還不曾到，早的很呢。你要不困，我們隨便胡說亂道好不好呢？」逸雲道：「即便一宿不睡，我也不困，談談最好。」德夫人叫環翠：「勞駕儜把門關上，咱們三人上炕談心去，這底下坐著怪冷的。」說著三人關門上炕，炕上有個小炕几兒，德夫人同環翠對面坐，拉逸雲同自己並排坐，小小聲音問道：「這兒說話，他們爺兒們聽不著，咱們胡說行不行？」逸雲道：「有甚麼不行的？儜愛怎麼說都行。」德夫人道：「你別怪我，我看青雲、紫雲他們姐妹三人，同你不一樣，大約他們都常留客罷？」逸雲說：「留客是有的，也不能常留。究竟廟裏比不得住家，總有點忌諱。」德夫人又問：「我瞧儜沒有留過客，是罷？」逸雲笑說：「儜何以見得我沒有留過客呢？」德夫人說：「我那們想，然則你留過客嗎？」逸雲道：「卻真沒留過客。」德夫人說：「你見了標致的爺們，你愛不愛呢？」逸雲說：「哪有不愛的呢！」德夫人說：「既愛，怎麼不同他親近呢？」逸雲笑吟吟的說道：「這話說起來很長。儜想一個女孩兒家長到十六七歲的時候，甚麼都知道了，又在我們這個廟裏，當的是應酬客人的差使。若是疤痲歪嘴呢，自不必說；但是有一二分姿色，搽粉抹胭脂，穿兩件新衣裳，客人見了自然人人喜歡，少不得甜言蜜語的灌兩句。我們也少不得對人家瞧瞧，朝人家笑笑，人家就說我們飛眼傳情了，少不得更親近點。這時候儜想，倘若是個平常人倒也沒啥，倘若是個品貌又好，言語又有情意的人，你一句我一句自然而然的那個心就到了這人身上了。可是咱們究竟是女孩兒家，一半是害羞，一半是害怕，斷不能像那天津人的話，『三言兩語成夫妻』，畢竟得避忌點兒。

「記得那年有個任三爺，一見就投緣，兩三面後別提多好。那天晚上睡了覺，這可就胡思亂想開了。初起想這個人跟我怎麼這們好，就起了個感激他的心，不能不同他親近；再想他那模樣，越想越好看；再想他那言談，越想越有味。閉上眼就看見他，睜開眼還是想著他，這就著上了魔，這夜覺可就別想睡得好了！到了四五更的時候，臉上跟火燒的一樣，飛熱起來，用個鏡子照照，真是面如桃花，那個樣子，別說爺們看了要動心，連我自己看了都動心，那雙眼珠子，不知為了甚麼，就像有水泡似的，拿個手絹擦擦，也真有點濕渌渌的。奇怪！到天明，頭也昏了，眼也澀了，勉強睡一霎兒，剛睡不大工夫，聽見有人說話，一骨碌就坐起來了。心裏說：『是我那三爺來了罷？』再定神聽聽，原來是打粗的火工清晨掃地呢。歪下頭去再睡，這一覺可就到了晌午了。等到起來，除了這個人沒第二件事聽見，人說甚麼馬褂子顏色好，花樣新鮮，冒冒失失的就問：『可是說三爺的那件馬褂不是？』被人家瞅一眼笑兩笑，自己也覺得失言，臊得臉通紅的。停不多大會兒，聽人家說：『誰家兄弟中了舉了。』又冒失問：『是三爺家的五爺不是？』被人家說：『你敢是迷了罷。』又臊得跑開去。等到三爺當真來了，就同看見自己的靈魂似的，那一親熱，就不用問了。可是閨女家頭一回的大事，哪兒那們容易呢？自己固然不能啟口，人家也不敢輕易啟口，不過乾親熱親熱罷哩！

「到了幾天後，這魔著的更深了，夜夜算計，不知幾時可以同他親近。又想他要住下這一夜，有多少話都說得了。又想在爹媽跟前說不得的話，對他都可以說得，想到這裏，不知道有多歡喜。後來又想，我要他替我做甚麼衣裳，我要他替我做甚麼帳幔子，我要他替我做甚麼被褥，我要他買甚麼木器，我要問師父要那南院裏那三間北屋，這屋子我要他怎麼收拾，各式長桌、方桌，上頭要他替我辦甚麼擺飾，當中桌上、旁邊牆上要他替我辦坐鐘、掛鐘；我大襟上要他替我買個小金表。——我們雖不用首飾，這手肐膊上寶金鐲子是一定要的，萬不能少；甚至妝台、粉盒，沒有一樣不曾想到。這一夜又睡不著了。又想知道他能照我這樣辦不能？又想任三爺昨日親口對我說：『我真愛你，愛極了。倘若能成就咱倆人好事，我就破了家，我也情願；我就送了命，我也願意。古人說得好：「牡丹花下死，做鬼也風流。」只是不知你心裏有我沒有？』我當時怪臊的，只說了一句：『我心同你心一樣。』我此刻想來要他買這些物件，他一定肯的。又想我一件衣服再好，穿久了怪膩的，我要大毛做兩套，是甚麼顏色，甚麼材料；中毛要兩套；小毛要兩套；棉、夾、單、紗要多少套，顏色花紋不要有犯重❶的。想到這時候，彷彿這無限若干的事物，都已經到我手裏似的。又想正月香市，初一我穿甚麼衣裳，十五我穿甚麼衣裳；二月二龍擡頭，我穿甚麼衣裳；清明我穿甚麼衣裳；四月初八佛爺生日，各廟香火都盛，我應該穿甚麼衣裳；五月節、七月半、八月中秋、九月重陽、十月朝、十一月冬至、十二月臘，我穿甚麼衣裳。某處大會，我得去看，怎麼打扮；某處小會，我也得去，又應該怎樣打扮。青雲、紫雲他們沒有這些好裝飾，多寒蠢❷，我多威武。又想我師父從七八歲撫養我這們大，我該做件甚麼衣服酬謝他；我鄉下父母我該買甚麼東西叫他二老歡喜歡喜，他必叫著我的名兒說：『大妞兒，你今兒怎麼穿得這們花紹❸？真好看煞人！』

❶ 犯重：重複。

❷ 寒蠢：即「寒傖」、「寒磣」。醜陋、不光彩、寒酸的意思。

❸ 花紹：華麗。裝飾鮮豔。又作「花稍」。

又想二姨娘、大姑姑，我也得買點啥送他，還沒有盤算得完，那四面的雞子，膠膠角角❹，叫個不住。我心裏說這雞真正渾蛋，天還早著呢！再擡頭看，窗戶上已經白洋洋的了，這算我頂得意的一夜。

「過了一天，任三爺又到廟裏來啦，我抽了個空兒，把三爺扯到一個小屋子裏，我說：『咱倆說兩句話。』到了那屋子裏，我同三爺並肩坐在炕沿上，我說：『三爺我對你說……』這句才吐出口，我想哪有這們不害臊的人呢？人家沒有露口氣，咱們女孩兒家倒先開口了，這一想把我臊的真沒有地洞好鑽下去，那臉登時飛紅，拔開腿就往外跑。三爺一見，心裏也就明白一大半了，上前一把把我抓過來望懷裏一抱，說：『心肝寶貝，你別跑，你的話我知道一半啦，這有甚麼害臊呢？人人都有這一回的，這事該怎麼辦法？你要甚麼物件？我都買給你，你老老實實說罷！』」

逸雲說：「我那心勃騰勃騰的亂跳，跳了會子，我就把前兒夜裏想的事都說出來了。說了一遍，三爺沉吟了一沉吟說：『好辦，我今兒回去就稟知老太太商量，老太太最疼愛我的，沒哪個不依。俺三奶奶暫時不告訴他，娘們沒有不吃醋的，恐怕在老太太跟前出壞❺。就是這們辦，妥當，妥當。』話說完了，恐怕別人見疑，就走出來了。我又低低囑咐一句：『越快越好，我聽傳的信兒。』三爺說：『那還用說。』也就匆匆忙忙下山回家去了。我送他到大門口，他還站住對我說：『倘若老太太允許了，我這兩天就不來，我託朋友先把你師父的盤子❻講好了，我自己去替你置辦東西。』我說：『很好，很好，

❹ 膠膠角角：雞啼叫聲。

❺ 出壞：出壞點子，使壞心眼。

❻ 盤子：貨物購買的價格。

盼望著哩！』從此有兩三夜也沒睡好覺，可沒有前兒夜裏快活，因為前兒夜裏只想好的一面。這兩夜，卻是想到好的時候，就上了火燄山；想到不好的時候，就下了北冰洋：一霎熱，一霎涼，彷彿發連環瘧子似的。一天兩天還好受，等到第三天，真受不得了！怎麼還沒有信呢？俗語說的好，真是七竅裏冒火，五臟裏生煙。又想他一定是慢慢的製買物件，同作衣裳去了。心裏埋怨他：『你買東西忙什麼呢？先來給我送個信兒多不是好，叫人家盼望得不死不活的幹麼呢？』到了第四天，一會兒到大門上去看看，沒有人來；再一會兒又到大門口看看，還沒有人來！腿已跑酸啦，眼也望穿啦。到得三點多鐘，只見大南邊老遠的一肩山轎來了，其實還隔著五六里地呢，不知道我眼怎麼那們尖，一見就認準了，一點也不錯，這一喜歡可就不要說了！可是這四五里外的轎子，走到不是還得一會子嗎？忽然想起來，他說倘若老太太允許，他自己不來，先託個朋友來跟師父說妥他再來。今兒他自己來，一定事情有變！這一想，可就是彷彿看見閻羅王的勾死鬼似的，兩隻腳立刻就發軟，頭就發昏，萬站不住，飛跑進了自己屋子，掩上臉就哭。哭了一小會，只聽外邊打粗的小姑子喊道：『華雲，三爺來啦！快去罷！』——二位太太，儜知道為甚麼叫華雲呢？因為這逸雲是近年改的，當年我本叫華雲。——我聽打粗的姑子喊，趕忙起來，擦擦眼，勻勻粉，自己怪自己，這不是瘋了嗎？誰對你說不成呢？自言自語的，又笑起來了！臉還沒勻完，誰知三爺已經走到我屋子門口，揭起門簾說：『你幹甚麼呢？』我說：『風吹砂子迷了眼啦！我洗臉的。』我一面說話，偷看三爺臉神，雖然帶著笑，卻氣象冰冷，跟那凍了冰的黃河一樣。我說：『三爺請坐。』三爺在炕沿上坐下，我在小條桌旁邊小椅上坐下，小姑子揭著門簾，站著支著牙在那裏瞅。我說：『你還不泡茶去！』小姑子去了，我同三爺兩個人臉對臉，白瞪了有半個時辰，一句話也沒有說。

等到小姑子送進茶來，吃了兩碗，還是無言相對。我耐不住了，我說：『三爺，今兒怎麼著啦，一句話也沒有？』三爺長嘆一口氣，說：『真急死人，我對你說罷！前兒不是我從你這裏回去嗎？當晚得空，我就對老太太說了個大概，老太太問得多少東西，我還沒敢全說，只說了一半的光景，老太太拿算盤一算，說：「這不得上千的銀子嗎？」我就不敢言語了。老太太說：「你這孩子，你老子千辛萬苦掙下這個家業，算起來不過四五萬銀子家當，你們哥兒五個，一年得多少用項。你五弟還沒有成家，你平常喜歡在山上跑跑，我也不禁止。你今兒想到這種心思，一下子就得用上千的銀子，還有將來呢？就不花錢了嗎？況且你的媳婦模樣也不寒蠢，你去年才成的家，你們兩口子也怪好的，去年我看你小夫婦很熱，今年就冷了好些，不要說是為這華雲，所以變了心了？我做婆婆的為疼愛兒子，拿上千的銀子給你幹這事，你媳婦不敢說甚麼，他倘若說：『賠嫁的衣服不時樣❼了。』要我給他做三二百銀子衣服，明明是擠我這個短兒，我怎麼發付他呢？你大嫂子、二嫂子都來趕羅❽我，我又怎麼樣？我不給他們做，他們當面不說，背後說：『我們製買點物件，姓任的買的。還在姓任的家裏，老太太就不願意了；老三花上千的銀子，給別人家買東西，三天後就不姓任了，老太太倒願意。也不知道是護短呢，是老昏了！』這話要傳到我耳朵裏，我受得受不得呢？你是我心疼的兒子，你替我想想，你在外邊快樂，我在家裏受氣，你心裏安不安呢？倘若你媳婦是不賢慧的，同你吵一回，鬧一回，也還罷了；倘若竟仍舊的同你好，格外的照應你，你就過意得去嗎？倘若依你做了去，還是永遠就住在山上，不回家呢？還是一邊住些日子

❼不時樣：不是時下流行的款式。

❽趕羅：壓迫人使無地自容。又作「趕碌」。

呢？倘若你久在山上，你不要媳婦，你連老娘都不要了，你成甚麼人呢？你一定在山上住些時，還得在家裏住些時，是不用說的了。你在家裏住的時候，人家山上又來了別的客，少不得也要留人家住。你花錢買的衣裳真好看，穿起來給別人看；你買的器皿，給別人用；你買的帳幔，給別人遮羞；你買的被褥，給別人蓋；你心疼心愛心裏憐惜的人，陪別人睡；別人脾氣未必有你好，大概還要鬧脾氣；睡的不樂意還要罵你心愛的人，打你心愛的人，你該怎麼樣呢？好孩子！你是個聰明孩子，把你娘的話，仔細想想，錯是不錯？依我看，你既愛他，我也不攔你，你把這第一個傻子讓給別人做，你做第二個人去，一樣的稱心，一樣的快樂，卻不用花這們多的冤錢，這是第一個辦法。你若不以為然，還有第二個辦法：你說華雲模樣長得十分好，心地又十分聰明，對你又是十二分的恩愛，你且問他是為愛你的東西，是為愛你的人？若是為愛你的東西，就是為你的錢財了，你的錢財幾時完，你的恩愛就幾時斷絕；你算花錢租恩愛，你算算你的家當，夠租幾年的恩愛？倘若是愛你的人，一定要這些東西嗎？你正可以拿這個試試他的心，若不要東西，是真愛你；要東西，就是假愛你。人家假愛你，你真愛人家，不成了天津的話：『剃頭挑子一頭想』嗎？我共總給你一百銀子，夠不夠你自己斟酌辦理去罷！』」

逸雲追述任三爺當日敘他老太太的話到此已止，德夫人對著環翠伸了一伸舌頭說：「好個厲害的任老太太，真會管教兒子！」環翠說：「這時候就叫我做逸雲師兄，也一點法子沒有！」德夫人向逸雲道：「你這一番話，真抵得上一卷書呢！任三爺說完這話，儜怎麼樣呢？」逸雲說：「我怎麼呢？哭罷咧！哭了會子，我就發起狠來了，我說：『衣服我也不要了！東西我也不要了！甚麼我都不要了！儜跟師父商議去罷！』任三爺說：「這話真難出口，我是怕你著急，所以先來告訴你，我還得想法子，就這樣是萬不行！儜別難受。緩兩天我再向朋友想法子去。』我說：『儜別找朋友想法子了，借下錢來，不還是老太太給嗎？倒成了個騙上人的事，更不妥了，我更對不住儜老太太了！』那一天就這們❾，我們倆人就分手了。」逸雲便向二人道：「二位太太如果不嫌絮煩，願意聽，話還長著呢！」德夫人道：「願意聽，願意聽，你說下去罷！」

且聽下回分解。

❾這們：這麼。

第四回　九轉成丹破壁飛　七年返本歸家坐

卻說逸雲又道：「到了第二天，三爺果然託了個朋友來跟師父談論，把以前的情節述了一遍，問師父肯成就這事不肯？並說華雲已經親口允許甚麼都不要，若是師父肯成就，將來補報的日子長呢。老師父說道：『這事聽華雲自主。我們廟裏的規矩可與窰子裏不同，窰子裏妓女到了十五六歲，就要逼令他改裝，以後好做生意；廟裏留客本是件犯私的事，只因祖上傳下來，年輕的人，都要搽粉抹胭脂，應酬客人。其中便有難於嚴禁之處，恐怕傷犯客人面子，前幾十年還是暗的，漸漸的近來，就有點大明大白的了！然而也還是個半暗的事，儜只可同華雲商量著辦，倘若自己願意，我們斷不過問的。但是有一件不能不說，在先也是本廟裏傳下來的規矩，因為這比邱尼❶本應該是童貞女的事，不應該沾染紅塵；在別的廟裏犯了這事，就應逐出廟去，不再收留，惟我們這廟不能打這個官話欺人，可是也有一點分別：若是童女呢，一切衣服用度，均是廟裏供給，別人的衣服，童女也可以穿，別人的物件，童女也可以用。若一染塵事，他就算犯規的人了，一切衣服等項，俱得自己出錢製買，並且每月還須津貼廟裏的用項。若是有修造房屋等事，也須攤在他們幾個染塵人的身上。因為廟裏本沒有香火田，又沒有緣簿❷，但凡

---

❶ 比邱尼：尼姑。

❷ 緣簿：寺廟中化緣的簿冊。

人家寫緣簿的，自然都寫在那清修的廟裏去，誰肯寫在這半清不渾的廟裏呢？儜還不知道？況且初次染塵，必須大大的寫筆功德錢，這錢誰也不能得，收在公帳上應用。儜才說的一百銀子，不知算功德錢呢？還是給他置買衣服同那動用器皿呢？若是功德錢，任三爺府上也是本廟一個施主，斷不計較；若是置辦衣物，這功德錢指那一項抵用呢？所以這事我們不便與聞，儜請三爺自己同華雲斟酌去罷。況且華雲現在住的是南院的兩間北屋，屋裏的陳設，箱子裏的衣服，也就不大離值兩千銀子，要是做那件事，就都得交出來，照他這一百銀子的牌子，那一間屋子也不稱，只好把廚房旁邊堆柴火的那一間小屋騰出來給他，不然別人也是不服的。儜瞧是不是呢？』那朋友聽了這番話，就來一五一十的告訴我，我想師父這話也確是實情，沒法駁回。我就對那朋友說：『叫我無論怎麼寒蠢，怎麼受罪，我為著三爺都沒有甚麼不肯，只是關著三爺面子，恐怕有些不妥，不必著急，等過一天三爺來，我們再商議罷。』那個朋友去了，我就仔細的盤算了兩夜。我起初想，同三爺這們好，管他有衣服沒衣服，比要飯的叫化子總強點，就算那間廚房旁邊的小房子，也怪暖和的，沒有甚麼不可以的。我瞧那戲上王三姐抛彩毬打著了薛平貴，是個討飯的，他捨掉了相府小姐不做，去跟那薛平貴，落後做了西涼國王，何等榮耀，有何不可。又想人家那是做夫妻，嫁了薛平貴，我這算甚麼呢？就算我苦守了十七年，任三爺做了西涼國王，他家三奶奶自然去做娘娘，我還不是斗姥宮的窮姑子嗎？況且皇上家恩典，雖准其賜封，也從沒有聽見有人說過：誰做了官賜封到他相好的女人的，何況一個姑子呢！大清會典上有賜封尼姑的一條嗎？想到這裏可就涼了半截了！又想我現在身上穿的袍子是馬五爺做的，馬褂是牛大爺做的，還有許多物件都是客人給的；若同任三爺落了交情，這些衣物都得交出去。馬五爺、牛大爺來的時候不問嗎？不告訴他不行，若告訴他，被他們損兩句呢？說：『你貪圖小白臉，把我們東西都斷送了！把我們待你的好意，都摔到東洋大海裏去，真沒良心！真沒出息！』那時我說甚麼呢？況且既沒有好衣服穿，自然上不了臺盤❸，正經客來，立刻就是青雲他們應酬了，我只好在廚房裏端菜，送到門簾子外頭，讓他們接進去，這是甚麼滋味呢！等到吃完了飯，刷洗鍋碗是我的差使，這還罷了，頂難受是清早上掃屋子裏的地！院了裏地是火工掃，上等姑子屋裏地是我們下等姑子掃。倘若師兄們同客人睡在炕上，我進去掃地，看見帳幔外兩雙鞋，心裏知道：這客當初何等器重我，我還不願意理他，今兒我倒來替他掃地！心裏又應該是甚麼滋味呢！如是又想：在這兒是萬不行的了！不如跟任三爺逃走了罷。又想逃走，我沒有甚麼不行，可是任三爺人家有老太太，有太太，有哥哥，有兄弟，人家怎能同我逃走呢？這條計又想左了。翻來復去，想不出個好法子來。後來忽然間得了一條妙計：我想這衣服不是馬五爺同牛大爺做的嗎？馬五爺是當鋪的東家，牛大爺是匯票莊掌櫃的。這兩個人待我都不錯，要他們拿千把銀子不吃力的，況且這兩個人從去年就想算計我，為我不喜歡他們，所以吐不出口來，眼前我只要略微撩撥他們下子，一定上鉤。待他們把冤錢花過了，我再同三爺慢慢的受用，正中了三爺老太太的第一策，豈不大妙？想到這裏，把前兩天的愁苦都一齊散盡，很是喜歡。停了一會子，我想兩個人裏頭，找誰好呢？牛大爺匯票莊，錢便當，找他罷，又想老西兒❹的脾氣，不卡住脖兒梗❺是不花錢的，花過之後，還要肉疼：明兒將來見了衣裳，他也說

❸ 臺盤：上等場面。

❹ 老西兒：俗稱山西省人為老西兒。

❺ 脖兒梗：頸項。

是他做的；見了物件，也要說是他買的，唧唧咕咕，絮叨的沒有完期。況且醋心極大，知道我同三爺真好，還不定要唧咕出甚麼樣子來纔罷呢！又抽鴉片，一嘴的煙味，比糞還臭，教人怎麼樣受呢？不用顧了眼前，以後的罪不好受。算了罷，還是馬五爺好得多呢。又想馬五爺是個回子，專吃牛羊肉，自從那年縣裏出告示，禁宰耕牛，他們就只好專吃羊肉了，吃的那一身的羊羶氣，五六尺外，就教人作嘔心，怎樣同他一被窩裏睡呢，也不是主意！又想除了這兩個呢，也有花得起錢的，大概不像個人樣子，像個人的呢，都沒有錢。我想到這裏，可就有點醒悟了。大概天老爺看著錢與人兩樣都很重的，所以給了他錢，就不教他像人；給了他個人，就不教他有錢，這也是不錯的道理。後來又想任三爺人才極好，可也並不是沒有錢，只是拿不出來，不能怨他。這心可就又迷回任三爺了，既迷回了任三爺，想想還是剛才的計策不錯，管他馬呢牛呢，將就幾天讓他把錢花夠了，我還是跟任三爺快樂去。看銀子同任三爺面上，就受幾天罪也不要緊的。這又喜歡起來了，睡不著，下炕剔明了燈，沒有事做，拿把鏡子自己照照，覺得眼如春水，面似桃花，同任三爺配個對兒，真正誰也委曲不了誰。我正在得意的時候，坐在椅子上倚在桌子上，又盤算盤算想道：這事還有不妥當處，前兒任三爺的話不知真是老太太的話呢？還是三爺自家使的壞呢？他有一句話很可疑的，他說老太太說，『你正可以拿這個試試他的心』，直怕他是用這個毒著兒❻來試我的心的罷？倘若是這樣，我同牛爺、馬爺落了交❼，他一定來把我痛罵一頓，兩下絕交。噯呀險呀！我為三爺含垢忍汙的同牛馬落交，卻又因親近牛馬，得罪了三爺，豈不大失算嗎？不好，不

❻ 毒著兒：毒招、壞點子。著，音ㄓㄠ。

❼ 落交：開始交好。

好！再想看三爺的情形，斷不忍用這個毒著下我的手，一定是他老太太用這個著兒破三爺的迷。既是這樣，老太太必有第二條計預備在那裏呢！倘若我與牛爺、馬爺落了交情，三爺一定裝不知道，拿二千銀票來對我說：『我好容易千方百計的湊了這些銀子來踐你的前約，把銀子交給你，自己去採辦罷。』這時候我纔死不得活不得呢！逼到臨了，他總得知道真情，他就把那二千銀票扯個粉碎，賭氣走了，請教我該怎樣呢？其實他那二千的票子，老早掛好了失票，雖然扯碎票子，銀子一分也損傷不了；只是我可就沒法做人，活臊也就把我臊死了！這們說，以前那個法子可就萬用不得了！又想，這是我的過慮，人家未必這們厲害。又想就算他們下了這個毒手，我也有法制他。甚麼法子呢？我先同牛馬商議，等有了眉目，我推說我還得跟父母商議，不忙作定，然後把三爺請來，先把沒有錢不能辦的苦處告訴他，再把為他才用這忍垢納汙的主意說給他，請他下個決斷。他說辦得好，以後他無從挑眼；他說不可以辦，他自然得給我個下落，不怕他不想法子去，我不賺個以逸待勞嗎？這法好的。又想，還有一事，不可不慮，倘若三爺竟說：『我實在籌不出款來，你就用這個法子，不管他牛也罷，馬也罷，只要他拿出這宗冤錢來，我就讓他一頭地也不要緊。』自然就這們辦了。可是還有那朱六爺，苟八爺，當初也花過幾個錢，你沒有留過客，他沒有法想；既有人打過頭客，這朱爺、苟爺一定也要住的了，你敢得罪誰呢？不要說，這打頭客的一住，無論是馬是牛，他要住多少天，得陪他多少天，他要住一個月兩個月，也得陪他一個月兩個月；賸下來日子，還得應酬朱苟。算起來一個月裏的日子，被牛馬朱苟佔去二十多天，輪到任三爺不過三兩天的空兒，再算到我自己身上，得忍八九夜的難受，圖了一兩夜的快樂，這事還是不做的好。又想，噯呀，我真昏了呀！不要說別人打頭客，朱苟牛馬要來，就是三爺打頭客，不過面子大些，他可以多住些時，沒人敢撐他；可是他能常年在山上嗎？他家裏三奶奶就不要了嗎？少不得還是在家的時候多，我這裏還是得陪著朱苟牛馬睡。想到這裏，我就把鏡子一摔，心裏說：都是這鏡子害我的！我要不是鏡子騙我，搽粉抹胭脂，人家也不來撩我，我也惹不了這些煩惱，我是個閨女，何等尊重，要起甚麼凡心？墮的甚麼孽障？從今以後，再也不與男人交涉，剪了辮子，跟師父睡去。到這時候，我彷彿大澈大悟了不是？其實天津落子館的話，還有題目呢。

「我當時找剪子去剪辮子，忽然想這可不行，我們廟裏規矩過三十歲才准剪辮子呢，我這時剪了，明天怕不是一頓打！還得做幾個月的粗工。等辮子養好了，再上臺盤，這多們丟人呢！況且辮子礙著我甚麼事，有辮子的時候，糊塗難過；剪了辮子，就會明白嗎？我也見過多少剪辮子的人，比那不剪辮子的時候，還要糊塗呢！只要自己拿得穩主意，剪辮子不剪辮子一樣的事。那時我仍舊上炕去睡，心裏又想，從今以後無論誰我都不招惹就完了。誰知道一面正在那裏想斬斷葛藤，一面那三爺的模樣就現在眼前，三爺的說話就存在耳朵裏，三爺的情意就臥在心坎兒上，到底捨不得，轉來轉去，忽然想到我真糊塗了！怎麼這們些天數，我眼前有個妙策，怎麼沒想到呢？你瞧，任老太太不是說嗎：『花上千的銀子，給別人家買東西，三天後就不姓任的。』可見得不是老太太不肯給錢，為的這樣用法，過了幾天，東西也是人家的，人還是人家的，豈不是人財兩空嗎？我本沒有第二個人在心上，不如我逕嫁了三爺，豈不是好？這個主意妥當，又想有五百銀子給我家父母，也很夠歡喜的；有五百銀子給我師父，也沒有甚麼說的。我自己的衣服，有一套眼面前的就行了，以後到他家還怕沒得穿嗎？真正妙計，巴不得到天明著人請三爺來商量這個辦法。誰知道往常天明的很快，今兒要他天明，越看那窗戶越不亮，真是恨人！又想我到他家，怎樣伺候老太太，老太太怎樣喜歡我；我又怎樣應酬三奶奶，三奶奶又怎樣喜歡我；我又怎樣應酬大奶奶、二奶奶，他們又怎樣喜歡我。將來生養兩個兒子，大兒子叫他念書，讀文章，中舉、中進士、點翰林、點狀元、放八府巡按、做宰相，我做老太太，多威武。二兒子，叫他出洋，做留學生，將來放外國欽差，我再跟他出洋，逛那些外國大花園，豈不快樂死了我嗎？咳！這個主意好！這個主意好！可是我聽說七八年前，我們師叔嫁了李四爺，是個做官的，做過哪裏的道台，去的時候，多們耀武揚威！末後聽人傳說，因為被正太太淩虐不過，喝生鴉片煙死了。又見我們彩雲師兄，嫁了南鄉張三爺，也是個大財主。老爺在家的時候，待承的同親姊妹一樣，老爺出了門，那磨折就說不上口了，身上烙的一個一個的瘡疤。老爺回來，自然先到太太屋裏了，太太對老爺說：『你們這姨太太，不知道同誰偷上了，著了一身的楊梅瘡，我好容易替他治好了，你明兒瞧瞧他身上那瘡疤子，怕人不怕人？你可別上他屋裏去，你要著上楊梅瘡，可就了不得啦！』把個老爺氣得發抖，第二天清早起，氣狠狠的拿著馬鞭子，叫他脫衣裳看疤，他自然不肯。老爺更信太太說的不錯，扯開衣服，看了兩處，不問青紅皂白，舉起鞭子就打，打了二三百鞭子，教人鎖到一間空屋子裏去，一天給兩碗冷飯，吃到如今，還是那們半死不活的呢！再把那有姨太太的人盤算盤算：十成裏有三成是正太太把姨太太折磨死了的；十成裏也有兩成是姨太太把正太太鱉悶死了的；十成裏有五成是唧唧咕咕，不是鬥口就是淘氣，一百裏也沒有一個太太平平的。我可不知道任三奶奶怎麼，聽說也很厲害。然則我去到他家，也是死多活少，況且就算三奶奶人不厲害，人家結髮夫妻過的太太平平和和氣氣的日子，要我去攪得人家六畜不安，末後連我也把個小命兒送掉了，圖著甚麼呢？噯！這也不好，那也不好，不如睡我的覺吧。剛閉上眼，夢見一個白髮白鬚的老翁對我說道：『逸雲！逸雲！你本是有大根基的人，只因為貪戀利慾，埋沒了你的智慧，生出無窮的魔障，今日你命光發露，透出你的智慧，還不趁勢用你本來具足的慧劍，斬斷你的邪魔嗎？』我聽了連忙說：『是，是！』我又說：『我叫華雲，不叫逸雲。』那老者道：『迷時叫華雲，悟時就叫逸雲了。』我驚了一身冷汗，醒來可就把那些胡思亂想一掃帚掃清了，從此改為逸雲的。」

德夫人道：「看你年紀輕輕的真好大見識，說的一點也不錯。我且問你：譬如現在有個人，比你任三爺還要好點，他的正太太又愛你，又器重你的，說明了同你姊妹稱呼，把家務全交給你一個人管，永遠沒有那咭咭咕咕的事，你還願意嫁他不願意呢？」逸雲道：「我此刻且不知道我是女人，教我怎樣嫁人呢？」德夫人大驚道：「我不解你此話怎講？」

未知逸雲說出甚話，且聽下回分解。

第五回　俏逸雲除慾除盡　德慧生救人救徹

話說德夫人聽逸雲說：他此刻且不知道他是女人，怎樣嫁人呢？慌忙問道：「此話怎講？」逸雲道：「金剛經云：『無人相，無我相。』世間萬事皆壞在有人相我相。維摩詰經：維摩詰說法的時候，有天女散花，文殊菩薩以下諸大菩薩，花不著身，只有須菩提花著其身，是何故呢？因為眾人皆不見天女是女人，所以花不著身，須菩提不能免人相我相，即不能免男相女相，所以見天女是女人，花立刻便著其身。推到極處，豈但天女不是女身，維摩詰空中，哪得會有天女？因須菩提心中有男女相，故維摩詰化天女身而為說法。我輩種種煩惱，無窮痛苦，都從自己知道自己是女人這一念上生出來的，若看明白了男女本無分別，這就入了西方淨土極樂世界了。」

德夫人道：「你說了一段佛法，我還不能甚懂，難道你現在無論見了何等樣的男子，都無一點愛心嗎？」逸雲道：「不然，愛心怎能沒有？只是不分男女，卻分輕重。譬如見了一個才子、美人、英雄、高士，卻是從欽敬上生出來的愛心；見了尋常人卻與我親近的，便是從交感上生出來的愛心；見了些下等愚蠢的人，又從悲憫上生出愛心來。總之，無不愛之人，只是不管他是男是女。」德夫人連連點頭說：「師兄不但是師兄，我真要認你做師父了。」又問道：「你是幾時澈悟到這步田地的呢？」逸雲道：「也不過這一二年。」德夫人道：「怎樣便會證明到這地步呢？」逸雲道：「只是一個變字。易經說：『窮則變，變則通。』天下沒有個不變會通的人。」

德夫人道：「請你把這一節一節怎樣變法，可以指示我們罷？」逸雲道：「兩位太太不嫌煩瑣，我就說說何妨。我十二三歲時甚麼都不懂，卻也沒有男女相。到了十四五歲，初開知識，就知道喜歡男人了；卻是喜歡的美男子，怎樣叫美男子呢？像那天津捏的泥人子，或者戲子唱小旦的，覺得他實在是好。到了十六七歲，就覺得這一種人真是泥捏的絹糊的，外面好看，內裏一點兒沒有，必須有點斯文氣，或者有點英武氣，纔算個人，這就是同任三爺要好的時候了。再到十七八歲，就變做專愛才子英雄，看那報館裏做論的人，下筆千言，天下事沒有一件不知道的，真是才子！又看那出洋學生，或者看人兩國打仗要去觀戰，或者自己請赴前敵，或者借個題目自己投海而死，或者一洋鎗把人打死，再一洋鎗把自己打死，真是英雄！後來細細察看，知道那發議論的，大都知一不知二，為私不為公，不能算個才子。那些借題目自盡的，一半是發了瘋痰病，一半是受人家愚弄，更不能算個英雄。只有像曾文正❶，用人也用得好，用兵也用得好，料事也料得好，做文章也做得好，方能算得才子；像曾忠襄❷自練一軍，救兄於祁門，後來所向無敵，困守雨花臺，畢竟克復南京而後已，是個真英雄！再到十八九歲又變了，覺得曾氏弟兄的才子英雄，還有不足處，必須像諸葛武侯纔算才子，關公、趙雲才算得英雄；再後覺得管仲、樂毅方是英雄，莊周、列禦寇方是才子；再推到極處，除非孔聖人、李老君、釋迦牟尼纔算得大才子、

❶ 曾文正：曾國藩，清湖南湘鄉人。字伯涵，號滌生，曾平定太平天國之亂，為同治中興功臣第一。歷任直隸總督、兩江總督，卒諡文正。

❷ 曾忠襄：曾國荃，為國藩弟。佐助國藩攻破金陵，滅太平軍。官至兩江總督，光緒間卒。諡忠襄。

大英雄呢！推到這裏，世間就沒有我中意的人了。既沒有我中意的，反過來又變做沒有我不中意的人，這就是屢變的情形。近來我的主意把我自己分做兩個人：一個叫做住世的逸雲，既做了斗姥宮的姑子，凡我應做的事都做，不管甚麼人，要我說話就說話，要我陪酒就陪酒，要摟就摟，要抱就抱，都無不可，只是陪他睡覺做不到；又一個我呢，叫做出世的逸雲，終日裏但凡閒暇的時候，就去同那儒釋道三教的聖人頑耍，或者看看天地日月變的把戲，很夠開心的了。」

德夫人聽得喜歡異常，方要再往下問，那邊慧生過來說：「天不早了，睡罷！還要起五更等著看日出呢！」德夫人笑道：「不睡也行，不看日出也行，儜沒有聽見逸雲師兄談的話好極了，比一卷書還有趣呢！我真不想睡，只是願意聽。」慧生道：「這們好聽，你為甚麼不叫我來聽聽呢？」德夫人說：「我聽入了迷，甚麼都不知道了，還顧得叫你呢！可是好多時沒有喝茶了。王媽，王媽！咦！這王媽怎麼不答應人呢？」

逸雲下了炕說：「我去倒茶去。」就往外跑。慧生說：「你真聽迷了，哪裏有王媽呢？」德夫人說：「不是出店的時候，他跟著的嗎？」慧生大笑。環翠說：「德太太，儜忘記了，不是我們出嶽廟的時候，他嚷頭疼的了不得，所以打發他回店去，就順便叫人送行李來的嗎？不然這鋪蓋怎樣會知道送來呢？」德夫人說：「可不是，我真聽迷糊了。」慧生又問：「你們談的怎麼這麼有勁？」德夫人說：「我告訴你罷，我因為這逸雲有文有武，又能幹，又謙和，真愛極了！我想把他……」

說到這裏，逸雲笑嘻嘻的提了一壺茶進來說：「我真該死！飯後沖了一壺茶，擱在外間桌上，我竟忘了取進來，都涼透了！這新泡來的，儜喝罷！」左手拿了幾個茶碗，一一斟過。逸雲既來，德夫人適才要說的話，自然說不下去，略坐一刻，就各自睡了。

天將欲明，逸雲先醒，去叫人燒了茶水、洗臉水，招呼各人起來，煮了幾個雞蛋，燙了一壺熱酒，說：「外邊冷得厲害，吃點酒擋寒氣。」各人吃了兩杯，覺得腹中和暖，其時東方業已發白，德夫人、環翠坐了小轎，披了皮斗篷，環翠本沒有，是慧生不用借給他的。慧生、老殘步行，不遠便到了日觀峰亭子等日出。看那東邊天腳下已通紅，一片朝霞，越過越明，見那地下冒出一個紫紅色的太陽牙子出來。逸雲指道：「儜瞧那地邊上有一條明的跟一條金絲一樣的，相傳那就是海水。」只說了兩句話，那太陽已半輪出地了。只可恨地皮上面，有條黑雲像帶子一樣橫著，那太陽才出地，又鑽進黑帶子裏去，再從黑帶子裏出來，輪腳已離了地，那一條金線也看不見了。德夫人說：「我們去罷。」回頭向西，看了丈人峰、捨身巖、玉皇頂，到了秦始皇沒字碑上，摩挲了一會兒。原來這碑並不是個石片子，竟是疊角斬方的一枝石柱，上面竟半個字也沒有。再往西走，見一個山峰，彷彿劈開的半個饅頭，正面磨出幾丈長一塊平面，刻了許多八分書。逸雲指著道：「這就是唐太宗的紀泰山銘。」旁邊還有許多本朝人刻的斗大字，如栲栳❸一般，用紅油把字畫裏填得鮮明照眼，書法大都學洪鈞殿試策子的，雖遠不及洪鈞的飽滿，也就肥大的可愛了。又向西走，回到天街，重入元寶店裏，吃了逸雲預備下的湯麵，打了行李一同下山。出天街，望南一拐，就是南天門了；出得南天門，便是十八盤。誰知下山比上山更屬可怕，轎夫走的比飛還快，一霎時十八盤已走盡，不到九點鐘，已到了斗姥宮門首，慧生抬頭一看，果然掛了大紅彩綢，一對宮燈，其時大家已都下了轎子，老殘把嘴對慧生向彩綢一努，慧生說：「早已領教了。」彼

❸ 栲栳：竹製或柳製的盛物器。亦稱笆斗。

此相視而笑。

兩個老姑子迎在門口，打過了稽首，進得客堂，只見一個杏仁臉兒，面若桃花，眼如秋水，瓊瑤鼻子，櫻桃口兒，年紀十五六歲光景，穿一件出爐銀顏色的庫緞❹袍子，品藍❺坎肩，庫金鑲邊有一寸多寬，滿臉笑容趕上來替大家請安，明知一定是靚雲了。正要問話，只見旁邊走上一個戴薰貂皮帽沿沒頂子的人，走上來向德慧生請了一安，又向眾人略微打了個千兒，還對慧生手中舉著年愚弟宋瓊的帖子，說：「敝上給德大人請安，說昨兒不知道大人駕到，失禮的很。接大人的信，敝上很怒，叫了少爺去問，原來都是虛誑，沒有的事。已把少爺申斥了幾句，說請大人萬安，不要聽旁人的閒話，今兒晚上請在衙門裏便飯，這裏挑選了幾樣菜來，先請大人胡亂吃點。」

慧生聽了，大不悅意，說：「請你回去替你貴上請安，說送菜吃飯，都不敢當，謝謝罷。既說都是虛誑，不用說就是我造的謠言了，明天我們動身後，怕不痛痛快快奈何這斗姥宮姑子一頓嗎？既不准我情，我自有道理就是了。你回去罷！」那家人也把臉沉下來說：「大人不要多心，敝上不是這個意思。」回過臉對老姑子說：「你們說實話，有這事嗎？」慧生說：「你這不是明明當我面逞威風嗎？我這窮京官，你們主人瞧不起，你這狗才也敢這樣放肆！我搖你主人不動，難道辦你這狗才也辦不動嗎？今天既是如此，我下午拜泰安府，請他先把你這狗才打了，遞解回籍，再同你們主人算帳！子弟不才，還要這們護短。」回頭對老殘說：「好好的一個人，怎樣做了知縣就把天良喪到這步田地！」那家人看勢頭不

❹ 庫緞：品質最良的緞，產於杭州江寧等處，清代為貢物，以入緞疋庫，故稱庫緞。
❺ 品藍：藍紫色。

好，趕忙跪在地下磕頭。德夫人說：「我們裏邊去罷。」慧生把袖子一拂，竟往裏走，仍在靚雲房裏去坐。泰安縣裏家人知道不妥，忙向老姑子託付了幾句，飛也似的下山去了。暫且不提。

卻說德夫人看靚雲長得實在是俊，把他扯在懷裏，仔細撫摩了一回說：「你也認得字嗎？」靚雲說：「不多幾個。」問：「念經不念經？」答：「經總是要念的。」問：「念的甚麼經？」答：「無非是眼面前幾部：金剛經、法華經、楞嚴經等罷了。」問：「經上的字，都認得嗎？」答：「那幾個眼面前的字，還有不認的嗎？」德夫人又一驚，心裏想，以為他年紀甚小，大約認不多幾個字，原來這些經都會念了，就不敢怠慢他，又問：「你念經，懂不懂呢？」靚雲答：「略懂一二分。」德夫人說：「你要有不懂的，問這位鐵老爺，他都懂得。」老殘正在旁邊不遠坐，接上道：「大嫂不用冤人，我哪裏懂得甚麼經呢？」又因久聞靚雲的大名，要想試他一試，就兜過來說了一句道：「我雖不懂甚麼，靚雲！你如要問也不妨問問看，碰得著，我就說；碰不著，我就不說。」靚雲正待要問，只見逸雲已經換了衣服，搽上粉，點上胭脂，走將進來；穿得一件粉紅庫緞袍子，卻配了一件元色緞子坎肩，光著個頭，一條烏金絲的辮子。靚雲說：「師兄偏勞了。」逸雲說：「豈敢，豈敢！」靚雲說：「師兄，這位鐵老爺佛理精深，德太太叫我有不懂的問他老人家呢。」逸雲說：「好，你問，我也沾光聽一兩句。」靚雲遂立向老殘面前，恭恭敬敬問道：「金剛經云：『若人滿三千大千世界七寶以用布施，其福德多不如以四句偈語❻為他人說，其福勝彼。』請問那四句偈本經到底沒有說破。有人猜是：『一切有為法，如夢幻泡影，如露亦如電，應作如是觀。』」老殘說：「問的厲害！一千幾百年註金剛經的都註不出來，你問我，我也

❻偈語：是梵語「偈陀」的略稱，義譯為「頌」。有三言、四言以至多言，四句一偈，以供吟唱。偈，音ㄐㄧˋ。

是不知道。」逸雲笑道：「你要那四句，就是那四句，只怕你不要。」靚雲說：「為甚麼不要呢？」逸雲一笑不語，老殘肅然起敬的立起來，向逸雲唱了一個大肥喏，說：「領教得多了！」靚雲說：「你這話鐵老爺倒懂了，我還是不懂，為甚麼我不要呢？三十二分我都要，別說四句。」逸雲說：「為的你三十二分都要，所以這四句偈語就不給你了。」靚雲說：「我更不懂了。」老殘說：「逸雲師兄佛理真通達，你想六祖❼只要了『因無所住，而生其心』兩句，就得了五祖的衣缽，成了活佛，所以說『只怕你不要』。真正生花妙舌。」老殘因見逸雲非凡，便問道：「逸雲師兄，屋裏有客麼？」逸雲說：「我屋裏從來無客。」老殘說：「我想去看看許不許？」逸雲說：「你要來就來，只怕你不來。」老殘說：「我歷了無限劫，纔遇見這個機會，怎肯不來？請你領路同行。」當真逸雲先走，老殘後跟。德夫人笑道：「別讓他一個人進桃源洞，我們也得分點仙酒飲飲。」說著大家都起身同去，就是這西邊的兩間北屋，進得堂門，正中是一面大鏡子，上頭一塊橫匾，寫著「逸情雲上」四個行書字，旁邊一副對聯寫道：

姑射仙人冰雪姿。

妙喜如來福德相；

只有下款「赤龍」二字，並無上款。慧生道：「又是他們弟兄的筆墨。」老殘說：「這人幾時來的？是你的朋友嗎？」逸雲說：「外面是朋友，內裏是師弟。他去年來的，在我這裏住了四十多天呢。」老殘道：「他就住在你這廟裏嗎？」逸雲道：「豈但在這廟裏，簡直住在我炕上。」德夫人忙問：「你睡

---

❼ 六祖：我國佛教相傳有六位禪宗祖師，依次為達摩、慧可、僧璨、道信、弘忍、慧能。六祖即慧能。

在哪裏呢？」逸雲笑道：「太太有點疑心山頂上說的話罷？我睡在他懷裏呢！」德夫人道：「那們說，他竟是坐懷不亂的柳下惠嗎？」逸雲道：「柳下惠也不算得頭等人物，不過散聖罷咧，有甚麼稀奇！若把柳下惠去比赤龍子，他還要說是貶他呢！」大家都伸舌頭。

德夫人走到他屋裏看看，原來不過一張炕，一個書桌，一架書而已，別無長物。卻收拾得十分乾淨，炕上掛了個半舊湖縐幔子，疊著兩床半舊的錦被。德夫人說：「我乏了，借你炕上歇歇，行不行？」逸雲說：「不嫌骯髒，儜請歇著。」其時環翠也走進房裏來。德夫人說：「咱倆躺一躺罷。」慧生、老殘進房看了一看，也就退到外間，隨便坐下。慧生說：「剛纔你們講的金剛經，實在講的好。」老殘道：「空谷幽蘭，真想不到這種地方，會有這樣高人，而且又是年輕的尼姑，外像彷彿跟妓女一樣。古人說：『蓮花出於汙泥。』真是不錯的！」慧生說：「你昨兒心目中只有靚雲，今兒見了靚雲，何以很不著意似的？」老殘道：「我在省城只聽人稱讚靚雲，從沒有人說起逸雲，可知道曲高和寡❽呢！」慧生道：「就是靚雲，也就難為他了，纔十五六歲的孩子家呢！……」

正在說話，那老姑子走來說道：「泰安縣宋大老爺來了，請問大人在哪裏會？」慧生道：「到你客廳上去罷。」就同老姑子出去了，此地剩了老殘一個人，看旁邊架上堆著無限的書，就抽一本來看，原來是本大般若經，就隨便看將下去。話分兩頭：慧生自去會宋瓊，老殘自是看大般若經。

卻說德夫人喊了環翠同到逸雲炕上，逸雲說：「儜躺下來我替儜蓋點子被罷。」德夫人說：「你來坐下，我不睡，我要問你赤龍子是個何等樣人？」逸雲說：「我聽說他們弟兄三個，這赤龍子年紀最小，

❽ 曲高和寡：比喻深奧的藝術或理論，少有人能欣賞。語出於宋玉對楚王問。

卻也最放誕不羈的。青龍子、黃龍子兩個呢，道貌巖巖，雖然都是極和氣的人，可教人一望而知他是有道之士。若赤龍子，教人看著說不出個所以然來，嫖賭吃著，無所不為；官商士庶，無所不交。同塵俗人處，他一樣的塵俗；同高雅人處，他又一樣的高雅，並無一點勉強處，所以人都測不透他。因為他同青龍、黃龍一個師父傳授的，人也不敢不敬重他些，究竟知道他實在的人很少。去年來到這裏，同大家夥兒嘻嘻呵呵的亂說，也是上山回來在這裏吃午飯，晚飯後師父同他談的話就很不少。師父說：『你就住在這裏罷。』他說：『好，好！』師父說：『儜願意一個人睡，願意有人陪你睡？』他說：『都可以。』師父說：『兩個人睡，你叫誰陪你？』他說：『叫逸雲陪我。』師父打了個楞，接著就說：『好，好！』師父就對我說：『你意下何如？』我心裏想，師父今兒要考我們見識呢，我也就說：『好，好！』從那一天起，就住了有一個多月，白日裏他滿山去亂跑，晚上圍一圈子的人聽他講道，沒有一個不是喜歡的了不得，所以到底也沒有一個人說一句閒話，並沒有半點不以為然的意思。到了極熟的時候，我問他道：『聽說你老人家窰子裏頗有相好的，想必也都是有名無實罷？』他說：『我精神上有戒律，形骸上無戒律，都是因人而施，譬如你清我也清，你濁我也濁，或者妨害人或者妨害自己，都做不得，這是精神上戒律。若兩無妨礙，就沒甚麼做不得，所謂形骸上無戒律。……』」

正談得高興，聽慧生與老殘在外間說話，德夫人惦記廟裏的事，趕忙出來問：「怎樣了？」慧生道：「這個東西初起還力辯其無，我說子弟倚父兄勢，凌逼平民，必要鬧出大案來。這件事以情理論，與強姦閨女無異，幸尚未成，你還要竭力護短。俗語說得好：『要得人不知，除非己莫為。』閣下一定要縱容世兄，我也不必嘵舌，但看御史參起來，是壞你的官，是壞我的官？不瞞你說，我已經寫信告知張宮保說：途中聽人傳說有這一件事，不知道確不確，請他派人密查一查。你管教世兄也好，不管教也好，我橫豎明日動身了。他聽了這話，纔有點懼怕，說：『我回衙門，把這個小畜生鎖起來。』我看鎖雖是假的，以後再鬧，恐怕不敢了。」德夫人說：「這樣最好。」靚雲本隨慧生進來的，上前忙請安道謝。

究竟宋少爺來與不來，且聽下回分解。

第六回　斗姥宮中逸雲說法　觀音庵裏環翠離塵

話說靚雲聽說宋公已有懼意，知道目下可望無事，當下向慧生夫婦請安道謝。少頃老姑子也來磕頭，慧生連忙攙起說：「這算怎樣呢，值得行禮嗎？可不敢當！」老姑子又要替德夫人行禮，早被慧生抓住了，大家說些客氣話完事。逸雲卻也來說：「請吃飯了。」眾人回至靚雲房中，仍舊昨日坐法坐定，只是青雲不來，換了靚雲，今日是靚雲執壺，勸大家多吃一杯。德夫人亦讓二雲吃菜飲酒，於是行令猜枚，甚是熱鬧。瞬息吃完，席面撤去。德夫人說：「天時尚早，稍坐一刻，下山如何？」靚雲說：「傳五點鐘走到店，也黑不了天，我看傳今兒不走，明天早上去好不好？」德夫人說：「人多不好打攪的。」逸雲說：「有的是屋子，比山頂元寶店總要好點。我們哥兒倆屋子讓傳四位睡，還不夠嗎？我們倆同師父睡去。」德夫人說：「你們走了，我們圖甚麼呢？」逸雲說：「那我們就在這裏伺候也行。」德夫人戲說道：「我們兩口子睡一間屋。」指環翠說：「他們兩口子睡一間屋。」問逸雲：「你睡在哪裏呢？」逸雲說：「我睡在傳心坎上。」德夫人笑道：「這個無賴，你從昨兒就睡在我心上，幾時離開了嗎？」大家一齊微笑。德夫人又問：「你幾時剃辮子呢？」逸雲搖頭道：「我今生不剃辮子了。」德夫人說：「不是這廟裏規定三十歲就得剃辮子嗎？」答道：「也不一定，倘若嫁人走的呢，就不剃辮子了。」問：「你打算嫁人嗎？」答：「不是這個意思，我這些年替廟裏掙的功德錢雖不算多，也夠贖身的分際了，無論何時都可以走。我目下為的是自己從小以來，凡有在我身上花過錢的人，我都替他們念幾卷消災延壽經，稍盡我點報德的意思。念完了我就走，大約總在明年春夏天罷。」德夫人說：「你走，可以到我們揚州去住幾天，好不好呢？」逸雲說：「很好，我大約出門先到普陀山進香，必走過揚州，儜開下地名來我去瞧儜去。」老殘說：「我來寫，儜給管筆給張紙。」靚雲忙到抽屜裏取出紙筆遞與老殘，老殘就開了兩個地名遞與逸雲說：「儜也惦記著看看我去呀！」逸雲說：「那個自然。」又談了半天話，轎夫來問過數次，四人便告辭而去，送了打攪費二十兩銀子，老姑子再三不肯收，說之至再，始勉強收去。老姑子同逸雲、靚雲送出廟門而歸。

這裏四人回到店裏，天尚未黑，德夫人把山頂與逸雲說的話一一告訴了慧生與老殘，二人都贊歎逸雲得未曾有。慧生問夫人道：「可是呢，你在山頂上說愛極了他，你想把他怎樣，後來沒有說下去。到底你想把他怎樣？」德夫人說：「我想把他替你收房❶。」慧生說：「感謝之至，可行不行呢？」夫人道：「別想吃天鵝肉了，大約世上沒有能中他的意了。」慧生道：「這個見解倒也是不錯的，這人做妾未免太褻瀆❷了，可是我卻不想娶這們一個妾，倒真想結交這們一個好朋友。」老殘說：「誰不是這們想呢？」環翠說：「可惜前幾年我見不著這個人，若是見著，我一定跟他做徒弟去。」老殘說：「你這話真正糊塗，前幾年見著他，他正在那裏熱任三爺呢，有啥好處？況且你家道未壞，你家父母把你當珍寶一樣的看待，也斷不放你出家，倒是此刻卻正是個機會，逸雲的道也成了，你的辛苦也吃夠了，你真

❶ 收房：納婢女為妾。
❷ 褻瀆：輕慢、侮蔑。

要願意，我就送你上山去。」環翠因提起他家舊事，未免傷心，不覺淚如雨下，掩面啜泣。聽老殘說道送他上山，此時卻答不出話來，只是搖頭。德夫人道：「他此時既已得了你這們個主兒，也就離不開了。」

正在說話，只見慧生的家人連貴進來回話，立在門口不敢做聲。慧生問：「你來有甚麼事。」連貴稟道：「昨兒王媽回來就不舒服得很，發了一夜的大寒熱，今兒一天沒有吃一點甚麼，只是要茶飲；老爺車上的轅騾也病倒了，明日清早開車恐趕不上。請老爺示下，還是歇半天，還是怎麼樣？」慧生說：「自然歇一天再看，騾子叫他們趕緊想法子。王媽的病請鐵老爺瞧瞧，抓劑藥吃吃。」正要央求老殘，老殘說：「我此刻就去看。」站起身來就走。少頃回來對慧生說：「不過冒點風寒，一發散就好了。」

此時店家已送上飯來，卻是兩分，一分是本店的，一分是宋瓊送來的。大家吃過了晚飯，不過八點多鐘，仍舊坐下談心。德夫人說：「早知明日走不成功，不如今日住在斗姥宮了，還可同逸雲再談一晚上。」慧生說：「這又何難，明日再去花上幾個轎錢，有限的很。」老殘道：「我看逸雲那人灑脫的很，不如明天竟請他來，一定做得到的。我正有話同他商量呢。」慧生說：「也好，今晚寫封信，我們兩人聯名請他來，今晚交與店家，明日一早送去。」老殘說：「甚好，此信你寫我寫？」慧生說：「我的紙筆便當，就是我寫罷。」當時寫好交與店家收了，明日一早送去。老殘遂對環翠道：「你剛纔搖頭，沒有說話，是甚麼意思？我對你說罷：我不是勒令要你出家，因為你說早幾年見他，一定跟他做徒弟，我所以說早年是萬不行的，惟有此刻倒是機會，也不過是據理而論，其實也是做不到的事情。何以呢？其餘都無難處，第一條：現在再要你去陪客，恐怕你也做不到了；若說逸雲這種人真是機會難遇，萬不可失的，其如廟規不好何？」環翠說：「我想這一層倒容易辦，他們凡剃過頭的就不陪客，倘若去時先剃頭後去，他就沒有法子了。只是有兩條萬過不去的關頭：第一，承你從水火中搭救我出來，一天恩德未報，我萬不能出家，於心不安；第二，我還有個小兄弟帶著，交與誰呢？所以我想只有一個法子，明天等他來，無論怎樣，我替他磕個頭，認他做師父，請他來生來度我，或者我伺候你老人家百年之後，我去投奔他。」老殘道：「這倒不然，你說要報恩，你跟我一世，無非吃一世用一世，那會報得了我的恩呢？倘若修行成道，那時我有三災八難，你在天上看見了，必定飛忙來搭救我，那纔是真報恩呢。或者竟來度我成佛作祖，亦未可知。至於你那兄弟更容易了，找個鄉下善和老兒，我分百把銀子替他置個二三十畝地，就叫善和老兒替他管理撫養成人，萬一你父親未死，還有個會面的日期。只是你年輕的人，守得住守不住，我不能知道，是一難；逸雲肯收留你不肯收留你，是第二難。且等明日逸雲到來，再作商議。」德夫人道：「鐵叔叔說的十分有理，且等逸雲到來再議罷。」大家又說了些閒話，各自歸寢。

次日八點鐘，諸人起來，盥漱方畢，那逸雲業已來到。四人見了異常歡喜，先各自談了些閒話，便說到環翠身上。把昨晚議論商酌的話，一一告知逸雲。逸雲又把環翠仔細一看，說：「此刻我也不必說客氣話了，鐵姨奶奶也是個有根器❸的人，你們所慮的幾層意思，我看都不難，只有一件難處，我卻不敢應承。我先逐條說去：第一條我們廟裏規矩不好，是無妨礙的；你也不必先剪頭髮，明道不明道，關不到頭髮的事。我們這後山，有個觀音庵，也是姑子廟，裏頭只有兩個姑子，老姑子叫慧淨，有七十多歲，小姑子叫清修，也有四十多歲了，這兩個姑子皆是正派不過的人，與我都極投契；不過只是尋常吃齋念佛而已，那佛菩薩的精義，他卻不甚清楚。在觀音庵裏住，是萬分妥當的。第二條他的小兄弟的話

---

❸ 根器：比喻能學道的天秉。

呢，也不為難：我這傲來峰腳下有個田老兒，今年六十多歲了，沒有兒子。十年前他老媽媽勸他納個妾，他說：『沒有兒子將來隨便抱一個就是了。若是納了妾，我們這家人家，今兒吵，明兒鬧，可就過不成安穩日子了。你留著俺們兩個老年人多活幾年罷。況且這納妾是做官的人們做的事，豈是我們鄉農好做得嗎？』因此他家過得十分安靜，從去年常託我替他找個小孩子。他很信服我，非我許可的他總不要，所以到今兒還沒選著。他家有二三百畝地的家業，不用貼他錢，他也是喜歡的，只是要姓他的姓。不怕等二老歸天後再還宗，或是兼祧兩姓俱可。」環翠說道：「我家本也姓田。」逸雲道：「這可就真巧了。第三層，鐵老爺，你怕你姨太太年輕守不住，這也多慮，我看他一定不會有邪想的。你瞧他眼光甚正，外平內秀，決計是仙人墮落，難已受過，不會再落紅塵的了。以上三件，是你們諸位所慮的，我看都不要緊。只是一件甚難：姨太太要出家是因我而發，我可是明年就要走的人。把他一個人放在個荒涼寂寞的姑子庵裏，未免太苦。倘若可以明道呢，就辛苦幾年也不算事。無奈那兩個姑子只會念經吃素，別的全不知道。與其苦修幾十年，將來死了不過來生變個富貴女人，這也就大不合算了！倒不如跟著鐵老爺，還可講幾篇經，說幾段道，將來還有個大澈大悟的指望，這是一個難處。若說教我也不走，在這裏陪他，我卻斷做不到，不敢欺人。」環翠道：「我跟師父跑不行嗎？」逸雲大笑道：「你當做我出門也像你們老爺雇著大車同你坐嗎？我們都是兩條腿跑，夜裏借個姑子廟住住，有得吃就吃一頓，沒得吃就餓一頓，一天儘量我能走二百多里地呢。你那三寸金蓮，要跑起來怕到不了十里，就把你累倒了！」環翠沉吟了一會，說：「我放腳行不行？」逸雲也沉吟了一會，對老殘道：「鐵爺，你意下如何？」老殘道：「我看這事最要緊的是你肯提挈他不肯，別的都無關係。」環翠此刻忽然伶俐，也是他善根發動，他連忙跪到逸雲跟前，淚流滿面說：「無論怎樣都要求師父超度。」逸雲此刻竟大剌剌❹的也不還禮，將他拉起說：「你果然一心學佛，也不難。我先同你立約：第一件到老姑子廟後，天天學走山道，能把這崎嶇山道走得如平地一般，你的道就根基立定了。將來我再教你念經說法。大約不過一年的艱苦，以後就全是樂境了。古人云：『十月胎成。』也大概不錯的，你再把主意拿定一定。」環翠道：「主意已定，同我們老爺意思一樣。只要跟著師父，隨便怎樣，我斷無悔恨就是了。」老殘立起身來，替逸雲長揖說：「一切拜託。」逸雲慌忙還禮說：「將來靈山會上，我再問儜索謝儀罷。」老殘道：「那時候還不知道誰跟誰要謝儀呢？」大家都笑了。環翠立起來替慧生夫婦磕了頭道：「蒙成就大德。」末後替老殘磕頭，就淚如雨下說：「只是對不住老爺到萬分了。」老殘也覺淒然，隨笑說道：「恭喜你超凡入聖，幾十年光陰迅速，靈山再會，轉眼的事情。」德夫人也含著淚說：「我傷心就不能像你這樣，將來倘若我墮地獄，還望你二位早來搭救。」逸雲道：「德夫人卻萬不會下地獄。只是有一言奉勸，不要被富貴拴住了腿要緊！後會有期。」老殘忙去開了衣箱，取出二百兩銀子交與逸雲設法佈置，又把環翠的兄弟叫來，替逸雲磕頭。逸雲收了一百兩銀子說：「儘夠了。不過田老兒處備分禮物，觀音庵捐點功德，給他自已置備四季道衣，如此而已。」德慧生說：「我們也送幾個錢，表表心意。」同夫人商酌，夫人說：「也是一百兩罷。」逸雲說：「都用不著了，出家人要多錢做甚麼？」

店家來問開飯，慧生說：「開罷。」飯後，逸雲說：「我此刻先去到田老兒同觀音庵兩處說妥了，再來回信，究竟也得人家答應，纔能算數呢。」道了一聲，告辭去了。

❹ 大剌剌：大模大樣。又作「大落落」。

這裏老殘一面替環翠收拾東西，一面說些安慰話，環翠哭得淚人兒似的，哽咽不止。德夫人也勸道：「在旁的人萬不肯拆散你們姻緣，只因為難得有這們一個逸雲，我實在是沒法，有法我也同你去了。」環翠含淚道：「我知道是好事，只是站在這裏就要分離，心上好像有萬把鋼刀亂扎一樣，委實難受！」慧生道：「明年逸雲朝南海，必定到我們那裏去，你一定隨同去的，那時就可以見面，何必傷心呢？」過了一刻，環翠也收住了淚。

太陽剛下山的時候，逸雲已經回來，對環翠說：「兩處都說好了，明日我來接你罷。」德夫人問：「此刻你怎樣？」逸雲說：「我回廟裏去。」德夫人說：「明日我們還要起身，不如你竟在我們這兒睡一夜罷。本來是他們兩個官客❺睡一處，我們兩個堂客❻睡一處的，你竟陪我談一夜罷。你肯度鐵奶奶，難道不肯度我德奶奶嗎？」逸雲笑道：「那也使得，儜這個德奶奶已有德爺度你了。自古道『儒釋道三教』，沒有你們德老爺度他，他總不能成道的。」德夫人道：「此話怎講？」逸雲道：「『德』字為萬教的根基，無德便是地獄。種子有德，再從德裏生出慧來，沒有一個不成功的了。」德夫人道：「那不過是個名號，哪裏認得真呢？」逸雲說：「名者，命也，是有天命的。他怎麼不叫德富、德貴呢？可見是有天命的了，我並非當面奉承，我也不騙錢花，你們三位將來都要證果的，不定三教是哪一教便了。」德夫人說：「我終不敢自信，請你傳授口訣，我也認你做師父。」逸雲說：「師父二字語重，既是有緣，我也該奉贈一個口訣，讓儜依我修行。」德夫人聽了歡喜異常，連忙扒下地來就磕頭喊師父。逸雲也連

---

❺ 官客：舊俗稱男子為官客。

❻ 堂客：舊俗稱婦女為堂客。

忙磕頭說：「可折死我了。」二人起來，逸雲說：「請眾人迴避。」三人出去，逸雲向德夫人耳邊說了個「夫唱婦隨」四個字。德夫人詫異道：「這是口訣嗎？」逸雲道：「口訣本係因人而施，若是有個一定口訣，當年那些高真上聖早把他刻在書本子上了。你緊記在心，將來自有個大澈大悟的日子，你就知道不是尋常的套語了。佛經上常說：『受記成佛。』你能受記，就能成佛；你不受記，就不能成佛。你們老爺現在心上已脫塵網，不出三年必棄官學道，他的覺悟在你之先。此時不可說破。你總跟定他走，將來不是一個馬丹陽、一個孫不二嗎？」德夫人凝了一會神，說：「師父真是活菩薩，弟子有緣，謹受記，不敢有忘。」又磕了一個頭。

其時外間晚飯已經開上桌子，王媽竟來伺候。德夫人說：「你病好了嗎？」王媽說：「昨夜吃了鐵爺的藥，出了一身汗，今日全好了；上午吃了一碗小米稀飯，一個饅頭，這會子全好了。」

當時五人同坐吃飯，德慧生問逸雲道：「儜何以不吃素？」逸雲說：「我是吃素，佛教同你們儒教不同，例得吃素。」慧生說：「我看你同我們一樣吃的是葷哩。」逸雲說：「六祖隱於四會獵人中，常吃肉邊菜，請問肉鍋裏煮的菜算葷算素？」慧生說：「那自然算葷。」逸雲說：「六祖他卻算吃素，我們在斗姥宮終日陪客，哪能吃素呢？可是有客時吃葷，無客時吃素，儜沒留心我在葷碗裏仍是夾素菜吃？」環翠說道：「當真我倒留心的，從沒見我師父吃過一塊肉同魚蝦之類。」逸雲道：「這也是出世間法裏的一端。」老殘問道：「倘若竟吃肉，行不行呢？」逸雲道：「有何不可，倘若有客逼我吃肉，我便吃肉，只是我不自己找肉吃便了。若說吃肉，當年濟顛祖師還吃狗肉呢！也擋不住成佛。地獄裏的人吃長齋的，不計其數。總之，吃葷是小過犯，不甚要緊。譬如女子失節，是個大過犯，比吃葷重萬倍，試問你們姨太太失了多少節了？這罪還數得清嗎？其實若認真從此修行，同那不破身的處子毫無分別。因為失節不是自己要失的，為勢所迫，出於不得已，所以無罪。」

大家點頭稱善，飯畢之後，連貴上來回道：「王媽病已好了，轅騾又換了一個，明天可以行了，請老爺示下，明天走不走呢？」慧生看德夫人，老殘說：「自然是走。」德夫人說：「明天再住一天何如？」老殘說：「千里搭涼棚，終無不散的筵席。」逸雲說：「依我看明天午後走罷。清早我同鐵老爺、奶奶送田兄弟到田老頭莊上，去後同鐵老爺到觀音庵，都安置好了停再走，鐵老爺也放心些。」大家都說甚是。

一宿無話，次日清晨，老殘果隨逸雲將環翠兄弟送去，又送環翠到觀音庵，見了兩個姑子，囑託了一番，老姑子問：「下髮不下呢？」逸雲說：「我不主剃頭的，然佛門規矩亦不可壞。」將環翠頭髮打開剪了一綹，就算剃度了，改名環極。

諸事已畢，老殘回店，告知慧生夫婦，贊歎不絕。隨即上車起行，無非「荒村雨露眠宜早，野店風霜起要遲」。八九日光陰已到清江浦，老殘因有個親戚住在淮安府，就不同慧生夫婦同道，逕一車拉往淮安府去。這裏慧生夫婦雇了一個三艙大南灣子逕往揚州去。

未知後事如何，且聽下回分解。

第七回　銀漢浮槎仰瞻月姊　森羅寶殿伏見閻王

話說德慧生攜眷自赴揚州去，老殘卻一車逕拉到淮安城內投親戚。你道他親戚是誰？原來就是老殘的姊丈。這人姓高名維，字曰摩詰。讀書雖多，不以功名為意。家有田原數十頃，就算得個小小的富翁了。住在淮安城內勺湖邊上。這勺湖不過城內西北角一個湖，風景倒十分可愛。湖中有個大悲閣，四面皆水；南面一道板橋有數十丈長，紅欄圍護；湖西便是城牆。城外帆檣林立，往來不斷，到了薄暮時候，女牆❶上露出一角風帆，掛著通紅的夕陽，煞是入畫。這高摩詰在這勺湖東面，又買了一塊地，不過一畝有餘，圈了一個槿籬，蓋了幾間茅屋，名叫小輞川園。把那湖水引到園中，種些荷花，其餘隙地，種些梅花桂花之類，卻用無數的小盆子，栽月季花。這淮安月季，本來有名，種數極多，大約有七八十個名頭，其中以「藍田碧玉」為最。那日老殘到了高維家裏，見了他的胞姊。姊弟相見，自然格外的歡喜。

坐了片刻，外甥男女都已見過，卻不見他姊丈。便啟口問道：「姊丈哪裏去？想必又到哪家赴詩社去了罷。」他大姊道：「沒有出門，想必在他小輞川園裏呢。」老殘道：「姊丈真是雅人，又造了一個花園了。」大姊道：「咦，哪裏是什麼花園呢，不過幾間草房罷了。就在後門外，不過朝西北上去約一箭多遠就到了。叫外甥小鳳引你去看罷。昨日他的藍田碧玉，開了一朵異種，有碗口大，清香沁人，比蘭花的香

❶ 女牆：城上的短牆。

味還要清些。你來得正好，他必要捉你做詩哩。」老殘道：「詩雖不會做，一嘴賞花酒總可以擾得成了。」說著就同小鳳出了後門，往西不遠，已到門口。進門便是一道小橋，過橋迎面有個花籬擋住，順迴廊往北行數步，往西一拐，就到了正廳。上面橫著塊匾額，寫了四個大字是「散花斗室」。進了廳門，只見那高摩詰正在那裏拜佛。當中供了一尊觀音像，面前正放著那盆藍田碧玉的月季花。小鳳走上前去，看他拜佛起來說道：「二舅舅來了。」高維回頭一看，見了老殘，歡喜的了不得，說：「你幾時來的？」老殘說：「我剛才來的。」高維說：「你來得正好。你看我這花今年出的異種。你看這一朵花，總有上千的瓣子。外面看像是白的，細看又帶綠色。定神看下去，彷彿不知有若干遠似的。平常碧玉，沒有香味，這種卻有香，而又香得極清，連蘭花的香味都顯得濁了。」老殘細細的聞了一回，覺得所說真是不差。高維忙著叫小童煎茶，自己開廚取出一瓶碧蘿春來說：「對此好花，若無佳茗，未免辜負良朋。」老殘笑道：「這花是感你好詩來的。」高維道：「昨日我很想做兩首詩賀這花，後來恐怕把花被詩薰臭了，還是不做的好。你來倒是切切實實的做兩首罷！」老殘道：「不然，大凡一切花木，都是要用人糞做肥料的。這花太清了，用糞恐怕力量太大，不如我們兩個做首詩，譬如放幾個屁，替他做做肥料，豈不大妙！」二人都大笑了一回。此後老殘就在這裏，無非都是吃酒、談詩、養花、拜佛這些事體，無庸細述。

卻說老殘的家，本也寄居在他姊丈的東面，也是一個花園的樣子。進了角門有大荷花池。池子北面是所船房，名曰海渡杯。池子東面也是個船房——面前一棵紫藤，三月開花，半城都香——名曰銀漢浮槎。池子西面是一派五間的水榭，名曰秋夢軒。海渡杯北面，有一堂太湖石，三間蝴蝶廳。廳後便是他的家眷住居了。

老殘平常便住在秋夢軒裏面。無事時，或在海渡杯裏著棋，或在銀漢浮槎裏垂釣，倒也安閑自在。一日在銀漢浮槎裏看大圓覺經，看得高興，直到月輪西斜，照到槎外如同水晶世界一般，玩賞許久，方去安睡，自然一落枕便睡著了。夢見外邊來了一個差人模樣，戴著一頂紅纓大帽，手裏拿了許多文書，到了秋夢軒外間椅子上坐下。老殘看了，甚為詫異。心裏想：「我這裏哪得有官差直至臥室外間，何以家人並不通報？」正疑慮間，只見那差人笑吟吟的道：「我們敝上請你老人家去走一趟。」老殘道：「你是哪衙門來的，你們貴上是誰？」那差人道：「我們敝上是閻羅王。」老殘聽了一驚，說道：「然則我是要死了嗎？」那差人答道：「是。」老殘道：「既是死期已到，就同你走。」那差人道：「還早著呢，我這裏今天傳的五十多人，你老人家名次在儘後頭呢！」手中就捧上一個單子上來。看真是五十多人，自己名字在三十多名上邊。老殘看罷說道：「依你說，我該甚麼時候呢？」那差人道：「我是私情，先來給你老人家送個信兒，讓你老人家好預備預備，有要緊話吩咐家人好照著辦。我等人傳齊了再來請你老人家。」老殘說：「承情的很，只是我也沒有甚麼預備，也沒有什麼吩咐，還是就同你去的好。」那差人連說：「不忙，不忙。」就站起來走了。

老殘一人坐在軒中，想想有何吩咐，直想不出，走到窗外，覺得月明如晝，景象清幽，萬籟無聲，微帶一分淒慘的滋味。說道：「噯！我還是睡去罷，管他甚麼呢。」走到自己臥室內，見帳子垂著，床前一雙鞋子放著。心內一驚說：「呀！誰睡在我床上呢？」把帳子揭開一看，原來便是自己睡得正熟。心裏說：「怎會有出兩個我來？姑且搖醒床上的我，看是怎樣。」極力去搖，原來一毫也不得動。心裏明白，點頭道：「此刻站著的是真我，那床上睡的就是我的尸首了。」不覺也墜了兩點眼淚，對那尸首說道：「今天屈你冷落半夜，明早就有多少人來哭你，我此刻就要少陪你了。」回首便往外走。

煞是可怪，此次出來，月輪也看不見了，街市也不是這個街市了，天上昏沉沉的，像那刮黃沙的天氣將晚不晚的時候。走了許多路，看不見一個熟人，心中甚是納悶說：「我早知如此，我不如多賞一刻明月，等那差人回來同行，豈不省事。為啥要這們著急呢？」忽見前面有個小童，一跳一跳的來了。正想找他問個路，逕走到面前，原來就是周小二子。這周小二子是本宅東頭一個小戶人家的娃子，前兩月吊死了的。老殘看見他是個熟人，心裏一喜，喊道：「你不是周小二子嗎？」那周小二子抬頭一看，說：「你不是鐵二老爺嗎？你怎麼到這裏來？」老殘便將剛才情形告訴了一遍。周小二子道：「你老人家真是怪脾氣。別人家賴著不肯死，你老人家著急要死，真是稀罕！你老人家此刻打算怎樣呢？」老殘道：「我要見閻羅王，認不得路。你送我去好不好？」周小二子道：「閻羅王宮門我進不去，我送你到宮門口罷！」老殘道：「就是這們辦，很好。」說著，不消費力，已到了閻羅王宮門口了。周小二子說道：「你老人家由這東角門進去罷。」老殘道：「費你的心，我沒有帶著錢，對不住你。」周小二子道：「不要錢，不要錢。」又一跳一跳的去了。

老殘進了東角門，約有半里多路，到了二門，不見一個人。又進了二門，心裏想道：「直往裏跑也不是個事。」又走有半里多路，見是個殿門，不敢造次，心想：「等有個人出來再講。」卻見東邊朝房裏走出一個人來。老殘便迎了上去。只見那人倒先作了個揖，口中說道：「補翁久違得很了。」老殘仔細一看，見這人有五十多歲，八字黑鬚，穿了一件天青馬褂，彷彿是呢的，下邊二藍夾袍子。滿面笑容問道：「閣下何以至此？」老殘把差人傳訊的話說了一遍。那人道：「差人原是個好意，不想你老兄這等性急，先跑得來了，沒法只好還請外邊去散步一回罷。此刻是五神問案的時候，專訊問那些造惡犯罪的人呢。像你老兄這起案子，是個人命牽連，與你毫不相干，不過被告一口咬定，需要老兄到一到案就了結的。請出去遊玩遊玩，到時候我自來奉請。」老殘道了費心，逕出二門之外，隨意散步。

走到西角門內，看西面有株大樹，約有一丈多的圍圓，彷彿有一個人立在樹下。心裏想，走上前去同他談談，這人想必也是個無聊的人。及至走到跟前一看，原來是個極熟的人。這人姓梁名海舟，是前一個月死的。老殘見了不覺大喜，喊道：「海舟兄，你在這裏嗎？」上前作了一個揖。那梁海舟回了半個揖。老殘道：「前月分手，我想總有好幾十年不得見面，誰想不過一個月，竟又會晤了，可見我們兩人是有緣分。只是怎樣你到今還在這裏呢？我不懂得很。」那梁海舟一臉的慘淡顏色，慢騰騰的答道：「案子沒有定。」老殘道：「你有甚麼案子？怎會耽擱許久？」梁海舟道：「其實也不算甚事，欠命的命已還，那還有餘罪嗎？只是轇葛❷的了不得。幸喜我們五弟替了個人情，大約今天一堂可以定了。你是甚麼案子來的？」老殘道：「我也不曉得呢，適才裏面有個黑鬍子老頭兒對我說，沒有甚麼事，一堂就可以了案的。只是我不明白，你老五不是還活著沒有死嗎，怎會替你托人情呢？」梁海舟道：「他來有何用，他是托了一個有道的人來解散的。」老殘點頭道：「可見還是道比錢有用。你想，你雖不算富，也還有幾十萬銀子家私，到如今一個也帶不來。倒是我們沒錢的人痛快，活著雙肩承一喙，死後一喙領雙肩，歇耗不了本錢，豈不是妙。我且問你，既是你也是今天可以了案的，案了之後，你打甚麼主意？」梁海舟道：「我沒有甚麼主意，你有甚麼主意嗎？」老殘道：「有，有，有。我想人生在世是件最苦的

❷ 轇葛：即「糾葛」。葛蔓糾結，難以分解。故今稱事之紛雜不易處理者曰糾葛。

事情，既已老天大赦，放我們做了鬼，這鬼有五樂，我說給你聽：一不要吃；二不要穿；三沒有家累；四行路便當，要快頃刻千里，要慢蹲在那裏，三年也沒人管你；五不怕寒熱，雖到北冰洋也凍不著我，到南海赤道底下也熱不著我。有此五樂，何事不可為？我的主意，今天案子結了，我就過江。先游天臺雁宕，隨後由福建到廣東看五嶺的形勢，訪大庾嶺的梅花，再到桂林去看青綠山水。上峨嵋。上北順太行轉到西岳，小住幾天，回到中嶽嵩山。玩個夠轉回家來，看看家裏人從我死後是個甚麼光景，托個夢勸他們不要悲傷。然後放開腳步子來，過瀚海，上崑崙，在崑崙山頂上最高的所在結個茅屋，住兩年再打主意。一個人卻也稍嫌寂寞，你同我結了伴兒好不好？」梁海舟只是搖頭說：「做不到，做不到。」老殘以為他一定樂從，所以說得十分興高采烈。看他連連搖頭，心裏發急道：「你這個人真正糊塗！生前被幾兩銀子壓得氣也喘不得一口，焦思極慮的盤算，我勸了你多回決不肯聽。今日死了，半個錢也帶不來。好容易案子已了，還不應該快活快活嗎？難道你還想去小九九的算盤嗎？」只見那梁海舟也發了急，皺著眉頭瞪著眼睛說道：「你才直下糊塗呢。你知道銀子是帶不來的，你可知道罪孽是帶得來的罷！銀子留下給別人用，罪孽自己帶來消受。我才說是這一案欠命的案定了，還有別的案子呢！我知道哪一天是了期？像你這快活老兒，吃了燈草灰，放輕巧屁哩！」老殘見他十分著急，知他心中有無數的懊惱，又看他面色慘白，心裏也替他難受，就不便說下去了。

正在默然，只見那黑鬍老頭兒在老遠的東邊招手，老殘慌忙去了，走到老頭兒面前。老頭兒已戴上了大帽子，卻還是馬褂子。心裏說道：「原來陰間也是本朝服飾。」隨那老頭兒進了宮門，卻仍是走東角門進。大甬道也是石頭鋪的，與陽間宮殿一般，似乎還要大些。走盡甬道，朝西拐彎就是丹墀❸了。

上丹墀彷彿是十級。走到殿門中間，卻又是五級。進了殿門，卻偏西邊走約有十幾丈遠，又是一層臺子。從西面階級上去，見這臺子也是三道階路。上了階，就看見閻羅天子坐在正中公案上，頭上戴的冕旒❹，身上著的古衣冠，白面黑鬚，於十分莊嚴中卻帶幾分和藹氣象。離公案約有一丈遠的光景，那老者用手一指，老殘明白是叫他在此行禮了，就跪下匍匐在地。看那老者立在公案西首，手中捧了許多簿子。只見閻羅天子啟口問道：「你是鐵英嗎？」老殘答道：「是。」閻羅又問：「你在陽間犯的何罪過？」老殘說：「不知道犯何罪過。」閻羅說：「豈有個自己犯罪自己不知道呢？」老殘道：「我自己見到是有罪過的事，自然不做。凡所做的皆自以為無罪的事。況且陽間有陽間律例，陰間有陰間的律例。陽間的律例，頒行天下，但凡稍知自愛的皆要讀過一兩遍，所以干犯國法的事沒有做過。至於陰間的律例，世上既沒有頒行的專書，所以人也無從趨避，只好憑著良心做去，但覺得無損於人，也就聽他去了。所以陛下問我有何罪過，自己不能知道，請按律定罪便了。」閻羅道：「陰律雖無頒行專書，然大概與陽律彷彿。其比陽律加密之處，大概佛經上已經三令五申的了。」老殘道：「若照佛家戒律科罪，某某之罪恐怕擢髮難數了。」閻羅天子道：「也不見得。我且問你，犯殺律嗎？」老殘道：「犯。既非和尚，自然茹葷。雖未擅宰牛羊，然雞鴨魚蝦，總計一生所殺，不計其數。」閻羅頷❺之。又問：「犯盜律否？」答曰：「犯。一生罪業，惟盜戒最輕。然登山摘果，涉水采蓮，為物雖微，究竟有主之物，不得謂非盜。」

❸ 丹墀：古代宮殿塗上紅漆的階地。
❹ 冕旒：古代最尊貴的一種禮帽，平頂，前端繫有下垂的珠子，稱為旒，天子的禮帽有十二旒，諸侯以下遞減。
❺ 頷：微微點頭，表示招呼、應允或嘉許。

又問：「犯淫律否？」答曰：「犯。長年作客，未免無聊，舞榭歌臺，眠花宿柳，閱人亦多。」閻羅又問口、意等業，一一對答已畢。每問一事，那老者即舉簿呈閱一次。問完之後，只見閻羅回顧後面說了兩句話，聽不清楚。

卻見座旁走下一個人來，也同那老者一樣的裝束，走至老殘面前說：「請你起來。」老殘便立起身來。那人低聲道：「隨我來。」遂走公案前，繞至西距寶座不遠，旁邊有無數的小椅子，排有三四層，看著彷彿像那看馬戲的起碼坐位差不多，只是都已有人坐在上面，惟最下一層空著七八張椅子。那人對老殘道：「請你在這裏坐。」老殘坐下，看那西面也是這個樣子，人已坐滿了。仔細看那坐上的人，煞是奇怪。男男女女參差亂坐，還不算奇。有穿朝衣朝帽的，有穿藍布棉襖褲的，還有光脊梁❻的；也有和尚，也有道士；也有極鮮明的衣服，也有極破爛的衣服，男女皆同。只是穿官服的少，不過一二人，倒是不三不四的人多。最奇第二排中間一個穿朝服旁邊椅子上，就坐了光脊梁赤腳的，只穿了一條藍布單褲子。點算西首五排，人大概在一百名上下。卻看閻羅王寶座後面，卻站了有六七十人的光景，一半男，一半女。男的都是袍子馬褂，靴子大帽子，大概都是水晶頂子花翎居多，也有藍頂子的，一兩個而已。女的卻都是宮裝。最奇者，這們多的男男女女立站後面，都泥塑木雕的相仿，沒有一人言笑，也無一人左右顧盼。

老殘正在觀看，忽聽他那旁坐的低低問道：「你貴姓呀！」老殘回頭一看，原來也是一個穿藍布棉襖褲的，卻有了雪白的下鬚，大約是七八十歲的人了，滿面笑容。老殘也低低答道：「我姓鐵呀。」那

❻ 光脊梁：上身不穿衣服。

老翁又道：「你是善人呀。」老殘戲答道：「我不是善人呀。」那老者道：「凡我們能坐小椅子的，都是善人。只是善有大小，姻緣有遠近。我剛才看見西邊走了一位去做城隍了，又有兩位投生富貴家去了。」老殘問道：「這一堆子裏有成仙成佛的沒有？」那老翁道：「我不曉得，你等著罷，有了，我們總看得見的。」

正說話間，只見殿庭窗格也看不見了，面前丹墀也不是原來的樣子了，彷彿一片敞地，又像演武廳似的。那老翁附著老殘耳朵說道：「五神問案了。」當時看見殿前排了五把椅子，五張公案。每張公案面前，有一個差役站班，同知縣衙門坐堂的樣子彷彿。當真每個公堂面前，有一個牛頭，一個馬面，手裏俱拿著狼牙棒。又有五六個差役似的，手裏也拿著狼牙棒。怎樣叫做狼牙棒？一根長棒，比齊眉棒稍微長些，上頭有個骨朵❼，有一尺多長，茶碗口粗，四面團團轉都是小刀子如狼牙一般。那小刀子約一寸長三四分寬，直站在骨朵上。那老翁對老殘道：「你看，五神問案淒慘得很！算計起來，世間人何必作惡，無非為了財色兩途，色呢，只圖了片時的快活；財呢，都是為人忙，死後一個也帶不走。徒然受這狼牙棒的苦楚，真是不值。」

說著，只見有五個古衣冠的人從後面出來，其面貌真是凶惡異常。那殿前本是天清地朗的，等到五神各人上了公座，立刻毒霧愁雲，把個殿門全遮住了，五神公座前面，約略還看得見些兒，再往前便看不見了。隱隱之中，彷彿聽見無數啼哭之聲似的。

未知後事如何？且聽下回分解。

---

❼ 骨朵：原指未開放的花苞。因其形狀類似蒜頭，後來凡屬這種類似圓球形狀的東西皆可稱為骨朵。

第八回　血肉飛腥油鍋煉骨　語言積惡石磨研魂

話說老殘在那森羅寶殿上面，看那殿前五神問案。只見毒霧愁雲裏，靠東的那一個神位面前，阿旁牽上一個人來。看官，你道怎樣叫做阿旁。凡地獄處治惡鬼的差役，總名都叫做阿旁。這是佛經上的名詞，彷彿現在借留學生為名的，都自稱四百兆主人翁一樣的道理。閑話少講。

卻說那阿旁牽上一個人來，梢長大漢，一臉的橫肉，穿了一件藍布大褂，雄赳赳的牽到案前跪下。上面不知問了幾句什麼話，距離的稍遠，所以聽不見。只遠遠的看見幾個阿旁上來，將這大漢牽下去。距公案約有兩丈多遠，地上釘了一個大木樁，樁上有個大鐵環。阿旁將這大漢的辮子從那鐵環裏穿過去收緊了，把辮子在木樁上纏了有幾十道，拴得鐵結實。也不剝去衣服。只見兩旁凡拿骨朵鍾、狼牙棒的一齊下手亂打，如同雨點一般。看那大漢疼痛的亂蹦。起初幾下子，打得那大漢腳蹦起直豎上去，兩腳朝天，因為辮子拴在木樁上，所以頭離不了地，身子卻四面亂摔，蹦上去，落下來，蹦上去，落下來，幾蹦之後，就蹦不高。落下來的時候，那狼牙棒亂打，看那兩丈圍圓地方，血肉紛紛落，如下血肉的雹子一樣；中間夾著破衣片子，像蝴蝶一樣的飄。皮肉分兩沉重，落得快，衣服片分兩輕，落得慢，看著十分可慘。

老殘座旁那個老者在那裏落淚，低低對老殘說道：「這些人在世上時，我也勸道許多，總不肯信。

今日到了這個光景，不要說受苦的人，就是我們旁觀的都受不得。」老殘說：「可不是呢！我直不忍再往下看了。」嘴說不忍往下看，心裏又不放心這個犯人，還要偷著去看看。只見那個人已不大會動了，身上肉都飛盡，只賸了個通紅的骨頭架子；雖不甚動，那手腳還有點一抽一抽的。老殘也低低的對那老者道：「你看，還沒有死透呢，手足還有抽動，是還知道痛呢！」那老者擦著眼淚說道：「陰間哪得會死，遲一刻還要叫他受罪呢！」再看時，只見阿旁將木樁上辮子解下，將來搬到殿下去。再看殿腳下不知幾時安上了一個油鍋。那油鍋扁扁的形式，有五六丈圍圓，不過三四尺高，底下一個爐子，倒有一丈一二尺高；火門有四五尺高；三只腳架住鐵鍋，那爐口裏火穿出來比鍋口還要高二三尺呢。看那鍋裏油滾起來也高出油鍋，同日本的富士山一樣，那四邊油往下注如瀑布一般。看著幾個阿旁，將那大漢的骨頭架子抬到火爐面前，用鐵叉叉起來送上去。那火爐旁邊也有幾個阿旁，站在高臺子上，用叉來接，接過去往油鍋裏一送。誰知那骨頭架子到油鍋裏又會亂蹦起來，濺得油點子往鍋外亂灑。那站在鍋旁的幾個阿旁，也怕油點子濺到身上，用一塊似布非布的東西遮住臉面。約有一二分鐘的工夫，見那人骨架子，隨著沸油上下，漸漸的顏色發白了。見那阿旁朝鍋裏看，彷彿到了時候了，將鐵叉到鍋裏將那人骨架子挑出，往鍋外地上一摔。又見那五神案前有四五個男男女女在那裏審問，大約是對質的樣子。老殘扭過臉對那老者道：「我實在不忍再往下看了。」

那老者方要答話，只見閻羅天子回面對老殘道：「鐵英，你上來，我同你說話。」老殘慌忙立起，走上前去。見那寶座旁邊，還有兩層階級，就緊在閻羅王的寶座旁邊，才知閻羅王身體甚高，坐在椅子上，老殘立在旁邊，頭才同他的肩膊相齊，似乎還要低點子。那閻羅王低下頭來同老殘說道：「剛才你看那油鍋的刑法，以為很慘了嗎？那是最輕的了，比那重的多著呢！」老殘道：「我不懂陰曹地府為甚麼要用這麼重的刑法，以陛下之權力，難道就不能改輕了嗎？臣該萬死，臣以為既用如此重刑，就該叫世人看一看，也可以少犯一二。卻又陰陽隔絕，未免有點不教而殺的意思吧。」閻羅王微笑了一笑說：「你的戇直性情倒還沒有變哪！我對你說，陰曹用重刑，有陰曹不得已之苦衷。你想，我們的總理是地藏王菩薩，本來發了洪誓大願，要度盡地獄，然後成佛。至今多少年了，毫無成效。以地藏王菩薩的慈悲，難道不想減輕嗎？也是出於無可奈何！我再把陰世重刑的原委告你知道。第一你須知道，人身性上分善惡兩根，都是歷一劫增長幾倍的。若善根發動，一世裏立住了腳，下一世便長幾倍，歷世既多，以致於成就了聖賢仙佛。惡根亦然，歷一世亦長幾倍。可知增長了善根便救世，增長了惡根便害世。可知害世容易救世難。譬如一人放火，能燒幾百間屋，一人救火，連一間屋也不能救。又如黃河大汛的時候，一個人決堤可以害幾十萬人，一人防堤，可不過保全這幾丈地不決堤，與全局關係甚小。所以陰間刑法，都為炮煉著去他的惡性的。就連這樣重刑，人的惡性還去不盡，初生時很小，一入世途，就一天一天的發達起來。再要刑法加重，於心不忍，然而人心因此江河日下。現在陰曹正在提議這事，目下就有個萬不得了的事情，我說給你聽，先指給你看。」

說著，向那前面一指。只見那毒霧愁雲裏面，彷彿開了一個大圓門似的，一眼看去，有十幾里遠，其間有個大廣厝，厝上都是列的大磨子，排一排二的數不出數目來。那磨子大約有三丈多高，磨子下面旁邊堆著無數的人，都是用繩子捆縛得像寒菜把子❶一樣的。磨子上頭站著許多的阿旁，磨子下面也有

---

❶ 寒菜把子：一把把綑綁好的梅寒菜（亦名霉乾菜）。

許多阿旁，拿一個人往上一摔，磨上阿旁雙手接住，如北方瓦匠摔瓦，拿一壯幾十片瓦往上一摔，屋上瓦匠接住，從未錯過一次。此處阿旁也是這樣。磨子上的阿旁接住了人，就頭朝下把人往磨眼裏一塡，兩三轉就看不見了，底下的阿旁再摔一個上去。只見磨子旁邊血肉同醬一樣往下流注，當中一星星白的是骨頭粉子。老殘看著約摸有一分鐘時的工夫，已經四五個人磨碎了。像這樣的磨子不計其數。心裏想道：「一分鐘磨四五個人，一刻鐘豈不要磨上百個人嗎？這麼無數的磨子，若詳細算起來，四百兆人也不夠磨幾天的。」心裏這們想，誰知閻羅王倒已經知道了，說道：「你疑惑一個人只磨一回就完了嗎？磨過之後，風吹還原，再磨第二回。一個人不定磨多少回呢！看他積的罪惡有多少，定磨的次數。」老殘說：「是犯了何等罪惡，應該受此重刑？」閻羅王道：「只是口過。」老殘大驚，心裏想道：「口過痛癢的事，為甚麼要定這樣重的罪呢？」其時閻羅王早將手指收回，面前仍是雲霧遮住，看不見大磨子了。閻羅王又已知道老殘心中所說的話，便道：「你心中以為口過是輕罪嗎？為的人人都這麼想，所以犯罪人多了。若有人把這道理說給人聽，或者世間有點驚懼，我們陰曹少作點難，也是個莫大號功德。」老殘心裏想道：「倘若我得回陽，我倒願意廣對人說。只是口過為甚麼有這麼大的罪，我到底不明白。」閻羅王道：「方才我問你殺、盜、淫這事，不但你不算犯甚麼大罪，有些功德就可以抵過去的。即是尋常但凡明白點道理的人，也都不至於犯著這罪。惟這口過，大家都沒有仔細想一想，倘若仔細一想，就知道這罪比甚麼罪都大，除卻逆倫，就數他最大了。我先講殺字律。我問你，殺人只能殺一個吧！陽律上還要抵命。即使逃了陽律，陰律上也只照殺一個人的罪定獄。若是口過呢，往往一句話就能把這一個人殺了，甚而至於一句話能斷送一家子的性命。若殺一個人，照一命科罪，若害一家子人，照殺一家子幾口的科罪。至於盜字律呢，盜人財帛罪小，盜人名譽罪大，毀人名譽罪更大。毀人名譽的這個罪為甚麼更大呢？因世界上的大劫數，大概都從這裏起的。毀人名譽的人多，這世界就成了皂白不分的世界了，世界既不分皂白，則好人日少，惡人日多，必至把世界釀得人種絕滅而後已。做陰曹恨這一種人最甚，不但磨他幾十百次，還要送他到各種地獄裏去叫他受罪呢！你想這一種人，他斷不肯做一點好事的，他心裏說，人做的好事，他用巧言既可說成壞事，他自己做壞事，也可以用巧言說成好事，所以放肆無忌憚的無惡不作了。這也是口過裏一大宗。又如淫字律呢，淫本無甚罪，罪在壞人名節。若以男女交媾謂之淫，倘人夫妻之間，日日交媾，也能算得有罪嗎？所以古人下個淫字，也有道理。若當真的漫無節制，雖然無罪，身體即要衰弱了。身體髮膚，受之父母，若任意毀傷，在那不孝裏耽了一分罪去哩。若有節制，便一毫罪都沒有的。若不是自己妻妾，就科損人名節的罪了。要知苟合的事也不甚容易，不比隨意撒謊便當。若隨口造謠言損人名節呢，其罪與壞人名節相等。若聽旁人無稽之言隨便傳說，其罪減造謠者一等。可知這樣損人名節，比實做損人名節的事容易得多，故統算一生積聚起來，也就很重的了。又有一種圖與女人游戲，發生無根之議論，使女人不重名節，致有失身等事，雖非此人壞其名節，亦與壞人名節同罪。因其所以失節之因，誤信此人遊談所致故也。若挑唆是非，使人家不和睦，甚至使人抑鬱以死，其罪比殺人加一等。何以故呢？因受人挫折抑鬱以死，其苦比一刀殺死者其受苦猶多也。其他細微曲折之事，非一時間能說得盡的，能照此類推，就容易明白了。你試想一人在世數十年間，積算起來，應該怎樣科罪呢？」

老殘一想，所說實有至理，不覺渾身寒毛都豎起來，心裏想道：「我自己的口過，不知積算起來該怎樣呢？」閻羅王又知道了，說：「口過人人都不免的，但看犯大關節不犯，如不犯以上所說各大關節，言語亦有功德，可以口德相抵。可知口過之罪既如此重，口德之功亦不可思議。如人能廣說與人有益之事，天上酬功之典亦甚隆也。比如，金剛經說：『若有善男子、善女人，以七寶滿爾所恆河沙數三千大千世界以用布施，得福多否？須菩提言：「甚多，世尊。」佛告須菩提：「若善男子、善女人，於此經中，乃至受持四句偈等為他人說，而此福德勝前福德。」』這是佛經上的話，佛豈肯騙人。要知『受持』二字很著力的，言人能自己受持，又向人說，福德之大，至比於無量數之恆河所有之沙的七寶布施還多。以比例法算口過，可知人自身實行惡業，又向人演說，其罪亦比恆河中所有沙之罪過還重。以此推之，你就知道天堂地獄功罪是一樣的算法，若人於儒經、道經受持奉行，為他人說，其福德也是這樣。」老殘點頭會意。

閻羅王回頭向他侍從人說：「你送他到東院去。」老殘隨了此人，下了臺子，往後是出後殿門，再往東行過了兩重院子，到了一處小小一個院落，上面三間屋子。那人引進這屋子的客堂，揭開西間門帘，進內說了兩句話，只見裏面出來一個三十多歲的人，見面作了個揖說：「請屋裏坐。」那送來的人，便抽身去了。

老殘進屋說：「請教貴姓？」那人說：「姓顧名思義。」顧君讓老殘桌子裏面坐下，他自己卻坐桌子外面靠門的一邊。桌上也是紙墨筆硯，並堆著無窮的公牘。他說：「補翁，請寬坐一刻，兄弟手下且把這件公事辦好。」筆不停揮的辦完，交與一公差去了。卻向老殘道：「一向久仰得很。」老殘連聲謙遜道：「不敢。」顧君道：「今日敝東請閣下吃飯，說公事忙，不克親陪，叫兄弟奉陪，多飲幾杯。」

彼此又說了許多客氣話，不必贅述。

老殘問道：「閣下公事忙得很，此處有幾位同事？」顧君道：「五百餘人。」老殘道：「如此其多？」顧君道：「我們是幕友，還有外面辦事的書吏一萬多人呢！」老殘道：「公牘如此多，貴東一人問案來得及嗎？」顧君道：「敝東親詢案，千萬中之一二，尋常案件，均歸五神訊辦。」老殘道：「五神也只五人，何以足用？」顧君道：「五神者，五位一班，不知道多少個五位呢，連兄弟也不知底細，大概也是分著省分的吧。如兄弟所管，就是江南省的事，其管別省事的朋友，沒有會過面的很多呢，即是同管江南省事的，還有不曾識面的呢？」老殘道：「原來如此。」顧君道：「今日吃飯共是四位，三位是投生的，惟有閣下是回府的。請問尊意，在飯後即回去，還是稍微遊玩遊玩呢？」老殘道：「倘若遊玩些時，還回得去嗎？」顧君道：「不為外物所誘，總回得去的。只要性定，一念動時便回去了。」老殘道：「既是如此，鄙人還要考察一番地府裏的風景，還望閣下保護，勿令遊魂不返，就感激得很了。」顧君道：「只管放心，不妨事的。但是有一事奉告，席間之酒，萬不可飲，至囑至囑。就是街上遊玩去，沽酒市脯也不可吃呢！」老殘道：「謹記指教。」少時外間人來說：「席擺齊了，請師爺示，還請哪幾位？」聽他說了幾個名字，只見一刻人已來齊。顧君讓老殘到外間，見有七八位，一一作揖相見畢。顧君執壺，一座二座三座俱已讓過，方讓老殘坐了第四座。老殘說：「讓別位吧！」顧君說：「這都是我們同事了。」入座之後，看桌上擺得滿桌都是碟子，青紅紫綠都有，卻認不出是甚麼東西。看顧君一逕讓那三位吃酒，用大碗不住價灌，片刻工夫都大醉了。席也散了。

看著顧君吩咐家人將三位扶到東邊那間屋裏去，回頭向老殘道：「閣下可以同進去看看。」原來這間屋內，盡是大床，看著把三人每人扶在一張床上睡下，用一個大被單連頭帶腳都蓋了下去，一面著人在被單外面拍了兩三秒鐘工夫，三個人都沒有了，看人將被單揭起，仍是一張空床。老殘詫異，低聲問道：「這是甚麼刑法？」顧君道：「不是刑法，此三人已經在那裏呱呱價啼哭了。」老殘道：「三人投生，斷非一處，何以在這一間屋裏拍著，就會到那裏去呢？」顧君道：「陰陽妙理，非閣下所能知的多著呢！弟有事不能久陪，閣下願意出遊，我著人送去何如？」老殘道：「費心感甚。」顧君吩咐從人送去，只見一人上來答應一聲「是」，老殘作揖告辭，兼說謝謝酒飯。顧君送出堂門說：「恕不送了。」

那家人引著老殘，方下臺階，不知怎樣一恍，就到了一個極大的街市，人煙稠密，車馬往來，擊轂摩肩❷。正要問那引路的人是甚麼地方，誰知那引路的人，也不知道何時去了，四面尋找，竟尋不著。心裏想道：「這可糟了，我此刻豈不成了野鬼了嗎？」然而卻也無法，只好信步閒行。看那市面上，與陽世毫無分別。各店鋪也是懸著各色的招牌，也有金字的、白字的、黑字的；房屋也是高低大小，新舊不齊。只是天色與陽間差別，總覺暗沉沉的。老殘走了兩條大街，心裏說何不到小巷去看看，又穿了兩三條小巷，信步走去，不覺走到一個巷子裏面。看見一個小戶人家，門口一個少年婦人，在雜貨擔子買東西。老殘尚未留心，只見那婦人擡起頭來，對著老殘看了一看，口中喊道：「你不是鐵二哥哥嗎？你怎樣到這裏來的？」慌忙把買東西的錢付了，說：「二哥哥，請家裏坐吧。」老殘看著十分面熟，只想不起來她是誰來，只好隨她進去，再作道理。

畢竟此人是誰？且聽下回分解。

---

❷ 擊轂摩肩：人車都很擁擠，非常熱鬧的樣子。

第九回　德業積成陰世富　善緣發動化身香

話說老殘正在小巷中瞻望，忽見一個少年婦人將他叫住，看來十分面善，只是想不起來，只好隨他進去。原來這家僅有兩間樓房，外間是客廳，裏間便是臥房了。老殘進了客屋，彼此行禮坐下，仔細一看，問道：「你可是石家妹妹不是？」那婦人道：「是呀！二哥你竟認不得我了！相別本也有了十年，無怪你記不得了。還記當年在揚州，二哥哥來了，上上下下沒有一個人不喜歡。那時我們姐妹們同居的四五個人，都未出閣。誰知不到五年，嫁的嫁，死的死，五分七散。回想起來，怎不叫人傷心呢！」說著眼淚就流下來了。老殘道：「嗳！當年石嬸娘見我去，同親侄兒一般待我。誰知我上北方去了幾年，起初聽說妹妹你出閣了，不道一二年，又聽你去世了，又一二年，聽說石嬸娘也去世了。回想人在世間，真如做夢一般，一醒之後，夢中光景全不相干，豈不可嘆！當初親戚故舊，一個一個的，聽說前後死去，都有許多傷感，現在不知不覺的我也死了，淒淒惶惶的，我也不知道往哪裏去的是好。今日見著妹妹，真如見著至親骨肉一般。不知妹妹現在是同嬸嬸一塊兒住不是？不知妹妹見著我的父親母親沒有？」石姑娘道：「我哪裏能見著伯父伯母呢？我想伯父伯母的為人，想必早已上了天了，豈是我們鬼世界的人所能得見呢！就是我的父母，我也沒有見著，聽說在四川呢，究竟怎樣也不得知，真是淒慘。」老殘道：「然則妹妹一個人住在這裏嗎？」石姑娘臉一紅說道：「慚愧死人，我現在陰間又嫁了一回了。我現在的丈夫是個小神道，只是脾氣非常暴虐，開口便罵，舉手便打，忍辱萬分，卻也沒一點指望。」說著說著，那淚便點點滴滴的下來。

老殘道：「你何以要嫁的呢？」石姑娘道：「你想我死的時候，纔十九歲，幸尚還沒有犯甚麼罪，閻王那裏只過了一堂，就放我自由了。只是我雖然自由，一個少年女人，上哪裏去呢？我婆家的翁姑找不著，我娘家的父母找不著，叫我上哪裏去呢？打聽別人，據說凡生產過兒女的，婆家纔有人來接，不曾生產過的，婆家就不算這個人了。若是同丈夫情義好的，丈夫有係念之情，婆家也有人來接，將來繼配生子，一樣的祭祀，這雖然無後，尚不至於凍餒。你想我那陽間的丈夫，自己先不成個人，連他父母聽說也做了野鬼，都得不著他的一點祭祀，況夫妻情義，更如風馬牛不相干了。總之，人凡做了女身，第一須嫁個有德行的人家，不拘怎樣都是享福的。停一會我指點給你看，那西山腳下一大房子有幾百間，僕婢如雲，何等快樂，在陽間時不過一個窮秀才，一年掙不上百十吊錢，只為其人好善，又孝順父母，到陰間就這等闊氣。其實還不是大孝呢！若大孝的人，早已上天了，我們想看一眼都看不著呢。女人若嫁了沒有德行的人家，就可怕的很。若跟著他家的行為去做，便下了地獄，更苦不可耐，像我已經算不幸之幸了。若在沒有德行的人家，自己知道修積❶，其成就的比有德行人家的成就還要大得多呢。只是當年在陽世時不知這些道理，到了陰間雖然知道，已不中用了。然而今天碰見二哥哥，卻又是萬分慶幸的事。只盼望你回陽後努力修為，倘若你成了道，我也可以脫離苦海了。」

老殘道：「這話奇了。我目下也是個鬼，同你一樣，我如何能還陽呢？即使還陽，我又知道怎修積？

---

❶ 修積：積德以求善果。

即使知道修積，僥倖成了道，又與你有甚麼相干呢？」石姑娘道：「一夫得道，九族升天。我不在你九族內嗎？那時連我爹媽都要見面哩！」老殘道：「我聽說一夫得道，九祖升天。哪有個九族升天之說嗎？」石姑娘道：「九祖升天，即是九族升天。九祖享大福，九族亦蒙少惠，看親戚遠近的分別。但是九族之內，如已下地獄者，不能得益。像我們本來無罪者，一定可以蒙福哩！」老殘道：「不要說成道是難極的事，就是還陽恐怕也不易罷！」石姑娘道：「我看你一身的生氣，決不是個鬼，一定要還陽的。但是將來上天，莫忘了我苦海中人，幸甚幸甚。」老殘道：「那個自然。只是我現在有許多事要請教於你。鬼住的是甚麼地方？人說在墳墓裏，我看這街市同陽間一樣，斷不是墳墓可知。」石姑娘道：「你請出來，我說給你聽。」

兩人便出了大門。石姑娘便指那空中彷彿像黃雲似的所在，說道：「你見這上頭了沒有？那就是你們的地皮。這腳下踩的，是我們的地皮。陰陽不同天，更不同地呢！再下一層，是鬼死為聻❷的地方。鬼到人世去會作祟，聻到鬼世來亦會作祟。鬼怕聻，比人怕鬼還要怕得凶呢！」老殘道：「鬼與人既不同地，鬼何以能到人世呢？」石姑娘道：「俗語常言，鬼行地中如魚行水中，鬼不見地，亦如魚不見水。你此刻即在地中，你見有地嗎？」老殘道：「我只見腳下有地，難道這空中都是地嗎？」石姑娘道：「可不是呢！我且給凭據你看。」便手摻著老殘的手道：「我同你去看你們的地方。」彷彿像把身子往上一攛似的，早已立在空中，原來要東就東，要西就西，頗為有趣。便極力往上遊去。石姑娘指道：「你看，上邊就是你們的地皮了。你看，有幾個人在那裏化紙呢。」看那人世地皮上人，彷彿站在玻璃板上，看

❷聻：音ㄐㄧㄢˋ。俗傳為鬼名。相傳人死為鬼，鬼死為聻。

得清清楚楚。只見那上邊有三個人正化紙錢，化過的，便一串一串掛下來了。其下有八九個鬼在那裏搶紙錢。

老殘問道：「這是件甚事？」石姑娘道：「這三人化紙，一定是其家死了人，化給死人的，那死人有罪，被鬼差拘了去，得不著，所以都被這些野鬼搶了去了。」老殘道：「我正要請教，這陽間的所化紙錢銀錠子，果有用嗎？」石姑娘說：「自然有用，鬼全靠這個。」老殘道：「我問你，各省風俗不同，銀錢紙錠亦都不同，到底哪一省行的是靠得住的呢？」石姑娘道：「都是一樣，哪一省行甚麼紙錢，哪一省鬼就用甚麼紙錢。」老殘道：「譬如我們遨遊天下的人，逢時過節祭祖燒紙錢，或用家鄉法子，或用本地法子，有妨礙沒妨礙呢？」石姑娘道：「都無妨礙。譬如揚州人在福建做生意，得的錢都是爛板洋錢，匯到揚州就變成英洋，不過稍微折耗而已。北五省用銀子，南京蕪湖用本洋，通匯起來還不是一樣嗎？陰世亦復如此，得了別省的錢，換作本省通用的錢，代了去便了。」老殘問道：「祭祀祖、父能得否？」石姑娘道：「一定能得，但有分別。如子孫祭祀時念及祖、父，雖隔千里萬里，祖、父立刻感應，立刻便來享受。如不當一回事，隨便奉行故事，毫無感情，祖、父在陰間不能知覺，往往被野鬼搶去。所以孔聖人說：『祭如在。』就是這個緣故。聖人能通幽明，所以制禮作樂，皆是極精微的道理。後人不肯深心體會，就失之愈遠了。」老殘又問：「陽間有燒房化庫的事，有用沒用呢？」石姑娘說：「有用。但是房子一事，不比銀錢，可以隨處變換。何處化的庫房，即在何處，不能挪移。然有一個法子，也可以行。如化庫時，底下填滿蘆席，莫教他著土，這房子化到陰間，就如船隻一樣，雖千里萬里也牽得去。」老殘點頭道：「頗有至理。」

於是同回到家裏，略坐一刻，可巧石姑娘的丈夫也就歸來，見有男子在房，怒目而視，問石姑娘這是何人？石姑娘大有觳觫❸之狀，語言蹇澀❹。老殘不耐煩，高聲說道：「我姓鐵，名叫鐵補殘，與石姑娘係表姊妹。今日從貴宅門口過，見我表妹在此，我遂入門問訊一切。我卻不知陰曹規矩，親戚准許相往來否？如其不許，則冒昧之罪在我，與石姑娘無涉。」那人聽了，向了老殘仔細看了一會說：「在下名折禮思，本係元朝人，在陰曹做了小官，於今五百餘年了。原妻限滿，轉生山東去了，故又續娶令表妹為妻。不知先生惠顧，失禮甚多。先生大名，陽世雖不甚大，陰間久已如雷震耳。但風聞仙壽尚未滿期，即滿期亦不會閒散如此，究竟是何原故，乞略示一二。」老殘道：「在下亦不知何故，聞係因一個人命牽連案件，被差人拘來。既自見了閻羅天子，卻一句也不曾問到，原案究竟是哪一案，是何地何人何事，與我何干係，全不知道，甚為悶悶。」折禮思笑道：「陰間案件，不比陽世，先生一到，案情早已冰消瓦解，故無庸詢。但是既蒙惠顧，禮宜備酒饌款待，惟陰間酒食，大不利於生人，故不敢以相敬之意致害尊體。」老殘道：「初次識荊❺，亦斷不敢相擾。但既蒙不棄，有一事請教。僕此刻孤魂飄泊，無所依據，不知如何是好？」折禮思道：「閣下不是發願要遊覽陰界嗎？等到閣下遊興衰時，自然就返本還原了，此刻也不便深說。」又道：「舍下太狹隘，我們同到酒樓上熱鬧一霎兒罷！」便約老殘一同出了大門。

---

❸ 觳觫：恐懼的樣子。

❹ 蹇澀：遲鈍不順利。

❺ 識荊：初次見到素所仰羨的人。

老殘問向哪方走，折禮思說：「我引路罷。」就前行拐了幾個彎，走了三四條大街，行到一處，迎面有條大河，河邊有座酒樓，燈燭輝煌，照耀同如白日。上得樓去，一間一間的雅座，如蜂窩一般。折禮思揀了一個座頭入去，有個酒保送上菜單來。折公選了幾樣小菜，又命取花名冊來。折公取得，遞與老殘說：「閣下最喜招致名花，請看陰世比陽間何如？」老殘接過冊子來驚道：「陰間何以亦有此事。僕未帶錢來，不好相累。」折公道：「些小東道，尚做得起，請即挑選可也。」老殘打開一看，既不是北方的金桂玉蘭，又不是南方的寶寶媛媛，冊上分著省份，寫道某省某縣某某氏，大驚不止。說道：「這不都是良家婦女嗎？何以當著妓女！」折禮思道：「此事言之甚長。陰間本無妓女，係菩薩發大慈悲，所以想出這個法子。陰間的妓女，皆係陽間的命婦❻，罰充官妓的，卻只入酒樓陪坐，不薦枕席。陰間亦有薦枕席的娼妓，那都是野鬼所為的事了。」老殘問道：「陽間命婦何以要罰充官妓呢？」折禮思道：「因其惡口咒罵所致。凡陽間咒罵人何事者，來生必命自受。如好咒罵人短命早死等，來世必夭折一度，或一歲而死，或兩三歲而死。陽間妓女，本係前生犯罪之人，判令投生妓女，受辱受氣，更受鞭扑等類種種苦楚。將苦楚受盡，也有即身享福的，也有來生享福的，惟罪重者，一生受苦，無有快樂時候。若良家婦女，自己丈夫眠花宿柳，自己不能以賢德感化，令丈夫回心，卻極口咒罵妓女，並咒罵丈夫，在被罵的一邊，卻消了許多罪，減去受苦的年限，如應該受十年苦的，被人咒罵得多，就減作九年或八年不等。而咒罵人的，一面咒罵得多了，陰律應判其來生投生妓女，一度亦受種種苦惱，以消其極口咒罵之罪。惟犯此過的太多，北方尚少，南方幾至無人不犯，故菩薩慈悲，將其犯之輕者，以他別樣口頭功

---

❻ 命婦：受有封號的婦人。

德抵銷。若犯得重者，罰令在陰間充官妓若干年，滿限以後往生他方，總看他咒罵的數目，定他充妓的年限。」老殘道：「人在陽間挾妓飲酒，甚至眠花宿柳，有罪沒有？」折公道：「不能無罪，但是有可以抵銷之罪耳。如飲酒茹葷，亦不能無罪，此等統謂之有可抵銷之罪，故無大妨礙。」老殘道：「既是陽間挾妓飲酒有罪，何以陰間又可以挾妓飲酒，豈倒反無罪耶？」折公道：「亦有微罪，所以每叫一局，出錢兩千文，此錢即贖罪錢也。」老殘道：「陽間叫局，也須出錢，所出之錢可算贖罪不算呢？」折公道：「也算也不算。何以謂之也算也不算？因出錢者算官罪，可以抵銷。不出錢算私罪，不准抵銷，與調戲良家婦女一樣。所以叫做也算也不算。」老殘道：「何以陽間出了錢還算可以抵銷之公罪，而陰間出了錢即便抵銷無罪，是何道理呢？」折公道：「陽間叫局，自然是狎褻的意思，陰間叫局則大不然。凡有錢之富鬼，不但好叫局，並且好多叫局。因官妓出局，每出一次局，抵銷輕口咒罵一次。若出局多者，早早抵銷清淨，便可往生他方。所以陰間富翁喜多叫局，讓他早早消罪的意思，係發於慈悲的念頭，故無罪。不但無罪，且還有微功呢。所以有罪無罪，專爭在這發念時也。若陽間為慈悲念上發動的，亦無餘罪也。」老殘點頭嘆息。折公道：「講了半天閒話，你還沒有點人，到底叫誰呀？」老殘隨手指了一名。折公說：「不可不可！至少四名。」老殘無法，又指了三名。折公亦揀了四名，交與酒保去了。不到兩秒鐘工夫，俱已來到。老殘留心看去，個個容貌端麗，亦復畫眉塗粉，豔服濃妝，雖強作歡笑，卻另有一種陰冷之氣，逼人肌膚，寒毛森森欲豎起來。坐了片刻各自散去。

折公付了錢鈔，與老殘出來，說：「我們去訪一個朋友吧。」老殘說：「甚好。」走了數十步，到了一家，竹籬茅舍，倒也幽雅。折公叩門，出來一個小童開門，讓二人進去。進得大門，一個院落，上面三間敞廳。進得敞廳，覺桌椅條檯，亦復布置得井井有條；牆上卻無字畫，三面粉壁，一抹光的，只有西面壁上題著幾行大字，字有茶碗口大。老殘走上前去一看，原來是一首七律。寫道：

野火難消寸草心，百年荏苒到如今；
牆根蚯蚓吹殘笛，屋角鴟梟弄好音。
有酒有花春寂寂，無風無雨晝沉沉；
閑來曳杖秋郊外，重疊寒雲萬里深。

老殘在牆上讀詩，只聽折禮思問那小童道：「你主人哪裏去了？」小童答道：「今日是他的忌辰，他家曾孫祭奠他呢，他享受去了。」折禮思道：「那們回來還早呢，我們去吧。」

老殘又隨折公出來，折公問老殘上哪裏去呢，老殘道：「我不知道上哪裏去。」折公凝了一凝神，忽然向老殘身上聞了又聞，說：「我們回去，還到我們舍下坐坐吧。」不到幾時，已到折公家下。方進了門，石姑娘迎接上來，走至老殘面前，用鼻子嗅了兩嗅，眉開眼笑的說：「恭喜二哥哥！」折公道：「我本想同鐵先生再遊兩處的，忽然聞著若有檀香味似的，我知道必是他身上發出來的，仔細一聞果然，所以我說趕緊回家吧。我們要沾好大的光呢！」石姑娘道：「可盼望出好日子來了。」折禮思說：「你看此刻香氣又大得多了。」老殘只是楞，說：「我不懂你們說的甚麼話。」石姑娘說：「二哥哥，你自己聞聞看。」老殘果然用鼻子嗅了嗅，覺得有股子檀香味，說：「你們燒檀香的嗎？」石姑娘說：「陰間哪有檀香燒！要有檀香，早不在這裏了。這是二哥哥你身上發出來的檀香，必是在陽間結得佛菩薩的善緣，此刻發動，頃刻你就要上西方極樂世界的。我們這裏有你這位佛菩薩來一次，不曉得要受多少福呢！」正在議論，只覺那香味越來得濃了，兩間小樓忽然變成金闕銀臺一般。那折禮思夫婦衣服也變得華麗了，面目也變得光彩得多了。老殘詫異不解何故，正欲詢問。

未知後事如何？且聽下回分解。

外編

卷一

堂堂塌，堂堂塌，今日天氣清和，在下唱一個道情兒給諸位貴官解悶何如？唱道：

儘風流，老乞翁，托鉢盂，朝市中。人人笑我真無用。遠離富貴鑽營苦，閑看乾坤造化工，興來長嘯山河動。雖不是，相如病渴，有些兒，尉遲裝瘋。

在下姓百名鍊生，鴻都人氏。這個鴻都，卻不是「南昌故郡，洪都新府」的那個洪都，倒是「臨邛道士鴻都客，能以精神致魂魄」的那個鴻都。究竟屬哪一省哪一府，連我也不知道，大約不過是北京、上海等處便是。少不讀書，長不成器，只好以乞丐為生。非但乞衣乞食，並且遇著高人賢士，乞他幾句言語，我覺得比衣食還要緊些。適才所唱這首道情，原是套的鄭板橋先生的腔調，我手中這魚鼓簡板也是歷古相傳，聽得老年人說道，這是漢朝一個鍾離祖師傳下來的。只是這「堂堂塌」三聲，就有規勸世人的意思在內，更沒有甚麼工、尺、上、一、四、合、凡等字。嗳！堂堂塌，堂堂塌，你到了堂堂的時候，須要防他塌，他就不塌了，你不防他塌，他就是一定要塌的了。

這回書，因老殘遊歷高麗、日本等處，看見一個堂堂箕子遺封，三千年文明國度，不過數十年間，就倒塌到這步田地，能不令人痛哭也麼哥！在下與老殘五十年形影相隨，每逢那萬里飛霜，千山落木的時節，對著這一燈如豆、四壁蟲吟，老殘便說，在下便寫，不知不覺已成了老殘遊記六十卷書。其前二十卷，已蒙天津日日新聞社主人列入報章，頗蒙海內賢士大夫異常稱許。後四十卷因被老殘隨手包藥，遺失了數卷，久欲補綴出來再為請教，又被這「懶」字一個字耽擱了許多的時候。目下不妨就把今年的事情敘說一番，卻也是俺叫化子的本等。

卻說老殘於乙巳年冬月在北京前門外蝶園中住了三個月，這蝶……（按：這中間遺失原稿一張，約四百字左右。）也安閒無事。

一日正在家中坐著，來了兩位，一個叫東閣子，一個叫西園公，說道：「近日朝廷整頓新政，大有可觀了。滿街都換了巡警兵，到了十二點鐘以後，沒有燈籠就不許走路，並且這些巡警兵都是從巡警學堂裏出來的，人人都有規矩。我這幾天在街上行走，留意看那些巡兵，有站崗的，有巡行的，從沒有一個跑到人家鋪面裏去坐著的。不像以前的巡兵，遇著小戶人家的婦女，還要同人家胡說亂道，人家不依，他還要拿棍子打人家。不是到這家店裏要茶吃，便是到那家要煙吃，坐在板櫈上蹺著一隻腳唱二簧調、西幫子。這些毛病近來一洗都空了。」東閣子說道：「不但沒有毛病，並且和氣得很。前日人風，我從百順胡同福順家出來回粉坊琉璃街，剛走到大街上，燈籠被風吹歪了，我沒有知道，哪知燈籠一歪，蠟燭火就燎到燈籠泡子上，那紙燈籠便呼呼的著起來了。我覺得不好，低頭一看，那燈籠已燒去了半邊，沒法，只好把它扔了。走了幾步，就遇見了一個巡警兵上來，說道：『現在規矩，過了十二點鐘，不點燈籠就不許走路，此刻已有一點多鐘，儜沒有燈籠，可就犯規了。』我對他說：『我本是有燈的，被風吹燒著了，要再換一個，左近又沒有燈籠鋪，況且夜已深了，就有燈籠鋪，已睡覺了，我有甚麼法子呢？』那巡兵道：『儜往哪裏去？』我說：『回粉坊琉璃街去。』巡兵道：『路還遠呢，我不能送儜去。前邊不遠，有東洋車子，我送儜去雇一輛車坐回去罷。』我說：『很好很好。』他便好好價拿手燈照著我，送到東洋車子跟前，看著坐上車，還摘了帽子呵呵腰纔去，真正有禮。我中國官人總是橫聲惡氣，從沒有這們有禮過，我還是頭一遭兒見識呢！」老殘道：「巡警為近來治國第一要務，果能如此，我中國前途大有可望了。」西園公道：「不然。你瞧著罷，不到三個月，這些巡警都要變樣子的。我講一件事給你們聽。昨日我到城裏去會一個朋友，聽那朋友說道：『前日晚間，有一個巡警局委員在大街上撒尿，巡警兵看見，前來抓住說：「嘿！大街上不許撒尿，你犯規了。」那委員從從容容的撒完了尿，大聲嚷道：「你不認得我嗎？我是老爺，你怎樣敢來拉我？」那巡兵道：「我不管老爺不老爺，你只要犯規，就得同我到巡警局去。」那委員更怒，罵道：「瞎眼的王八旦！我是巡警局的老爺，你都不知道！」那巡兵道：「大人傳令時候，只說有犯規便扯了去，沒有說是巡警局老爺就可以犯規。儜無論怎樣，總得同我去。」那委員氣極，舉手便打，那巡警兵亦怒道：「你這位老爺怎麼這們不講理！我是辦的公事，奉公守法的，你怎樣開口便罵，舉手便打？你若再無禮，我手中有棍子，我可就對不起你了。」那委員怒狠狠的道：「好東西，走走走！我到局子裏揍你個王八旦去！」便同到局子裏，便要坐堂打這個巡兵。他同事中有一人上來勸道：「不可！不可！他是蠢人，不認得老兄，原諒他初次罷。」那委員怒不可遏，一定要坐堂打他。內中有一個明白的同事說道：「萬萬不可亂動，此種巡兵在外國倒還應該賞呢。老兄若是打了他或革了他，在京中人看著原是理當的，若被項宮保知道，恐怕老兄這差使就不穩當了。」那委員怒道：「項城便怎樣？他難道不怕大軍機麼？我不是沒來歷的人，我怕他做甚麼？」那一個同事道：「老兄是指日飛陞的人，何苦同一小兵嘔氣呢？」那一個明白事的，便出來對那拉委員來的巡警兵道：「你辦事不錯，有人撒尿，理當拉來。以後裁判，便是我們本局的事了。你去罷。」那兵垂著手，併一併腳，直直腰去了。』老兄試想一想，如此等事，京城將來層見迭出，怕那巡警不鬆懈麼？況天水侍郎由下位驟升堂官，其患得患失的心必更甚於常人。初疑認真辦事可以討好，所以認真辦事，到後來閱歷漸多，知道認真辦事不但不能討好，還要討不好；倒不如認真逢迎的討好還靠得住些，自然走到認真逢迎的一條路上去了。你們看是不是呢？」

老殘嘆道：「此吾中國之所以日弱也！中國有四長，皆甲於全球：廿三行省全在溫帶，是天時第一；山川之孕蓄，田原之腴厚，各省皆然，是地理第一；野人之勤勞耐苦，君子之聰明穎異，是人質第一；文、周、孔、孟之書，聖祖、世宗之訓，是政教第一；理應執全球的牛耳纔是。然而國日以削，民日以困，駸駸然將至於危者，其故安在？風俗為之也。外國人無論賢愚，總以不犯法為榮，中國人無論賢愚，總以犯法為榮。其實平常人也不敢犯法，所以犯法的，大概只三種人，都是有所倚仗，就犯法了。哪三種人呢？一種倚官犯法；一種倚眾犯法；一種倚無賴犯法。倚官犯法的，並不是做了官就敢犯，他既做了官，必定怕丟官，倒不敢犯法的。是他那些官親或者親信的朋友，以及親信的家丁，這三樣人裏頭，又以官家親信的家丁犯法尤甚，那兩樣稍微差點。你想前日巡警局那個撒尿的委員，不是倚仗著有個大軍機的靠山嗎？這都在倚官犯法部裏。第二種就是倚眾犯法。如當年科歲考的童生，鄉試的考生，到了應考的時候，一定要有些人，特意犯法的。第一便是今日各學堂的學生，你看那一省學堂裏沒有鬧過事。究竟為了甚麼大事麼？不過覺得他們人勢眾了，可以任意妄為，隨便找個題目暴動暴動，覺得有趣，其實落了單的時候，比老鼠還不中用。第二便是京城堂官宅子裏的轎夫，在外橫行霸道，屢次打戲園子等情，都老爺不敢過問，這都在倚眾犯法部裏。第三種便是倚無賴犯法，地方土棍、衙門口的差役等人，他就仗著屁股結實。今日犯法捕到官裏去打了板子，明日再犯法，再犯再打，再打再犯，官也無可如何了。這叫做倚無賴犯法，大概天下的壞人無有越過這三種的。」

西園子道：「儜這話我不佩服。倘若說這三種裏有壞人則可，若要說天下壞人沒有越過這三種的，未免太偏了。請教：強盜、鹽梟等類也在這三種裏嗎？」老殘道：「自然不在那裏頭，強盜似乎倚無賴犯法，鹽梟似乎倚眾犯法，其實皆不是的。」西園子道：「既是這們說，難道強盜、鹽梟比這三種人還要好點嗎？」老殘道：「以人品論，是要好點。何以故呢？強盜雖然犯法，大半為飢寒所迫，雖做了強盜，常有怕人的心思，若有人說強盜時，他聽了總要心驚膽怕的，可見天良未昧。若以上三種人犯了法，還要自鳴得意，覺得我做得到，別人做不到。聞說上海南洋公學鬧學之後，有一個學生在名片上居然刻著南洋公學退學生，竟當做一條官銜，必以為天下榮譽沒有比這再好的。你想是不是天良喪盡呢？有一日，我在張家花園吃茶，聽見隔座一個人對他朋友說：『去年某學堂奴才提調不好，被我罵了一頓，退學去了。今年又在某處監督，被我罵了一頓。這些奴才好不好，都是要罵的，常罵幾回，這些監督、教習等人就知道他們做奴才的應該怎樣做法呢。可恨我那次要眾人退學，眾人不肯。這些人都是奴性，所以我不願與之同居，我竟一人退學了。』」老殘對西園子道：「儜聽一聽這種議論，尚有一分廉恥嗎？我所以說強盜人品還在他們之上，其要緊的關鍵，就在一個以犯法為非，一個以犯法為得意。以犯法為非，尚可救藥；以犯法為得意，便不可救了。我再加一個譬語，讓儜容易明白。女子以從一而終為貴，若經過兩三個丈夫，人都瞧不起他，這是一定的道理罷？」西園子道：「那個自然。」老殘道：「閣下的如夫人，我知道是某某小班子裏的，閣下費了二千金討出來的。他在班子裏時很紅，計算他從十五歲打頭客起，至十九歲年底出來，四、五年間所經過的男人，恐怕不止一百罷？」西園子道：「那個自然。」老殘道：「閣下何以還肯要他呢？譬如有某甲之妻，隨意與別家男子一住兩三宿，並愛招別家男子來家隨意居住，常常罵本夫某甲不知做奴才的規矩，倘若此人願意攜帶二千金來嫁閣下，閣下要不要呢？」西園子道：「自然不要。不但我不要，恐怕天下也沒人敢要。」老殘道：「然則閣下早已知道有心犯法的人品，實在不及那不得已而後犯法的多矣。婦人以失節為重，妓女失節，人猶娶之，為其失節出於不得已也。某甲之妻失節，人不敢要，為其以能失節為榮也。強盜、鹽梟之犯法，皆出於飢寒所迫，若有賢長官，皆可化為良民，故人品實出於前三種有心犯法者之上。二公以為何如？」東閣、西園同聲說是。

東閣子道：「可是近日補哥出去遊玩了沒有？」老殘道：「沒有地方去呢。閣下是熟讀北里志、南部煙花記這兩部書，近來是進步呢，是退化呢？」東閣子道：「大有進步。此時衛生局已開了捐，分頭二三等，南北小班子俱是頭等。自從上捐之後，各家都明目張膽的掛起燈籠來。頭等上寫著某某清吟小班，二等的寫某某茶室，三等的寫三等某某下處。那二三等是何景象，我卻不曉得，那頭等卻是清爽得多了。以前混混子隨便可以占據屋子坐著不走，他來時回他沒有屋子，還是不依，往往的把好客央告得讓出屋子來給他們。此時雖然照舊坐了屋子儘是不走，若來的時候回他沒屋子，他卻不敢發膘了。今日清閒無事，何妨出去溜達溜達。」老殘說：「好啊！自從庚子之後，北地胭脂我竟未曾寓目，也是缺點，今日同行甚佳。」說著便站起身來，同出了大門，過大街，行不多遠，就到石頭胡同口了。

進了石頭胡同，望北慢慢地走著，剛到穿心店口，只見對面來了一掛車子，車裏坐了一個美人，眉目如畫，面上的光彩頗覺動人。老殘向東閣子道：「這個人就不錯，儜知道他叫甚麼？」東閣子說：「很面熟，只是叫不出名字來。」看著那車子已進穿心店去，三人不知不覺的也就隨著車子進了穿心店。東閣子嚷道：「車子裏坐的是誰？」那美人答道：「是我。你不是小明子麼？怎麼連我也看不出來哪？」東閣子道：「我還是不明白，請你報一報名罷。」車中美人道：「我叫小蓉。」東閣子道：「你在誰家？」小蓉道：「榮泉班。」說著，那車子走得快，人走得慢，已漸漸相離得遠了。

看官，你道這小蓉為甚麼管東閣子叫小明子呢？豈不輕慢得很嗎？其實不然，因為這北京是天子腳下，富貴的大半是旗人。那旗人的性情，最惡嫌人稱某老爺的，所以這些班子裏揣摩風氣，凡人進來，請問貴姓後，立刻就要請問行幾的。初次見面，可以稱某大爺，某二爺，漢人稱姓，旗人稱名。你看紅樓夢上，薛蟠是漢軍，稱薛大爺，賈璉、賈環就稱璉二爺、環三爺了，就是這個體例。在紅樓夢的時候，璉二爺始終稱璉二爺，環三爺始終稱環三爺。北京風俗，初見一二面時稱璉二爺、環三爺，若到第三面時，再稱璉二爺、環三爺，客人就要發膘鬧脾氣，送官、封門等類的辭頭汩汩的冒出口來的，必定要先稱他二爺、三爺才罷。此之謂普通親熱。若特別的親熱呢，便應該叫小璉子、小環子。漢人呢，姓張的，姓李的，由張二爺、李三爺漸漸的熬到小張子、小李子為度。這個道理不但北方如此。南方自然以蘇、杭為文物聲明之地，蘇、杭人鬍子白了，聽人叫他一聲度少牙，還喜歡的了不得呢。可見這是南北的同情了。東閣子人本俊利，加之他的朋友都是漂亮不過的人，或當著極紅的烏布；或是大學堂的學生；或是庚子年的道員，方引見去到省；或是匯兌莊的大老板。因為有這班朋友，所以各班子見了他，無不恭敬親熱，也無人不認識他，才修出這「小明子」三個字的徽號，在旁人看著，比得頭等寶星還榮耀些呢。

閒話少講，卻說三人慢慢地走到了榮泉班門口，隨步進去，只聽門房裏的人嗥的叫了一聲，也不知他叫的是甚麼。老殘便問，東閣子答道：「他是喊的『瞧廳』兩個字，原是叫裏面人招呼屋子的意思。」三人進了大門，過了一道板壁腰門，上了穿堂的臺階，已見有個人把穿堂東邊的房門帘子打起，口稱：「請老爺們這裏屈坐屈坐。」三人進房坐下，看牆上□□，知是素雲的屋子。那伙計還在門口立著，東閣子道：「都叫來見見！」那伙計便大聲嚷道：「都見見咧！都見見咧！」只見一個個花丟丟、粉郁郁的，都來走到屋門口一站，伙計便在旁邊報名。報名後立一秒鐘的時候，翩若驚鴻，婉若游龍的去了。一共來了六七個人，雖無甚美的，卻也無甚醜的。伙計報道：「都來齊了。」東閣子道：「知道了，我們坐一坐。」老殘詫異，問道：「為何不見小蓉？」東閣子道：「紅腳色例不見客，少停自會來的。」約有五六分鐘工夫，只見房門帘子開處，有個美人進來，不方不圓的個臉兒，打著長長的前劉海，是上海的時裝，穿了一件竹青摹本緞的皮襖，模樣也無甚出眾處，只是一雙眼睛透出個伶俐的樣子來。進門便笑，向東閣子道：「小明子呀，你怎麼連我也不認得了呀！你怎麼好幾個月不來，公事很忙嗎？」東閣子道：「我在街上，你在車子裏一幌……（下缺）

附錄

劉鐵雲先生日記二則

劉鶚

一

壬寅七月二十八日，陰。微雨數陣，鎮日無一事，亦無一人來，清閒靜逸，於是臨帖數紙，讀書數遍，覺此樂境得未曾有。蓋人世間高壽不過七八十歲，少年役志於功名，老來耳目手足俱不適用，中間三四十年，家室之累，衣食之資，日奔走風塵以求錙銖之利而不可必得，況有餘資搜集古人書籍文字金石之美，豈不難哉！即有餘資，而此類者非若黃金白玉越錦吳綾之可立致之也。既集之矣，人事之煩攪，家室之叢雜，自朝至于深夜，又無寸晷之間俾得摩挲而玩賞之，然則如今日者，求之於一生之中不知其有幾次也。悲哉！

二

歸寓與各人言得志後快樂。沈虞希願有錢報效十六萬，得三品京堂。客曰，餘資奈何？曰，為子捐京堂，孫捐京堂。余應之曰：無衣衣京堂，無飯吃京堂，無屋住京堂，睡覺抱京堂，出門騎京堂，一座大笑。

——原載民國二十四年三月二十日人間世二十四期

劉鐵雲先生遺詩三首

劉鶚

憶丙子歲二十六韻

歲紀丁紅鼠，衝寒返故鄉。征途逾晉宋，驛路指淮揚。瀹茗烹韓水，尋碑繞蜀岡。
初聆弦索語，乍饜綺羅香。菱姐饒憨態，青兒愛淡妝。琵琶真蕩魄，釵釧爛生光。
酒騁連珠飲，鉤深隔座藏。片帆催桂楫，五月到金閶。倪苑攀奇石，吳園數曲樑。
秋風揚子渡，微風大功坊。甲第銷殘暑，丁簾納晚涼。人人憐水榭，日日醉河房。
剖玉冤難述，排雲恨不忘。重來人杳杳，一別海茫茫。水驛方維纜，江都再舉觴。
草低難蓄露，花好不禁霜。故劍如雲散，新琴對月張。錦屏籠翡翠，繡幕隱鴛鴦。
戰報劉蕡北、避增杜牧狂。江湖愁日下，風雨返山陽。更掃陶潛徑，爰修子貢牆。
南河尋故址，西霸訪新莊。忽見雙珠出，聊探一驪嚐。優曇光易遠，橄欖味彌長。
舊事無珠記，新愁用斗量。煙花今滿眼，無復少年場。

登太原西城

山勢西來太崒嵂，汾河南下日悠悠。摩天黃鵠毛難滿，遍地哀鴻淚不收。
眼底關河秦社稷，胸中文字魯春秋。尼山渺矣龍川去，獨立蒼茫歲月遒。

太原返京道中宿明月店

南天門外白雲低，攬轡東行踏紫霓。一路絃歌歸日下，百年經濟起關西。
燕姬趙女雙蟬鬢，明月清風四馬蹄。不向杞天空墮淚，男兒意氣古今齊。

——以上見民國二十九年三月宇宙風乙刊二十二期

關於「老殘遊記」①

劉大紳

一　宣布作者姓名之前後

老殘遊記一書，為先君一時興到筆墨。初無若何計劃宗旨，亦無組織結構，當時不過日寫數紙，贈諸友人。不意發表後，數經轉折，竟爾風行。不獨為先君豫想所不及，且先君亦未嘗有此豫想。先君在日，除一般讀者，因不知誰作，泛為讚美外；戚鄙中知者，亦每面致稱譽。先君常欿然，以為隨意筆墨，不虞得譽，殊非所願。故雅不欲人知真姓名，並因此故，嘗欲重作一稿，名為老殘遊記外編②。曾寫得少許，後因故中止。先君歸道山後，政體改變，書銷更暢❶。除一般讀者及偽續者外，學士大夫等，亦

① 本文先父作於民國二十五年十一月八日，當時擬出版老殘遊記全編（包括初編二十卷、二編九卷以及外編殘稿等），作此文代序。因抗日戰爭發生，書未出版，至民國二十八年四月，由家兄厚滋將此文交北平輔仁大學，發表於該校校刊文苑第一輯。次年一至五月，上海宇宙風乙刊第二十至二十四期全文轉載。

② 老殘遊記外編手稿的發現，在民國十八年農曆除夕前掃塵時，是天津我家勤藝里舊宅書箱中找到的。原稿用素白棉紙毛筆書寫，共十五張，每張注有頁碼，順序一至十六，其中缺第三頁，共計四千七百二十八字。

❶ 政體改革以後，一般讀者，迷信本書為讖緯預言。以為如燒餅歌、推背圖之類。紛紛揣擬，詭詞百出，銷數大增，一時竊印者不知凡幾。其後此風稍熄，又經胡適之先生以文學眼光批評，於是又熾銷一時，並有人節

注意鉤稽作者姓氏。然我家人則因先君本意不願宣布姓名，故雖知有人研究探索，亦均付諸不聞不問之列。暨民國初元，北大教授如蔡孑民、胡適之諸先生等，因與從弟大鈞❷相稔，得略知梗概，然猶未詳也。當時諸先生中，關於此書，曾有一文登之晨報。但依舊多揣測之辭，文出誰氏手，今已不能記憶，紳適居天津，見之。且因所經驗者❸，知再閟將笑端更多；乃致函更正，且聲明並世諸賢，如對此書有所詢問，當竭所知以告。至此，老殘遊記之作者姓名，方正式宣布，為世間所知。其後南北詢者眾多，而問詞每超佚範圍❹。不惟不勝答，亦且不能答。同鄉丁君，時方編鎮江志書，知此事，勸寫一述略交錄其文字入學校課本內，無形中推倒讖緯，打破迷信不少，此我劉氏子裔對於胡適之先生及選節之諸君所最致感謝者也。

---

❷ 從弟大鈞字季陶，為先胞伯味青公之第四子。

❸ 普通讀者中，十之七八羼有讖緯思想，以致離奇怪誕之言，百出不已。紳所親遇者：民國二年（一九一三）冬，紳由蘇州赴淮安，在南運河小輪中，同艙客有張姓者，閱老殘遊記，舉以相詢，問看過此書否？且語眾曰：「做此書人實在了不得，能知天下將大亂，在中國十八省中，各娶一妻生子置產，以備戰後傳嗣。本人曾經人介紹往訪，求為弟子不得」云云。又六年（一九一七）五月，紳由上海赴彰德，在平漢火車中，遇一于姓老人，同乘閑談。彼自謂：「學道峨眉，師一老僧名智元，今奉命下山立功；其同學師兄弟老殘已下山多年，能知道過去未來，現正遊行各處，曾著有老殘遊記一書」云云。當時此二人固不知先君歸道山已有數年，亦不知紳為何人；然在紳聞此漫無倫類之讕語，就先人作品所起感想，直啼笑皆非，固不能贊一詞，亦且無從與之辯剖。此外即較有知識人，語荒謬詭怪，紀紕戾乖張者，亦頗不乏，特不如是之甚耳。

❹ 一般之詢問者：約十之六七，注意於（一）卷第十一之三元甲子一段。十之二三，注意於（二）卷第九之「曾拜瑤池九品蓮」七絕六首。及（三）卷第十之銀鼠諺四解。更有少數人則詢問（四）返魂香為何物。及（五）

彼編入志書中。同時大公報周耀西君，亦要求發表真相。紳以志書中先君述略，非可以輕率著筆，乃簡單寫一稿付周君，但未發表。至二十一年（一九三二）五弟大經以二編副本，授上海蟬隱廬書店❺。以紳不贊成未付印③。次年姪兒厚源❻復來北方商印二編事，紳語以他人印為另一問題，我家則不能隨意

璵姑、黃龍子等究竟是仙是人。（六）翠環現尚在我家否，與紳為何等親屬。（七）賈魏氏如此大案，何以當時高級官不知；及其全案卷宗，是否尚在齊河縣等等。如此諸問題，雖未嘗無正當解答，如（一）（二）（三）（四）各問，稍有數學文學素養者，亦一經解說，決不致再有誤會。無如人之性識不齊，解者雖一本真誠，而聽者且謂隱閟，則亦無如何也已。

❺ 為我家至戚上虞羅子經先生創設。三家兄大縉字建叔即在此店內。

③ 此二編副本指老殘遊記二集第一至九回的報紙翦存本，也就是先祖逝世後到現在為止我家所發現的一個唯一的本子。良友出版的第一至六回據此，本書中的第七至九回也據此。茲將這二集翦存本的發現及輾轉的經過敘述如下：

民國十八年，天津日日新聞原主持人方藥雨將報館頂讓歸他人承辦，在報館工作的五叔大經清理庫存時，於舊報紙內發現夾有報上刊載二編的散頁，後來又找到一個連續從報紙上剪貼的九回本。他得之如獲至寶，送來給先父看，經先父認定確係先祖所作，為了便於保存，令我和厚滋兩人連夜抄下了一個副本，原物仍還給了他。其後大經雖曾企圖出版，因先父未同意沒有實現，至民國二十一年他以四百元的代價讓給上海蟬隱廬書店的親戚羅子經，這事給三伯父大縉的長子鐵孫知道了，認為劉姓的利益不宜外溢，遂向羅交涉，以原價贖回，從此這個翦存本就歸鐵孫所有了。因而良友出版二集，書前啟事有這樣一段話：「二集為劉氏家藏珍本，經林語堂先生介紹，由本公司向作者劉鐵雲先生之文孫鐵孫先生處獲得獨家發行權。」鐵孫已於一九五四年逝世，現在這個原始的翦存本也不知去向了，只有我和厚滋那天連夜抄下的副本，算是最早的本子了。

❻ 為三家兄之長子，亦即良友印行二集中作跋之鐵孫也。

刊印❼。厚源返滬，語於其父及其從叔，乃以彼等之翦存本授林語堂先生，並要求紳寫一源委寄附書末，諾之，稿未寄而印已成，即現在良友公司出版之二集也⑤。最近兒子厚滋在北平研究院史學會任編輯，其同事吳世昌先生，語以燕京大學英文學系主任英國謝迪克 (H. E. Shadick) 先生，現譯老殘遊記為英文，有詢問事，擬相見，並欲睹遺物云云。除經吳先生介紹與謝迪克先生晤談外，並遵囑先概括寫一關於此

---

❼ 因老殘遊記之稿，前半係每月陸續刊於繡像小說，後半係逐日登於天津日日新聞④，從未自印有單行本。其出版時地，前後經數年，相去數千里，為子裔者，欲加印行，自當先行齊理彙合為一有價值之出版物，不能如竊印者之營利性質，隨意印行一部分也。

④ 繡像小說半月刊第九至十八期刊載老殘遊記第一至十三回，每回並有插圖兩幅，時間為光緒二十九年癸卯八月初一至十二月十五，西元則為一九〇三年九月至一九〇四年一月。繡像小說因刪去原稿第十一回全文，將以後各回移前，故此中止的第十三回實即原稿第十四回。翌年，光緒三十年甲辰（一九〇四），天津日日新聞移刊老殘遊記，恐不僅「後半」，據阿英（魏如晦）考證，是重新自第一回刊起的，我也同意這種看法，見本人注⑨。

⑤ 鐵孫有了這個九回的翦存本，通過堂叔大鈞和林語堂的關係，先在林主編的人間世半月刊發表了四回，刊於民國二十三年六至十月（第六至十四期），次年三月，再由良友圖書公司出版了六回的單行本。至於只出版六回的原因，由於當時鐵孫正在通過大鈞和蔡元培等的關係，向南京國民政府活動，要求發還先祖在清末被沒收的浦口地產，所以在他的跋文中，還為老殘遊記第十一回中談革命一節故作掩飾；又考慮到二集七至九回寫老殘夢遊地獄等，涉及神怪，恐引起社會上的責難，影響他的活動；而且一至六回寫逸雲的故事正告一段落，遂決定割棄了後三回。並在林語堂序文和劉大鈞、劉鐵孫的兩篇跋文中，肯定了二集只有六回，這都是自圓其詞的說法，不足為憑，而且大鈞手中也根本沒有什麼翦存本或手抄本。

書之稿。其餘則候謝迪克先生提出範圍外，再縷晰答之。竊以為先君一生學問經濟，以不自炫故，不獨未為人知，且遭受蜚語，身歿異域。不意因不經意作品，轉於身後承諸先生殷殷注意，加以提倡，並重荷友邦學者為之迻譯。厚誼高情，我劉氏子裔感勒寧有涯涘。用謹縷述所知，以明真相，亦即所以答中外諸先生之盛誼，並致謝忱焉。

二　著作「老殘遊記」之源委

方拳匪亂後未數年，京曹中有沈虞希⑥、連夢青兩先生，均與天津日日新聞之方藥雨先生為友。某日沈以事赴津，偶語方先生以中朝事，方先生揭之報端⑧，為清孝欽顯皇后⑨所知，大怒。嚴究洩漏者，逮沈至刑部⑩，立杖斃之，並緝同黨，株連及連。連匿友人家三日，始藉使館之助，子身倉皇遁走至滬。

⑥ 沈虞希即沈藎，原名克誠，湖南善化人。庚子年與唐才常等共組自立軍，任右軍統領，駐湖北新堤，七月起事失敗，隻身走北京，在新聞界進行活動，又因揭發中俄密約，為清廷捕殺。據黃中黃（即章行嚴）編沈藎書中云：「沈於光緒二十九年癸卯（一九〇三）閏五月二十五日在京被捕，以『夏月不能行刑』之故，礙於例，改用杖斃，以竹鞭捶之至四時之久，血肉橫飛，慘酷萬狀，而未至死。最後以繩勒其頸，而始氣絕，時六月初八日也。」

⑧ 天津日日新聞，最初創設者為文芸閣學士，其後一再輾轉，始歸方先生，而先君實以資力人力助成之。當時方先生為避禍計，曾以報館託庇於日本國旗下，故較敢登載新聞。蓋當時箝制之禍，至慘且烈，志士仁人，橫被摧殘者頗多。凡稍大之組織，有關係之集會，莫不藉懸外旗為保障，固不獨一天津日日新聞然也。

⑨ 即俗稱之西太后廟號。

時我家正僑寓上海北成都路之安慶里。連既抵申，其太夫人尚在原籍；連日夜憂思，友好亦以為不甚安全，勸其迎養。然連以横遭災禍，資裝盡失，實無力生活於上海。且性又孤介，不願受人資助，時商務印書館刊行小說月誌，名繡像小說，連經人介紹售稿與之，每千字酬五元。連乃開始其筆墨生涯，作一小說，名鄰女語⑦，大致描寫拳匪事。未幾，連太夫人至滬，以廉值賃居於愛文義路之眉壽里，則先君所居間。以屋為馬眉叔先生⓫產，馬與先君為至友也。連賣文所入，仍不足維持其菽水所需。先君知其耿介，且亦知其售稿事，因草一小說稿贈之。連感先君意⓬，不得不受。亦售之於商務，並與訂約，不得刪改原文一字。此小說即近三十餘年中一般人認為神秘預言之老殘遊記。方先君初草此稿贈連時，不過前三數回。迨連與商務訂約，始繼續作之。每晚歸家，信手寫數紙，翌晨即交汪劍農先生⓭錄送連寓。不獨從未著意經營，亦從未覆看修改。直待繡像小說刊出後，始復見之。登至第八卷，商務竄易文字，並刪去一卷⓮。連怒其違約，與有違言，遂不復售稿；先君因亦中輟⑧。然當時稿在商務未經刊出者，

⓾ 即今日之司法部。

⑦ 鄰女語作者署名憂患餘生，刊繡像小說第六至二十期（一九〇三至一九〇四年），刊十二回中止，未完。一九一三年商務出版單行本，一九五七年七月大陸上海文化出版社又重行出版。

⓫ 馬先生諱建忠，即馬氏文通之作者，亦當年旅順軍港之建築人。

⓬ 連先生鄰女語中，極力描寫之仗義人某，即影射先君。固另有一部份事實，而此事亦為其中之一。

⓭ 汪先生名銘業，時正館我家，拿五弟大經字涵九、六弟大綸字少雲讀書。

⓮ 原回目為「桃花山月下遇狐」，商務改狐為虎，且刪改文字（詳後），繡像小說刊出後始知。連先生據約責言，商務謂現方破除迷信，我輩社會中，不能再語怪。連怒，謂既有成約，約中又無語怪之禁，何得擅改；汝輩

尚有數卷也⓯。翌年先君至津，方藥雨先生詢不作原委，先君語之。方先生勸續作，在天津日日新聞逐
社會不語怪，我輩社會專語怪；汝儘可不登，我亦儘可不賣，遂決裂。後商務浼人解釋誤會，而連意終不可回也。

⑧ 據先父文，第八回原回目「桃花山月下遇狐」，商務改「狐」為「虎」。但據我的查考，嗣後出版的天津日日新聞單行本和光緒三十三年（一九〇七）上海神州日報館三十二開本，以及民國元年（一九一二）之商務大本，民國二年（一九一三）之商務小本，廣益書店二十四開二冊本等各種老殘遊記的早期版本，均將繡像小說中第十回修改的五百多字和刪去的第十一回恢復原狀，而從未將「虎」復原為「狐」。而且第八回自作評語中，對描寫「遇虎」一節云：「施耐庵說虎，不及百鍊生說虎，施耐庵說的是凡虎，百鍊生說的是神虎。」如果經人刪改，先祖不同意，就不至於作出這樣的評語。故先父此說，只能存疑。至於與商務決裂之由，據我的揣測，當是繡像小說將第十回修改五百多字和刪去了第十一回全文的原故。

⓯ 繡像小說係登至第十三卷止，但實係第十四卷，因其中被刪去一段，故與原卷數不合。日日新聞所刊載，則自刪改處重新登起⑨，雖年事久湮，但繡像小說本及此段手稿均存⑩，可以復按也。

⑨ 據阿英老殘遊記版本考云：「惟日日新聞本，所謂『自刪改處登起』則誤。我藏有日日新聞本第一回至第十回一冊，固非從『刪改處』起也。此本係書版式，首『自序』一頁，每頁數另起，各自起訖。版心每面長六寸二分半，寬四寸另半分，中縫上題老殘遊記書名，下為頁碼及『天津日日新聞』六字，雙欄。全文用四號字排，標題二號，天地甚寬。反面全載廣告，可見並非當時流行之『另頁副』品。刊載時期，在商務輟刊之翌年，即甲辰（一九〇四年）。其間最不可解者，則日日新聞本之第一回至第十回，回目與繡像小說本完全相同，從無改易之處，非所謂『自刪改處登起』。」

我手邊尚有天津日日新聞單行本一種，共線裝兩冊，上冊從第一卷到十二卷，下冊從十三卷到二十卷。扉頁上題「老殘遊記」四字，下角有「藥雨」兩字印章，即是報館主持人方藥雨；後面印「印刷所：天津日日新

日發表。如此直至第二十卷為止，始告一段落。是為初編。故此初編之稿，前後兩半描寫⑯，儼若分界者，實緣於非一氣呵成。至後半之稿，寫作地址，則有在天津報館⑰，有在北平寓所⑱。事隔多年，現已無從指定矣。此後先君因創設海北公司⑲，奔走平、滬、東三省及朝鮮、日本等地，席不暇煖，老殘遊記亦復置之度外。暨海北公司失敗，乃復著手寫之，是為二編。仍逐日發表於天津日日新聞，共計十

聞社；發行所：天津孟晉書社，每部定價大洋三角半。」惟無出版年月可考（可能是老殘遊記最早的一種單行本）。版式與阿英所說完全相同，所不同的，阿英的一冊「反面全載廣告」，此兩冊反面空白無廣告，很可能前者是從報上剪存下來的裝訂本，後者是另行抽印的單行本。所以我也認為老殘遊記初編在天津日日新聞上是重新從頭登起的。

⑩ 所存此段手稿，僅六張，寫在印有淡綠直行格的毛邊紙上，中縫印有「百登齋摹古」五字。內容即商務所刪第十一回的後面大半回，從申子平聽得歡欣鼓舞，「因又問道」四字起，直至「且聽下回分解」止，共三千另八十四字，和單行本核對，中間除了少「總之這種亂黨」至「要緊要緊」一小段七十八字之外，其他一字不異。此段手稿的存在，足以證明先祖對「北拳南革」的確作了反動的咒詈，而鐵孫在良友版二集跋文中別有用意的解說，完全出於揑造。

⑯ 初編前半均隨意描寫，可以分成數個小段落，皆毫無成心。後半幾全為描寫齊東村一案，故頗有人疑後半為他人偽託，實則不然。

⑰ 天津日日新聞因與我家有密切交誼（參觀註❽），故為先君特設一室，為至津時寓所。先君居北時，每月必至津，至即寓其中。或勾留一二日即返，或三五日始歸。留津即在其處寫稿也。

⑱ 即良友本二集末尾，從弟大鈞跋中，為紀曉嵐先生記為四大凶宅之一之板章胡同寓所。

⑲ 製煉精鹽，當時尚無人注意於此。計劃大略，為購入煙臺一帶之粗鹽，運至青泥窪貔子窩，精製後，再運銷朝鮮。

四卷⑳。⑪復因浦口地產事南下㉑，即未再北來。除外編㉒尚有少許外，亦未再復寫。迨誣難既作，先

---

⑳ 當時所寫確為十四卷。先君於清光緒三十三年（一九〇七）六月間赴漢口，臨行曾諭紳蘄留，並囑登完後向報館多索數份。且謂已語方叔，不再續寫云云。雖曾遵辦，但自經家難後，百計尋求，迄不可復全，今僅為八卷。良友所印，係因從弟蘄存者只有六卷，故據以為斷耳。

⑪ 老殘遊記二編的寫作，先祖乙巳（一九〇五年）日記中曾有下例一些記載：

「十月初三日，歸寓撰老殘遊記卷十一告成。」

「十月初四日，晴，撰老殘遊記卷十五。」

「十月初五日，晴，決計回京……撰老殘遊記卷十六。」

「十月十九日，夜撰老殘遊記二紙。」

以上前三則記於奉天（瀋陽）南門永昌棧客店，後一則記於天津報館。據此，二集原作至少在十六回以上，先父說共計十四卷，不知何據？或者天津日日新聞刊載止於第十四回耳。又先祖日記中初三記十一卷告成，次日初四已在寫十五卷，則十二至十四卷成於何時，亦不可解，或是先祖筆誤耳。又據先父文注⑳云：「當時所寫確為十四卷，先君於清光緒三十三年（一九〇七）六月間赴漢口，臨行曾諭紳蘄留，並囑登完後向報館多索數份。且謂已語方叔，不再續寫云云。」如此說無誤，則二集於一九〇七年尚在報上刊登，然則先祖日記於一九〇五年陰曆十月已寫至十六卷之多，何以寫成後需隔兩年再在報上發表，更令人費解，姑記之待考。

注⑳又云：「今僅為八卷。良友所印，係因從弟蘄存者只有六卷，故據以為斷耳。」八卷實係九卷，此處先父誤記。對良友印六卷之說，亦是為大鈞、鐵孫圓謊，見本人注③、⑤。

㉑ 我家自清光緒二十八年（一九〇二）即全眷南遷。惟先君時往返南北，至三十二年（一九〇六），紳復隨侍北上。翌年秋，先君南下，即留紳夫婦守平寓。自此即未再北，而紳亦遂永抱終天之痛，未再面先君矣。

君遠征，舉家倉皇，奔走營救。而產業及貴重物品，除被抄沒者外，餘悉被人乘勢隱沒竊盜訛詐而盡㉓。遂無人更能顧及稿件與長物矣。先君既歿，家人更悲痛冤憤。時已赤貧如洗，全力謀歸葬之不暇，尤念不及他事矣。又原稿前十四卷之後，皆有評語，亦先君自寫，非他人後加⑬。今坊印本多去之，實大誤也。

㉒ 外編稿共十六張⑫，現手跡尚存紳處。先君初因不愜意於原作，欲改編。繼因閱林琴南氏所譯之足本迦因小傳（商務出版），頗贊美之。惟謂結局迦因投水，殊不能令人滿意，諭紳以須何作法方佳。紳因進言何不續之。先君諭曰：「續人小說，為無聊筆墨；如欲重作，我當寫一迦因別傳耳。」言後，未數日即起草，而廢外編不作。然迦因別傳實亦未寫得若干，今亦遍覓不得矣。

⑫ 外編手稿發現時，已缺第三頁，共只十五張。見本人注②。

㉓ 先君在日，眷屬大都寓於蘇州。惟三家兄大縉等，奉命住淮安，守祖居及祭產。紳夫婦奉命留守平寓。所藏長物，除先君攜在寧寓外，十之六七在蘇，十之一二在平，一小部份碑帖在滬，淮安惟祖遺古書而已。禍起前一年終，先君命將存平之物全數運南。紳奉諭前，第一次遣老僕鄭斌以先君所珍諸物，如骨甲銅器等，及較貴重物品，逕送南京。鄭斌回平，攜來手諭，命以後送蘇。故第二次運南之字畫手卷碑帖，於次年三月間，浼徐月樓學兄攜蘇。繼奉先君諭，言已令至戚某點收。第三次則為書籍，與未裱碑帖及不甚重要之物，係命僕人劉貴送蘇者，時為五月間，即禍作之前十數日也。迨禍事既起，紳倉皇南歸，家已蕩然，寧寓及產業為官家抄沒，靡有孑遺。蘇寓亦一空如洗。運南之平物，徐月樓攜去者，至戚某云未見。劉貴送回者，至中途聞變寄存戚家，大先兄大章（字著伯）命也——劉貴返平言之。其後此所謂戚，亦云未見。滬寓一部分碑帖，大先兄浼另一至戚某照料。某悉攜返己家。事後向索，某謂先君有欠彼款，已以之折價矣。此外因諸兄在寧謀救，為人恐嚇詐逼寫契紙字據等事，亦屢見不一。又前數年疏浚秦淮河，掘出玉插山一座，當時報紙喧傳，調發現六朝古物，登載攝影，轟動一時者，實為先君案頭常置文玩。大先兄冤憤之極，不顧人得，手投之河中者也。

三　「老殘遊記」之影射

老殘遊記一書，本來寫作，既無用意，亦無背景。正當讀法，只須就描寫工拙，議論精粗，加以觀察。果描寫深到，議論精純，則在文學上自有相當價值，以純文學眼光觀之可矣。若因時代關係，進而觀描寫之含義，推察當時社會一部分情狀，亦為文學上應有之需求，則兼以歷史學者社會學者之眼光讀之，亦未為不可。若更因文情之感動，進而對於作者有所追求，欲知其生平修養，思想淵源，人物表現，此已超越讀者範圍，然仍不失為文學藝術者之光明行徑，偉大同情。其又一方面，則無宗旨之閱讀，茶餘酒後，以為消遣；或共坐閒話，以為談助，此亦正當之讀法。以稗官家言，十九借托，除批評文字及結構外，原無研究之必要。甚而如婦人孺子，販夫走卒，摭拾書中人物情事，離合悲歡，為贊嘆憑弔之資，亦仍是相當讀法。若舍此一切，而專就書中斷章取義，或摘取一語，或採摭一事，推測揣擬，虛構附會；致市虎城狐，展轉流播，則未免過信說部，為所囿矣。故紳以為世之讀者，對老殘遊記，莫善於以文學眼光，或消遣方法閱之。若欲追求影事，及思想淵源，則請述所知，以備參證。如有不詳，請俟異日補之。因有一部分先人日記存淮安寓所⑭，兄弟子姪輩，均貿食四方，一時無從尋檢也。

---

⑬ 初編原稿第一至十七卷，除第十、十二兩卷外，每卷之後均有先祖自寫評語，共計十五則，並非僅只「前十四卷之後」。當初繡像小說發表時和嗣後出版的天津日日新聞、神州日報等單行本，均保留原評。

⑭ 先祖日記現存者，為辛丑（一九〇一）全年，壬寅（一九〇二）全年，乙巳（一九〇五）正月至十月，戊申（一九〇八）正月至三月十五，共分裝六冊。其中辛丑、壬寅、乙巳三年，一直保存在我家中，戊申年的一

書中影事，約略可分二類：一屬於人者，一屬於事者。寫時往往以此事繫於彼人，此人繫於彼事；或一事分隸數人，一人分繫數事。更有一人分為數人，數事併作一事。或初寫本無影射，而後忽有所指者；亦有初寫本有所指，而後忽無影射者。總之由於書成無心，行文所至，均隨興會所及，故欲確實指定某人為某，實勢所不能。茲就記憶所及，能知者言之：黃瑞和指黃河，因先君曾在河南山東辦理黃河工程，故以黃瑞和治病影射之。蓬萊閣所見之帆船，喻中國；二十三四丈，喻行省數；管舵四人，喻軍機大臣人數；八桅喻行省總督人數；新舊則喻當時督臣性質；東邊有一塊，約有三丈長短，喻東三省；船上擾亂情形，喻戊戌政變；高談闊論人，喻當時志士；漢奸喻自己；因當時一般人固目先君為漢奸也㉔。小布政司街，確有其處。為當年寓山東時居址街名㉕。高陞店有無不可知㉖。黑妞、白妞確有其

本，原存淮安寓所，後來也由鐵孫轉給我們了。此外已再無發現。

㉔ 先君當時因主張利用外資，開礦築路等事，及言論眼光均與一般人不同，故被目為漢奸。且頗有欲得而甘心者，事將另詳於先君被禍始末中。

㉕ 先君寓濟南時，初住小布政司街，繼遷鸜鵒廟街，時紳尚未逾十齡，住東計三年，返淮安。又鸜鵒廟街，今聞改為英武廟街，不知確否？

㉖ 先君初抵濟南，係由河南前往，借寓友人處。其後眷屬抵東，即自賃居宅。至高陞店是否曾住，及當時是否有此店，均不得而知。以意揣之或有此店，曾暫歇車塵，或並無此店，隨手拈來；以當時北道旅舍，不以姓氏標者，大抵非高陞即日昌其名也。迨老殘遊記出世，訪者眾多，或有因以為利者，從而設立指實，則亦不妨姑存此一段因緣，以為談料，正亦不必證其無有，為焚琴煮鶴之舉。紳所以為此語者，因有友人示以所攝該店照片，並語以店主一一指實之言耳。

人，所寫捧角情形，亦為當時實況㉗。高紹殷、姚雲松、劉仁甫、王子謹均有其人，惟姓是而名非。高、姚當時撫幕人物；劉則候補官；我家寓鸚鵡廟街時，對門而居者也㉘；王則同寅，治喉病亦確有其事，以先君本精於醫。莊宮保為張勤果公曜字漢仙㉙⑯。玉佐臣為毓賢，其殘酷情況，本書描寫不過十之五六；至今東人父老，猶能詳之，即其介弟㉚⑰某，亦言之而不以為然。所紀各案，案情及人犯姓名，不

㉗ 黑妞、白妞當時濟南人士視之，幾如北平今日所謂之名生名旦，一經演唱，舉城如狂⑮。先君寓東時，曾招至家中奏技，紳亦見之。惟因齒稚，今腦中僅存模糊輪廓而已。

⑮ 關於白妞黑妞，據鳧道人由學盦筆記（刊於民國五年），中有「紅妝柳敬亭」一條云：「光緒初年，歷城有黑妞白妞姊妹，能唱賈鳧西鼓兒詞。嘗奏技於明湖居，傾動一時，有『紅妝柳敬亭』之目。端忠敏題余明湖秋泛圖有句云：『黑妞已死白妞嫁，腸斷揚州杜牧之。』即謂此也。」並加按云：「白妞一名小玉，老殘遊記摹寫其歌時之狀態，亦可謂曲盡其妙，然亦只能傳其可傳者耳。其深情遠韻，弦外有音，雖師曠未必能聆而察之，腐遷未必能寫而著之也。」

㉘ 高、劉真名為何，今已不能記憶。姚為姚松雲，王為王子展，劉則憶其人長身卓立，有老母年事甚高。門前置一盆山，噴水如泉湧。紳時至其家觀之，其母與夫人亦常來我家也。

㉙ 張公與我家本有年世誼，且兼有姻親。先君供職山東，由張公函招先胞伯昧青公，未赴，乃檄調先君於河南。時先君方在豫河工次，其遇合非如書中從高陞店為人治病而往謁也。

⑯ 張曜，字朗齋。張漢仙另有其人，名汝梅，河南密縣人，曾任陝西布政使和山東巡撫等，晚年僑居淮安。劉大鈞劉鐵雲先生軼事文中亦誤張曜為張漢仙。

㉚ 毓賢介弟某先生，現住天津。據談毓站斃人頗多。談時亦非毓。以與本書無干，故不必再揭某先生姓字。又金息侯氏四朝佚聞第二三頁，記毓賢補曹州府，謂先君曾遊其幕，此實誤傳，先君從未作任何人幕客。

⑰ 毓賢的介弟名毓廉，號清臣。我家住天津時，他和我的塾師滿洲人定安交好，常來敘談。

必即真，亦不必即假，以當時毓賢訊供，兩三語後，輒入人站籠斃之。官書固無案可徵，而父老里黨流傳者，亦不能無因。中東造為杜秉國，官是而地非。柳小惠為楊少和，事是而名非。璵姑、扈姑、勝姑等，均無其人。嶼為「雲璵」，我家舊藏琴名；扈為「桑扈」，勝為「戴勝」，均鳥名。黃龍子初無用意，後則影射黃歸群先生㉛。黃人瑞影射魯某，人是而事非。翠花、翠環均無其人㉜。史鈞甫為施少卿。剛弼為剛毅。齊東村案為渲染文章，用意在寫浮浪子弟有金銀徒為伐性之斧。學道人能以明德應天㉝，解除煩惱熱障，使人心地清涼，還其本來。書中村名齊東，已標明取「齊東野人」語義。自此以下，二編所寫，純就自己學境描寫，除赤龍子喻自己㉞，青龍子喻蔣龍溪先生㉟外，餘均不可指實，並且也無其

㉛ 黃歸群先生，諱葆年，字隰朋。曾任山東泗水縣。歸群則門弟子所稱，以先生號所居為歸群草堂也。與先君同師事龍川，在蘇州設講舍，承泰州學派南宗道統。又與先君為兒女姻婭，大家姊即適先生之次子壽彭字仲素者為婦。

㉜ 由蘇至魯東西兩大道中，旅舍招伎，為極尋常事。此風至今未泯，且加烈焉。翠花、翠環不過隨意拈兩人名，以渲染生文情耳。

㉝ 即禮記中「大學之道在止於至善」，及易經中「先天而天弗違，後天而奉天時」之意。

㉞ 先君生於丁巳年，在干支設象為赤蛇。黃歸群先生生於乙巳年，在干支設象為青蛇。蛇為龍屬，當龍川歿時，遺囑有二巳傳道之語，即指歸群與先君而言。故以赤龍自況，而以黃龍況歸群者，以其姓黃也。惟在初寫時，本有以青龍指歸群文勢，以先君尚有同學姓王，生於己巳年。三人常以此為笑言，不知其後文思何以忽轉也。
（參觀註㉟）

㉟ 蔣先生諱文田，字子明，龍溪則門弟子所稱。與先君及黃先生同師龍川。黃厓變後，龍川以先生祧黃厓，別為北宗。亦與先君為兒女姻親，即先生之女孫，歸紳之次兒厚澤為婦也。至以青龍相況者，以先生故居地名

事。至泰山斗姥宮尼姑款接賓客，久為紀載書所有，當時此風已熄，即偶有一二佛家子弟，焚修其間者，亦均無知識之可憐人，絕無靚雲、逸雲等儔也。又文章伯取「文章之伯」語義，自喻其文。德慧生本取「德能生慧」語義，在初編中不過姑拈作人名，示人為學門徑，原無所指。其後因文勢所趨，漸漸影射有人。又周耳影射周太谷先生㊱。總之本書兩編，原分三時期寫成，故所描寫之人與事，前後有相去多年，毫不相涉者，故十之八九皆借題發揮，所謂借他人輪廓，寫胸中蘊結也。

老殘遊記最受人誤會者，為描寫中表現思想處。初編中，猶為先君不知不覺自然之流露。二編中則屬有意專寫。前半寫心理，後半寫佛義。不獨當時人少見為怪，即今日亦未必不以為奇，而不測其源。實則先君蘊蓄，抒寫者尚不及千百分之一，欲識其真，必先知學問淵源，必更先知泰州學派及先君性行。泰州學派即世所傳之大成教⑱、大學教、聖人教、黃厓教等。實則吾門中㊲無論何人，均不承認此種種

龍溪，相傳宋時有青龍，見其地河中，而先生宅即臨河也。

㊱ 周先生諱星垣，號太谷，隱居江西廬山。故二編第一卷中，言其住在西嶽華山裏頭也。

⑱ 關於大成教，馬敘倫石屋續瀋（民國三十八年三月上海建文書店出版），書中有「大成教魁」及「崆峒教」二則，附錄如下：

「大成教魁」：「沈瓞民來，談及大成教。瓞民曰：『王錫朋與先君共事張勤果曜山東巡撫幕（按：曜，錢塘人，孫慕韓寶琦丈之婦翁也）。其私行極好，官知縣亦極清廉，然其學則糅合三教，而實歸於道，道又為漢魏以來之道教而非黃老也。門下無所不有，達官貴人至於販夫走卒，男女老幼無不收錄。清末大僚如毛慶藩（按：曾官上海道，護理陝西總督。又清學部尚書榮慶亦其門人），近時倪嗣沖、王占元皆出其門。受業者先以占卜，卜皆應其人，是以共神之。既執贄則授以真言，甚秘。其弟子事之如嚴父，偶違師旨，則長跪謝罪。

教名；即泰州學派四字，吾門中人亦不承認㊳。以本無名稱，咸外人強加誣枉者也。但在比較上，泰州

一日，慶藩侍其遊杭州之西湖，偶失旨即然，從者如雲，不敢避也。其教統則自伏羲炎黃以後，雖文王、孔子不得與，直至周敦頤；得濂溪之傳者，即周太谷也。太谷嘗在廬山設教，有人容貌衣履甚怪，來從受道，既而其人驟然不見，索之池畔，得贊帖，乃曰：此龍王來受教也。人共靈之，從之者遂眾，錫朋實得其傳焉。錫朋說論語學而一章，謂隱麟鳳龜龍四字，其怪誕皆類此。居蘇州，里中人莫非其徒。錫朋知予亦家蘇州，欲來會。余以父執也，先之，既而來報，弟子塞途，皆從於輿後。』瓞民又曰：『老殘遊記中之三教大會即寫此事，蓋鐵雲亦此中人矣。』」

「崆峒教」：「枝語十一記崆峒教，即余前記之大成教也。其說云：『道光間，又有所謂崆峒教者，泰州周氏創之。周，彭澤人，或云池州人。其徒薛執中者遊京師，與王公大臣交，後伏法。張姓者，居山東黃崖，為閻敬銘所殺。李姓者，最老壽，遊江湖間，卒於光緒十年以後，徒從殆三四千人，士大夫亦有歸之者。李之徒有蔣姓者。余曾見之，述其師宗旨云：心息相依，轉識成智，此僅用禪波羅蜜法門，其流派論說紛紜，余不欲贅論也。』余別有記，亦未為全貌。」

按文中王錫朋實姓黃，張姓即張積中，李姓即李龍川，其徒蔣姓就是我內人蔣紉秋的祖父蔣文田。又文中記沈瓞民曾云「老殘遊記中之三教大會即寫此事」，但老殘遊記初編二十回和二編所存九回，均無記三教大會之事，為此函詢沈瓞民先生，沈老復信稱，此係馬敘倫先生誤記。

㊲ 種種名稱，外人相加原因，不外轉相傳授，誤會意旨所發生。將來擬另文記之。門中二字，亦外人詬病一端，實則同門學子，習慣之言，初無秘義，且二字亦非創造。禪宗語錄，舊籍記載，已屢見不一。總之泰州學派博大精微，非恒常人能測，遂無往不受指摘。猶人之誣訐先君及目老殘遊記為預言，同為運會使然耳。

㊳ 我家世世幾皆受業於此，即紳與兄弟及子姪均然。我人向以此為直傳孔聖心法，自為儒宗。所有進德修業，皆聖門功課。故只有聖學聖功之言，因並無異人處，故無派別可分，亦無名義可標也。

學派四字，雖大小不同，猶為近理，不妨暫假，因陽明之學，傳於泰州，數百年未絕，人名之為泰州學派⑲。吾宗不能謂與毫無關係。因清咸同之際，有周太谷先生者，崛起其地，集心學大成㊴，傳張石琴㊵、李龍川兩先生，先君龍川弟子也。先君少年時，天資絕穎，於書無所不讀。性尤豪放，在鄉里中，與外舅羅雪堂先生，同時被人目為二狂㊶。後以事至揚州，遇龍川，一見心折，乃拜從受業。至是先君之學，始由雄放歸入沖粹，然豪氣則未盡除也。其後入仕及棄官服賈，仍無日不為學㊷。平時所有往還，雖交

⑲ 泰州學派和明儒學案中的陽明學派毫不相同，兩者各有體系。此處先父云：「因陽明之學，傳於泰州，數百年未絕，人名之為泰州學派。」是誤解的。

㊴ 我宗為學方法，以立己立人達己達人為大成，獨善其身為小成。無儒釋道之別，無門戶主奴之見。概一本於大同，窮極於人天性命，而旨歸則希賢希聖而已。

㊵ 張先生諱積中，字子中，號石琴，學者稱為黃厓先生。門弟子等稱張七先生。與龍川同師太谷，講學於山東肥城縣之黃厓山莊。被誣自焚死。亦即世所傳之黃厓教匪首也。兒子厚滋曾取故宮文獻館所藏實錄檔案，及當時官私紀錄，考訂其事，為同治五年黃厓教匪案質疑及補，分載北平研究院史學集刊二、三期中⑳。

⑳ 關於「黃崖教案」事由，除家兄厚滋所作此兩文外，清安徽通志、檐醉雜記、大獄記等書，均有記載。大陸中國史學會主編之近代史資料叢書捻軍亦收有黃崖軍興記略一文，均可參考。

㊶ 我家與外舅羅先生，均住淮安甚久。先君以豪放稱，羅先生以敬慎稱。當時二人言論學問，均不為士大夫所譏，目之為二狂。

㊷ 先君平居有暇必讀書，雖千忙百冗中未嘗廢。每晚必作字彈琴。所起居室，書籍碑帖及鼎彝瓦甲之類，與爐香茗椀等雜然並置。故尋常人驟入此室，每瞠目咋舌。從弟大鈞於良友本二集序中，謂聞人言先君南京住屋，有一室之地與四壁，皆古磚瓦砌就，其他骨董陳列尤多諸語，則傳聞之過甚詞也。因先君遠行日，從弟大鈞

遊遍天下，而得真相者惟黃、蔣兩先生，同學兄弟也。羅先生少年時同志也。其次則為姚松雲、馬眉叔兩先生，先君所引為知己者也。先君向不拘泥小節，二編中描寫赤龍子一段，即為自己寫照。黃、羅兩先生，每以是相規，先君輒笑而不答。黃先生規先君，謂自遣無如學道。蔣先生偶規先君，亦措詞委婉。故先君於蔣、黃兩先生則敬而愛之，稱之為先生而不肯以雁行齒。羅先生規先君最切亦最烈。先君則欽而畏之，稱之為羅三先生。晚年幾至避面，然交誼則無他。先君每諭紳曰：「汝師㊸為我甚至，所言未免太激，我豈不自知。」而羅先生亦每謂紳曰：「汝父不聽人勸，固知我言皆其所知；但今世何世，奈何甘蹈危機」云云，觀此則先君當日性行，亦可得概略矣。

四　「老殘遊記」中之疑問

老殘遊記本為說部體裁，除隱事影人，或為閱者所不知，不妨加以註釋。若關於文字，無論紳不應解述，任何人亦不宜為之。以其本非聖經奧典，絕無深義存於其間。行文又均為口頭語，談理亦平敘直衍，若加解說，未免有輕慢讀者之嫌，但事實所需，則不盡如是，故先謹致最深歉意於讀者前；然後就一般詢問集中之點，略解釋之。諒我罪我，則不敢計矣。

㊸ 先君與羅先生訂交，始於論治河。當時全國議論，莫不以主讓河者為然。惟先君與羅先生否之。故先君丁先祖母艱，由山東返淮安即令紳兄弟從羅先生讀。是年秋復締姻，以紳壻羅先生之長女公子，而稱謂則始終未改。迄今紳夫婦已老，且已抱孫，紳面謁時，猶稱師而不稱外舅也。

尚甚幼，所知大抵皆得於傳聞耳。

一、三元甲子一段，詢問者最多。但此實不過借數學上專名，為時事描寫，疑問者特未察耳。三元甲子四字，見於曆數書中者，不知多少次。清高宗並有文詳論之。其本來定義，指周天圜度之半環，每元又為其三分之一；周於紀曆，多則代表若干萬年，少亦代表十八萬年。其數本無一定，隨人之用而異，與代數中之ABXY等相同，根本即無所謂解釋與定數。故以一日而言，一日有二個三元甲子，分為晝夜。晝夜又各有二個三元甲子。以一年而言，一年亦只有二個三元甲子。每個三元甲子之中，有一個開元甲子，又名上元。一個分差甲子，又名中元。一個轉關甲子，又名下元。合上中下三元，故名三元甲子。每個甲子，又分為六甲。而氣運之推移偏勝，即可由此佈算以得。雖則紳於此列舉諸名，在未曾研究此術者，或仍將視為怪秘，今再舉例明之。如一年三百六十五日有零，為太陽經天一周，棄其零差歸閏，合於太陰，則為三百六十日。二分之則為半環，是為一個三元甲子。更三分之（即二個月計六十天），則為一個甲子。在此三個甲子中，必有一個晝夜停勻之時，是為分差甲子，又必有一個太陽回極之時，是為轉關甲子。而轉關甲子之後，歷盡度數，即為下一甲子開始之時又為開元甲子。一年之寒暑遍勝，陰陽推移，均可由此佈算而得。而所謂甲子者，則以十干配十二支，其差數二。故六輪而一周，適得數六十，即以為所欲推算之日，或度數符號，六輪一周之第一干支為甲配子，故即以此為六十相配干支之名稱。再簡單言之，如以年為例，轉關甲子即冬至夏至，分差甲子即春分秋分，開元甲子即立春立秋。猶之代數中字母，隨所用而代表指事指數。遊記中不過縮小範圍，隨意取作絢染材料，亦以習俗相傳有三元甲子之說。書成於甲辰至丁未數年間，當時已至甲辰時會，拳亂已為過去事實，革命正方興未艾，據勢談事，何為預言。前三甲書中已自言親歷，可以不論，由甲辰以後迄今，有何事能與書相符，可知此不過一時談助矣。況二編第一卷中，自駁術數前知之說，豈有自己轉故作模效之理？故知純出誤會也。至親歷三甲之言，則先君生於丁巳，至作遊記時，已四十餘歲。中間實親歷甲子、甲戌、甲申、甲午四甲。在甲子時，年尚幼少，故云三甲也㊹。

二、第九卷中七絕六首，亦為疑問集中之點。但此不過以韻語述自己學境與一部事實。惟中國詩之作法，本為興比體例，兼有用典，讀者不知事實，故為典實引誤眼光。第一首「曾拜瑤池九品蓮」一絕，述自己從龍川受學，得明至理。曾幾何時，已光陰不再。第二首「紫陽屬和翠虛吟」一絕，述歸群約己講學，自謙學力未純，有時尚不能超然一切。第三首「情天欲海足風波」一絕，述一般學子雖狃於世見，但得人引導，立證天人。第四首「石破天驚一鶴飛」一絕，述太谷之學絕世不群，如長夜驚雷，震醒迷夢。自己從龍川得受以後，已瑩明朗照。第五首「野馬塵埃晝夜馳」一絕，述光陰迅速，世界眾生擾擾生滅，及自己歷學境界，由寂靜入於沖純，不形朕兆。第六首「菩提葉老法華新」一絕，述蔣、黃兩先生在蘇州講學，南北弟子合宗二師，更不分別，歡喜讚歎也㊺。

㊹ 傳世預言，大抵由不知誰何者，先編一怪誕不通文字，流傳欺人。有大事發生，再改而應之。如燒餅歌、推背圖、黃蘖禪師詩等皆是。不信此言，請取坊間流傳者，與人家所藏舊本比較即知。至其發生原因，綜計不過三種：一為野心者之造謠生事，如篝火狐鳴、白水真人，即其實例。二為好奇者之輕信偏聽，如相驚市虎、曾參殺人，即其實例。三為可憐人之謀生伎倆，如太乙禽遁、周易神數，即其實例。前二種盡人皆知其偽，後一種因誤會而流為術數，將來或有機會另言之。

㊺ 此六絕詩中，比較難解之語：（一）希夷為陳希夷。紫陽為張紫陽。葉老為葉法善。均古有道人名。（二）菩提、小夫人均佛名。（三）曼陀羅，佛花名。（四）五蟲，見說文。（五）野馬塵埃、杜德機均見莊子。（六）

三、第十卷之銀鼠諺，純記毓賢、剛毅等釀成拳匪之禍，及聯軍入京事。語義甚顯。其所引人疑問者，則因標題「銀鼠諺」一語。銀鼠取義即庚子。庚屬金，白色，子屬鼠，白金為銀，故云然耳㊻。

四、翠環本無其人，前已言之，無須再解。但二編書中，此人出家，改名環極。此則本從無意，因文勢所逼，寫成有意。綜記此人名凡三改，初翠環無意也。繼環翠因文生情，已漸有意。終環極，則有意矣。蓋取少陰潛轉，由剝至復，終歸圜極之義。天道如環，七日來復，惟放下屠刀，始能立足也㊼。

五、二編起始有關於東三省一段文字，近日亦有人視為預言以相問者。其實在當時隱伏之日、俄戰機，已迫眉睫，某國上下焦慮，求免於事。未發前曾派遣密使，向張文襄、劉忠誠兩公建議分藩屏障。兩公電致榮文忠，不得復訊，因而擱置。某國遂不得不拚孤注，汲汲備戰，其緊張情況，在當時凡留心時事者，類能知之。先君因鑒於大勢，遂感覺此一片土地，不入於此，必入於彼。誠如林語堂先生所評「識力過人，而非有怪誕前知」也㊽。

翠虛編為道書名，宋陳楠撰。（七）「天花黏滿」事見維摩詰經。（八）「小夫人出乳五百道」事，見鹿母鹿女諸經。

㊻ 十干代表五色五行，十二支寓像十二生物，此婦孺皆知者。但一經聯合運用，遂覺新奇難解。此無他，不過讀者未留意耳。書中如此等處尚有之，可以類推。

㊼ 圜極之理，即循環圖象，根本於易。而演為河洛太極，本有正當解釋，非術數之言也。異日，或另述之。

㊽ 密使分藩事，為當時外交上秘聞。知者極少，不獨今日少人知也。數年前紳曾見某先生，即當年在文襄處參與密務者，並知其有一文紀此事甚詳。曾請其發表，未得允可，故不便詳述，但大略則如是耳。

五　「老殘遊記」之仿作

老殘遊記行銷既暢，坊間謀利者，竊印之不足，更從而仿作焉。此蓋舊有之鄙習，非因老殘遊記而始有也。始作俑者在漢口，名續老殘遊記，僅聞人告，未見其書，亦不知誰家出版。其後上海某書局又仿作，名老殘遊記續編㉑，未出書前，曾登廣告售預約。經紳見而詢問，彼蓋不知真有二編，紳亦不知

㉑ 關於老殘遊記的仿作，胡適老殘遊記序中云：「民國八年（一九一九），上海有一家書店忽然印出一部號稱『全本』的老殘遊記，凡上下兩卷，上卷即是原本二十回，下卷也是二十回，說是照原稿本加批增注的。」阿英老殘遊記版本考中云：「個人所得之兩種本子，皆刊於民國十三年（一九二四），一為線裝，石印，稱甲種本；一為鉛印洋裝，稱乙種本，皆百新公司所印行者，封面全題『劉氏原本老殘遊記』」。

我手邊現存的一種是民國二十六年（一九三七）五月，上海百新書店出版的第二十九版本，三十二開鉛印平裝兩冊，分為上下兩編，上編即原作二十回，評語全留，還加了不少眉批；下編係續作二十回，亦加了眉批。封面橫印三行大字，第一行「劉氏原本」，第二行書名「老殘遊記」，第三行上編為「精校無漏，增加批注」；下編為「欲知未來之結局不可不看」。作者署名「洪都劉鐵雲，別號百鍊生」，批注者署名「膠州傅幼圃」。又據版權頁上刊明，該書初版於民國五年（一九一六）八月。

上述阿英、胡適和我所見到的幾種仿作本，其實都是同一個東西，不過版次印刷不同罷了。

現將仿作下編目錄抄錄如下：

第二十一章　攜眷回鄉路逢故友　勾留逆旅巧遇姑娘

第二十二章　老夫人訓侄敘家常　祝清虛遊山邀益友

第二十三章　招商店至親惜別　黑龍潭逆旅留賓

彼為仿作也。其經理人因詢問而來解釋，兼述苦衷；且謂預約售出已多，廣告費亦鉅，中止則賠累不堪，股東亦將責難，個人即無以自處，再三要求原諒。並請將我家真本付彼印行，報酬寧願從豐云云。紳以未得家人同意，不能獨許。且因無禁人不續之理，並鑒其實有困難，乃與之約定：不許用洪都百鍊生名

第二十四章　求其友聲訂交傾蓋　巧譬物理垂釣深潭
第二十五章　黑龍潭邊風雲變色　蒿里山內賓主偕遊
第二十六章　訪古跡相偕遊岱廟　理行裝乘興登泰山
第二十七章　葡爪寺和尚待茶　斗姆宮淫尼宴客
第二十八章　探真相巧入眠雲閣　遊極巔借住碧霞宮
第二十九章　登絕頂五更觀日出　會方丈三教縱談鋒
第 三 十 章　黃華洞內快睹仙蹤　碧霞宮前暢談天道
第三十一章　世局變遷高僧先覺　感恩酬報魏氏傳書
第三十二章　魏誠報恩贈駿足　老殘遊歷進燕京
第三十三章　徐子平慨贈「升元帖」　鐵補殘移居稽古齋
第三十四章　翁尚書仰鬱染沉痾　鐵先生展才施國手
第三十五章　托庇居停神醫發進　談論朝政尚書自危
第三十六章　感群梟避患走京城　贈古書多情餞良友
第三十七章　大原府仗義救難士　條梅樓無心遇故人
第三十八章　鐵補殘受聘為經理　王興漢張筵悅嘉賓
第三十九章　受職還鄉闔家歡聚　購機聘匠親泛重洋
第 四 十 章　傷黍離感通警夢　寫懷抱慷慨吟詩

義㉒，及「二編」或「二集」字樣，並須先送閱稿本，如無妨害名譽處，方能不過問。此君均承諾。繼又來謂請膠州傅君主編，傅君為近日名士，一再商量，傅君謂最好借原本一閱，庶行文不致唐突云云。紳答以此則不能，但先君生平大略，則不妨相告。其後此君第三次來，要求借用初編原印本❹⓽校對，紳因當時竊印者訛誤過多，允之，書成二先兄大黼字扆仲適從蘇州來，知其事，又向詰問。續者語以經過，告以原委，二先兄亦首肯。逾數日，續者送來新印之初編及仿作之續編各二十部，並述致酬意。二先兄及紳均拒其酬而留其書。書後為二先兄攜返蘇州，故此傳作之續編中，有遊泰山斗姥宮，以及三教縱談，與言易理；入北平，赴西安，辦織布廠等事。皆其經理人聞紳所言先君蹤跡大略，但以不得其詳，故僅有蛛絲馬跡而已。後數年，紳傭食平津，見傅君一文，述仿作經過，對原書致歉，文登於青島之新語副

㉒ 仿作不許用「洪都百鍊生」名義一點，當時恐僅是口約，事實上並沒有做到。見本人注㉑、㉔。

❹⓽ 老殘遊記初編，我家迄今從未印有單行本。僅先君在時，曾囑日日新聞將副刊所登裝訂二十部，給家中卑幼，當時曾經先君寓目。此即所謂最初亦最後之原印本矣。此前只有繡像小說及日日新聞之零散回頁也。今此所謂最初原印本者，我家尚有二部㉓。

㉓ 據我所知，家中所存只有天津日日新聞單行本，詳本人注⑨，從來沒有看到過「將副刊所登裝訂的二十部」，或者此所謂「裝訂」本者，即指日日新聞單行本而言。

又，先父文中既云天津日日新聞自刪改處登起，則此處又云將副刊所登裝訂，只可能是下半部，不可能全部。這是先父自相矛盾之說，又是天津日日新聞確係從頭登起的一個旁證。果如此，則我家中或有過「將副刊所登裝訂的二十部」，而我不知道罷了。我疑心阿英得到的日日新聞本（第一至十回，反面全載廣告），或即我家當初剪存的二十部之一耶？一笑。

刊㊿㉔中。此則紳兄弟對傅君之磊落行逕，至為敬佩者也51。其後在津，又見有兩種仿作，上海一種仿作，皆文字蕪穢，盡人一見即知其偽，無駁斥價值矣。惟當先君在時，商務刪改，代作而登於繡像小說者，最易令人誤會為先君真稿，而轉以日日新聞刊布之真稿為偽，此不可不辯也。蓋當日商務以書中三元甲子一段為迷信，從第十卷末尾黃龍子言十年後局面不同處：「子平問是好是壞呢？答自然是壞」句起，直至第十二卷開始處：「看那集上人煙稠密」前一句止，中間全行刪去。另自作一小段插於其中，以為過渡接笋文字㉕。參觀日日新聞本及先君手蹟原稿照片，可以證明之。不過先君手蹟原稿，與日日

㊿ 約在張宗昌督魯時出版，其年份已記憶不真，彷彿是畫報又彷彿是雜誌。容將來覓得此書時再詳記之。

㉔ 此事我和厚滋記得在民國十六年（一九二七），山東軍閥畢庶澄在青島辦新魯日報，內有一個半畫報性質的新語副刊，編者陳蓮痕，某日所作短文中提到自己年輕時，因圖哺啜，為人捉刀續老殘遊記，唐突前賢，深自韜晦云云。據此則仿作者應是陳蓮痕，並非膠州傅君。事實上出版的仿作上仍題洪都百鍊生所著，膠州傅幼圃不過署批注而已。至於陳蓮痕和傅幼圃是否同一人，不可考。

51 傅君所作，亦自有相當價值。紳兄弟於敬佩傅君光明磊落外，並甚願有權者再印該續編時，易入傅君真名。並將傅君聲敘之文附入，既免埋沒，且留此一段文字因緣，可為將來嘉話也。

㉕ 這一段過渡接笋文字，為繡像小說編者所加。第十回「子平問是好是壞呢?答自然是壞」一句以下，直至「且聽下回分解」一句以上，改寫五百六十七字，評語也改寫，第十一回全刪，移第十二回作第十一回，在回首「看那集上人煙稠密」一句之上，加寫了四十五字。現將繡像小說第十五、十六兩期中改動的文字全錄如下，以供參考：

（第十回後面）

子平問是好是壞呢：答自然是壞。（又問壞事的是何等樣人。黃龍子道：「叫做北拳南革。聽佛家人傳說，道

光年間，地獄門開，至今未關，所以頭一批出來的，就是南髮北回等匪，擾亂了十好幾年，第二批出來的，就在同光之間生人，到現在總要發作了。北拳之害，如乾草著火，一烘即熄。南革之害，如流注瘡，毒水流到哪裏，燒到哪裏，總之盼望天下亂，是他們的主義。天堂地獄，誰去看見過的呢，然而睹他們性情，可以知道一定是地獄出來的材料了。」子平聽了，唏噓嘆息。黃龍子道：「夜已深了，請安息吧，我們回去了。」子平送到門口，看他下了臺階，從過廳出去，自己也就回來，到下邊榻上，翻閱了幾本書，多半不是應世之作。正在翻書的時候，忽然又聽得轟的一聲，如疾雷巨霆，從空而下，霎時大風滿屋，眼睛都睜不開，直把子平嚇得心都呆了。正在冷汗交流驚疑不定之際，似乎覺得耳旁邊有人喚他，急忙睜眼一看，原來身子仍坐在石壁之間，喚他的不是別個，卻正是一個車夫。車夫告訴他：「虎已過去。我們怕虎再來，一直沒敢動彈，如今天已大亮，料想老虎不會再來，請你老醒醒，好起來趕路，此處離集亦不遠了。」子平聽了車夫之言，便凝神一想，原來是黃粱一夢，回思夢境，歷歷如在，幸他平日是個極通達的人，從不相信甚麼神仙之事，便自言自語道，此處四面亂山，哪裏來得人家。至於夢中所見的事，所說的話，尤多不經之談。細想我生平從不涉此妄想，何以來此亂夢，想是為虎嚇昏，以致顛倒如此。仔細想來，甚覺好笑。其時車夫人等已將驢子配好，子平看帶來的人畜，並無一個為虎所傷，便亦欣然。急忙呷了些帶來的乾糧，掙扎著起來趕路。不知申子平此去，究竟會見劉仁甫與否，」且聽下回分解。

〔從第八回借宿起，至此回閱書止，所敘各節，極沉博絕麗之觀。忽然以一夢了之，使世人毋惑於神仙之事，及一切不經之說，此是作者一片苦心。

世人皆昏，迷信不悟，固無異於日在夢中，茲仍借子平口中，自行道破，頓使人大徹大悟。〕

（第十一回全刪，移第十二回為第十一回，開頭：）

〔話說申子平夢醒之後，立刻騎了驢，急忙趕路。雖然是晴天，北方地寒，路上雪仍不甚消化，不多一刻，已進入山集了。〕看那集上，人煙稠密。

新聞所刊者，亦尚有數語出入。即手蹟原稿本，由連先生交繡像小說者，其末尾「可知道世界卻被他攪壞了」句之下，即直接「申子平聽得五體投地佩服」一句，在日日新聞刊載時，先君又增入「總之這種亂黨，其在上海日本的……」，至「以免殺身之禍，要緊要緊」數語㉖。又良友本二集之末，厚源即鐵孫跋中，謂最初在日日新聞披露，以及湯武革命等語，此則子姪輩年幼誤註㉗。按三家兄在日日新聞校對，係庚子年事，不獨厚源尚未生，即三家兄亦尚未婚也。先君作此書在甲辰至丁未數年間㉘，繡像小說第九期始登其第一卷，其時三家兄與紳均在上海青年會習英文，何來校稿之事？至謂原文為湯武革命，當時編輯改用象詞，並增加了一段等語；則手稿墨蹟俱在，觀照片即知然否。蓋厚源此語，實別有苦衷，言之綦長也。

㉖ 見本人注⑩。

㉗ 此非鐵孫誤注，詳情見本人注⑤、⑩，此處先父為親者諱耳，故本節末先父又云：「蓋厚源（鐵孫）此語，實別有苦衷，言之綦長也。」

㉘ 老殘遊記的寫作時間，先父說在「甲辰（一九〇四年）至丁未（一九〇七年）數年間。」實則開始於癸卯（一九〇三年）。按此書是在沈藎案發後，為資助連夢青而作，沈案發生於癸卯年閏五月，繡像小說第九期亦出版於該年之八月初一，故可考定開始寫作時間當在癸卯（一九〇三年）六七月間。至乙巳（一九〇五年）已在寫二編，詳本人注⑪。至於外編，文內自云：『卻說老殘於乙巳年冬月在北京前門外蝶園中住了三個月。』寫作當在乙巳年以後了，或在丙午（一九〇六年）。丁未（一九〇七年）是否仍在寫作，不可考。但據先父此文第二節注十三看，該年六月天津日日新聞尚在刊登，以後不再續寫云云，老殘遊記的寫作當止於這一個時期。至於戊申（一九〇八年），現存的先祖日記已無有關寫作的記載，同年六月初即被禍，當然再也沒有寫下去了。

六　「遊記」作者被禍始末

先君少年時，負奇氣，性豪放，不規規於小節。先祖本治理學，由御史出官河南。時捻匪未平，先祖歷任繁劇，到處撫字旁午，軍報簿書，日不暇給，治事尤敬慎。先君隨侍任所，蒿目時艱，隱然有天下己任意。故所在輒交其才俊，各治一家言[52]。方此時世誼中有世某者[29]，為先祖子姪行輩，新及第，持其墨卷並硯石一方來謁。先祖見之，並訓之曰：「少年前程無限，奈何效世俗所為？家即不充，須膏火，書來吾當相濟」云云。返其墨卷及硯石[53]，賵以二十金，並遣人護之歸。此事在先祖不過惓懷故人，期其子弟遠大，不以陋俗自封。不虞竟因好成怨，為先君後來被禍一因。迨先祖乞病解組，全家僑寓淮安，先君隨侍歸里，益肆力於學，家傳者如治河、天算、樂律、詞章、天文、醫學、兵學，先君俱詣臻精絕。復縱覽百家，學既恣放，言論自不同人。於時事觀察尤犀利，識見亦遠到，以是又有狂人之目[54]。先祖既歿，先君以事赴揚州，受學龍川後，復窮力內典，歸宗於易。至是先君之學，又化絢爛歸於沖簡，

---

[52] 先君當時交遊中，如柴某專治理財，賈某專治推步，王某專治兵略，又一王某專治拳勇，均造詣極深。

[29] 世某名世續，滿洲人，光緒元年舉人。由內務府郎中提升尚侍，庚子後入直軍機。清史稿有傳。

[53] 舊俗會榜及第者，可刊其中卷分贈親友。無論識與不識，凡略有瓜葛者，均可致送。受者必致賵贈，璧者即為輕慢。

[54] 先君治河不主賈讓三策。惟外舅羅先生與之同見。甲午中日之役，先君及羅先生均憂日軍從金、復、海、蓋進兵，旅大將淪，海軍且覆。人盡嗤其言。即先胞伯味青公，與世交路山夫、邱于蕃兩先生，亦不然此說。先君反復辯解，路先生狂之，轉述為笑。不虞事後果然。而狂名亦因以大著。

而先君任天下之心，亦一變為悲天憫人。投效河工，實出於悲憫一念，初非家食不足也[55]。不意因此又種禍機，即當時在張勤果處者先君外，袁世凱氏亦為張公故交子弟[56]。張公留其人在左右，不外遣。袁悒悒不得志，囑先君為請於張公，張不可[57]。袁因怨及先君。同時剛毅、毓賢諸氏，亦均在山東，因彼此學識不同，志趣各異，先君亦為所怒[58]。迨後先君離濟南至漢口，又因平漢路事，與盛宣懷氏齟齬[59]。離漢赴平，建議平浦路事，又不容於同鄉京官，至除去鄉籍，不認為丹徒人。於是怨家遍地矣[60]。先君

---

[55] 我家自南宋以後，雖仕進者不絕，然究以耕讀為世業，至先高祖母時，又諭曰：「我曾祖母鄒太孺人，孝感天地，親聞神語，福壽綿紀。我子孫應更昌盛，自今伊往，宜益讀書求進」云云。故先祖出仕後，家中仍有山田數畝。惟以家規歷世儉簡，先祖官後，仰事俯畜，有俸給之入。家中薄田之產，除資助戚族匱乏外，無所用。先祖官中外數十年，未嘗私民一錢，蓄一錢，歸時並川資無之。然此薄田之積，已增為數倍。故先祖歿後，家中仍尚可糊口也。

[56] 袁世凱氏，為袁端敏之族裔。袁公與張公為剿捻時故交。

[57] 張公語先君曰：「袁某才可愛而性未定，資可造而識未純。使獨任，必僨事。今留在左右，欲其多經驗，將來可大任也。若外遣，則愛之適以害之矣。」云云。

[58] 當年山東仕宦人物，佼佼者大抵不出二派，一則篤信舊學，自恃甚堅。如剛毅、毓賢之清介自命，而虐民仇教，卒致拳禍，身敗名裂者是。其又一則師守陳說，不達事故。如主賈讓治河說者，又如天算家某氏，測算河道工程，取距河三里餘之塔頂為標的者皆是。若才識開展，百無數人。先君目擊諸氏之舉動，均影響人民生命財產，為民請命起見，不得不爭。即如以塔頂為標之某氏，先君與爭至月餘之久，復測至三次之多。張公終從先君言，餘可想矣。

[59] 平漢路最初為先君建議，名蘆漢路。先君主張用外資，自行建築，三十年後無條件收回。

知所懷抱無望於當道，乃棄官而賈。會有英人某氏，籌採山西煤產，已與晉撫胡有成議，聘先君為華經理。先君見草議非之，盡去其有礙兩國交好者，往返北平山西者凡三次，草約始定。上之總理衙門，令復議。而英人某氏，亦以先君所議草約為不滿，解先君聘。致未屆期之酬，而逕與總理衙門自商之。先君卻酬，因有歸志。同時英人某所辦晉礦，不得於先君及晉撫者，悉獲於總署。事後，為剛毅所聞，謂先君售國，逕電政府，請明正典刑61。先君益知當道不足謀國，歸意愈決。會維新事起，先君為知好所留，暫觀究竟62。至庚子春，先君南下。未幾拳禍即起，聯軍入京；京人士乏食，先君知外軍挾憤而來，必多糜爛。因使署多己之舊好63，欲調護無辜，乃盡斥鬻所有，購米北上辦賑，並設平糶局，抑人操縱。

60 平浦路最初亦由先君建議，名津鎮路。仍主用外資自築。

61 晉礦由總署訂約，非先君建議。剛誤認先君所為，且因舊嫉，故電樞庭，明指先君為漢奸售國，請革職拿辦，就地正法。事雖未成，在當時實已盈塗荊棘。故外舅羅先生力勸先君韜晦者即以此。

62 戊戌之歲，舍間僑寓北平宣南之椿樹下三條趙文恪故宅。文恪公之子子衡先生，與先君為友。方官刑部，因時政維新，擬上書言事，以其文取決於先君。先君曰：「治國莫重於養民，為政莫先於立本。今欲上書，當就此立言。」子衡先生韙之。書未上而新政已摧。先君曰：「事未已也。」子衡先生因留先君觀究竟，故未南行。從弟大鈞在良友本二集遊記中記軼事，謂先君「與保皇黨聯絡，希光緒帝得復政權。保皇黨實力不充，計劃不能實現，因而招忌放回疆。」及姪兒厚源跋言，因老殘遊記開罪於人等語，皆誤也。先君素不贊同保皇黨：謂其運動為本末倒顛。亦無君主思想，與康長素氏僅一面之識，更無聯絡之事。蓋先君平時抱負，為何事非君，何使非民。只問天下之治否，民生之蘇否，不問其何人為君也。故對當時號稱各黨各派之志士，標榜狹義觀點者，概不贊成。而對於藉名取利及盲從附和者，尤惡而憫之也。至被放回疆，原因複雜。已屢詳之，更與保皇黨不涉。若老殘遊記中所述諸人，則作書時諸人墓木已久拱，亦無所謂開罪也。

因此遂又惡杭人沈某、甬人洪某。其後米匱，方謀續運，適俄軍欲用所踞大倉之屋，擬舉倉儲粟盡焚之。事為先君所聞，聯合同時他人所辦賑助機關，集資浼張某為介，盡購其米，都人士賴以不饑[64]。然而不意此一事遂為先君後來獲譴主因也。事已，先君南歸，復共戚黨集資購荒地於浦口。謂此地將來必為商貨吐納所，勿候外人索闢商埠，我先自經營之。後數年，平浦路議起，浦口適為終點。一時地價大起，先君與戚黨集資所購者，又為人注目。會江浦縣有巨紳陳瀏者，以言官致仕於家，強欲得地，先君拒之[65]。

[63] 當時英署哲美生氏，意署沙彪納氏，及日使內田氏，均與先君為好友。此外領署及武官中，與先君為友者，亦甚眾。大事如議和條文之賠款問題，先君及沙彪納氏曾共斡旋。分區駐軍勿擾百姓，為先君之建言，內田氏之主持。關於教民教產之撫卹，則先君與哲美生氏之所疏解。此皆他人所不知，而先君亦未嘗自以為功者也。小事如向駐軍索被誣及逼役之人，幾無日無之。有一次竟因此觸怒某軍之小隊武官，強先君代所索力役負草，而釋所役人，先君亦笑應之。未幾即為使署及統帥所聞，斥某武官。先君曰：「此何傷？特朋友相戲耳！」

[64] 當年北平民食，大宗恃官家糧運，庚子變時，海運斷絕，京糧不濟。商人亦以亂未敉定，相率裹足。倉儲又為外軍所據，於是人皆乏食。富家初猶以重金相購，繼則挾金為罪，而金亦垂盡，則以珍藏之服飾玩好相易，固無人敢受，實亦不可得米。貧者更無論矣。迨先君平糶局創始，好善者繼起，由津至平，定分區之約，各供給一區，且糶且賑，都人士乃有生路。初猶因運糧有數，海口冰封，繼載為難，每人每家均有限制。及太倉米出，始足濟急需。同時盛宣懷氏，亦遣其壻赴東三省購紅糧辦賑，專船載運，由秦皇島轉陸。繼太倉米之後，都人乃得無絕食之憂。

[65] 浦口荒地，本為江中蘆洲，當年定例，占有為產，各地皆然。先君及戚友所購者，名九袱洲，原為十二戶所公有，無疆無界，其後雖分合歸併，戶數變更；但因原來占有關係，至先君等購時，仍為十二股。先君等購

陳乃致書於言官吳某，揭先君為外人購產。時世、袁諸氏，已入軍機，銜宿憾，密令逮先君。會外母舅丁衡甫先生以晉撫入覲，聞之，以全家保於慶邸之前[66]，事得暫寢。翌年夏，袁又罪以散大倉粟及浦地事，電端忠愍相緝[67]，端密囑世丈王孝禹先生左右先君速避，誤於僕人陳貴[68]，先君遂被禍。家人時均

入者，共為七股二毫五。不獨先君與戚友等因集資共買關係，無界限可言，即對其地原來業主之未售地者，亦無界址可分。而陳瀏氏向先君購地，則索指定四界，此為事實所不能。在陳則謂買地何能無界，必強指之。先君謂歷來即為無界公產，買亦不過得其產權。今若指定，無論有平浦之說，多所未便；即使無之，亦不能以一人買賣，而遂將地方數百年習慣之共有地產，不經公議而指出四址也。

66 丁覲見畢，謁慶親王奕劻。慶詢丁曰：「劉某為漢奸，汝知之否？」丁曰：「漢奸之名，係忌者誣加，王爺久知之，何以今日又相問？」慶曰：「汝與為親戚，確知其不為漢奸乎？」丁曰：「少同學，長同遊，即不為親戚，亦敢保其不為漢奸也。」慶曰：「知否劉某現為外人在浦口買地，汝敢保乎？」丁曰：「決無此事。雖令以全家相保，亦敢任之。」慶乃詳語以故，並謂我亦疑其不確也。丁出即招紳相告，並令電稟先君自慎，勿為仇者中傷。時先君方在申也。

67 事發日之下午，紳在平，從軍機章京張君處得消息。謂袁世凱主持如是。電尚未發，並囑速設法。紳聞訊即與老僕鄭斌，奔走半夜，始從鍾笙叔先生處，借得上海時報館之密電本，電致狄楚青先生，專人轉送蘇州寓所。時先君方在南京，電為至戚某所接，不獨不為專送，且擱置之。事後向詰，且笑為張皇。實則先君於紳電到第三日，始為人執。使此電得達，寧有此禍哉？其後紳至寧，聞於王孝禹先生（參觀註17），及近年從端氏售出文件中，覓得此案往返電稿，與故檔所記，亦均為袁陷也。姪兒厚源在良友本遊記二集跋中，謂先君與端忠愍爭古玩致禍，從弟大鈞在論語中發表者，亦言禍始於端，實均大誤。發事時從弟之年始逾十齡，復隔房；厚源不過三數歲，均後來聞人言端與先君之古玩交涉，遂致誤會耳。先君與端本為舊友，端未貴時，常相過從。先君既南，在揚州一舊肆故紙中，以五百文購得一孤本之劉熊碑。事為端聞，介友相讓，先君初

在蘇，紳在平，大先兄在滬。聞訊後先倉皇奔赴，僅大先兄賃乘專車，行較速，得一面。餘未及至，先君已為軍艦送漢口。二先兄追至漢，以無資斧，徒步從行二百餘里，僅得於晨行夜宿間，遙瞻顏色，不得語。幸途遇世誼，贈以資，始得遂從。至蘭州，姻丈毛實君先生，留二先兄於署，不聽去。先君遂孑身由世僕李貴(69)追隨赴新。紳至寧遵王孝禹先生囑(70)，返平謀救。姻丈喬茂萱先生，擬以紳往代戍，羅、

爭執也。

不與，後亦贈之。端報先君以千金，先君不受。端執不可，相持經年。最後迺由王孝禹先生調停，以先君所藏之宋拓道因碑、宋拓王書聖教序、宋拓醴泉銘及秦漢鉩印，併售歸端，共價七千金。此即外人所謂之古玩

(68) 據王孝禹先生曰：端接袁具名之軍機傳電，即招王入署示之。王力請相救，端莞爾曰：「此事在君，我何能為力？」王欲辭出，端留之。且言將宴客，請其作陪。言已即令請巡警道段某㉚。王時不識端意，頗惶急。未幾段至，端與縱談碑帖，膳後仍然。至下午端始出電示段，段請即行。端曰：「此袁宮保奉密旨交辦事件，宜夜往。」段請先歸預備。端曰：「此時預備，若有漏洩，誰任其咎！」段始不復言。端復語之曰：「可即在此夜膳。」並謂王曰：「如無公事，亦可膳畢再去。」王答曰：「略有小事，料理畢即來。」端頷之。王遂辭出。歸寓密書致先君，阻於閽人陳貴，未達。晚間王復令人來視，又為陳貴所阻。王入督署，不知先君尚未知，且以為已離寧也。端見王入，又與眾縱談有頃。始告段曰：「此時可預備矣，然必過十二時再往，早恐未歸也。」段唯唯辭出，王亦偕辭。夜二時頃，段來寓所，先君遂為所執，王猶不知。翌晨王入見端，端點首微嘆。王莫喻其意，出始知之。急究所以，並謀救，則已無從著力矣。

㉚ 當時的巡警道名何黼章，非段某。此注文中之「段」字均應改為「何」字。

(69) 毛先生諱慶蕃，與先君為同學，亦為兒女姻婭。即二先兄之岳氏也。時方護甘督印，見二先兄從行至，謂其去亦無用，不如留蘭州候信，而令我家世僕李貴獨從先君行。李貴曾隨先祖征剿捻軍，性忠謹，在寧時，因追逐先君，曾為護送兵役毆至血流被面，始終不肯離先君也。

丁兩先生均調事出宿憾，與尋常不同；不先事疏解，恐徒多陷一人，或且致他變。方慎重相謀，而高子穀、鍾笙叔兩先生禍又作[71]，益不敢觸當道怒。逾年又謀請代，丁先生為愬於慶邸，則謂姑待至十月間萬壽大赦時。於是又不得不暫忍。不料先君七月即歿於迪化也。計先君於前一年（一九〇八）六月初二日由南京啟行，至是年（一九〇九）七月初八病歿，共十三個月零七日。竟不及待請，而遂棄紳等長往，嗚呼痛矣！先君既歿，家人謀歸喪。間關萬里，資無從出。賴毛實君先生電新撫袁，並力助之[72]。靈櫬至蘭州，由二先兄奉以返，三家兄及紳迎於洛陽，大先兄迎於漢口，以舟車之易，不能不有人預洽也。抵里之次年，乃永安於先塋。總之先君一生所如輒阻，怨家遍地，即遠戍身歿，亦基於此。豈真先君炫才急功忤人輕世所致？昔之盧梭舉國欲殺，耶穌被害於耶洛撒冷，孔子削跡受厄，如來餓槁荒山，豈此諸聖哲亦皆炫才急功忤人輕世哉？允矣！林語堂先生之言曰：「夫時代之不了解，乃先覺之常刑[73]。」蓋先君自從龍川受學以後，即抱饑溺胞與之懷，以養天下為己任，未嘗自措利害[74]。而時代汶汶，蚩蚩

---

[70] 王先生語紳曰：「南京已無可為，所幸沿途督撫，皆與汝家有姻世年誼，不致有意外變，行亦不致過速。汝速返京謀救，幸而得救，猶可止於中途也。」

[71] 高子穀、鍾笙叔兩先生，均與先君為友。先君以夏日赴新，兩先生則於是年秋遣戍新疆，亦忌者之所仇陷也。

[72] 先君靈櫬，由迪化至蘭州，為毛先生電託新撫袁大化及沿途官照料。由蘭州而潼關，則二先兄扶喪輿從毛先生行，以毛先生亦謝官歸也。

[73] 先君交遊遍國外內，除黃、蔣兩先生與先君同學，素知志趣外，所有生前勸諫，身後評論，雖親如家人，近如至戚，無一人能言中肯棨如林語堂先生此語者，蓋均不能真認識先君為何如人也。

[74] 先君以養天下為己任，黃歸群先生以教天下為己任。彼此曾有長函討論，先君謂我不入地獄，誰入地獄。一

之見，遂欲得以甘心。先知先覺，至是乃不得不犧牲其身矣。

七　「老殘遊記」作者之事業及家族

我家於宋高宗南渡時，始遷於鎮江。本為保安軍籍人㊵。遷鎮始祖光世公字平叔㊶，為延慶公之第三子，歷二十二世至先祖子恕公。罷官後，始寄籍淮安。先君為第二十三世，清咸豐七年（一八五七）九月初一日生於六合。男女兄弟五人，先君齒最幼。生來歧嶷，穎悟絕人，初從適包氏先姑母識字，未久即能背誦唐詩三百首。故先君感舊口號中，有阿姊指授之語㊷，即指此事。稍長從同邑趙君舉先生讀，

身禍福，早庋度外云云。此函今猶存也。

㊵ 厚源於良友本遊記二集跋中，言我家原籍安徽廬州，係因簡譜之言致誤。我家本屬保安軍籍，世為將家。保安軍今陝西榆林膚施附近之保安縣地。宋史卷三百五十七劉延慶傳，卷三百六十九劉光世傳，及西夏本紀事末均記之。簡譜之誤，因光世祖於南宋高宗之世，駐軍江淮間，節鉞所臨，時而廬州，時而楚州（即今淮安），時而鎮江。又光世祖三子，一住北平，一住廬州，一住鎮江。我宗則居鎮之一支也。

㊶ 光世祖為延慶祖之第三子，即宋史王德所稱之「三將軍」。據字平叔之叔字，及宋史紀事，可知其行次。簡譜及宋史光世祖本傳，均作行二，實誤。又我宗居鎮者，其後又分三支：一遷廬州，一遷東臺，一仍留鎮江。此留鎮江之一支，至先祖時遷淮安。今則子孫散居四方，鎮江已無近支矣。

㊷ 先君辛丑（一九〇一）出都時，行次鄉村旅舍。檢行篋攜書，惟唐詩三百首一部。因感而題其封面。第三首為「阿姊停針每見憐，小時指授繡燈前，而今此本猶傳世，回首滄桑四十年」云㉛。

㉛ 此感舊詩先祖自署「庚子八月初再不死人蝶隱題」。因此並非辛丑（一九〇一）出都時所作，而是前一年（一九〇〇）入京辦賑時旅次所作。

過目成誦，惟不喜時藝，性尤脫略，不守約束。先祖母治家嚴肅，頗不喜之。先胞伯性情亦與先君異，責善尤苛。迨先祖卸官歸後，衰疾時作，未久即歿。先胞伯主持家計，頗念先君不事生產，先君乃請於先祖母，於淮安南市橋設肆屋三楹[78]，售關東菸草。先胞伯亦喜先君之有業也，特簡選練達誠篤之人為佐，先君因以其人司會計，核名實，已則時一至焉而已。年終肆資折閱幾盡，司會計人不自安。先君慰以酒食，留之度歲。夜半此人竟自刎於我家，而遺書禁妻孥索詐[79]。新年後，先君遂去家之揚州，依戚卞氏。不得意，且無以為生。乃懸壺為人治疾，依然門可羅雀也。未久以應試故，先返淮安，轉而至寧。但未終試，即棄去。走六合，省外家及戚舊[80]。繼復至滬，設石昌書局，是為我國市廛間有石印之始。因戚屬盜售人印書，致訟累，訟解，書局亦敗。歸淮安。次年為光緒十四年（一八八八），赴河南，謁吳

[78] 此煙肆無字號招認，惟榜書曰「八達巴菰」，隱寓「關東煙葉」四字，此亦淮人目以為怪之一也。

[79] 此會計自殺後，遺書凡二：一致其家人者，已如所述。一致我家者，則歷述其失職之咎。其家雖未纏糾，我家亦未受訟累。然先君則不忍其孤寡無依，除優為撫卹外並月餼其家。至先君被禍，我家已破，無力再給，始由三家兄籌款若干，一次與之，令其自為生計。

[80] 先祖母朱夫人，原籍六合。先生母茅恭人及先繼伯母唐夫人，亦均為六合人，故我家戚串，六合人頗多也。（編者按：據劉厚醇先生重印老殘遊記跋一文云「朱」「唐」二字應互易；其言曰：「按醇之曾祖母，即文中『先祖母』，係六合唐夫人；醇之祖母，即文中『先繼伯母』，係六合朱夫人；祖母朱夫人由先父奉養至民國二十一年逝世。」（見聯經版老殘遊記頁四一三。）唯據蔣逸雪老殘遊記考證第六節劉鶚年略，以及後來之劉鐵雲年譜，云劉成忠「娶六合朱氏，生二子：長孟熊，字謂卿；鶚其次也。」年譜光緒十九年條又云：「母朱棄養。」注云：「母朱，九月二十八日卒於淮安，鶚在魯聞耗南歸守制。」蔣著年譜曾參考厚滋兄弟提供的資料，想必有所根據。則劉大紳文中之「先祖母朱夫人」一語或不誤也。）

清卿中丞，投效河工。時豫河決於鄭，龍久不合，已數易督工。先君至，短衣徒步雜徒役間，身親指揮策勵之，於十二月竟慶安瀾。吳大喜，列案請獎，以先君名居首。先君辭讓，歸獎於先胞伯。吳乃設局繪三省河圖，而以先君董其事。時魯亦患河，張勤果見豫工獎案，因函招先胞伯，復書辭不赴。且詳述讓獎故。張因檄豫調先君，以同知任魯河下游提調。豫圖成後，先君始赴魯晉謁。是為先君入官之始，時光緒十七年（一八九一）也。先君在山東三年，河工冠於諸省，積勞異得保知府。治河七說、黃河變遷圖考、勾股天元草、弧角三術諸書，均成於此時。會丁先祖母艱，歸里守制。服闋，東撫福潤以奇才異能，保送總理衙門考驗。是為先君長後入京之始㉜。旋以張文襄之召至鄂，建蘆漢路議，與盛氏見不同，辭歸京師。經王文勤之介，建言作津鎮路，又為同鄉京官所攻，因決棄官為賈。初受外商聘，主持福公司山西煤礦，及道清路議，繼以護持國權，為人解聘。南歸後，辦五層樓，規模如今之百貨商店，未成而敗。庚子變起，入平辦賑，辦平糶。和議成後，復南歸。在上海辦機器織布廠於徐家匯，手機織布廠於北成都路。復與高子衡先生議辦鐵機綢廠於浙江之杭州；李少穆先生議辦炭素鍊鋼廠於湖南之株洲，均不成。又北走平津，與子穀先生擬於北平創設自來水與電車，仍不成。至天津與鄭永昌先生創設北海公司，製鍊精鹽，運銷朝鮮。至上海與楊讓堂先生創設海運航船，往來大連日本沿岸貿易，均垂成

㉜ 依先父所云，先祖自光緒十七年辛卯（一八九一）起，在山東治河三年，至光緒二十年甲午（一八九四）丁母艱歸里守制，服闋又三年，據此推算，入京當在光緒二十二年丙申（一八九六）了。但據先祖抱殘守缺齋遺詩中有七律一首，題作「壬辰咨送總理衙門考試不合例，未試而歸，臘月宿齊河城外」，可證明先祖早在光緒十八年壬辰（一八九二）已經入京。

而敗。最後乃決從事於浦口地產，欲自闢為商埠，報效官家地至數百畝，備建埠之用。不謂因此竟致禍端也。綜計先君一生事業，無不識遠慮深，創於人所未知未見時，卒因此致人攻訐。今者代異時遷，先君昔所受人詬病者，悉成利國要圖，群知而競立矣。夫復何言！至我家世系本無與於遊記，原可不言。惟近年冒為我族者，不獨時有所聞，且竟有公然筆之於書者，此在冒者固不妨謂他人父謂他人母，然在我劉氏則不敢竟以人為子孫也。玆為簡表如左。

【世系表註釋】

❶ 劉延慶本傳見宋史卷三百五十七。

❷ 劉光世本傳見宋史卷三百六十九。

【世系表附注】

① 劉大紳先生此表後曾經其哲嗣厚澤先生修訂（見一九六二年出版的老殘遊記資料一書頁八十八），補正了一些譜名尚未決定者的名字。本表即參酌劉氏父子二表及劉厚醇先生重印老殘遊記跋（見聯經版老殘遊記頁四一四，六十五年八月臺北出版）一文之資料，由張子文先生重新編製。

② 據劉厚醇先生重印老殘遊記跋云：「紹武之子名德鄰（早夭）。」「德仁、德義」是據劉厚澤先生說。

③ 劉厚載字福民，即杜詩研究著者劉中和，在臺過世。

④ 據劉厚醇先生云，德字下為寬字輩，寬字下為宏字輩。

劉氏世系表①

- 遠祖劉延慶❶ — 遷鎮始祖劉光世❷ — 劉成忠 字子恕（二十二世）
  - 劉孟熊 字渭卿 又字味青
    - 大鏞 字序東 — 厚廣字伯寬
      - 德馨—寬
      - 德慶④
    - 大臨 字敦宜 — 厚基字紹武
      - 德仁②
      - 德義
    - 大猷 字秩庭
      - 厚載字福民③（劉中和）
      - 厚群 字仲超
      - 厚生字友瑾
    - 大鈞 字季陶
      - 厚醇字友瑜 — 德風字朕時
      - 厚敏字慎言
      - 厚穀字紹弘
        - 德驥
        - 德遠
  - 劉鶚 原名孟鵬 字雲摶 又字公約 後字鐵雲 又號蜨雲（一八五七—一九〇九）
    - 大章 字著伯
    - 大黼 字辰仲
      - 厚騫 字雪孫 — 德洪
      - 厚培（後改名厚泰）
    - 大縉 字建叔
      - 厚源 字鐵孫 — 德潤
      - 厚濡字淮生 — 德祥
      - 厚沐字寅生
      - 厚洛 — 德同
      - 厚沛字桂舟
    - 大紳 字季英
      - 厚滋
        - 德威
        - 德康
      - 厚澤字審言
        - 德隅
        - 德樞
        - 德隆
        - 德平
      - 厚祜字承武 — 德順
      - 厚祿字受百 — 德穌
    - 大經字涵九
      - 厚嘉
      - 厚復
    - 大綸 字少雲 — 厚康（齊盧戰時在上海失蹤）

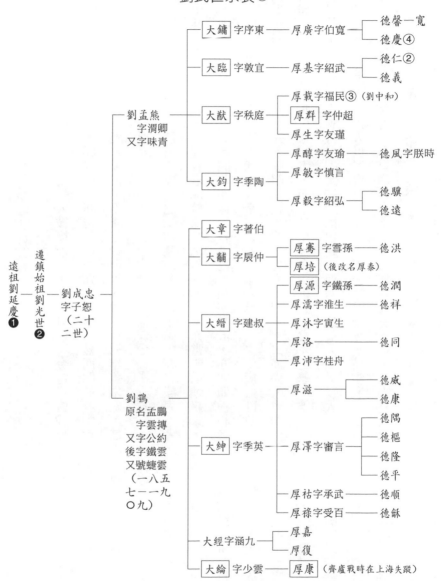

附言　告劉氏兄弟子姪書

我述關於老殘遊記之事，及先人被禍前後，大略已備。今當正告我兄弟子姪曰：先人遠歿，我家被禍慘酷，不獨外人罕詳，即我家中亦惟我一人知之最審。然而悶於胸中垂三十年，不相告語者，以我尚有三兄。今長次兩兄，經家難後，不勝冤抑摧折死矣。三兄年雖未耄，然半生憂患，創重痛深，亦衰頹如翁。一經言及，輒不寧者多日。又慮子弟年穉，惟口興戎，覆巢劫餘，寧堪再受摧折。今則當事諸人，已多異物，恩怨兩盡。且因老殘遊記，揣測過多，而子弟中亦有誤恩怨者，故不能不一攄此臆。惟我兄弟子姪，應知先人之陷，固為禍成於陳吳，作於世袁；然當年遍地怨家，先人寧不自知，知之而猶不悔跡，則先人之意有所在矣。固非如淺見者惟己身利害是計，亦非如褊心者謂愎不納諫微詞所貶也。先人抱悲憫之懷，外人不能知，我家人當知之。我家人見先人之施於戚鄰故舊者，當知之。若是則先人之受禍，實緣於運會使然。先人固明知之，躬嬰之而不悔也。果使先人亦如世俗存心欲盜虛名，獵實利，求田園，長子孫者，亦久致富貴，而全身遠害矣。以先人之才之學，陳、吳、世、袁，固不足以為禍也。我兄弟子姪，知先人志行，即應知所以自處，而勿含怨於人，以及人之子孫矣；此亦即所以仰體先人之心者也。即使不然，以人世恩仇之見為言，則天道好還，當時害我家之禍首，其顛覆之慘，今日有子孫已絕者，有子孫淪賤者，亦有窮老無依，猶顛連丐食者。如某人去夏我尚見之，並勸人傭之，當時我心之慰，以為對越先人，較報復尤快也。蓋我先人自受學龍川以後，即屆超凡入聖境地，此龍川先生之語，可知先人本無人世是非利害之見，更何心於恩仇。我輩為卑幼者，雖不敢仰企先人學境，然亦應知凡人世之恩仇，其惡我者，為孽性使然，我但當憫其受盡報應，不當更存仇復之心。其好我者，亦為情之應盡，義之當為；我只應留勿忘之念，不應別存報答之心。以天人六道，皆在憫度之列，但悲慈力之不足，更何暇分別耶？且一有別，此身先已墮落，此豈先人所願於我輩為子孫者？故我兄弟子姪，聞我言後，自今以往，但當努力作好，勿替家聲，勿廢家學，以求仰慰在天先靈可矣。又老殘遊記一書，雖先人遊戲筆墨，然手澤所寄，亦應謹慎將護。固不能人云亦云，隨不知者強為註解；亦不當輕心刊印，效人之惟利是趨，而令人羞我千餘年之舊家子弟，忝所生也。是則我願與我兄弟子姪其共勉之矣。茲並敬錄先人丙申年述懷詩，願我兄弟子姪觀之。

詩曰：

余年初弱冠，束脩事龍川，雖未明道義，灑掃函丈前。
無才學干祿，乃志在聖賢，相從既已久，漸知叩兩端。
孔子號時中，知時無中偏，萬事譬諸物，我道為之權。
得權識輕重，處各循自然，因物以付物，誰為任功愆。
此意雖淺近，真知良獨難，靈臺有微滓，一跌千仞淵。

二十五年十一月八日大紳述

——民國二十九年一月宇宙風乙刊二十期至二十九年五月二十四期

亞東版「老殘遊記」序

胡適

一 作者劉鶚的小傳

老殘遊記的作者自己署名為洪都百鍊生，他的真姓名是劉鶚，字鐵雲。羅振玉先生的五十日夢痕錄裏有一篇劉鐵雲傳，紀敘他的事實和人品都很詳細；我們沒有更好的材料，所以把這篇轉錄在這裏：

羅振玉的劉鐵雲傳

予之知有般虛文字，實因丹徒劉君鐵雲。鐵雲，振奇人也，後流新疆以死。鐵雲交予久，其平生事實，不忍沒之，附記其略於此。

君名鶚，生而敏異。年未逾冠，已能傳其先德子恕觀察（成忠）之學，精疇人術，尤長於治河。顧放曠不守繩墨，而不廢讀書。予與君同寓淮安，君長予數歲，予少時固已識君，然每于衢路聞君足音，輒逡巡避去，不欲與君接也。是時君所交皆井里少年，君亦薄世所謂規行矩步者，不與近；已乃大悔，閉戶斂跡者歲餘。以岐黃術遊上海，而門可羅爵；則又棄而習賈，盡傾其資，乃復歸也。

光緒戊子（一八八八），河決鄭州，君慨然欲有以自試，以同知往投效於吳恆軒中丞；中丞與語，奇之，頗用其說。君則短衣匹馬，與徒役雜作，凡同僚所畏憚不能為之事，悉任之，聲譽乃大起。河決既塞，中丞欲表其功績，則讓與其兄渭清觀察（夢熊）而請歸讀書，中丞益異之。時方測繪三省黃河圖，命君充提調官。河圖成，時河患移山東，吾鄉張勤果公（曜）方撫岱方，吳公為揚譽，勤果乃檄君往東河。

勤果故好客，幕中多文士，實無一能知河事者。群議方主賈讓不與河爭地之說，欲盡購濱河民地，以益河身。上海善士施少卿（善昌）和之，將移海內賑災之款助官力購民地。君至則力爭其不可，而主東水刷沙之說，草治河七說上之。幕中文士力謀所以阻之，苦無以難其說。

時予方家居，與君不相聞也，憂當世之所以策治河者如是，乃箸論五千餘言，以明其利害，欲投諸施君，揭之報紙，以警當世，君之兄見而大韙之，錄副寄君。君見予文，則大喜，乃以所為治河七說者郵君之兄以詒予，且附書曰：「君之說與予合者十八九。群盲方競，不意當世尚有明目如公者也！但尊論文章淵雅，非肉食者所能解，吾文直率如老嫗與小兒語，中用王景名，幕僚且不知為何代人，烏能讀揚、馬之文哉？」時君之玩世不恭尚如此。

歲甲午（一八九四），中、東之役起，君方丁內艱歸淮安，予與君相見，與君預測兵事。時諸軍皆扼守山海關，以拱京師，予謂東人知我國事至熟，恐陽趨關門而陰擣旅、大以覆我海軍，則我全局敗矣。儕輩聞之，皆相非難，君之兄且引法越之役法將語，謂旅、大難拔以為之證。獨君意與予合，憂旅、大且旦夕陷也。乃未久竟驗；於是同儕皆舉予與君齒，謂二人者智相等，狂亦相埒也。

君既服闋，勤果卒官，代之者福公（潤），以奇才薦，乃徵試於京師，以知府用。君於是慨然欲有所樹立，留都門者二年，謂扶衰振敝當從興造鐵路始，路成則實業可興，實業興而國富，國富然後庶政可得而理也。上書請築津鎮鐵路，當道頗為所動。事垂成，適張文襄公請修京鄂線，乃罷京鎮之議。而君之志不少衰，投予書曰：「蒿目時艱，當世之事百無一可為。近欲以開晉鐵謀於晉撫，俾請於朝。晉鐵開則民得養，而國可富也。國無素蓄，不如任歐人開之，我嚴定其制，令三十年而全鑛路歸我。如是，則彼之利在一時，而我之利在百世矣。」予答書曰：「君請開晉鐵，所以謀國者則是矣，而自謀則疏。萬一幸成，而萋斐日集，利在國，害在君也。」君不之審。於是事成而君「漢奸」之名大噪於世。

庚子（一九〇〇）之亂，剛毅奏君通洋，請明正典刑，以在滬上，幸免。時君方受廩於歐人，服用豪侈，予亟以危行遠害規君，君雖韙之，不能改也。聯軍入都城，兩宮西幸，都人苦饑，道殣相望，君乃挾資入國門，議振卹。適太倉為俄軍所據，歐人不食米，君請於俄軍，以賤價盡得之，糶諸民，民賴以安。君平生之所以惠於人者實在此事，而數年後柄臣某乃以私售倉粟罪君，致流新疆死矣。

當君說晉撫胡中丞奏開晉鐵時，君名佐歐人，而與訂條約，凡有損我權利者，悉託政府之名以拒之，故久乃定約。及晉撫入奏，言官乃交劾，廷旨罷晉撫，由總署改約，歐人乘機重賄當道，凡求之晉撫不能得者，至是悉得之，而晉鑛之開乃真為國病矣。

……至於君既受廩於歐人，雖顧惜國權，卒不能剖心自明於人，在君烏得無罪？而其所以致此者，則以豪侈不能自潔之故，亦才為之累也。噫，以天生才之難，有才而不能用，執政之過也。懷才而不善自養，致殺身而喪名，吾又焉能不為君疚哉？書畢，為之長歎。

我們讀了這篇傳，可以想像劉鶚先生的為人了：他是一個很有見識的學者，同時又是一個很有識力和膽力的政客。當河南初發現甲骨文字的時候，許多學者都不信龜甲獸骨能在地中保存幾千年之久。劉先生是最早賞識甲骨文字的一位學者，他的一部鐵雲藏龜，要算是近年研究甲骨文字的許多著作的開路先鋒。羅振玉先生是甲骨文字之學的大師，他也是因為劉先生的介紹方才去研究這些古物的。只可惜近二十年來研究甲骨文字的大進步是劉先生不及見的了。

劉鶚先生最自信的是他對於治河的主張。羅先生說他在鄭州河工上「短衣匹馬，與徒役雜作」。我們讀老殘遊記中描寫黃河與河工的許多地方，也可以知道他的治河主張是從實地觀察得來的。羅傳中記劉先生在張曜幕府中辯論治河的兩段，也可以和老殘遊記相參證，張曜即是遊記中的莊宮保。第三回中老殘駁賈讓「不與河爭地」的主張說：

　　賈讓只是文章做得好，他也沒有辦過河工。

劉先生自己是曾在河工上「與徒役雜作」的，所以有駁賈讓的資格了。當時張曜卻已行過賈讓的主張了。羅傳中的施善昌大概即是遊記第十四回的史觀察，他的主旨載在第十四回裏：這回試行「不與河爭地」，

「廢了民埝，退守大堤」的結果是很可慘的。遊記第十三回和第十四回在妓女翠環的口裏極力描寫那回的慘劫很能教人感動。老殘的結論是：

然創此議之人卻也不是壞心，並無一毫為己私見在內；只因但會讀書，不諳世故，舉手動足便錯。……豈但河工為然？天下大事壞於奸臣者十之三四，壞於不通世故之君子者倒有十分之六七也！（十四回）

劉先生自己主張王景的法子。老殘說：

他（王景）治河的法子乃是從大禹一脈下來的，專主「禹抑洪水」的「抑」字。……他是從「播為九河，同為逆河」「同」「播」兩個字上悟出來的。（三回）

這就是羅傳說的「束水刷沙」的法子。劉鶚先生自信此法是有大功效的，所以他在遊記第一回楔子裏說一段黃瑞和渾身潰爛的寓言。黃瑞和即是黃河，「每年總要潰幾個窟窿；今年治好這個，明年別處又潰幾個窟窿」。老殘「略施小技」，「說也奇怪，這年雖然小有潰爛，卻是一個窟窿也沒有出過」。他說：

別的病是神農、黃帝傳下來的方法，只有此病是大禹傳下來的方法；後來唐朝有個王景得了這個傳授，以後就沒有人知道此方法了。

這段話很可以看出他對於此法的信仰了。

我們拿羅振玉先生做的那篇傳來和老殘遊記對照著看，可以知道這部小說裏的老殘即是劉鶚先生自己的影子。他號鐵雲，故老殘姓鐵；他是丹徒人，寄居淮安，老殘是江南人，他的老家在江南徐州（三回）。羅傳中說劉先生曾「以岐黃術遊上海，而門可羅爵」，老殘也會「搖個串鈴，替人治病，奔走江湖近二十年」。最明顯的是治河的主張：在這一方面老殘完全是劉鶚，毫沒有什麼諱飾。

劉鶚先生一生有四件大事：一是河工，二是甲骨文字的承認，三是請開山西的鑛，四是賤買太倉的米來賑濟北京難民。為了後面的兩件事，他得了許多毀謗。太倉米的案子竟叫他受充軍到新疆的刑罰，然而知道此事的人都能原諒他，說他無罪。只有山西開鑛造路的一案，當時的人很少能了解他的。他的計畫是要「嚴定其制，令三十年而全鑛路歸我。如是則彼之利在一時，而我之利在百世矣。」這種辦法本是很有遠識的，但在那個昏憒的時代，遠見的人都逃不了惑世誤國的罪名，於是劉先生遂被人叫做「漢奸」了。他的老朋友羅振玉先生也不能不說：「君既受廩於歐人，雖顧惜國權，卒不能剖心自明於人，在君烏得無罪？」一個知己的朋友尚且說他烏得無罪，何況一般不相知的眾人呢？

老殘遊記的第一回「楔子」便是劉先生「剖心自明於人」的供狀。這一回可算得他的自敘或自傳。老殘同了他的兩個至友德慧生與文章伯——他自己的智慧、道德、文章——在蓬萊閣上眺望天風海水，忽然看見一隻帆船「在那洪波巨浪之中，好不危險」。那隻帆船便是中國。

船主坐在舵樓之上，樓下四人專管轉舵的事；前後六枝桅桿，掛著六扇舊帆；又有兩枝新桅，掛著一扇簇新的帆，一扇半新不舊的帆。

四個轉舵的是軍機大臣，六枝舊桅是舊有的六部，兩枝新桅是新設的兩部。

這船雖有二十三四丈長，卻是破壞的地方不少：東邊有一塊，約有三丈長短，已經破壞，浪花直灌進去；那旁，仍在東邊，又有一塊，約長一丈，水波亦漸漸浸入；其餘的地方，無一處沒有傷痕。

二十三四丈便是二十三四個行省與藩屬；東邊那三丈便是東三省；還有那東邊一丈便是山東。

那八個管帆的卻是認真的在那裏管，只是各人管各人的帆，彷彿在八隻船上似的，彼此不相關照。那〔些〕水手只管在那坐船的男男女女隊裏亂竄，不知所做何事。用遠鏡仔細看去，方知道他〔們〕在那裏搜他們男男女女所帶的乾糧，並剝那些人身上穿的衣服。

老殘和他的朋友看見這種怪現狀，氣的不得了。德慧生和文章伯問老殘怎樣去救他們，老殘說：

依我看來，駕駛的人並未曾錯，只因兩個緣故，所以把這船就弄得狼狽不堪了。怎樣兩個緣故呢？一則他們是走「太平洋」的，只會過太平日子，若遇風平浪靜的時候，他駕駛的情狀亦有操縱自如之妙；不意今日遇見這大的風浪，所以都毛了手腳。二則他們未曾預備方針，平常晴天的時候，照著老法子去走，又有日月星辰可看，所以南北東西尚還不大很錯：這就叫做「靠天吃飯」。那知遇了這陰天，日月星辰都被雲氣遮了，所以他們就沒了依傍。心裏不是不想望好處去做，只是不知東南西北，所以越走越錯。為今之計，依章兄法子駕隻漁艇追將上去，他的船重，我們的船輕，一定追得上的。到了之後，送他一個羅盤，他有了方向，便會走了。再將這有風浪與無風浪時駕駛不同之處告知船主，他們依了我們的話，豈不立刻就登彼岸了嗎？

這就是說，習慣的法子到了這種危險的時候就不中用了，須有個方針，認清了方向，作個計畫，方才可行。老殘提議要送給他們「一個最準的向盤，一個紀限儀，並幾件行船要用的物件。」但是他們趕到的時候，就聽見船上有人在那裏演說，要革那個掌舵的人的命。老殘是不贊成革命的，尤其不贊成那些「英雄只管自己斂錢，叫別人流血的」。他們跳上船，把向盤、紀限儀等項送給大船上的人。

正在議論，那知那下等水手裏面忽然起了咆哮，說道：「船主！船主！千萬不可為這人所惑！他們用的是外國向盤，一定是洋鬼子差遣來的漢奸！他們是天主教！他們將這隻大船已經賣與洋鬼子了，所以才有這個向盤！請船主趕緊將這三人綁去殺了，以除後患；倘與他們多說幾句話，再用了他的向盤，就算收了洋鬼子的定錢，他就要來拿我們的船了！」

誰知這一陣嘈嚷，滿船的人俱為之震動。就是那演說的英雄豪傑也在那裏喊道：「這是賣船的漢奸！快殺！快殺！」

船主舵工聽了，俱猶疑不定。內中有一個舵工，是船主的叔叔，說道：「你們來意甚善，只是眾怒難犯，趕快去罷。」

三人垂淚，趕忙回了小船。那知大船上人，餘怒未息，看三人上了小船，忙用被浪打碎了的斷樁破板打下船去。你想，一隻小小漁船怎禁得幾百個人用力亂砸？頃刻之間，將那漁船打得粉碎，看著沉下海中去了。

劉先生最傷心的是「漢奸」的喊聲不但起於那些「下等水手」裏面，並且出於那些「演說的英雄豪傑」之口！一班「英雄豪傑」只知道鼓吹革命是救國，而不知道獻向盤與紀限儀也是救國，冒天下之大不韙來借債開鑛造鐵路也是救國！所以劉鶚「漢奸」的罪是決定不可改的了，他該充軍了，該死在新疆了。

二　老殘遊記裏的思想

老殘遊記有光緒丙午（一九〇六）的自敘，作者自述這部書是一種哭泣，是一種「其力甚勁，其行彌遠，不以哭泣為哭泣」的哭泣。他說：

> 吾人生今之時，有身世之感情，有家國之感情，有社會之感情，有種教之感情；其感情愈深者，其哭泣愈痛：此洪都百鍊生所以有老殘遊記之作也。棋局已殘，吾人將老，欲不哭泣也得乎？

這是很明顯地說，這部小說是作者發表他對於身世，家國，種教的見解的書。一個倜儻不羈的才士，一個很勇於事功的政客，到頭來卻只好做一部小說來寄託他的感情見解，來代替他的哭泣：這是一種很可悲哀的境遇。我們對此自然都有無限的同情，所以我們讀老殘遊記應該先注意這書裏發揮的感情見解，然後去討論這書的文學技術。

老殘遊記二十回只寫了兩個酷吏：前半寫一個玉賢，後半寫一個剛弼。此書與官場現形記不同：現形記只能摭拾官場的零星罪狀，沒有什麼高明或慈祥的見解；遊記寫官吏的罪惡，始終認定一個中心的主張，就是要指出所謂「清官」之可怕，作者曾自己說：

> 贓官可恨，人人知之；清官尤可恨，人多不知。蓋贓官自知有病，不敢公然為非；清官則自以為不要錢，何所不可，剛愎自用，小則殺人，大則誤國，吾人親目所見，不知凡幾矣。試觀徐桐，李秉衡，其顯然者也。二十四史中，指不勝屈。作者苦心願天下清官勿以不要錢便可任性妄為也。歷來小說皆揭贓官之惡；有揭清官之惡者，自老殘遊記始。（十六回原評）

這段話是老殘遊記的中心思想。清儒戴東原曾指出，宋、明理學的影響養成一班愚陋無用的理學先生，高談天理人欲之辨，自以為體認得天理，其實只是意見；自以為意見不出於自私自利便是天理，其實只是剛愎自用的我見。理是客觀的事物的條理，須用虛心的態度和精密的方法，方才尋得出。不但科學家如此，偵探訪案，老吏折獄，都是一樣的。古來的「清官」，如包拯之流，所以能永久傳誦人口，並不是因為他們清廉不要錢，乃是因為他們的頭腦子清楚明白，能細心考查事實，能判斷獄訟，替百姓伸冤理枉。如果「清官」只靠清廉，國家何不塑幾個泥像，雕幾個木偶，豈不更能絕對不要錢嗎？一班迂腐的官吏自信不要錢便可以對上帝，質鬼神了，完全不講求那些搜求證據，研究事實，判斷是非的法子與手段；完全信任他們自己的意見，武斷事情，固執成見，所以「小則殺人，大則誤國」。劉鶚先生眼見毓賢、徐桐、李秉衡一班人，由清廉得名，後來都用他們的陋見來殺人誤國，怪不得他要感慨發憤，著作這部書，大聲指斥「清官」的可恨可怕了。

老殘遊記最稱贊張曜（莊宮保），但作者對於治河一案，也很有不滿意於張曜的話。張曜起初不肯犧牲那夾堤裏面幾萬家的生產，十幾萬的百姓，但他後來終於聽信了幕府中人的話，實行他們的治河法子。遊記第十四回裏老殘評論此事道：

> 創此議之人卻也不是壞心，並無一毫為己私見在內；只因但會讀書，不諳世故，舉手動足便錯。……豈但河工為然？天下大事壞於奸臣者十之三四，壞於不通世故之君子者倒有十分之六七也！

這不是很嚴厲的批評嗎？

他寫毓賢（玉賢），更是毫無恕詞了。毓賢是庚子拳匪案裏的一個罪魁；但他做山東曹州知府時，名譽很好，有「清官」「能吏」之稱。劉先生偏要描寫他在曹州的種種虐政，預備留作史料，他寫于家被強盜移贓的一案，上堂時，

> 玉大人拿了失單交下來，說：「你們還有得說的嗎？」于家父子方說得一聲「冤枉」，只聽堂上驚堂一拍，大嚷道：「人贓現獲，還喊冤枉？把他站起來！去！」左右差人連拖帶拽拉下去了。（四回）

「站」就是「站籠」的死刑。

> 這邊值日頭兒就走到公案面前，跪了一條腿，回道：「稟大人的話：今日站籠沒有空子，請大人示下。」那玉大人一聽，怒道：「胡說！我這兩天記得沒有站什麼人，怎會沒有空子呢？」值日差回道：「只有十二架站籠，三天已滿，請大人查簿子看。」
>
> 玉大人一查簿子，用手在簿子上點著說：「一，二，三，昨兒是三個。一，二，三，四，五，前兒是五個。一，二，三，四，大前兒是四個。沒有空，到也不錯的。」差人又回道：「今兒可否將他們先行收監？明天定有幾個死的，等站籠出了缺，將他們補上，好不好？請大人示下。」
>
> 玉大人凝了一凝神，說道：「我最恨這些東西！若要將他們收監，豈不是又被他多活了一天去了嗎？斷乎不行！你們去把大前天站的四個放下，拉來我看。」差人去將那四人放下，拉上堂去。大人親自下案，用手摸著四人鼻子，說道：「是還有點游氣」。復行坐上堂去，說：「每人打二千板子，看他死不死」那知每人不消得幾十板子，那四個人就都死了。

這是一個「清官」的行為！

後來于家老頭子先站死了，于學禮的妻子吳氏跪倒在府衙門口，對著于學禮大哭一場，拔刀自刎了。這件事感動了三班差役，他們請稿案師爺去求玉大人把她的丈夫放了，「以慰烈婦幽魂」。玉大人笑道：

> 你們倒好！忽然的慈悲起來了！你會慈悲于學禮，你就不會慈悲你主人嗎？……況這吳氏尤其可

恨：他一肚子覺得我冤枉了他一家子！若不是個女人，他雖死了，我還要打他二千板子出出氣呢！

於是于家父子三人就都死在站籠裏了。

剛弼似是一個假名，只借「剛愎」的字音，卻不影射什麼人。賈家的十三條命案也是臆造出來的。故出事的地方名叫齊東鎮，「就是周朝齊東野人的老家」；而苦主兩家，一賈，一魏，即是假偽的意思。這件命案太離奇了，有點「超自然」的色彩，可算是這部書的一個缺點。但其中描寫那個「清廉得格登登的」剛弼，卻有點深刻的觀察。魏家不合請一位糊塗的胡舉人去行賄，剛弼以為行賄便是有罪的證據，就嚴刑拷問賈魏氏。她熬刑不過，遂承認謀害了十三命。

白耆覆審的一回（十八回）只是教人如何撇開成見，研究事實，考察證據。他對剛弼說：

老哥所見甚是。但是兄弟……此刻不敢先有成見。像老哥聰明正直，凡事先有成竹在胸，自然無往不利。兄弟資質甚魯，只好就事論事，細意推求，不敢說無過，但能寡過已經是萬幸了。

「凡事先有成竹在胸」，這是自命理學先生剛愎自用的態度。「就事論事，細意推求」，這是折獄老吏的態度，是偵探家的態度，也就是科學家尋求真理的態度。

覆審的詳情，我們不用說了。定案之後，剛弼還不明白魏家既無罪何以肯花錢。他說：「卑職一生就沒有送過人一個錢。」白公呵呵大笑道：

老哥沒有送過人的錢，何以上臺也會契重你？可見天下人不全是見錢眼開的喲！清廉人原是最令人佩服的，只有一個脾氣不好，他總覺得天下人都是小人，只他一個人是君子。這個念頭最害事的，把天下大事不知害了多少！老兄也犯這個毛病，莫怪兄弟直言。至於魏家花錢，是他鄉下人沒見識處，不足為怪也。

有人說：李伯元做的是官場現形記，劉鐵雲做的是做官教科書。其實「就事論事，細意推求」，這八個字何止是做官教科書？簡直是做學問、做人的教科書了。

*　　*　　*

我的朋友錢玄同先生曾批評老殘遊記中間桃花山夜遇璵姑黃龍子的一大段（八回至十二回）神秘裏夾雜著不少舊迷信，他說劉鶚先生究竟是「老新黨頭腦不清楚」。錢先生的批評固然是很不錯的。但這一大段之中卻也有一部分有價值的見解，未可完全抹煞。就是那最荒謬的部分也可以考見一個老新黨的頭腦，也未嘗沒有史料的價值。我們研究思想史的人，一面要知道古人的思想高明到什麼地步，一面也不可不知道古人的思想昏謬到什麼地步。

老殘遊記裏最可笑的是「北拳南革」的預言。一班昏亂糊塗的妄人推崇此書，說他「關心治亂，推算興亡，秉史筆而參易象之長」（坊間偽造四十回本老殘遊記錢啟猷序）。說他「於筆記敘事之中，具有推測步算之妙，較推背圖、燒餅歌諸數書尤見明晰」（同書膠州傅幼圃序）。這班妄人的妄言，本不值一笑，但這種「買櫝還珠」的謬見未免太誣衊這部書了，我們不能不說幾句辨正的話。

此書作於庚子亂後，成於丙午年，上距拳匪之亂凡五年，下距辛亥革命也只五年。他說拳禍，只是追記，不是預言；他說革命，也只是根據當時的趨勢，作一種推測，也算不得預言。不過劉鶚先生把這話放在黃龍子的口裏，加上一點神秘的空氣，不說是事理上的推測，卻用干支來推算，所以裝出預言的口氣來了。若作預言看，黃龍子的推測，完全是錯的：第一，他只看見甲辰（一九〇四）的變法，以為科舉的廢止和五大臣出洋等事可以做到一種立憲的君主政治，所以他預定甲寅（一九一四）還有一次大變法，就是憲政的實行。「甲寅之後，文明大著，中外之猜嫌，滿、漢之疑忌，盡皆銷滅。」這一點他猜錯了。第二，他猜想革命至庚戌（一九一〇）而爆發，庚戌在辛亥革命前一年，這一點他幾乎猜中。然而他推算庚戌以後革命的運動便「潛消」了，這又大錯了。第三，他猜測「甲寅以後為文明華敷之世……直至甲子（一九二四）為文明結實之世，可以自立矣」。這一點又大錯了。

總之，老殘遊記的預言無一不錯。這都是因為劉先生根本不贊成革命，「北拳南革都是阿修羅部下的妖魔鬼怪」，運動革命的人「不有人災，必有鬼禍」——他存了這種成見，故推算全錯了。然而還有許多妄人把這書當作一部最靈的預言書！妄人之妄，真是無藥可醫的！

然而桃花山中的一夕話也有可取之處：璵姑解說論語「攻乎異端」一句話，說「端」字當「起頭」講，執其兩端是說執其兩頭；她批評「後世學儒的人，覺得孔、孟的道理太費事，不如弄兩句闢佛、老的口頭禪，就算是聖人之徒。……孔、孟的儒教被宋儒弄的小而又小，以至於絕了。」（九回）這話雖然表示作者缺乏歷史眼光，卻也可以表示作者懷疑的態度。後來

子平聞了，連連讚嘆，說：「今日幸見姑娘，如對明師！但是宋儒錯會聖人意旨的地方也是有的，

然其發明正教的功德，亦不可及。即如『理』『欲』二字，『主敬』『存誠』等字，雖皆是古聖之言，一經宋儒提出，後世實受惠不少。人心由此而正，風俗由此而醇。」

那女子嫣然一笑，秋波流媚，向子平睇了一眼。子平覺得翠眉含嬌，丹脣啟秀，又似有一陣幽香沁入肌骨，不禁神魂飄蕩。那女子伸出一雙白如玉，軟如棉的手來，隔著炕桌子握著子平的手，握住了之後，說道：「請問先生：這個時候比你少年在書房裏貴業師握住你手『扑作教刑』的時候何如？」子平默無以對。女子又道：「憑良心說，你此刻愛我的心，比愛貴業師何如？聖人說的，『所謂誠其意者，毋自欺也。如惡惡臭，如好好色。』孔子說：『好德如好色。』孟子說：『食色，性也。』子夏說：『賢賢易色。』這好色乃人之本性。宋儒要說好德不好色，非自欺而何？自欺欺人，不誠極矣！他偏要說『存誠』，豈不可恨！聖人言情言禮，不言理、欲；刪詩以關雎為首，試問『窈窕淑女，君子好逑』，『求之不得』，至於『輾轉反側』，難道可以說這是天理，不是人欲嗎？舉此可見聖人決不欺人處。關雎序上說道：『發乎情，止乎禮義。』發乎情，是不期然而然的境界，即如今夕嘉賓惠臨，我不能不喜，發乎情也；先生來時，甚為困憊，又歷多時，宜更憊矣，乃精神煥發，可見是很喜歡，如此亦發乎情也；以少女中男，深夜對坐，不及亂言，止乎禮義矣。此正合聖人之道，若宋儒之種種欺人，口難罄述。然宋儒固多不是，然尚有是處；若今之學宋儒者，直鄉愿而已，孔、孟所深惡而痛絕者也！」（九回）

這是很大膽的批評。宋儒的理學是從中古的宗教裏滾出來的。中古的宗教——尤其是佛教——排斥肉體，禁遏情欲，最反乎人情，不合人道。宋儒用人倫的儒教來代替出世的佛教，固然是一大進步，然而宋儒在不知不覺之中受了中古禁欲的宗教的影響，究竟脫不了那排斥情欲的根本態度，所以嚴辨「天理」「人欲」的分別，所以有許多不人道的主張。戴東原說宋儒的流弊遂使後世儒者「以理殺人」；近人也有「吃人的禮教」的名言，這都不算過當的判斷。劉鶚先生作這部書，寫兩個「清官」自信意見不出於私欲，遂固執自己的私見；自以為得理之正，不惜殺人破家以執行他們心目中的天理：這就是「以理殺人」的具體描寫。璵姑的一段話也只是從根本上否認宋儒的理欲之辯；她不惜現身說法，指出宋儒的自欺欺人，指出「宋儒之種種欺人，口難罄述」。這雖是一個「頭腦不清楚」的老新黨的話，然而在這一方面，這位老新黨卻確然遠勝於今世恭維宋、明理學為「內心生活」「精神修養」的許多名流學者了。

三　老殘遊記的文學技術

但是老殘遊記在中國文學史上的最大貢獻卻不在於作者的思想，而在於作者描寫風景人物的能力。古來作小說的人在描寫人物的方面還有很肯用氣力的，但描寫風景的能力在舊小說裏簡直沒有。水滸傳寫宋江在潯陽樓題詩一段要算很能寫人物的了，然而寫江上風景卻只有「江景非常，觀之不足」八個字；儒林外史寫西湖只說：「真乃五步一樓，十步一閣；一處是金粉樓臺，一處是竹籬茅舍；一處是桃柳爭妍，一處是桑麻遍野。」西遊記與紅樓夢描寫風景也都只是用幾句爛調的四字句，全無深刻的描寫。只有儒林外史第一回裏有這麼一段：

王冕放牛倦了，在綠草地上坐著。須臾，濃雲密布，一陣大雨過了，那黑雲邊上鑲著白雲，漸漸散去，透出一派日光來，照耀得滿湖通紅。湖邊上山，青一塊，紫一塊，綠一塊。樹枝上都像水洗過一番的，尤其綠得可愛。湖裏有十來枝荷花，苞子上清水滴滴，荷葉上水珠滾來滾去。

在舊小說裏，這樣的風景畫可算是絕無而僅有的了。舊小說何以這樣缺乏描寫風景的技術呢？依我的愚見看來，有兩主要的原因：第一，是由於舊日的文人多是不出遠門的書生，缺乏實物實景的觀察，所以寫不出來，只好借現成的詞藻充充數；這一層容易明白，不用詳細說明了。第二，我以為這還是因為語言文字上的障礙：寫一個人物，如魯智深，如王鳳姐，如成老爹，古文裏的種種爛調套語都不適用，所以不能不用活的語言，新的詞句，實地作描寫的工夫；但一到了寫景的地方，駢文詩詞裏的許多成語便自然湧上來，擠上來，擺脫也擺脫不開，趕也趕不去。人類的性情本來多是趨易避難，朝著那最沒有抵抗的方向走的；既有這許多現成的語句，現成的字面，何必不用呢？何苦另去鑄造新字面和新詞句呢？我們試讀紅樓夢第十七回賈政父子們遊大觀園的一大段裏，處處都是用這種現成的詞藻，便可以明白這種心理了。

老殘遊記最擅長的是描寫的技術，無論寫人寫景，作者都不肯用套語爛調，總想鎔鑄新詞，作實地的描畫。在這一點上，這部書可算是前無古人了。

劉鶚先生是個很有文學天才的人，他的文學見解也很超脫。遊記第十三回裏他借一個妓女的嘴罵那些爛調套語的詩人。翠環道：

我在二十里鋪的時候，過往的客人見的很多，也常有題詩在牆上的。我最喜歡請他們講給我聽。聽來聽去，大約不過這個意思。……因此我想，做詩這件事是很沒有意思的，不過造些謠言罷了。奉勸世間許多愛做詩的人們，千萬不要為二十里鋪的窰姐所笑！

劉鶚先生的詩文集，不幸我們沒有見過。遊記有他的三首詩：第八回裏的一首絕句。嘲諷聊城楊氏海源閣（書中改稱東昌府柳家）的藏書，雖不是好詩，卻也不是造謠言的。第六回裏的一首五言律詩，專詠玉賢的虐政，有「殺民如殺賊，太守是元戎」的話，可見他做舊律詩也還能發議論。第十二回裏的一首五古，寫凍河的情景，前六句云：

地裂北風號，長冰蔽河下。後冰逐前冰，相陵復相亞。河曲易為塞，嵯峨銀橋架。……

這總算是有意寫實了。但古詩體的拘束太嚴了，用來寫這種不常見的景物是不會滿人意的。試把這六句比較這一段散文的描寫：

老殘洗完了臉，把行李鋪好，把房門鎖上，也出來步到河堤上看。見那黃河從西南上下來，到此卻正是個灣子，過此便向正東去了。河面不甚寬，兩岸相距不到二里。若以此刻河水而論，也不過百把丈寬的光景；只是面前的冰插的重重疊疊的，高出水面有七八寸厚。再望上游走了一二百步，只見那上流的冰還一塊一塊的漫漫價來，到此地被前頭的攔住，走不動，就站住了。那後來的冰趕上他，只擠得嗤嗤價響。後冰被這溜冰逼的緊了，就竄到前冰上頭去。前冰被壓就漸漸低下去了。看那河身不過百十丈寬。當中大溜約莫不過二三十丈，兩邊俱是平水。這平水之上早已有冰結滿，冰面卻是平的，被吹來的塵土蓋住，卻像沙灘一般。中間的一道大溜卻仍然奔騰澎湃，有聲有勢，將那走不過去的冰擠的兩邊亂竄。那兩邊平水上的冰被當中亂冰擠破了，往岸上跑。那冰能擠到岸上有五六尺遠。許多碎冰被擠的站起來，像個小插屏似的。看了有點把鐘功夫，這一截子的冰又擠死不動了。

這樣的描寫全靠有實地的觀察作根據。劉鶚先生自己評這一段道：

止水結冰是何情狀？流水結冰是何情狀？小河結冰是何情狀？大河結冰是何情狀？河南黃河結冰是何情狀？山東黃河結冰是何情狀？須知前一卷所寫是山東黃河結冰。（十三回原評）

這就是說，不但人有個性的差別，景物也有個性的差別。我們若不能實地觀察這種個性的分別，只能有攏統浮泛的描寫，決不能有深刻的描寫。不但如此，知道了景物各有個性的差別，我們就應該明白：因襲的詞章套語決不夠用來描寫景物。因為套語總是浮泛的，攏統的，不能表現某地某景的個別性質。我們能了解這段散文的描寫何以遠勝那六句五言詩，便可以明白白話文學的真正重要了。

老殘遊記裏寫景的部分也有偶然錯誤的。蔡子民先生曾對我說，他的女兒在濟南時，帶了老殘遊記去遊大明湖，看到第二回寫鐵公祠前千佛山的倒影映在大明湖裏，他不禁失笑。千佛山的倒影如何能映在大明湖裏呢？即使三十年前大明湖沒有被蘆田占滿，這也是不可能的事。大概作者有點誤記了罷？

第二回寫王小玉唱書的一大段是遊記中最用氣力的描寫：

> 王小玉便啟朱脣，發皓齒，唱了幾句書兒。聲音初不甚大，只覺入耳有說不出來的妙境：五臟六腑裏像熨斗熨過，無一處不伏貼；三萬六千個毛孔，像吃了人參菓，無一個毛孔不暢快。唱了十數句之後，漸漸的越唱越高，忽然拔了一個尖兒，像一線鋼絲拋入天際，不禁暗暗叫絕。那知他於那極高的地方，尚能迴環轉折；幾轉之後，又高一層，接連有三四疊，節節高起，恍如由傲來峰西面攀登泰山的景象：初看傲來峰削壁千仞，以為上與天通，及至翻到傲來峰頂，才見扇子崖更在傲來峰上；及至翻到扇子崖，又見南天門更在扇子崖上——愈翻愈險，愈險愈奇。那王小玉唱到極高的三四疊後，陡然一落，又極力騁其千迴百折的精神，如一條飛蛇在黃山三十六峰半中腰裏盤旋穿插，頃刻之間，周匝數遍。從此以後，愈唱愈低，愈低愈細，那聲音漸漸的就聽不見了。滿園子的人都屏氣凝神，不敢少動。約有兩三分鐘之久，彷彿有一點聲音從地底下發出。這一出之後忽又揚起，像放那東洋煙火，一個彈子上天，隨化作千百道五色火光，縱橫散亂。這一聲飛起，即有無限聲音俱來並發；那彈弦子的亦全用輪指，忽大忽小，同他那聲音相和相合，有如花塢春曉，好鳥亂鳴；耳朵忙不過來，不曉得聽那一聲的為是。正在撩亂之際，忽聽霍然一聲，人弦俱寂。這時臺下叫好之聲轟然雷動。

這一段寫唱書的音韻，是很大膽的嘗試。音樂只能聽，不容易用文字寫出，所以不能不用許多具體的物事來作譬喻。白居易、歐陽修、蘇軾都用過這個法子。劉鶚先生在這一段裏連用七八種不同的譬喻，用新鮮的文字，明瞭的印象，使讀者從這些逼人的印象裏感覺那無形象的音樂的妙處，這一次的嘗試總算是很成功的了。

老殘遊記裏寫景的好文字很多，我最喜歡的是第十二回打冰之後的一段：

> 抬起頭來看那南面的山，一條雪白，映著月光分外好看；一層一層的山嶺卻不大分辨得出。又有幾片白雲夾在裏面，所以看不出是雲是山。及至定神看去，方纔看出那是雲，那是山來。雖然雲也是白的，山也是白的，雲也有亮光，山也有亮光；只因為月在雲上，雲在月下，所以雲的亮光是從背面透過來的。那山卻不然：山上的亮光是由月光照到山上，被那山上的雪反射過來，所以光是兩樣子的。然只就稍近的地方如此，那山往東去越望越遠，漸漸的天也是白的，山也是白的，雲也是白的，就分辨不出什麼來了。

這種白描的工夫真不容易學，只有精細的觀察能供給這種描寫的底子；只有樸素新鮮的活文字能供給這種描寫的工具。

* * *

民國八年（一九一九）上海有一家書店忽然印出一部號稱「全本」的老殘遊記，凡上下兩卷，上卷即是原本二十回，下卷也是二十回，說是「照原稿本加批增注」的，書尾有「著述於清光緒丙申年山東旅次」一行小字。這便是作偽的證據。丙中（一八九六）在庚子前五年，而著者原序的年月是丙午之秋，豈不是有意提早十年，要使「北拳南革」都成預言嗎？

四十回本之為偽作，絕對無可疑。別的證據且不用談，單看後二十回寫老殘遊歷的許多地方，可有一處有像前二十回中的寫景文章嗎？看他寫泰安道上：

一路上柳綠桃紅，春光旖旎：村姑野婦聯袂踏青；紅杏村中，風飄酒幟；綠楊煙裏，人戲鞦韆；或有供麥飯於墳前，焚紙錢於陌上。……

列位看官在老殘遊記前二十回裏可曾看見這樣醜陋的寫景文字嗎？這樣大膽妄為的作偽小人真未免太侮辱劉鶚先生了！真未免太侮辱社會上讀小說的人們了！

十四年，十一月七日作於上海

——胡適文存第六卷

良友版「老殘遊記」二集序

林語堂

劉鐵雲此人，吾看得甚重。初喜讀其老殘遊記，尤好璵姑。又早聞近代龜甲文之收藏研究始於鐵雲藏龜。不知何天，忽然了悟藏龜之鐵雲即著遊記之鐵翁。由是吾知此公是一識力過人之人。又過幾年，始知著遊記之鐵雲即劉季陶先生之先叔，亦即季陶侄劉鐵孫之鐵公。因急向季陶訪問其先叔之行述軼事，又知其在晚清，係一思想急進而因請築鐵路開礦被罵為「漢奸」之人，又係因賑糧被誣流發伊犁而死之人。其人其事，皆足有動於吾心。夫時代之不了解，乃先覺之常刑。及過些時，世人亦知龜甲文之重要矣，亦知老殘遊記之價值矣，甚至亦懂得築鐵路之非必漢奸矣。因此又重讀遊記，始恍然大悟正集第一回楔子所言山東海面之破壞大船乃指中國，向船客捐錢然後自己站在安逸地方喊「殺」「殺」「殺」者，乃指當時之革命黨，被拋入大海作犧牲之「不懂事的少年」乃真正不懂事之少年，而奉送洋羅盤救船而被罵為「天主教」「漢奸」者，即作者自身。全段係一中國之影子無疑，其語何沉痛也！一日，季陶送來一書即老殘遊記二集，供吾閱讀。吾驚喜，乃與良友商量發刊，並先在人間世發表一部分，以引讀者注意。而季陶亦作一文，述其先叔軼事，登該刊第四期。

鐵雲先生作此二集時，季陶居其家，共見六回，述鐵老與慧生遊泰山，此不必季陶親見其屬稿，亦可一望而知為鐵雲手著。此中有三事最顯著。第一，第一回預言東北必失之於日本，眼光適與初集楔子相同，今日之我，讀之不免驚嘆。第二，初六回專寫泰山斗姥宮之尼姑逸雲，其才識與初集中之璵姑適同氣味。大概鐵翁最喜才識高超議論風采十足之女子。璵姑與逸雲又同是得道隱居韜晦自適之才女，想見其為人，如嗅空谷蘭之味。時人只賞識靚雲，鐵翁始知逸雲之曲高和寡。第三第四第五回全是逸雲議論。斗姥宮果有此人，吾非上泰山不可。惟是夢非夢，吾焉得而知，吾總願其非夢而為泰山增色也。逸雲議論與璵姑一樣高超，第二回逸雲論州縣老爺曰：

你不知道像我們這種出家人，要算下賤到極處的。可知娼妓比我們還要下賤！可知那州縣老爺們比娼妓還要下賤！遇見馴良百姓，他治死了還要抽筋、剝皮、銼骨、揚灰。遇見有權勢的人，他裝王八蛋給人家踹在腳底下，還要昂起頭來叫兩聲，說我唱個曲子儜聽聽吧。他怕京官老爺們寫信給御史參他。你瞧著吧！明天我們這廟門口，又該掛一條彩綢兩個宮燈哩！

第四回，逸雲評斗姥宮之遊客曰：

也有花得起錢的，大概不像個人樣子；像個人的呢，都沒有錢。我想到這裏可就有點醒悟了。大概天老爺看著人與錢兩樣都很重的，所以給了他錢就不教他做人，給了他做個人，就不教他有錢。這也是不錯的道理。

第五回她敘述她對才子英雄感想前後之變，亦係絕好文章。

第六回論吃素與女子失節，亦議論不凡。逸雲道：

有何不可？倘若有客逼我吃肉，我便吃肉，只是我不自己找肉吃便了。若說吃肉，當年濟顛祖師還吃狗肉呢，也不擋住成佛。地獄裏吃長齋的不計其數。總之，吃葷是小過犯，不甚要緊。譬如女子失節，是個大過犯，比吃葷重萬倍。試問你們姨太太失了多少節了？這罪還數得清嗎？其實若認真從此修行，同那不破身的處子毫無分別。因為失節不是自己要失的，為勢所迫，出於不得已，所以無罪。

這種女子，不會因被人姦汙而自尋短見。所以與那最古怪的道人赤龍子同居四十多天。

老殘道：「他就住在你這廟裏嗎？」

逸雲道：「豈但在這廟裏，簡直住在我炕上。」

德夫人忙問：「你睡在那裏呢？」

逸雲道：「太太有點疑心山頂上說的話嗎？我睡在他懷裏呢。」

山頂上的話是說逸雲仍是處子。二集與初集相同之第三點是老殘具一副慈悲心腸，對落難女子常懷救度之念。初集把環翠拔出火炕，二集又把環翠送交逸雲修道了。此種地方可見其思想之連貫。即文字之機趣，描寫之生動，有眼者自會辨別。惟有一點，其描寫泰山看太陽日出，雖亦生動，惜寥寥數行，並未著意寫去，不然又可與初集「月下遇虎」一段媲美了。

一九二五年正月二十二日龍溪林語堂序

「老殘遊記」作者劉鐵雲先生軼事①

劉大鈞

論語出周年紀念號，語堂要我寫一點先叔鐵雲先生的生平事跡。論理我應該寫得很詳細，但是他去世時我才十餘歲②，所以我知道他的事跡實在有限——以前適之也曾要我替先生寫一篇小傳，我也未能應命，實在慚愧得很——現在只能片段的敘述一點。

先生幼年涉獵的書籍甚多。那時科舉還在鼎盛的時候，他不願去學制藝，卻喜歡研究詩、文、書、畫、史、地、兵法、佛經、道教、醫藥、術數，以及當時所謂新學的書籍。天資本來絕頂聰穎，先祖先父的藏書又甚豐富（先祖先父極早注意研究新學，所以經、史、子、集外、西書與日籍的譯本，搜羅的也不少。先父並藏有法文書籍。那時還在同治年間，康梁的新學運動還未開始），所以知識見解遠勝儕輩。

先生本名鶚，字雲搏，後來主張建築鐵路，開採鐵礦、煤礦，以開發我國的富源，於是改名鐵雲。因收藏骨董，齋名抱殘守缺，所以做小說時，就用了老殘的別號。

劉厚澤註釋：

① 本文原刊林語堂主編的論語半月刊第二十五期，一九三三年九月十六日出版。作者劉大鈞是先祖的四侄兒，本文是家屬中記先祖事跡發表最早的一篇文章。

② 先祖逝世於一九〇九年，大鈞生於一八八九年，其時他已經二十一歲，並非「才十餘歲」。

蘇州李平山先生③提倡太谷學說，反對宋儒的理教，以為不近人情；教人處世接物，以人情為根據；同時主張融合儒、佛、道三教，各取其精華，而棄其糟粕。先生曾從李先生遊，故老殘遊記中，有批評宋儒的地方。書中記申子平遊山，遇見一個仙女。仙女說：「儒、釋、道三教譬如三個鋪面，掛了三個招牌，其實都是賣的雜貨，柴、米、油、鹽都是有的。不過儒教的鋪子大些，佛、道的鋪子小些，皆是無所不包的。」又說：「儒教公到極處。你看孔子一生遇了多少異端，如長沮、桀溺、荷篠丈人等類，均不十分佩服孔子，而孔子反讚揚他們不置，是其公處，是其大處。所以說：『攻乎異端，斯害也已。』……若只是為攻訐起見，初起尚只攻佛攻老，後來朱陸異同，遂操同室之戈。……孔孟的儒教被宋儒弄的小而又小，以至於絕了。」

申子平雖然佩服仙女的話，卻還要替宋儒辯護說：「『理』、『欲』二字，『主敬』、『存誠』等字，……一經宋儒提出，後世實受惠不少。」於是「那女子嫣然一笑，秋波流媚，向子平睇了一眼。子平覺得翠眉含嬌，丹唇啟秀，又似有一陣幽香，沁人肌骨，不禁神魂飄蕩。那女子伸出一只白如玉、軟如棉的手來，隔著炕桌子，握著子平的手。握住了之後說道：『請問先生這個時候，比你少年時在書房裏，貴業師握住你的手扑作教刑的時候，何如？』子平默無以對。女子又道：『憑良心說，你此刻愛我的心，比愛貴業師何如？聖人說的：「所謂誠其意者，毋自欺也，如惡惡臭，如好好色。」孔子說：「毋好德如好色。」孟子說：「食、色，性也。」子夏說：「賢賢易色。」這好色乃人之本性，宋儒要說好德不好色，非自欺而何？自欺欺人，不誠極矣！他偏要說「存誠」，豈不可恨？聖人言情言禮，不言理欲。……

③　李平山名光昕，別號龍川，江蘇儀徵人。曾在蘇州講學，非蘇州人。

關雎序上說道：「發乎情，止乎禮義。」……若宋儒之種種欺人，口難罄述。然宋儒固多不是，尚有是處；若今之學宋儒者，直鄉愿而已，孔孟所深惡而痛絕者也。』」仙女這樣的現身說法，調侃宋儒不少，於此也可見先生的思想，所受太谷學說的影響。

先生自己是很風流倜儻、落拓不羈的。平時挾妓飲酒，逢場作戲，絕對不當著一件事。某年臘日（即十二月八日，俗名臘八節），在北平寓所，同兩三個朋友飲酒快譚。當時招了十幾個妓女，把自己藏的古樂器——如琴、瑟、壎、竽、箜篌、忽雷，以及笙、簫、琵琶之類——分給大家拿著。又在花園內、假山上、花神廟前，陳列了許多花，自己同朋友坐在當中，四周圍都坐了妓女。於是照了一張相，還做了一篇臘日記——這也是先生風流的一個紀念。

說起這個北平的寓所，是在騾馬市大街板章胡同。房子甚寬大軒敞，有屋數十間，建築已有二三百年之久。紀曉嵐閱微草堂筆記內曾說這房子是北平四大凶宅之一。先生租用之時，已空了多年，無人敢住，故朋友皆勸他勿租。據說此房白晝常常見鬼，並且有人被鬼勒死。先生獨不相信，更不害怕。家眷不在北平，先生一人獨住此宅。花園內有一樓房，名曰小有樓④，相傳是鬼的大本營，先生卻拿它做書房。晚上如無應酬，常在樓中看書寫字。其豪邁如此。（先生死後，此房又空了多年。民國七八年間，租作明湖春飯館，據說，不多時又有鬼出現，嚇得無人敢去吃飯，飯館也開不成。我幼時曾隨先生住此處幾個月，改做飯館後，也去吃過飯，可惜都未能看見是怎麼樣的鬼。）

④ 據先父大紳云：先祖在京常獨宿小有樓，關閉極密，不許任何人上去。某日先父趁先祖外出未歸，偷偷上樓賞月，次日家中佣人就紛紛傳說：「昨晚樓上發現響動，有鬼怪在窗口出現」云云。

先生極會說話，很平常的事，經他一說，就天花亂墜。白妞黑妞的大鼓書，別人也有聽過的，據說，聽時並不覺得如何特別好，看了老殘遊記後，回頭一想，才感到它的妙處。

我住在先生家中之時，先生正做老殘遊記的續集⑤，按期在天津日日新聞裏發表。那時他一面做書，一面將書中的情節對我們講，講到得意的時候，拿起筆來就寫。我們聽他說的那麼有趣，以為只將口說的寫下來，就很好了。他卻改了又改，等到報上登出來；比原來口說的更精彩了。可惜續集未能做完，也未印單行本；希望將來堂兄弟們替他刊印殘稿。

有一年夏夜，我們坐在小有樓前面花園裏。月明星稀，涼風習習。先生在樓中彈古琴。只聽得鉤、挑、剔、抹，弦聲錚鏦。一會兒風聲，一會兒水聲，一會兒更聽見飛鳥落地，兩翅撲拂之聲。我竟忘卻身在園中，彷佛初秋天氣清晨在江邊閒步，看見許多飛雁，空中盤旋。先有一兩個慢慢的落下來，漸漸的越落越多，成群結隊，沙上遂有許多的雁。有叫喚的，展翅撲拂的，也有幾個落下後又飛起的。正看得有興趣，忽然風聲、水聲、鳴聲、翅聲同時停止，眼前風景霎時消滅，才想起是在小有樓前，聽先生鼓琴。這是二十餘年前的事，到現在想起先生，總忘不了那一夜的情景。(可惜我沒有先生的生花妙筆，不能使讀者與我感受同一的印象。)

——原刊論語半月刊第二十五期，民國二十二年九月十六日出版

---

⑤　大鈞叔寄寓北京我家，正當其父味青公去世他北上求學之時，時在光緒三十一年乙巳（一九〇五年），那時候先祖確在寫作老殘遊記二編。

劉鐵雲先生軼事①

劉大鈞

先叔鐵雲先生以著老殘遊記及收藏骨董聞於世，而其在滿清末葉提倡維新，則知之者鮮。蓋先生提倡之方式不在作文問世，而在遊說當局，以其長於辯才，故頗得當局信任。當時政府興築鐵路，及以新法採礦，得先生鼓吹之力不少。然以慈禧后極端守舊，近臣如慶王等，對於維新事業終不敢放手進行，而先生則主張徹底辦法，利用外資，從事建設，以開發我國之富源。懷抱既不得抒，遂與保皇黨聯絡，希冀光緒帝得復政權，各種新政皆可實施。不謂保皇黨實力不充，計劃不能實現，而先生反因此招當局之忌，致被放回疆②，抑鬱而歿，可嘆也。

當時凡提倡新法者，守舊派皆目為漢奸，故先生壯年在山東佐幕③時，即有漢奸之名。是時張漢仙撫魯④（即老殘遊記中之莊撫臺），本屬世交，且愛先生之才，延為幕賓。乃因提倡新法之故，致遭物議。

劉厚澤註釋：

① 本文原刊林語堂主編之人間世半月刊第三期，一九三四年五月五日出版。次年三月良友圖書公司出版老殘遊記二集，全文附載。

② 此處所述不確，見先父作關於老殘遊記第六節注㊷。

③ 先祖壯年並未在山東佐幕，且一生從未作幕賓。

④ 其時山東巡撫為張曜，非張漢仙。可參看關於老殘遊記本人注⑯。

先生辭職進京，往謁李鴻章。文忠與先祖有年誼，故以子侄輩待先生。甫晤面，文忠即謂「汝尚年少，初出辦事，乃被人罵為漢奸，將來如何能上進乎？」先生答曰：「小侄被罵為漢奸，事誠有之。然小侄年幼，辦事尚少，僅一小漢奸耳。老年伯勛績卓著，外間亦呼為漢奸，是乃老漢奸矣。小侄但能步老伯後塵，豈懼不能上進乎？」文忠為之莞爾⑤。

先祖子恕公在河南任兵備道多年，與曾國荃同事平捻。功成致仕，寄寓江蘇淮安，與先父味青公皆提倡西學甚力。時淮安人尚無學歐西語言者，先父年已三十，獨從天主教士習法文，借此研究西學，尤精疇人之術。家藏新舊書籍皆甚富，醫學術數之書亦有之。先生幼年即隨意涉獵，天資極聰穎，故長於醫算。曾著勾股天元草、弧三角⑥及要藥分劑補正各若干卷。更因太谷學派中人喜談命運，故老殘遊記中頗多言天運及醫理之處。今人有以北拳南革之預言甚為靈驗，頗異先生能洞燭機先者。其實先生留心政事，交游極廣，想已早知清室頑固，迷信神拳，而南方人民革命思潮方醞釀中，大勢所趨，北拳南革，在所不免，故托辭術數，預行警告國人耳。若謂天干地支真能預決時事，吾不信也。

---

⑤ 與李鴻章對話一節，不知何據？大鈞叔大約得諸傳聞，其實不可靠。

⑥ 「弧三角」應為「弧角三術」。先祖學術方面的著作，關於水利的有治河七說（木刻本）、歷代黃河變遷圖考十卷（光緒十九年石印本）；關於算學的有勾股天元草（木刻本）、弧角三術一卷（木刻本）；關於考古的有鐵雲藏龜（光緒二十九年石印本，後來丹徒飽鼎加以釋文，並附鐵雲藏龜之餘一卷，於民國二十年出石印本）、鐵雲藏陶附泥封一卷（光緒二十九年石印本）、鐵雲藏印四集（所收皆秦漢官私各印，即有正書局後來出版之陶齋藏印）、抱殘守缺齋藏器目（此為丹徒飽鼎根據先祖所藏銅器——拓片著錄）；關於醫學的有要藥分劑補正、人命安和集；此外尚有手寫詩稿芬陀利室存稿等。

先祖乃科甲出身，故令二子習制藝。先生秉性不羈，闈墨本所不喜。復因先父研習新學，致會試落第，青衿終老，遂更無意於科舉。蓋先父會試時，房官已薦列前茅，乃因策論中引用盧梭學說，主考官批謂：「盧梭二字，不見經傳。」遂加磨勘。足見當時科舉與新學格格不能相入，先生果入闈，亦決無獲選之希望也。

先生藏骨董甚多，書畫碑帖，鐘鼎彝器，晉磚、漢瓦、泉布、印章，古代樂器，以及甲骨、泥封，無不搜羅。以前收藏家對於甲骨、泥封未加注意，經先生收藏，復經王國維先生詳加研究，於古史多所發明。三代文字留傳至今，殊可貴也。先生在北平、南京、蘇州、上海、淮安等處皆有房屋，分藏骨董書畫等，但以北平、南京、蘇州所藏為最多。余幼時聞先生南京住屋有一室，其地與四壁皆以古磚古瓦砌就⑦，其他骨董陳列尤多。時端方為兩江總督，亦好收藏，時相過往，因豔羨先生所藏劉熊碑，欲以廉價強行收買，先生不允，嗣因不願結怨，以碑贈之。然此後奏參革職，查抄家產，端仍為主動者之一⑧。先生在浦口本置有地產多頃，因政府興築津浦鐵路，需地為建築車站碼頭之用，先生自動捐地數頃。及被參革，餘地亦皆充公，故家產蕩然，子孫皆自食其力以自給焉。

——原刊人間世半月刊第三期，民國二十三年五月五日出版

⑦ 關於先祖在南京住屋以古磚古瓦砌築之說，先父作關於老殘遊記第三節注㊷中說明是「傳聞過甚之詞」，並非事實。

⑧ 先祖被「參奏革職，查抄家產」，端方不但不是「主動者之一」，且曾設法謀救，事見先父作關於老殘遊記第六節㊳及良友版老殘遊記二集跋二本人注四、五兩條。

劉鐵雲軼事

劉大杰

我有一位四川朋友，他的年紀今年快七十了。年紀雖有了這麼大，他的心還是年輕。因此他倒歡喜同年輕人玩在一起。談風月，談電影，談女人，他同我們年輕人一樣談得有勁。他雖是四川人，在外面奔波了幾十年，中了舉人，做過多年的官，教過書，最近才回到成都。我同他認識，是五年前在安徽大學教書的時候。他那時也寄居在安慶。他在文學上的表現，是詞和曲，在學問上的研究，是金石學。他的嗜好真是不少，卻不是飲酒打牌那一類的普通嗜好。他歡喜的，是刻圖章，買印泥，收集古本書，和古代的磚瓦。一個硯臺，一條墨，一隻磁瓶，到了他的手裏，必得要費他一點多鐘的工夫。摸來摸去，有時候用口呵著氣，有時候用他的指甲敲著，尖著耳朵聽聲音。弄了半天，他說這是什麼時代的什麼地方的東西，可以值多少錢。所以我們在小古董店裏找到一件東西想買的時候，必得找這一位老先生去鑒定一番。對於這件工作，他從不辭勞苦，總是高高興興的同你一路去。不管路程有多少遠，不管這件事於他本身有沒有好處。

我有四年多沒有見他了。但我也常想起他。因為他的人生趣味，不容易使我忘記。這一次突然在成都遇面，「他鄉遇故人」，真是充溢著歡喜之情了。

成都並不是他的故鄉，他的家在川南的一個小縣裏，因此他在成都的朋友也就很少。下了課沒有事的時候，我們時常會面，一談便是幾點鐘。他的腦袋，真好像一部辭典，不知道他為什麼能夠記得那麼多的東西，無論古代的或是近代的。有一天晚上，我們不知怎的，忽然談到老殘遊記這一本書，他忽然嘆息地說：

「我這位朋友，實在是一個大有作為的人，想不到他是那樣結果的。」

我聽了一驚。便搶著問他。

「老殘同你是朋友嗎？」

「老朋友哩！」

我聽了真是高興極了。劉鐵雲先生我一向就歡喜他，他的見解和文章我都歡喜。平日我在舊書店裏跑來跑去，總想找著一點關於老殘的作品，可是從沒有發現過。這次聽見他同老殘是朋友，想從他的談話裏，知道一點老殘的生平事蹟。

「老先生！你這位朋友我很歡喜，請把你和他的關係，講點給我聽聽。」

他高興得很，飲了一口茶，便滔滔不絕地講下去。

「我同他認識，是我中了舉人，預備到北京去會試的時候。那時候我住在上海一個朋友的家裏。沒有事，便時常到舊書店裏去看書。那時南京路的後面有一條街，叫做鐵馬路(不知是不是現在的北京路)，有一個書店叫做慎記書莊，便是劉鐵雲開的。我是在慎記書莊裏認識他的。因為我常常到他店裏去看書，漸漸地熟識起來。便成了好朋友。」

「他是一個圓臉，眉毛濃得不得了，兩隻眼睛很有力。就是耳朵太小。他自己懂得看相，說他的耳朵太小，晚年一定要遭禍的。他當時最歡喜收藏古板書和那些考古學的材料，他的錢大半耗費在這一方面。當時我有一位老師收集了不少的龜甲文的材料，由我從中介紹，全部賣給他，他那時對於研究龜甲文，正發生著濃厚的興趣。他後來出了一本書，便是鐵雲藏龜。我同他在上海相熟的時候，愼記書莊已經是不能維持了。後來他把這書莊頂給旁人，只得到兩百銀子。以後他丟開書生意不做，便搖著串鈴做醫生。他由江蘇到山東。一路走到北京，便在北京住下了。他在山東的生活，在老殘遊記裏寫得很清楚。」

「我在北京同他住了三年。是從戊戌到庚子。他的房子在半壁街，是一棟有兩個大院子的七重房子。這房子就在大刀王五的隔壁。大刀王五這人你恐怕不大清楚。在北京住過的人，都會知道他的。他是當時的一個大俠客，飛簷走壁，本事真是好得很。他並沒有正式的職業，開一個鏢房，專替人保鏢。同時他很有一點武松林沖們的氣概，喜歡打抱不平。他的宗旨，是除暴安良。劉鐵雲的思想，實實在在是一個維新派。他提到滿清的政治，就憤慨得很。對於當時維新派的六君子，他是滿口稱贊的。」

「鐵雲住在北京的時候，我們幾個人最相好。我們一見面，便同著到元興堂去吃飯。元興堂是一個回教館子。因為大刀王五的女人是回教徒，所以我們總歡喜到這個教門館子裏去吃飲食。當時有許多外國人同劉鐵雲來往。我有時也問他同洋鬼子們幹些什麼。他說是替他們買古董。在他住的那一棟七重的大房子裏，每一間房子都擺滿了佛像。高的有五尺，小的小到一寸兩寸，有木的、有鐵的、有銅的、也有玉石的，有清代的，也有明代的或是明代以上的。大大小小他收集了五千多個。這些都是很值錢的東西。我當時曾替他那棟屋子題過一個名字，叫做萬佛堂。可惜到義和團起事的時候，那棟房子和那些佛像，都被火燒光了。大刀王五也在那一次事變喪了身。大刀王五的死，劉鐵雲傷痛到了極點。」

「鐵雲無論到什麼地方，身畔總要帶幾部宋板書。有一部宋板的南華經，他最歡喜，是他的隨身寶。這本書他讀得很熟，他一生的人生觀，也受了這部書很大的影響。他的書上都有他的圖章，有時也加圈點，有時也加眉批，字體寫得端端正正的，不知道那些好書，現在都流到什處地方去了。」

「他很歡喜同寡婦講交情。無論到什麼地方，只要住到半年一載，他必得籌辦一個秘密的小公館。這小公館必得是他的好朋友才可以出進。他在北京的小公館，我去過好幾次。他同普通人應酬，是在他自己住的那棟公開的房子裏。這一點秘密，就是他的家庭，也無從知道。他高興的時候，便向朋友宣傳他的寡婦哲學。他還寫過詠寡婦的詩，不過他一寫下來，隨即把稿子毀了。我到現在還記得兩句：『雨後梨花最可憐，飄零心事倩誰傳。』這兩句詩當時朋友們都說他好，所以我到現在還記得。」

「他也歡喜叫姑娘，可是他自己說他從沒有同姑娘們睡過。他叫起姑娘來，一次總是十幾個，鶯鶯燕燕，坐滿一房，唱的唱，鬧的鬧，到後來每人賞些錢就走了。」

「我是庚子年離開北京的。臨走時我們約了在南邊會，但是以後我就沒有同他見過面。他從庚子年以後的活，我也就不大清楚了。……」

我這位老朋友說到這裏，便停住了。他仰著頭望著窗外的梧桐葉，好像是在思索什麼的樣子，我望著他頭上那些全白的頭髮和鬍鬚，不知怎的感到了一種輕微的傷感。

——民國二十五年二月十六日宇宙風十一期

西洋文人對於老殘遊記的印象

H. E. Sha dick（謝迪克）著
柳　存　仁　譯

老殘遊記一書，是我最初讀的中國文學的書籍的一種。這書在一九〇六年寫成。它的內容充滿著作者對於中國人的生活的有趣味而特殊的指示，給予我許多的安慰愉快。我正在把它全部譯成英文，我的譯本也許可以在本年內印行。

在我現在寫的這篇短文裏，我願意提出我讀它時最注意的幾個地方，因為這都是和西方出版的著作不相同的。或者是因為普通的西方人對於中國的觀念的隔膜和不同，或者因為這書所紀載的是中國人的真實生活的宣露，這書裏包含著許多的有趣味的事實，不論是中國歷史上和文學上的事實，或作者個人處世所獲得的直接經驗，都敘述得十分容易而巧妙。作者很自然的運用他的淵博的學識，而又不是故意的對我們誇耀他的才氣。所以我們讀著他所敘述的閱歷，並不像是一本拙劣的鄉土和社會學的教本。

當我頭一次讀這部書的時候，使我感覺到從前障翳著我的眼睛的一重重的薄幕慢慢的揭開了，我立刻明白了許多中國社會裏特殊的事情，和中國人的思想及行為的一般方式，這些都是我從前絕不知道的，它竟在可能的範圍之內很自然的訴說給我們聽了。我想一個外國人即使讀過了幾本紀述中國家庭制度和喪葬的隆重儀式的書籍，他對於那些事情的了解，也許還不及從下文所引證的這節例子的敘述來得多。

在書中第五章（烈婦有心殉節，鄉人無意遭殃）裏，提到于家的媳婦想上告中訴死在玉大人手裏的公公、丈夫和小叔等的冤枉時，就有那老年見過世面的人提出反對的話來說：

若說叫于大奶奶去罷，兩個孫子還小，家裏若大的事業，全靠他一人支撐呢！他再有個長短，這家業怕不是眾親族一分，這兩個小孩子誰來撫養？反把于家香煙絕了。

同樣的情形，也在第十八章（白太守談笑釋奇冤，鐵先生風霜訪大案）裏表現出來。這裏有一個關於毒殺案件的證人，被白太守審問著：

白公問道：「你叫賈幹？」底下答道：「是。」白公問：「今年十幾歲了？」答稱：「十七歲了。」問：「是死者賈志的親生還是承繼？」答稱：「本是嫡堂的姪兒，過房承繼的。」問：「是幾時承繼的？」答稱：「因亡父被害身死，次日入殮，無人成服，由族中公議入繼成服的。」

在同章內，白太守因為很迅速的處結這件案子，便博得了人民的口碑贊美。因為依照過去的習慣，這種大案，是必須經過很長的時間和花費很多的錢來打點的。書裏面說：

卻說這件大案，齊河縣人人俱知。昨日白太尊到，今日傳人，那賈魏兩家都預備至少住十天半個月，那知道未及一個時辰，已經結案，沿路口碑；嘖嘖稱贊。

當老殘拜候了山東撫臺回來的時候（第四章：宮保愛才求賢若渴，太尊治盜疾惡如仇），通常人對於官場生活的羨慕和做官的權威，都可從店掌櫃的說話中表示出來：

掌櫃的道：「我適才聽說院上高大老爺親自來請你老，說是撫臺要想見你老，因此一路進衙門的。你老真好造化！上房一個李老爺，一個張老爺，都拿著京城的信去見撫臺，三次五次的見不著，偶然見著回把這就要鬧脾氣，罵人，動不動就要拿片子送人到縣裏去打。像你老這樣，撫臺央出文案老爺來請進去談談，這面子有多大！那怕不是立刻就有差使的嗎？怎麼樣不給你老道喜呢？」

當老殘假推說他不過是到衙門裏識見珍珠泉的時候，這店掌櫃的短短的答話裏，其中實在含著許多的深刻的意義：

掌櫃的道：「你老放心！我不向你借錢。」

我覺得這書裏，有一點最有趣味之處，是作者把書裏的主角鐵英（老殘），做了自己個性的縮影，因為這書我們可以很明顯的看得出它是一部自傳。

作者原名劉鶚，字鐵雲（一八五七——一九〇九）。他是一位不很通俗的，富有才學的前進者。他生長在當時新舊思想過渡青黃不接的時代，對於接受中國傳統承襲下的文化的真價值，和歐西工業革命之後，新的文明輸進到中國以來，釀成的一種新的膨脹勢力而促進中國對於它的急迫的需求，他都看得同樣的重要。他永是站在時代的前面的，時時反對當時政治上措施的錯誤和黑暗，因而結下了許多仇敵，結果被流放到離北京（今北平）約二千五百里的新疆，最後死在那裏。從個人的事業和競爭的觀點看起來，他的一生的經歷，可以算是失敗大於成就的。這部小說便是他覺悟之後的表白，並且不知不覺的使他走進了中國作家們傳統的習慣之中。這個習慣最早始於屈原，就是用寫文章的方法來洩露社會和人生的種種苦痛不平的經歷。在作者的自序裏，他以屈原和中國其他的戲劇家小說家自況，並且說他流著眼淚寫下這書來表達他終身的憂傷愁苦。不過話雖如此，你倘以為這書是一部長篇的訴冤說苦的鉅構，那卻又是弄錯了。這書的一般的情調和語氣，是浸沉在各種生活的溫適情趣之上，而字裏行間卻能夠深深的表現出人類相互間由於不知覺或沒有思想而遭受到的痛苦。讀過這本書之後，沒有人會不被他那探索自然奧秘的好奇心，溫和、誠摯、博愛的態度，以及個性之高傲和豐富的幽默感所感動的。

他不但對於中國一班學者紳士們所喜嗜的事物像書法、繪畫、音樂、政治社會問題（經世之術）等感覺到興趣，並且對於各項小的問題，甚至於最不重要的小事，也都會引起他的好奇心。所以在第三章裏（金線東來尋黑虎，布帆西去訪蒼鷹），他必定要尋找出濟南金泉書院那個金線泉得名的原因：

這金線泉相傳水中有條金線，老殘左右看了半天，不要說金線，連鐵線也沒有。後來幸而走過一個士子來，老殘便作揖請教這金線二字有無著落，那士子便拉著老殘踅到池子西面，彎了身體，側著頭，向水面上看，說道：「你看，那水面上有一條線，彷彿遊絲一樣，發出似赤金的光亮，在水面上搖動，看見了沒有？」老殘也側了頭照樣看去，看了此時，說道：「看見了，看見了，這是什麼緣故呢？」想了一想，說道：「莫非底下有兩股泉水，力量相敵，所以中間擠出這一線來？」那士子道：「這線見於著錄好幾百年，難道這兩股泉的力量經歷這久就沒有個強弱嗎？」老殘道：「你看，這線常常左右擺動，這就是兩邊泉力不勻的道理了。」那個士子倒也點頭會意。

在第十章（驪龍雙珠光照琴瑟，犀牛一角聲叶箜篌）裏，申子平住在一個深山的別墅裏，看到地下鋪厚軟的地毯，又引起了作者好奇的興趣來：

子平又問：「這地毯是什麼作的呢？」黃龍子道：「是蓑草和麻作的。」子平道：「什麼叫蓑草，又是怎樣製造的？」黃龍子道：「因為這草可以作蓑衣用，所以俗名就叫作蓑草。當蓑草大半枯的時候，採來晾乾，劈成細絲，和以麻縷，就織成了。這就是璵姑的手工。山地多潮濕，所以先用雲母鋪了，再加上這蓑毯，人就不受病了。這壁上也是雲母粉和著紅色膠泥塗的，既禦潮濕，又避寒氣，卻比你們所用的石灰好得多呢。」

又在第六章裏（萬家流血頂染猩紅，一席談心辯生狐白），我們更可以看到作者的關於怎樣燃著一盞舊式油燈的仔細說明：

於是喊店家拿盞燈來。喊了許久，店家方拿了一盞燈，縮手縮腳的進來，嘴裏還喊道：「好冷呀！」把燈放下，手指縫裏夾了一個煤子，吹了好幾吹才吹著。那燈裏是新倒上的凍油，堆的像大螺絲殼似的，點著了還是不亮。店家道：「等一會油化開就亮了。」撥了撥燈，把手還縮到袖子裏去，站著，看那燈滅不滅。起初燈光不過有黃豆大，漸漸的得了油，就有小蠶豆大了。

凡此種種的描寫，不管事物的本身是如何的纖細，都可以看出作者的一雙深刻觀察的眼睛。老殘的本身雖然是受過高深教育，並且在官場中也還能敷衍應酬的人，有時候也撥出一點時間來唸詩和模擬書法繪畫等，有時候也在客店上牆壁上題寫自己的詩句，但他到底不是穿慣了絲織棉織品的官服，坐在書齋前都怕弄髒了手的士大夫或縉紳的一流。他在冬天穿慣了棉布袍，拒絕友人申東造贈送他狐皮襖的禮物。他又擅長與店主或舖東夥計等人的攀談應對，處處表現出同情心，和社會上各種人物都保持著密切的接觸機會。所以第六章上面說：

（申）東造連連點頭，又問道：「弟等耳目有何隔閡，先生布衣遊歷，必可得其實在情形。」

在同章裏我們還可以看出他不恥於買些零星的食物，並把這些東西，親手帶回店中。從這些實際生活的素描裏，我們可以承認羅振玉作的劉鐵雲傳（五十日夢痕錄）裏所敘述的這個人，真是一位很不平凡的治河官員：

君則短衣匹馬，與徒役雜作，凡同僚所畏憚不能為之事，悉任之。

第十八章裏面對於老殘的描寫，我們更可以很清楚的看出作者真實的自己描繪，這種描繪每一個讀者是無不明瞭和承認的。

（白公）又笑向剛弼道：「此人聖慕兄不知道嗎？就是你才說的那個賣藥郎中，姓鐵名英，號補殘，是個肝膽男子，學問極其淵博，性情又極其平易，從不肯輕慢人的。」

這一方面我們更可以注意到他對社會各級民眾普遍而深刻的同情，特別是對於一班弱小和可憐憫者的愛護。他提著串鈴，漫行到無遠不屆的窮鄉僻壤裏去私自偵察各項的不公平的案子，常被旁人的哀艱可憐而感動，又常激起他對於黑暗社會腐敗政治的憤怒和失望。但是當他設法拯救某人而獲得成功的時候，卻又引起了他異常的高興愉快。

在第十三章（娓娓青燈女兒酸語，滔滔黃水觀察嘉謨）中的一段裏，可以看出老殘的性情的和藹可親，並且富於同情心。筆調又極詼諧，使這部書又多了一層值得欣賞的優點。老殘的朋友黃人瑞帶了兩個姑娘（妓女）來閒談解悶，這兩個姑娘被詢問出她們艱苦的生活和遭遇的時候，有一個竟掩面嗚咽起來，另一個還說了她一頓，叫她不要再哭泣，免得引起老爺們的不高興。

老殘道：「不必！不必！讓他哭哭很好，你想，他憋了一肚子悶氣到哪裏去哭？難得遇見我們兩個沒有脾氣的人，讓他哭個夠，也算痛快一回。」用手拍著翠環道：「你就放聲哭也不要緊！我知道黃老爺是沒有忌諱的人，只管哭，不要緊的！」黃人瑞在旁大聲嚷道：「小翠環！好孩子！你哭吧！勞你駕把你黃老爺肚子裏憋的一肚子悶氣也替我哭出來吧！」大家聽了這話，都不禁發了一笑，連翠環遮著臉也撲嗤的笑了一聲。

在十五章裏（烈焰有聲驚二翠，嚴刑無度逼孤孀），我們聽到一個很可憐的年老長工，戰戰兢兢的跪在縣官面前，招認客店裏失火的情形：

因為昨兒從天明起來，忙到晚上二更多天，才稍為空閒一點，回到屋裏睡覺。誰知小衫褲汗濕透了。剛睡下來，冷得異常，越冷越打戰，就睡不著了。小的看這屋放著好些栗稭，就抽了幾根，燒著烘一烘，又想起窗戶臺上有上房客人吃賸下的酒賞小的吃的，就拿在火上煨熱了，喝了幾杯。誰知道一天乏透的人，得了點暖氣，又有兩杯酒下了肚，糊裏糊塗，坐在那裏就睡著了。剛睡著，一霎兒的功夫就覺得鼻子裏煙嗆的難受，慌忙睜開睡眼來，身上棉襖已經燒著了一大塊，那栗稭打的壁子已通著了，趕忙出來找水來潑，那火已自出了屋頂，小的也沒有法子了。所招是實，求大老爺天恩！

老殘很顯然的對這長工的同情，比他自己在火中所受到的損失還要來得注重。這部書的大部分是敘述那些官吏的慘無人道的法律審判的事實。這些官吏也有的獲得清廉的令譽，但是被他們自己好名過甚的願望所累，反而做出比貪官還要殘酷幾倍的事來。像玉賢——影射當時的酷吏毓賢——情願錯殺了十二個無辜的百姓，不肯輕讓一個盜匪脫逃（第四至第六章），史鈞甫觀察執意要實行他的賈讓治河策，而情願淹死整千整萬的人民（第十三至十四章），縣令剛弼很輕易的受了假證據的欺騙，就趕緊用了酷刑去威脅一個無辜的弱女子賈魏氏來招認（第十五至十七章）。

全書最動人的地方，是在第十六章結尾和第十七章的開始的幾段。在那裏老殘像在水滸傳裏面所寫的一位英雄一樣，跑上了大堂去抗議縣令剛弼對賈魏氏的虐待。因為這時他已經接到了撫臺的一封覆信，准允賈魏氏和她的父親都可以取保釋放。這時老殘揣著信，站在大堂的外面，靜聽這案件的裁判。

又聽堂上驚堂一拍，罵道：「這個淫婦，真正刁狡，梭起來！」堂下無限的人大叫了一聲「嘎」，只聽跑上幾個人去，把楞子往地下一摔，霍綽的一聲，驚心動魄。老殘聽到這裏，怒氣上沖，也不管公堂重地，把站堂的差人用手分開，大叫一聲：「站開！讓我過去。」差人一閃。老殘走到中間，只見一個差人一手提著賈魏氏頭髮，將頭提起，兩個差人正抓他手在上楞子。老殘走上，將差人一扯，說道：「住手！」便大搖大擺走上暖閣，見公案上坐著兩人，下首是王子謹，上首心知就是這剛弼了。……老殘看剛弼怒容滿面，連聲吆喝，卻有意嘔著他頑，便輕輕的說道：「你先莫問我是什麼人，且讓我說兩句話，如果說的不對，堂下有的是刑具，你就打我幾板子，夾我一兩夾棍，也不要緊。我且問你：一個垂死的老翁，一個深閨的女子，案情我卻不管，你上他這手銬腳鐐是甚麼意思？難道怕他越獄走了嗎？這個制強盜的刑具，你就隨便施於良民，天理何存，良心安在？」

他對於這班貌似廉潔的酷吏的罪惡的憤怒，可以從第六章他對大雪中曹州府的鳥雀所發生的感想看出來。他在沉思著那些鳥在寒冷的天氣裏所感受到的凍餒的痛苦，並且把鳥的命運和曹州府玉大人管轄下的百姓的命運來對比：

這些鳥雀雖然凍餓，卻沒有人放槍傷害他，又沒有什麼網羅來捉他，不過暫時饑寒，撐到明年開春，便快活不盡了。若像這曹州府的百姓呢？近幾年的年歲也就很不好，又有這麼一個酷虐的父母官，動不動就捉了去當強盜辦，用站籠站殺，嚇得連一句話也說不出來，於饑寒之外，又多一層懼怕，豈不比這鳥雀還要苦嗎？想到這裏，不禁落下淚來。又見那老鴉有一陣刮刮的叫了幾聲，彷彿他不是號寒啼饑，卻是為有言論自由的樂趣，來驕這曹州府百姓似的。想到此處，不覺怒髮衝冠，恨不得立刻將玉賢殺掉，方出心頭之恨。

這件事情可以和第十七章當他阻止了剛弼的殘忍的暴行之後的沉思，成為對比：

卻說老殘回來，一路走著，心裏十分高興。想道：前日聞得玉賢種種酷虐，無法可施，今日又親目見了一個酷吏，卻被一封書便救活了兩條性命，比吃了人參果，心裏還快活！

這書裏的描寫的技巧還有一種是很值得稱贊的，就是全書充滿著詼諧的筆調，在這詼諧的筆調裏更包含著一股諷刺的意味，但是這種諷刺是很溫雅的，僅是在有意的指摘人們最微小的錯誤。我們看他的和藹的面貌，被那貪杯的店夥所發動起來：

老殘對店夥道：「此地有酒，你門了大門，可以來喝一杯吧。」店夥欣然應諾，跑去把大門上了門，一直進來，立著說：「你老請用吧，俺是不敢當。」老殘拉他坐下，倒了一杯給他。他歡喜的支著牙，連說不敢，其實酒杯子早已送到嘴邊去了。（第五章）

他也在嘲笑濟南人對於本地風光的趵突泉的驕傲：

池子正中間有三股大泉，從池底冒出，翻上水面有二三尺高。據土人說：當年冒起有四五尺高，後來修池子，不知怎樣的就矮了下去了。（第二章）

我在一九三六年曾遊濟南參觀，這些噴水已經被人覆蓋著做供給城裏自來水的用處。居民們對於從前噴到十尺或十五尺高的泉水是被利用，無疑的是感到十分惋惜的。

書裏最滑稽可笑的一段是在第七章（借箸代籌一縣策，納楹閒訪百城書）裏，老殘對那東昌府的喜歡多口的書販的談話情形：

那掌櫃的道：「我們這東昌府，文風最著名的；所管十縣地方，俗名叫做『十美圖』，無一縣不是家家富足，戶戶弦歌。所有這十縣用的書，皆是向小號來販。小號店在這裏，後邊還有棧房，還有作坊，許多書都是本店自雕板，不用到外路去販賣的。……所有方圓二三百里學堂裏用的『三百千千』，都是在小號裏販得去的，一年要銷上萬本呢！」老殘道：「貴處行銷這『三百千千』，我倒沒有見過，是部什麼書？怎樣銷得這麼多呢？」掌櫃的道：「噯，別哄我罷！我看你老很文雅，不能連這個也不知道。這不是一部書，「三」是三字經，「百」是百家姓，「千」是千字文，那一個「千」字呢，是千家詩。」

作者對於描寫自然風景和音樂兩方面，都是極為擅長的，他的描寫打破了中國舊的小說的傳統的呆板方式。第二章裏描寫濟南的大明湖風景和敘述明湖居聽王小玉的說書，第十二章寫黃河打冰和遠山雪月交輝的景緻的幾段，都已被選入現代學校的國文教本裏，並且給予現代作家的描寫手法以很大的影響。在上述的幾段裏，作者所用的都是詳細的敘述方法，而羼雜了精當的譬喻。作者也長於用其他的描寫方法，就是舉出一部分具體的重要事實，來襯托出全部的故事。有一節特別讓我感到滿意，就是他能僅用

幾句很簡潔的語句，而表達出許多的意義。在一天午後，他去遊過大明湖的風景，又回到人煙稠密的鵲華橋畔來。（第二章）

老殘才到了鵲華橋，覺得人煙稠密，也有挑擔子的，也有推小車子的，也有坐二人抬的藍呢小轎的。看這轎子後面，一個跟班的戴個紅纓帽子，膀子底下，夾了個護書，拚命價飛奔，一面用手巾揩汗，一面低著頭跑。街上五六歲的孩子，不知避人，被那轎夫無意踢倒一個，他便哇哇的哭起來了。那孩子的母親，趕忙跑來問：「誰搉倒你的？誰搉倒你的？」問了兩句，那孩子只是哇哇的哭，並不說話。問了半天，才帶哭道：「抬轎子的人。」他母親抬頭一看，那轎子已經抬了有二里多遠了。那婦人挈了孩子，嘴裏咕嚕咕嚕的罵著，就回去了。

更能使我感覺到趣味的第二部分，是書裏很多正當而光明的描寫自己各種生活經驗的地方。這種坦白的自我描寫，就是在西洋作品中也是比較的難得見到的。第二章裏，關於王小玉說書的描寫，據我的觀察也是當時作者設身處地的真實感覺：

王小玉便啟朱唇，發皓齒，唱了幾句書兒，聲音初不甚大，只覺入耳有說不出來的妙境，五臟六腑裏像熨斗熨過，無一處不伏貼，三萬六千個毛孔，像吃了人參菓，無一個毛孔不暢快。

第八章（桃花山月下遇虎，柏樹峪雪中訪賢）裏描寫異常幽秀的花木，只用「陣陣幽香，清沁肺腑」數字。在第九章（一客吟詩負手面壁，三人品茗促膝談心）裏，又敘述申子平喝茶的閒適：

子平連聲諾諾，卻端起茶碗喝了一口，覺得清爽異常，嚥下喉去，覺得一直清到胃脘裏，那舌根左右，津液汩汩價翻上來，又香又甜，連喝兩口，似乎那香氣又從口中反竄到鼻子上去，說不出來的好受。

這裏面所寫的中國人的生活，正像一般的西方人所想像的，每個人都是精於鑒別美味的飲食家。所以在一個小城設備較陋的客店裏，所能夠供給的美味有限的時候，老殘的友人黃人瑞就說出下面的許多俏皮話來：

人瑞用筷子在一品鍋裏撈了半天，看沒有一樣好吃的，便說道：「這一品鍋裏的物件，都有徽號，儜知道不知道？」老殘說：「不知道。」他便用筷子指著說：「這叫怒髮衝冠的魚翅，這叫百折不回的海參，這叫年高有德的雞，這叫酒色過度的鴨子，這叫恃強拒捕的肘子，這叫臣心如水的湯。」（十二章）

在此書裏有幾個地方講到近代由歐西傳入中國的生活上的特色：像鐵路、報紙、外國藥品、彈簧椅墊等。在第十二章內，因為提到一個山西太谷製造的煙燈，而引起作者對於外國關於任何發明者的鼓勵，和專利權的特許的讚美的話。

在第十一章裏，我們可以知道作者必已讀過達爾文的著作的譯本。他恐怕也讀過柯南道爾（Conan Doyle）的小說，因為書中曾提及福爾摩斯的名字，並且從他所敘述的魏家的案件的性質看起來，也很有偵探小說的傾向。

這書的內容雖然不像水滸傳紅樓夢裏的材料豐富和題材偉大，但在中國的好的文學著作中，它必然的不會失掉它的真價值。記得胡適之曾把這書開列在為學習西洋文學的中國學生的必讀書目之中，那麼，同樣的想明瞭中國和中國人的外國讀者，對於這書似乎也應該密切的注意。

民國二十八年除夕夜，譯竟於滬西彤齋

——民國二十九年二月宇宙風乙刊二十一期

老殘遊記的價值

李辰冬

老殘遊記，以前曾讀過多遍，然都以讀小說的態度，走馬觀花地粗略地作個流覽，並沒有作過研究。這次，因為要給它作註解❶，才詳細地、字字句句地作一鑽研，才真正發現了它的價值，也真正了解了它的意義。要了解它的價值，得由幾個步驟：第一、先得知道作者的性格、思想、事業與環境；第二、再追究作者為什麼要寫老殘遊記；第三、作者怎樣來寫老殘遊記；第四、也就是最後，才能談到它的價值。茲順著這四個步驟，逐一說明於下。

一　作者的性格、思想、事業與環境

要了解一部文學作品，得先了解作者，因為作者是作品的根源。等於我們研究一株樹木，僅僅知道它的年輪、類別、用途是不夠的，還得知道土壤、氣候、培植方法等等，才能知道它為什麼長成這樣，而不長成那樣，適於這個地方，而不適於另一個地方的緣故。樹木有個性，作者更有個性，一定得追究出作者的個性，才能源源本本講出完成作品的因由，進而論斷作品的價值。關於老殘遊記的作者——劉鶚，近有作者哲嗣劉大紳先生的關於老殘遊記一文，記述甚詳，並經世界書局將有關劉鶚及老殘遊記的

❶ 是菲律賓某華僑學校作老殘遊記註。

文字，都集中在一起，附在該局所出的老殘遊記一書之後，給我們研究上一個莫大的方便。我們就根據這些資料，先將作者的性格、思想、事業與環境作一概述。

劉鶚的性格，據胡適先生老殘遊記序中所引羅振玉的劉鐵雲傳說：

放曠不守繩墨，而不廢讀書。予與君同寓淮安；君長予數歲，予少時固已識君，然每於衢路聞君足音，輒逡巡避去，不欲與君接也。是時君所交皆井里少年，君亦薄世所謂規行矩步者，不與近。已乃大悔，閉戶斂跡者歲餘。

劉大紳的關於老殘遊記文中也說：

先君少年時，天資絕穎，於書無所不讀。性尤豪放，在鄉里中，與外舅羅雪堂先生，同時被人目為二狂。

雪堂就是羅振玉的號。作者與羅振玉性格雖不相同，然言論都不為當時士大夫所許，故目為二狂。

老殘遊記裏也有一段寫少年時的情形，說是：

我二十幾歲的時候，看天下將來一定有大亂，所以極力留心將才，談兵的朋友頗多。此人（指劉仁甫）當年在河南時，我們是莫逆之交，相約倘若國家有用我輩的日子，凡我同人，俱要出來相助為理的。其時講輿地，講陣圖，講製造，講武功的，各樣的朋友都有；此公便是講武功的巨擘。

後來大家都明白了，治天下的，又是一樣人才；若我輩所講所學，全是無用的。故爾各人都弄個謀生之道，混飯吃去，把這雄心便拋入東洋大海去了。（第七章）

作者從十二歲到二十一歲都隨父親的任所在河南。那時，他父親是河南御史，幕中人才頗多，劉大紳又說：「先君隨侍任所，蒿目時艱，隱然有天下己任意，故所在輒交其才俊，各治一家言。」又說：「先君當時交遊中，如柴某專治財賦，賈某專治推步（用儀器及算術考察天象，當時謂之推步），王某專治兵略，又一王某專治拳勇，均造詣深邃。」❷足證此段所寫，並非虛構。羅振玉與作者相交，是在作者二十一歲回到淮安的時候。因作者所交往的，都不是「規行矩步」的人，故振玉不敢與近。

由上敘述，可知作者的性格：一、少有大志；二、結交天下豪傑；三、倜儻不羈；四、聰穎過人；五、於書無所不窺。由這樣性格，產生他的思想。

關於他的思想，劉大紳有一段話講得很明白，他說：

老殘遊記最受人誤會者，為描寫中表現思想處。初編中，猶為先君不知不覺自然之流露，二編中則屬有意專寫。前半寫心理，後半寫佛義。不獨當時人少見為怪，即今日亦未必不以為奇，而不測其源。實則先君蘊蓄，抒寫者尚不及千百分之一，欲識其真，必先知學問淵源，必更先知泰州學派及先君性行。泰州學派即世所傳之大成教、大學教、聖人教、黃厓教等。……陽明之學，傳於泰州，數百年未絕，人名之為泰州學派。吾宗不能謂與毫無關係。因清咸、同之際，有周太谷

❷ 見蔣逸雪老殘遊記考證六，劉鶚年略。

先生者，崛起其地，集心學大成，傳張石琴、李龍川兩先生，先君龍川弟子也。……後以事至揚州，遇龍川，一見心折，乃拜從受業。至是先君之學，始由雄放歸入沖粹，然豪氣則未盡除也。其後入仕及棄官服賈，仍無日不為學。

這是作者思想的淵源。至於思想的真諦，劉大紳又說：「我宗為學六法，以立己、立人、達己、達人為大成，獨善其身為小成。無儒釋道之別，無門戶主奴之見，概一本於大同，窮極於人天性命，而旨歸則希賢希聖而已。」作者的思想既非儒，又非道，亦非釋，而是三教歸一，故稱為大成。

遊記第九章裏，詳細介紹黃龍子的思想，也就是作者的思想，我們看：

女子道：「既非道士，又非和尚，其人也是俗裝。他常說：『儒釋道三教，譬如三個舖面掛了三個招牌，其實都是賣的雜貨，柴米油鹽都是有的；不過儒家的舖子大些，佛道的舖子小些，皆是無所不包的。』又說：『凡道總分兩層，一個叫道面子，一個叫道裏子。道裏子都是同的，道面子就各有分別了。如和尚剃了頭，道士挽了個髻，使人一望而知，那是和尚，那是道士。倘若叫那和尚留了髮，也挽個髻子，披件鶴氅；道士剃了髮，著件袈裟，人又要顛倒呼喚起來了。難道眼耳鼻舌，不是那個用法嗎？』又說：『所以這道面子有分別，那道裏子實是一樣的。』所以這黃龍先生不拘三教，隨便吟詠的。」

子平道：「得聞至論，佩服已極。只是既然三教道裏子都是一樣，在下愚蠢得極，倒要請教這同處在什麼地方？異處在什麼地方？何以又有大小之分？儒教最大，又大在什麼地方？敢求指示！」

女子道：「其同處在誘人為善，引人處於大公。人人好公，則天下太平；人人營私，則天下大亂。惟儒教公到極處。你看孔子一生，遇了多少異端，如長沮、桀溺、荷篠丈人等類，均不十分佩服孔子，而孔子反讚揚他們不置。是其公處，是其大處。所以說：『攻乎異端，斯害也已！』若佛道兩教，就有了褊心。惟恐後世人不崇奉他的教，所以說出許多天堂地獄的話來嚇唬人。這還是勸人行善，不失為公。甚則說崇奉他的教，就一切罪孽消滅，不崇奉他的教，就是魔鬼入宮，死了必下地獄等辭，這就是私了。至於外國一切教門，更要為爭教興兵接戰，殺人如麻。試問與他的初心合不合呢？所以就愈小了。若回回教說，為教戰死的血光，如玫瑰紫的寶石一樣，更騙人到極處！只是儒教可惜失傳已久，漢儒拘守章句，反遺大旨。到了唐朝，直沒有提及，韓昌黎是個通文不通道的腳色，胡說亂道，他還要做篇文章，叫做原道，真正原到道反面去了。他說：『君不出令，則失其為君；民不出粟米絲麻，以奉其上，則誅。』如此說去，那桀紂很會出令的，又很會誅民的，然則桀紂之為君是，而桀紂之民全非了，豈不是是非顛倒嗎？他卻又要闢佛老，倒又與和尚做朋友。所以後世學儒的人，覺得孔孟的道理太費事，不如弄兩句闢佛老的口頭禪，就算是聖人之徒，豈不省事。弄的朱夫子也出不了這個範圍，只好據韓昌黎的原道，去改孔子的論語。把那『攻乎異端』的『攻』字，百般扭捏，究竟總說不圓。卻把孔孟的儒教，被宋儒弄的小而又小，以至於絕了。」子平聽說，肅然起敬道：「與君一夕話，勝讀十年書！真是聞所未聞。只是還不懂：長沮桀溺，倒是異端，佛老倒不是異端，何故？」女子道：「皆是異端。先生要知『異』字當不同講，『端』字當起頭講。『執其兩端』，是說執其兩頭的意思。若異端當邪教講，豈不兩端要當椏杈教講？「執其兩端」，便是抓住了他個椏杈教呢，成何話說呀？聖人的意思，殊途不妨同歸，異曲不妨同工。只要他為誘人為善，引人為公起見，都無不可，所以叫做『大德不踰閑，小德出入可也』。若只是為攻訐起見，初起尚只攻佛攻老，後來朱陸異同，遂操同室之戈。併是祖孔孟的，何以朱之子孫要攻陸，陸之子孫要攻朱呢？此之謂『失其本心』，反被孔子『斯害也已』四個字，定成鐵案！」

這是作者思想的淵源，也是作者思想的偉大處。他要融合儒釋道三教而為一，融合之點就是大公。由於大公，作者心胸才能開擴；由於大公，作者的眼光才能遠大；也由於大公，作者才能以民胞物與的心腸來處世接物。遊記十八回裏白太尊批評老殘是個「肝膽男子，學問極其淵博，性情又極其平易，從不肯輕慢人的」，正是作者的自我寫照。

他的思想產生了他的行為。他有「己立、立人、己達、達人」的雄心，然而不願作官，這一點頗像春秋時候的魯仲連。老殘遊記第三章裏高紹殷與老殘的問答，正是作者的表白：

高紹殷說：「先生本是科第世家，為什不在功名上講求，卻操此冷業？雖說富貴浮雲，未免太高尚了罷！」

老殘嘆道：「足下以『高尚』二字許我，實過獎了。鄙人並非無志功名：一則性情過於疏放，不合時宜；二則俗說『攀得高，跌得重』，不想攀高，是想跌輕些的意思。」

第六章裏，又藉申東造與老殘的問答來表白說：

東造道：「你那串鈴本可以不搖，何必矯俗到這個田地呢！承蒙不棄，拿我兄弟還當個人，我有兩句放肆的話要說，不管你先生惱我不惱我。昨日聽先生鄙薄那肥遯鳴高的人，說道：『天地生才有限，不宜妄自菲薄。』這話，我兄弟五體投地的佩服。然而先生所做的事情，卻與至論有點違背。宮保一定要先生出來作官，先生卻半夜裏跑了，一定要出來搖串鈴，試問與那『鑿坏而遁』、『洗耳不聽』的，有何分別呢？兄弟話未免鹵莽，有點冒犯，請先生想一想，是不是呢？」

老殘道：「搖串鈴誠然無濟於世道，難道做官就有濟於世道嗎？請問：先生此刻已是城武縣一百里萬民的父母了，其可以有濟於民處何在呢？先生必有成竹在胸，何妨賜教一二呢？我知先生在前已做過兩三任官的，請教已過的善政，可有出類拔萃的事蹟呢？」東造道：「不是這們說。像我們這些庸材，只好混混罷了。閣下如此宏材大略，不出來做點事情，實在可惜！無才者抵死要做官；有才者抵死不做官：此正是天地間第一憾事！」老殘道：「不然。我說無才的要做官，很不要緊，正壞在有才的要做官。你想：這個玉太尊，不是個有才的嗎？只為過於要做官，且急於做大官，所以傷天害理的做到這樣。而且政聲又如此其好，怕不數年之間，就要方面兼圻的嗎？官愈大，害愈甚：守一府則一府傷，撫一省則一省殘，宰天下則天下死！由此看來，請教：還是有才的做官害大，還是無才的做官害大呢？倘若他也像我，搖個串鈴子混混，正經病，人家不要他治；些小病痛，也死不了人。即使他一年醫死一個，歷一萬年，還抵不上他一任曹州府害的人數呢！」

我國一向是農業社會，才智之士，謀生無門，只有作官這一條路，「學成文武藝，售於帝王家」，好像成了一般人的生性習慣。劉鶚可以作生意，可以創辦工業來謀生，所以他就不作官了。他的不作官，在一般官僚看來，認為是矯情，而實際，在他看來，一點也不矯情。所以在遊記裏再三為自己辯護。第八章申東造的弟弟申子平也說：「我看此人並非矯情作偽的人，不知大哥以為何如？」

不作官，只有作事業，我們再看作者的事業。為簡明起見，且依蔣逸雪的劉鶚年略，擇其事業的年代如下：

光緒九年癸未（一八八三），二十七歲。營菸草於淮安南市，惟無字號，只書「八達巴孤」，隱寓「關東菸草」四字，淮人目之為怪。年終，以虧折收業。

光緒十年甲申（一八八四），二十八歲。春懸壺於揚州。

光緒十一年乙酉（一八八五），二十九歲。設石昌書局於上海，為我市廛間有石印之始。

光緒十三年丁亥（一八八七），三十一歲。石昌書局以詿累歇業。

光緒十四年戊子（一八八八），三十二歲。赴豫，投效河工。黃河決口於鄭州，龍久不合，換了幾次督工。他到了以後，短衣匹馬，與徒役雜作，凡同僚所畏憚而不能做的事，他都去做。十二月，得慶安瀾。河督吳大澂甚喜，列案請奬，他是第一名。他將這種功勞，推在他的哥哥孟熊身上。人們就更尊重他。

光緒十五年乙丑（一八八九），三十三歲。主持繪製豫直魯三省的河圖事。

光緒十七年辛卯（一八九一），三十五歲。河圖成，時河患移山東，山東巡撫張勤果（即遊記中的莊宮保），邀作者至山東。勤果故好客，幕中多文士，實無一能知河事者，群議方主賈讓不與河爭地之說，欲盡購濱河民地以益河身。上海善士施少卿（善昌）和之，將移海內賑災之款，助官方購民地。作者力爭不可，而主束水刷沙之說，草治河七說上之，幕中文士力謀所以阻之，苦無以難其說。

光緒二十一年乙未（一八九五），三十九歲。山東巡撫福潤以奇才異能薦，保送總理衙門考驗。

光緒二十二年丙申（一八九六），四十歲。應湖廣總督張之洞召，赴鄂，建議興築蘆漢路，即由蘆溝橋至漢口。主用外資，與鐵路總公司督辦盛宣懷所見不合，乃歸京。又建議築津鎮路，即由天津至鎮江，為同鄉京官所反對，甚而除其鄉籍，乃作罷。

光緒二十三年丁酉（一八九七），四十一歲。作者以當道所見凡近，不足與圖遠大，凡所建議，罕見采納，放棄官就賈。會英人某組福公司，籌採山西煤礦，已與晉撫胡聘之有成議，聘鶚為華經理。嘗與友人書云：「萬目時艱，當世之事，百無一可為。近欲以開晉鐵謀於晉撫，俾請於朝，晉鐵開，則民得養而國可富也。國無素蓄，不如任歐人開之。我嚴定其制，令三十年而全礦路歸我。如是，則彼之利在一時，而我之利在百世矣。」而時議不諒。然英人求於鶚不得者，逕商之總理衙門，無不許，於是晉礦之開，乃真為國病矣。剛毅不知，斥作者賣國，電請明正典刑。而英人亦不愜於作者，以其護國權，不為公司利，故不久即解聘去。

光緒二十六年庚子（一九〇〇），四十四歲。秋，八國聯軍陷我京師，時兵糧運阻，京民乏食，作者北上辦賑。時俄兵據太倉，往說之，發米濟民，全活民實眾，而議者竟指為通夷。
光緒二十八年壬寅（一九〇二），四十六歲。共戚屬集貲購浦口九袱州地，辦汽機織布廠於上海。
光緒二十九年癸卯（一九〇三），四十七歲。與李少穆擬辦鍊鋼廠於株州，未成。
光緒三十年甲辰（一九〇四），四十八歲。開始寫老殘遊記。
光緒三十一年乙巳（一九〇五），四十九歲。創設海北公司於天津，製鍊精鹽。
光緒三十二年丙午（一九〇六），五十歲。秋，東遊日本。
光緒三十三年丁未（一九〇七），五十一歲。初作者與戚黨集貲購地浦口，謂是來日必為商貨吐納所，勿待人索闢商埠，先自經營。至是，津浦路興工，浦口適為終點，一時地價大起。江浦人陳瀏以言官致仕家居，強欲得地，拒之。瀏乃致書言官吳某，誣作者為外人購地，時世續、袁世凱俱入軍機，兩人素銜鶚。藉浦口購地事，密令逮問。會姻故丁寶銓謁親王奕劻，力保鶚非漢奸，事得暫寢。
光緒三十四年戊申（一九〇八），五十二歲。袁世凱罪以擅散太倉粟及浦口購地事，密電兩江總督端方緝捕。遠戍新疆。
宣統元年己酉（一九〇九），五十三歲。七月初八日，卒於迪化。

從以上的簡短事略，可以看出作者是一位事業家，然是一位事事失敗的事業家。以事業來說，當然是一種不幸；但在文學上，反是一種大幸，因為如果他在事業上成功了，就不會產生老殘遊記。由此，使我們想到了法國十九世紀偉大的小說家巴爾扎克，他也是事事失敗的事業家，也是由於事業的失敗，才變成了一位小說家。巴爾扎克說「偉大的理想，才能產生偉大的天才」這句話，用在劉鶚與巴爾扎克身上，沒有再為適當的。劉鶚在文學上的造詣，自然沒有巴爾扎克那麼大，然巴爾扎克是以文學為終身職志，所以創作豐富；劉鶚僅是以文學發抒自己的情懷，所以創作不多。

劉鶚生於清文宗咸豐七年丁巳（一八五七），死於清遜帝宣統元年己酉（一九〇九）七月，在這五十三年之內，正是我國內憂外患最劇烈的時候，也是一個老大帝國必須變，然而不知怎樣變的時候。以一個有思想、有遠見、有計劃、有野心、有膽量，然而豪放不羈，不願同流合污的人處在這個時代，他的感觸自然是深刻的，情感自然是濃厚的，於是產生了情感豐富的老殘遊記。

二　老殘遊記寫作的源委

劉鶚為什麼要寫老殘遊記，據劉大紳說是：

方拳匪亂後未數年，京曹中有沈虞希、連夢青兩先生，均與天津日日新聞之方藥雨先生為友。某日，沈以事赴津，偶語方先生以中朝事，方先生揭之報端，為清孝欽顯皇后所知，大怒。嚴究洩漏者，逮沈至刑部，立杖斃之，並緝同黨，株連及連。連匿友人家三日，始藉使館之助，孑身倉皇遁走至滬。時我家正僑寓上海北成都路之安慶里。連既抵申，其太夫人尚在原籍，連日夜憂思，友好亦以為不甚安全，勸其迎養。然連以橫遭災禍，資裝盡失，實無力生活於上海。且性又孤介，不願受人資助，時商務印書館刊行小說月誌，名繡像小說。連經人介紹售稿與之，每千字酬五元。連乃開始其筆墨生涯，作一小說，名鄰女語，大致描寫拳匪事。未幾，連太夫人至滬，以廉值賃居於愛文義路之眉壽里，則先君所居間。……連賣文所入，仍不足維持其菽水所需。先君知其耿介，且亦知其售稿事，因草一小說稿贈之。連感先君意，不得不受。亦售之於商務，並與訂約，不得刪改原文一字。此小說即近三十餘年中一般人認為神秘預言之老殘遊記。

這段所記，當係事實；然真正創作動機，不能就說純屬救人之急。因為文學作品是情感的表現，假使作者沒有不得不寫的情感，幫助友人，儘可用他種方法，不必以稿費。老殘遊記有光緒丙午（一九〇六）的自敘，他說：

吾人生今之時，有身世之感情，有家國之感情，有社會之感情，有種教之感情；其感情愈深者，其哭泣愈痛；此洪都百鍊生所以有老殘遊記之作也。棋局已殘，吾人將老，欲不哭泣也得乎？

「棋局已殘」指國家的局勢已不可救藥，而自己的年歲已經老殘，救國有心，實行無力，所以說「吾人將老，欲不哭泣也得乎？」作者自述這部書是一種哭泣。

作者是一位極端熱情的人，他對萬事萬物，無不賦予莫大的同情，遊記裏幾次描寫老殘的流淚，也正是作者熱情的表現。第六章寫：

飯後，那雪越發下得大了。站在房門口朝外一看，只見大小樹枝，彷彿都用簇新的棉花裹著似的。樹上有幾個老鴉，縮著頸項避寒，不住的抖擻翎毛，怕雪堆在身上。又見許多麻雀兒，躲在屋簷底下，也把頭縮著，怕冷，其饑寒之狀，殊覺可憫。因想：「這些鳥雀，無非靠著草木上結的實，並些小蟲蟻兒充饑度命。現在各樣蟲蟻，自然是都入蟄，見不著的了。就是那草木之實，經這雪一蓋，那樣還有呢？倘若明天晴了，雪略為化一化，西北風一吹，雪又變做了冰，仍然是找不著，豈不要餓到明春嗎？」想到這裏，覺得替這些鳥雀愁苦的受不得。轉念又想：「這些鳥雀雖然凍餓，卻沒有人放槍傷害他，又沒有什麼網羅來捉他，不過暫時饑寒，撐到明年開春，便快活不盡了。若像這曹州府的百姓呢，近幾年的年歲，也就很不好；又有這們一個酷虐的父母官，動不動就提了去當強盜待，用站籠站殺，嚇的連一句話也說不出來，於饑寒外，又多一層懼怕，豈不比這鳥雀還要苦嗎？」想到這裏，不覺落下淚來。又見那老鴉有一陣刮刮的叫了幾聲，彷彿他不是號寒啼饑，卻是為有言論自由的樂趣，來驕這曹州府百姓似的。想到此處，不覺怒髮衝冠，恨不得立刻將玉賢殺掉，方出心頭之恨。

由落雪看到老鴉，由老鴉看到麻雀，由麻雀想到鳥雀的饑餓，由鳥雀的饑餓想到曹州府人民被玉賢的虐待，不覺落下淚來；恨不得殺掉玉賢，以出心中的仇恨。老殘在董家口聽見玉賢的酷虐時，也曾說：「我若有權，此人在必殺之例！」

還有，老殘在齊河縣黃河邊上觀月，心裏想道：

歲月如流，眼見斗杓又將東指了，人又要添一歲了！一年一年的這樣瞎混下去，如何是個了局呢？又想到詩經上說的「維北有斗，不可以挹酒漿」，現在國家正當多事之秋，那王公大臣只是怕耽處分，多一事不如少一事，弄的百事俱廢，將來又是怎樣個了局？國是如是，丈夫何以家為？想到

此地，不覺滴下淚來。也就無心觀玩景緻，慢慢走回店去。（第十二章）

老殘是一個志士，想到國是就流淚，真是民胞物與，大慈大悲。他由於翠環的遭遇，觸動他生平所見所聞，「又是憤怒，又是傷心，不覺眼睛角裏也自有點潮絲絲的起來了。」（十三章）由這幾段來看，我們知道，劉鶚是一位極端的憂國憂民的愛國份子，然因環境關係，自己的計劃統統不能實現，激出了一肚子的傷心，所以才寫這部老殘遊記把自己的悲傷哭泣出來。

三　老殘遊記的表現技巧

從上兩節的敘述，對劉鶚這個人，可作一個整個的認識：他的天資是絕頂聰敏，讀書是極其淵博，性格是倜儻不羈，思想是儒釋道雜糅，眼光是極其遠大，情感是十分熱烈，專業心是極其強盛，對國家對人民是極其愛好，文如其人，當他寫作的時候，又把他整個的人，表現在作品裏。然他怎樣把他整個的人表現在他的作品裏呢？現在再談他的表現技巧。

提到文如其人，或風格與人格的一致時，就有許多人不甚了然。明明文學是文學，人品是人品，人格與風格怎能一致呢？比如寫強盜，作者一定得是強盜；寫惡人，作者也一定得是惡人麼？要知道文學是情感的表現，表現得有技巧，作者所要表現的是他的情感，而「表現」情感時不一定要用作者的生平。他可以藉用古今中外的資料，只要能以恰當地表現他的情感時，他都藉來使用。所以我們所要問的是作者的情感是否是真的，如果真，作者的人格與風格就一致；如果假，人格與風格就不一致。關於這一點，老殘遊記裏有一段論詩，正好引來作為例證。第十三章裏寫老殘與黃人瑞在齊河縣客店裏飲酒，老殘寫了一首「地裂北風號」的詩：

翠環問道：「鐵老爺，你貴處是哪裏？這詩上說的是什麼話？」老殘一一告訴他聽。他便凝神想了一想道：「說的真是不錯；但是詩上也興說這些話嗎？」老殘道：「詩上不興說這些話，更說什麼話呢？」翠環道：「我在二十里鋪的時候，過往客人見的很多，也常有題詩在牆上的，我最喜歡請他們講給我聽。聽來聽去，大約不過兩個意思：體面些的人，總無非說自己才氣怎麼大，天下人都不認識他；次一等的人呢，就無非說那個姐兒長得怎麼好，同他怎樣的恩愛。那老爺們的才氣大不大呢，我們是不會知道的。只是過來過去的人，怎樣都是些大才，為啥想一個沒有才的看看，都看不著呢？我說一句傻話：既是沒有才的這們少，俗語說的好：『物以稀為貴。』豈不是沒才的倒成了寶貝了嗎？這且不去管他。

那些說姐兒們長得好的，無非卻是我們眼前的幾個人，有的連鼻子眼睛還沒有長的周全呢！他們不是比他西施，就是比他王嬙；不是說他『沉魚落雁』，就是說他『閉月羞花』。王嬙俺不知道他老是誰，有人說就是昭君娘娘。我想昭君娘娘跟那西施娘娘，難道都是這種乏樣子嗎？一定靠不住了。

至於說姐兒怎樣跟他好，恩情怎樣重，我有一回發了傻性了，去問了問。那個姐兒說：他住了一夜，就麻煩了一夜。天明問他要討個兩把銀子的體面，他就抹下臉來，直著脖兒梗，亂嚷說：『我正賬昨兒晚上就開發了，還要什麼體己錢？』那姐兒就再三央告著說：「正賬的錢呢，店裏夥計扣一分，掌櫃的又扣一分，賸下的全是領家的媽拿去，一個錢也放不出來。俺們的胭脂花粉，跟身上穿的小衣裳，都是自己錢買。光聽聽曲子的老爺們，不能問他要，只有這留住的老爺們，可以開口討兩個伺候辛苦錢。』再三央告著，他給了二百錢一個小串子，望地下一摔，還要撅著嘴說：『你們這些強盜婊子，真不是東西，混帳忘八旦！』你想有恩情沒有？因此，我想做詩這件事，是很沒有意思的，不過造些謠言罷了。你老這詩，怎麼不是這個樣子呢？」

很顯然，這是作者在發表他對於寫詩的意見。他認為作品要寫自己的真實情感，否則，就是造謠。既在造謠，怎能文如其人呢？人格與風格怎能一致呢？

然所謂寫自己的真實情感，並不是像照相一樣，有什麼情感，一點也不修飾地就原樣照下來，而是要加上技巧的。什麼樣的技巧呢？劉大紳有一段解釋老殘遊記的寫人寫事說：

「書中影事，約略可分二類：一屬於人者，一屬於事者。寫時往往以此事繫於彼人，此人繫於彼事；或一事分隸數人，一人分繫數事。更有一人分為數人，數事併作一事。或初寫本無影射，而後忽有所指者；亦有初寫本有所指，而後忽無影射者。」

藝術之有別於照相者，就在這裏。照相是機械的，不能隨意更改；而藝術是創造的，隨作者的情感將現實人生拆散後再組合。所以「藝術」二字內裏就有技巧的涵義，能有恰當技巧把自己的情感表現出來，就成了藝術。以下，就將劉鶚所用的技巧，作一分析。

第一、先談老殘遊記的形式。老殘遊記是用遊記的體裁，這種體裁，對於劉鶚的生活來說，是比較適合的。因為劉鶚的職志並不是想當文學家，他在生活中有了感受，偶然的機會，想把這種感受表達出來，而自己走過的地方很多，也就把自己在各地所見到的，逐地寫出來。這樣，用不著像職業的文學家一樣，在寫一部作品之前，一定得把整部情節，整部人物，整部結構都有一個完整的計劃。他僅是想到哪裏寫到哪裏，篇章的長短絲毫不受限制，這樣，可以儘量發揮他的所見所聞。但是，這樣寫法，並不是說毫無目的，隨意亂塗，仍然有個中心意識，就是凡與他的民胞物與情感有關的，他就寫，沒有關係的，他就不寫，這樣，才能顯出他的中心思想。

第二、他所用的是章回體裁。這種體裁，與劉鶚的生活也是配合的。他可以無限制的延長，也可以隨時停止。現在看到的老殘遊記只有第一集二十章與第二集的六章（以世界書局刊行本而言），可是，假如劉鶚不死，他可以繼續地二集、三集、四集寫下來，如果他有興趣的話。因為章回小說的結構非常鬆懈，只要你有東西可寫，只要你能捉住讀者的興趣，你就可無限制的寫下去。西洋近代小說，在未寫作以前，故事的發展已經安排妥當，發展到最高潮時，就無法再發展下去，如果再繼續，就變成畫蛇添足，引不起讀者的興趣。至於章回小說，他的高潮就放在每章裏，高潮過後，就牽到另一故事，而另一故事的開始，作者就以「要知後事如何，且看下回分解」，這樣，就把讀者的趣味吸引住了。

第三、景物的描寫。劉鶚對景物的描寫，確有一種本領，幾句話，就能表現出一種美景，如第二章寫千佛山的景緻：

到了鐵公祠前，朝南一望，只見對面千佛山上，梵宮僧樓，與那蒼松翠柏，高下相間：紅的火紅，白的雪白，青的靛青，綠的碧綠；更有那一株半株的丹楓，夾在裏面，彷彿是宋人趙千里的一幅大畫，做了一架數十里長的屏風似的。

又於十二章描寫雲和月的景緻道：

抬起頭來看那南面的山，一條雪白，映著月光，分外好看。一層一層的山嶺，卻不大分辨得出；又有幾片白雲，夾在裏面，所以看不出是雲是山。及至定神看去，方才看出那是雲，那是山來。雖然雲也是白的，山也是白的，雲也有亮光，山也有亮光，只因為月在雲上，雲在月下，所以雲的亮光，是從背面透過來的；那山卻不然，山上的亮光，是由月光照到山上，被那山上的雲反射過來，所以光是兩樣子的。然只就稍近的地方如此；那山往東去，越望越遠，漸漸的天也是白的，山也是白的，雲也是白的，就分辨不出甚麼來了。

這種觀察的能力，這種表現的能力，實在不能不讓我們欽佩。

第四、音樂的描寫。景物的描寫，只要你觀察敏銳，還容易辦到，至於音樂的描寫，那就更難了。音樂本是遡之於耳的藝術，只能以心靈來感受，很難用具體的事物將它陳述出來，可是劉鶚就有這種本領，將極端難以捉摸的感覺用可見的形相描繪出來。白妞說書是一段最精彩的描寫，是人人知道的，不用再講；我們且看他對琴瑟的描寫：

起初不過輕挑慢剔，聲響悠柔。一段以後，散泛相錯，其聲清脆。兩段以後，吟揉漸多。那瑟之勾挑夾縫中與琴之綽注相應，粗聽若彈琴鼓瑟，各自為調；細聽則如珠鳥一雙，此唱彼和，問來答往。四五段以後，吟揉漸少，雜以批拂，蒼蒼涼涼，磊磊落落，下指甚重，聲韻繁興。六七八段，間以曼衍，愈轉愈清，其調甚逸。子平本會彈十幾調琴，所以聽得入彀；因為瑟是未曾聽過，格外留神。那知瑟的妙用，也在左手，看他右手發聲之後，那左手進退揉顫，其餘音也就隨著猗猗靡靡，真是聞所未聞。初聽還在算計他的指法、調頭，既而便耳中有音，目中無指。久之，耳目俱無，覺得自己的身體，飄飄蕩蕩，如隨長風，浮沉於雲霧之際。久之又久，心身俱忘，如醉如夢，於恍忽杳冥之中，錚鏦數聲，琴瑟俱息，乃通見聞，人亦驚覺，欠身而起。（十章）

還有，他描寫箜篌、磬、角、弦、鈴、嘯各種樂器的合奏說：

當時璵姑已將箜篌取在膝上，將弦調好，聽那角聲的節奏。勝姑將小鈴取出，左手揿了四個，右手揿了三個，亦凝神看著扈姑。只見扈姑角聲一闋將終，勝姑就將兩手七鈴同時取起，商商價亂搖。鈴起之時，璵姑已將箜篌舉起，蒼蒼涼涼，緊鉤漫摘，連批帶拂。鈴聲已止，箜篌丁東繼續，與角聲相和，如狂風吹沙，屋瓦欲震。那七個鈴也便不一起都響，亦復參差錯落，應機赴節。這時黃龍子隱几仰天，撮唇齊口，發嘯相和。爾時，喉聲、角聲、弦聲、鈴聲，俱分辨不出。耳中但聽得風聲，人馬虡踏聲，旌旗熠燿聲，干戈擊軋聲，金鼓薄伐聲。約有半小時，黃龍子舉起磬擊子來，在磬上鏗鏗鏘鏘的亂擊，協律諧聲，乘虛蹈隙。其時箜篌漸稀，角聲漸低，惟餘清磬錚鏦未已。少息，勝姑起立，兩手筆直，亂鈴再搖，眾樂皆息。

從這兩段，可知劉鶚不但深知音樂，而且也善於描寫，不僅使我們聽得到，而且也使我們看得到。

第五、人物的描寫。老殘遊記裏有幾個極生動的人物，如老殘、玉賢、剛弼、白太尊、申東造、黃人瑞、申子平、璵姑、黃龍子、翠環等等，都是我們閉起肉眼，浮在我們心眼上的人物。然作者用怎麼的手法來表現這些人物呢？且舉玉賢審問于家父子的一段作例：

這時于家父子三個，已到堂上。玉大人叫他們站起來。就有幾個差人橫拖倒拽將他三人拉下堂去。這邊值日頭兒就走到公案面前，跪了一條腿，回道：「稟大人的話：今日站籠沒有空子，請大人示下！」那玉大人一聽，怒道：「胡說！我這兩天記得沒有站甚麼人，怎會沒有空子呢？」值日差回道：「只有十二架站籠，三天已滿。請大人查簿子看！」大人一查簿子，用手在簿子上點著說：「一、二、三，昨兒是三個；一、二、三、四、五，前兒是五個；一、二、三、四，大前兒是四個；沒有空，倒也不錯的。」差人又回道：「今兒可否將他們先行收監？明天定有幾個死的，等站籠出了缺，將他們補上好不好？請大人示下！」玉大人凝了一凝神，說道：「我最恨這些東西，若要將他們收監，豈不是又被他們多活了一天去了嗎？斷乎不行！你們去把大前天站的四個放下，拉來我看。」差人去將那四人放下，拉上堂去。大人親自下案，用手摸著四人鼻子，說道：「是還有點游氣。」復行坐上堂去，說：「每人打二千板子，看他死不死。」那知每人不消得幾十板子，那四個人就都死了。眾人沒法，只好將于家父子站起，卻在腳下選了三塊厚磚，讓他可

以三四天不死，趕忙想法。誰知什麼法子都想到，仍是不濟。（第五章）

這樣的描寫，真可說是有聲有色，同我們親眼看到了一樣。

四　老殘遊記的價值

價值，是指作品對人類的恩澤而言。恩澤愈大的，其價值也愈高。講到這裏，我認為老殘遊記有下列幾點價值。

第一、他的大成思想。他說：「殊途不妨同歸，異曲不妨同工，只要他為誘人為善，引人為公起見，都無不可。」這種見解是了不起的。世人往往誘於師承，誘於宗教，誘於主義，而堅持自己所信所宗所言為正，別人的所宗所信所言為邪。實際上，所有偉大的思想家、宗教家、革命家、文學家，無不為人類的和平幸福而努力；方法儘有不同，而終極則一。可是世人仍然誘於小利，私人的、團體的、民族的、國家的，而捨棄了大同，以致大同的世界，仍遙遠無期。大同這一天，終於要達到的，只要我們繼續努力。劉鶚體會到了這種思想，然而他對基督教等又持異見，這是由於環境使然。在他那個時候，敢於把三教的界限打破，敢於同西洋人接近，已經是不容易了。

第二、由於他的大成思想，博愛精神，在事業方面，他處處以富國裕民為標向，在作品裏面處處表現民胞物與，人溺己溺的熱情，使我們讀這部小說的時候，處處感到溫暖，處處感到人情味，可是也處處憂慮的是人類的自私，自私到可怕的程度。玉賢與剛弼之所以那樣酷虐，就由於要作大官的自私心作祟。

第三、由於他的博愛精神而感到清末政治的黑暗，使我們可以把老殘遊記當成斷代史來看。從這部斷代史，可以看出這個時代的政治、社會、經濟、法律、道德、思想、宗教的各方面。我們看這部書，就像看一部關於那時代的一部立體電影。那時代人的服飾、行為、言談、環境、情感都浮現在我們的眼前。不朽的作品都是如此；老殘遊記如此，所以老殘遊記也就不朽了。

中國古典名著

專家校注考訂　古典小說戲曲大觀

世俗人情類

紅樓夢　饒彬校注
脂評本紅樓夢　馬美信校注
金瓶梅　劉本棟校注
老殘遊記　田素蘭校注
平山冷燕　張國風校注
品花寶鑑　徐德明校注
野叟曝言　黃珅校注
綠野仙踪　葉經柱校注
禪真逸史　黃珅校注
海上花列傳　姜漢椿校注
九尾龜　楊子堅校注
醒世姻緣傳　袁世碩、鄒宗良校注
三門街　嚴文儒校注
花月痕　趙乃增校注
孽海花　葉經柱校注
魯男子　黃珅校注
遊仙窟　玉梨魂（合刊）　黃瑚、黃珅校注
筆生花　黃明校注
浮生六記　陶恂若校注
玉嬌梨　石昌渝校注
好逑傳　石昌渝校注
啼笑因緣　束忱校注
歧路燈　侯忠義校注

公案俠義類

水滸傳　繆天華校注
兒女英雄傳　繆天華校注
三俠五義　張虹校注
七俠五義　楊宗瑩校注
小五義　李宗為校注
續小五義　文斌校注
蕩寇志　侯忠義校注
綠牡丹　劉倩校注
羅通掃北　劉倩校注
楊家將演義　楊子堅校注
萬花樓演義　陳大康校注
粉妝樓全傳　陳大康校注
七劍十三俠　張建一校注
包公案　顧宏義校注
海公大紅袍全傳　楊同甫校注
施公案　黃珅校注
乾隆下江南　姜榮剛校注

歷史演義類

三國演義　饒彬校注

東周列國志　劉本棟校注

東西漢演義　朱恒夫校注

隋唐演義　嚴文儒校注

說岳全傳　平慧善校注

大明英烈傳　楊宗瑩校注

神魔志怪類

西遊記　繆天華校注

封神演義　楊宗瑩校注

濟公傳　楊宗瑩校注

三遂平妖傳　楊東方校注

南海觀音全傳　達磨出身傳燈傳（合刊）　沈傳鳳校注

諷刺譴責類

儒林外史　繆天華校注

官場現形記　張素貞校注

文明小史　張素貞校注

鏡花緣　尤信雄校注

二十年目睹之怪現狀　石昌渝校注

何典　斬鬼傳　唐鍾馗平鬼傳（合刊）　鄔國平校注

擬話本類

拍案驚奇　劉本棟校注

二刻拍案驚奇　徐文助校注

喻世明言　徐文助校注

警世通言　徐文助校注

醒世恒言　廖吉郎校注

今古奇觀　李平校注

豆棚閒話　照世盃（合刊）　陳大康校注

石點頭　李忠明校注

十二樓　陶恂若校注

西湖佳話　陳美林、喬光輝校注

西湖二集　陳美林校注

型世言　侯忠義校注

著名戲曲選

竇娥冤　王星琦校注

漢宮秋　王星琦校注

梧桐雨　王星琦校注

琵琶記　江巨榮校注

第六才子書西廂記　張建一校注

牡丹亭　邵海清校注

荊釵記　趙山林校注

荔鏡記　趙山林、趙婷婷校注

長生殿　樓含松、江興祐校注

桃花扇　陳美林、皐于厚校注

雷峰塔　俞為民校注

倩女離魂　王星琦校注

品花寶鑑

陳森／著　徐德明／校注

《品花寶鑑》描述清代乾嘉年間北京城中一群名伶與公子名士的生活，是一部以戲曲演員卑賤生活為主題的長篇狹邪小說。作者熟悉梨園舊事，書中深刻描繪官紳名士玩弄梨園男伶的醜陋卑汙，表達對伶人不幸遭遇的同情與人格的尊重。對於他們之間情慾的描寫，或許可為近年來引人矚目的同志論述，提供一個側面觀察的參考。本書的故事歷來被認為直接影射了當時的社會現況，作為了解十九世紀中葉清代的社會文化生活而言，也具有很高的史料價值。

國家圖書館出版品預行編目資料

老殘遊記／劉鶚撰;田素蘭校注;繆天華校閱.——三版一刷.——臺北市：三民，2020
面；　公分.——（中國古典名著）

ISBN 978-957-14-6951-5（平裝）

857.44　　109014440

中國古典名著
老殘遊記

作　　者　劉　鶚
校 注 者　田素蘭
校 閱 者　繆天華

發 行 人　劉振強
出 版 者　三民書局股份有限公司
地　　址　臺北市復興北路 386 號 (復北門市)
臺北市重慶南路一段 61 號 (重南門市)
電　　話　(02)25006600
網　　址　三民網路書店 https://www.sanmin.com.tw

出版日期　初版一刷 1986 年 11 月
二版八刷 2017 年 6 月
三版一刷 2020 年 10 月
書籍編號　S851900
I S B N　978-957-14-6951-5

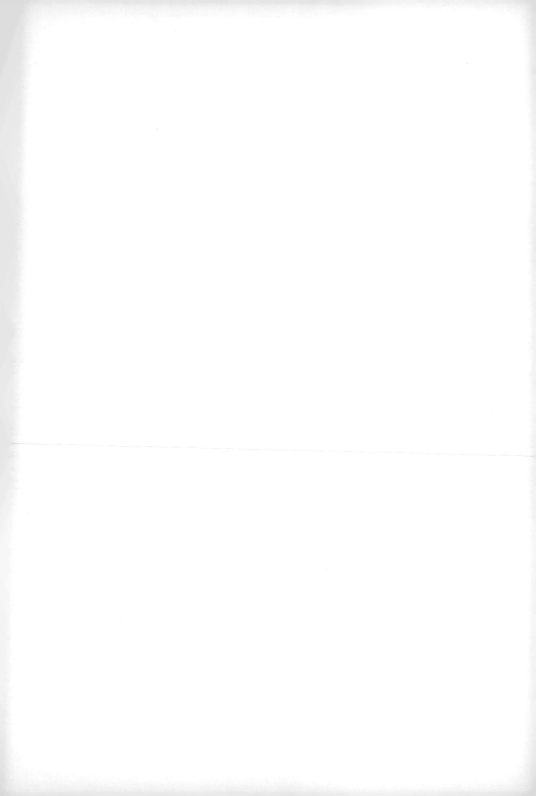